Sigmund Freud

정신분석 입문

지그문트 프로이트

정신분석 입문

Sigmund Freud | 우리글발전소 옮김

오늘의책

프로이트
Sigmund Freud / 1856~1939

오스트리아의 신경과 의사. 정신분석의 창시자. 한때 뇌신경을 연구했고, 프랑스에 유학하여 최면 현상에 관심을 가졌으며, 이것이 훗날 정신분석의 발단이 되었다. 그 후 최면 대신 자유연상법(自由聯想法)을 채택하게 되었고, 또한 히스테리 증세 등도 성욕과 관계가 있음을 발견하여 성욕설을 전개하였다. 1차대전 후에는 사변적 이론의 경향을 띠기는 했으나 그의 사상은 심리학·문화·인류학·사회학·교육학·범죄학·종교·문학 등 각 분야에 받아들여져 많은 영향을 미쳤다.

서문

내가 이번에《정신분석 입문》이란 책을 세상에 내놓는 것은 이 학문 분야에 대해 이미 총체적으로 서술하고 있는 기존의 학술서들, 즉 히치만의《프로이트의 노이로제론》이나 피스터의《정신분석 방법론》, 레오 카플란의《정신분석학 개설》, 레지와 에나르의《노이로제 및 정신병의 정신분석》, 메이예르의《정신분석에 의한 노이로제 치료》등과 경쟁하기 위해서가 아니다. 이 책은 내가 빈 대학에서 1915~1916년과 1916~1917년의 두 차례에 걸친 겨울 학기 동안 의사와 일반 남녀 청강자에게 했던 강의의 원고이다.

독자의 눈에 비칠 이 책의 특이점은 바로 이런 배경 때문이다. 나는 서술하는 과정에서 학술 논문에 요구되는 냉정함을 유지하기가 어려웠다. 강사로서 무려 두 시간의 강의를 하는 동안 청중의 주의력이 산만해지지 않도록 신경을 써야만 했다. 그때그때의 효과를 고려하여 같은 대상을 되풀이하여 다룰 수밖에 없었는데, 예를 들어 한 가지 대상을 한 번은 꿈의 해석에서, 그리고 뒤에 가서 노이로제 문제에 결부시켜 다시 다루어야 했다.

강의의 주제를 배열하는 것에서도, 이를테면 〈무의식〉과 같은 주제는 한 군데서 설명해버릴 수가 없었다. 계속 반복하여 검토하고 또다시 좋은 기회를 포착하여 관련 지식을 보충해야 했다.

　정신분석에 관한 문헌에 정통해 있는 분이라면 이 〈입문〉에 기존의 저서들에서 볼 수 없었던 내용은 거의 들어 있지 않다는 것을 알게 될 것이다. 그렇지만 필자는 정신분석 자료를 정리할 필요가 있다는 생각에 지금까지 발표하지 않았던 자료들(〈불안의 병인〉, 〈히스테리적 공상〉)을 해당 부분에서 함께 소개하였다.

1917년 봄
빈에서 프로이트

Sigmund Freud

Contents

제3부
노이로제 총론

제1부

—

실수 행위

Sigmund Freud

첫머리에

여러분이 정신분석에 대해서 강의나 책을 통해 어느 정도 알고 있는지 모르겠지만, 〈정신분석 입문〉이라는 강의 제목을 내건 만큼 나는 여러분을 어디까지나 정신분석에 대한 지식이 없는, 그리하여 기초적인 입문이 꼭 필요한 분들로 다루기로 하겠다.

그러나 정신분석이라는 것은 노이로제 환자를 의학적으로 치료하는 하나의 방법이라는 것 정도는 여러분이 알고 있다고 전제해도 좋을 것이다. 그래서 나는 여러분에게 이 정신분석 분야는 다른 의학 분야와는 전혀 다르다는 것, 심지어는 완전히 상반되는 부분까지도 있다는 것을 먼저 일러두어야겠다. 일반적으로 환자에게 새로운 치료법을 시도할 때는 그에 따르는 고통은 되도록 덜어주고 그 치료 효과가 충분히 믿을 만하다고 보장해주는 것이 여태까지의 의학이었다. 이는 좋은 결과를 얻을 확률을 높이기 때문에 나름대로 올바른 방법이라고 생각한다. 그러나 노이로제 환자에게 정신분석 요법을 쓸 때는 사정이 완전히 다르다. 우리는 으레 환자에게 치료 방법은 어렵고 시간이 걸리며 많은 희생과 노력을 치러야 한다고 설명한다. 또 그 효과에 대해서도 확실한 약속을 할 수는 없지만 환자의 태도와 이해 정도, 솔직함과 인내 여하에 달려 있다고 말해둔다. 이와 같이 유별난 태도를 취하는 데는 그만한 이유가 있으며 앞으로 그에 대해 알게 될 것이다.

내가 노이로제 환자들을 대할 때와 똑같이 여러분을 대한다고 해서 분개하지는 말기 바란다. 그리고 여러분이 내 강의를 또다시 들으러 오는 일이 없도록 확실히 충고해둔다. 이 기회에 나는 여러분에게 정신분석 교육에 따르는 필연적인 불완전함과, 자신의 판단을 갖기까지의 숱한 어려움들에 대해 상세히 알려주려 한다. 여러분이 여태껏 받아온 모든 교육의 내용과 사고방식이 어떻게 여러분을 정신분석의 반대자로 만드는지, 또 이 본능적인 적개심을 극복하기 위해서는 여러분이 얼마나 많은 것을 감내해야 하는지를 이 강의에서 보여줄 것이다. 여러분이 내 강의를 통해 정신분석에 대해 얼마나 이해하게 될는지는 모르겠다. 그러나 분명한 점은, 이런 강의를 듣는 것만으로는 정신분석의 연구 방법과 치료법을 배울 수 없다는 것이다.

그런데도 여러분 가운데 정신분석의 개략적인 지식을 얻는 데 만족하지 않고 정신분석과 더 깊은 관계를 맺고 싶다는 분이 있다면, 나는 그만두라고 충고할 뿐 아니라 적극적으로 뜯어말리고 싶다. 지금 상황으로 봐서는 정신분석이라는 직업을 택해봐야 대학에서 채용해줄 가능성도 없고, 또 만일 이 분야에 숙련된 의사가 되어 개업을 한다 해도 그 노력을 이해받기는커녕 의혹과 적의의 눈으로 기회를 엿보고 있던 악의를 품은 자들에게 한꺼번에 공격 대상이 될 것이다. 오늘날 유럽 곳곳을 휩쓸고 있는 전쟁[1]에 의한 여러 상황들을 보면 이러한 자들이 세상에 얼마나 많은지 짐작할 수 있을 것이다. 물론 이런 난관에 굴하지 않고 새로운 지식이라고 일컬어지는 것에 따뜻한 동정을 가져주는 이들도 있다. 만일 여러분 가운데도 그런 사람이 있어서 내 경고에 아랑곳하지 않고 다음번 강의에도 출석한다면, 그때 나는 여러분을 환영하겠다.

그러나 우선 여러분은 정신분석의 어려움이란 도대체 어떤 것인지 알 권리가 있다.

먼저 정신분석 교수법과 강의에 따르는 어려움을 말해보자. 여러분은 의학 강의에서 사물을 보는 데 익숙해져 있다. 여러분은 해부학 표본, 화학 반응에서 나타나는 침전물, 신경 자극에 의한 근육의 수축을 눈으로 직접 관찰해왔다. 그리고 의학 강의가 진행됨에 따라 환자를 직접 보기도 하고 그가 가진 병의 증상, 병리 과정의 산물, 나아가서는 분열 중인 병원균까지도 흔히 보아왔다. 외과의 경우 환자에게 시술하는 행위를 목격하게 되고, 때로는 스스로 메스를 들고 수술도 해볼 것이다. 정신과에서조차 실물교시(實物敎示)라는 것이 있다. 이런 경우 환자의 표정 변화, 말투, 행동을 세밀히 관찰하고 깊은 인상을 받게 된다. 의학 교수란 이렇게 여러분에게 박물관을 한 바퀴 구경시켜 주는 안내인이나 해설자의 역할을 하고 있는 것이다. 그리고 여러분도 그와 같은 사물과 직접 접하여 자기 눈으로 확인한 다음에야 새로운 사실이 존재함을 납득할 수 있다고 믿는다.

---

[1] 제1차세계대전.

그러나 유감스럽게도 정신분석에서는 이 모든 것이 사정이 다르다. 분석 요법에서는 단지 의사와 환자가 말을 나눌 뿐이다. 환자는 자기가 겪은 많은 경험과 현재의 인상을 이야기하고, 병의 증세를 호소하고, 자기의 소망이나 감정을 고백한다. 의사는 그의 말에 귀 기울이고, 그 사고의 흐름을 어떤 방향으로 돌리려 시도하고, 어떤 일을 회상시키고, 그의 주의를 한 부분에 집중시키고, 설명을 해주고, 그에게 일어난 긍정 또는 부정의 반응을 주의 깊게 관찰한다. 그런데 환자의 가족이라는 무지한 사람들은 눈에 보이는 것, 손에 잡히는 것만 믿으려 하고 마치 영화처럼 눈으로 확인할 수 있는 명확한 행동만을 원한다. 그들은 '어떻게 말만 가지고 병을 고칠 수 있나?' 하는 의문을 품는다. 그런 사고방식은 물론 근시안적이고 일관성이 없는 것이다. 왜냐하면 그들은 환자가 자신의 증세를 그저 상상하고 있는 것뿐이라고 확신하는 사람들이기 때문이다.

말의 기원은 본디 마술이다. 오늘날에도 말은 그 옛 마력을 다분히 지니고 있다. 말의 힘으로 사람은 타인을 기쁘게 할 수도 있고 반대로 절망의 구렁텅이에 몰아넣을 수도 있다. 말을 통해서 교사는 학생에게 지식을 전달하고, 연사는 광장에 모인 청중을 감동시키며 그들의 판단과 결의를 좌우할 수 있다. 말은 감정에 불을 붙인다. 말은 감동을 불러일으키고 사람들 사이에 서로 영향을 주는 보편적인 수단으로 쓰이고 있다. 그러므로 심리치료에서 말을 사용한다고 하여 우습게보아서는 안 된다. 만일 우리가 정신분석 의사와 환자 사이에 오가는 대화를 방청하는 사람이 될 수 있다면 그것을 아주 쉽게 깨달을 수 있을 것이다.

그러나 방청은 허용되지 않는다. 정신분석 요법은 대화에 의해 이루어지지만 그 대화에 방청객이 끼어서는 안 된다. 우리의 회화는 결코 실물교시의 대상이 될 수 없다. 물론 정신의학 강의에서는 교수가 학생에게 노이로제 환자, 히스테리 환자를 실물교시하는 경우가 있다. 그때 환자는 자기의 병력이라든가 자기 고민을 호소한다. 그러나 결코 그 이상의 말은 하지 않는다. 분석에 필요한 보고를 얻을 수 있을 때란 환자와 의사 사이에 특별한 감정적 결합이 성립되었을 때뿐이다. 자기와 아무런 관계가 없는 제삼자가 듣고 있다는 것을 알면 환자는 곧바로 입을 다물어버린다. 왜냐하면 그러한 보고는 그의 정신생활에서 가장 비밀스러운 부분에 속하기 때문이다. 또 사회적으로 독립한 한 개인으로서 타인에게 숨겨두어야 하는 것이고, 나아가서는 조화된 인격으로서 자기 자신에게조차 고백하고 싶지 않은 것과 관련이 있기 때문이다.

그러므로 여러분은 정신분석 요법의 상황을 방청할 수 없다. 여러분은 치료 이야기를 타인에게 들을 수 있을 뿐이다. 말하자면 엄밀한 의미에서 정신분석은 남의 말을 통해서 듣고 배울 수밖에 없다. 이와 같은 간접적인 교육에 의해 판단을 내려야 하므로 여러분은 분명 불리한 조건에 놓여 있다.

그렇다면 이때 여러분의 판단은 여러분이 증인을 어느 정도 신뢰하느냐에 달려 있을 것이다.

가령 정신의학 강의가 아니라 역사학 강의를 들으러 왔다고 해보자. 강사는 알렉산드로스 대왕의 생애와 전공(戰功)에 대해 이야기하고 있다. 이때 여러분은 어째서 그 강사의 말이 거짓이 아니라고 믿는가? 언뜻 보기에 이는 정신분석의 경우보다 훨씬 더 불리하지 않은가? 왜냐하면 역사학 교수는 여러분과 마찬가지로 알렉산드로스 대왕의 원정에 참여하지 않았기 때문이다. 이에 비해 정신분석가는 적어도 자기 자신이 맡아 한 일에 대해서 여러분에게 보고한다. 여기서, 역사가를 믿어도 좋다고 판단하는 근거가 과연 무엇인가 하는 의문이 생긴다. 역사가는 여러분에게 동시대 또는 그 사건과 가까운 시대에 살았던 옛 저술가의 기록, 이를테면 디오도루스, 플루타르코스, 아리아노스 등의 책을 사실(史實)로 제시할 것이다. 또 현재까지 보존되는 화폐라든가 대왕의 조상 따위의 복사품을 보여줄 수도 있고, 이수스 전투를 새긴 폼페이 모자이크의 사진을 회람시켜 줄 수도 있다. 그런데 엄밀히 말해 이런 기록들은 모두 먼 옛날 사람들이 알렉산드로스의 실재나 그의 행동의 사실성을 이미 믿고 있었음을 증명하는 것에 지나지 않는다. 그러므로 여러분은 이들을 근거로 하여 마음껏 새로운 비판을 가할 수 있다. 그리고 이런 과정을 통해 여러분은 알렉산드로스에 관한 기록을 전부 믿을 수는 없으며 세세한 것들은 확인하기 어렵다는 것을 깨닫게 될 것이다. 그러나 나는 여러분이 모두 알렉산드로스 대왕의 실재를 의심하며 강의실을 나가리라고는 생각되지 않는다. 여러분은 주로 다음 두 가지 점을 고려하여 판단을 내릴 것이다. 첫째는, 강사 자신이 미심쩍다고 생각되는 사실을 여러분에게 진실인 것처럼 전달하려는 의도는 전혀 없어 보인다는 점, 둘째는 어느 역사책을 뒤져보나 거의 똑같이 씌어 있다는 점이다.

옛 사료를 검토할 때도, 같은 사항에 대해서 사료의 제공자들이 어떤 동기를 가지고 있었는가, 또 그 증언들이 서로 일치하는가 하는 점을 고려해 판단할 것이다.

그럼으로써 알렉산드로스의 실재는 확실히 믿어도 좋은 것이 되겠지만, 모세라든가 니므롯과 같은 인물이라면 매우 다른 결론에 도달할 것이다. 이와 마찬가지로, 정신분석의 보고자를 어느 정도 믿어야 하는가에 대해 여러분은 나중에 충분히 알게 될 것이다.

여러분은 이런 질문을 할 수 있다. 만일 정신분석을 객관적으로 확증해 주는 것도 없고 볼 수도 없다면 도대체 어떤 방법으로 정신분석을 배우고, 그 주장이 진실이라는 것을 확인할 수 있는가? 실제로 정신분석을 배우는 것은 쉬운 일이 아니다. 또 정신분석을 정식으로 배운 사람도 많지 않다.

그러나 거기에 도달하는 길은 물론 열려 있다.

우선 여러분은 자신을 대상으로 하여 스스로 정신분석을 시도하고, 자기라는 인간을 연구함으로써 정신분석을 습득할 수 있다. 이것은 내관(內觀)²과는 조금 말뜻이 다르지만, 달리 알맞은 말을 찾을 수 없으므로 우선은 그렇게 표현해두자. 정신분석을 조금만 배우게 되면 자기 자신을 분석 재료로 쓸 수 있는, 빈번하게 일어나는 보편적인 정신 현상이 많이 있다. 그러한 재료를 분석함으로써 여러분은 정신분석이 말하는 현상이 실제로 존재한다는 것, 정신분석의 견해가 절대 거짓이 아니라는 것을 확인할 수 있다. 물론 그런 방법으로 나아가다 보면 어떤 한계에 부딪힐 수밖에 없다. 그러므로 더욱 깊이 연구할 생각이라면 전문 분석가에게 자신에 대한 분석을 부탁하여 분석의 효과를 스스로 체험하고, 다시 그 분석가가 사용한 미묘한 분석 기술을 살핌으로써 여러분은 눈에 띄게 발전할 수 있다. 이것은 아주 훌륭한 방법이다. 그러나 물론 이 방법은 개인에게만 국한되며, 결코 강의실의 학생 전체가 동시에 사용할 수는 없다.

정신분석을 이해하려 할 때의 두 번째 어려움은 정신분석에만 책임을 지울 수는 없다. 적어도 여러분이 지금까지 의학 연구에 종사해왔다면 여

---

2 자기 자신의 마음의 상태나 움직임을 하나도 빼놓지 않고 관찰하여 보고하는 것. 실험심리학의 연구 방법.

러분에게도 책임이 있다. 여러분이 지금까지 받아온 교육은 여러분의 사고 활동을 정신분석과는 멀리 떨어진 방향으로 돌려놓았다. 여러분은 생체의 기능이나 그 장애를 해부학적 기초 위에 올려 화학적 또는 물리학적으로 해석하고 또 생물학적으로 포착하도록 교육받아 왔다. 여러분은 이 놀랄 만큼 복잡한 생체 기능의 정점에 있는 정신생활로는 조금도 관심을 돌리지 못한다. 여러분에게 심리학적 사고법은 낯설기만 하고, 그런 것을 불신의 눈으로 바라보는 데 익숙해져 있다. 결국 거기에 학문적 성격을 부여하는 것을 거부하며 이를 비전문가들이나 시인, 자연철학자, 신비주의자 같은 이들에게 내맡겨버리는 것이다.

여러분이 의사로 활동하고 있다면 이와 같은 편견은 확실히 유감스러운 일이다. 왜냐하면 다른 일반적인 인간관계에서처럼 여러분이 환자를 진찰할 때도 우선 그 환자의 정신적 외양만 보일 것이기 때문이다. 그런 편견 때문에 목적하는 치료 효과를 이루지 못하고 여러분이 그토록 경멸하는 돌팔이 의사나 자연요법가, 신비주의자들에게 의지하는 어리석은 일이 벌어지지나 않을까 우려된다.

기존의 교육이 가진 이러한 결함에 대해 여러분이 어떤 변명을 할지 나는 잘 알고 있다. 그러나 아무튼 의사라는 여러분의 직업에 도움이 되는 철학적인 보조 학문이 결여되어 있다는 것은 분명하다. 여러분이 학교에서 배운 사변철학이나 기술심리학, 그리고 감각생리학을 토대로 한 실험심리학 같은 것은 정신과 육체의 관계를 배우는 데 별 도움이 되지 않으며 정신 기능에 일어날 수 있는 장애를 이해하는 열쇠를 제공해주지 못한다.

의학 영역에서의 정신의학은 관찰된 정신 장애를 기술하고 임상 증상(臨床症狀)으로 종합하는 일을 하고 있지만, 정직하게 말하자면 단순한 기술적(記述的) 진술이 과연 과학의 이름에 해당하는 가치가 있는지를 정신의학자 자신도 의심하고 있다. 병상(病像)을 이루고 있는 증상의 유래와 메커니즘, 상호관계 등에 관해서는 아무것도 밝혀내지 못했다. 그 증상은 정신의 해부학적 기관인 뇌로 증명되는 변화와 완전히 일치하지도 않으며, 그런 해부학적 변화만 가지고 그 증상을 모두 설명할 수도 없다. 이런 정신적 장애들이 치료의 대상이 되는 경우는 어떤 기질적 질환의 부작용으로 인식될 때뿐이다.

바로 이것이 정신분석이 메우려고 하는 부분이다. 정신분석은 지금까지 정신의학에 결여되어 있던 심리학적 기초를 마련해주고자 하는 것이며, 신체적 장애와 정신적 장애가 동시에 일어나는 이유를 설명해주는 공통적인 바탕을 발견하고자 하는 것이다. 이 목적을 위해 정신분석은 해부학적, 화학적, 생리학적인 성격을 띠는 모든 전제들에서 해방되어 어디까지나 순수한 심리학적인 개념에 의해 연구를 진행시켜야만 한다. 그러나 바로 이 때문에 정신분석이 여러분에게 기묘한 느낌을 주게 되지나 않을까 걱정이 된다.

세 번째 어려움에 대해서는, 여러분이 받아온 교육이나 여러분의 태도에 책임이 있다고는 말하지 않겠다. 정신분석은 이제 이야기할 두 가지 주장 때문에 세상 사람들의 노여움을 사고 반감을 초래했다. 그 한 가지 주장은 세상의 지성적인 편견과 상반되고, 또 다른 주장은 심미적·도덕적인 편견과 상반된다. 이러한 편견을 과소평가하지 말기 바란다. 그것은 위력적이고 유용한 것이다. 아니, 필연적인 인류 진화 과정의 부산물이다. 그러한 편견은 감정에 의해 고착되어 있기 때문에, 거기에 맞서 투쟁하는 것은 매우 어려운 일이다.

세상의 반감을 사는 정신분석의 첫 번째 주장은, 정신 현상 그 자체가 무의식(無意識)이며 의식적 과정은 전체 정신 활동 가운데 일부분에 지나지 않는다는 것이다. 여러분은 이와는 달리 정신과 의식을 같은 것으로 여기는 습관이 붙어 있음을 상기할 수 있을 것이다. 즉 의식이란 분명히 정신을 규정하는 특질이며 심리학은 의식 내용을 연구하는 학문이라고 여겨왔다. 이는 너무나 당연한 사실로 보여서 그것을 반박한다는 것 자체가 어이없게 생각될 수도 있다. 그럼에도 불구하고 정신분석은 의식과 정신이 동일한 것이라는 가정을 인정할 수 없다. 여러분의 정의에 따르면 정신이란 감정, 사고, 욕망의 과정인데 우리는 의식적 사고와 무의식적 욕망이 존재한다고 주장한다. 이 주장 때문에 정신분석은 처음부터 냉정한 학문적 성격을 좋아하는 사람들의 호감을 잃고 말았으며, 어둠 속에서 집을 짓고 흐린 물속에서 고기를 낚는 엉터리 신비교라는 혐의를 받고 만 것이다.

내가 어떤 이유로 〈정신은 의식이다〉라는 이 추상적인 명제(命題)를 단연코 편견이라고 단정하는지, 여러분이 아직 이해하지 못하는 것은 당연하다. 또 무의식이라는 것이 실제로 존재한다면 어떤 과정을 통해서 이것이 부정당하게 되었는지, 또 이 명제를 부정할 때 어떤 이익이 있었는지에 대해서도 아마 여러분은 짐작하기 어려울 것이다. '정신과 의식은 같은 것인가, 아니면 정신은 의식의 범위를 넘어서 펼쳐져 있는가?' 하는 문제를 둘러싸고 논란을 벌이는 것은 어쩌면 공허한 말장난처럼 들릴 것이다. 그러나 나는 무의식적인 정신 과정이 존재한다고 가정했기 때문에 이 세상과 학문의 세계에 완전히 새로운 문이 열렸다는 점을 여러분에게 단언할 수 있다.

정신분석의 이 첫 번째 대담한 주장이 다음에 말하고자 하는 두 번째 주장과 얼마만큼 밀접한 관계가 있는지도 여러분은 아직 상상하지 못할 것이다. 정신분석이 그 업적의 하나로서 발표한 두 번째 명제는 바로, 사람들이 좁은 뜻으로나 넓은 뜻으로 성적(性的)이라고 부르는 욕구의 흥분이 노이로제나 정신질환을 일으키는 데 상상할 수 없을 만큼 커다란 역할을 하고 있다는 주장이다. 아니, 그 이상으로, 이 성적 충동은 인간 정신이 이룩한 문화적·예술적·사회적 창조에 결코 가벼이 볼 수 없는 커다란 공헌을 해왔다고 주장하는 바이다.

나의 경험에 따르면, 정신분석 연구 성과 중 이 부분에 대한 반감이야말로 정신분석이 당한 가장 신랄한 비판의 근원이었다. 여러분은 우리가 성적 충동을 어떻게 설명하는지 알고 싶은가? 우리는 생존경쟁에서 오는 압력 속에서 본능적 욕구 충족을 희생하여 산출한 것이 문화라고 믿고 있다. 문화의 대부분은, 계속하여 새로이 인간 사회의 일원이 된 각 개인이 사회 전체를 위해 되풀이하여 욕구 충족을 희생함으로써 언제나 새롭게 만들어내는 것이다. 이렇게 이용된 본능적인 힘들 중에서도 특히 성적 욕망은 중요한 역할을 맡고 있다. 이때 성적 욕망은 승화(昇華)된다. 다시 말해 그 본래의 성적 목표에서 전도(轉導)되어 사회적으로 한층 높은 차원의 성적이지 않은 다른 목표로 돌려진다. 그러나 이와 같은 방법으로 구축된 건조물은 불안정할 수밖에 없다. 성 본능은 본래 제어하기 어려운 것이어서, 문화 활동에 참가하고 있는 개개인의 마음 밑바닥에는 자기 안에 불타는 성 본능의 승화 작업을 포기할 위험이 항상 존재하고 있다.

성 본능이 억제에서 해방되어 그 본디 목표로 돌려질 때 사회는 커다란 문화의 위기를 느낀다. 그러므로 사회는 그 자체의 토대가 되고 있는 이 아픈 부분이 상기되는 것을 좋아하지 않는다. 성 본능의 위력을 인정하거나, 각 개인에게 성생활이 가지는 의미를 일깨우는 데 사회는 전혀 관심이 없다. 오히려 교육적이라는 견지에서 이 성이라는 영역 전체에 사람들의 주의가 집중되지 않도록 하는 길을 택한다. 그래서 이 사회는 정신분석이 밝힌 연구 성과를 이해하지 않으려 했고, 안간힘을 쓰며 정신분석에 '미(美)와 반대되는 것', '도덕상 배척해야 하는 것', '위험하기 짝이 없는 것'이라는 낙인을 찍고 싶어했던 것이다.

그러나 학문적 업적의 객관적인 성과라는 것은 이런 비난에 동요되지 않는 것이다. 적어도 반론을 제기하려면 처음부터 지적인 문제로 출발해야 한다. 그런데 인간은 보통 마음에 들지 않는 것에 대해 일단 옳지 않은 것으로 간주하고 나서 그에 맞는 증거들을 찾아낸다. 이 사회도 정신분석의 이론에 대해 마음에 들지 않는다는 이유로 먼저 부정한 후에, 얼핏 보면 이론적이고 구체적이지만 실은 다분히 감정을 앞세운 논거를 내세워 공격했다. 하지만 그것은 본질적으로 감정적인 반발이며 편견에 불과한 반론을 고집하고 있는 것일 뿐이다.

그러나 우리는 이렇게 많은 비난을 받는 명제를 제창하면서 어떠한 세상의 풍조에도 추종하지 않았다고 단언할 수 있다. 우리는 어려웠던 연구에서 발견했다고 믿은 것만을 발표하려 했을 뿐이다. 우리는 학문 연구에 이와 같은 현실적인 문제를 뒤섞는 것을 절대 거부할 권리를 요구한다. 그런 권리를 얻기 전에는 현실적인 측면을 고려하도록 요구하는 그와 같은 경계심이 과연 정당한 것인지 어떤지 조사할 필요조차 느끼지 않는다.

지금까지 말한 것은 정신분석을 배울 때 만나는 어려움들 중 몇 가지에

지나지 않는다. 강의 시작에 즈음하여 이것으로 충분할 것이다. 여러분이
지금까지의 권고로도 동요하지 않을 결심이 생겼다면, 이제 강의에 들어
가기로 하겠다.

실수 행위

　가설보다는 하나의 연구로 시작해보려 한다. 연구 대상으로는 아주 흔하고, 사람들이 모두 알고 있지만 그러면서도 그다지 주의를 기울이지 않는 어떤 현상을 골라보겠다. 이것은 건강한 사람들 누구에게나 나타나기 때문에 병과는 아무 상관이 없다. 바로 사람들이 흔히 하는 잘못들, 이른바 〈실수 행위(Fehlleistung)〉이다.

　예를 들어 무슨 말을 하려고 했는데 그만 다른 말이 입 밖으로 튀어나오는 〈잘못 말하기(Versprechen)〉 같은 것이다. 글을 쓸 때도 이런 현상이 나타나는데, 그것을 나중에 깨닫기도 하고 모르고 넘어가기도 한다. 또 인쇄물이나 문서를 읽을 때 씌어 있는 글자와 다르게 읽는 〈잘못 읽기(Verlesen)〉도 있다. 누군가가 하는 말을 잘못 알아듣는 〈잘못 듣기(Verhören)〉도 그 한 종류이다. 물론 청력에 신체적인 이상이 있을 경우에는 다른 문제다.

　실수 행위에 들어가는 또 다른 종류로는 일시적 〈망각(Vergessenheit)〉

이 있다. 이는 오래 지속되는 망각이 아닌 잠깐 동안의 망각을 가리킨다. 이를테면 종종 그 사람에 대해 말해왔고 얼굴도 떠오르는데 갑자기 이름이 떠오르지 않는 경우라든가, 나중에는 생각나지만 하려 했던 〈계획〉을 잠깐 잊는 경우와 같이 짧은 시간 동안 떠오르지 않는 현상이다.

실수 행위의 세 번째 종류에서는 이 〈일시적〉이라는 조건이 빠진다. 이를테면 물건을 어디엔가 치워두고는 나중에 어디에 두었는지 완전히 잊어버리는 〈둔 곳 잊어버리기(Verlegen)〉, 그와 아주 비슷한 〈분실(Verlieren)〉이 이에 속한다. 이 또한 망각으로 인한 것이지만 여타의 경우들과는 다르게 받아들여져서, 이런 경우에 사람들은 있을 수 있는 일로 생각하지 않고 스스로 기가 막히거나 짜증이 나거나 한다.

그 밖에도 〈일시성〉이라는 요인이 전면에 나타나는 일련의 〈착각(Irrtümer)〉들이 있다. 이는 이를테면 평소에는 그렇지 않다는 걸 알고 있던 것인데 순간적으로 잠시 동안 그것이 사실이라고 믿는 것이다. 이와 같이 여러 가지 이름들을 가진 비슷한 경우들이 많이 있다.

이러한 현상들은 모두 서로 깊은 관계가 있어서 독일에서는 〈Ver〉라는 전철(前綴)이 붙은 단어로 표현된다. 이들은 모두 대수롭지 않은 것, 대개 그저 일시적인 것이며 생활에 큰 의미가 없다고 여겨지는 것이다. 예외적으로 가끔 물건의 분실이 실생활에서 중요한 일로 생각될 뿐이다. 그러므로 이런 현상에 대해서는 약간 감정이 동요될 뿐 사람들은 그다지 관심을 갖지 않는다.

그러나 지금부터 여러분은 이와 같은 현상에 주의를 기울여주기 바란다. 이에 여러분은 분개하며 항의할 수도 있다.

"이 넓은 세계에는 숱한 수수께끼들이 있고, 정신생활이라는 좁은 세계도 수수께끼로 가득 차 있으며, 정신 장애의 영역만 해도 설명이 필요하고 설명할 가치가 있는 경이(驚異)들이 헤아릴 수 없이 많은데 하필 이런 하찮은 것에 정력과 관심을 소비해야 하다니 정말 어처구니가 없습니다. 건강한 귀와 눈을 가진 인간이 왜 대낮에 거기 존재하지 않는 것을 보거나 듣거나 할 수 있는지, 어째서 여태까지 가장 사랑하던 사람이 자기를 박해한다고 갑자기 믿게 되는지, 또 어째서 어린아이들도 어처구니없다고 생각할 망상이 나타나는지 등의 이유를 선생님께서 우리에게 똑똑히 가르쳐주신다면 우리는 정신분석을 존중할 수 있을 것입니다. 그러나 축사를 하던 사람이 왜 말실수를 했는지, 가정주부가 왜 열쇠를 어디에 두고 잊어버렸는지 따위의 하찮은 문제만 연구하는 것이 정신분석이라면 우리는 모처럼의 시간과 관심을 더 유익한 다른 것에 쏟고 싶습니다."

이에 대해 나는 다음과 같이 대답할 수밖에 없다.

"좀 기다려보세요. 여러분의 비판은 옳지 않습니다."

물론 정신분석이 지금껏 한 번도 하찮은 것을 연구 대상으로 삼지 않았다고 주장할 수는 없다. 아니, 그와는 반대로 정신분석은 다른 학문으로부터 하찮은 것이라고 버림받은 눈에 띄지 않는 것, 말하자면 현상계(現象界)의 쓰레기 같은 것을 언제나 그 관찰 재료로 삼아왔다. 그러나 여러분의 비판은 문제의 크기와, 그 특색이 사람들의 눈에 잘 띄느냐 하는 것을 혼동하고 있는 것은 아닌가? 매우 중대한 것이 어떤 때, 어떤 조건 아래서 매우 눈에 띄지 않는 징후(徵候)로 나타난 적은 없는가? 나는 그와 같은 많은 사례들을 쉽게 들 수 있다.

여기 있는 청년 여러분들은 어느 여성이 자기를 좋아한다는 걸 사소한 징후로도 알아챌 수 있을 것이다. 여러분은 아마도 사랑 고백이나 정열에 찬 포옹을 받고 나서야 비로소 그 여성이 자기를 좋아한다고 생각하지는 않을 것이다. 아니, 오히려 아무도 눈치 채지 못할 눈빛이라든가, 잠깐의 애교를 보았다든가, 1초쯤 더 길게 악수를 한 것만으로도 충분하지 않은 가? 또 여러분이 형사가 되어 살인범을 수사한다면, 범인이 현장에 자기 주소를 적은 사진이라도 남겨두리라 기대하는가? 아니, 여러분은 어디까지나 범인이 남긴 빈약하고 불확실한 증거물로 만족해야 할 것이다. 사소한 징후를 우습게보아서는 안 된다. 십중팔구 이 사소한 증거로부터 커다란 증거에 도달하게 되는 것이다.

그러나 나도 여러분과 마찬가지로 현실 세계와 학문상의 커다란 문제들이 우리의 일차적인 관심을 끌 권리가 있다고 생각한다. 그러나 지금부터 이러저러한 커다란 문제들을 전심전력으로 연구해보자 결심해봐야 대개는 별 소용이 없다. 그런 결심을 한다 해도 대체 무엇부터 시작해야 좋을지 전혀 짐작이 가지 않는다. 학문 연구에 임할 때는 이미 어느 정도 연구의 길이 트여 있는, 자기 주변의 것부터 착수하는 편이 훨씬 유리하다. 아무런 예상도 기대도 없이 백지 그대로 착실하게 연구해나갈 때, 다행스럽게도 운이 따라준다면, 작은 것과 큰 것이 모두 서로 연관을 짓고 있기 때문에 가망이 없을 것 같았던 연구에서도 큰 문제로 접근할 수 있는 실마리를 발견하게 되는 것이다.

그래서 지금 나는 여러분의 관심을 건강한 사람에게서 나타나는, 언뜻 보기에는 아주 하찮은 '실수 행위'라는 문제의 연구로 돌리고 싶은 것이다.

지금 정신분석의 지식이 전혀 없는 사람을 붙잡고 "대체 당신은 이 같은 현상을 어떻게 설명하겠는가?"라고 질문했다고 하자.

그 사람은 먼저 이렇게 대답할 것이다.

"뭐야, 그까짓 것은 설명할 가치도 없는 거야. 하찮은 우연이지."

이 대답은 어떤 의미일까? 이 사람은 우주 현상계의 인과율에서 벗어난, 있어도 없어도 그만인 사건이 존재한다고 주장하려는 것인가? 만일 이 사람이 이런 식으로 어느 한 부분에서라도 자연계의 인과율을 파괴해버린 다면, 이는 학문적 세계관을 내팽개친 것이나 다름없다. 여러분은 그런 사람에게, 신의 특별한 의지가 없으면 참새 한 마리도 지붕에서 떨어지지 않는다고 단정한 저 종교적 세계관이 얼마나 더 일관성이 있느냐고 지적해주면 된다.

내 생각에 이 사람은 자기의 첫 대답에서 일관된 결론을 끌어내려고는 하지 않을 것 같다. 그는 다시 생각해본 후 이렇게 대답할 것이다. 만일 자신이 그런 현상에 대해 연구를 해본다면 물론 그것을 설명할 수 있는 길이 있을 거라고 말이다. 그리고 그것은 기능의 가벼운 장애나 정신적 행위의 부정확함에 관한 문제라고 할 것이다. 그런데 그런 조건으로는 다음과 같은 것이 이미 제시되어 있다. 평소에는 정확하게 말을 하던 사람도 이런 경우에는 잘못 말하게 된다. 1) 조금 기분이 나쁘거나 피곤할 때, 2) 흥분 상태에 있을 때, 3) 다른 일에 주의를 빼앗기고 있을 때 등이다. 이 조건들을 증명하는 것은 별로 어려운 일이 아니다.

실제로 사람들은 피곤할 때나 머리가 아플 때 또는 편두통이 시작되려 할 때 말이 헛나오곤 한다. 그런 상태일 때는 무언가의 이름도 잘 잊어버린다. 그래서 자기가 자꾸 고유명사를 잊어버리고 생각이 잘 안 나면 이제 편두통이 시작되나 보다 하고 짐작하는 사람들도 있다. 사람이 흥분 상태일 때도 말실수를 하거나 사물을 혼동하게 되고 하려던 일을 잊어버리게 된다. 무언가 다른 일에 주의를 빼앗기고 있을 때 역시 계획을 망각한다든가 생각지도 않던 엉뚱한 다른 행위를 하게 된다. 이런 경우의 예로는《플리겐데 블래터(Fliegende Blätter)》[3]에 나오는 한 교수를 들 수 있다. 이 교수는 다음 저서에서 다룰 문제들을 생각하느라 우산을 어디엔가 잃어버리고, 남의 모자를 쓰고 나오기도 한다.

계획이나 약속이 있었을 때 중간에 몹시 복잡한 다른 일이 생기면 먼저의 계획과 약속을 깜박 잊게 되는 것은 우리의 경험으로도 충분히 알 수 있다.

이런 일은 너무나 당연하여 거기에 어떤 반론을 제기할 여지는 없는 것처럼 보인다. 우리가 기대를 가졌던 것만큼 흥미로운 일도 아니다. 그러나 어쨌든 실수 행위에 대한 이 설명을 조금 더 살펴보기로 하자.

이런 현상이 일어나는 원인으로 지적되는 위의 조건들은, 그 종류가 다 같은 것은 아니다. 불쾌감이나 순환 장애는 정상적인 기능이 작용하지 못하도록 하는 생리적인 조건이 된다. 흥분, 피로, 방심은 정신생리적이라 부를 수 있는 다른 종류의 조건이다. 이 조건들은 쉽게 이론으로 옮길 수 있다. 피로, 방심, 흥분 상태는 주의력의 분산을 가져온다. 그러면 정작 자기가 해야 하는 일에 주의를 집중하기 어려워진다. 이런 상태에서 한 일은 자칫하면 혼란을 일으켜 부정확하게 행해질 수 있다. 가벼운 병이라든가 신경 중추의 혈류량의 변화 같은 것도 같은 결과를 가져온다. 즉 그러한 것이 결정적인 인자(因子)가 되어 주의력 분산이라는 마찬가지 영향을 낳는다. 따라서 모든 경우 신체적인 원인이나 심리적인 원인에서 기인하는

---

3 오스트리아의 월간 풍자만화 잡지.

주의력 장애의 결과인 것이다.

그런데 이런 내용은 정신분석의 관심을 끌기에는 부족하다고 생각된다. 또 한 번 이 주제를 당장 버려버리고 싶은 심정이다. 그러나 여기서 더 세밀하게 관찰을 진행시켜 보면, 실수 행위가 모두 이 주의력 이론에 일치하지는 않는다는 것, 적어도 이 이론으로 실수라는 현상 전체를 설명하지 못한다는 것을 알게 된다.

이런 실수 행위나 망각은 피로하거나 방심하거나 흥분하지 않은 사람, 오히려 어느 면으로 보나 정상 상태에 있는 사람에게도 나타난다는 것을 우리는 경험으로 알고 있다. 그 사람이 그때 실수를 했기 때문에 흥분해 있었을 것이라 짐작하지만, 실수를 한 본인은 그때 흥분한 상태였다는 것을 인정하지 않을 수도 있다. 사람의 행위란 주의력을 쏟아 부었다고 해서 훌륭하게 수행되고, 주의력이 저하되어 있었다고 해서 제대로 수행되지 않는다고 간단하게 말할 수 없는 것이다. 순전히 기계적으로 그다지 주의를 기울이지 않고 하면서 완전히 확실하게 달성되는 행위가 많지 않은가. 산책을 하고 있는 사람은 자기가 어느 방향으로 걸음을 옮기고 있는지 그다지 주의를 기울이지 않는다. 그래도 길을 잘못 들지 않고 바른 길을 지나 목적지에 도착한다. 숙련된 피아니스트는 생각하지 않고도 정확하게 건반을 두드린다. 물론 잘못 칠 때가 있지만, 생각하지 않고 치는 것이 실수의 위험도를 높이는 것이라면 평상시에 많이 연습하여 자동적으로 칠 수 있게 된 명연주가야말로 잘못 칠 위험에 가장 많이 노출되는 셈이다.

많은 행위가 특별히 주의를 필요로 하지 않는 경우에 오히려 매우 순조롭게 수행되고, 정확하게 하고자 특별히 열을 올릴 때, 즉 아무리 봐도 실수를 저지르는 요인인 주의력 산만이 보이지 않을 때 오히려 실수를 하게 된다. 이것이 〈흥분〉의 결과라고 사람들은 말하지만, 그렇다면 우리가 그렇게 관심을 쏟고 있는 일에 흥분은 왜 주의집중력을 높여주지 않는 것인지 이해할 수 없다. 누군가 중요한 연설이나 강연을 할 때 자기가 말하려고 생각한 것과 정반대의 말을 무심코 해버렸을 경우, 이것은 도저히 정신생리적 이론이나 주의력 이론으로는 설명이 되지 않는다!

실수에는 또 여러 가지 작은 부수적인 현상들이 있는데 그것은 이해하기 어렵고, 이제까지의 이론으로는 뚜렷이 설명되지도 않는다. 이를테면 다음과 같은 일은 무슨 이유일까? 어떤 이름을 일시적으로 잊어버렸을 때 사람들은 그것 때문에 무척 짜증이 나고 어떻게든 기억해내려고 애쓰다가 다른 일은 손에 잡히지 않게 된다. 그의 표현대로라면 〈입안에 뱅뱅 돌고〉 있어서 누가 말해주면 금방 생각날 이름인데, 아무리 생각해내려고 기를 써도 그때는 떠오르지 않는 것은 도대체 무슨 까닭일까? 또 어떤 때는 실수들이 잡다한 모습을 하고 서로 얽혀 이어지는 경우도 있다. 처음에는 데이트 약속 자체를 잊어버리고, 그다음 약속은 꼭 기억하겠다고 단단히 마음먹었는데도 이번에는 약속 시간을 잘못 알고 있었음을 깨닫는다. 잊어버린 이름을 이리저리 궁리하며 생각해내려고 애쓸 때 종종 그 말을 찾아내는 데 도움이 될 것 같아 떠올린 두 번째 이름마저 기억나지 않는다. 그렇게 두 번째 이름을 좇다가 이번에는 세 번째 이름까지 잊어버린다.

이와 같은 일이 식자공(植字工)의 실수 행위인 오식(誤植)에도 종종 일어난다. 한 번은 사회민주당의 기관지에 이런 종류의 집요한 오식이 있었다는 이야기를 들은 적이 있다. "당일 식장에는 'Kornprinz'도 참석하셨다."라는 글이 축전(祝典) 기사에 실렸다. 다음 날 신문은 오식 정정 기사를 내며, 정중하게 사과하고 다음과 같이 썼다.

"전일의 기사 'Kornprinz'는 'Knorprinz'의 오식이므로 정정합니다."[4]

이럴 때 사람들은 〈오식의 마귀〉에 씌었다거나 〈활자 상자의 요괴〉 혹은 그 비슷한 것의 장난이라고 말하는데, 이런 표현은 아무튼 정신생리적인 이론의 범위를 넘어서는 무엇이 있음을 의미한다.

여러분이 알고 있는지 모르겠지만, 어떤 암시를 줌으로써 누군가에게 잘못 말하게 하는 일도 가능하다. 이에 대해서는 다음과 같은 일화가 있다. 어느 풋내기 배우가 연극《오를레앙의 처녀》에서 중요한 배역을 맡게되었다. 그는 왕에게 "Connétable[5]이 칼을 도로 보내왔습니다."라는 대사를 해야 했다. 그런데 연습을 할 때 주연 배우가 곁에서 우물쭈물하고 있는 이 풋내기 배우에게, 대본에 있는 대사 대신 "Komfortabel[6]이 말을 도로 보내왔습니다."라는 말을 몇 번이나 되풀이하며 장난을 쳤다. 그리고 주연 배우는 결국 자기의 목적을 달성했다. 이 풋내기 배우가 상연 중에 너무 지나치게 조심하다가 그만 가엾게도 주연 배우가 놀려대던 그 잘못된 말을 지껄여버린 것이다.

이러한 것들을 주의력 장애로 설명하기는 어렵다. 그렇다고 해서 그 이론을 전부 부정하는 것은 아니다. 다만 그것만으로는 불충분하다는 것이다. 나무랄 데 없는 이론으로 만들기 위해서는 보완해줄 무엇이 필요하다. 그럼으로써 우리는 실수 행위를 다시 다른 관점에서 바라볼 수 있다.

---

4 첫 번째 기사의 'Kornprinz'와 다음 날 정정 기사의 'Knorprinz'는 모두 'Kronprinz'의 오식이다. 즉 "당일의 식장에는 Kronprinz(황태자 전하)도 참석하셨다."라고 쓰려 하였으나 오식 정정 기사에도 오식이 있었던 것이다.
5 프랑스 군의 원수(元帥)를 뜻한다.
6 빈의 속어로 '마부'를 의미한다.

여러 가지 실수 행위 중에서 우리의 연구에 가장 적절한 것으로 〈잘못 말하기〉를 골라보자. 물론 잘못 쓰기나 잘못 읽기를 골라도 크게 상관없다. 우리는 지금껏 언제, 어떤 조건 아래서 사람이 잘못 말하게 되는가 하는 의문을 던지고 그에 대해서만 설명해왔다는 것을 상기해주기 바란다. 그러나 이제부터는 다른 방향으로 관심을 돌려, 왜 사람은 꼭 이런 식으로만 잘못 말하고 달리 잘못 말하지는 않는가 하는 점을 알고자 해도 좋을 것이다. 이때 여러분은 잘못 말하기의 본질을 고찰하게 된다. 이 문제에 답하지 못하고 그 작용을 설명하지 못한다면, 비록 생리학적으로 훌륭하게 해석을 했다 해도 심리학적인 측면에서 이 현상은 단지 하나의 우연으로 남게 된다.

내가 잘못 말할 경우, 나는 분명 무한히 많은 다른 방법으로 잘못 말할 수 있었다. 한 마디의 옳은 말 대신에 다른 수천 마디 중의 하나를 지껄인 것이다. 하나의 옳은 말에 대해 바꿀 수 있는 말은 셀 수 없이 많았다. 그렇다면 이와 같이 무수한 가능성 중에서, 이 특수한 경우에 나를 다름 아닌 그 방법으로만 잘못 말하게 한 데는 어떤 이유가 있는 것이 아닐까? 아니면 단순히 우연적이고 임의적인 것에 지나지 않아 결국 이 의문에 합리적인 답을 할 수는 없는 것일까?

1895년에 메링어R. Meringer[7]와 마이어C. Mayer[8] 두 학자가 나름대로 잘못 말하기의 의문을 풀어보려는 시도를 했다. 두 사람은 많은 사례들을 모아

---

7 독일의 언어학자.
8 스위스의 정신의학자.

우선은 단순히 기술적(記述的)인 관점에서 그것을 기록했다. 물론 그들이 어떤 해명에 도달하지는 못했지만, 우리는 여기서 하나의 실마리를 얻을 수 있다.

메링어와 마이어는 원래 의도했던 말을 잘못 말하게 되는 왜곡의 방법을 몇 가지로 구별하고 그것을 도치(倒置:Vertauschungen), 선행발음(先行發音:Vorklänge), 후퇴발음(後退發音:Nachklänge), 혼성(混成:Vermengungen)(Kontaminationen), 대용(代用:Ersetzungen)(Substitution)이라고 명명했다. 이제 여러분에게 이 두 학자가 분류한 주요 항목들에 대해서 예를 들어 설명해보려 한다.

도치의 예로는 〈밀로의 비너스〉라고 말하는 대신 〈비너스의 밀로〉라고 잘못 말하는 것을 들 수 있다(어순의 도치). 선행발음의 예로는, "Es war mir auf der Brust so schwer(나는 걱정으로 가슴이 무겁다)."라고 말하는 대신 "Es war mir auf der Schwest."라고 말하는 경우를 들 수 있다.[9] 후퇴발음의 예로는 저 유명한 우스꽝스러운 축배, "Ich fordere Sie auf, auf das Wohl unseres Chefs aufzustoßen(여러분, 우리 은사님의 건강을 축원하여 구토합시다)."[10]이 있다.

이상의 세 종류는 잘못 말하기에서 그리 흔히 볼 수 있는 형태는 아니다. 이들보다 더 자주 나타나는 것은 생략이나 혼성의 형식이다. 이를테면 한 신사가 길거리에서 낯선 젊은 여성에게 "Wenn Sie gestatten,

---

9 뒤에 있는 'Schwer(무거운)'가 앞에 가서 'Brust(마음-)'의 -st와 붙어 'Schwest'라고 발음되었다.

10 축배를 들자는 'anzustoßen'을 구토를 하자는 'aufzustoßen'이라고 잘못 말한 것이다. 이전에 'auf'라는 발음이 두 번 나온 것을 볼 수 있다.

mein Fräulein, möchte ich Sie gerne 'begleitdigen'."[11] 이라고 인사한 경우, 이 혼성된 말 속에는 〈Begleiten(모시고 가다)〉이라는 단어 외에도 〈Beleidigen(능욕하다)〉이라는 단어가 분명 포함되어 있다(이런 고약한 신사는 결코 젊은 여성에게 다가갈 수 없을 것이다). 또 대용의 예로 그들은 "Ich gebe die Präparate in den 'Brütkasten'(표본을 부란기孵卵器에 넣어 두다)." 대신 'Briefkasten(우편함)'이라고 말한 것을 들었다.

이들 두 학자가 위의 사례들을 근거로 하여 시도하고 있는 설명은 매우 불충분한 것으로 보인다. 그들은 말의 소리와 음절은 각각 다른 가치를 지니고 있어서, 더 높은 값을 지닌 음의 영향을 받아 이런 말실수가 생긴다고 주장했다. 그런데 이 주장은 그다지 흔하지 않은 선행발음과 후퇴발음의 경우에 근거한 것이다. 설령 발음의 우세(優勢)라는 것이 있다 하더라도 다른 경우의 잘못 말하기와는 큰 관련이 없다. 많은 사람들이 인정하고 있는 가장 흔한 잘못 말하기는 어떤 말 대신 그것과 매우 유사한 다른 말을 하는 경우이다. 이를테면 모 교수가 취임 연설에서 "나는 존경하는 우리 전임자의 공적을 평가하기를 좋아하지(geneigt) 않습니다."[12]라고 말한 경우, 또 어떤 교수가 "여성의 성기(性器)에 대해서는 무수한 유혹(Versuchungen)에도 불구하고…… 아니, 실례했습니다. 무수한 연구(Versuche)에도 불구하고……."라고 실언하는 경우들이다. 그러나 잘못 말하기 중 무엇보다도 흔하고 주목할 만한 것은 의도와 정반대되는 말을 하는 경우이다. 이는 물론 발음 관계라든가 유사성과는 전혀 관계가 없고,

---

11 원래는 "아가씨, 실례지만 제가 모시고 가게 해주십시오."라고 말하려던 것을 실언했다.
12 "평가하기에 적합하지(geeignet) 않습니다."의 실언이다.

대신 개념상 친근성이 있고 심리적 연상에서 서로 특별히 밀접하게 결부되어 있기 때문이라는 이유를 붙일 수 있다. 이런 형태의 잘못 말하기는 역사 속에서 하나의 사례를 찾을 수 있다. 언젠가 하원(下院) 의장이 다음과 같은 말로 개회를 선언했다.

"여러분, 의원의 출석수를 확인하고, 이제 폐회를 선언합니다."

반대 관계를 띤 연상이 갑자기 떠올라 자리를 어색하게 만드는 경우는 흔히 있다. 예를 들면 잘 알려진 이런 이야기가 있다. 헬름홀츠H. Helmholtz[13]의 아들과 유명한 발명가이자 산업 재벌인 지멘스W. Simens의 딸이 결혼을 하는데, 피로연에서 유명한 생리학자 뒤 부아 레몽Du Bois-Reymond이 축사를 맡았다. 이 생리학자는 훌륭한 축사를 다음과 같은 말로 끝맺었다.

"이제 탄생한 지멘스-할스케의 성공을 빌겠습니다."[14]

할스케는 물론 유서 깊은 회사의 이름이며, 이 두 이름을 연상하여 나란히 부른 것은 빈 사람들이 〈리델-보이텔〉[15]을 합쳐서 부르는 것처럼 베를린 사람들에게는 하나의 습관이었을 것이다.

그러므로 우리는 발음 관계와 언어의 유사성 이외에 언어 연상 작용을 첨가해야 한다. 그러나 이것으로도 충분하지 않다. 잘못 말하기 직전에 어떤 말을 했는가, 또는 어떤 것을 생각했는가를 고려하지 않으면 설명할 수 없는 잘못 말하기의 예가 많다. 비록 매우 밀접한 관계라고는 할 수 없지만 그것은 메링어가 강조한 후퇴발음의 경우라고 볼 수 있을 것이다. 고백하

---

13 독일의 생리학자이며 물리학자.

14 '지멘스-헬름홀츠'라고 했어야 옳았던 것이다. 지멘스와 할스케는 1847년 독일 최초로 설립된 전기 공업 회사이다.

15 오스트리아의 철강 재벌.

자면 여기까지 많은 자료들을 관찰하며 우리는 잘못 말하기에 대해 더 이해하기 어려워진 듯한 인상을 받게 된다.

방금 시도한 연구에서 〈잘못 말하기〉의 여러 사례들을 통해 어떤 새로운 인상을 받게 되었다는 것은 그다지 틀린 말이 아니라고 생각된다. 여기에 조금 더 머물러보는 것이 좋겠다. 우리는 지금까지 잘못 말하게 되는 조건과 잘못 말하기에서 이러한 왜곡 형태를 결정해주는 영향력들을 조사했다. 그러나 잘못 말하기의 발생과 관계없이 잘못 말하기의 작용 그 자체를 독립적으로 고찰해보지는 않았다. 만일 과감하게 이 본체(本體)를 고찰한다면 우리는 결국 이렇게 말할 수밖에 없다. 즉 몇 가지 사례에서는 잘못 말하기의 형태로 불쑥 튀어나오게 된 내용 자체에 어떤 의미가 있다는 것이다. 의미가 있다는 것은 대체 무슨 뜻일까? 그것은 다음과 같이 말할 수 있다. 즉 잘못 말하기의 작용은 그 자신의 목적을 추구하고 있는 정당한 심리적 행위이며, 또 내용과 뜻을 가진 표현으로 풀이해도 좋다는 것이다. 여태까지 우리는 계속 실수 행위를 문제로 이야기해왔지만, 이제 실수라는 것은 아주 정상적인 행위이며 본인이 예측하고 의도한 어떤 행위를 대신해 나타난 것일 뿐이라는 생각이 든다.

실수에 의미가 있음은 경우에 따라 아주 명백하게 드러난다. 하원 의장이 개회식에서 〈개회〉를 〈폐회〉라고 잘못 말했을 때, 이 잘못 말하기가 나타난 당시의 상황을 조사해보면 이 실수에는 깊은 뜻이 있다고 생각하지 않을 수 없다. 의장은 이번 의회가 자기 당에 불리하다고 예상하고 있어서 곧 폐회할 수 있었으면 하고 바랐던 것이다. 이와 같은 의미를 찾아내는 것, 즉 잘못한 말을 해석하는 것은 그리 어렵지 않다. 어떤 부인이 다른 부인에게 인사하며 "Diesen reizenden neuen Hut haben Sie sich wohl selbst 'aufgepatzt'."[16]라고 말했을 때, 이 잘못한 말에서 '당신의 새 모자가 아주 조잡하다'는 뜻을 끌어낸다 해도 이에 반박할 수 있는 과학자는 어디에도 없을 것이다.

다른 예를 보자. 콧대 높기로 유명한 어느 부인이 이렇게 말했다.

"남편이 의사에게 대체 어떤 영양식을 먹어야 좋은가를 물어보았더니, 특별한 식사가 필요 없대요. 남편은 〈내가〉 원하는 것을 무엇이나 먹고 마셔도 좋다는 거예요."

이 실언 역시 어떻게 보면 그녀의 일관된 자기중심적인 생각이 명백히 표현된 것이다.

잘못 말하기에서 극히 적은 사례만이 의미를 지니고 있는 것이 아니라 대부분이 어떤 〈의미〉를 갖고 있다고 하면, 여태까지 돌아보지 않았던 실수의 의미가 우리에게 가장 큰 문제로 다가온다. 그리고 일체의 다른 관점들은 그다지 중요하지 않게 느껴진다. 이렇게 되면 우리는 생리적 요소와 정신생리적 요소를 모두 무시하고 이제는 그 의미, 다시 말해 실수의 뜻, 실수의 의도를 오직 순수한 심리학적 견지에서 연구하지 않을 수 없다. 따라서 그 기대를 채워줄 만큼 많은 관찰 재료들을 검토해보아야 할 것이다.

이 계획을 실행하기 전에, 나와 함께 다른 실마리를 찾아보지 않겠는가? 시인들은 흔히 잘못 말하기 또는 그 밖의 실수들을 시적 묘사의 기교에 이

---

16 '부인이 쓰고 나온 새 모자가 잘 어울린다'는 말을 하려 했으나 〈aufgeputzt(장식하다)〉를 '조잡하다'는 뜻을 가진 〈aufgepatzt〉로 잘못 말한 것이다.

용한다. 이 사실만으로도 시인은 잘못 말하기와 같은 실수를 중요한 것으로 여기고 있다는 점을 알 수 있다. 왜냐하면 시인은 일부러 그것을 창작하기 때문이다.

시인이 우연히 글자를 잘못 쓰고는 그것을 작중 인물이 잘못 말한 것으로 남겨둔다는 것은 있을 수 없는 일이다. 분명 작가는 잘못 말함으로써 독자에게 무엇을 알리려 하는 것이다. 여기서 그 잘못 말한 것이 대체 무엇인지, 과연 작가는 우리에게 작중 인물이 방심 상태에 있었다든가 편두통이 일어나려 하고 있었다든가 하는 것을 암시하려 했던 것인지 한번 조사해볼 필요가 있다. 그것이 아주 의미 있는 것으로 판명되더라도 우리는 그것을 과대평가할 생각은 없다. 실제 생활에서 잘못 말하기는 아무 의미가 없는 심리적 우연일 수도 있을 것이고, 의미를 포함하는 일은 매우 드물지도 모르기 때문이다. 그러나 어쨌든 시인은 기교상 잘못 말하기를 사용하며, 잘못 말하기를 세련되게 갈고 닦아 거기에 뜻을 곁들이는 기술을 터득하고 있다. 잘못 말하기에 관해서는 언어학자나 정신의학자보다 작가에게서 더 배울 것이 많다 해도 과언이 아니다.

실러의 《발렌슈타인》(〈피콜로미니〉 제1막 제5장)에 이러한 잘못 말하기의 예가 나온다. 제4장에서 막스 피콜로미니는 발렌슈타인 공작을 열렬하게 지지했고, 그의 딸을 진영까지 수행해 가는 동안에 깨닫게 된 평화의 은총에 열광했다. 그리고 피콜로미니는 넋을 잃고 있는 자신의 아버지 옥타비오와 조정 사신 쿠베스텐베르크 공을 남겨두고 그 자리를 떠났다. 그리고 제5장의 내용이 이렇게 전개된다.

쿠베스텐베르크 아아, 큰일 났구나, 그렇게 되어버렸나? 그런 어처구니없는

생각으로 그를 가버리게 해도 좋을까? 그를 다시 불러올 수는 없을까? 이
자리에서 그의 눈을 뜨게 해줄 수는 없을까?

옥타비오 (깊은 생각에 잠겼다가 문득 정신을 차리고) 이제, 그 애가 내 눈을 뜨
게 해주었구나. 눈을 뜨고 보니 마음대로 온갖 것이 다 보이는구나.

쿠베스텐베르크 아니, 무슨 말씀이시오, 그게?

옥타비오 에이, 지긋지긋한 여행이다.

쿠베스텐베르크 왜요? 왜 그러오?

옥타비오 아무튼 가자. 이 불길한 조짐을 지금 당장 규명해서 내 눈으로 직접
확인해야겠다. 나와 함께 가자. (쿠베스텐베르크를 채근한다.)

쿠베스텐베르크 예, 어디로 가십니까?

옥타비오 (숨 가쁘게) 그녀에게로.

쿠베스텐베르크 그녀라니?

옥타비오 (말을 고쳐서) 아니, 공작에게로. 자, 가세.

옥타비오는 공작을 찾아간다고 말하려다가 그만 잘못 말해버렸다. 〈그
녀에게로〉라는 옥타비오의 말은, 적어도 우리에게 다음과 같은 것을 폭로
해준다. 그는 자기 아들인 젊은 기사가 평화를 지지하는 그 배후에 어떠한
영향력이 있는지를 명확하게 통찰하고 있다는 것이다.

오토 랑크Otto Rank[17]는 셰익스피어의 작품에서 더 감명 깊은 예를 발견
했다. 바로《베니스의 상인》의 유명한 장면, 즉 행운의 청혼자가 세 개의
상자 중에서 하나를 고르는 장면이다. 랑크의 짧은 글을 여러분에게 읽어

---

17 프로이트의 제자.

주는 편이 오히려 이해를 도울 것이다.

문학적으로 보면 미묘한 동기가 있고 기교상으로 보면 눈이 동그래지도록 화려하게 사용된 〈잘못 말하기〉, 즉 프로이트가 《발렌슈타인》에서 보여준 것은, 작가가 잘못의 메커니즘과 잘못에 포함되어 있는 의미를 충분히 알고 있으며 독자도 그것을 안다고 예상하고 고의로 만들었다는 것을 보여준다. 같은 예를 셰익스피어의 《베니스의 상인》(제3막 제2장)에서도 발견할 수 있다. 아버지의 유언에 따라 미래의 남편을 제비뽑기로 선택하도록 강요받은 포샤는 지금까지는 자기가 싫어하는 청혼자들을 우연한 행운으로 물리칠 수 있었다. 그런데 마지막으로 자신이 진정으로 사모하고 있는 바사니오가 청혼자라는 것을 알고, 바사니오 또한 제대로 제비뽑기를 하지 못할까 봐 걱정한다. 그녀는 바사니오에게, 만일 잘못 뽑더라도 역시 나는 당신을 사랑하지만 내가 한 맹세 때문에 두 사람 사이는 막히고 만다고 말하고 싶어 한다. 작가는 이런 내면의 갈등으로 고민하는 그녀의 입으로 사랑하는 청혼자에게 다음과 같이 말하게 하고 있다.

포샤 제발 서두르지 마시고 하루 이틀 더 계시다가 운명을 시험하세요. 네, 잘못 고르시는 날엔 두 번 다시 만날 수 없게 되니까 말예요. 그러니 잠시만 참으세요. 사랑은 아니지만, 어쩐지 당신과 헤어지기가 싫은 것만 같아요. 물론 싫다면 이런 조언도 하지 않을 거예요. 그러나 당신께서 제 마음을 이해 못 하시지나 않을까 하여……그래도 처녀의 마음은 생각뿐이지 말로는 못 해서……그러니 저를 위해서라도 운명을 시험하시기 전에 한두 달 이곳에 머무르게 하고 싶어요……어떤 것을 고르라고 가르쳐드릴 수도 있

지만, 그러면 제가 맹세를 깨뜨리게 되니 그럴 수는 없어요. 그러나 내버려
두면 잘못 고르실지도 몰라요. 그렇게 되면 맹세를 깨뜨렸으면 좋았을 것
을, 하고 전 죄 많은 생각을 하게 될지도 몰라요……. 아, 원망스러워라, 당
신의 그 두 눈. 그 눈에 사로잡혀서 제 맘은 두 조각이 났어요. 한 조각은 당
신의 것, 다른 한 조각도 당신의 것…… 아니, 제 것이긴 하지만,[18] 제 것은
역시 당신의 것, 그러니 결국은 죄다 당신의 것이에요…….

그녀는 맹세를 깨뜨리고 속마음을 고백해서는 안 되었기 때문에, 은근히 남
자에게 암시하고 싶었던 것, 즉 제비를 뽑기 전부터 나는 모두 당신의 것이
며 나는 당신을 사랑하고 있다는 것을, 이 작가는 경탄할 만한 미묘함으로
써, 잘못 말하기의 형식으로 표면에 드러내준 것이다. 이러한 기교를 통해
서 견딜 수 없는 애인의 불안과 제비뽑기의 결과가 어떻게 될지 몰라 손에
땀을 쥐는 관객의 긴장에 안도감을 준 것이다.

마지막의 아슬아슬한 순간에 포샤가 얼마나 미묘하게 잘못한 말 속에
간직된 두 가지 선고(宣告)를 타협시키고, 어떻게 두 가지 선고 사이에 가
로놓인 모순을 화해시켰는지 보라. 그리하여 결국은 자신이 잘못한 말을
오히려 정당화시켰다는 점에 주목해주기 바란다.
"……아니, 제 것이긴 하지만, 제 것은 역시 당신의 것, 그러니 결국은 죄
다 당신의 것이에요……."
의학과는 인연이 먼 사상가들 또한 이따금 자기 자신의 관찰을 통해서

---

18 방점은 지은이가 찍은 것.

실수에 포함되어 있는 의미를 발견하고, 우리의 연구가 있기 전부터 이 방면의 해명을 위해 노력해왔다. 괴테가 "그가 농담을 할 때는 그 농담 속에 문제가 감추어져 있다."라고 말한 저 기지 넘치는 풍자 작가 리히텐베르크 G. C. Lichtenberg[19]를 여러분은 알고 있을 것이다. 실제로 농담을 통해 문제의 해결이 계시(啓示)될 때가 있다. 리히텐베르크는 기지와 풍자가 넘치는 자신의 수상집 속에 이렇게 쓰고 있다.

"나는 〈angenommen(가정하면)〉이라고 읽어야 하는 것을 언제나 무심코 〈Agamemnon(아가멤논)〉[20]이라고 읽었다."

그만큼 그는 호메로스를 열심히 읽고 있었던 것이다. 이 글이야말로 바로 잘못 읽기의 이론(理論)이라고 할 수 있다.

우리의 견해가 이런 시인들의 견해와 과연 일치하는지 다음 차례에서 살펴보도록 하겠다.

---

19 1742~1799. 독일의 물리학자이자 계몽주의 사상가.
20 호메로스의《오디세이아》에 나오는 그리스 신화의 영웅.

세 번째 강의

실수 행위─계속

지난번 강의에서 우리는 실수 행위에 대해서, 실수에 의해 방해되기 전 의도했던 행위와 관련지어서 볼 것이 아니라 실수 행위 자체를 관찰해보자는 착안을 얻었다. 그리고 어떤 경우에는 실수가 그 자체의 의미를 지니고 있는 것 같다는 인상도 받았다. 만일 실수 행위에 어떤 의미가 있다는 것이 넓은 범위에 걸쳐서 입증된다면, 이 의미는 실수가 일어나는 조건을 연구하는 것보다 더욱 흥미로울 것이라고 말해두었다.

심리 현상에서 〈의미〉란 대체 무엇인가에 대해 다시 정리해볼 필요가 있다. 의미라는 것은 그 의미를 포함하고 있는 의도(意圖) 또는 일련의 심리 계열(心理系列) 중에서, 그 심리 과정의 위치를 뜻하는 말일 뿐이다. 우리의 연구에서는 이 〈의미〉를 〈의도〉 또는 〈의향〉[21]이라고 고쳐 말해도 상관없다. 실수 속에서 어떤 의도를 발견할 수 있다면, 그것이 단지 우리를

---

21 '경향'으로 번역되기도 한다.

속이는 가면에 불과하다거나 시적인 기교일 뿐이라고 처리해버릴 수는 없을 것이다.

이제 잘못 말하기라는 현상에 이야기를 한정시켜 많은 관찰 사례들을 조망해보자. 그러면 곧 잘못 말한 의도, 즉 잘못 말하기의 의미가 뚜렷이 드러나 있는 범주를 발견하게 된다.

처음으로, 자기가 말하고자 하던 것과 정반대의 것이 입 밖으로 나오는 경우가 있다. 하원 의장이 개회식 인사말에서 "즉각 폐회를 선언합니다." 라고 잘못 말한 것과 같은 경우이다. 이 잘못 말하기의 의도, 즉 의미는 뚜렷하다. 의장이 의회를 빨리 끝마치고 싶다고 생각했던 것이다. "의장은 말만 그렇게 했을 뿐이다."라고 반박할 사람도 있겠지만, 우리는 그의 말만으로도 충분하다고 생각한다. 이런 일은 있을 수 없다든가, 의장이 폐회를 바라고 있었던 것이 아니라 개회를 바라고 있었음을 내가 알고 있다든가, 자기 의도를 가장 잘 알고 있는 본인이 개회를 희망하고 있었음을 입증해줄 것이라든가 하는 항의들은 접어두기 바란다. 우리는 지금 실수 행위 자체를 우선 하나의 독립된 것으로서 관찰하려 하고 있음을 잊어서는 안 된다. 실수 행위와 그것으로 인해서 방해된 의향의 관계는 나중에 이야기하도록 하겠다. 그렇게 하지 않으면 우리는 논리상의 오류를 범하게 된다. 이는 영어에서 〈begging the question〉[22]이라고 일컫는 것처럼, 논하고자 하는 문제를 요술처럼 사라져버리게 만든다.

---

22 선결 문제 요구의 허위. 문제점을 증명하지 않고 논점을 진실이라고 전제하여 논의를 진행시키는 것. '논점 절취의 허위'라고도 한다.

그다음으로, 정반대의 것을 말하지 않았을 경우에도 잘못한 말 속에 정반대의 의미가 표현되어 있을 때가 있다. 이를테면 "나는 존경하는 나의 전임자의 공적을 평가하기를 좋아하지 않습니다."라는 예에서 'geneigt(적합하다)'와 'geeignet(좋아하다)'는 반대말은 아니지만, 그때 교수는 해야 할 말과는 분명히 반대되는 것을 공공연히 고백한 것이다.

다음으로, 잘못 말하기가 의도했던 의미에 제2의 의미를 덧붙이는 경우가 있다. 이때는 잘못 말하여 나타난 문구가 여러 문구의 단축, 생략, 압축처럼 보인다. 이를테면 콧대 높기로 유명한 부인이 "남편은 〈내가〉 원하는 것은 무엇이나 먹고 마셔도 좋다는 거예요."라고 말한 것은, 마치 부인이 "남편은 자기가 원하는 것은 무엇이건 마시거나 먹거나 할 수 있어요. 하지만 대체 남편은 무엇을 원할까요? 그 선택의 권리는 내가 쥐고 있는 거예요."라는 뜻을 말하고 있는 것처럼 보인다. 이와 같이 잘못 말하기는 흔히 생략의 인상을 준다. 또 다른 예로 해부학 교수가 비강(鼻腔) 강의를 끝낸 뒤 학생들에게 물었다. "비강에 대해 이해했습니까?" 그러자 학생들은 "네, 이해했습니다."라고 이구동성으로 대답했다. 그런데 교수는 다음 말에서 "암만해도 믿을 수 없군. 비강에 대해서 정말로 잘 아는 사람은 수백만이나 사는 이 도시에도 이 〈한 손가락으로〉……, 아니, 아니…… 다섯 손가락으로 헤아릴 정도밖에 없거든."이라고 말했다. 이 생략된 문구에는 "정말로 잘 아는 사람은 오직 하나, 나뿐이다."라는 의미가 포함되어 있다.

이와 같이 실수가 그 의미를 뚜렷이 드러내는 경우들과는 대조적으로, 잘못 말한 것이 아무런 뜻이 없어 보여 우리의 기대에 어긋나는 경우도 있다. 잘못 말하기의 하나로 고유명사를 길게 발음하거나 또는 보통 쓰지 않는 말을 만들어낼 때가 있는데, 이러한 것을 보면 모든 실수에는 다 의미가 있다는 생각이 곧바로 부정되어야 할 것처럼 느껴진다. 그러나 이런 종류의 예를 자세히 살펴보면 이런 왜곡이 일어난 이유를 쉽게 이해할 수 있어서, 결국 위의 경우들과 크게 다르지 않다는 것을 알게 된다.

말[馬]의 건강이 어떠하냐는 질문을 받은 사내가 "Ja, das 'draut'……Das 'dauert' vielleicht noch einen Monat(네, 그것이 draut……, 아니 dauert(계속해서) 한 달은 갈 것 같아요)."라는 대답을 했다. 대체 무슨 말이냐고 다시 질문을 받자 그는 이렇게 설명했다.

"Das sei eine 'traurige' Geschichte(그것은 퍽 가엾은 일이야).'라고 생각을 했는데, 'dauert(계속하다)'와 'traurig(가엾다)'가 합쳐져서 'draut'라는 말로 헛나온 거요."(메링어와 마이어의 저서 참조)

어떤 사람이 탐탁지 않게 여기고 있던 어떤 사건에 대해서 이야기하면서 "dann aber sind Tatsachen zum 'Vorschwein' gekommen……(그 일의 진상은 'Vorschwein'해졌는데요)"[23]이라고 했다. 그는 무슨 뜻이냐는 질문을 받고, 실은 그 일을 '추잡한 일'이라고 밝히고 싶었노라고 고백했다. 즉 〈Vorschein(명백하다)〉과 〈Schweinerei(추잡하다)〉가 합쳐져서 〈Vorschwein〉이라는 이상한 말이 생긴 것이다(메링어와 마이어의 저서 참조).

여러분은 처음 보는 젊은 여자에게 'begleitdigen'하려고 했던 신사의

---

23 "그 일의 진상은 '명백'해졌는데요"라는 말이 뜻을 알 수 없는 말로 헛나온 것.

예가 생각날 것이다. 우리는 우리 마음대로 이 말을 〈begleiten(모시고 가다)〉과 〈beleidigen(능욕하다)〉으로 나누었는데, 이 해석은 굳이 설명할 필요도 없을 만큼 확실하다. 여러분은 이러한 사례들을 통해, 뜻이 분명하지 않은 잘못 말하기도 두 가지 다른 의도의 충돌, 즉 간섭(干涉)으로 설명할 수 있음을 짐작할 수 있을 것이다. 어떤 경우에는 하나의 의도가 다른 의도를 완전히 대리하여 정반대의 말로 나타났지만, 어떤 경우에는 하나의 의도가 다른 의도를 왜곡시키거나 혹은 변형시키는 데 그쳐 약간의 의미를 포함하고 있는 듯한 모습이 되었다는 것만 다를 뿐이다.

이제 우리는 잘못 말하기의 많은 수수께끼를 풀었다고 확신할 수 있다. 이런 견해를 똑똑히 납득한다면 아직 풀지 못한 다른 경우들도 자연스럽게 이해할 수 있다. 이를테면 이름을 다르게 부르는 경우, 이것이 항상 비슷한 두 이름의 경합(競合)이 원인이라고 가정할 수는 없다. 이때도 제2의 의도를 찾아내는 것은 그리 어렵지 않다.

이름 왜곡은 잘못 말하기가 아니라도 사람들의 대화에 종종 등장한다. 원래의 이름을 귀에 거슬리게 들리도록 하거나 조금 천하게 들리게 하는 방식으로 이름을 왜곡하는 것은 매우 흔한 경멸의 표현이다. 교양 있는 사람들은 그렇게 하는 것을 삼가도록 교육받지만 그렇다고 쉽게 포기하지는 않는다. 사람들은 이 고상하지 못한 것을 〈농담〉으로 이용한다. 이름 왜곡으로서 더없이 야비한 예를 하나 들자면, 최근에 어떤 사람이 프랑스 대통령 〈푸앵카레(Poincaré)〉를 〈슈바인카레(Schweinskarré)〉[24]라고 바꿔 부른 경우를 들 수 있다. 잘못 말하기 속에도 이와 같이 얼굴이 붉어지고

---

24 '슈바인(Schwein)'은 독일에서는 본래 '돼지'라는 뜻이며, 천한 사람을 욕하는 속어로 쓰인다.

입 밖에 낼 수도 없는 욕설의 의도가 숨어 있다는 것을 우리는 짐작해볼 수 있다.

우리의 견해를 우스꽝스럽거나 괴상망측한 효과를 가져오는 실언으로까지 밀고 나간다면, 그것에도 또한 이와 비슷한 설명을 하지 않을 수 없다. "여러분, 우리 은사님의 건강을 축원하여 구토합시다."라는 예에서는 식욕을 저하시킬 불쾌한 말이 불쑥 끼어들어 혼란을 일으키며 모처럼의 축하 기분을 엉망으로 만들어버렸다. 그리고 그것은 모욕이나 조소를 나타내는 말과 비슷하기 때문에, 표면상의 존경과는 딴판으로 존경을 힘껏 부정하려 하는 의향으로 "사은회라니 같잖구나. 말만의 인사지. 저런 놈을 누가 알아주기나 한다나." 하고 말할 속셈이었을 것이라는 상상을 하게 된다. 이러한 설명은 'Apropos(때마침)'를 'Apopos'[25]라고 말하거나, 'Eiweißscheibchen(달걀 흰자위 조각)'을 'Eischeißweibchen'[26]이라고 말하는 것처럼 아무렇지도 않은 말을 일부러 천하고 외설스러운 말로 바꾸어놓는 잘못 말하기에도 적용된다(메링어와 마이어의 저서 참조).

어떤 이들은 정당한 말을 일부러 외설스러운 말로 왜곡하여 어떤 쾌감을 느끼려는 경향을 갖고 있음을 우리는 알고 있다. 그것은 농담으로 여겨지지만, 실제로 그런 말을 한 사람에게 과연 그 말을 일부러 농담으로 했는지 아니면 무심코 잘못 말한 것인지는 한번 물어볼 필요가 있다.

우리는 그리 어렵지 않게 실수 행위의 수수께끼를 해결한 듯하다. 실수

---

25 'Apopos'는 'popos(엉덩이)'라는 단어를 내포하고 있다.
26 'Eischeißweibchen'에는 'scheiß(똥)'라는 속어와 'weibchen(여자)'이라는 단어가 들어 있다.

는 결코 우연이 아니라 진지한 정신적 행위이며, 거기에는 특유한 의미가 있고, 두 가지 다른 의도의 상호작용—더 적절히 말하면 상호 영향의 결과로서 나타난 것이다. 그런데 내 생각에 여러분의 머릿속에서는 지금 많은 의문이 자라나고 있을 것 같다. 그러니 우리 연구의 첫 성과를 기뻐하기 전에 먼저 여러분이 품은 의문에 답해두지 않으면 안 되겠다. 하지만 해결을 서두를 필요는 없다. 계속해서 모든 경우를 냉정하게 비판해보지 않겠는가? 여러분의 질문을 들어보자.

"방금 한 선생님의 설명이 잘못 말하기의 모든 경우에 적용된다고 생각하십니까? 아니면 어떤 특별한 경우에만 적용되는 것입니까? 이 견해는 다른 많은 경우의 실수들, 이를테면 잘못 읽기, 잘못 쓰기, 망각, 착각, 둔곳 잊어버리기 등에도 적용됩니까? 그렇다면 피로, 흥분, 방심, 주의력 산만의 요소들은 실수의 심리적인 성격과 무슨 관련이 있는 것입니까? 그리고 두 개의 경합하는 경향 가운데 하나는 언제나 잘 알 수 있고 다른 것은 알기 어렵다면, 그 드러나지 않는 경향을 어떤 방법으로 알아내나요? 또 그것을 알아냈다고 믿을 때 그것이 그저 개연성이 있는 정도가 아니라 단 하나의 유일한 답이라고 어떻게 증명할 수 있습니까?"

여러분은 이 밖에 다른 의문을 가지고 있는가? 이 이상의 질문이 없다면 이번에는 내가 질문을 이어보겠다. 우리는 실수 행위에 그렇게 많은 의미를 두고 있는 것은 아니다. 그저 이 연구를 통해 정신분석에 유용한 어떤 것을 배우고자 했을 뿐이다. 이 점을 여러분이 다시 기억해주기 바란다. 그래서 나는 우리의 목적을 위해 다음과 같은 질문을 던지려 한다. 이와 같이 다른 것을 방해할 수 있는 의도나 경향이란 도대체 어떤 것인가? 방해하는 의향과 방해받는 의향 사이에는 어떤 관계가 있는가? 이 문제가 해결되고 나서야 비로소 우리는 다음의 새로운 연구로 들어갈 수 있다.

자, 그렇다면 나의 설명이 잘못 말하기의 모든 경우에 적용될까? 나는 그렇다고 믿고 싶다. 왜냐하면 잘못 말하기의 어떤 경우를 검토해도 예외 없이 그것이 내가 말한 설명으로 해석되었기 때문이다. 그러나 이러한 메커니즘을 갖지 않는 잘못 말하기는 일어날 수 없다는 사실이 증명되지는 않았다. 하지만 그렇다 해서 이론적으로 문제가 되지는 않는다. 왜냐하면 설혹 잘못 말하기의 아주 적은 예만이 그렇다 해도—실제로는 적은 예가 아니지만—우리가 정신분석 입문에서 얻고자 하는 결론은 성립되기 때문이다.

두 번째 의문, 즉 잘못 말하기에서 밝혀진 해석이 다른 종류의 실수들에도 똑같이 적용되느냐 하는 의문에 대해서, 나는 적용된다고 분명히 답하고 싶다. 이후에 잘못 쓰기, 착각 등의 예를 조사할 때 납득하게 되겠지만, 기술적인 이유에서 우선은 잘못 말하기를 더 철저하게 논할 때까지 조금 미뤄둘 것을 제안한다.

여러 대가 선생들이 역설하는 순환기적 장애, 피로, 흥분, 방심 같은 요소, 즉 주의력 장애 이론이 과연 우리에게 어떤 의미가 있느냐는 질문에 대해서는, 지금까지 우리가 논의해온 잘못 말하기의 심리적 메커니즘을 인정할 때 비로소 충분한 답이 나온다고 말하고 싶다. 우리가 앞의 요인들을 부정하는 것이 아니라는 점은 여러분도 알고 있을 거라 생각한다. 정신분석이 다른 쪽에서 주장하는 이론을 부정하는 경우는 드물다. 정신분석은 지금까지의 이론에 새로운 것, 또 여태껏 간과되고 있던 것을 덧붙이고 있을 뿐이다. 새로 추가된 그것이 다른 이론의 본질적인 요소가 되는 일도 있다. 불쾌감, 순환 장애, 피로 등으로 일어난 생리적인 상태 때문에 잘못 말하는 일이 생긴다는 것은 충분히 인정할 수 있다. 여러분도 일상적인 자신의 경험으로 그것을 잘 알고 있을 것이다. 그러나 그것만으로 모든 상황이 설명이 되는가?

우선 그것들은 실수를 일으키는 데 필수적인 조건이 아니다. 잘못 말하기는 완전히 건강하고 정상적인 상태에서도 일어난다. 그러므로 이와 같은 육체적 요소는 잘못 말하기 특유의 심리적 메커니즘을 일으키기 쉽게 하고, 보조 역할을 하는 데 지나지 않는다. 이 점에 관해서 나는 전에 하나의 비유를 든 적이 있는데, 더 적절한 비유를 찾을 수 없기 때문에 여기서도 같은 예를 되풀이하겠다. 어느 어두운 밤, 내가 인적 없는 조용한 길을 걷고 있었다고 가정해보자. 나는 괴한의 습격을 받아 시계와 지갑을 빼앗겼다. 그리고 가까운 파출소에 가서, 도둑의 얼굴이 똑똑히 보이지 않았기 때문에 이렇게 호소했다.

"홀로 걸은 것과 짙은 어둠이 내 귀중품을 강탈하고 말았습니다."

경관은 내 호소에 이렇게 대답할 것이다.

"당신은 지극히 기계론적(機械論的)인 시각을 갖고 있군요. 우리들 같으면 오히려 이렇게 말할 것입니다. 어둠이 깔리고 당신이 혼자 걸어가고 있는 것을 틈타 어떤 낯선 강도가 귀중품을 강탈해 갔다고 말입니다. 당신에게 지금 가장 근본적인 문제는 우리 경관이 도둑을 붙잡는 일로 여겨집니다. 좋습니다. 우리는 아마 그 도둑에게서 당신의 귀중품을 되찾을 수 있을 것입니다."

흥분, 방심, 주의력 장애 같은 정신생리적 요소는 설명이라는 목적에는 거의 도움이 되지 않는다. 그것들은 그저 상투어에 불과하고 내부를 감추는 병풍에 지나지 않는다. 우리는 그 안을 뒤져볼 수밖에 없다. 이 경우 대체 무엇이 흥분이나 특수한 주의력 분산을 일으켰는가 하는 것이 오히려 문제의 핵심이다. 그래서 다시 발음의 영향, 언어의 유사 및 그 말에 수반되어 생기기 쉬운 연상 등에 주목하게 된다. 이러한 요소들이 말하자면 잘못 말하기가 그 방향으로 일어나기 쉬운 길을 가르쳐줌으로써 잘못 말하기로 유도하는 작용을 하는 것이다. 그러나 내 눈앞에 길이 있다고 해서 그 길로 가는가? 그 길을 택하기로 결심하는 데는 다른 동기가 필요하고, 그 길을 걷게 해주는 어떤 힘이 필요하다. 그러므로 이전의 발음 관계나 언어의 유사는 몸의 상태와 마찬가지로 잘못 말하기를 일어나기 쉽게 만드는 것에 지나지 않으며, 결코 잘못 말하기에 대한 올바른 해명을 줄 수는 없다. 지금 내가 하는 발음이 무엇과 비슷해서 다른 말을 상기시킨다든가, 그 말이 반대어와 밀접하게 관련되어 있다든가, 그 말에 일어나기 쉬운 연상이 얽혀 있다든가 하는 사정이 있더라도 대개의 경우는 말실수를 하지 않는다.

철학자 분트W. Wundt[27]의 의견에 여전히 동조하는 사람들이 있는데, 그는 잘못 말하기가 몸이 피로할 때 정상적으로 말하려 했던 의향을 연상 작용을 일으키는 경향이 이겨서 나타나는 현상이라고 설명했다. 만일 경험이 이와 모순되지 않는다면 이 이론은 참으로 경청해볼 만한 가치가 있다고 생각되지만, 경험이 입증하는 바에 따르면 잘못 말하기의 어떤 경우에는 실언을 돕는 신체적인 원인이 부합되지 않고, 또 다른 경우에는 실언을 일으키기에 알맞은 연상 요인이 발견되지 않는다.

---

27 독일의 심리학자이며 실험심리학의 창시자.

특히 흥미로운 것은 여러분이 제기한 그다음 질문이다.

"서로 간섭하는 두 의향을 어떤 방법으로 확인할 수 있습니까?"

아마도 여러분은 이 질문이 얼마나 중요한 것인지 짐작조차 못할 것이다. 두 의향 중의 하나, 즉 방해받는 의향 쪽은 언제나 뚜렷하다. 실수를 한 본인이 그것을 알고 있고 그것을 인정한다. 그런데 의혹과 궁금증을 일으키는 것은 다른 의향, 즉 방해하는 쪽의 의향이다. 그런데 나는 이미 많은 경우 이 방해하는 의향도 방해받는 의향과 마찬가지로 분명하다고 말했고 여러분도 기억할 것이다. 그것은 잘못 말하기가 일으키는 〈효과〉를 통해 분명해진다. 물론 우리가 이 효과를 의미 있는 것으로 인정할 용기가 있다면 말이다. 정반대의 말을 한 국회의장의 경우, 그가 개회를 선언하고자 했던 것은 분명하지만 마음속으로 폐회되기를 바란 것 또한 명백하다. 이런 사례는 해석 따위가 필요 없을 만큼 뚜렷하다. 그런데 이와 달리 방해하는 의향이 원래 말하고자 했던 것을 왜곡시키고 그 흔적이 보이지 않을 때는, 그 왜곡에서 방해하는 의향을 어떻게 찾아낼 수 있을까?

첫 번째로, 매우 간단하고도 확실한 방법이 있다. 즉 방해받은 의향을 확인했던 앞의 방법을 이용하면 된다. 잘못 말한 본인으로부터 방해하는 의향을 직접 보고받는 방법이다. 그 사람은 말실수를 하고 나서 본래 생각했던 말로 정정해줄 수 있다. 〈Das draut, nein, das dauert vielleicht noch einen Monat〉의 경우를 보자. 이 예에서는 왜곡하려는 의향을 본인이 직접 말해준다. "아니, 어째서 자네는 처음에 'draut'라고 했나?"라고 질문하자 그는 "실은 'Das sei eine 'traurige' Geschichte(퍽 가엾은 일이야).'라고 말할 참이었는데." 하고 대답했다. 또 다른 예로 〈Vorschwein〉의 경우를 보아도, "Das ist eine 'Schweinerei'(그것은 추잡한 일이야)."라고 생각했지만 추잡하다는 말이 적당히 완화되어 다른 방향으로 빗나갔음을 잘못 말한 본인이 확인해주었다. 이런 사례들에서는 왜곡받은 의향을 규명하는 것만큼이나 왜곡하는 의향을 찾아내는 것도 성공적이었다.

내가 여기서 나 자신이나 우리 학과 사람들이 보고한 것도, 해결한 것도 아닌 예를 인용한 것은 까닭이 있다. 이 두 가지 예만 보아도 잘못 말하기를 해명하기 위해서는 어떤 메스를 가하는 간섭이 필요하다는 것을 알 수 있을 것이다. 즉 본인에게, 당신은 왜 그와 같이 잘못 말했는가, 대체 원래는 어떻게 말할 생각이었는가 하고 질문하지 않으면 안 되었다. 그렇게 캐묻지 않으면 아마 그들은 아무런 설명도 하지 않고 그냥 지나칠 것이다. 그런데 질문을 받자 자기 머릿속에 떠오른 생각을 이야기하고 설명했다. 여기서 메스를 가한 행동과 그 결과가 바로 정신분석이다. 이는 우리가 앞으로 더 넓게 시도하고자 하는 정신분석적 연구의 표본이라 할 수 있다.

그러나 정신분석이 여러분 앞에 자태를 드러낸 이 순간에 여러분의 마음속에는 정신분석에 대한 반발이 고개를 쳐들고 있다고 추측한다면 나의 지나친 의심일까? 여러분은 잘못 말한 뒤에 질문을 받고 답한 본인의 보고 따위를 어떻게 믿을 수 있느냐고 내게 항의할 생각은 없는가? 여러분은 이렇게 생각할 것이다.

'본인은 물론 이쪽 요구대로 자신이 잘못 말한 것을 설명하려 할 것이다. 그리고 자기의 설명에 편리하다고 생각되면 떠오른 생각 중에서 멋대로 나오는 대로 말할 것이다. 그런 것으로, 잘못 말하기가 그렇게 해서 일어났다는 증명이 될 수는 없다. 어쩌면 똑같이 잘 들어맞는, 아니, 더 잘 들어맞는 다른 생각을 해낼지도 모르지 않는가?'

여러분이 심리적인 사실을 이토록 존중하지 않는다는 것은 참으로 주목할 만한 일이다. 누군가가 어떤 물질을 화학분석해서 그 성분을 몇 밀리그램 얻었다고 하자. 그리고 이 무게를 토대로 하여 어떤 결론을 얻었다 치자. 그럼 이 추출된 물질의 무게가 다를지도 모른다는 이유로 그 결론을 부정할 화학자가 있을까? 누구나 이 물질은 꼭 이 무게이며 결코 다른 무게가 될 수 없다는 사실 앞에 굴복한다. 그리하여 이 결론을 믿고 다시 그 위에 그 이상의 결론을 세우려 한다. 그런데 여러분은 잘못 말한 이유를 질문받은 사람에게 일정한 연상이 떠오른다는 이러한 심리적 사실을 대할 때만은 그 주장을 옳게 보지 않고, 그것과는 다른 어떤 생각이 떠오를지도 모른다고 주장하는 것이다. 여러분은 마음의 자유라는 환상에 사로잡혀 그 환상에서 결코 빠져나오려 하지 않는 것 같다. 내가 이 점에서 여러분과 완전히 상반된 의견을 가지고 있다는 것은 유감스러운 일이다.

여러분은 이 점은 수용할지 몰라도 또 다른 점에서는 반대를 계속할지도 모른다. 여러분은 이렇게 말할 것이다.

"우리는 피분석자에게 직접 그 문제의 해결을 말하게 하는 것이 정신분석의 독특한 방법이라는 것을 알았습니다. 다른 예를 드는 것을 양해해주십시오. 사은회 석상에서 한 연사가 은사의 건강을 축원하며 〈구토합시다〉라고 실언했지요. 선생님은 그 예에서 방해하는 의향은 은사를 경멸하는 의향이다, 다시 말해서 축하한다는 표현과는 정반대의 의미다, 라고 말씀하셨습니다. 그러나 이것은 선생님의 일방적인 해석이며, 잘못 말하기에서 완전히 분리되어 있는 제삼자의 관찰에서 비롯된 것일 뿐입니다. 만약 선생님이 잘못 말한 본인에게 직접 질문하신다면 설마 그가 은사에게 경멸감을 품고 있었다고는 말하지 않겠지요. 그는 오히려 극구 부인할 것입니다. 왜 선생님은 이 뚜렷한 부정의 고백을 무시하고, 근거 없는 해석을 버리려 하지 않는 것입니까?"

과연 여러분은 이번엔 무서운 질문을 발견해냈다. 이 미지의 연사를 마음속에 그려보자. 그는 축하를 받은 은사의 조수이거나, 아니면 막 강사가 된 전도유망한 청년일지도 모른다. 내가 이 청년에게 다가가서 "자네의 마음 밑바닥에는 은사에게 존경을 표하라는 요구를 거역하는 그 무엇이 꿈틀거리고 있지 않았는가?"라고 물었다고 하자. 그러면 나는 굉장한 봉변을 당할 것이다. 그가 화가 나서 나에게 마구 덤벼들 것이기 때문이다.

"뭐, 이 마당에 그런 심문은 집어치우시오. 불쾌하기 짝이 없소. 게다가 당신의 의심 때문에 내 앞길은 엉망이 되었소. 나는 'anstoßen(축배를 들다)'이라고 말하려던 것을 그만 무심코 'aufstoßen(구토하다)'이라고 말했을 뿐이오. 왜냐하면 나는 그전에 두 번이나 'auf'라는 말을 썼단 말이오. 이것은 메링어가 후퇴발음이라고 이름 지은 바로 그것이오. 내가 잘못 말한 데 대해서 억지 해석을 하려 들지 마시오. 알겠소? 이제 집어치워요!"

이것은 정말 놀라운 반응이며 대단히 격렬한 부정이다. 이 청년에게 더 이상 말을 붙여볼 수도 없게 되었다. 그런데 나는 그가 자기 잘못에 아무런 의미가 없다고 주장하는 데에 너무도 강한 개인적 관심을 갖고 있다는 생각이 든다. 여러분도 순수한 이론적인 연구에 이와 같이 난폭한 대꾸를 하는 것은 옳지 않다고 인정할 것이다. 여러분은 이 청년이 자기가 말하고 싶었던 것과 말하고 싶지 않았던 것을 스스로 잘 알고 있다는 짐작이 가지 않는가? 과연 그는 알고 있었을까? 이것은 역시 의문으로 남는다.

이번에야말로 나를 함정에 빠뜨렸다고 여러분은 생각할 것이다. "그것이 선생님의 방식이군요." 하며 여러분이 신이 나서 떠들어대는 소리가 들리는 듯하다.

"잘못 말한 본인이 선생님의 견해와 맞는 설명을 하면 선생님은 그 설명이야말로 이 문제의 최종적인 권위(權威)라고 선언하십니다. '본인이 말했다.'라고 말씀하신단 말입니다. 그러나 그의 말이 선생님의 생각과 다를 때는 손바닥 뒤집듯이 그가 말하는 것은 새빨간 거짓말이라 도저히 믿을 수 없다고 버티십니다."

확실히 그렇다. 그러면 여기서, 이와 아주 비슷한 묘한 예를 하나 들어보겠다. 어떤 피의자가 재판관 앞에서 범행을 자백했다고 하자. 재판관은 그의 자백을 진실이라고 믿는다. 그러나 피의자가 그 범죄 행위를 부정하면 재판관은 그의 진술을 허위라고 생각한다. 만약 피의자가 범죄를 부정했다고 해서 그것을 그대로 믿는다면 재판 같은 것은 필요 없을 것이다. 때로는 오심(誤審)도 있지만, 역시 이 제도의 정당성을 부정할 수는 없다.

"아니, 선생님은 재판관이십니까? 잘못 말한 사람은 선생님 앞에서는 피의자입니까? 잘못 말하는 것이 범죄입니까?"

그러나 우리는 이런 비교를 애써 부정할 필요는 없다. 실수 행위라는 문제는 겉보기에는 전혀 문제될 게 없어 보이지만 그 안으로 파고 들어가보면 표면과는 아주 다르다는 것을 알 수 있다. 처음에는 그 차이를 어떻게 받아들여야 할지 짐작도 가지 않는다. 방금 든 재판관과 피의자의 예는 내가 제안하는 잠정적인 타협안이다. 먼저 〈어떤 잘못의 의미를 피분석자 자신이 스스로 인정한다면 그것은 전혀 의심할 여지가 없다〉는 나의 주장에 대해서는 여러분이 인정해도 좋을 것이다. 그러나 반대로 피분석자가 그것을 거부할 경우에는, 솔직하게 말해 이쪽에서 추측하는 의미에 대한 직접적인 증거는 찾을 수 없다. 물론 본인이 나타나지 않거나, 우리에게 보고해주지 않을 경우에도 마찬가지다. 그런데 재판과 마찬가지로 이럴 경우 우리는 간접 증거[28]에 의존할 수 있다. 물론 간접 증거는 확고한 결정을 내려줄 때도 있지만 그렇지 않을 때도 있다. 재판의 경우에는 현실적인 이유로 간접 증거에 의해서도 유죄가 선고된다. 우리는 그럴 필요까지는 없겠지만, 때로는 그런 간접 증거를 존중하지 않을 수 없는 경우가 있다. 학문이라는 것이 엄밀히 증명될 수 있는 이론만으로 이루어져 있다고 생각하는 것은 오산이며, 그래야 한다고 요구하는 것도 옳지 않다. 그와 같은 요구는 종교 교의를 다른 것과—설혹 학문적인 교의라 할지라도—대체하고 싶다는 권위욕일 뿐이다. 과학의 교의 속에 필연적인 명제는 일부분에 지나지 않는다. 그 대부분은 '과연 그럴지도 모른다'는 단계에 가까스로 도달한 개연성(蓋然性)을 지닌 주장에 불과하다. 이와 같은 방법으로 확실성에 접근하는 데 만족하고, 궁극적으로 확증이 안 되는데도 조직적인 연구를 계속하는 것은 과학적 사고방식 덕분이다.

그렇다면 피분석자가 실수의 의미를 스스로 설명하지 않을 경우 우리 해석의 거점(據點), 즉 간접 증거를 어디서 구해야 하는가? 이는 다방면에서 얻을 수 있다. 우선 실수 행위 이외의 현상들로부터 유추한다. 이를테면 잘못 말함으로써 이름을 왜곡시키는 것은 고의로 이름을 왜곡하는 것과 마찬가지로 경멸의 뜻을 포함하고 있다고 우리는 보고 있다. 다음으로, 실수를 한 심리적 상황에서 간접 증거를 얻거나, 그 사람의 성격이나 혹은 실수를 행하기 전에 본인이 어떤 인상을 받은 것이 있다면 그에 대한 정보

---

28 어떤 일의 존부를 간접으로 증명하는 일. 이를테면 차용증을 직접 증거라고 부르는 데 대해서, 돈이 궁한 것을 증명하는 것은 간접 증거가 된다.

로부터 간접 증거를 얻는다. 보통 우리는, 처음에는 일반적인 원칙에 따라 그 실수를 해석하기 때문에 그때는 그 해석이 그저 추측이나 하나의 제안에 지나지 않는다. 그러나 그 후 심리적 상황을 조사하여 간접 증거로서 실증해줄 만한 것을 찾아낸다. 때로는 우리의 추측이 맞았음을 확인하기 위해 실수에 의해 예고된 사건이 실제로 일어나기까지 기다려야 할 때도 있다.

잘못 말하기의 영역에만 한정하여 이를 예증하는 것은 쉽지 않지만, 지금이라도 좋은 예를 몇 가지는 들어볼 수 있다. 처녀에게 'begleitdigen'하고 싶다고 한 신사는 틀림없이 몹시도 수줍어하는 성격이었을 것이다. "남편은 내가 원하는 것은 무엇이나 먹고 마셔도 좋다는 거예요."라고 말한 아내는 아마 가정에서 자기 뜻대로 모든 일을 이끌어가는 괄괄한 부인이었으리라 생각된다. 또 다른 예로, 〈콩코르디아〉[29] 총회에서 젊은 회원이 격렬한 반대 연설을 하던 중 클럽 위원들을 'Ausschußmitglieder(위원 여러분)'라고 말하는 대신 'Vorschußmitglieder'라고 잘못 말했다. 이것은 언뜻 보기에 'Vorstand(중역)'와 'Ausschuß(위원)'를 합친 말처럼 보인다. 우리는 이 청년의 마음속에 자신의 반대 연설을 거역하려고 하는, 하나의 방해하는 의향이 고개를 처들고 있었다고 추측한다. 이 방해하는 의향은 'Vorschuß(전차금前借金)'와 관계가 있는 것으로 보였다. 실제로 우리는 믿을 만한 사람에게서 이 청년이 늘 돈에 쪼들리고 있었으며 그 무렵은 마침 대출 신청서를 제출한 때였다는 정보를 얻을 수 있었다. 따라서 반대 연설 중 방해하려고 끼어든 것은, '반대는 적당히 해둬. 저 사람들은 전차금을

---

29 로마 신화에 나오는 평화와 조화의 여신인데, 여기서는 빈에 있는 신문기자 클럽의 이름이다.

승인해줄 사람들이야.'라는 마음의 속삭임이었는지도 모른다.

실수 행위의 넓은 영역으로 들어가면 이런 종류의 간접 증거는 무수히 보여줄 수 있다.

이를테면 어떤 사람이 잘 알고 있는 고유명사를 잊거나 또는 아무리 애를 써도 사람의 이름을 기억할 수 없을 때, 그는 그 이름에 대한 안 좋은 감정이 있어서 생각해내고 싶지 않은 것이라고 가정할 수 있다.

다음 예는 이와 같은 실수 행위가 일어나는 심리 상태를 잘 보여준다.

〈Y씨는 어느 여성에게 청혼했다가 거절당했다. 그 후 이 여성은 X와 결혼했다. Y는 꽤 오래전부터 X를 알고 있었고, 또 사업상 거래 관계도 있는 사이였지만 그의 이름을 곧잘 잊어버렸다. 그래서 X에게 편지를 보낼 때면 언제나 주위 사람들에게 그 이름을 다시 물어보곤 했다.〉 (C. G. 융의 저서 참조)

Y는 분명 그의 행복한 연적을 생각하고 싶지 않은 것이다. '그에 관한 것은 잊어버리자.'라고 생각하는 것이다.

또 이런 예가 있다.

〈어느 여성이 의사와 함께 자기의 아주 친한 친구의 이야기를 하면서 친구를 처녀 시절의 성(姓)으로 불렀다. 그 친구의 결혼 후 성이 아무리 해도 생각나지 않았기 때문이다. 나중에 그 여성이 고백하기를, 자신은 친구의 결혼에 매우 반대했으며 친구의 남편을 아주 싫어했다고 한다.〉 (A. A. 브릴의 저서 참조)

이 이름의 망각에 대해서는 다른 여러 관점에서 이야기되어야 한다. 그러나 우선 가장 흥미 있는 것은 망각이 나타난 당시의 심리 상태이다.

어떤 계획을 잊는 것은 일반적으로 그 계획을 수행하지 않으려고 대항하는 마음의 움직임에 원인이 있다고 할 수 있다. 그런데 이 견해는 꼭 정신분석만의 입장이 아니라 세상 일반의 견해이기도 하다. 사람들은 모두 일상생활에서는 그러한 견해를 가지고 있으면서도 이론적으로는 그것을 인정하지 않는다. 후견인이 피후견인에게 "자네의 부탁을 잊어버리고 있었네."라고 변명하면 피후견인은 즉각 속으로 '내 부탁 따위는 신경도 쓰지 않았어. 겉으로는 약속을 했지만 처음부터 들어줄 생각은 없었던 거야.'라고 생각하며 속상해한다. 그래서 어떤 점에서는 우리 현실 생활에서도 무엇을 잊어버린다는 것은 금기시된다. 이런 실수 행위에 대해 일반인들이 가지고 있는 견해와 정신분석의 견해는 다를 것이 없다고 생각된다. "어머, 오늘 오시기로 했던가요? 참, 제가 초대해놓고 깜박 잊고 있었네요."라고 말하면서 손님을 맞이하는 안주인을 상상해보라. 혹은 연인과의 데이트 약속을 까맣게 잊어버린 청년을 상상해보라. 아마 그는 잊어버렸다고 정직하게 고백할 수는 없을 것이다. 약속 장소에 갈 수 없었던 어쩔 수 없는 이유와 미리 알리지 못한 적당한 구실을 재빨리 찾아내 변명하려 할 것이다. 군대에서는 잊어버렸다는 변명은 결코 인정되지 않는다. 변명해봐야 징벌을 면하지 못한다는 것을 모두 알고 있고 다들 그것을 당연하게 여긴다. 여기서는 모든 사람들이, 어떤 실수 행위에는 매우 깊은 의미가 있다는 것과 그것이 어떤 의미인지에 대해서 금방 의견이 일치한다. 그런데 어째서 이 견해를 다른 실수 행위로 확대하여 그 의미를 완전히 인정하는 일관성을 보여주지 않는 것일까? 이 물음에는 물론 하나의 대답이 기다리고 있다.

어떤 계획을 잊어버리는 것의 의미가 일반인들에게도 이처럼 자명하다면, 작가가 이러한 실수 행위를 같은 의미로 사용한다 해서 그리 놀라운 일은 아닐 것이다. 버나드 쇼B. Shaw의《시저와 클레오파트라》라는 희곡을 보거나 읽은 사람은, 마지막 장면에서 막 출발하려던 시저가 무언가 마무리하지 못한 일이 남아 있는 듯한데 아무리 해도 기억나지 않아 생각에 잠기는 장면을 기억할 것이다. 시저는 가까스로 '아참, 클레오파트라에게 작별인사를 해야지.'라고 생각한다. 작가는 이 조그마한 기교를 통해, 저 위대한 시저가 의식적으로 가지고 있지 않았고 또 조금도 가지려 하지 않았던 일종의 우월감을 그에게 부여하고 있는 것이다. 여러분은 역사 문헌을 통해 시저가 클레오파트라로 하여금 자기를 따라 로마로 오게 했으며, 그가 암살당했을 때 클레오파트라는 어린 세자리온과 함께 로마에 살고 있었고 그 후 도망치듯 떠났다는 것을 알고 있을 것이다.

자기 계획을 잊는 것의 경우 그 의미는 일반적으로 아주 명료하여, 실수 행위가 가진 의미의 간접 증거를 그 심리 상태에서 포착해보겠다는 우리의 의도에서 본다면 이 재료는 별 도움이 되지 않는다. 그러므로 특별히 복잡하고 모호한 실수 행위, 즉 분실이나 둔 곳 잊어버리기로 옮겨 가 살펴보도록 하자. 분실이라는 그토록 씁쓸한 사건에 대해서도, 그 당사자에게 분실해버리고 싶은 의향이 있었던 것이라고 말한다면 여러분은 틀림없이 설마 하며 믿지 못할 것이다. 그러나 이런 실례는 얼마든지 있다. 이를테면 한 청년이 아껴 쓰고 있던 색연필을 어느 날 잃어버렸다. 그 전날 이 청년은 매형으로부터 한 통의 편지를 받았는데, 그 편지는 다음과 같은 문구로 끝맺고 있었다.

〈나는 지금 너의 불성실과 나태를 옹호해줄 기분도 시간도 없다.〉(B. 다트너의 저서 참조)

그 색연필은 매형의 선물이었던 것이다. 따라서 이 분실에는 '매형의 선물 따위는 아무 데로나 없어져버려라.' 하는 의향이 관여하고 있었다고 단언할 수 있다. 이와 같은 예는 상당히 많이 찾을 수 있다. 이를테면 어떤 물건을 준 사람과 사이가 안 좋아져서 이제 그 녀석에 관한 것은 생각만 해도 화가 난다고 여기고 있을 때라든가, 또는 그 물건에 싫증이 나서 더 좋은 다른 물건과 바꾸자는 핑계를 만들고 싶을 때 사람들은 그 물건을 잃어버린다. 물건을 떨어뜨리거나 부수거나 깨는 경우에도 물론 그 물건에 대해 같은 기분이 작용하고 있다고 볼 수 있다. 초등학교에 다니는 어린아이가 마침 생일 전날에 자기의 소지품을, 이를테면 시계나 책가방 같은 것을 분실하거나 못쓰게 만들거나 부숴버리는 것을 우연의 일치로 볼 수 있을까?

자기가 어딘가 놓아둔 물건을 찾지 못해서 안타까운 경험을 많이 했던 사람들은 거기에 자신의 의향이 들어 있었다는 말을 믿고 싶지 않을 것이다. 그러나 이렇게 둔 곳을 잊어버리게 되는 상황을 잘 살펴보면 그 물건을 잠시 또는 오랫동안 어디에 숨겨두고 싶다는 의향이 작용하고 있음을 알 수 있는 경우가 드물지 않다. 다음의 예는 아마 가장 훌륭한 실례가 될 것이다.

한 청년이 나에게 이런 이야기를 들려주었다.

"2~3년 전부터 저와 아내는 사이가 좋지 않았습니다. 저는 아내를 냉담하다고 생각하고 있었어요. 아내의 좋은 성품은 저도 잘 알고 있었지만, 우리 사이에 애정은 이미 식어 있었습니다. 한 번은 아내가 외출하고 돌아오더니 제게 책 한 권을 주었습니다. 아내는 그것이 제 마음에 들 것 같아서 사 온 것이라고 했습니다. 저는 아내의 이 배려가 고맙더군요. 그래서 한번 읽어보겠노라고 약속하고는 넣어두었습니다. 그런데 그 후에 그것이 눈에 띄지 않는 것입니다. 세월이 흘러 저는 이따금 그 없어진 책을 생각해보았 습니다만 아무리 찾아보아도 헛일이었습니다. 그리고 약 반년쯤 지났을 때, 당시 우리들과 따로 살고 계시던 제 어머니께서 병에 걸리셨습니다. 아 내가 어머니를 간호하러 떠났지요. 어머니의 용태가 매우 심각했거든요. 아내는 밤에 잠도 제대로 못 자고 정성스럽게 간호했습니다. 어느 날 밤, 저는 아내의 배려와 성의에 감격하고 감사한 마음으로 가득 차서 집으로 돌아왔습니다. 책상으로 다가가 무심코, 몽유병자와 같은 정확성으로 서 랍을 열었지요. 그런데 어찌된 일일까요? 그 속에 그토록 오랫동안 찾을 수 없었던, 어디다 두었는지조차 잊어버렸던 책이 그대로 들어 있지 않겠 습니까?"

동기(動機)가 사라짐과 동시에 어디에 두고 잊었던 것이 발견된 것이다.

나는 이와 같은 사례들을 매우 많이 관찰했지만 지금 다 이야기할 시간 은 없다. 내가 저술한《일상생활의 정신병리》를 보면 실수 연구에 관한 많 은 증례 보고를 찾을 수 있을 것이다(이 외에도 메더(프랑스), 브릴(영국), 존스(영국), 슈테르케(네덜란드) 등이 수집한 예들도 참고할 수 있다). 그 러한 사례들은 항상 동일한 결론을 내려준다. 즉 여러분에게 실수 행위가 하나의 의미를 갖고 있음을 수긍시켜 줄 것이고, 또 어떻게 하면 부수되는 심리 상태에서 그 의미를 찾아내 확인할 수 있는지도 가르쳐줄 것이다. 그 러나 우리가 이 현상을 연구한 것은 오직 정신분석 입문에 이용하기 위한 것이니만큼 오늘은 간단하게 두 종류에 대해서만 더 살펴보도록 하겠다.

즉 반복되고 결합된 실수 행위와, 나중에 일어나는 사건으로 우리의 해석
이 실증되는 경우이다.

반복되고 결합된 실수 행위는 확실히 실수의 꽃이라 부를 만하다. 실수
행위가 의미를 가지고 있음을 증명하는 것만이 우리의 문제였다면 우리
는 처음부터 여기에만 이야기를 한정시켰을 것이다. 왜냐하면 그러한 실
수가 가진 뜻은 아무리 둔감한 사람이라도 곧바로 알아챌 수 있고, 가장
비판적인 판단을 내리는 사람조차 그 의미를 인정하지 않을 수 없기 때문
이다. 실수 행위가 되풀이될 때는 결코 우연이라고는 할 수 없는, 미리 의
도되어 있었던 것 같은 집요함이 나타난다.

각종 실수가 잇따라 일어날 때는 그 실수 행위의 중요하고 본질적인 요
소가 무엇인지 결국은 밝혀지고 만다. 실수에 이용되는 형식이나 수단이
아니라, 실수 행위를 구사하여 갖가지 방법으로 목적을 이루려 한 그 의도
를 알 수 있게 되는 것이다.

몇 번이나 되풀이된 망각의 한 예를 여러분에게 보여주겠다. 이는 E. 존
스E. Jones[30]가 보고한 것이다.

"언젠가 나는 나 자신도 분명치 않은 동기에서 며칠 동안 편지를 서랍
안에 넣어두었다. 그러나 마침내 결심하고 그것을 부쳤는데 배달 불능이
라는 쪽지가 붙어서 돌아왔다. 왜냐하면 상대편 주소를 잊어버리고 쓰지
않았기 때문이다. 그래서 주소와 이름을 적어 우체국에 가져갔는데, 이번
에는 우표를 깜박 잊고 붙이지 않았다. 그리하여 결국 나는 암만해도 이

---

30 영국의 정신분석 학자. 프로이트의 첫 제자이다.

편지를 부칠 기분이 나지 않는다는 사실을 인정하지 않을 수 없었다.”

또 다른 예는 착각과 둔 곳 잊어버리기가 결합된 경우이다. 어떤 부인이 유명한 예술가인 자기 형부와 함께 로마를 여행했다. 두 사람은 로마에 사는 독일인에게 큰 환대를 받았으며 형부는 고대 금메달을 선물로 받았다. 그런데 부인은 형부가 이 아름다운 메달에 도무지 관심이 없는 것이 마음에 걸려 견딜 수가 없었다. 곧 언니가 와서 부인은 한 걸음 먼저 귀국했다. 그런데 집에 돌아와서 짐을 끌러보니, 어떻게 된 까닭인지 그 메달이 자기 짐 속에 들어 있는 것이었다. 부인은 곧 형부에게 편지를 써서 자기가 무심코 메달을 가지고 왔는데 내일 로마로 우송하겠다고 알렸다. 그런데 그 다음 날, 메달을 어디다 두었는지 아무리 해도 찾을 수가 없어 결국 보내지 못했다. 부인은 자기가 이렇게 멍청해진 것은 이 메달을 자기가 갖고 싶어하는 생각 때문이라는 것을 깨달았다(라이틀러가 보고한 내용이다).

나는 앞에서도 망각과 착각이 결부된 예를 든 적이 있다. 어느 청년이 처음에는 만나기로 한 약속을 잊어버리고, 다음에는 절대 잊어버리지 않겠노라 맹세했는데도 불구하고 약속 시간이 아닌 때에 약속 장소로 나갔다. 과학과 문예에 흥미를 갖고 있는 한 친구가 이와 비슷한 경험을 내게 말해 준 적이 있다.

“몇 해 전에 내가 어느 문학 단체 위원회의 위원으로 위촉된 적이 있었다네. 나는 이 단체와 관계를 맺어두면 내 희곡을 상연하는 데 도움이 될 거라고 생각했네. 그래서 별로 흥미도 없었지만 금요일마다 개최되는 위원회 회의에 빠지지 않고 얼굴을 내밀었지. 그리고 두세 달 전에 나는 드디어 내 희곡을 F시의 한 극장에 올리게 되었다네. 그런데 이상하게도 그때부터 금요일마다 있는 그 회의를 자꾸 잊어버리게 되더란 말이야. 이 문제에 관한 자네의 저서를 읽었을 때 나는 내 망각의 이유를 깨닫고 얼굴이 붉어지더군. 내 계획이 달성되고 나니 그 단체의 사람들이 필요 없어져서 회의에 나가지 않게 되는 내 비열함이 부끄러워졌지. 나는 다음 금요일에는 꼭 잊어버리지 않고 나가겠다고 결심했다네. 몇 번이나 그 결심을 되새겨보며 마침내 실행할 날이 다가왔고, 나는 회의가 열리는 회의실 문 앞에 섰지. 그런데 놀랍게도 문이 닫혀 있지 않은가. 이미 회의가 끝난 뒤였네. 실은 날짜를 잘못 알고 있었던 거야. 그날은 토요일이었단 말일세."

이와 같은 관찰을 모으는 것은 매우 재미있는 일이지만 여기에만 머무를 수는 없다. 계속하여, 우리가 내린 해석이 입증되려면 훨씬 나중까지 기다려야만 하는 사례들을 보기로 하자.

이런 경우의 주요 조건은 알다시피 현재의 심리 상태를 우리가 알 수 없거나 확인할 수 없다는 것이다. 그러므로 그런 때 우리가 내리는 해석은 추측에 지나지 않으며, 우리 자신도 별로 중시할 기분이 들지 않는다. 그런데 나중에 가서 그때 내린 우리의 해석이 옳았다는 것을 뒷받침해줄 만한 사건이 일어난다. 이전에 나는 결혼한 지 얼마 안 된 젊은 부부의 집에 초대받은 적이 있다. 그때 신부가 웃으면서 최근 일어난 한 사건을 들려주었다. 이야기는 이러했다. 그녀가 신혼여행에서 돌아온 다음 날, 하나밖에 없는 여동생을 데리고 물건을 사러 나갔다고 한다. 그녀는 길 건너편에 한 신사가 걸어가는 것을 보고 갑자기 더듬거리면서 여동생에게 "저봐, 저기 L씨가 걸어가고 있어."라고 말하며 소매를 끌었다. 그녀는 그 신사가 2~3주 전부터 자기 남편이라는 사실을 깜박 잊어버렸던 것이다. 이 이야기를 들었을 때 나는 온몸에 전율을 느꼈지만 더 파고 들어가서 추측을 내릴 엄두는 내지 못했다. 그 뒤 몇 해 지나 두 사람의 결혼 생활이 불행한 결말로 끝났다는 말을 듣고, 나는 그 조그마한 사건을 떠올렸다.

메더A. Maeder도 비슷한 이야기를 보고하고 있다. 어떤 여성이 결혼식 전날 웨딩드레스 가봉을 까맣게 잊고 있다가 밤늦게서야 양재사를 찾아가 당황시켰다는 이야기다. 메더는 그녀가 결혼한 지 얼마 안 되어 남편과 이혼했다는 사실과 이 망각과는 어떤 깊은 관계가 있다고 말하고 있다. 나도 남편과 헤어진 한 여성으로부터 이와 같은 사례를 들은 적이 있다. 그녀는 이혼하기 몇 해 전부터 재산 관련 서류에 종종 처녀 때 이름으로 서명을 했다고 한다.

또 신혼여행 중에 약혼 반지를 잃어버린 어느 부인도 있다. 결혼 생활을 해나가는 동안 그녀는 이 우연한 사건에 어떤 의미가 있었다는 생각을 하게 되었다.

불행한 결말을 피해 간 더욱 극명한 사례가 있다. 결혼식 시간을 잊어버리고 교회로 가는 대신 실험실로 가는 바람에 결혼식을 엉망으로 만들어버린 독일의 어느 유명한 화학자의 이야기다. 그는 현명한 사람이었으므로 이 하나의 사건으로 결혼을 단념하고 죽을 때까지 독신으로 살았다.

이러한 예를 들다 보면 실수 행위는 마치 고대인들이 말하는 전조(前兆)를 대체하고 있는 것 같은 느낌이 들 것이다. 실제로 고대인이 생각한 전조 중 어떤 것은 실수에 불과하다. 이를테면 넘어지거나 미끄러져 뒹굴거나 하는 것을 그들은 어떤 사건의 전조로 간주했다. 전조의 어떤 경우들은 주관적인 행위라기보다 객관적인 사건의 성질을 띠고 있었다. 그러나 어떤 사건을 당했을 때 그것이 주관적인 종류에 속하는지, 객관적인 종류에 속하는지를 결정하는 것이 얼마나 어려운 일인가. 행위라는 것은 흔히 객관적인 사건의 형태로 변장하고 나타나는 법을 잘 알고 있기 때문이다.

자기가 걸어온 긴 인생의 경험을 되돌아볼 수 있는 사람이라면 누구나 스스로에게 이렇게 말할 것이다. 만약 사람들과의 관계에서 나타나는 작은 실수들을 전조로 인정하고, 모습을 숨기고 있는 의향의 표현으로 볼 수 있는 용기와 배짱을 가지고 있었다면 그 많은 환멸과 쓰디쓴 불행을 피할 수 있었을 거라고 말이다. 그러나 대개의 사람들은 그렇게 할 용기가 없다. 그런 태도는 과학적인 길을 벗어나 미신으로 향해 가는 것같이 느껴지기 때문이다. 물론 모든 전조들이 다 들어맞는 것은 아니다. 또 우리의 이론으로 보아 모든 전조가 다 들어맞을 필요도 없다는 것을 여러분은 납득하게 될 것이다.

실수 행위—끝

실수 행위에는 의미가 있다는 사실을 지금까지 연구의 성과로 받아들이고 앞으로의 연구에 기반으로 삼아도 좋다. 내가 모든 실수 행위에 의미가 있는 것이라고는 결코 주장—우리의 연구 목적을 달성하는 데 주장 같은 것은 필요도 없지만—하지 않았음을 다시 한 번 강조해둔다. 나는 물론 그럴 가능성이 많다고 확신하지만, 실수의 여러 가지 종류에서 그와 같은 의미가 비교적 많이 증명될 수 있다는 사실로 충분하다. 의미의 관점에서 볼 때 실수 행위의 각 종류는 서로 차이가 있는데, 잘못 말하기나 잘못 쓰기는 순전히 생리적인 이유를 붙일 수 있는 경우도 많다. 그러나 망각에서 비롯되는 실수들(이름의 망각, 계획의 망각, 둔 곳 잊어버리기 같은 것들)은 생리적인 원인으로 일어난다고는 도저히 생각할 수 없다. 또 전혀 의도가 없어 보이는 분실도 존재하며, 일상생활에 나타나는 착각(또는 과실)은 어느 범위까지만 우리의 견해를 적용할 수 있다. 실수 행위라는 것은 심리적 행위이며 두 가지 의향의 간섭으로 일어난다는 가설에서 출발하기 위해서는 이러한 적용 범위를 분명히 해두어야 한다.

이 가설이야말로 정신분석의 첫 성과이다. 두 가지 의향 사이에 간섭이 일어날 수 있다는 것, 그 간섭의 결과로 실수라는 현상이 나타날 수 있다는 가능성에 대해 종래의 심리학은 전혀 알지 못했다. 우리는 정신 현상의 영역을 광범하게 확장시켜, 예전에는 심리학의 영역에 넣지 않았던 현상들까지도 심리학 속으로 끌어들인 것이다.

여기서 잠시 실수 행위는 〈심리적 행위〉라는 주장에 대해 검토해보자. 이것은 앞에서 말한, 실수에는 의미가 있다는 주장 이상으로 무언가를 시사해주는 것일까? 나는 그렇게 생각하지 않는다. 이 말은 한층 모호하고 더 오해받기 쉽다. 종종 정신 활동에서 관찰할 수 있는 모든 것이 정신 현상이라 불리는데, 여기서 고려해야 할 것이 있다. 그 개개의 정신 현상이 신체적, 기질적, 물질적인 영향에 의해 직접적으로 일어난 것은 아닌가? 그래서 그것이 심리학의 범위를 넘어서는 것은 아닌가? 혹은 그 배후에 일련의 기질적인 작용이 있는 다른 정신적 과정에서 유도된 것인가? 우리가 어떤 현상을 정신 과정이라고 부를 때는 후자의 경우를 말하는 것이다. 따라서 우리의 연구 결과를 〈그 현상은 의미를 갖고 있다〉라고 표현하는 편이 더 목적에 부합된다. 요컨대 이 의미라는 것을 우리는 뜻, 의도, 의향, 그리고 심적 연관 계열 속에서의 어떤 위치 등으로 이해하고 있다.

실수와 아주 닮았지만 실수라는 이름을 붙이기에는 적당하지 않은 현상들이 있다. 우리가 우발 행위(偶發行爲:Zufallshandlung) 또는 증상 행위(症狀行爲:Symptomhandlung)라고 부르는 것들이다. 이러한 행위는 언뜻 보기에 동기가 없고 무의미하며 중대하지 않다는 성격을 실수 행위와 똑같이 갖고 있으며, 그 외에 '불필요'라는 특성을 한결 분명하게 보여준다.

이들이 실수 행위와 다른 점은 그 행위와 충돌을 일으키고 그로 인해 방해를 받는 제2의 의향이 없다는 점이다. 이들은 우리가 정서적 운동의 표현이라고 분류하는 몸짓이나 동작들 같은 것이다. 이를테면 무심코 옷을 만진다거나 신체의 일부분을 움직인다거나 주위의 물건 같은 것을 만지작거리는, 언뜻 보기에 목적 없는 행위들이 이 우발 행위의 부류에 들어간다. 마찬가지로 그와 같은 동작을 갑자기 중지하는 것, 그리고 콧노래로 흥얼거리는 멜로디 등도 이에 속한다. 나는 이러한 현상이 모두 의미를 가지고 있어서 실수의 경우와 마찬가지 방법으로 연구하면 해석이 가능하며, 이는 다른 중요한 정신 현상의 조그만 징후인 것이고 완전히 유효한 심리적 행위라고 주장하고 싶지만, 그러나 이렇게 정신 현상의 영역을 더 확장하여 이 문제에 오래 머무르는 것은 지양하고 싶다. 그보다는 실수 행위의 연구로 돌아가 정신분석에 훨씬 더 중요한 문제들을 명백하게 풀어내고자 한다.

앞선 강의에서 제기해놓은 후 아직 해결하지 않은 가장 흥미로운 문제는 다음이다. 실수 행위는 상이한 두 가지 의향—그 의향의 하나는 방해하는 것, 다른 하나는 방해받는 것이라고 불렀다—의 간섭의 결과라고 말했는데, 방해받는 의향에 대해서는 더 이상 이야기할 것이 없지만, 방해하는 의향에 관해서 우리는 두 가지 점을 더 알고 싶다. 첫째, 다른 의향의 방해자로서 나타나는 의향은 대체 어떤 것인가? 둘째, 방해하는 의향은 방해받는 의향과 어떤 관계에 있는가?

실수의 대표적인 예로서 다시 잘못 말하기를 택하기로 하자. 그리고 첫째 의문보다는 둘째 의문부터 풀어두는 것이 좋겠다.

잘못 말하기에서 방해하는 의향은 방해받는 의향과 내용적 관계를 갖고 있다. 방해하는 의향은 방해받는 의향과 모순되며 그것을 수정, 보충하는 의미를 내포하고 있다. 그런데 더욱 모호하고 흥미로운 경우가 있으니, 그 것은 바로 방해하는 의향이 방해받는 의향과 내용상 아무런 관계가 없을 때이다.

전자에 대해서는 앞에서 든 사례들로 어렵지 않게 증명할 수 있다. 정반 대의 말을 하는 잘못 말하기의 경우에는 대개 방해하는 의향이 방해받는 의향의 반대를 표현하고 있다. 이는 서로 양립할 수 없는 두 의향들 사이 의 갈등의 표현인 것이다. '나는 의회의 개회를 선언하게 되어 있으나, 실 은 빨리 폐회해버리고 싶다.'라는 것이 의장의 잘못 말하기에 포함되어 있 는 의미였다. 어느 정치 신문이 매수되었다는 비난을 받고 다음 내용으로 해명 기사를 내보내려 했다. 〈독자 여러분은 본지가 언제나 〈사욕을 버리 고(in uneigennützigster Weise)〉 다년간 대중의 복리를 대변해왔음을 아 실 것입니다.〉 그런데 해명문의 기초(起草)를 맡은 편집자가 그만 〈사욕을 가지고(in eigennützigster Weise)〉라고 잘못 써버렸다. 이는 편집자가 '그 렇게 써야 하지만, 내가 알기로는 그렇지 않아.'라고 생각했음을 의미한다. 또한 독일 황제에게 〈rückhaltlos(망설임 없이)〉 진실을 말해달라고 아뢰 려 했던 한 국회의원은, 자신의 대담함을 두려워하는 내면의 소리 때문에 그만 'rückhaltlos'를 〈rückgratlos(줏대 없이)〉라고 잘못 말해버렸다 (1908년 11월의 독일 국회에서 있었던 일이다).

앞에서 들었던 압축과 생략의 인상을 주는 잘못 말하기 사례에서는 수 정, 보충, 혹은 앞의 이야기를 계속하고 싶은 동기들이 작용하고 있으며 그 럼으로써 제1의 의향과 나란히 제2의 의향이 나타났다. '진상은 결국 명백해졌지. 내친김에 아예 터놓고 추잡한 일이라고 말해버리자.' 하는 생각 때문에 "zum Vorschwein gekommen"이라고 잘못 말하게 된 것이다. '정말로 그것을 이해하고 있는 사람은 이 다섯 손가락으로 헤아릴 정도밖에 없다. 아니, 정말로 이해하고 있는 사람은 나 단 한 사람밖에 없다.'라는 생각 때문에 "이 한 손가락으로"라고 잘못 말한 것이다. "나의 남편은 〈내〉가 원하는 것은 무엇이나 먹고 마셔도 좋다."라고 말한 경우도 마찬가지다. 여기에는 '남편이 마음대로 행동하는 것은 참을 수 없다. 그러니 남편은 〈내〉가 좋아하는 것을 먹고 마실 수 있다.'라는 뜻이 함축되어 있다.

이러한 경우에서는 잘못 말하기가 모두 방해받는 의향의 내용에서 직접 나왔거나 혹은 그 내용과 연계되어 있다.

서로 간섭하는 두 의향의 관계가 이상과 같지 않을 때는 이상한 느낌을 준다. 만일 방해하는 의향이 방해받는 의향과 내용상 아무런 관련이 없다면, 이 방해하는 의향은 도대체 어디서 나온 것인가? 또 어떻게 해서 그 자리에 방해자로 나타난 것인가? 이 경우를 자세히 관찰해보면 다음과 같은 대답을 할 수 있다. 즉 여기서 방해하는 의향은 그 본인이 잘못 말하기 직전에 뇌리를 차지하고 있던 사고의 흐름에서 나왔으며, 그 사고의 흐름이 회화 속에 이미 표현되었거나 그렇지 않거나 관계없이 후에 실수라는 형태로 꼬리를 물고 나타났다는 것이다. 그러므로 이를 후퇴발음이라고도 할 수 있으나, 반드시 입으로 발음한 말의 후퇴발음은 아니다. 이런 경우에도 방해하는 의향과 방해받는 의향 사이에는 역시 연상 관계가 있는 것인데, 그것은 내용적인 관계라기보다는 오히려 인위적으로, 때때로 매우 강제적인 연결 방법으로 맺어져 있다.

이에 대해서 내가 관찰한 아주 간단한 예를 들어보겠다. 나는 언젠가 아름다운 돌로미텐[31] 지방을 여행하다가 빈에서 온 두 명의 부인을 만나게 되었다. 그들은 여행 복장을 하고 있었다. 나는 잠시 그들의 길동무가 되어 여행의 즐거움에 대해 이야기를 나누고, 또 여행의 고생담도 서로 주고받았다. 한 부인이 이렇게 하루를 보내다 보면 불편한 일이 많다고 하며 말했다.

"정말이에요. 온종일 햇볕을 쬐면서 걷는다는 건 결코 유쾌하지만은 않은 일이에요. 브루제(블라우스)나 헴드(속옷)는 땀에 흠뻑 젖고……."

이때 부인은 잠깐 말이 막히는 듯하더니 곧 이어갔다.

"하지만 하우제(집)로 돌아가서 옷을 말끔히 갈아입을 때는……."

나는 이 경우의 잘못 말하기를 적극적으로 분석하지는 않았지만 현명한 여러분은 쉽게 그 뜻을 알 수 있을 것이다. 이 부인은 자기 신변의 물건을 일일이 열거하기 위해 '브루제', '헴드', 그리고 이어서 '호제(속바지)'라고 말하고 싶었던 것이다. 그때 숙녀의 예의상 아마도 '호제'를 입 밖에 내지 못하고 그만두었다. 그런데 그다음에 온 내용적으로 전혀 관계없는 문구 속에, 입 밖에 내지 못했던 조금 전의 호제라는 말이 하우제(집)라는 비슷한 발음의 말로 왜곡되어 불쑥 나온 것이다.

이제 드디어 우리가 오랫동안 보류해왔던 중요한 주제로 향할 수 있게 되었다. 이렇게 다른 것을 방해하는 의향이란 도대체 어떤 의향인가? 물론 이 의향은 여러 가지로 다양하겠지만 그중에서 공통점을 찾아보려 한다.

잘못 말하기의 많은 사례들을 검토해보면 곧 세 가지 종류로 분류된다.

제1군은 방해하는 의향을 말하는 본인이 잘 알고 있을 뿐 아니라, 잘못

---

31 오스트리아의 티롤에서 북이탈리아에 걸친 산맥.

말하기 전에 스스로 인지하기도 하는 경우이다. 이를테면 잘못 말하여 〈Vorschwein〉이라고 한 경우, 말하는 사람은 문제의 사건을 〈추잡하다〉고 평하고 싶었으며, 결국 그 말을 망설이긴 하였으나 애초에 그런 의향을 갖고 있었음을 인정하고 있다.

제2군은 말하는 사람이 자기 마음속에 그 방해하는 의향이 존재하고 있다는 것을 인정하지만, 잘못 말하기 직전에 그것이 자기 마음속에서 작용하고 있었던 것이라고는 깨닫지 못하는 경우이다. 그러므로 그런 사람은 잘못 말한 것에 대해 우리가 해석을 해주면 결국 인정은 하지만 꽤 당황한다. 이는 잘못 말하기보다는 다른 실수 행위들 중에서 더 쉽게 발견된다.

제3군은 방해하는 의향의 해석을 잘못 말한 본인이 극력 부정하는 경우다. 잘못 말하기 직전에 그러한 의향이 자기 마음속에서 움직이고 있었다는 것을 본인이 부인할 뿐 아니라, 그러한 의향이 애초에 자기와 전혀 관계가 없다고 주장한다. 어떤 연사가 "구토합시다."라고 실언한 예를 생각하면 된다. 내가 그로부터 그 방해하는 의향을 끌어냈을 때 그가 무례하다며 극력 부인했던 것도 생각날 것이다. 이러한 경우에서는 우리의 견해가 완전히 일치에 도달하지 못했다는 것을 여러분도 알고 있을 것이다. 그러나 이 실언한 연사의 반발에 나는 개의치 않는다. 나는 내 해석이 과녁에서 벗어나지 않았다고 확신한다.

그러나 여러분은 연사의 이런 분개가 신경이 쓰여서, "그와 같은 경우의 잘못 말하기에는 해석 같은 것을 내리지 말고, 역시 정신분석 이전의 견해를 가지고 생리적인 행위로 인정해주는 편이 좋지 않을까요?" 하며 망설일지도 모른다. 나는 무엇이 그렇게 여러분을 조심스럽게 만드는지 짐작할 수 있다. 나의 해석은 다음의 가설을 포함하고 있기 때문이다. 말을 하고 있는 본인이 전혀 깨닫지 못하고 있지만 간접 증거에 의해 추정해낼 수 있는 어떤 의향이 말하는 이를 통해 표현되어 나올 수 있다는 가설이다. 이와 같이 매우 낯설고도 중대한 결과를 가져올 가설에 대해 여러분이 멈칫하는 것은 당연하다. 여러분의 기분은 나도 잘 알 수 있고 여러분의 주장도 무리는 아니라고 생각한다. 그러나 우리는 이것만은 확실히 해둬야 한다. 지금까지 많은 사례들을 통해 입증해온 실수 행위에 대한 견해를 논리적으로 유지하려면 방금 말한 그 낯선 가설을 인정할 결심을 해야만 한다는 것이다. 만일 여러분이 그것을 인정할 수 없다면 가까스로 서광이 비치기 시작한 실수에 대한 이해는 여기서 제동이 걸릴 수밖에 없다.

이제 세 개 군에서 일치되는 점, 즉 잘못 말하기의 이 세 가지 메커니즘에 나타나는 공통분모를 찾아보도록 하자. 다행스럽게도 이것은 누가 보나 뚜렷하여 오해의 소지가 없다. 제1군과 제2군에서는 말하는 본인이 방해하는 의향을 인식하고 있다. 그리고 제1군의 경우 이 방해하는 의향이 잘못 말하기 직전에도 인식되었다고 덧붙여야 할 것이다. 이 두 경우 방해하는 의향은 〈억눌려〉 있다. 말하자면 〈말하는 본인이 그 의향을 말로 드러내지 않겠다고 마음먹고 있다. 그런데 순간 잘못 말하기의 형식으로 입 밖으로 나와버린다. 즉 억눌려 있던 의향이 말하는 사람의 의사를 어기고 말이 되어 나온 것이다. 본인이 허용했던 의향의 표현을 수정하거나, 혹은 그 표현과 뒤섞이거나, 또는 그것을 완전히 대체해서 말이다.〉 바로 이것이 잘못 말하기의 메커니즘이다.

나의 관점에 서면 제3군의 과정도 이 메커니즘에 훌륭하게 적용시킬 수 있다. 의향을 억누르는 정도의 차이에 따라 세 군으로 나뉘는 것이라고 가정하기만 하면 된다. 제1군에서는 그 의향이 이미 존재하고 있고 잘못 말하기 직전에 본인도 그것을 깨닫는다. 그 의향을 안으로 밀어 넣자고 생각하는 순간에 말이 잘못되어 튀어나온다. 제2군에서는 의향의 억제가 훨씬 이전으로 거슬러 올라간다. 그래서 그 의향은 말하기 직전에는 본인에게 의식되지 않지만, 놀랍게도 그 의향은 잘못 말하기의 유인(誘因)으로서 역시 관여한 것이다. 이에 입각하여 생각해보면 제3군의 과정도 쉽게 설명이 된다. 나는 대담하게 이렇게 가정해보려 한다. 즉 매우 오래전부터 억제되어 있어서 말하는 사람이 곧바로 부정하게 되는 어떤 의향이 실수 행위를 통해 표출될 수 있는 것이라고 말이다.

그러나 여러분이 만약 이 3군을 제쳐놓는다 하더라도, 지금까지 다른 경우들을 관찰한 결과 여러분은 다음과 같은 결론에 도달하지 않을 수 없을 것이다.

〈무언가를 말하고자 하는 분명히 존재하는 의향을 억누르는 과정이 잘못 말하기를 촉발시키는 필수불가결한 조건이다.〉

이제야말로 우리는 실수 행위에 관해 많은 것을 이해하게 되었다고 말할 수 있다. 실수 행위란 의미와 의향을 가진 정신적인 행위라는 것, 또 그것은 두 가지의 서로 다른 의향의 간섭으로 생긴다는 것을 알았다. 그리고 두 의향 중 하나가 다른 의향의 방해자로서 나타날 때에 앞서 그 의향은 어떤 억제를 받았다는 것도 알게 되었다. 다시 말해, 하나의 의향이 방해하는 의향이 되기 위해서는, 그전에 그것이 먼저 방해를 받아야 한다는 것이다. 물론 이것으로 실수 행위라고 불리는 현상을 완전히 설명했다고는 할 수 없다. 곧 무수한 의문이 뒤를 잇고 또 그 의문을 설명하려 하면 다시 새로운 의문이 솟아난다. 이를테면 어째서 이것은 더 단순하게 진행되지 않느냐는 의문이 들 수도 있다. 어느 한 의향의 실현을 허용치 않고 그것을 억누르는 어떤 의향이 있다면, 억제가 성공했을 때 그 억제받은 의향은 흔적도 없이 사라져야 할 것이다. 그리고 억제에 실패했을 때만 억눌린 의향이 모습을 드러낼 것이 아닌가. 그러나 실제로는 그렇지 않다. 실수 행위는 타협의 산물이다. 실수가 일어났다는 것은 두 가지 의향이 모두 절반은 성공하고 절반은 실패했음을 의미한다. 위험스러운 의향은 완전히 억제되지도 않고—어떤 경우를 제외하고는—전부 발현되지도 않는다. 이와 같은 간섭 혹은 타협이 일어나는 데는 분명 어떤 특별한 조건이 있을 거라 생각되지만, 그 조건이 어떤 종류의 것인지는 알 수 없다. 실수 행위를 더 깊이 연구한다 해서 이 미지의 조건을 발견할 수 있으리라고는 생각되지 않는다. 그보다 먼저 아직 연구되지 않은 인간의 다른 정신 활동 영역을 탐구하는 것이 필요하다. 그들을 서로 비교하면서 유사성을 발견해낸다면, 실수 행위를 보다 철저하게 규명하는 데 필요한 가설을 세울 용기를 얻을 수 있을 것이다. 그런데 우리가 이 영역에서 끊임없이 만나게 되는 사소한 징후들을 이해하려 할 때는 항상 어떤 위험이 따른다는 것도 잊지 말아야 한다. 〈복합적 편집증(die kombinatorische Paranoia)〉이라는 정신질환이 있다. 이것은 사소한 징후를 무제한 확대하는 병이다. 물론 나는 사소한 징후 위에 세워진 결론을 고집할 생각은 없다. 우리의 관찰을 폭넓게 확대하여 정신 활동의 다방면에 걸친 영역에서 비슷한 인상을 다수 모아야 비로소 이 위험에서 벗어날 수 있다고 믿는다.

여기서 일단 실수 행위에 대한 분석을 마치기로 한다. 그러나 한 가지 여러분에게 주의를 주고 싶은 것이 있다. 우리가 어떤 식으로 이 실수 행위라는 현상을 다루었는지를 정신분석의 표본으로서 똑똑히 머릿속에 새겨두기 바란다. 지금까지의 많은 예를 통해 우리의 심리학이 가진 목표가 어떤 것인지 알 수 있었을 것이다. 우리는 단순히 현상을 기술하거나 분류하는 데 그치지 않고 그것을 마음속에 숨겨진 힘이 작용하여 나타난 것으로 해석하고, 협력하고 반발하면서 어떤 목적을 향하여 움직이는 여러 가지 의향들의 표현으로 이해하려 한다. 우리는 이렇게 정신적 현상들의 〈역학적(力學的)인 해석〉을 꾸준히 추구해왔다. 우리의 해석에 의하면 이러한 의향은, 단지 우리의 가정일 뿐이지만, 인식에 포착된 현상보다 훨씬 더 중요한 것이다.

실수 행위에 대해 더 깊이 들어갈 생각은 없다. 그러나 이미 알고 있는 사실을 재확인하고, 몇 가지 새로운 사실을 발견하는 것은 바람직한 일일 것이다. 여기서 기준으로 삼는 것은 처음에 열거한 세 가지 종류이다. 제1군은 잘못 말하기이며 여기에는 잘못 쓰기, 잘못 읽기, 잘못 듣기 등도 포함된다. 제2군은 망각이다. 이는 잊어버린 대상(고유명사, 외래어, 계획, 인상)에 따라 다시 세분할 수 있다. 제3군은 둔 곳 잊어버리기, 분실 등이다. 우리가 다루는 착각은 일부는 망각, 일부는 바꿔 생각하기와 관련된다.

잘못 말하기는 이미 상세하게 설명한 줄 알지만 다시 몇 가지 사실을 덧붙여두고 싶다. 잘못 말하기에는 작은 감정적 현상들이 함께 얽혀 있다. 이를테면 자청해서 기꺼이 잘못 말하려고 하는 사람은 없다. 또 사람들은 자기의 실언은 잘 모르고 넘어가도 타인이 잘못 말하는 것은 절대로 놓치지 않는다. 그리고 잘못 말하기는 어떤 의미로는 전염성이 있다고 할 수 있다. 실언하는 것을 들으면 자신도 이어서 실언을 하게 되기 쉽다. 잘못 말하기의 아주 사소한 경우들, 즉 잠재적인 정신 과정이 분명치 않은 잘못 말하기의 형태에서도 그 동기를 간파하는 것은 어렵지 않다. 이를테면 누군가가 단어를 말하다가 중간에 어떤 방해를 받아 장모음(예를 들면 아아, 이이)을 짧게 발음(이를테면 아, 이)했다고 하자. 그러면 그는 뒤이어 오는 단모음을 길게 발음하게 되는 경우가 많다. 앞의 잘못을 보충하려 하다가 또 하나의 잘못 말하기 과오를 저지르는 것이다. 마찬가지로 복합 모음을 분명치 않게 흐릿하게 발음했다면, 예를 들어 'eu(오이)'나 'oi(오이)'를 'ei(아이)'로 발음했다면, 다음에 오는 'ei(아이)'를 'eu(오이)'나 'oi(오이)'로 바꾸어 처음의 잘못을 되돌리려 한다. 이러한 태도 속에는 모국어를 사용하는 데 불성실하다는 인상을 주고 싶지 않다는 말하는 사람의 고려가 결정적으로 작용하고 있는 것 같다. 첫 번째 잘못에 대한 보충적인 의미를 가지고 있는 두 번째의 왜곡은, 듣는 사람의 주의를 첫 번째 잘못으로 돌려 화자 자신도 그 잘못을 깨닫고 있다는 것을 청자에게 확인시키려는 의도를 갖고 있다. 잘못 말하기 중에서 가장 흔하고 단순하며 사소한 경우들은 별로 눈에 띄지 않는 내용에 나타나는 단축(短縮)과 음의 선행으로 이루어지는 것이다.

이를테면 긴 문장을 말하면서 의도한 대로라면 나중에 왔어야 할 말을 먼저 말해버릴 때가 있다. 이런 잘못 말하기는 그 말을 빨리 마치고 싶다거나 초조해하는 듯한 인상을 주는데, 일반적으로 그 문장이 담고 있는 뜻에 반대하는 어느 정도의 거부감이 존재한다는 것을 확인시켜 준다. 그런데 이 부분에서는 잘못 말하기에 대한 정신분석의 견해와 천박한 생리학적 견해 사이의 차이점이 사라지는 한계에 이른다. 우리는 이런 경우도 말의 의도를 방해하는 의향이 존재한다고 가정하고 싶지만, 여기서는 그 존재만이 암시될 뿐 그것이 무엇을 지향하고 있는가를 가리켜주지 못한다. 어떤 발음의 영향으로 일어났거나 또는 연상에 이끌려 생긴 것으로, 이야기의 취지로부터 주의력이 약간 빗나간 것으로 볼 수 있을 것이다. 그러나 주의력 장애도, 연상 작용도 그 과정의 본질을 정확하게 설명해주지는 못한다. 이것은 다시금 말하려는 의도를 방해하는 의향이 존재함을 암시해줄 뿐이다. 하지만 이 경우는, 다른 특징적인 잘못 말하기의 사례에서 방해하는 의향의 본질을 설명할 수 있었던 것처럼 그 결과를 가지고 방해하는 의향을 추측할 수는 없다.

이제 잘못 쓰기로 이야기를 옮길까 한다. 잘못 쓰기는 잘못 말하기와 메커니즘이 비슷하므로 어떤 새로운 관점을 기대할 수는 없다. 다만 지금까지 얻은 지식에 조금 덧붙일 수 있을 뿐이다. 누구나 하는 사소한 잘못 쓰기, 탈락, 뒷글자(특히 마지막 글자)를 앞에 쓰는 따위의 실수는 일반적으로 글쓰기의 귀찮음, 글을 다 쓸 때까지의 초조함 등을 나타낸다. 그러나 잘못 쓰기의 더 특징적인 예를 살펴보면 방해하는 의향의 본질과 목적을 간파할 수 있다. 보통 어떤 편지에서 잘못 쓰인 것이 발견될 때는 그 편지를 쓴 사람의 상태가 당시 완전히 정상은 아니었다고 짐작되지만, 무엇이 그의 마음에 혼란을 일으켰는지를 항상 추정해낼 수는 없다. 잘못 쓰기도 잘못 말하기와 마찬가지로 그것을 행한 본인은 잘 인식하지 못하는 법이다. 그런데 다음의 관찰은 참으로 특이한 일이 아닐 수 없다. 편지를 봉하기 전에 언제나 자기가 쓴 편지를 다시 한 번 읽어보는 사람들이 있다. 반면에 읽어보지 않고 바로 봉하는 사람들도 있다. 그러나 이런 사람들도 어쩌다가 자기 편지를 다시 읽어볼 때가 있는데, 그렇게 하면 십중팔구 잘못 쓴 것이 발견되어 고쳐 쓰곤 한다. 이것은 어떻게 설명할 수 있을까? 마치 그들은 자기 편지에 잘못 쓴 부분이 있다는 것을 알고 있었던 것처럼 보이지 않는가? 정말로 그렇게 믿어도 될까?

잘못 쓰기는 실제적인 의미에서 매우 흥미로운 문제가 있다. 여러분은 아마 살인범 H의 사건을 기억할 것이다. 그는 세균학자를 가장해 과학 연구소에서 매우 위험한 배양균을 손에 넣고, 그것으로 자기 주위 사람들을 가장 근대적인 방법으로 죽일 계획을 세웠다. 그런데 이 사내는 과학 연구소에서 보내온 배양균이 효력이 없다는 것을 알게 되었다. 그는 연구소 소장에게 불평하는 내용의 편지를 보냈다. 그런데 무심코 〈내가 생쥐(Mäusen)와 마르모트(Meerschweinchen)로 실험을 해보았는데〉라고 쓰는 대신에 〈내가 인간(Menschen)으로 실험을 해보았는데〉라고 똑똑히 써버렸다. 연구소 박사들의 눈에도 이 잘못 쓴 내용이 눈에 띄었으나, 내가 아는 한 박사들은 이 잘못 쓰기에서 아무런 추정도 내리지 못했다. 자, 여러분은 이 일을 어떻게 생각하는가? 그 박사들이 이 잘못 쓴 것을 하나의 자백으로 보고 수사를 개시하도록 조치했다면 그 살인 미수범을 즉각 검거할 수도 있었을 것이다. 이 경우에는 실수 행위에 대한 우리들의 이론을 몰랐던 것이 결국 실제적으로 중요한 실책의 원인이 된 것이 아니겠는가. 그런 잘못 쓰기가 나의 눈에 띄었다면 나는 틀림없이 그것을 매우 수상쩍게 여겼을 것이다. 그러나 이를 자백으로 보고 검거의 증거로 삼는 데는 상당히 중대한 문제가 남아 있다. 잘못 쓴 것은 확실히 간접 증거가 되지만, 그런 잘못 쓰기만으로 수사를 시작하기에는 증거가 불충분하다. 그 사내의 잘못 쓰기는 그가 늘 인간에게 병원균을 감염시키겠다는 생각을 품고 있었음을 증명하고는 있지만, 이 생각이 분명 살인 계획에 해당하는지 아니면 현실에서 아무 가치가 없는 공상에 불과한지를 결정해주지는 못하기 때문이다. 잘못 쓴 이 사내가 이치에 맞는 이유를 들어 그 공상을 부인하며 그런 생각은 자기로서는 도저히 상상도 못할 일이라고 주장할 수도 있다. 나중에 우리가 심리적 현실과 물질적 현실의 차이를 고찰하게 되면, 여러분은이 가능성을 똑똑히 이해할 수 있을 것이다. 그러나 아무튼 이 이야기는사소한 실수가 훗날 생각지도 못한 의미를 갖게 된다는 실례가 된다.

  잘못 읽기의 경우는 잘못 말하기나 잘못 쓰기의 심리적 상황과는 뚜렷이 구별된다. 여기서는 서로 충돌하는 두 의향 중 하나가 감각적인 자극으로 대체되기 때문에 이 의향은 저항이 약해진다. 읽는 것은 쓰는 것만큼자기 정신 활동의 산물이라 할 수 없다. 그러므로 대부분의 경우에 잘못읽기의 본질은 대체 형성이다. 읽어야 할 글자를 다른 글자로 대체하는 것이다. 이때 원문과 잘못 읽는 결과 사이에는 내용적으로 아무런 관계가 없을 때가 많고 대개는 발음의 유사성 때문에 발생한다. 그 예로는 리히텐베르크가 'angenommen(가정하면)'을 'Agamemnon(아가멤논)'으로 읽은것을 대표적으로 들 수 있다. 만약 잘못 읽기를 일어나게 한 방해하는 의향을 알고 싶다면 잘못 읽힌 텍스트를 무시하고 다음 두 개의 질문에서부터 분석적 연구를 실시하면 된다. 첫째, 잘못 읽기의 영향으로 바로 그때어떤 연상이 떠오르는가? 둘째, 어떤 상황에서 잘못 읽기가 일어났는가?상황에 대한 정보만으로도 잘못 읽기가 설명되는 경우가 많다. 이를테면어떤 사람이 낯선 거리에서 오줌이 마려워 헤매다가 1층에 걸려 있는 커다란 간판 글자를 〈Klosetthaus(화장실)〉라고 읽었다. 그는 간판이 너무높은 곳에 걸려 있는 것이 우습고 수상쩍다 생각할 여유를 아직은 갖고 있었는지 곧 간판의 글자가 〈Korsetthaus(코르세트 상점)〉라는 것을 깨달았다. 원문의 내용과는 전혀 관계없이 잘못 읽었을 경우는 특히 신중한 분석을 요하는데, 이 분석은 정신분석의 기술에 의지하지 않고는, 즉 정신분석을 믿지 않고는 실행하기 어렵다. 그러나 대개의 경우 잘못 읽기의 해명은 비교적 쉽게 나온다. 〈아가멤논〉의 사례에서 대체된 단어는 그 방해가 어떠한 사고 속에서 연유된 것인지를 즉각적으로 드러내주고 있다. 지금과 같은 전쟁 중에는 도시 이름과 장군 이름 그리고 군대 용어를 도처에서 읽게 되어, 그것과 발음이 비슷한 말을 들으면 곧잘 그런 말로 잘못 읽게 된다. 낯설고 흥미가 없는 것 대신에 어떤 사람이 관심을 두고 있고 관여하고 있는 내용이 자리를 차지하는 것이다. 관념의 잔상(殘像)이 새로이 들어오는 지각(知覺)을 흐려놓는 것이라 할 수 있다.

이와는 다른 종류의 잘못 읽기도 있다. 읽어야 할 원문 자체가 방해하려는 의향을 환기시켜서, 내용 자체를 반대로 해석하도록 만드는 경우다. 사람들은 자기가 바라지 않는 내용을 읽어야 할 때가 종종 있다. 이런 경우를 분석해보면 읽어야 하는 그 내용을 거부하고자 하는 강렬한 소망이 잘못 읽게 되는 주된 원인이 되고 있음을 알게 된다.

그러나 앞에서 말한 잘못 읽기가 더 자주 나타나는데, 이 경우 실수 행위를 일으키는 메커니즘에서 중요한 역할을 하는 인자로 지목했던 두 가지, 즉 두 의향의 갈등과 한쪽 의향의 억제—이 의향은 다음에 실수의 효과를 통해 이렇게 억제당했던 것을 보충하는데—가 그다지 눈에 띄지 않는다. 이는 잘못 읽기의 경우 이와 반대되는 어떤 것을 찾을 수 있다는 의미가 아니라, 잘못 읽기를 초래하는 관념 내용의 침입이 이 관념에 이미 가해졌을 억제보다 훨씬 눈에 띈다는 의미다.

위의 두 가지 인자는 바로 망각에 의한 실수 행위에서 가장 뚜렷하게 드러난다. 계획했던 것을 잊어버리는 경우는 이 분야를 전혀 알지 못하는 사람에게도 논란거리가 되지 않을 정도로 그 해석이 명백하다. 계획을 방해하는 의향은 항상 그것과 반대되는 의지, 즉 하고 싶지 않다는 의지이다. 의문스러운 점은 단지 〈어째서 이 반대 의지가 은폐된 채로 표출되어야 하는가〉 하는 점인데, 어쨌든 반대 의지의 존재 자체는 의심할 여지가 없다. 때때로 이 반대 의지를 꼭 숨겨야만 했던 동기를 알아내는 데 성공하기도 한다. 그때 우리는 실수 행위를 통해서 그 반대 의지가 은근히 자신의 목적을 달성했음을 알 수 있다. 만일 그가 공공연하게 반대를 주장했다면 거부당했을 것이 틀림없다. 어떤 계획을 실행하기 전에 중요한 심리 상태의 변화가 있는 경우에는 그 계획을 잊더라도 그것은 실수가 아니다. 그런 경우 사람들은 망각이 일어나도 이상하게 여기지 않으며 새삼 그 계획을 상기하는 것은 쓸데없는 일이라는 것을 안다. 그리하여 그 계획은 영구히 혹은 잠정적으로 소멸된다. 따라서 계획의 망각은 그와 같이 중간에 지워지는 것이 도저히 납득이 되지 않을 때 비로소 실수 행위라고 부르게 되는 것이다.

일반적으로 계획의 망각은 매우 평범하고 그 의미가 매우 분명하기 때문에 특별히 흥미로운 연구가 아니다. 그러나 우리는 이 연구를 통해 두 가지 점에서 새롭게 배우는 바가 있다. 이미 말한 것처럼 망각, 즉 어떤 계획을 수행하지 않는다는 것은 그 계획에 도전하는 〈반대 의지〉가 있음을 나타낸다. 이것은 틀림없는 사실이다. 그런데 우리는 연구를 해나가며 반대 의지에는 두 가지 종류가 있다는 것을 알게 된다. 직접적인 반대 의지와 간접적인 반대 의지이다. 간접적인 반대 의지가 무엇인지 다음의 몇 가지 예를 통해 알 수 있다. 후견인이 피후견인을 제삼자에게 추천하는 것을 잊었다면, 그가 본래 피후견인에게 별 관심이 없어서 추천할 마음이 들지 않았던 것으로 볼 수 있다. 어쨌든 피후견인은 후견인의 망각을 이런 뜻으로 해석할 것이다. 그러나 사실은 더 복잡한 문제일 수도 있다. 계획의 실행을 거역하는 반대 의지가 전혀 다른 방향에서 나오며, 전혀 다른 곳에 반대 의지의 중심이 있는지도 모른다. 피후견인과 상관없이 오히려 추천서를 건네야 할 제삼자에게 반대 의지가 향해 있을 수도 있다. 그러므로 우리의 해석을 현실적으로 적용할 때 어떤 문제가 수반될 수 있는지 여러분은 깨달았을 것이다. 그 피후견인이 망각의 의미를 제대로 해석했다 해도, 그는 지나친 의심으로 후견인을 무례하게 대할 위험이 있다.

또 다른 예에서, 어떤 청년이 상대와 약속하고 자기 자신도 지킬 결심을 한 데이트 약속을 잊었다면 가장 평범한 이유로 생각할 수 있는 것은 그가 그 여성을 만나고 싶지 않다는 것이다. 그러나 이 경우에도 분석을 더 진행해보면, 방해하는 의향이 그 여성을 향해 있지 않고 데이트하기로 약속한 장소를 향하고 있음이 증명될 수도 있다. 그 장소에 얽힌 어떤 괴로운 추억이 그곳으로 발걸음을 옮기지 못하게 한 것인지도 모르는 것이다.

또 어떤 사람이 편지 부치는 것을 잊었다고 하자. 그때 반대 의지는 그 편지의 내용에 있을 수도 있지만, 그 편지 자체에는 문제가 없고 대신 편지 사연 중의 어떤 것이 이전에 썼던 어떤 편지를 떠올리게 하여 그것이 반대 의지의 직접적인 근거가 되는 경우도 있다. 반대 의지에 합당한 이유가 있었던 그 옛날의 편지에서 아무런 이유가 없는 현재의 편지로 반대 의지가 전가된 것이다. 그러므로 여러분은 우리의 정당한 해석을 적용할 때도 조심스럽고 신중한 태도가 요구된다는 것을 알아야 한다. 심리학적으로는 동등한 가치를 지닌 것도 실제 현실에서는 매우 다양한 의미가 있을 수 있기 때문이다.

이런 말이 여러분에게 이상하게 들릴지도 모르겠다. 여러분은 〈간접적〉 반대 의지가 이미 거기에 병적인 문제가 있음을 나타내주는 것이라고 주장하고 싶을지도 모른다. 그러나 나는 그것이 정상적이며 건강한 상태에서도 나타날 수 있다고 생각한다. 어쨌든 여러분이 나의 말들을 오해하지는 않았으면 한다. 우리의 분석적 해석이 근거가 없다는 것이 아니다. 계획의 망각에 여러 가지 해석이 있을 수 있다는 말은, 개별 사례를 분석했을 때의 이야기가 아니라 일반적인 전제로서 그렇다는 것이다. 개인에 대해 분석하게 되면 그 망각이 직접적 반대 의지에서 나온 것인지, 다른 곳에서 유래한 간접적 반대 의지인지 뚜렷이 알 수 있다.

이제 두 번째를 이야기해보자. 계획의 망각이 어떤 반대 의지에서 생긴다는 것이 일반적으로 증명된다면, 피분석자가 우리가 분석해낸 반대 의지의 존재를 극구 부정하는 경우에까지 우리의 해석을 적용할 용기가 생긴다. 그러한 예로 매우 흔한 사건을 들어보자. 빌린 책이나 어떤 대금이나 빚 갚는 것을 망각하는 경우다. 우리는 용감하게 이렇게 말할 수 있다. 그가 책을 가지려 했다거나 빚을 떼어먹겠다는 의도를 가진 것이라고 말이다. 이런 의심을 받은 당사자는 그 의도를 부정할 것이다. 그러나 자기 행위에 대해 다른 해명을 내놓지는 못한다. 우리는 계속하여 "당신은 그런 의도를 가지고 있는 것이오. 다만 당신이 그것을 깨닫지 못할 뿐이오."라고 주장할 것이다. 또 "당신의 그런 의도가 망각이라는 작용으로 본성을 드러낸 것이오."라고 말할 수도 있다. 그러면 그는 잠시 잊었을 뿐이라고 다시 항의할 것이다. 이제 여러분은 이런 상황을 우리가 앞에서도 경험한 적이 있다는 것을 깨달았을 줄 안다.

실수 행위에 대한 우리의 해석이 정당하다는 것은 많은 예에서 실증되었지만, 이 해석을 일관성 있게 밀고 나가려면 아무래도 인간에게는 본인이 모른 채 활동하고 있는 의향이 있다고 가정하지 않을 수 없다. 그러나 이 가설을 주장하는 순간 우리는 우리의 삶과 심리학을 지배하고 있는 모든 견해들에 대해 반대 입장에 서게 된다.

고유명사나 외국 이름 및 외래어 낱말을 망각하는 것도 마찬가지로 그 이름에 직접 또는 간접으로 작용하는 어떤 반감 때문이다. 직접 작용하는 반감에 대해서는 이미 많은 사례를 소개하였다. 그러나 이 경우는 간접적 유인 쪽이 더 많이 존재하고, 그것을 확인하기 위해서는 매우 신중한 분석이 요구된다.

이를테면 여태까지 우리가 누려왔던 행복을 빼앗아 간 이번 전쟁에서 우리는 매우 이상한 연상 때문에 고유명사를 자유롭게 떠올리는 능력이 많이 손상되었다. 최근에 나는 메렌[32] 지방의 도시 빈센츠의 이름이 아무리 해도 생각나지 않았다. 분석해본 결과, 그것은 그 도시에 대한 직접적인 적의가 아니라 예전에 자주 행복한 시간을 보냈던 오르비에토[33]의 비센지 궁전과 발음이 비슷한 것 때문이었다.

이렇게 이름을 떠올리지 못하게 만드는 의향의 동기로서, 여기서 비로소 하나의 원칙이 제시된다(이것이 노이로제 증상을 일으키는 데 중대한 의의를 갖고 있음을 뒤에서 알게 될 것이다). 즉 유쾌하지 못한 느낌과 관련이

---

32 이 무렵에는 오스트리아, 지금은 체코의 한 주.
33 중부 이탈리아의 도시.

있어서 그것을 떠올리면 불쾌감이 환기될 수도 있는 기억을 거부하게 된다는 원리이다. 회상이나 혹은 다른 심리 행위에서 발생하는 불쾌감을 피하려는 이러한 의향은 불쾌로부터의 심리적 도피이며, 이름 망각뿐 아니라 하던 일의 중단, 오해 등과 같은 많은 실수 행위의 결정적인 동기로 인정해도 좋다.

그러나 이름의 망각은 정신생리적으로 설명하기가 가장 수월하다. 불쾌라는 동기가 섞여 있음이 입증되지 않는 경우에도 이름의 망각은 종종 일어난다. 어떤 이름을 잊어버린 사람을 분석적으로 연구해보면, 그가 그 이름을 좋아하지 않는다든가 그 이름이 무언가 불쾌한 것을 회상시키기 때문만이 아니라, 그 이름이 그와 밀접한 관계가 있는 다른 연상권(聯想圈)에 속해 있기 때문이라는 것을 발견하곤 한다. 그 이름이 그 연상권에 깊게 뿌리를 내리고 있어 그 순간 발동하는 다른 연상을 붙들어놓고 있는 것이다. 기억법이라는 것을 생각해보면, 사람들이 잊어버리지 않으려고 의도적으로 만들어놓은 같은 연관에 의해 망각 현상이 일어난다는 놀라운 사실을 발견할 수 있다.

이에 대한 가장 극명한 예는 사람의 이름을 잊어버리는 경우에서 볼 수 있다. 이름은 분명 사람에 따라 전혀 다른 심리적 가치를 지닌다. 테오도르라는 이름을 예로 들어보자. 여러분들 중 누군가에게는 테오도르라는 이름이 별다른 의미를 갖고 있지 않을지도 모르지만, 어떤 사람에게는 자기 아버지나 형제, 친구, 또는 자기 자신의 이름일 수도 있다. 전자의 경우는 이 미지인의 이름을 잊어버릴 위험이 별로 없지만, 후자의 경우는 자기와 밀접한 관계가 있는 이 이름을 낯선 사람 앞에서 밝히지 않으려는 경향을 끊임없이 보인다는 사실을 우리는 분석을 통해 알 수 있다. 이 연상에 의한 억제 작용이 불쾌 원리의 작용에 결합할 뿐 아니라 다른 간접적 메커니즘과 결합할 수 있다고 가정하면 우리는 비로소 일시적인 이름 망각의 원인이 되는 복합적인 요인을 뚜렷이 이해할 수 있게 된다. 사안에 따른 치밀한 분석으로 여러분은 이 모든 복잡한 관계를 철저하게 밝혀낼 수 있다.

인상과 체험의 망각은 이름 망각보다 더 뚜렷하게 예외 없이 불쾌한 것을 기억에서 멀리하고자 하는 의향이 작용함을 보여준다. 물론 이러한 것을 잊었다고 해서 다 실수 행위는 아니고, 평소보다 잊어버리는 것이 두드러질 때나 이상스럽게 여겨질 때, 즉 최근에 받은 생생한 인상이나 중요한 인상을 잊어버렸을 경우라든가 보통 때 같으면 잘 생각나는 기억의 연쇄 중에 탈락이 있는 경우에 실수 행위라고 말할 수 있다. 하지만 우리에게 깊은 인상을 남긴 체험, 이를테면 어린 시절에 일어난 사건을 우리가 어째서, 그리고 어떻게 잊어버리느냐 하는 것은 전혀 다른 문제다. 하지만 이 경우에도 불쾌한 것에 대한 방어(防禦:Abwehr)가 중요한 역할을 하고 있으리라 볼 수 있는데 그것으로 모두 설명되지는 않는다. 불쾌한 인상을 잊어버리기 쉬운 것은 의문의 여지가 없는 사실이다. 심리학자들도 이를 인정하고 있고, 저 위대한 다윈도 이에 강한 인상을 받았기 때문에 자신의 이론에 불리하게 생각되는 관찰을 특히 신중하게 메모해두는 것을 황금률로 삼았다. 그는 그러한 관찰이야말로 기억에 남기 어렵다는 것을 확신하고 있었다.

기억을 잊어버림으로써 불쾌함에 방어한다는 이 원리를 처음 들은 사람들은 이렇게 항의한다.

"그렇지 않습니다. 저의 경험으로는 고통스러운 일이야말로 잊기 어려운 것입니다. 이를테면 경멸을 당하거나 모욕을 당한 기억은 내 의지를 어기고 언제나 되살아나서 나를 괴롭히거든요."

물론 그렇다. 그러나 이런 반론은 과녁에서 빗나가 있다. 정신 활동이란 대립하는 의향의 전쟁터이며 투기장(投機場)이다. 역학적(力學的)이지 않은 표현을 쓰자면, 정신 활동은 모순과 대립되는 쌍들로 이루어져 있다고 할 수 있다. 이들을 동시에 고려하는 것이 중요하다. 어떤 의향의 존재를 증명했더라도 그에 대립하는 의향을 배제시키면 아무 소용이 없다. 정신에는 두 의향이 공존할 여지가 있다. 문제는 다만 이러한 대립들이 어떤 관계에 놓여 있는가, 어떤 작용이 어느 관계에서 촉발되며 다른 작용은 또 어떤 다른 관계에서 나오는 것인가 하는 점이다.

물건의 분실과 둔 곳 잊어버리기는 그 다의성, 즉 이 실수 행위를 일으키는 의향들의 복잡성으로 인해 특히나 흥미롭다. 모든 경우에 공통되는 점은 어떤 물건을 잃어버리고 싶다는 소망이 존재한다는 것이다. 그러나 어떤 이유에서, 또 어떤 목적으로 잃어버리고 싶은가는 각각의 경우에 따라 다르다. 그 물건이 낡았을 때, 그 물건을 더 좋은 것과 바꾸고 싶을 때, 그 물건이 싫어졌을 때, 그 물건이 자신과 사이가 안 좋은 사람의 선물일 때, 생각하고 싶지 않은 상황에서 갖게 된 물건일 때, 바로 이러한 조건일 때 사람들은 물건을 잃어버리게 된다. 물건을 떨어뜨린다든가, 상하게 한다든가, 부순다든가 하는 데에도 같은 목적이 작용한다. 억지로 낳게 된 아이나 사생아들은 대개 정상적으로 부모에게 받아들여진 아이들보다 허약하다는 것을 우리 사회는 경험적으로 알고 있다. 이런 결과에 대해, 양육을 떠맡은 보모가 그들을 충분히 잘 돌보지 않았다는 설명을 붙일 필요는 없다. 양육하는 데 조심성이 조금만 부족해도 아이들은 그렇게 될 수 있기 때문이다. 물건을 간수하는 것도 아이들을 다루는 일과 같아서 조금만 관심을 덜 쏟아도 그러한 결과가 나온다.

두려운 다른 손해를 막으면서 어떤 희생을 치를 의도가 있을 때, 그 물건은 망가지지 않고 분실되는 운명에 놓이게 된다. 분석의(分析醫)들은 이와 같은 자발적인 의도의 분실이 우리 일상에서 매우 자주 일어난다고 말한다. 그것은 결국 우리가 희망하던 희생이다. 반항과 자기징벌(自己懲罰) 때문에 분실이 일어날 수도 있다. 요컨대 분실을 통해 어떤 물건을 멀리하고자 하는 의향의 배후에 어떠한 동기가 숨어 있는지를 간파하는 것은 쉬운 일이 아니다.

다른 실수 행위와 마찬가지로 착각 역시 거부당한 소망을 채우기 위해 잘 이용된다. 이 경우 그 의도는 행복한 우연이라는 가면을 쓰고 있다. 내 친구가 이런 이야기를 해준 적이 있다. 그는 가기 싫었지만 어쩔 수 없이 기차를 타고 교외로 나가야 할 일이 있었는데, 환승역에서 그만 열차를 잘못 갈아타 출발역으로 되돌아와 버렸다. 어떤 사람은 여행을 하는 도중에 어느 역에서 머물고 싶었으나 부득이한 일로 그럴 여유가 없었다. 그런데 열차 시간을 잘못 알아서 자신의 희망대로 그곳에 남아 있을 수 있게 되었다. 또 다른 예도 있다(이것은 내 환자의 이야기다). 나는 그가 애인을 전화로 부르는 것을 당분간 금지시키고 있었다. 이 환자는 내게 전화를 걸 생각이었다가, 〈실수로〉 또는 〈다른 생각을 하다가 무심코〉 다른 번호를 대는 바람에 전화가 뜻밖에도 애인의 집으로 연결되었다.

어느 엔지니어가 관찰한 다음의 물품 파손 이야기는 현실적인 의미가 있는 직접적인 착각의 아주 훌륭한 예이다.

〈며칠 전부터 나는 몇 사람의 동료와 함께 대학 실험실에서 탄성(彈性)에 관한 복잡한 실험을 하고 있었다. 이 연구는 우리의 의지로 선택한 것이었지만, 막상 시작해보니 예상보다 많은 시간이 걸렸다. 어느 날, 내가 동료 F군과 함께 실험실로 들어가는데 F군이 투덜거렸다. "집에 할 일이 산더미같이 쌓여 있는데 실험 때문에 오늘 하루를 다 쓰게 됐으니 참을 수가 없군." 나도 그를 동정하지 않을 수 없었다. 그리고 그는 반농담조로 꼭 일주일 전에 일어났던 우연한 사건을 암시하면서, "다시 한 번 기계가 탈이 나준다면 실험을 중지하고 빨리 집에 갈 수 있을 텐데." 하고 말했다. 실험 담당을 정하고 F군은 압축기 밸브를 조절하는 일을 맡았다. 그것은 신중하게 밸브를 열어 탱크 속 액체가 수압(水壓)이 걸려 있는 압축기의 원통으로 천천히 흘러가도록 하는 일이었다. 실험 주임이 압력계를 바라보며 압력이 일정한 지점에 이르렀을 때 큰 소리로 "그만!" 하고 외쳤다. 그런데 이 지시를 들은 F군은 밸브를 쥐더니 왼쪽으로(어떤 밸브나 죌 때는 오른쪽으로 돌리게 되어 있다) 힘껏 돌렸다. 그 결과 탱크의 전 압력이 갑자기 압축기에 작용하여(연결장치는 이 압력을 견뎌낼 만큼 단단하지 않았다) 순식간에 연결관이 파열해버렸다. 아주 대수롭지 않은 파손이었지만 우리는 그날의 연구를 중지하고 집으로 돌아가야 했다. 아울러 특기할 만한 것은, 그 후 얼마 되지 않아 우리가 이 사건에 대해 이야기할 때 F군은 나도 똑똑히 기억하고 있는 그 농담을 전혀 기억하지 못했다는 것이다.〉

이 말을 들은 여러분은, 하인들이 주인집의 기구를 파손할 때 이것이 단순한 우연만은 아니라고 추측할 수 있을 것이다. 또 몸에 상처를 입거나 자기에게 위험한 상황이 닥쳤을 때 그것이 과연 우연이라고 할 수 있을까 하는 의문도 생긴다. 이런 것은 기회 있을 때마다 여러분 스스로 관찰하여 분석해보기 바란다.

　잘못이나 실수 행위에 대해서 말해야 할 것은 이것이 다가 아니다. 연구하고 토의할 것이 아직 많이 남아 있다. 그러나 지금까지의 내 이야기를 듣고 여러분의 마음을 차지하고 있던 종래의 사고방식이 어느 정도 흔들려 우리의 이론을 받아들일 준비가 되었다면 나로서는 만족이다. 아무튼 모든 문제를 설명하지 않고 이야기를 중단하는 것은 아쉬운 일이다. 우리는 잘못이나 실수 행위의 연구로 우리의 이론을 전부 설명할 수도 없고, 이 재료에 의해 얻은 증명에만 의지하고 있는 것도 아니다. 우리의 목적에서 잘못이나 실수 행위가 값어치 있는 것은 이 현상이 매우 자주 일어난다는 점, 자기 스스로 관찰할 수 있다는 점, 그리고 절대로 병에서 오는 것이 아니라는 점 때문이다. 끝으로 아직 대답을 하지 않은, 하나의 의문에 대해 덧붙여두겠다. 그 의문은 이것이었다.

　"지금까지 사례에서 보았듯이 사람들이 실수 행위에 대한 지식에 정통하고 그 의미를 알고 있는 것처럼 행동하는데, 어떻게 같은 현상을 놓고 우연일 뿐 뜻이나 의지를 가진 것이 아니라고 주장하면서 이에 대한 정신분석의 해명에 그렇게 격렬하게 반대할 수 있는 건가요?"

　맞다. 그것은 정말 신기한 일이며 반드시 설명이 요구되는 일이다. 그러나 여러분에게 직접 설명해주고 싶지는 않다. 대신 여러분을 천천히 안내하여 내가 가르치지 않아도 스스로 그 답을 얻을 수 있도록 해주고 싶다.

제2부

—

꿈

Sigmund Freud

여러 어려움과 첫 만남

어떤 노이로제 환자들이 나타내는 증상에는 의미가 담겨 있다는 것이 발견되고(요제프 브로이어J. Breuer가 1880~1882년에 발견했다. 1909년 내가 미국에서 강의한 〈정신분석에 대한 다섯 번의 강의〉와 논문 〈정신분석 운동의 역사〉를 참고하라.) 정신분석 치료법은 이를 근거로 하여 개발되었다. 이 방법으로 치료를 실시하는 중에 종종 환자들은 증상을 설명하는 대신 꿈을 호소하는 일이 있었다. 그리하여 그와 같은 꿈에도 의미가 있는 것은 아닐까 하는 추측을 하게 되었다. 그런데 우리는 이러한 발견의 순서를 따르지 않고 꿈으로부터 시작해 거꾸로 더듬어 가보려 한다. 즉 노이로제 연구의 준비로서 꿈의 의미를 증명해보려는 것이다. 꿈 연구는 노이로제 연구에 가장 좋은 준비가 될 뿐 아니라 꿈 자체가 노이로제의 징후이고, 게다가 꿈은 건강한 모든 사람에게도 나타난다는 많은 이점이 있기 때문이다. 아니, 인간이 모두 건강하고 꿈만 꾸고 있었다면 지금까지 노이로제 연구에서 얻은 지식을 모두 이 꿈 연구에서 얻을 수 있었을 것이다.

그리하여 꿈은 정신분석의 연구 대상이 된다. 우리는 이제 실수 행위와 마찬가지로 흔해빠지고 보잘것없는, 언뜻 보기에는 실용 가치가 없고 건강한 사람에게도 나타난다는 점에서 실수와 유사한 꿈이라는 현상을 다루게 되었다. 그런데 이번 연구의 조건은 앞서의 실수 행위에 관한 연구보다 불리한 점이 많다. 실수 행위는 학문적으로 무시당하고 있었을 뿐 사람들은 이 문제에 그다지 주의를 기울이지 않았다. 그것을 연구한다고 해서 수치스러운 일이 되지는 않았다. "물론 이 세상에는 더 중요한 일들이 많지만, 그런 것이라도 연구한다면 무슨 결과를 얻을 수 있겠지."라고 사람들은 말했다. 그런데 꿈을 연구한다는 것은 실용적이지 않을뿐더러 비난받을 일이기까지 하다. 꿈을 연구함으로써 비과학적이라는 오명을 얻을 뿐 아니라 신비주의적인 경향이 있다는 의혹까지 받게 된다. "신경병리학이나 정신의학에는 더 절실한 문제가 있지 않은가? 정신생활의 기관(器官)을 압박하는 사과만 한 크기의 종양, 뇌일혈, 현미경으로 조직편(組織片)의 변화를 실증할 수도 있는 만성 염증 등등. 그만둬라. 의사란 자가 꿈 따위에나 몰두하고 있어서는 안 된다. 그런 것에 비하면 꿈은 아주 보잘것없고 연구할 만한 가치도 없다."라는 말을 듣기 십상이다.

게다가 꿈의 성질만 놓고 봐도 꿈의 구조 자체가 정확한 연구에 필요한 모든 조건에 어긋난다. 꿈의 연구에서는 연구 대상조차 불확실하다. 이를테면 망상이라는 것은 명확히 일정한 윤곽을 가지고 나타난다. 망상에 사로잡힌 환자는 "나는 중국 황제다."라고 큰 소리로 외친다. 그런데 꿈은 어떠한가? 대개 꿈이란 타인에게 제대로 말할 수가 없다. 어떤 사람이 자기가 실제로 꾼 꿈을 이야기할 때 그가 본 그대로 말한 것이고 이야기 중에 말을 바꾸지 않았으며, 기억이 흐릿해 부득이하게 지어낸 부분이 전혀 없다고 보장할 수 있는가?

대부분의 꿈들은 거의 기억되지 않는다. 작은 한 조각조차 기억하지 못하는 경우도 많다. 그러므로 이러한 재료를 해석하는 것이 과학적 심리학이나 환자 치료에 기초가 되겠는가?

이런 지나친 비판을 진실로 받아들인다면 우리는 당연히 회의에 빠지고 만다. 그러나 꿈을 연구 대상으로 하는 데 대한 이와 같은 항의는 분명 극단적인 것이다. 이미 우리는 실수 행위의 경우에서 보잘것없는 것을 다루어보았다. 그리고 중대한 사건이 조그마한 전조(前兆)로 표현될 수 있다는 것도 말해두었다. 꿈이 불확실하다는 것은 꿈의 다른 특징들—이에 대해서는 아직 아무것도 말할 수 없지만—과 마찬가지로 꿈의 한 특징일 뿐이다. 한편 일정한 윤곽을 갖춘 뚜렷한 꿈도 있고, 정신의학적 연구 대상 중에는 꿈처럼 애매한 성격을 지닌 것들도 존재한다. 이를테면 존경할 만한 뛰어난 정신의학자들이 관심을 기울이고 있는 강박 관념(強迫觀念)의 많은 실례들이 그러하다.

한 여성 환자가 다음과 같은 말로 내게 자신의 병을 호소해왔던 사례를 소개한다.

"나는 무언가를…… 어린애인가 봐요…… 아냐, 개인지도 몰라요…… 무언가 짐승에게, 상처를 입혀주려는 마음이 들어요. 아마 다리에서 떠다밀었는지…… 아냐, 그것도 아닌지 모르겠어요……."

꿈을 꾼 사람이 꿈을 잊어버렸을지도 모른다든가, 기억 속에서 변형시켰는지도 모른다든가 하는 부질없는 걱정은 제쳐두고 그 사람이 들려주는 그것이 바로 그 사람의 꿈이라고 보장할 수만 있다면 꿈의 기억이 확실하지 않다는 비난을 피할 수 있다. 그리고 결국은 꿈이 중요하지 않은 것이라고 간단하게 주장할 수는 없게 될 것이다. 우리는 꿈에서 깼을 때의 기분이 그날 온종일 계속되는 경우가 있다는 것을 저마다의 경험으로 알고 있다.

또 어떤 정신병은 꿈에서부터 시작되고 그 꿈에서 유래한 망상을 수반하는 증상 사례가 의사들에 의해 보고된다. 꿈에서 영감을 받아 중요한 일을 감행했다는 역사적인 인물들에 관한 이야기도 전해진다. 그렇다면 과학의 세계에서는 왜 꿈이 경시되고 있는지 묻지 않을 수 없다.

나는 그것이 옛날에 꿈을 너무 중시한 경향의 반동이라고 생각한다. 과거를 되살려낸다는 것은 확실히 쉬운 일이 아니지만, 3천 년 전 또는 그 이전의 우리 조상들도 현재 우리와 마찬가지로 꿈을 꾸고 있었다고—농담 같아서 실례지만—가정을 해보자. 우리가 아는 한 고대 민족은 모두 꿈에 커다란 의미를 부여하여 실제적인 이용 가치가 있다고 생각했다. 그들은 꿈에서 미래의 예시를 발견하고 어떤 전조를 찾아내려고 노력했다. 그리스인이나 동양인들은 마치 오늘날의 정찰기와 같이 해몽가들을 대동하지 않고는 행군을 하지 못했다. 알렉산드로스 대왕도 원정을 계획할 때 언제나 일류 해몽가를 데리고 다녔다. 그 무렵 아직 섬이었던 티루스[34]가 강력하게 저항하자 그는 한때 정복을 단념하려는 생각을 했는데, 어느 날 밤 사티로스[35]가 승리에 취하여 미친 듯이 춤을 추는 꿈을 꾸게 되었다. 이 꿈을 해몽가에게 말하자 그는 대왕이 티루스를 함락하는 전조라고 답했다. 알렉산드로스 대왕은 다시 공격을 명령하여 거뜬히 티루스를 점령했다.

---

34 고대 페니키아의 도시.
35 그리스 신화에 나오는 산양의 다리를 가진 숲의 신.

에트루리아인이나 로마인 사이에는 미래를 점치는 다른 방법이 있었으나, 그리스 로마 시대를 통틀어 해몽은 쭉 성행하고 존중받아 왔다. 당시의 관련 문헌 중 걸작으로 꼽을 만한 것으로는 적어도 아드리안 황제 시대에 편찬된 달디스의 아르테미도로스가 쓴 책을 들 수 있다.

그 뒤 어떻게 하여 해몽이 쇠퇴하고 꿈이 신용을 잃게 되었는지 나로서는 잘 모르겠다. 계몽이 큰 역할을 했다고도 할 수 없다. 왜냐하면 암흑 시대였던 중세에는 고대의 해몽 이상으로 불합리한 관습들이 충실하게 보존되고 있었기 때문이다. 어쩌면 꿈에 대한 관심이 점차 미신으로 떨어지고 교육받지 못한 사람들의 손으로 넘어갔다는 것이 그 원인인지도 모른다. 우리 시대에서 해몽의 마지막 모습으로 볼 수 있는 것은 복권의 당첨 숫자를 꿈속에서 찾아보려 하는 행위 정도이다.

한편 현대의 정밀과학은 수차례 꿈 연구에 손을 댔으나, 그 연구의 목적은 언제나 생리학적 이론을 꿈에 적용해보는 데 지나지 않았다. 의사들은 물론 꿈을 심리 현상으로 보기보다는 육체 자극이 정신생활에 나타난 것이라고 생각했다. 1878년, 빈츠C. Binz는 〈꿈은 육체적인 과정이며 어떤 경우에도 유익하지 않은, 또 많은 경우에는 병적이기까지 한 과정이다. 마치 잡초들만 무성한 모래벌판 위에 푸른빛의 정령들이 낮게 드리워져 있는 것처럼 꿈 위에는 우주의 영혼과 불멸성이 초연히 높이 떠 있다.〉라고 말했다(빈츠의《꿈에 대하여(Über den Traum)》(1878) 참조). 그리고 모리 L. F. A. Maury는 꿈을 정상적이고 균형 잡힌 운동과는 대조적으로, 불규칙하게 제멋대로 움직이는 무도병(舞蹈病)의 발작적인 경련 같은 것이라고 비유했다.

또 꿈에 대한 오래된 비유에 의하면, 꿈의 내용은 음악에 대해서 전혀 모르는 사람이 열 손가락으로 피아노 건반을 두드릴 때 내는 소리로 묘사된다.

해석한다는 것은 그 숨은 의미를 발견하는 일이다. 그러나 꿈의 작용을 이런 식으로 평가하는 이상 해석 같은 것은 생각도 못할 일이다. 여러분은 분트W. Wundt나 요틀F. Jodl, 그 밖의 근대 철학자들이 기록한 꿈에 관한 글들을 읽어보기 바란다. 그들은 꿈을 경멸하는 태도로, 꿈의 활동이 깨어 있을 때의 사고와 다르다는 사실을 열거하면서 연상의 붕괴, 비판력의 감퇴, 모든 지식의 마비, 저하된 활동력 같은 특징을 역설하는 데 만족하고 있다. 정밀과학이 꿈에 대한 지식에 유일하게 가치 있는 공헌을 한 것이 있다면, 그것은 잠잘 때 가해진 육체의 자극이 꿈의 내용에 어떤 영향을 미치는가를 연구한 실험이다. 최근에 작고한 노르웨이의 학자 모울리 볼드J. Mourly Vold가 쓴《실험적 꿈의 연구》라는 두 권의 두꺼운 책에 그런 내용이 실려 있다(1910년과 1912년에 독일어로 번역되었다). 이 책은 손발의 위치 변화가 꿈에 어떤 결과를 가져오는가 하는 연구에 지나지 않지만 정밀한 꿈 연구의 모범으로 추천할 만하다.

그런데 우리가 꿈의 의미를 발견하기 위한 연구를 시작한다는 것을 알게 되면 과연 정밀과학은 뭐라고 하겠는가? 아마도 〈실수 행위〉의 경우와 같은 항의가 있을 것이다. 그러나 우리는 그런 것 때문에 주춤거릴 생각은 없다. 실수 행위에 어떤 의미가 담겨 있다면 꿈에도 의미가 담겨 있지 않을 이유가 없다. 실수 행위의 많은 경우에 의미가 있었지만 정밀과학은 그것을 놓치고 있었다.

옛 사람들과 여러 민족의 선입견을 조금만 인정하여 우리도 고대의 해몽을 한번 따라가보자.

꿈의 세계를 살펴보기에 앞서 우리의 과제가 무엇인지 확실히 알아야 할 것이다. 대체 꿈이란 무엇인가? 그것을 한마디로 정의하기는 어렵다. 하지만 누구에게나 알려져 있는 재료를 말하는 것이니 정의를 내릴 것까지도 없을 것이다. 그러나 역시 꿈의 본질을 뚜렷이 해두지 않으면 안 된다. 그렇다면 그 본질을 어디서 찾아야 할까? 우리가 목표하고 있는 꿈이라는 영역 안에는 여러 방면으로 뻗어 나갈 수 있는 엄청나게 다양한 것들이 있다. 그러나 그 본질은 아마도 모든 꿈에 공통되는 특징이라고 입증할수 있는 것이어야 할 것이다.

그렇다. 첫 번째 모든 꿈에 공통된 점은 그때 우리가 자고 있었다는 점이다. 꿈이란 분명 수면 중의 심리 활동이며, 그것은 깨어 있을 때의 심리 활동과 어느 정도의 유사점을 갖고 있지만 또한 대단히 커다란 차이가 있으며 깨어 있을 때의 정신 활동과는 구별되는 것이다. 이것은 이미 아리스토텔레스가 꿈에 대해 내린 정의이기도 하다. 그런데 꿈과 수면 사이에는 더 깊은 관계가 맺어져 있는지도 모른다. 사람들은 꿈으로 인해 잠에서 깨어나는 경우도 흔하고, 저절로 잠이 깼을 때나 타의로 수면이 방해되었을 때에도 꿈을 꾸었다는 기억을 갖고 있을 때가 많다. 그러므로 꿈은 수면과 각성의 중간 상태에 있는 것처럼 생각된다. 여기서 일단 우리는 수면에 대한 암시를 얻을 수 있었다. 그렇다면 수면이란 무엇인가?

수면은 지금도 논쟁이 계속되고 있는 생리학상의 또는 생물학상의 문제여서, 우리는 아직 이에 대해 결론을 내릴 수는 없다. 그러나 수면의 심리학적 특징을 밝혀내는 시도는 가능할 것이다. 수면이란 내가 외계(外界)에 대해 아무것도 알려 하지 않고 외계로부터 관심을 끊어버린 상태라고 할수 있다. 자아는 외부 세계에서 자신을 거두어들이고 외부 세계의 자극들을 자신에게서 떼어내면서 잠 속으로 빠져든다. 또 외부 세계에 의해 피곤해졌을 때 잠이 들기도 한다. 잠이 들면서 자아는 "나를 쉬게 해다오. 나는 자고 싶으니까."라고 말한다. 어린아이는 이와 반대로 "나는 졸리지 않아. 조금도 고단하지 않다고. 뭔가 더 하고 싶어."라고 말한다. 즉 수면의 생리학적 목적은 휴식이며, 그 심리학적 특징은 외계에 대한 관심의 중단으로 간주할 수 있다. 타의에 의해 태어나 저절로 맺게 된 우리와 외부 세계와의 관계도 중단이 없다면 견딜 수 없을 것이다. 따라서 우리는 주기적으로 탄생 전의 상태, 즉 태내 생활로 되돌아가는 것이다. 우리는 따뜻하고 어둡고 자극 없는 태내 생활과 완전히 같은 상태를 적어도 수면에 의해 만들 수 있다. 어떤 사람은 거북하게 새우처럼 몸을 구부리고 자궁 안에서 취한 것과 비슷한 자세로 잠을 잔다. 성인에게 외부 세계가 차지하는 비중은 3분의 2에 불과하고, 나머지 3분의 1은 아직 태어나지 않은 상태에 있는 것이라 할 수 있다. 그러므로 성인에게 아침에 깨어나는 일은 하나의 새로운 탄생이다. 잠에서 깬 상태를 사람들은 "마치 새로 태어난 기분이야."라고들 한다. 그런데 이때 우리는 탄생의 일반적 느낌에 대해서 매우 틀린 전제를 하고 있는 것이다. 새로 태어난 아기는 오히려 매우 불편하게 느끼고 있을지도 모르기 때문이다. 우리는 또 태어나는 것을 "세상의 빛을 보게 되었다."라고 말하기도 한다.

결국 이런 것이 수면이라고 한다면, 꿈은 결코 수면의 프로그램 속에 들어 있지 않은 셈이다. 꿈은 오히려 수면에는 거추장스러운 부속물과 같다. 우리는 꿈 없는 잠이야말로 가장 좋고 바람직한 잠이라고 생각한다. 수면 중에는 어떤 정신 활동도 있어서는 안 된다고 여긴다. 만일 정신이 활동하면 태아와 같은 안정 상태를 만들 수 없을 것이기 때문이다. 그러나 정신 활동의 찌꺼기까지 없어진다는 것은 불가능하다. 이 정신 활동의 잔류물이 바로 꿈이 되는 것이다. 그런데 이렇게 생각하면 꿈이 어떤 의미를 가질 필요는 없을 듯이 보인다. 실수 행위의 경우는 꿈과 달리 깨어 있을 때의 정신 활동이었다. 그러나 내가 잠이 들어 정신 활동을 완전히 멈추고 단지 그 일부를 억누르지 못한 것뿐이라면, 이 남은 부분이 굳이 어떤 의미를 가질 필요는 없을 것이다. 또 정신 활동이 남김없이 모두 잠들었을 경우에는 의미라는 말조차 쓸 수 없게 된다. 그때는 실제로 꿈은 신체적 자극에 수반되는 경련 반응 정도의 정신 현상에 지나지 않을 것이다. 그렇다면 꿈은 깨어 있을 때의 정신 활동의 나머지, 더욱이 잠을 방해하는 나머지가 되는 셈이고 정신분석에는 부적당한 주제라는 생각도 든다. 그리하여 이따위 쓸모없는 주제는 버려버리자 하는 생각까지 드는 것이다.

그러나 꿈이 이처럼 쓸데없는 것이라 하더라도 역시 꿈이라는 것은 존재하고 있기 때문에, 우리는 어떻게든 이것을 설명해야 한다. 그렇다면 정신생활은 왜 잠들어버리지 않는 것일까? 아마 무엇인가가 정신에 휴식을 허락하지 않기 때문일 것이다. 어떤 자극이 정신에 작용하면 정신은 그 자극에 반응할 수밖에 없다. 그러므로 꿈이란 수면 상태에서 정신에 가해지는 자극에 반응하는 현상이라 할 수 있다. 이제 우리는 꿈에 대한 이해에 한 걸음 다가선 느낌이 든다.

우리는 수면을 방해하는 자극, 즉 꿈으로 반응하는 자극이 어떤 것인지를 여러 꿈들에서 찾아볼 수 있을 것이다. 그러면 모든 꿈들이 가진 첫 번째 공통점에 대한 문제는 해결된다.

그렇다면 또 다른 공통점이 있을까? 분명히 있기는 하지만 이 문제는 설명하기가 더 어렵다. 수면 중의 정신 과정은 깨어 있을 때와는 전혀 다른 어떤 특수성을 지니고 있다. 사람들은 꿈속에서 온갖 것을 경험했다고 믿지만 사실 아무것도 체험하지 못하고 단지 잠을 방해하는 자극밖에는 경험하지 않은 것이다. 꿈속의 경험은 주로 시각적인 형태를 띤다. 그리고 때로는 감정이나 관념이 끼어들기도 한다. 시각 이외의 다른 감각으로 경험하는 경우도 있으나 역시 주된 것은 영상(映像)이다. 꿈을 설명하기가 어려운 것은 이 상(像)을 말로 옮겨야 한다는 점에 일부 원인이 있다. 꿈을 꾼 사람은 곧잘 이 영상을 머릿속에 그릴 수는 있지만 어떻게 말로 표현해야 좋을지 모르겠다고 말한다. 그렇다고 해서 꿈을 〈천재와 비교했을 때 지능이 떨어지는 사람의 정신 활동과 같은 것, 그러므로 열등한 정신 활동〉이라고 말할 수는 없다. 꿈은 질적으로 그와는 전혀 다르다. 그러나 그 차이가 어디에 있는지를 설명하기는 쉽지 않다. 일찍이 페히너 G. Th. Fechner[36]는 마음속에서 꿈이라는 극이 연출되는 무대는 깨어 있을 때의 관념 생활(觀念生活)의 무대와는 다르다고 추측한 바 있다. 이것이 무슨 말인지 이해하긴 어렵지만, 아무튼 대부분의 꿈이 주는 기묘한 인상이란 것은 있다. 꿈의 작용을 음악을 이해하지 못하는 사람의 연주에 비유하는 것은 여기서 벽에 부딪힌다. 왜냐하면 피아노의 경우는 아무렇게나 건반을 두드려도 멜로디가 되지는 못할망정 언제나 그 건반에 따르는 소리로 답하기 때문이다.

이러한 꿈의 두 번째 공통점을 제대로 이해하지 못하더라도, 이 부분에 신중하게 주의를 기울여주기 바란다.

이 외에도 모든 꿈에 다 나타나는 공통점이 또 있을까? 이 이상의 공통점은 찾을 수 없다. 꿈들은 여기저기 차이점이 있고 아주 조금이라도 다른

---

36 독일의 물리학자, 심리학자.

부분이 있다. 얼마만큼 길게 느껴지는가의 차이라든가, 선명함의 차이, 감정의 관여, 지속성 등 여러 부분에서 다른 점들이 발견된다. 꿈이 자극을 막기 위한 불가피하고 불완전한 경련 같은 방어라는 이론으로 예상할 수 있는 것과는 전혀 다르다. 꿈의 차원(次元)만 보더라도, 어떤 꿈은 매우 짧아서 단지 한 개 혹은 몇 개의 그림에 불과하거나 하나의 관념, 심지어는 하나의 단어만 포함하고 있는 꿈도 있는 데 반해 어떤 꿈은 이상하리만큼 내용이 풍부하여 소설처럼 전개되고 매우 길게 지속되는 듯이 여겨진다. 어떤 꿈은 직접 경험한 것처럼 선명하고 깨어난 뒤에도 한참 동안 꿈이라고 여겨지지 않을 만큼 뚜렷하지만, 또 어떤 꿈은 말로 옮길 수 없을 만큼 희미하고 그림자처럼 아른거리며 몽롱하다. 같은 꿈 안에서도 아주 선명한 부분과 거의 알아볼 수 없을 정도로 희미한 부분이 섞여 있는 경우도 있다. 꿈은 매우 의미심장한 것일 수도 있고 적어도 꽤 일관성이 있거나 심지어는 관념적으로 풍부하고 환상적일 만큼 아름다울 수도 있다. 반대로 모호하고 엉터리 같고 불합리하며 종종 몹시 당황스러운 것일 경우도 있다. 별다른 감정을 일으키지 않는 꿈이 있는가 하면 감정이 매우 고조되는 꿈도 있다. 비통에 빠져 울게 만들거나 두려움에 잠에서 깨어나게 하고, 또한 놀라고 충격을 받게 하는 꿈도 있다. 대개의 꿈은 눈을 뜨면 금방 잊어버리지만 그날 온종일 기억에서 떠나지 않다가 저녁때 가서야 간신히 흐려져서 단편적으로 드문드문 기억되기도 한다. 어떤 꿈은 아주 뚜렷이 기억에 남는 경우도 있다. 이를테면 어린 시절의 어떤 꿈은 그 기억이 30년 후에도 최근의 경험처럼 생생하게 떠오른다. 한 번 꾸고 다시는 꾸지 않는 꿈도 있지만 같은 모습으로 또는 약간씩 변화되어 계속 꾸는 꿈도 있다. 한마디로 말해서, 이 밤중의 짧은 정신 활동은 매우 많은 레퍼토리를 가지고 있으면서 본질적으로는 우리의 정신이 낮 동안에 수행하는 모든 일을 한다. 그러나 그것은 결코 낮의 정신 활동과 동일하지는 않다.

꿈의 이와 같은 다양성을 해명하기 위해 여러분은 그 다양한 모습이 수면과 각성 사이의 여러 중간 단계, 즉 불완전한 수면의 여러 단계에 대응한다고 가정함으로써 설명이 가능하다고 생각할지도 모른다. 과연 그것도 일리가 있지만, 만약 그렇다면 마음이 차차 각성 상태에 접근함에 따라 꿈의 가치, 내용, 선명도가 증대할 뿐 아니라 지금 꿈을 꾸고 있다는 인식도 차차 확실해져야 할 것이다. 그런 꿈을 꿀 때는 잠이 깰 때에 가깝기 때문이다. 그러나 이 논리에 따르면 매우 이성적인 꿈의 한 단편이 전개된 직후에 무의미하고 불명확한 꿈이 이어지고 다시금 분명한 꿈이 계속되는 일이 일어날 수 없을 것이다. 우리 정신은 그렇게 급격하게 스스로 잠의 깊이를 바꿀 수는 없다고 생각한다. 그러므로 이 가설은 아무 도움이 되지 않는다. 실제로 이 문제에 곧바로 답을 하기는 어렵다.

우리는 당분간 꿈의 〈의미〉에 대해서는 언급하지 않고, 그것을 이해하기 위한 하나의 수단으로 꿈의 공통점에서부터 시작해보자. 꿈과 수면과의 관계에서, 꿈이란 수면을 방해하는 자극에 대한 반응이라고 결론지어 두었다. 앞에서 말했듯이 이것은 정밀한 실험심리학이 도움이 된 유일한 부분이다. 실험심리학은 수면 중에 가해진 자극이 꿈이 되어 나타난다는 것을 증명해주었다. 앞에서 말한 모울리 볼드의 실험에 이르기까지 그와 같은 연구는 많이 실시되었는데, 우리는 자신의 개인적인 경험에 근거해서도 이 결론을 인정할 수 있다.

여기서 이런 종류의 오래된 실험 두세 가지를 골라 보고하기로 한다.

모리는 그와 같은 실험을 자기 자신에게 실시했다. 그는 잠들어 있는 사이에 자기에게 오 드 콜로뉴의 향기를 맡게 하였다. 그랬더니 그는 카이로에 있는 요한 마리아 파리나 향수 가게[37]에 있는 꿈을 꾸었다. 그리고 연달아 미칠 듯이 숨 가쁜 모험이 이어졌다. 그리고 그의 목을 가볍게 꼬집었다. 그랬더니 발포고(發泡膏)[38]를 붙인 모습과, 어린 시절에 치료받은 적이 있는 의사의 모습이 나타났다. 그리고 다시 그의 이마에 물 한 방울을 떨어뜨렸다. 그랬더니 그는 이탈리아에서 땀에 흠뻑 젖어 오르비에토산 백포도주를 마시고 있는 꿈을 꾸었다.

이와 같이 실험적으로 만들어낸 꿈의 특징은 다른 〈자극몽(刺戟夢: Reiztraum)〉들에서도 분명하게 발견할 수 있다. 뛰어난 관찰자 힐데브란트F. W. Hildebrandt는 자명종 벨 소리에 반응한 세 개의 꿈을 보고하고 있다.

〈첫 번째 예. 봄날 아침, 나는 어슬렁어슬렁 거닐고 있었다. 파르스름하게 물들기 시작한 들판을 가로질러 이웃 마을까지 갔다. 그때 나는 나들이옷을 입고 찬송가 책을 옆구리에 낀 마을 사람들이 우르르 교회로 몰려가는 것을 보았다. 그렇다. 오늘은 일요일이다. 아침 기도를 시작할 시간이다. 나도 참석하려 했으나 좀 더워서 교회를 둘러싼 묘지에서 더위를 식혀야겠다고 생각했다. 묘지에서 갖가지 묘비명을 읽고 있는 동안에 탑에서 울려 퍼지는 종소리가 들렸다. 그곳을 쳐다보니 탑 꼭대기에 기도의 시작을 알리는 조그마한 종이 보였다. 잠시 동안 종은 꼼짝하지 않고 있다가 이윽고 흔들리기

---

37 최초의 오 드 콜로뉴 제작소로 유명한 곳.
38 칸타리스가 든 연고

시작했다. 그리고 갑자기 청명하고 요란한 소리로 울려댔다. 그 소리가 너무 맑고 날카로워 나는 잠에서 깨어났다. 그 종소리는 자명종에서 나는 것이었다.〉

〈두 번째 예. 맑게 갠 겨울날, 거리는 눈에 깊숙이 덮여 있었다. 나는 원거리 썰매타기에 참가할 약속이 있어서 오랫동안 기다리고 있는 중이었다. 이윽고 썰매가 문 앞에 도착했다고 알려왔다. 이제 출발 준비가 다 되었다. 모피가 깔리고 발덮개가 걸쳐졌다. 그런데 다소 출발이 지체되었다. 말은 출발 신호를 기다리고 있었다. 마침내 고삐가 당겨지고, 조그만 방울이 심하게 흔들거리고, 그 그리운 터키행진곡이 힘차게 연주되기 시작했는데, 그 순간 꿈의 거미줄이 탁 하고 끊어졌다. 이것 역시 자명종 시계의 날카로운 소리에 지나지 않았다.〉

〈이어서 세 번째 예. 하녀가 사기 접시를 열두 장 정도 포개 들고 식당으로 통하는 복도를 걸어오는 것이 보였다. 하녀가 안고 있는 접시들이 중심을 잃을 듯이 보였다. "조심해라, 손에 든 것이 떨어지겠다." 하고 내가 주의를 주었다. 물론 대답은 여느 때와 다름없이 "우리는 이런 일에 익숙해요."라는 정도의 것이었다. 나는 역시 불안한 마음으로 지켜보았다. 그러다가 아니나 다를까, 하녀는 식당 문지방에 발이 걸렸다. ……접시들이 떨어지고 마룻바닥에 쨍그랑 울리면서 산산조각 나버렸다. 그러나…… 곧 깨달았지만, 이 무한히 계속되는 소리는 정말로 접시들이 깨지는 소리가 아니라, 단순히 방울 소리였다. ……그리고 내가 눈을 뜬 다음에 깨달았듯, 이 소리는 바로 자명종 시계에서 울리고 있었던 것이다.〉

이 꿈들은 아주 아름답고 내용이 풍부하다. 꿈은 보통 모순되어 있는 법인데 여기엔 모순의 그림자가 조금도 섞여 있지 않다. 이 점에 대해서는 이의를 제기하지 않겠다. 이들 꿈에 공통적인 것은 결말이 언제나 하나의 소리에서 유래하고 있으며, 눈을 떴을 때 그것이 자명종 소리라는 것을 깨닫고 있다는 점이다. 이러한 예로 꿈이 어떻게 하여 만들어지는가를 알 수 있을 뿐 아니라 또 다른 점을 깨닫게 되는데, 즉 꿈은 자명종을 분간하지도 않으며―꿈속에 자명종이 나타나지도 않는다―자명종 소리를 다른 소리로 바꿔놓고 있다는 것이다. 이 꿈들은 수면을 방해하는 자극을 암시하고 있지만 그 내용은 모두 다르다. 왜일까? 이에 대해서 명쾌하게 답할 수는 없다. 그것은 아마도 자의적(恣意的)인 것 같다. 그러나 꿈을 이해하기 위해서는 꿈이 각성 자극(覺醒刺戟)을 받으며 왜 하필 이 소리를 택하고 다른 것을 택하지 않았는지를 설명할 수 있어야 한다. 이와 같은 방법으로 모리의 실험에 대해서도 의문을 제기할 수 있다. 주어진 자극이 무난히 꿈속에 나타났다는 것은 이해할 수 있지만, 어째서 그 자극이 꿈속에 꼭 그런 모습으로 나타났는지를 알 수 없고, 수면을 방해하는 자극의 성질로도 이를 설명할 수 없다. 그리고 오 드 콜로뉴의 꿈에 이어 숨 가쁜 모험의 꿈이 계속된 것 또한 설명이 안 된다.

이제 여러분은 수면을 방해하는 외부 자극의 영향을 확인할 수 있게 해주는 최상의 기회는 바로 잠을 깨우는 꿈이라는 점에 회의를 느낄지도 모른다. 그렇지만 다른 꿈들에서는 그것을 확인하기가 더욱 어렵다. 사람들이 언제나 꿈을 꾸다가 깨어나는 것도 아니고, 또 아침에 깨어나 지난밤의 꿈을 기억한다 해도 자는 동안 작용했으리라 짐작되는 수면 방해 자극을 어떻게 확인할 수 있겠는가? 나는 전에 한 번 이러한 소리 자극을 확인할 기회가 있었는데, 그것은 물론 특별한 상황이었기 때문에 가능했다. 나는 티롤 지방의 한 고원에서 교황이 죽은 꿈을 꾸고 눈을 떴다. 나는 이 꿈을 이해할 수 없었는데 나중에 아내가 나에게 이렇게 물었다. "새벽녘에 온 시내의 교회와 예배당에서 요란스럽게 종이 울린 것 알아요?" 나는 "아니, 전혀 몰랐는걸. 정신없이 자고 있었거든." 하고 대답했다. 그리고 나는 아내의 이 보고 덕분에 그 꿈을 이해할 수 있게 되었다. 실제로 이와 같은 자극이 자고 있는 사람에게 작용하여 꿈을 꾸게 하는 일은 얼마나 있을까? 어떤 경우에는 그것을 증명할 수 있지만, 대부분의 경우는 나중에 이렇게 누군가가 가르쳐주지 않으면 거의 증명할 수 없다. 꿈에 영향을 미친 자극을 증명할 수 없다면 꿈이 자극에서 일어난다고 단정할 수 없을 것이다. 꿈을 방해하는 외부 자극은 꿈의 일부를 설명해주지만 결코 꿈의 전부를 해명해주지는 못한다. 그렇다면 우리는 이 방면으로의 해석을 단념할 수밖에 없게 된다.

그러나 이 견해를 완전히 포기할 필요는 없다. 이 견해에는 아직 더 발전시켜 볼 만한 여지가 남아 있다. 무엇이 수면을 방해하고 정신을 자극하여 꿈을 꾸게 하는가는 분명치 않다. 그런데 그것이 항상 외부의 감각 자극이라고 할 수 없다면 이번에는 내부 기관에서 비롯되는, 이른바 신체 자극을 생각해보아도 좋을 것이다. 이와 같은 추측은 사람들에게 아주 자연스러운 일이며 꿈의 기원에 대한 통속적인 견해와도 일치한다. 〈꿈은 오장(五臟)에서 오는 것〉이라고들 흔히 말한다. 그러나 유감스럽게도 한밤중에 작용한 신체 자극을 잠이 깬 뒤에 다시 증명할 수 없는 경우가 많아 여기에 대해서도 확실한 근거를 찾을 수 없다. 그러나 우리의 많은 경험이 신체 자극의 견해를 지지하고 있다는 사실도 간과하고 싶지는 않다. 내부 신체 기관의 상태가 꿈에 영향을 준다는 것은 일반적으로 의심할 여지가 없다. 방광이 가득 찬 상태나 성기의 흥분 상태가 꿈의 내용에 영향을 미치는 많은 예들은 누구도 무시할 수 없을 만큼 명백하다. 그리고 이러한 명백한 예에서부터 다른 예로 확대하여 신체 자극을 추측해볼 수 있는 경우들이 있다. 꿈의 내용으로 보아, 신체적 자극이 〈가공(加工)〉되어 어떤 것을 표현하고 설명하고 있음을 알 수 있는 그런 꿈들이다. 꿈 연구가 셰르너K. A. Scherner는 1861년에 꿈이 신체 자극에서 온다고 역설하면서 그에 대한 몇 개의 훌륭한 예를 제시했다. 이를테면 이런 꿈이 있다.

〈금발머리의 상냥한 얼굴을 한 귀여운 어린아이들이 두 줄로 서서 서로 쏘아보더니 양쪽에서 덤벼들어 맞붙들고 싸우다가 그들을 떼어놓자 본래 자리로 돌아갔다. 그러고는 다시 반복하여 싸움을 시작했다.〉

셰르너가 어린아이들의 두 줄을 이(齒)로 해석한 것은 참으로 그럴듯하다. 그리고 이 싸움의 광경에 이어 〈턱에서 긴 이빨을 한 개 뽑는〉 꿈을 꾼데서 그는 자기 해석에 더욱 자신을 얻은 것 같다. 〈길고 좁은 꼬불꼬불한 길〉을 장(腸)의 자극으로 해석하는 것도 그럴듯하다. 또 이것은, 〈꿈은 자극을 보내온 기관을 그 기관과 비슷한 물건으로 묘사하려고 한다〉는 그의 주장을 입증해주는 듯하다.

그러므로 우리는 내부 자극이 외부 자극과 마찬가지로 꿈에 어떤 역할을 한다고 인정하지 않을 수 없다. 그러나 유감스럽게도 내부 자극에 대한 이런 견해는 외부 자극과 마찬가지로 반론에 부딪힐 수밖에 없다. 대개의 경우 신체 자극의 암시는 불확실하고 그것을 증명할 수도 없기 때문이다.

즉 모든 꿈이 아니라 일부 꿈에서만 신체 자극은 꿈의 발생에 관여했다고 말할 수 있다. 그리하여 결국 외부적인 감각 자극과 마찬가지로 내부적인 신체 자극 역시 꿈이 자극에 직접적으로 반응했다는 것밖에는 꿈에 대해 아무것도 설명해주지 못한다. 그 밖의 다른 부분들이 어디에서 온 것인가 하는 의문은 여전히 풀리지 않는 것이다.

　그런데 여기서, 이와 같은 자극의 영향을 연구하면서 알게 되는 꿈의 한 특색에 주의를 기울여보자. 꿈은 받은 자극을 단순히 재현하는 것이 아니라 그 자극을 가공하고 채색하고, 거기에 스토리를 달며, 그것을 다른 무엇으로 대체(代替)하기도 한다. 이것이 〈꿈의 작업(Traumarbeit)〉의 한 측면인데, 이것을 연구하면 꿈의 본질에 더 가까이 접근할 수 있을지도 모른다. 만일 어떤 사람이 어떤 자극을 받고 무엇을 창작했다 하더라도 그 자극으로 작품이 다 설명되어야 할 필요는 없다. 이를테면 셰익스피어의 《맥베스》는 왕이 처음으로 삼국(三國)을 병합했을 때 왕의 즉위를 축하하여 쓰인 작품이다. 그러나 이 역사적인 계기가 극의 내용과 일치하는가? 또한 이 계기만으로 이 극의 위대성과 신비성이 모두 설명되는가? 이와 마찬가지로 자고 있는 사람에게 작용하는 내적 및 외적 자극은 아마도 꿈을 자극하는 것에 지나지 않을 것이다. 따라서 그것으로는 꿈의 본질을 밝힐 수 없다.

　꿈의 또 다른 공통점인 심리적 특수성은 한편으로는 이해하는 것 자체가 어렵고 또 한편으로는 그것을 더 깊이 연구해 들어가기 위한 어떤 단서를 제공해주지 않는다. 대개의 경우 우리는 시각상(視覺像)으로 꿈을 경험한다. 이러한 시각적인 체험에 대해 자극으로 설명할 수 있는가? 그때 실제로 우리는 시각 자극을 경험하고 있는 것일까? 꿈속에서 눈이 자극받는

여러 어려움과 첫 만남

경우는 매우 드문데 어째서 꿈을 시각의 형태로 경험하는 것일까? 또 연설의 꿈을 꾸었을 때는 수면 중에 어떤 대화나 이와 비슷한 잡음이 귀에 들어왔다는 사실을 증명할 수 있는가? 나는 이와 같은 가능성을 단연코 부인한다.

　꿈의 공통점으로부터 이제 더 이상 한 걸음도 나아갈 수 없다면, 이번에는 꿈의 차이점을 가지고 연구를 계속해보자. 꿈은 대개가 무의미하고 혼란스럽고 부조리한 것이지만, 한편으로는 의미심장하고 냉철하고 이성적인 꿈도 있다. 후자의 의미심장한 꿈들이 무의미한 꿈들에 대해서 어떤 열쇠를 제공해줄 수 있을지 살펴보자. 이성적인 꿈의 예로 내가 최근에 들은 어느 청년의 꿈을 제시하기로 한다.

　〈나는 케른트너 가(街)를 산책하고 있었어요. 도중에 X씨를 만났지요. 잠시 함께 걸어가다가, 나는 어느 식당으로 들어갔습니다. 뒤를 따라 한 신사와 두 여성이 들어와서 내가 앉아 있는 식탁에 앉았습니다. 처음에는 좀 불쾌하더군요. 그래서 그들의 얼굴을 보지 않으려고 애썼지요. 그런데 잠시 후 무심코 바라보고는 그들이 매우 예의 바른 사람들이라는 것을 깨달았습니다.〉

　청년은 이 꿈에 대해 이렇게 말했다. 꿈을 꾸기 전날 저녁때 청년은 늘 거니는 케른트너 가를 실제로 산책하다가 X씨를 만났다고 한다. 그리고 꿈의 후반부에 대해서는 언뜻 생각나는 것이 없지만, 훨씬 전에 비슷한 경험을 한 적이 있다고 했다.
　어느 부인이 꾼 또 하나의 조리 있는 꿈을 들어보자.

〈남편이 "피아노 조율을 부탁해야겠군." 하고 말했어요. 그래서 나는 "그것 만으로는 안 돼요. 어차피 새로 광을 내야 해요." 하고 대답했어요.〉

이 꿈은 그 전날 부부가 나눈 대화를 그대로 되풀이하고 있었다. 이들 두 조리 있는 꿈에서 우리는 무엇을 배울 수 있을까? 그것은 꿈속에서 일상 생활이나 일상생활과 관계있는 사실이 되풀이된다는 것밖에 가르쳐주지 않는다. 만일 이를 꿈에 일반적으로 적용시킬 수 있다면 좋겠지만, 그렇게 말할 수는 없을 것이다. 실제로 이것은 소수의 꿈에만 해당되기 때문이다. 대개의 꿈에서는 그 전날 경험과의 깊은 관계가 발견되지 않는다. 이 점에 서는 무의미하며 어이없는 꿈들을 설명할 단서를 얻을 수 없다. 그러나 여 기서 우리는 또 하나의 새로운 문제에 직면한 것을 깨닫는다. 우리는 꿈이 무엇을 말하고 있는가를 알고 싶어하지만, 그뿐 아니라 만일 꿈이 의미를 가진다면 방금 든 예에서처럼 어째서 우리가 이미 아는 사실이나 바로 전 에 경험한 것을 꿈속에서 다시 되풀이하는가도 알고 싶어진다.

지금까지와 같은 연구를 계속해나간다는 것은 나와 마찬가지로 여러분 도 따분할 것이라 생각된다. 그러나 해결에 도달하기 위해서 걸어갈 수 있 는 길을 하나라도 발견해두지 않으면, 어떤 문제에 관심을 가지고 있는 것 만으로 할 수 있는 일은 없다. 우리는 아직 이 길을 하나도 발견하지 못하 고 있다. 실험심리학은 자극이 꿈을 유발하는 것으로서 의의가 있다는 정 도의 보고밖에 하지 못했다. 철학에서도 아무것도 기대할 수 없다는 것은 자명하다. 그들은 오만한 태도로 우리의 연구 대상이 지적(知的)으로 하찮 은 것이라고 비난하고 있을 뿐이다. 그렇다고 신비학에 의존하고 싶지도 않다. 역사와 통속적인 민간의 견해들은 꿈이란 의미 있는 것이고 중요하며 미래를 예언해준다고 말하고 있으나, 그 역시 긍정하기 힘들고 물론 근거가 있다고 할 수도 없다. 따라서 우리의 첫 번째 노력은 결국 오리무중을 헤매고 있는 셈이다.

그러나 뜻밖에도 지금까지 우리가 거들떠보지도 않던 곳에서 하나의 힌트를 얻을 수 있다. 우연히 생겨난 것이 아니라 오랜 지식의 침전물이라 할 수 있는 관용어(慣用語)가 그것이다. 이것은 실로 매우 주의 깊게 다루어야 하는 것이다. 우리의 언어에는 〈백일몽(白日夢:Tagtraum)〉이라는 것이 있다. 백일몽은 공상의 산물로서, 매우 일반적인 현상이며 건강한 사람과 환자 모두에게서 발견된다. 이것은 또한 자기 자신을 대상으로도 쉽게 연구해볼 수 있다. 이 공상적 산물에서 가장 눈에 띄는 점은, '백일몽'이라 하여 꿈이라는 이름은 붙어 있으나 우리가 이야기했던 꿈의 두 공통점과는 아무 관계가 없다는 것이다. 우선 수면 상태와 관계가 없으므로 이름부터가 모순되고, 꿈의 두 번째 공통점과 관련해서도 그것은 단순히 상상하는 것일 뿐 아무런 경험도 하지 않고 환각도 일어나지 않는다. 백일몽은 공상하는 것이며, 보고 있는 것이 아니라 생각하고 있는 것이다. 이러한 백일몽은 사춘기 이전, 때로는 유년기 후기에 나타나서 성년기까지 계속되며 그 후 사라져버릴 수도 있고 만년에 이르도록 계속될 수도 있다. 이 공상의 내용은 매우 명백한 동기에 지배되고 있다. 공상에 나타나는 장면이나 사건 속에서는 이기주의적인 욕구, 야심, 권력욕, 혹은 에로틱한 소망이 충족된다. 청년들에게는 주로 야심의 공상이 많고, 여성들에게는 야심의 내용이 주로 사랑의 성취이기 때문에 에로틱한 공상이 많다. 그러나 남성들의 경우도 흔히 에로틱한 욕구가 그 배후에 숨어 있는데, 실로 모든 영웅적 행위와 성공은 결국 여성의 감탄과 호감을 얻기 위한 것이기 때문이다. 백일몽은 이 외에도 다양하며, 그 운명도 다 다르다. 대부분은 단시간에 사라지고 그 대신 새로운 내용으로 대체되지만, 어떤 것은 오랫동안 계속되어 긴 이야기로 발전되며, 생활의 변화에 따라 바뀌기도 한다. 그것은 말하자면 시간과 더불어 진행하여 새로운 상황의 영향을 말해주는 〈시간의 스탬프〉가 된다. 백일몽은 또 문학 창조의 원료가 된다. 작가는 자기가 그리는 백일몽을 변형시키거나 변신시키고 혹은 단축시켜 여러 가지 정경(情景)을 만들어내 자신의 단편 소설이나 장편 소설, 희곡에 담아낸다. 백일몽의 주인공은 언제나 자기 자신이거나, 아니면 다른 사람의 모습을 빌린 자기 자신이다.

백일몽의 내용은 꿈의 내용과 마찬가지로 현실적이지 않다. 이렇게 현실에 대한 관계가 꿈과 비슷하기 때문에 백일몽이라는 이름을 얻은 것 같다. 이들이 꿈이라는 이름을 공통적으로 가지고 있는 것은 어쩌면 우리가 구하고 있으나 아직 찾지 못한 꿈의 심리적 특징에 바탕을 두고 있기 때문인지도 모른다.

그러나 공통된 이름에 너무 깊은 의미를 두는 것은 부당하다는 의견 또한 가능하다. 이 점에 관해서는 나중에 가서 밝혀질 것이다.

꿈 해석의 전제와
해석의 방법

꿈의 연구를 진척시키기 위해서는 우리에게 새로운 길과 방법이 필요하다. 그래서 나는 알기 쉬운 제안을 하나 하려 한다. 앞으로의 연구를 위한 큰 방침으로서 〈꿈이란 육체적 현상이 아니라 심리 현상이다〉라는 가설을 세우는 것이다. 이 가설이 무엇을 뜻하는지 여러분도 알고 있을 것이다. 그런데 이 가설에는 근거가 있는가? 근거는 없지만 이와 같이 가정해서는 안 될 이유도 없다. 그 까닭은 이러하다. 꿈이 육체적인 현상이라면 우리와 별 관계가 없다. 꿈이 심리 현상이라는 전제하에 꿈은 우리의 관심을 끌게 되는 것이다. 우리는 이 가설이 올바르다고 가정하고 연구하여 어떤 결과가 나오는지 보기로 하자. 머지않아 우리의 연구 결과가 이 가설을 고수해도 좋을지 어떨지, 또 이 가설을 가설이 아닌 단정(斷定)으로 간주해도 좋을지 어떨지를 결정해줄 것이다.

대체 우리는 어떤 목적으로, 또 무엇을 목표로 하여 이 연구를 하는 것일까? 우리가 목표로 삼고 있는 것은 과학 일반이 목표하고 있는 것과 같다.

즉 현상을 이해하는 것, 그 현상들 사이의 상호관계를 입증하는 것, 궁극적으로 현상의 저편까지 가능한 한 우리의 지배력을 넓히는 것이다.

이상의 이유로 꿈이 심리 현상이라는 가설 아래 이 연구를 계속하기로 한다. 꿈이란 꿈을 꾼 사람의 작품이며 표현이다. 그런데 우리는 도무지 짐작할 수도 없고 이해할 수도 없는 작품이고 표현인 것이다. 내가 만일 여러분에게 이해할 수 없는 말을 했다면 여러분은 어떤 행동을 하는가? "뭐라고요?"라고 반문할 것이다. 이와 마찬가지로 꿈을 꾼 사람에게 "대체 당신의 꿈은 무슨 뜻입니까?"라고 질문하면 안 되는가?

우리는 이와 똑같은 상황에 처했던 적이 있다. 실수 행위에 관한 연구에서, 어떤 사람이 "그 일의 진상은 'Vorschwein'해졌는데요."라고 잘못 말했을 때 우리는 즉각 그에게 질문하지 않았던가? 아니, 질문한 이들은 다행히도 우리가 아니라 정신분석과는 인연이 먼 사람들이었다. 정신분석과 전혀 분야가 다른 사람들이 그 뜻을 알 수 없는 실언은 대체 무슨 뜻이냐고 물었다. 그는 곧 "그것은 추잡한 일이야."라고 생각했는데, 이 의향을 제2의 온당한 의향이 억눌러 그 같은 말이 되었다고 대답해주었다. 나는 그때 이미 이와 같이 보고해주는 것이 바로 정신분석 연구의 표본이라고 설명한 바 있다. 여러분은 정신분석의 기법은 되도록 피실험자 자신으로 하여금 수수께끼의 해답을 말하게 하는 방법임을 알게 되었을 것이다. 따라서 꿈을 꾼 사람 자신이 자기의 꿈이 어떤 뜻인가를 우리에게 말하게 하는 것이다.

그런데 꿈의 경우는 분명 그처럼 간단하게 되지는 않는다. 실수 행위에서는 이 방법이 대개 잘되었다. 또한 질문을 받은 본인이 말하려 하지 않거나, 심지어는 우리가 추측한 답에 분개하여 부인하는 일까지 있었다. 그런데 꿈의 경우에는 잘될 이유가 전혀 없다고 할 수 있다. 꿈을 꾼 사람은 언제나 모른다고 말한다. 우리가 그에게 아무것도 제시할 수 없기 때문에 그가 해석을 거부할 수도 없다. 그렇다면 우리는 여기서 또다시 연구를 단념해야 하는가? 꿈을 꾼 사람은 그 꿈에 대해서 아무것도 알지 못하고, 우리도 아무것도 모른다. 제삼자도 모른다. 이런 식으로는 도저히 해석을 내릴 방법이 없다. 그렇다. 만일 원한다면 연구를 단념해도 좋다. 그러나 단념하지 않겠다면, 나와 함께 계속 길을 가보자. 나는 여러분에게 이렇게 말하겠다. 즉 "꿈을 꾼 사람은 자기의 꿈에 어떤 의미가 있는지 알고 있을 가능성이 있다. 아니, 십중팔구는 알고 있다. 다만 자기가 알고 있다는 것을 모를 뿐이다. 그 때문에 자기는 모르는 줄 믿고 아예 단념해버리는 것이다."라고.

"제1의 가설을 내놓은 지 얼마 되지도 않았는데 선생님이 또다시 제2의 가설을 끌어넣는다면 선생님의 기법을 점점 신뢰할 수 없게 되지 않습니까?"라고 주의를 줄 사람도 있을 것이다. 그러나 꿈이 심리 현상이라는 가설과, 인간에게는 자기가 알고 있는 줄 모르면서 알고 있는 심적 사상(心的 事象)이 있다는 가설—이 두 가지 가설에서 도출될 수 있는 결론에는 관심을 가질 필요 없다. 여러분은 이들이 가진 내적 불확실성에만 주목해주면 된다.

나는 여러분을 속이거나 여러분의 눈앞에서 무언가를 숨기기 위해서 지금까지 여러분을 인도해온 것이 아니다. 〈정신분석 입문〉이라는 제목을 내건 강의지만 나는 모호하게 서술하여 여러분이 〈새로운 지식을 배웠다〉라고 마음 편하게 믿을 수 있도록 귀찮은 대목은 신중하게 감추고 틈새를 메우고 의문점은 얼버무려서 줄거리가 매끄럽게 연결되도록 할 생각은 애초에 없었다. 오히려 여러분이 초심자인 만큼 더더욱 우리 학문의 평탄치 않은 점, 생경한 점, 미숙한 점, 의심스러운 점까지도 있는 그대로 숨김없는 모습을 제시하려 한다. 이러한 방법은 어느 학문에서나 마찬가지이며, 특히 초심자에게는 이 밖에 다른 길은 없다고 생각한다. 학문을 가르칠 때 선생은 보통 그 학문의 난점이나 불안정성을 우선 학생들에게 감추려고 애쓴다는 것도 알고 있다. 그러나 정신분석에서는 그렇게 해서는 안 된다. 그러므로 우선 나는 두 가설을 내놓은 것이다. 모두가 너무 성가시고 불확실하다고 생각하는 사람이나 더 높은 확실성과 더 고상한 연역(演繹)에 친숙한 사람들은 굳이 나와 함께 갈 필요 없다. 그런 사람은 심리학의 문제에 애초부터 관여하지 않는 편이 좋다고 충고하고 싶다. 이런 말을 하는 것은, 지금까지 그런 이들에게 친숙했던 정확하고 완전한 길이라는 것을 정신분석에서는 발견할 수 없지 않을까 염려되기 때문이다. 무언가를 실제로 제시할 수 있는 내용을 가진 학문이라면 청중이나 지지자를 얻으려고 애쓰는 것은 그야말로 불필요한 짓이다. 그 학문이 참으로 인정을 받느냐 못 받느냐 하는 것은 오로지 그 학문의 성과에 달려 있다. 그러므로 그 성과가 세상의 주목을 끌 때까지 느긋하게 기다릴 수밖에 없다.

그러나 이 문제를 계속 연구하고 싶은 여러분에게 한마디 충고해두고 싶은 것은, 내가 내놓은 두 가설은 결코 같은 가치를 지닌 것이 아니라는 점이다. 꿈이 심리 현상이라는 제1의 가설은 우리의 연구 결과에 입각해서 입증하려고 하는 전제(前提)이다. 그리고 제2의 가설은 이미 다른 학문의 영역에서 증명된 것이며, 내가 우리 학설 속에 끌어넣은 것에 불과하다.

우리가 꿈을 꾼 사람에 대해 가정해보려는 사실, 즉 사람은 자기가 알고 있는 것을 전혀 모른다고 생각할 수도 있다는 사실을 어느 학문의 영역에서 증명했을까? 실로 이 가설은 주목할 만하고 경탄할 만한 것이며, 정신생활에 대한 지금까지의 우리 견해를 바꾸어놓을 만한 사실이다. 이 사실을 무시할 필요는 없다. 그 사실은 이름만 말하면 사람들의 조소를 사지만 그 내용은 정반대로서, 진실성을 갖고 있는 실재(實在)적인 것인데, 말하자면 표현의 모순(contradictio in adjecto)[39]이다. 그렇다, 그것은 숨길 필요가 없는 사실이다. 사람들이 그것에 대하여 알지 못하거나 충분히 고려하지 않는다 하더라도 그 사실 자체의 탓은 아니다. 마찬가지로 우리의 책임도 아니다. 이와 같은 심리적 문제가 이를 확증해줄 관찰 사실들과 경험들을 멀리했던 사람들에 의해 단죄되고 있을 뿐이다.

이 사실에 대한 증명은 최면 현상의 영역에서 이루어졌다. 1889년에 낭시[40]에서 리에보A. A. Liébeault와 베르넴H. Bernheim[41]의 매우 인상적인 실물 교시를 참관하며 나는 다음의 실험을 자세하게 목격했다. 한 남자를 최면 상태에 놓고 그 상태에서 남자에게 환각적인 경험을 하게 했다. 그리고 잠시 후 남자는 최면에서 깨어났다. 처음에 그는 최면 중에 일어난 사건을 아무것도 모르는 것처럼 보였다. 이에 베르넴은 최면 중에 일어난 일을 즉각 말해보라고 남자에게 지시했다. 그는 아무것도 생각나지 않는다고 말할 뿐이었다. 그러나 베르넴은 끝까지 그를 채근하며 "당신은 틀림없이 알고 있다. 그러니 그것을 생각해내야 한다."라고 확신시켰다. 그러자 신기하게도 그는 잠시 망설이더니 이윽고 생각해내기 시작했다. 먼저 그에게

---

39 '긴 점', '찬 불'과 같은 모순을 가리키며 여기서는 〈무지의 지(知)〉, 즉 〈알고 있지만 알지 못한다〉는 모순이다.
40 프랑스의 도시.
41 두 사람은 프랑스의 정신과 의사이다.

암시된 경험의 하나가 그림자처럼 떠오르기 시작하고, 이어 다른 것이 떠올려지고, 드디어 기억은 점점 더 선명하고 완전해져서 마침내 하나도 빠짐없이 명료하게 드러났다. 이것은 최면술이 끝나고 난 뒤에 그가 생각해 낸 것이고 또 생각하는 동안 옆에서 알려준 것도 아니므로 그가 이 기억을 처음부터 갖고 있었다고 결론 내리는 것이 타당하다. 다만 그는 그 기억을 자기 힘으로 어떻게 할 수 없었을 뿐이다. 자기가 알고 있다는 것을 모르고, 알지 못한다고 믿었던 것뿐이다. 우리가 꿈을 꾼 사람에게 가정하려고 하는 사실과 완전히 일치하는 것이다.

여러분은 이 사실이 입증된 것에 새삼 놀라서 다음과 같은 질문을 할 것이다.

"왜 선생님은 실수 행위를 연구할 때 진작 이 증거를 내놓지 않았습니까? 이를테면 잘못 말한 사람의 말 속에서 본인이 모르거나 부인하는 의도가 있음을 지적했을 때 이 증명을 언급할 수도 있었을 텐데요. 어떤 사람이 특정 기억을 마음속에 가지고 있음에도 불구하고 그 체험에 대해서 아무것도 모르는 줄로 믿을 수 있다면, 본인이 전혀 깨닫지 못하는 다른 정신 과정이 그의 마음속에 있다는 가설도 이제 얼마든지 가능하지 않겠습니까? 방금 펴신 선생님의 논증은 확실히 인상적이었습니다. 만일 선생님이 이것을 좀 더 빨리 알려주셨더라면 실수 행위에 대해서도 더 뚜렷이 이해할 수 있었을 것입니다."

여러분의 말대로 나는 그때 이 증거를 제시할 수도 있었지만 꼭 필요한 다른 기회를 위해 일부러 보류해둔 것이다. 실수 행위의 일부는 자연히 설명이 되었다. 그리고 일부는 여러 현상의 상호관계를 이해하려면 본인이 전혀 모르는 심리 과정이 있음을 가정해야 한다는 시사를 주기도 했다. 그런데 꿈의 경우에는 어떻게든 다른 영역에서 그 설명을 끌어오지 않으면 안 되었다. 그리고 최면 분야를 꿈에 전용(轉用)하는 것이 여러분에게는 더 쉽게 받아들여질 것이다. 여러분은 실수가 일어나는 상태를 정상이라고 생각할 것이 틀림없다. 이 상태는 최면 상태와는 닮은 데가 없다. 이에 반해서 최면 상태와 꿈을 꾸는 조건인 수면 상태와는 밀접한 관계가 있다. 실제로 최면은 인공적(人工的) 수면이라고 말하기도 한다. 최면을 걸려고 하는 사람에게는 "잠을 자시오."라고 지시한다. 그리고 그때 그 사람에게 주는 암시는 자연적인 수면 중의 꿈에 비교할 수 있다. 양쪽의 심리 상태는 실제로 매우 비슷하다. 자연적인 수면에서는 외계에 대한 우리의 관심이 모두 사라지는데, 마찬가지로 최면 상태에서도 외계에 대한 관심이 사라진다. 수면과 최면 상태의 다른 점은, 피실험자와 래포(rapport)[42]를 맺고 있는 최면에 빠지게 만드는 사람이 있다는 것뿐이다. 이를테면 아기와 관계를 맺고 있고 오직 아기에 의해서만 잠에서 깨어날 수 있는 유모의 잠은 최면 상태와 매우 유사한 정상적인 잠이다. 그러므로 최면 상태에서 볼 수 있는 사실을 자연적인 수면에 적용하는 것이 결코 대담한 모험은 아니라고 생각한다.

꿈을 꾼 사람이 자기의 꿈에 대해서 무언가 알고는 있지만 언급하기 어려울 뿐이며, 스스로 알고 있다는 점을 자기 자신이 믿지 않을 따름이라는 가정은 전혀 근거가 없는 것이 아니다. 여기서 꿈의 연구에 대한 세 번째 실마리가 열리는 것을 깨닫는다. 첫 번째 실마리는 수면을 방해하는 자극

---

42 교감 관계. 최면술에서 술자가 피실험자에게 가지는 독점적 관계로, 피실험자는 술자의 암시에 의해서만 반응하게 된다.

에서, 두 번째 실마리는 백일몽에서, 그리고 세 번째 실마리는 방금 말한 최면 상태 중에 암시된 꿈에서 새로운 길이 열려오는 것이다.

　이제 큰 자신감을 가지고 우리의 과제로 돌아가자. 꿈을 꾼 사람이 자기의 꿈에 대해서 알고 있다는 점은 확실해졌다. 이제 문제는 자신이 알고 있다는 것을 깨닫게 하여 그것을 우리에게 보고할 수 있도록 만들어주는 것이다. 우리가 당장 꿈의 의미를 말해야 한다고 요구하지 않더라도 꿈을 꾼 사람은 자기 꿈이 어떤 근거, 어떤 사고와 관심권 내에서 왔는가를 발견할 수 있다. 잘못 말하기의 경우, "당신은 어째서 〈Vorschwein〉이라는 실언을 했느냐?"고 물어보았다. 그리고 이에 대한 그의 첫 연상이 우리에게 설명이 된 것을 기억할 것이다.

　꿈의 경우에 우리가 사용하고자 하는 방법은 단지 이 예를 따르는 매우 간단한 방법이다. 우리는 꿈을 꾼 사람에게 그 꿈에 대해서 어떤 연상이 떠오르느냐고 질문한다. 그리고 이때 그에게 떠오른 첫 진술이 그 꿈의 설명으로 간주된다. 본인이 자기 꿈에 대해서 알고 있다고 여기든 그렇지 않든, 우리는 두 경우 모두 알고 있는 것으로 취급한다.

　이것은 매우 간단한 기법인데, 걱정되는 것은 여러분의 가장 심한 비난을 살지도 모른다는 점이다. 여러분은 말할 것이다.

　"또 새로운 가설입니까? 제3의 가설은 모든 가설 중에서도 가장 불확실한 것이 아닙니까? 꿈을 꾼 사람에게 그 꿈에 대해서 어떤 연상이 떠오르느냐고 물었을 때 제일 처음 떠오른 연상이 기대하는 설명을 가져다준다고요? 그런데, 꿈을 꾼 사람은 아무것도 연상하지 않을지도 모릅니다. 무엇을 연상할 것인가는 오직 신만이 아십니다. 대체 어떤 연상을 믿어야 좋을지 모르겠습니다. 어떤 연상이 이 경우에 합당한지를 결정하려면 대단한 판단력이 필요하겠군요. 그렇다면 더욱더 신에게 의존할 수밖에 없지 않습니까? 게다가 꿈은 〈실수〉의 경우처럼 한마디의 실언이 아니라 아주 많은 요소로 이루어져 있습니다. 그렇다면 대체 어떤 연상을 믿어야 하는 것입니까?"

부차적인 점에서는 여러분의 말이 모두 옳다. 꿈이 많은 요소로 이루어져 있다는 점에서도 꿈은 〈실수 행위〉와는 전혀 다르다. 이 부분에서만이라도 옳게 다룰 수 있는 기법을 고려해야겠다. 그래서 이렇게 제안하고 싶다. 즉 꿈을 각 요소로 분해해서 각 요소를 따로따로 연구하자는 것이다. 그러면 〈잘못 말하기〉에서 한 것과 같은 방법이 그대로 적용될 수 있다.

꿈에 대해 질문을 받은 사람이 아무런 연상이 떠오르지 않는다고 대답할 수도 있다는 지적 또한 지당하다. 우리도 때때로 그러한 대답을 듣게 되는데, 이에 대한 설명은 나중에 하기로 한다. 아무튼 우리가 특정한 연상을 끌어낼 수 있는 경우가 있다는 것은 주목할 만하다. 대개의 경우에는, 꿈을 꾼 사람이 아무 연상도 떠오르지 않는다고 주장할 때 우리는 그 사람의 말을 부인하고 그를 채근해서 무슨 연상이든 반드시 떠오를 것이라고 말해야 한다. 그러면 그는 꿈에 대해서 무언가 한 가지 연상을 끌어낸다. 그것이 무엇이든 상관없다. 어떤 특별한 정보들, 역사적인 것이라고 말할 수 있는 것들을 특히 회상하기 쉽다. 그는 "어제 경험한 일이에요."(앞에서 말한 조리 있는 꿈의 예처럼) 또는 "얼마 전에 있었던 일 같은 기분이 드네요."라고 말한다. 꿈은 우리가 처음 생각했던 것 이상으로 최근의 인상과 관계가 있다. 그는 결국 그 꿈을 출발점으로 하여 훨씬 전에 일어난 일, 때로는 거의 과거에 묻혀 있던 경험까지도 생각해내게 된다.

그런데 본질적인 점에 대해서 여러분은 착각하고 있다.

〈꿈을 꾼 사람이 그 자리에서 곧 연상한 것이 바로 얻어내려는 설명을 가져다준다든가 거기에 이르는 실마리를 준다고 가정하는 것은 너무나 자의적인 가설 아닙니까? 그 연상은 오히려 매우 임의적인 것일 수도 있고 찾고 있는 해답과 전혀 동떨어진 것일 수도 있지 않습니까? 그렇게 기대하는 것은 다만 선생님의 과신에 지나지 않는 것 아닐까요?〉

여러분이 이렇게 말한다면 여러분은 완전히 틀린 생각을 하고 있는 것이다. 여러분의 마음속에는 정신의 자유나 마음의 자의성에 대한 뿌리 깊은 신념이 도사리고 있다. 그러나 그 같은 신념은 매우 비과학적이며, 정신생활을 지배하고 있는 결정론(決定論)의 요구들 앞에서는 굴복하지 않을 수 없는 것이다. 질문을 받은 사람에게 다른 것이 아닌 바로 이런 연상이 떠올랐다고 하면 그것을 그대로의 사실로 존중해야 한다. 나는 하나의 신념을 밀어내고 다른 신념을 강요하려는 것이 아니다. 질문을 받은 사람에게 떠오른 연상은 임의적인 것도 아니고 불확실한 것도 아니며, 우리가 얻으려고 하는 것과 아무 관계없는 것도 아니라는 점은 증명될 수 있는 사실이다. 내가 최근에 들은 바로는—내가 그것에 대단한 가치를 두고 있는 것은 아니지만—실험심리학 쪽에서도 그런 증명이 제시되었다고 한다.

이 문제는 매우 중요하므로 특히 주의를 기울여주기 바란다. 꿈의 어떤 요소에 대해서 무엇이 연상되는지 말해달라고 누군가에게 요구할 때, 나는 출발점이 되는 표상(表象)에 마음을 집중시켜 그 떠오르는 자유연상(自由聯想)에 마음을 맡겨주기 바란다고 요청한다. 이는 매우 특별한 주의력이 요구되는 것으로, 심사숙고하는 것과는 전혀 다른 상태이며 또한 심사숙고 그 자체를 철저히 배제하는 것이기도 하다. 많은 사람들이 이와 같은

태도를 쉽게 취하지만, 믿을 수 없을 만큼 서툰 태도를 보이는 사람들도
있다. 이런 이들에게는 출발점이 되는 표상을 포기시키고 고유명사나 숫
자를 자유롭게 연상하도록 함으로써 그 연상의 성질과 종류를 한정시킨
다. 그러면 연상이 자유롭게 전개될 수 있는 폭이 상당히 넓어진다. 이때의
연상은 조금 전과 같은 방법을 사용했을 때보다는 훨씬 자의적이고 예측
불가능한 것처럼 보인다. 그러나 이러한 연상은 〈실수〉의 원인인 방해하
는 의향이나 우발 행위를 유발하는 의향과 마찬가지로, 연상이 작용하는
순간에는 잘 모르는 마음속의 중대한 내적 경향에 의해 언제나 엄격하게
통제되고 있다.

　나와 나의 뒤를 따르는 많은 사람들은, 아무런 실마리도 주어지지 않은
상태에서 이름이나 숫자를 자유로이 연상하게 하는 실험을 거듭 시도하
여 그중 몇 가지를 발표했는데, 그 방법은 다음과 같다. 일단 한 번 떠오른
이름을 출발점으로 하여 일련의 연상을 끊임없이 불러일으키는 것이다.
따라서 이미 완전히 자유로운 연상이라 할 수는 없고 꿈의 요소에 대한 연
상과 마찬가지로 어딘가에 속박되어 있다. 그리고 그 자극이 끊어질 때까
지 연상은 계속된다. 피실험자의 연상이 끝나고 나면 우리는 이와 같은 자
유로운 이름 연상의 동기와 의미를 설명해준다. 이 실험은 항상 동일한 결
과를 가져온다. 피실험자의 보고는 종종 매우 풍부한 재료를 포함하고 있
어서 아주 세밀한 연구가 뒤따라야 한다. 자유로이 떠오르는 숫자 연상도
의미가 있다. 이 연상은 매우 빠르게 잇따라 나타나서 놀랄 만큼 확실하게
감추어진 목표로 돌진하기 때문에 정말 어처구니없이 느껴질 정도이다.
이제 이러한 이름 분석의 한 가지 예를 보여주겠다. 그것은 다행스럽게도

재료가 아주 적다.

나는 한 청년을 치료하며 우연히 이 주제에 대해 언급하게 되었다. 얼핏 보기에는 선택의 자유가 있을 것 같으나 실은 연상된 이름 모두 피실험자와 매우 가까운 사이거나 피실험자의 사정, 그의 특성, 그 순간의 상황에 한정되어 있다는 이야기를 해주었다. 그 청년은 내 말을 믿을 수 없는 모양이었다. 그래서 나는 청년에게 당장 실험해보지 않겠느냐고 제안했다. 나는 이 청년이 유부녀나 처녀들과 상당히 많이 교제하고 있다는 사실을 알고 있었으므로, 자네가 만일 여성의 이름을 하나만 연상한다면 교제하고 있는 그 많은 여성들의 이름을 잇따라 끌어낼 수 있을 것이라고 말했다. 청년은 이 제안에 동의했다. 그런데 나보다는 오히려 그가 깜짝 놀랐겠지만, 청년은 여성들의 이름을 잇따라 퍼붓기는커녕 한참 동안 잠자코 있는 것이었다. 그러고는 이윽고 천천히 "겨우 하나 떠올랐습니다. 알비네(Albine)라는 이름입니다. 그 밖엔 없습니다."라고 고백했다. "이상한 일이군. 이 이름과 자네는 어떤 관계가 있나? 알비네라는 이름의 여성을 몇 명쯤 알고 있나?" 이상하게도 청년은 알비네라는 여성을 알지 못했다. 그에겐 이 이름에서 그 이상 아무런 연상도 떠오르지 않았다. 여러분은 분석이 실패로 끝났다고 생각할지 모르지만 실은 그렇지 않다. 분석은 훌륭하게 성공했다. 이 이상의 연상은 필요가 없었던 것이다. 청년 자신이 남자로선 보기 드물게 얼굴이 희어서 치료 중에 나는 몇 번이나 그를 '알비노(Albino:흰둥이)'라고 놀렸다. 그때 우리는 이 청년의 체질에 혹시 여성적인 요소는 없을까 규명하는 연구에 몰두하고 있었고 그 가정은 대체로 사실로 나타나고 있었다. 요컨대 청년 자신이 바로 알비네였던 것이다. 그 당시 가장 그의 흥미를 끌고 있던 여성은 알비네, 즉 바로 자기 자신이었던 것이다.

이와 마찬가지로 갑자기 떠오르는 멜로디도 어떤 사고의 흐름에 의해
규정되며 거기에 종속된다. 본인은 그 흐름의 활동을 깨닫지 못하지만, 어
떤 이유 때문에 그 멜로디가 그의 마음을 차지하고 있는 것이다. 떠오른
멜로디는 그 멜로디에 붙어 있는 가사라든가 그 노래의 유래와 깊은 관계
가 있다는 것이 쉽게 증명된다. 그러나 이 주장을 천성적으로 음악을 좋아
하는 사람에게까지 적용하는 데는 신중해야 할 것이다. 나는 그런 사람들
에 관해서는 전혀 경험이 없다. 음악을 좋아하는 사람의 경우는 멜로디의
음악적 가치 쪽이 그 멜로디가 의식에 떠오르는 결정적 인자가 되는지도
모른다. 그러나 이 경우보다 전자의 경우가 더 많다는 것은 분명하다. 나는
한 청년에게 다음과 같은 이야기를 들은 적이 있다. 그 청년은 〈아름다운
헬레나〉에 나오는 〈파리스의 노래〉라는 기분 좋은 멜로디가 한참 동안 머
리에서 떠나지 않았던 때가 있었다. 분석해보니, 결국 그 무렵 그의 관심
속에서 〈이다〉와 〈헬레나〉라는 두 여성이 다투고 있었다는 것을 알 수 있
었다.[43]

자유로이 떠오른 것같이 보이는 이러한 연상이라 할지라도 이처럼 제약
을 받아 일정한 관을 이루어서 배열되어 있다면, 연상은 하나의 속박에 의
해, 즉 출발점이 된 하나의 표상에 의해 반드시 엄밀히 규정된다는 결론을
내려도 좋을 것이다. 실제로 연구해보면 각 연상들은 모두 우리가 제시한
출발점이 된 표상에 단단히 묶여 있다. 뿐만 아니라 그 순간은 깨닫지 못
하는 무의식 속에서 강하게 작용하는 감정이 수반된 사고와 관심의 영역,

---

43 파리스, 이다, 헬레나는 모두 그리스 신화에 나오는 인물이다.

즉 콤플렉스(Komplex)에 영향을 받는다는 것도 알 수 있다.

이와 같이 속박을 받는 연상은 정신분석 역사에서 주목할 만한 유익한 실험 연구 대상이었으며, 이 연구는 정신분석에서 중요한 장을 차지한다. 분트 학파가 이른바 〈연상 실험(聯想實驗)〉을 창시했다. 이 실험에서 피실험자는 주어진 〈자극어(刺戟語)〉에 대해서 되도록 빨리 임의의 〈반응어(反應語)〉로 대답하라는 지시를 받는다. 그리고 여기서 자극과 반응 사이에 소요되는 시간, 반응으로서 나온 대답의 성질, 그리고 훗날에 동일하거나 비슷한 실험을 되풀이했을 때 생기는 오차(誤差) 등이 연구되었다.

블로일러E. Bleuler와 융C. G. Jung이 이끄는 취리히 학파는 이 연상 실험에서 나타나는 반응에 대한 해명을 제시했다. 이들은 피실험자에게 이와 같이 하여 나온 연상에 관해 만일 무언가 특수한 점이 있다면 설명해달라고 요청했는데, 그 결과 이 기이한 반응은 피실험자의 콤플렉스에 의해서 가장 엄밀히 규정되어 있다는 것을 알게 되었다.

이렇게 블로일러와 융은 실험심리학과 정신분석학 사이에 처음으로 다리를 놓은 것이다.

그런데 이러한 이야기에 대해 여러분은 다음과 같이 말할지도 모른다.

"우리는 자유연상이 무언가에 의해 규정되어 있다는 것, 그것이 생각했던 것만큼 자의적이지 않다는 걸 이제 알았습니다. 꿈의 요소에 대한 연상도 그러할 것이라고 인정할 수 있겠지요. 그러나 우리가 지금 문제 삼는 것은 그게 아닙니다. 선생님은 꿈의 요소에 대한 연상이 그 꿈의 요소에 대응하고 있는 우리가 알지 못하는 심리적 배경에 의해 규정되어 있다고 주장하셨습니다. 그러나 이 점은 아직 증명되지 않은 것 같습니다. 꿈의 요소에 대한 연상이 꿈을 꾼 사람의 어떤 콤플렉스에 의해 규정된다는 건 이미 예상할 수 있었습니다. 그러나 그게 무슨 소용이 있습니까? 그렇다고 해도 꿈을 이해하는 데는 별 도움이 안 되는 것 같은데요. 연상 실험과, 이른바 콤플렉스라고 하는 것의 지식을 얻었을 뿐입니다. 대체 그것이 꿈과 어떻게 관련된다는 겁니까?"

여러분의 의문은 지당하나 잠시 잠자코 있어주기 바란다. 나는 그 점을 생각했기 때문에 연상 실험을 이 문제의 출발점으로 선택하지 않고 지금까지 보류했던 것이다. 이 실험에서 반응어를 결정하는 요소, 즉 자극어는 우리가 임의로 고른 것이다. 그러므로 반응어는 이 자극어와 피실험자에게 야기된 콤플렉스를 연결하는 하나의 매개물이다. 꿈에서는 이 자극어가 꿈을 꾼 사람에게는 알려져 있지 않은 원천에서 유래하는 어떤 것으로 대체된다.

그렇다면 그것은 즉각 〈콤플렉스의 후예(Komplexabkömmling)〉가 될 수 있는 것이다.

그러므로 꿈의 요소와 결합하고 있어 잇따라 떠오르는 많은 연상이 꿈의 요소 그 자체를 만들어낸 콤플렉스에 의해 규정되어 있다는 생각, 또 그 연상에서 그 콤플렉스를 발견할 수 있다고 기대하는 것은 결코 헛된 공상이 아니다. 실제로 그것이 꿈의 경우에도 해당된다는 것을 다른 예를 통해 보여주겠다.

고유명사의 망각은 꿈의 분석을 위한 훌륭한 본보기가 될 수 있다. 다만 망각의 경우는 한 사람이 관계하고 있지만, 꿈의 분석에서는 두 사람이 관계하고 있다는 것만 다를 뿐이다. 내가 일시적으로 어떤 이름을 잊어버릴 경우 나에게는 그 이름을 알고 있다는 확신이 있다. 꿈을 꾼 사람도 마찬가지 확신이 있다는 것을 우리는 베르넴의 실험이라는 우회로를 통해 증명할 수 있었다. 망각한 이름은 지금은 접근 불가능하다. 아무리 노력해도 생각나지 않는다는 것은 우리가 많이 경험해보았다.

그러나 잊어버린 이름 대신 하나 또는 다수의 대리명(代理名)을 연상할 수는 있다. 그와 같은 대리명이 자연히 내 머리에 떠올랐을 때 비로소 이 상황은 꿈을 분석하는 상황과 유사해진다. 대리 이름의 경우처럼 꿈의 요소는 결코 진짜가 아니며 어떤 것의 대리물에 불과하다. 즉 내가 모르고 있는 꿈을 분석해내면 발견될, 본디의 것의 대리물이다. 양자의 차이는, 이름의 망각에서는 그 대리물이 본디의 것이 아님을 알고 있지만, 꿈의 요소의 경우에는 그런 인식에 도달하기까지 매우 힘든 과정을 거쳐야 한다는 것이다. 이름을 잊었을 때 그 대리물에서 무의식적인 본디의 것, 즉 잊어버린 이름에 도달하는 길이 있다. 그 대리물에 주의를 집중하여 그 대리명을 출발점으로 해서 잇따라 연상을 시도하다 보면, 어떤 때는 짧고 어떤 때는 긴 우회로를 지나 그 잊어버린 이름에 도달하게 된다. 그리고 자연히 머리에 떠오른 그 대리명은 잊어버린 이름과 관계가 있고, 그 잊어버린 이름에 의해서 규정되어 있었다는 것을 깨닫게 된다.

이런 종류의 분석을 한 가지 알려주겠다. 어느 날 나는 리비에라 연안[44]의, 몬테카를로(Monte Carlo)를 중심지로 하는 어느 작은 나라의 이름이 생각나지 않았다. 초조한 마음이 들었지만 어쩔 수 없었다. 나는 그 나라에 대해서 될 수 있는 대로 아는 것을 모두 생각해보았다. 루시앙 가(家)의 알버트 공과 그의 결혼, 해양 연구에 대한 그의 열정, 그 밖에 내가 모을 수

---

44 남프랑스에서 북이탈리아에 걸친 해안.

있는 것은 모두 생각해보았으나 결국 소용이 없었다. 그래서 나는 생각하는 것을 그만두고 잊어버린 이름 대신 대리명을 연상해보았다. 곧 여러 개의 이름이 떠올랐다. '몬테카를로', '피에몬테(Piemont)', '알바니아(Albania)', '몬테비데오(Montevideo)', '콜리코(Colico)' 등이었다. 알바니아는 맨 먼저 내 주의를 끌었는데, 흰색과 검은색의 대조에 의해서인지 금방 '몬테네그로(Montenegro)'로 대체되었다.[45] 이어서 나는 이 네 가지 대리명이 〈몬(mon)〉이라는 같은 철자를 갖고 있다는 것을 깨달았다. 그때 갑자기 잊어버렸던 이름이 생각나서 "모나코(Monaco)!"라고 소리쳤다. 즉 이들 대리명들은 실은 잊어버린 이름에서 나왔던 것이다. 처음의 네개 이름은 '몬(mon)'이라는 첫 철자에서 나왔고, 다섯 번째는 철자의 순서와 '코(co)'라는 마지막 철자에서 온 것이었다. 그때 우연히 나는 모나코라는 이름을 잊어버린 이유도 깨달았다. 모나코는 독일 뮌헨의 이탈리아 이름으로, 그 뮌헨이 방해자로 작용하고 있었던 것이다.

이 예는 훌륭하기는 하지만 너무 단순하다는 것이 흠이다. 대개는 최초의 대리명에 대해서 상당히 많은 연상을 계속해나가지 않으면 안 된다. 그 결과 꿈의 분석과의 유사성은 더욱 분명해진다. 나는 그런 경우도 경험한 적이 있다. 어느 날 아는 외국인이 이탈리아 포도주를 대접하겠다며 나를 초대했다. 그런데 레스토랑에서 그 사람은 즐거운 추억이 있어 주문하려고 했던 포도주의 이름을 잊어버리고 말았다. 나는 그에게 잊어버린 이름 대신 여러 대리명을 연상해보도록 했다. 그 결과 헤트비히라는 여성에 대한 생각 때문에 그가 포도주 이름을 잊어버렸던 것이라고 결론을 내리게

---

45 'Albania'의 'albus'는 흰색, 'Negro'는 검은색이다.

되었다. 그가 이 포도주를 처음 마신 것이 헤트비히라는 여성과 교제 중일 때였음을 확인할 수 있었고, 그는 실제로 이 이름을 통해 잊어버린 포도주 이름을 생각해냈다. 그는 그때 신혼의 달콤한 생활에 젖어 있었으며, 헤트비히라는 이름은 그가 생각하고 싶지 않은 과거에 속한 사람이었던 것이다.

잊어버린 이름의 경우처럼 꿈의 해석에서도 이와 같은 방법은 분명 성공적이다. 대리물을 실마리로 하여 거기에 얽히는 연상을 더듬어나가면 결국 본디의 것에 도달할 수 있다. 이름 망각의 실례에 따라 꿈의 경우도 이렇게 가정해도 좋다. 즉 꿈의 요소에 대해 떠오른 연상은 그 꿈의 요소에 의해 규정될 뿐 아니라, 무의식적으로 작용하는 그 요소의 본래 내용에 의해서도 규정된다는 것이다. 이렇게 하여 우리는 우리 기법의 정당성을 뒷받침해주는 몇 가지 점들을 설명하였다.

꿈의 현재내용과
잠재사상

실수 행위에 관한 우리의 연구는 결코 헛된 것이 아니었다. 이 방면을 애써 개척한 덕분에—여러분이 알고 있는 그 가설 아래—두 가지 수확을 얻었다. 첫째, 꿈의 요소에 대한 견해와, 둘째, 꿈의 해석 기법에 관해서다. 꿈의 요소에 대한 견해는 다음과 같다. 꿈의 각 요소는 결코 본디의 것이 아니라, 마치 〈실수 행위〉에서 실수를 하게 만드는 의향처럼 꿈을 꾼 사람의 마음속에 그것이 존재하기는 하지만 알기 어려운 어떤 것의 대리물이라는 것이다. 우리는 그러한 요소들로 이루어져 있는 모든 꿈에 이 견해를 적용시킬 수 있을 것으로 기대한다. 다음으로 우리 기법의 본질은, 꿈의 요소들에 대한 자유연상으로 다른 대리물을 떠오르게 해서 그것을 바탕으로 숨어 있는 어떤 것을 추측하자는 것이다.

우리의 이야기를 원활하게 진행시키기 위해 앞에서 말한 것을 우리의 용어로 바꾸기를 제안한다. 숨겨 있다든가, 알기 어려운 것이라든가, 또는 본디의 것이 아니라고 말하는 대신 더 정확한 기술로서 〈꿈을 꾼 사람의

의식으로는 도달하기 불가능하다〉 또는 〈무의식〉이라는 말을 사용하는
것이다. 실수 행위의 경우로 보면, 잊어버린 말이나 방해하는 의향이라고
말하는 대신 〈그때는 무의식적이었던 것〉이라고 바꾸어 말하는 것뿐이다.
이와 반대로 꿈의 요소 자체와 연상에 의해 얻어진 대리표상(代理表象)은
〈의식적〉이라고 불러도 좋다. 이 용어에는 아직 아무런 이론적 뒷받침은
없다. 그러나 적절하고 쉽게 이해할 수 있는 용어로서 이 무의식이라는 말
을 사용하는 데에는 이의가 없을 것이다.

　개개의 꿈의 요소에 대한 우리의 견해를 꿈 일반으로 확대시키면, 꿈이
란 어떤 다른 것, 즉 무의식의 왜곡된 대리물이며 이 무의식을 발견하는
것이 바로 꿈 해석의 과제가 된다는 것을 알 수 있다. 그리고 여기서 즉각
꿈의 해석을 연구하는 동안 반드시 지켜야 할 세 가지의 중요한 규칙이 나
온다.

1 꿈이 이해하기 쉬운 것이든 부조리한 것이든, 선명하든 몽롱하든 간
에 꿈이 외관상 갖고 있는 듯이 보이는 의미에 신경 쓸 필요 없다. 왜냐
하면 그 외관상의 의미는 어떤 경우에나 결코 우리가 찾고 있는 무의식
이 아니기 때문이다(이 규칙에 명백한 제한을 두어야 한다는 것은 나중에
자연히 알게 될 것이다).
2 꿈의 모든 요소에 대해 그 대리표상이 떠오르도록 하는 데 집중해야
한다. 그 대리표상에 대해 숙고하거나 적절한지 어떤지 따져볼 필요는
없다. 대리표상과 꿈의 요소가 아무리 동떨어져 있다 해도 개의할 필요
없다.
3 앞에서 언급한 잊어버린 말 〈모나코〉의 실험처럼, 우리가 찾아내려 하는

숨은 무의식이 드러날 때까지 끈질기게 기다려야 한다.

꿈에 대해서 많이 기억하고 있든 적게 기억하고 있든, 또 정확하게 기억하든 희미하게 기억하든 간에 그것은 아무 문제가 아니라는 것도 곧 알게 될 것이다. 기억에 남아 있는 꿈은 결코 본디의 것이 아니며, 오히려 그 본디의 것이 왜곡된 대리물에 불과하다. 그 대리물은 다른 대리표상을 눈뜨게 하여 본디의 의미에 접근하는 데 도움을 준다. 즉 꿈의 무의식을 아는 데 도움이 되는 것이다. 그러므로 우리의 기억이 분명할 때 이 대리물은 더 왜곡된 것이 된다. 그리고 왜곡이 강하다면 분명 거기에 어떤 동기가 있는 것이다.

우리는 타인의 꿈과 마찬가지로 자기 자신의 꿈도 해석할 수 있다. 자기의 꿈이라면 더 배우는 바가 많고 그 과정에 수긍되는 점도 많다. 이와 같은 방법으로 실험을 진행시켜 보면, 이 해석 작업에 대해 무언가 저항하는 것이 있음을 깨달을 것이다. 연상이 떠오르면, 우리는 그 떠오른 연상을 그대로 다 받아들이려 하지 않는다. 그 연상을 음미하여 그 속에서 선택하고 싶어진다. 하나의 연상이 떠오르면 사람들은 이렇게 말한다. "이것은 적절하지 않아. 아니, 방향이 달라." 제2의 연상이 떠오르면, "이건 너무나 어이없어." 제3의 연상이 떠오르면, "이건 완전히 겨냥이 빗나갔어." 그리고 잇따라 트집을 잡아서는 연상이 아직 뚜렷해지기도 전에 이미 그 연상들을 다 무시해버리고, 결국 아무것도 떠오르지 않도록 만들어버린다. 그 결과 한편으로는 출발점이 되는 표상, 즉 꿈의 요소에 지나치게 구애되고, 또 한편으로는 제멋대로 선택을 하여 자유연상의 결과를 엉망으로 만들어버린다. 자기 꿈의 해석을 자기 자신이 하지 않고 남에게 해석하게 하면, 떠오른 연상을 자기에게 유리하게 선택하도록 만드는 동기가 무엇인지 뚜렷이 알 수 있다. 사람들은 그런 경우 흔히 이렇게 말한다.

"이 연상은 너무 불쾌해서 입 밖에 낼 기분이 나지 않습니다. 입 밖에 낼 수도 없습니다."

이와 같은 반대적(反對的) 동기는 분명 우리 연구의 성과를 해칠 위험이 있다. 이런 반대 동기를 경계해야 한다. 그리고 그 반대의 소리에 결코 항복하지 않겠다고 단단히 결심을 하고 자기의 꿈을 해석하지 않으면 안 된다. 타인의 꿈을 해석할 때는 네 가지 반대의 소리, 즉 이 연상은 그다지 중요하지 않다, 너무나 어이없다, 방향이 다르다, 이런 것은 남에게 말하기 곤란하다는 반대의 소리가 마음에 생기더라도 떠오른 연상은 어떤 종류건 정직하게 말하지 않으면 안 된다는 불가침의 원칙을 일러준 다음 분석을 시작해야 한다. 사람들은 이 원칙을 지키겠다고 약속하지만 실제로는 번번이 약속을 어기기 때문에 여러분은 화가 날 것이다. 그러면 아무리 높은 권위로 자유연상의 정당성을 보장해줘도 그가 잘 납득하지 못하는 것이라고 받아들인다. 그러니 먼저 책을 읽게 한다든지, 강연에 데리고 간다든지 하여 이론적으로 납득시켜서 자유연상에 대한 우리의 견해를 믿게 해야겠다고 생각할지도 모른다. 그러나 그럴 필요는 없다. 확실하게 납득하고 있는 자기 자신조차 어떤 종류의 연상에 대해서는 비판적 반론이 나타났다가, 나중에 가서야 마치 2심을 거치듯 그 반론을 제거할 수 있는 것이기 때문이다.

꿈을 꾼 사람이 나의 말을 따라주지 않는다고 못마땅해하는 대신, 그런 경험으로부터 어떤 새로운 것을 배울 수 있다. 꿈을 꾼 사람이 예비지식이 없을수록 오히려 우리는 더 중요한 것을 알 수 있다. 꿈을 해석하는 작업은 그에 맞서는 하나의 저항을 이기고 행해지는 것이며, 비판적 반대는 실로 이 저항의 표현이라는 것이다. 이런 저항은 꿈을 꾼 사람이 아무리 이론을 잘 이해하고 있어도 상관없이 일어난다. 그리고 더 나아가, 우리는 이런 종류의 비판적 반론은 결코 옳은 것이 아님을 경험으로 알게 된다. 오히려 이런 식으로 억제하려는 연상이야말로 언제나 가장 중요한 것이며, 무의식의 발견에 결정적인 포인트가 되는 것임이 판명된다. 만일 어떤 연상에 이와 같은 반대가 따른다면 그 연상이야말로 주목해야 할 만한 것이다.

이러한 저항은 아주 새로운 것으로서, 우리의 가설을 근거로 하여—물론 가설에는 그런 것이 포함되어 있지 않았지만—찾아낸 현상이다. 우리의 연구에서 이 새로운 인자를 고려해야 한다는 것은 사실 그다지 유쾌한 일은 아니다. 이 인자 때문에 우리의 작업이 어려워질 것 같은 예감이 들기 때문에 꿈을 해명하는 일 따위는 깨끗이 포기하고 싶은 기분도 든다. 꿈이라는 이런 하찮은 것에, 더구나 명료하며 손쉬운 기법으로 할 수 있는 것도 아니고, 이렇게 고생을 하지 않으면 안 되다니! 그러나 한편 이런 어려움이야말로 우리를 고무해주는 것이고, 또 이 연구가 노력할 만한 가치가 있는 것이라는 느낌을 주기도 한다. 꿈의 요소라는 대리물로부터 숨겨진 무의식으로 돌입하려 할 때면 우리는 반드시 저항에 부딪힌다. 그러므로 이 대리물 뒤에 무언가 중요한 의미가 숨어 있는 것이 틀림없다고 봐도 무방하다. 그렇지 않다면 끝내 버티면서 숨기려 하는 이 부정의 소리는 대체 무엇이겠는가? 어린아이에게 그것을 보자고 해도 손에 꽉 쥐고 보이려 하지 않는다면, 그 손 안에는 가져서는 안 되는 것을 쥐고 있는 것이다.

이렇게 저항이라는 역학적 관념을 끌어넣는 순간, 이 저항이라는 인자에 양적(量的)인 차이가 있다는 생각을 하지 않을 수 없다. 즉 큰 저항과 작은 저항이 있으며, 우리의 연구 중에도 이와 같은 차이가 나타난다고 각오할 필요가 있다. 아마 우리가 꿈의 해석을 연구하다가 겪게 되는 다른 경험에도 이 저항이라는 개념을 결부시킬 수 있을 것이다. 꿈의 요소로부터 그 배후에 있는 무의식으로 들어갈 때는 하나나 두세 가지 연상으로 충분한 경우도 있지만, 때로는 기다란 연상의 사슬을 더듬고 많은 비판적 반대를 극복해야 할 때도 있다. 나는 그와 같은 차이가 저항의 크기 때문에 나타난다고 말하고 싶다. 아마 이 말은 옳을 것이다. 저항이 작을 때는 무의식과 대리물의 거리가 짧지만, 저항이 클 때는 무의식의 왜곡도 크고, 따라서 대리물에서 무의식까지의 거리도 길다.

어떤 한 꿈을 골라 그 꿈에 우리의 기법을 시험해보고, 지금까지의 우리 기대가 충족되는지 살펴보기에는 지금이 가장 적절한 때인 것 같다. 그렇다면 이 목적을 위해 어떤 꿈을 고르면 좋을까? 이 결정이 나에게는 얼마나 어려운 일인지 여러분은 상상도 못할 것이다. 그리고 그 어려움이 어디에 있는지를 나는 아직 여러분에게 이해시키지 못하고 있다. 왜곡을 받지 않은 꿈이 분명 있을 것이다. 그런 꿈을 먼저 분석하는 것이 가장 좋을 것이다. 그러나 대체 어떤 꿈이 왜곡이 심하지 않은 꿈이겠는가? 앞에서 예로 든 그 두 가지 꿈처럼 이치가 닿으며 몽롱하지 않은 꿈일까? 이런 생각은 아주 잘못된 것이다. 연구를 진행시켜 보면 그런 꿈은 오히려 매우 왜곡되어 있다는 것을 알 수 있다. 내가 이런 특별한 조건들을 무시하고 임의로 아무 꿈이나 고른다면 여러분은 아마도 매우 실망할 것이다. 개개의 꿈의 요소에 대해서 떠오른 그 수많은 연상들을 일일이 관찰하고 기록하다 보면, 꿈의 해석이라는 작업은 어떻게 전개될지 전혀 알 수 없는 것이 되어버릴 것이기 때문이다. 꿈을 기록해놓고 그 꿈에 대해서 떠오른 연상도 남김없이 기록하여 비교해보면 그것은 본래 꿈의 몇 배나 되는 분량이 된다. 그러므로 가장 합리적인 방법은 우리에게 무언가를 말해주고 입증해줄 수 있는 짧은 꿈을 몇 개 골라서 분석하는 것이다. 그리 왜곡되지 않은 꿈을 어디서 찾을 수 있을지 우리의 경험으로 알 수 없다면 어쩔 수 없이 이 방법을 선택할 수밖에 없다.

그런데 나는 문제를 더 쉽게 만드는 다른 방법이 있다는 것을 알고 있다. 꿈 전체를 해석하는 대신 꿈의 개개 요소에 해석을 한정시켜 우리의 기법을 응용해보는 것이다. 그리하여 어떻게 꿈이 설명되는지 추적해볼 수 있다.

1.

어떤 부인이 다음과 같은 꿈 이야기를 해주었다.

"저는 어릴 때 하나님이 뾰족한 종이 모자를 쓰고 있는 꿈을 몇 번이나 꾸었어요."

여러분은 이 부인의 도움을 빌리지 않고 어떻게 이 꿈을 설명할 생각인가? 여러분은 이 꿈이 정말 어이없게 여겨질 것이다. 그러나 부인의 보고를 들으면 그리 터무니없는 것은 아니다.

"어릴 때 내가 식탁에 앉을 때 가족 중 누군가가 나에게 꼭 그런 모자를 씌워주었어요. 왜냐하면 나는 형제들의 접시를 들여다보고, 누구의 접시가 내 것보다 더 많이 담겨 있나 살펴보는 버릇이 있었거든요."

이 모자는 눈을 가리는 역할을 했음이 틀림없다. 아주 쉽게 이 꿈의 역사적 유래가 보고된 셈이다. 꿈을 꾼 부인에게 잇따라 떠오른 연상을 말하게 함으로써 이 요소의 해석과 나란히, 이 짧은 꿈 전체의 해석이 가능해진다. "하나님은 전지전능하시다고 들었습니다. 그 꿈은 마치 하나님처럼 가족들이 아무리 나에게 못 하게 해도, 나는 모든 것을 알고 모든 것을 볼 수 있음을 의미하고 있을 뿐입니다." 하고 부인은 말했다. 이 사례는 지극히 단순하다.

2.

회의적인 성향의 한 여성 환자가 긴 꿈을 꾸었다. 그 꿈속에서 어떤 사람이 그녀에게 내가 쓴 〈농담〉에 관한 책을 이야기해주면서 매우 칭찬했다. 그리고 우리의 화제는 어떤 〈운하(運河)〉로 옮겨 갔다.

"어쩌면 운하에 관한 이야기가 나오는 다른 책이었는지도 모르겠어요. 아니, 무언가 운하와 관계되어 있는 다른 것이었을까요. ……모르겠어요. ……너무 흐릿해서요."

여러분은 이 〈운하〉라는 꿈의 요소가 너무나 흐릿해서 해석하기 어렵다고 말하고 싶을지도 모른다. 어려울 것이라는 여러분의 추측은 옳다. 그러나 그것이 흐릿하기 때문에 어려운 것이 아니라 해석하기 어렵게 만드는 다른 이유 때문에 그것이 흐릿해진 것이다. 그 여성 환자는 운하에 관해서 어떤 연상도 떠오르지 않는다고 말했다. 나도 물론 운하에 대해서 무어라 할 말이 없었다. 그런데 그 후에, 정확히 다음 날, 그 꿈과 관계가 있을지는 모르지만 이 여성에게 어떤 연상이 떠올랐다. 그녀가 누군가에게 들은 적이 있는 일종의 〈농담〉이었다. 도버[46]에서 칼레[47]로 가는 배 위에서 어떤 유명한 저술가가 한 영국인과 이야기를 나누고 있었는데, 그 영국인이 무슨 말을 하던 도중에 다음의 문구를 인용했다는 것이다.

〈Du sublime au ridicule il n'y a qu'un pas(고귀함과 우스꽝스러움은 단 한 발자국 차이다).〉

그러자 저술가는 즉각 이렇게 대답했다.

〈Oui, le Pas de Calais(그래요, 칼레로부터 겨우 한 발자국이지요).〉

저술가는 이 말로 프랑스인은 고귀하고 영국인은 우스꽝스럽다는 말을 하고 싶었던 것이다. 하지만 〈Pas de Calais〉는 '칼레로부터 한 발자국'이라는 뜻도 있으나 운하, 즉 '영불 해협'을 의미하기도 한다.[48]

그런데 이 연상이 꿈과 어떤 관계가 있느냐고 여러분은 물을 것이다. 나는 확실히 관계가 있다고 생각한다. 이 연상은 수수께끼 같은 꿈의 요소에 대한 해답이 되고 있다. 혹 여러분은 이러한 농담이 꿈을 꾸기 이전에 이미 '운하'라는 요소 속에 존재하고 있던 무의식적인 관념임을 의심하겠는가? 여러분은 그 농담이 나중에 합류되었을 것이라고 가정할 수 있겠는가? 이 연상은, 그녀가 표면적으로는 어쩔 수 없이 감탄하는 듯하지만 그 뒤에는 의심을 숨기고 있음을 확인시켜 준다. 그리고 이 저항이 첫째, 그녀에게 연상이 떠오르는 것을 주저시키고, 둘째, 그에 대응하는 꿈의 요소를 그처럼 흐릿한 모습으로 만든 공통된 원인이다. 여기서 여러분은 꿈의 요소와 그에 대응하는 무의식과의 관계에 주목하기 바란다. 꿈의 요소는 마치 이 무의식의 한 조각과 같은 것이며, 이 무의식에 대한 하나의 암시

---

46 영국 잉글랜드 남동부에 있는 도시.

47 프랑스 북부에 위치한 도시.

48 'Pas'는 '한 걸음'이라는 뜻과 '해협'이라는 뜻을 가졌다.

이다. 둘을 분리해서 보면 꿈의 요소는 전혀 이해할 수 없는 것이 되어버린다.

3.

한 환자가 긴 꿈을 꾸었다. 그 꿈의 일부는 이러했다.

"특이한 모양의 탁자 주위에 가족들이 앉아 있었다."

이 탁자에 대해서 연상이 떠올랐다. 환자는 전에 방문했던 어떤 집에서 그와 비슷한 가구를 보았다고 말했다. 그리고 그의 생각은 다음과 같이 진행되었다. 그 집은 아버지와 아들 사이에 특별한 관계가 있었다. 그리고 곧 환자는 자기와 자기 아버지 사이에도 그와 비슷한 관계가 있었다고 덧붙였다. 즉 탁자는 이러한 관계를 그리기 위해서 꿈속에 삽입되었던 것이다.

이 환자는 오래전부터 꿈의 해석에 관한 학설을 믿고 있었다고 한다. 그렇지 않았다면 탁자의 모양이라는 하찮은 것을 연구의 주제로 삼는 일에 주저했을 것이다. 꿈에 나타나는 것 중에 우연이나 하찮은 것이라 단언할 수 있는 것은 없다고 선언해둔다. 그와 같이 보잘것없고 이렇다 할 동기도 없는 사소한 현상에서 꿈을 설명할 수 있다. 꿈의 작업은 '우리의 관계도 그들의 관계와 결국 마찬가지다.'라는 생각을 나타내기 위해 탁자를 택했다. 여러분은 아마 놀라겠지만, 방문한 그 집 사람들이 티슐러(Tischler)라는 성을 가지고 있었다는 이야기를 들으면 이 설명은 한층 더 뚜렷해진다.[49] 그는 꿈속에서 자기 가족들을 이 탁자 주위에 앉힘으로써, 자기 집도 티슐러가와 같다고 말하고 있는 것이다.

---

49 탁자는 독일어로 'Tisch'이다.

이와 같이 꿈의 해석을 보고하는 과정에서는 필연적으로 어떤 비밀이 드러난다. 어떤 사례를 선택할 것인가가 왜 그리도 어려운 문제였는지 여러분도 이제 깨달았을 줄 안다. 나는 이보다 더 평범한 다른 사례를 들 수도 있었다. 그러나 이 비밀이 누설되는 것을 피하려 했다면 대신 다른 비밀을 누설할 수밖에 없었을 것이다.

이제 내가 오래전부터 쓰고 싶었던 두 개의 용어를 소개하기로 한다. 꿈이 이야기하는 것을 꿈의 현재내용(der manifeste Trauminhalt)이라 하고, 여러 가지 떠오르는 것을 추구하여 도달할 수 있는 그 숨겨진 것을 꿈의 잠재사상(der latente Traumgedanke)이라고 부르자. 그리고 지금까지의 사례에서 현재내용과 잠재사상의 관계에 주목해보자.

이 관계는 매우 다양하다. 1번과 2번 예에서는 현재적 요소가 잠재사상의 한 성분이었다. 그러나 그것은 극히 작은 조각에 불과하다. 꿈의 무의식적인 사상 속에 있는 커다란 정신의 합성물(合成物)로부터 극히 일부분이 단편으로 나타나거나 어떤 때는 그 암시로, 말하자면 암호나 전보문의 축약된 말처럼 현재의 꿈속에 모습을 나타낸다. 꿈을 해석하는 일이란 이 단편이나 암시를 완전한 것으로 만드는 일이다. 2번의 예에서 특히 훌륭하게 성공한 것처럼 말이다. 그러므로 왜곡의 한 가지 방법은—이렇게 하는 것이 바로 꿈의 작업의 본질인데—어떤 단편이나 암시에 의한 대리 형성이다. 3번 예에서는 현재내용과 잠재사상의 또 다른 관계를 볼 수 있었다. 다음 사례들에서는 이것이 더욱 깨끗하고 명료하게 표현되어 있다.

4.

한 남자가 아는 여자를 침대 위에서 〈끌어내는(hervorziehen)〉 꿈을 꾸었다. 그는 첫 연상에 의해서 스스로 이 꿈의 요소가 의미하는 뜻을 발견했다. 즉 이 꿈은 자기가 그 여자를 〈좋아한다(Vorzug geben)〉는 뜻이었다.[50]

5.

어떤 사나이는 자기 형이 상자 속에 갇혀 있는 꿈을 꾸었다. 그는 첫 연상으로 상자를 장롱과 대치했다. 제2의 연상으로 이 꿈의 의미를 알게 되었는데, 그것은 〈형은 긴축 생활을 하고 있다〉는 것이었다.[51]

6.

어떤 사람이 꿈을 꾸었다.

"산에 올랐는데, 매우 멀리까지 경치(Aussicht)를 전망할 수 있었다."

이 꿈은 완전히 논리적인 꿈이고, 특별한 해석이 필요 없을 듯이 보인다. 그렇기 때문에 이 꿈이 어떤 과정에 의해 어떤 동기로 환기되었는지만 찾아내면 될 것같이 생각될 수 있다. 그러나 그렇지 않다. 이 꿈이야말로 어수선한 꿈과 마찬가지로, 아니, 그 이상으로 해석이 필요한 꿈이다. 꿈을 꾼 사람은 등산에 관한 연상을 전혀 떠올릴 수 없었다. 그는 대신 한 지인이 지구 곳곳의 소식을 알리는《전망(展望:Rundschau)》이라는 잡지를 발행하고 있다는 것이 생각났다. 곧 이 꿈의 잠재사상은 꿈꾼 이와 〈전망자

---

50 독일어 '끌어내다(hervorziehen)'에서 'her'가 빠진 'vorziehen'은 '좋아하다'라는 뜻이다. 'Vorzug'는 'vorziehen'의 명사화.

51 '긴축 생활을 하다'라는 뜻의 'sich ein schränken'은 '장롱'을 뜻하는 'Schrank'와 발음이 비슷하다.

(Rundschauer)〉를 동일시하고 있는 것이다.

여러분은 이러한 예로써 꿈의 현재적 요소와 잠재적 요소의 관계에는 또 다른 유형이 있다는 것을 깨달았을 것이다. 여기서 꿈의 현재 요소는 잠재 요소가 왜곡된 것이라기보다 잠재 요소의 표상(表象)이다. 즉 잠재 요소를 조형적, 구체적으로 형상화한 것이다. 그리고 그것은 발음 관계에서 유래하고 있다. 물론 이 때문에 다시 한 번 왜곡이 나타난다. 우리는 말이란 것이 구체적인 형상(形象)에서 발생했다는 것을 오랫동안 잊고 있었다. 그래서 말이 형상으로 대치되었을 때 그 형상의 뜻을 파악하지 못한다. 대부분의 현재몽(顯在夢)은 사상이나 언어가 아닌 시각상(視覺像)으로 성립되어 있다. 이 점을 생각하면 여러분은 현재몽과 잠재사상의 그 같은 관계가 꿈의 형성에 특히 중요한 의의를 가진다는 것을 알 수 있을 것이다. 또 많은 추상적인 사상이 이와 같은 방법으로 그 대리가 되는 형상을 현재몽 속에 만들 수 있으며, 현재몽은 은폐의 역할을 하고 있음을 알 수 있다. 이것은 〈수수께끼 그림〉과 같은 방법이다. 이러한 잠재 요소의 표현이 약간 익살스러운 꼴을 취하는 까닭이 무엇인가는 별개의 문제이고, 여기서는 언급할 필요가 없다고 생각한다.

현재 요소와 잠재 요소 사이의 제4의 관계에 대해서는 여러분이 우리의 기법을 충분히 납득할 때까지 설명할 수 없다. 내가 둘의 관계를 모두 다 예거하지는 않았지만, 우리의 목적을 위해서는 지금까지 말한 것으로도 충분하다.

그럼 이제 여러분은 꿈 전체를 해석할 용기가 생겼는가? 과연 우리가 이 문제를 다룰 충분한 준비가 되어 있는지 한번 시험해보지 않겠는가? 물론 너무 막연한 꿈을 예로 드는 것은 우선은 적당치 않다.

그래서 나는 꿈의 특징을 분명히 나타내고 있는 한 예를 골라보기로 하겠다.

결혼한 지 몇 년 된 어느 젊은 부인이 꾼 꿈이다.

〈부인은 남편과 함께 극장의 고급 좌석에 앉아 있었다. 좌석 한쪽은 모두 비어 있었다. 남편은 아내에게 "엘리제 L과 그 약혼자도 오고 싶어했는데, 석장에 1플로린 50크로이체 하는 C석밖에 없었고, 그것마저 두 사람은 살 수 없었다는군." 하고 말했다. 부인은 두 사람이 오지 못한 것이 그리 불쌍한 일은 아니라고 생각했다.〉

그녀가 들려준 최초의 이야기는 현재내용 속에 있는 것과 같은 사건이 그 꿈을 꾸는 동기가 되었다는 것이었다. 즉 그녀의 남편이 그녀와 같은 연배인 엘리제 L이라는 여자 친구가 약혼했다는 말을 전했다. 이 꿈은 그 보고에 대한 반응이었다. 이와 같은 전날의 유인(誘因)은 많은 꿈에서 쉽게 증명할 수 있고, 꿈을 꾼 사람으로부터 꿈의 유래를 쉽게 끌어낼 수 있다는 것을 앞에서 이야기했다. 그녀는 현재몽의 다른 요소에 대해서도 자진하여 비슷한 보고를 해주었다. 좌석의 한쪽이 모두 비어 있었다는 내용은 어디서 온 것인가? 이것은 지난주에 실제로 일어난 어떤 사건을 암시하고 있었다. 그녀는 어떤 연극을 보러 갈 생각으로 〈일찍〉 지정석의 입장권을 샀다. 미리 표를 사느라 예약료를 지불해야 했다. 그런데 당일에 두 사람이 극장에 가보니 그녀의 걱정은 공연한 것이었다. 지정석의 한쪽은 거의 비어 있었다. 상연 당일에 입장권을 샀어도 충분히 들어올 수 있었던 것이다. 아니나 다를까 남편도 그녀가 지나치게 서둘러서 예매권을 산 것을 빈정댔다.

1플로린 50크로이체는 대체 어디서 온 것일까? 이것은 지금의 연극 이야기와는 전혀 관계가 없는 다른 곳에서 오고 있다. 그리고 역시 과거의 사건을 암시하고 있다. 시누이가 남편이 선물한 150플로린을 받고서, 어리석은 거위처럼 부랴부랴 보석상으로 뛰어가 그 돈으로 몽땅 장식품을 사들인 일이 있었다는 것이다.

3이라는 숫자는 어디서 나왔을까? 약혼녀 엘리제가 10년쯤 전에 약혼한 자기보다 석 달밖에 어리지 않다는 연상을 빼놓고는, 그녀는 이 3이라는 숫자에 대해 별로 생각나는 바가 없었다. 사람이 둘인데 입장권을 석 장 산다는 것은 어이없는 일이 아닌가? 그러나 이에 대해서 그녀는 아무 말도 하지 않았다. 그녀는 그에 대해 더 연상을 진행시키는 것도, 상세한 보고를 하는 것도 거부했다.

그래도 부인은 얼마 안 되는 연상 속에서 이렇게 많은 재료를 제공해주었다. 이 재료를 기초로 꿈의 잠재사상을 추측해낼 수 있다. 부인의 보고를 보면 몇 군데에 시간에 대한 관계가 나타나 있고, 이 재료의 여러 부분에 일관된 점이 있다는 것이 주목을 끈다. 그녀는 극장의 입장권을 〈너무 일찍〉부터 걱정하여 〈지나치게 서둘러서〉 사버렸다. 그 때문에 예약료를 치러야 했다. 시누이는 부랴부랴 보석상으로 뛰어가 〈늦으면 큰일이라도 난다는 듯이 서둘러서〉 장식품을 사는 데 돈을 써버렸다.

〈너무나 일찍〉, 〈서둘러서〉라는 이 강조점을 꿈의 유인이 된 자기보다 불과 석 달 어린 여자 친구가 이제 유능한 남편을 가지게 되었다는 소식과, 〈그렇게 서두른다는 것은 어이없는 일이다〉라는 시누이에 대한 경멸 섞인 비판에 함께 연결시켜 보자. 그러면 꿈의 잠재사상은 저절로 다음과 같이 구성되어 떠오른다. 그리고 현재몽은 그런 잠재사상이 짓궂게 왜곡된 대리물이라는 것을 알게 된다.

〈그렇게 서둘러서 결혼한 나는 어쩌면 그렇게도 바보였을까요. 그 증거로 엘리제를 보세요. 나도 훨씬 나중에 결혼할 수도 있었을 텐데.〉('서둘렀다'는 의미는, 그녀가 입장권을 살 때 서두르던 꼴과 시누이가 장식품을 살 때 설치는 모습에 의해 그려지고 있다. 결혼의 대리물로서는 연극 관람이 그려져 있다.)

이것이 꿈의 주요 사상이었던 것이다. 확실히 단정할 수는 없으나(확실하지 않다는 것은, 이런 대목의 분석은 꿈을 꾼 부인의 진술을 무시해서는 안 되기 때문이다) 우리는 이렇게 계속해나가도 좋을 것이다. 〈그만한 돈이 있으면 그보다 백 배나 훌륭한 물건을 살 수 있었을 텐데(150플로린은 1플로린 50크로이체의 백 배다)〉라는 것은, 만일 이 돈을 지참금으로 대치한다면, 남편을 지참금으로 살 수 있다는 의미도 된다. 여기서 시누이의 장식품과 C급 좌석은 남편의 대리물이다. 〈석 장의 표〉라는 요소를 남편과 관계있는 것으로 해석할 수 있다면 더 좋겠지만 거기까지는 우리의 이해가 아직 미치지 못한다. 우리가 추측할 수 있는 것은 이 꿈이 현재의 남편을 〈별 볼일 없게 평가한다〉는 것과 〈너무 서둘러서 일찍 결혼해버린〉 것에 대한 후회를 나타내고 있다는 것이다.

여러분은 이 최초의 꿈 해석의 성과에 만족하기는커녕 오히려 그 결과에 적잖이 놀라고 혼란스러워졌을 것이다. 여태까지 얻은 것보다 더 많은 감당하기 벅찬 지식이 한꺼번에 우리에게 밀어닥쳤다. 꿈의 해석이 가르쳐주는 것은 끝이 없다고 나는 이미 말한 바 있다. 그 가운데서 확실히 새로운 통찰이라 부를 수 있는 것들을 골라보기로 하자.

첫째, 잠재사상에서는 '너무 서두른다'는 요소가 특히 강조되어 있는데, 현재몽에서는 이에 대해 아무것도 발견되지 않는다는 점이 주목할 만하다. 만일 분석을 하지 않았다면 이 〈서두르다〉라는 인자가 어떤 역할을 하고 있는지 짐작하기 어려웠을 것이다. 따라서 중요한 것, 즉 무의식적인 사상의 중심은 현재몽에 모습을 나타내지 않을 수도 있다는 것이다. 이 때문에 전체적인 꿈의 인상은 완전히 바뀌어버리게 된다.

둘째, 꿈속에서 '1플로린 50크로이체에 석 장'이라는 불합리한 요소가 나타났다. 우리는 꿈의 요소에서 〈(그렇게 빨리 결혼한 것은) 바보짓이었다〉라는 문구를 간파했다. 그렇다면 〈바보짓이었다〉라는 관념이 꿈속에서는 어떤 불합리한 요소를 끌어넣음으로써 표현되고 있는 것이라고 볼 수는 없을까?

셋째, 현재 요소와 잠재 요소 사이의 관계는 결코 단순하지 않다. 현재 요소와 잠재 요소를 비교해보면 단순히 일대일로 대리되고 있는 것이 아님을 알 수 있다. 어떤 현재 요소는 복수(複數)의 잠재 요소를 대표하고, 또 반대로 어떤 잠재 요소는 복수의 현재 요소에 의해 대치된다. 이렇게 둘의 관계는 양군(兩群) 사이의 집단 관계로 보아야 한다.

마지막으로 이 꿈의 의미와 꿈을 꾼 부인의 태도에 대해 더 놀라운 사실을 말해둬야겠다. 그녀는 이 꿈의 해석을 인정했지만, 그 해석에 은근히 놀라버렸다. 그녀는 자기 남편을 그렇게 경멸하고 있었다는 것을 의식하지 못했고, 왜 자기 남편을 그렇게까지 경멸해야 하는지도 몰랐다. 이 점에 대해서는 아직 이해할 수 없는 부분이 많다. 우리는 아직 꿈을 해석할 수 있는 충분한 준비가 되어 있지 않다. 좀 더 지도를 받고 준비를 갖춰야 한다는 생각이 든다.

어린이의 꿈

지금까지 진도를 너무 빨리 나간 듯하니 약간 되돌아가기로 하자. 지난
번에 꿈의 왜곡이라는 의문을 우리가 제창한 정신분석의 기법으로 정복
하려는 실험을 시도하기 전에, 나는 여러분에게 왜곡이 없는 꿈이나, 설령
왜곡이 있더라도 아주 작게 나타난 꿈에 범위를 한정시켜 당분간 그 난관
을 피하는 것이 가장 좋은 방법일 거라고 말한 바 있다. 그런데 이 길로 우
회하면 우리들의 인식의 발전, 즉 정신분석의 발달사에서는 벗어나게 된
다. 왜냐하면 우리는 꿈의 해석법을 철저히 적용하여 왜곡된 꿈의 분석에
성공하고 난 후에야 비로소 그와 같이 왜곡되지 않은 꿈의 존재를 깨달았
기 때문이다.

우리가 지금 찾고 있는 이 왜곡되지 않은 꿈은 어린아이들에게서 자주
발견된다. 어린아이의 꿈은 짧고 선명하고 이론이 정연하여 알기 쉬우며
모호한 데가 없고 뚜렷하다. 그러나 어린이의 꿈이 다 그럴 거라고 생각해
서는 안 된다. 꿈의 왜곡은 유아기의 매우 이른 시기부터 나타나며 5~8세

어린아이의 꿈에 벌써 훗날의 꿈의 특색이 모두 포함되어 있다는 예가 보고되고 있기 때문이다. 그러나 정신 활동이 눈에 띄기 시작하는 나이부터 4~5세까지로 한정시킨다면 유치형(幼稚型)이라고 할 만한 특색을 갖춘 꿈을 많이 발견할 수 있다. 그 이후의 소아 시기에는 이러한 꿈이 더 드문드문 나타나고 어른의 경우는 어떤 조건 아래서 전형적인 유치형 꿈과 비슷한 꿈을 꾸는 정도이다.

어린아이의 꿈에서 우리는 매우 쉽게, 아주 확실하게 꿈의 본질에 대한 결론을 끌어낼 수 있다. 그리고 이 결론이 모든 꿈에 두루 적용된다는 사실이 증명되기를 기대해보자.

1.

어린아이의 꿈을 이해하기 위해서는 분석이 필요 없고, 또 우리의 기법을 이용할 필요도 없다. 자기 꿈을 이야기하는 어린아이에게 질문할 필요도 없다. 그러나 그 아이의 일상생활에 대해서 조금이나마 이야기를 들어야 한다. 꿈을 설명하는 것은 언제나 그 전날의 체험이다. 그들의 꿈은 전날의 체험에 대한 수면 중의 정신생활의 반응이다.

어린아이의 꿈을 통해 한 걸음 진전된 결론을 얻기 위해서 몇 가지 예를 들어보겠다.

(a) 생후 22개월 된 남자아이가 생일을 맞은 누군가에게 버찌 한 바구니를 선물하라는 말을 들었다. 아이의 가족들이 그중에 조금은 너에게 주마고 약속했으나, 어린아이는 아주 시무룩해졌다. 다음 날 아침 아이는, "헤르만 Herman[52]이 버찌를 다 먹어버렸어."라고 자기 꿈을 이야기했다.[53]

(b) 3년 3개월 된 여자아이가 생전 처음으로 호수에서 보트를 타게 되었다. 물가에 닿았을 때 아이는 보트에서 내리기 싫다고 억지를 부리며 큰 소리로 울기 시작했다. 아이에게는 보트에 타고 있던 시간이 너무 빨리 지나간 것처럼 여겨졌다. 다음 날 아침 아이는, "지난밤에 나는 호수에서 배를 탔어."라고 말했다. 우리는 아이가 배에 타고 있던 시간이 어제보다 훨씬 길었으리라 추측해도 좋다.

(c) 5년 3개월 된 남자아이가 할슈타트[54] 근교의 에셰른탈 계곡으로 소풍을 따라갔다. 아이는 할슈타트가 다흐슈타인 산의 기슭에 있다는 말을 들은 적이 있었다. 그리고 아이는 이 산에 매우 큰 호기심을 가지고 있었다. 아우스제에 있는 집에서는 다흐슈타인 산이 잘 보였고, 망원경으로 산꼭대기에 있는 시모니 산장까지도 똑똑히 볼 수 있었다. 아이는 몇 번이나 망원경으로 그 산장을 보려 했는데, 아이가 과연 산장을 잘 발견했는지 어떤지는 알 수 없다. 소풍을 떠나면서부터 아이는 아주 들떠서 즐거워했다. 아이는 새로운 산이 보일 때마다 "저 산이 다흐슈타인이야?"라고 계속 물어댔다. 그런데 그 질문에 어른들이 아니라고 대답할 때마다 아이는 차차 시무룩해지더니, 마지막에는 입을 다물고 함께 폭포를 구경하러 가자고 해도 얼마 안 되는 비탈길을 핑계로 올라가기 싫어했다. 어른들은 아이가 지쳐서 그런 줄만 알았는데, 이튿날 아침 아이는 매우 즐거운 듯이 이렇게 말했다. "어제 우리가 시모니 산장에 올라간 꿈을 꾸었어." 즉 어린아이가 어른과 함께 소풍을 가

---

52 'Herman'은 '헤르만'이라는 인명 이외에 '그 사람'이라는 뜻도 가지고 있다.
53 프로이트의 조카의 꿈이며, 프로이트의 생일에 있었던 일이다.
54 오스트리아 잘츠부르크 근방의 관광지.

고 싶어한 것은 시모니 산장에 갈 수 있다는 기대 때문이었다. 더 자세히 물어보니, 아이는 전에 꼭대기까지 여섯 시간이면 올라갈 수 있다는 말을 들은 적이 있다고 했다.[55]

이 세 개의 꿈은 우리가 바라는 것을 충분히 알려주고 있다.

2.

위에서 말한 어린아이의 꿈에 의미가 없다고는 할 수 없다. 이런 꿈들은 〈이해하기 쉽고, 충분한 근거가 있는 심리적 행위〉이다. 내가 여러분에게 소개했던 꿈에 관한 의학적 판단을 상기해주기 바란다. 꿈이란 마치 음악을 모르는 사람이 열 손가락으로 피아노 건반을 두드리는 것과 같다고 한 비유 말이다. 방금 말한 어린아이들의 꿈이 이러한 견해와 얼마나 날카롭게 모순되는지 여러분도 깨달았을 것이다. 성인은 그저 경련 같은 반응밖에 보이지 않는데 어린이는 잠든 동안 완벽한 심리 활동을 한다는 것은 너무나 이상한 일이 아닌가. 어린이 쪽이 어른들보다 훨씬 깊은 잠을 잔다는 사실은 근거가 충분한 이야기다.

3.

이 꿈들은 왜곡되지 않았다. 그러므로 해석을 필요로 하지 않는다. 여기서는 현재몽과 잠재몽이 일치하고 있다. 그러므로 〈꿈의 왜곡은 꿈의 본질에 속하는 것이 아닐 것이다.〉 이런 말을 들으면 여러분은 마음의 무거운

---

[55] 위의 두 꿈은 1869년 여름, 프로이트 가족이 알프스를 여행할 때 삼녀 안나와 차남 올리버가 꾼 꿈이다.

짐을 내려놓는 기분일 것 같다. 그러나 더 자세히 관찰해보면, 어린아이의 꿈에도 약간의 왜곡, 현재몽의 내용과 잠재사상 사이에 어느 정도의 차이가 있다는 것을 발견할 수 있다.

4.

어린아이의 꿈은 아쉬운 기분이나 동경, 채우지 못한 소망 등이 남아 있는 전날의 체험에 대한 반응이다. 〈꿈은 직접적이고 노골적으로 이런 소망을 충족시켜 준다.〉 그런데 우리는 앞에서, 신체적인 내외의 자극이 수면을 방해하는 것, 꿈을 자극하는 것으로서 어떤 역할을 하고 있다는 것에 대해 논한 적이 있다. 우리는 육체적 자극의 이러한 역할에 대해서 아주 결정적인 사실을 알았지만, 그와 같은 방법으로는 소수의 꿈밖에는 설명할 수 없었다. 앞서 예를 든 어린이의 꿈에는 육체적 자극이 작용했음을 암시해주는 것은 아무것도 없다. 우리가 이 점에서 틀렸다고는 생각되지 않는다. 왜냐하면 위의 꿈들은 분명 육체적 자극을 생각되지 않더라도 완전히 이해할 수 있었고 전체를 꿰뚫어볼 수 있었기 때문이다. 그러나 그렇다고 꿈이 자극에서 생긴다는 주장을 버릴 필요까지는 없다. 다만 수면을 방해하는 육체적 자극 외에, 수면을 방해하는 심리적 자극이 있다는 것을 왜 애초에 잊고 있었을까 하는 점만을 생각해보면 된다. 이러한 심리적 자극에 의한 흥분이야말로 어른의 수면을 방해하는 최대의 원인이라는 것은 우리가 이미 알고 있는 사실이다. 이 심리적 흥분이 잠드는 데 필요한 정신 상태, 즉 외계에 대한 관심을 철회하는 것을 방해한다. 이렇게 되면 어른의 경우는 되도록 자기가 하고 있던 것을 중단하지 않고 계속 하길 원한다. 그래서 쉽게 잠들지 못한다. 이와 같이 잠을 방해하는 심리적 자극은 어린이의 경우는 채워지지 않은 소망이고, 어린이는 이에 대해서 꿈을 통하여 반응하고 있는 것이다.

5.

    여기에서 우리는 곧바로 꿈의 기능을 알게 된다. 꿈이 심리적 자극에 대한 반응이라면, 꿈은 이 심리적 자극을 처리해주는 데 가치가 있는 것이다. 그 결과 자극이 제거되고 수면을 계속할 수 있다. 꿈에 의한 자극의 처리가 역학적으로 어떻게 이루어지는지는 아직 알 수 없지만, 다음과 같은 점만은 분명하다. 흔히 생각하는 것과 달리 꿈은 〈수면의 방해자가 아니라 수면의 수호자이며, 수면의 방해를 제거해주는 파수꾼〉이라는 것이다. 꿈이라는 것이 없다면 더 푹 잘 수 있을 거라고 사람들은 말하지만 그것은 잘못된 생각이다. 우리가 어느 정도 숙면할 수 있는 것은 꿈 덕분이다. 꿈이 다소 잠을 방해하는 것은 어쩔 수 없는 일이다. 그것은 야경꾼이 우리 수면을 방해하는 방해자들을 쫓아버리기 위해서는 조금쯤 소리를 낼 수밖에 없는 것과 같은 이치다.

6.

    소망이 꿈을 유발시키는 것이며 이 소망의 충족이 꿈의 내용을 이룬다는 것이 바로 꿈이 가진 하나의 중요한 성격이다. 또 꿈이 단지 사상을 표현하는 것이 아니라 환각적인 체험의 형태로 소망이 충족되는 것으로 나타낸다는 것 또한 언제나 볼 수 있는 꿈의 한 성격이다. 〈호수를 건너고 싶다〉는 것이 꿈을 일으킨 소망이었고, 그 꿈 자체는 〈나는 배를 타고 호수를 건너고 있다〉는 내용이 되었다. 잠재몽과 현재몽의 차이, 즉 잠재사상의 왜곡은 이와 같이 어린이의 단순한 꿈에도 존재한다. 즉〈생각이 체험으로 대치〉되었다. 꿈을 해석할 때는 무엇보다 먼저 이 조그마한 변화까지 원상태로 되돌리지 않으면 안 된다. 방금 말한 것이 어떤 꿈에도 해당되는 보편적인 성격임을 분명히 밝힐 수 있다면 전에 보고한 꿈의 단편, 즉〈내 형이 상자 안에 들어 있다〉는 꿈은〈내 형은 생활을 긴축하고 있다〉로 풀이할 것이 아니라〈내 형은 더 생활을 긴축했으면 좋겠다〉,〈내 형은 생활을 긴축하지 않으면 안 된다〉로 풀이해야 할 것이다.

여기서 제시한 꿈의 두 가지 보편적 성격 중에서 두 번째 것이 첫 번째 것보다 별다른 반론 없이 인정될 가능성이 높다. 그리고 우리가 더욱 철저하게 연구를 한다면, 꿈을 일으키는 것은 언제나 하나의 소망이며 근심이라든가 계획이라든가 비난일 수는 없다는 사실도 성립이 될 것이다. 하지만 어쨌든 꿈은 자극을 단순히 재현하는 것이 아니라 일종의 체험을 통해 그 자극을 폐기하고 제거하고 해소시킨다는 특성은 유효하다.

7.
이러한 꿈의 성격과 관련하여 다시 한 번 꿈과 실수 행위를 비교해볼 수 있다. 우리는 실수 행위에서 방해하는 의향과 방해받는 의향을 구별했고, 실수 행위는 이 두 가지 의향의 타협이라고 말했다. 이와 같은 도식(圖式)은 꿈에도 적용된다. 꿈에서 방해받는 의향이란, 바로 잠자고자 하는 의향이다. 방해하는 의향은 심리적 자극, 즉 해소되기를 갈망하는 소망이다. 이렇게 이야기하는 것은 우리가 아직 수면을 방해하는 다른 어떤 자극을 알지 못하기 때문이다. 여기서 우리는 또 같은 결론에 이르는데, 바로 꿈도 타협의 산물이라는 것이다. 우리는 잠자고 있으나 꿈속에서 소망이 처리되는 것을 경험한다. 우리의 소망은 채워지면서 동시에 잠은 계속된다. 즉 둘 다 일부는 목적을 달성하고 일부는 버려진다.

8.

어떤 공상 행위가 백일몽이라고 불린다는 사실에서 우리가 꿈의 이해에 한 걸음 더 가까이 갈 수 있는 통로를 발견했던 것을 상기해주기 바란다. 백일몽은 분명 소망의 충족이며, 우리가 잘 알고 있듯이 야심적이거나 에로틱한 소망의 충족이다. 그러나 그것은 아무리 생생하게 눈앞에 그려진다 하더라도 상상에 의한 것이지 결코 환각적으로 체험할 수 있는 것은 아니다. 즉 백일몽은 꿈의 두 가지 주요 성격 가운데 좀 더 불확실한 앞의 성격만 공유할 뿐, 깨어 있는 상태에서는 실현될 수 없는 또 하나의 성격은 완전히 결여되어 있다. 백일몽이라는 단어에서 우리는 소망의 충족이 꿈의 중요한 특징이라는 사실을 암시받을 수 있다. 꿈속에서의 체험이라는 것이 오직 수면 상태라는 조건을 통해서만 가능한 일종의 변형된 상상이라면, 즉 〈밤 동안의 백일몽(nächtliche Tagträume)〉이라고 한다면, 꿈 형성의 과정이 밤 동안의 자극을 제거하고 소망의 충족을 가져다줄 수 있다는 사실은 쉽게 이해된다. 백일몽은 소망의 충족과 연관된 행위이며 오직 그 때문에 행해지는 것이기 때문이다.

백일몽 외에 다른 관용어에서도 그와 같은 의미를 찾아볼 수 있다. 〈돼지는 도토리 꿈을 꾸고 거위는 옥수수 꿈을 꾼다. 닭은 무슨 꿈을 꾸나? 그야 물론 좁쌀 꿈이지.〉라는 속담은 잘 알려져 있다. 이러한 속담은 어린아이에서 동물로 내려가, 즉 우리들보다 훨씬 단계를 낮춰서 꿈의 내용이 어떤 욕구의 충족이라는 사실을 말해주고 있다. 〈꿈처럼 아름답다〉, 〈꿈에도 생각지 않았다〉, 〈그런 것은 꿈에서도 상상하지 못했다〉와 같이 그러한 의미를 암시하고 있는 듯한 표현들은 많다. 이러한 관용구들은 분명 우리들의 생각을 지지해주고 있는 듯하다. 물론 꿈에는 걱정하는 꿈도 있고 고통스러운 내용이나 무심한 듯한 내용의 꿈도 있지만, 그런 꿈들은 관용어를 만들어내지는 못했다. 〈악몽〉이라는 단어가 있지만 꿈만을 떼어내 단순한 의미에서 보면 그것도 결국은 부드러운 소망 충족에 지나지 않는다. 돼지나 거위가 도살당하는 꿈을 꾼다는 것을 우리에게 확인시켜 줄 만한 속담 같은 것은 어디에서도 찾아볼 수 없다.

꿈의 소망 충족이라는 성격이 꿈 연구자들의 눈에 띄지 않았을 리 없다. 연구자들은 자주 이 특징에 주의를 기울였지만 누구도 이것을 보편적인 성격으로 인정하여 꿈에 대한 설명의 요점으로 삼는다는 생각은 하지 않았다. 우리는 그들이 망설였던 이유를 충분히 짐작할 수 있으며 후에 그에 관해 규명할 것이다.

그것보다 여러분은, 어린이의 꿈 연구를 통해 우리가 얼마나 많은 것을 쉽게 이해하게 되었는지 생각해보라. 꿈의 기능은 수면의 파수꾼이라는 것, 꿈은 서로 심하게 갈등하는 두 의향에서 생긴다는 것, 그중의 하나는 언제나 똑같은 것으로서 잠의 욕구이며 또 하나는 심리적 자극을 만족시키려는 욕구라는 것, 꿈은 의미심장한 심리적 행위라는 사실에 대한 증명, 그리고 꿈의 두 가지 중요한 성격은 소망 충족과 환각적 체험이라는 것 등이다. 그러나 이런 것들에 정신을 빼앗긴 사이에 우리는 정신분석을 연구하고 있다는 사실을 잊고 있지는 않았는가? 꿈을 실수 행위와 결부시켜 연구한 것 외에는 아직 정신분석 연구에 이렇다 할 성과를 내놓지 못하고 있다. 정신분석의 가설을 전혀 모르는 심리학자라도 어린이의 꿈에 대해 이 정도의 해명은 할 수 있을 것이다. 아무도 그런 시도를 하지 않았던 것은 의문이지만 말이다.

어린이의 꿈과 같은 것만이 꿈의 전부라면 꿈의 문제는 이것으로 해결되고 우리의 연구도 완성될 것이다. 꿈이 그것뿐이라면 꿈을 꾼 사람에게 질문할 필요도 없거니와 〈무의식〉의 힘을 빌릴 필요도 없으며, 자유연상에 의존할 필요도 없다. 그러나 바로 여기서 우리의 과제가 계속된다.

우리는 꿈의 일반적 특징이라고 말했던 것들이 어떤 종류의 한정된 꿈에만 해당되는 경험을 몇 번이나 해왔다. 따라서 문제는 어린이의 꿈에서 추론된 그러한 보편적 성격이 과연 널리 근거가 있는 것인지, 꿈의 현재내용과 전날 있었던 소망과의 사이에 선명한 관계가 보이지 않는 꿈에도 이런 일반적 성격이 적용될 수 있는지 하는 것이다. 이런 다른 종류의 꿈들은 더 많은 왜곡을 거친 것들이어서 처음에는 제대로 판단을 내릴 수 없다는 것이 우리의 생각이다. 이와 같은 왜곡을 뚜렷이 밝히기 위해서 어린이의 꿈을 이해하는 데는 필요하지 않았던 정신분석적 기법이 필요한 것이다.

어쨌든 왜곡되지 않았고, 어린아이의 꿈처럼 소망 충족이라는 것을 쉽게 인정할 수 있는 꿈들이 있다는 것은 사실이다. 사람은 심한 육체적 욕구, 이를테면 굶주림, 갈증, 성욕 등으로 일어나는 꿈이 평생을 통해 나타난다. 이러한 꿈은 내적인 육체 자극에 대한 반응으로서 소망 충족을 목표로 한다. 나는 19개월 된 여자아이의 꿈을 기록해두었는데, 그 아이는 자기 이름과 나란히 여러 음식 이름이 적혀 있는 꿈을 꾸었다(안나 F. ……딸기, 구즈베리, 오믈렛, 빵죽). 아이의 꿈은 배탈이 났기 때문에 하루 동안 식사를 못한 공복의 반응으로 보이며, 더욱이 배탈이 난 원인은 꿈에 나온 과일들(딸기와 구즈베리) 때문이었다. 같은 무렵에 여자아이의 할머니—할머니의 나이와 여자아이의 나이를 합하면 꼭 70이 되는데—도 유주신(遊走腎)[56] 때문에 하루 종일 굶었다. 그날 밤 할머니는 어느 집에 초대받아 눈앞에 산해진미가 가득 차려져 나온 꿈을 꾸었다. 버림받은 채 굶주려 있는 죄수나, 여행이나 탐험을 하다가 식량 부족으로 고생하는 사람을 관찰해보면 인간은 이와 같은 조건 아래서 거의 틀림없이 식욕을 채우는 꿈을 꾼다.

1904년에 출판된 오토 노르덴쉴트Otto Nordenskjöld[57]의《남극(南極). 남극의 눈과 얼음에서 보낸 2년》이라는 책에는 그와 함께 극지에서 추위와 싸웠던 대원들의 이야기가 실려 있다.

우리의 꿈은 마음속 깊이 숨어 있는 의식을 매우 뚜렷이 나타내고 있었다. 우리의 평생을 통해서 현재만큼 꿈이 생생하고 그 수가 많았던 적은 없었다. 평소에는 아주 드물게 꿈을 꾸던 대원들도 매일 아침이 되면 좀 전에 공상 세계에서 본 경험을 긴 이야기로 들려주었다. 대원의 꿈들은 극지에서 멀리 떨어진 모국에 관한 것이었으며, 대개 현재의 처지에 들어맞는 것이었다. ……그중에서도 마시는 것과 먹는 것은 우리 꿈의 가장 중심이 되는 주제였다. 밤마다 꿈속에서 성대한 오찬 파티에 가곤 하던 어떤 대원은 아침

---

56 콩팥이 고정 조직이 풀려 이상한 위치로 이동하는 병.
57 스웨덴의 지리학자, 극지 탐험가.

에 눈을 떠서 이렇게 말했다. "간밤에 나는 세 코스나 나오는 만찬을 즐겼지." 동료들에게 이렇게 말하며 기뻐하던 모습이란 말로 표현할 수가 없다. 어떤 대원은 담배에 대한 꿈, 그것도 산더미처럼 담배가 쌓여 있는 꿈을 꾸었다. 또 어떤 대원은 배가 돛을 높이 달고 대양을 건너 극지를 향해 오는 꿈을 꾸었다. 그리고 여기에 보고할 만한 가치가 있는 꿈이 있다. 우체부가 우편물을 들고 와서 어떤 까닭으로 이 우편물이 이렇게 늦어졌는지 지루하게 설명해주는 꿈이었다. 대개 수면 중에는 실제로 있을 듯하지 않은 꿈을 꾸는 법인데, 그러나 여기서는 나의 꿈이나 남에게서 들은 꿈이나 거의 모두 공상이라는 건 빠져 있었다. 그런 꿈을 모두 기록해두면 아마 심리학적으로 매우 흥미로운 자료가 될 것이다. 우리가 못 견디도록 갖고 싶어하는 것은 무엇이든 꿈이 제공해주었으므로, 우리가 얼마나 잠을 열망했는지 독자들은 쉽게 짐작할 수 있을 것이다.

다음은 뒤 프렐C. Du Prel의 예이다.

뭉고 파크Mungo Park[58]가 아프리카 여행을 하다가 목이 말라 죽게 되었을 때, 그는 밤마다 물이 풍부한 고향의 골짜기며 푸른 평원의 꿈을 꾸었다. 마찬가지로 마그데부르크[59]의 보루에서 굶주림에 시달리던 트렌크Trenck[60]는 자신이 성찬으로 둘러싸인 꿈을 꾸었으며, 프랭클린John Franklin[61]의 제1회 탐

---

58 1771~1806. 영국의 탐험가.
59 독일의 도시.
60 1726~1794. 오스트리아군의 스파이. 독일, 프랑스 등지에 잠입하여 활동하다가 프랑스혁명 때 사형당했다.
61 1786~1847. 영국의 탐험가.

험대[62]에 참가했던 조지 백George Back[63]은 식량 부족 때문에 다 죽게 되었을 때 밤마다 거의 빠짐없이 맛있는 음식을 먹는 꿈을 꾸었다.

저녁식사 때 짠 음식을 먹고 밤중에 목이 마른 사람은 무언가를 마시는 꿈을 꾸는 경우가 많다. 그러나 배고픔이나 갈증이 너무 심할 경우에는 꿈을 꾸었다고 해서 욕구를 잠재우기가 불가능하다. 그럴 때는 꿈에서 깨어나 실제로 물을 마시게 된다. 그렇다면 꿈의 능력이란 매우 미미한 것이지만, 깨어나서 실제적인 행동으로 옮길 것을 요구하는 자극에 대항해서 잠을 지켜주기 위해 꿈이 동원되었다는 것만은 분명한 사실이다. 그런 욕구가 그다지 강한 것이 아닐 때는 소망 충족의 꿈만으로도 해소될 수 있다.

마찬가지로 성적 자극을 받았을 때도 꿈으로 소망이 채워지는데, 이런 종류의 꿈에는 특기할 만한 특징이 있다. 성욕은 굶주림이나 갈증에 비하면 대상에 의존하는 정도가 한층 낮기 때문에, 그 욕망은 몽정(夢精)에 의해 실제로 채워질 수 있다. 대상과의 관계에서 예상되는 어려움 때문에—이에 대해서는 나중에 이야기할 참이다—명료하지 않거나 왜곡된 내용과 결부되어 실제로 성욕이 채워지는 경우가 많다. 몽정의 이와 같은 특성으로 인해, 오토 랑크가 주목한 바와 같이 그러한 꿈은 꿈의 왜곡을 연구하는 데 더없이 좋은 재료가 된다. 또 어른에게 나타나는 욕구 충족의 꿈은 욕구를 채우는 것 외에도 순전히 심리적 자극원에서 나온 다른 것을 포함하고 있기 때문에, 그 꿈을 이해하기 위해서는 해석의 다른 힘을 빌리지

---

62 1819~1822년의 북아메리카 탐험.
63 1796~1817. 영국의 탐험가.

않으면 안 된다.

성인의 유치형 소망 충족 꿈은 어쩔 수 없는 욕구(굶주림, 목마름 등)에 대한 반응으로만 나타나지는 않는다. 심리적 자극원에서 나오는, 어떤 지배적인 상황의 영향을 받아 만들어진 다음과 같은 종류의 짧고 선명한 꿈들도 있음을 우리는 알고 있다. 즉 무언가를 무척 기다리며 초조해서 꾸게 되는 '성급한 꿈(Ungeduldträume)'들이 있다. 여행이라든가 흥미로운 연극, 강연, 방문 등을 성급한 기대를 갖고 기다리고 있을 때, 그 예상이 먼저 꿈으로 실현되면서 가서 연극을 보고 있기도 하고, 어떤 집에 찾아가 이야기를 나누고 있기도 한다. 또 '편의-꿈(Bequemlichkeitsträume)'이라고 불리는 꿈이 있다. 더 자고 싶을 때 꿈속에서는 이미 일어나 있거나 세수를 하거나 학교에 가 있는 꿈이다. 말하자면 현실에서가 아니라 꿈속에서 깨어나 행동하고 있는 것이다. 꿈의 형성에 언제나 관여하고 있다고 한 그 잠자고자 하는 소망이 이러한 꿈에서는 매우 뚜렷하여, 꿈속에서 꿈 형성자(Traumbildner)로서 중요한 역할을 하고 있다. 수면 욕구는 당연히 다른 커다란 육체적 욕구와 동등한 지위를 갖는 것이다.

이와 관련하여 여러분에게 뮌헨의 샤크 화랑에 있는 슈빈트Schwind[64]의 그림 복사본을 소개한다. 꿈이란 꿈꾸는 이가 처한 지배적인 상황에서 만들어진다는 것을 이 화가가 정확하게 이해하고 있다는 데 놀랄 것이다. 제목은 〈죄수의 꿈〉으로, 죄수가 탈출을 꿈꾸고 있다는 내용이다. 그 탈출이 창문으로 이루어진다는 것도 재미있는 점이다. 왜냐하면 그 창문을 통해 한줄기 빛이 쏟아지고 있고 그것은 실제로 죄수의 잠을 깨우게 될 것이기

---

[64] 1804~1871. 오스트리아의 낭만파 화가.

때문이다. 겹겹이 어깨에 올라타고 있는 난쟁이들은 아마도 죄수가 창문까지 기어오를 때 차례로 취해야 하는 자세를 표현하고 있다. 그리고 내 생각이 틀리지 않았고 또 이 화가의 작의(作意)를 너무 과대평가하지 않는다면, 창살을 톱으로 자르고 있는 맨 위의 난쟁이는 죄수 자신의 모습일 것이다. 바로 그가 하고 싶은 일을 하고 있기 때문이다.

어린이의 꿈과 유치형 꿈을 제외한 다른 모든 꿈들에는, 이미 말한 것처럼 꿈의 왜곡이 있어 우리의 작업을 가로막는다. 그 역시 소망 충족의 꿈이 아닌가 추측하고 싶지만, 아직은 단정할 수 없다. 그런 꿈의 현재내용으로는 어떤 심리적 자극에서 그 꿈이 일어났는지 알 수 없다. 또 우리는 그러한 꿈들이 이런 자극을 몰아내고 처리하기 위해 노력하고 있다는 것을 증명할 수가 없다. 먼저 왜곡이 해석되지 않으면 안 된다. 즉 번역되어야 한다. 본디로 되돌려져야 하는 것이다. 꿈속의 현재내용을 잠재사상으로 대치해야 한다. 그 후에야 비로소 우리가 어린이의 꿈에서 발견한 사실이 모든 꿈에도 똑같이 적용되는지를 판단할 수 있다.

꿈의 검열

어린아이의 꿈에 관한 연구로 우리는 꿈의 생성과 본질 그리고 기능을 알게 되었다. 즉 꿈이란 〈수면을 방해하는 심리적 자극을 환각적인 충족으로 처리하는 일〉이다. 어른의 꿈에서는 우리가 유치형 꿈이라고 이름 지은 한 종류의 꿈만을 설명할 수 있었는데, 아직 다른 종류의 꿈은 어떤 것인지 모르며 그것을 이해하는 단계까지 이르지 못했다. 우리는 잠정적으로 하나의 결론만을 얻었을 뿐이나 그 의미를 과소평가하고 싶지는 않다. 그것은 우리가 어떤 꿈을 완전히 이해할 수 있었을 때 그 꿈은 언제나 환각적인 소망 충족이라는 것이다.

이것은 우연한 일치가 아니라 매우 중요한 사실이다.

다른 종류의 꿈에 대해서는 여러 가지를 숙고하고 다시 실수 행위에 대한 해석과의 유사점을 참고하여 우리는 다음과 같이 가정할 수 있다. 즉 그와 같은 꿈은 어떤 미지의 내용이 왜곡된 대리물이다. 그 꿈을 이해하려면 먼저 그 미지의 내용을 추적해야 한다. 이 꿈의 왜곡을 연구하고 이해하는 것이 바로 우리의 과제이다.

꿈의 왜곡은 꿈을 기괴하고 이해하기 어려운 것으로 여겨지게 만든다. 우리는 이 왜곡에 대해서 많은 것을 알고 싶다. 첫째, 왜곡은 무엇에서 기인하는가? 말하자면 왜곡의 역학(力學)이다. 둘째, 왜곡은 무엇을 하고 있는가? 셋째, 그 왜곡은 어떻게 만들어지는가? 꿈의 왜곡은 꿈의 작업이 만들어낸 산물이라 할 수 있다. 우리는 이 꿈의 작업을 기술하고 아울러 그에 작용하는 힘을 살펴보려 한다.

다음과 같은 꿈을 예로 들어보자. 이 꿈은 유명한 여성 정신분석가가 보고한 것이다(박사 폰 후크 헬무트 여사가《국제 정신분석학 잡지》(제3권, 1915년)에서 보고하였다). 꿈을 꾼 사람은 사람들로부터 존경받는 어느 교양 있는 노부인이었다. 이 꿈에 대한 분석은 행해지지 않았다. 이 꿈을 보고한 동료의 말로는 정신분석가에게는 전혀 해석이 필요 없는 꿈이었다고 한다. 꿈을 꾼 부인 자신도 이 꿈을 해석하지는 않았으나 스스로 꿈에 대해 평가하며 마치 이 꿈이 무엇을 의미하는지 알고 있다는 듯이 판단을 내렸다고 한다. 부인은 "자나 깨나 자식 일로 머리가 가득 찬 쉰이나 먹은 여자가 이런 천하고 어이없는 꿈을 꾸다니."라며 불쾌해했다는 것이다.[65]

그 꿈은 〈사랑의 봉사(Liebesdienste)〉[66]에 관한 꿈이었다.

---

65 1914~1918년 사이에 부인의 아들은 전쟁터에 있었다.
66 'Liebesdienste'는 '사랑에 의한 봉사', '무보수 자원봉사'를 의미하는 말이다.

〈그녀는 제1육군 병원으로 갔다. 그리고 문 앞에 서 있는 보초에게 "병원장 님(그녀는 미지의 이름을 댔다)을 뵈러 왔습니다. 면회하려는 뜻은, 내가 병원 에서 무언가 봉사를 하고 싶어서입니다."라고 말했다. 그녀는 이때 〈봉사〉 라는 말을 강하게 발음했으므로 그 말을 들은 보초 하사관은 〈사랑의 봉사〉 를 말하는구나, 하고 금방 깨달았다. 그녀가 나이가 많았기 때문에 조금 망 설이던 하사관은 겨우 그녀를 들어가게 해주었다. 그런데 그녀는 병원장실 에는 가지 않고 어두침침한 큰 방으로 들어갔다. 방 안에는 많은 장교와 군 의관들이 긴 탁자를 둘러싸고 서 있거나 앉아 있었다. 그녀는 선임 군의관 에게 자신의 용건을 말했다. 군의관은 짧은 말에서 그녀의 뜻을 금방 짐작 해주었다. 꿈속에서 그녀가 한 말은 "저뿐이 아닙니다. 빈에 살고 있는 주부 들이나 처녀들은 결심하고 있어요. 장교건 병졸이건 누구든 상관없이 군인 들을 위해서······."라는 것이었다. 이때 꿈속에서 소란한 웅성거림이 일어났 다. 그녀의 말을 이해했다는 듯이 장교들은 당황하거나 좀 놀리는 듯한 표 정을 지었다. 부인은 계속했다. "우리의 결심을 아주 이상하게 여기시겠지 만, 우리는 진정으로 희망하고 있는 거예요. 싸움터에 나가는 병사들은 목 숨이 아깝다든가 아깝지 않다든가 말할 수는 없지 않겠어요?" 그리고 잠시 동안 숨 막히는 침묵이 이어졌다. 선임 군의관은 그녀의 허리에 팔을 두르 며 말했다. "부인, 사실 이렇게 말하는 마당에······" (소음) 그녀는 어차피 모 두 다 마찬가지다, 라고 생각하면서 남자의 팔을 풀었다. 그리고 입을 열었 다. "어머나, 저는 나이 먹은 여자입니다. 저에게는 그런 일이 적당치 않습니 다. 한 가지 조건을 생각해봐야겠습니다. 나이라는 것을 생각해보면, 나이 먹은 여자와 젊은 청년이······ (소음) 아아, 망측한 일입니다." 군의관은 "부 인 말씀을 잘 알겠습니다." 하고 말했다. 몇 사람의 장교들—그 가운데에는 처녀 시절 그녀에게 구혼했던 남자의 모습도 보였다—이 한꺼번에 와자하니 웃었다. 그리고 부인은 만사가 잘 처리되도록 자기가 아는 병원장에게 안내해달라고 애원했다. 그런데 부인은 자기가 그 병원장의 이름을 모른다는 것을 깨닫고 당황했다. 그럼에도 불구하고 선임 군의관은 그녀에게 아주 정중하게, 마침 그 방에서 똑바로 2층으로 나 있는 아주 좁고 긴 철제 나선형 계단을 올라가도록 손가락으로 가리켜주었다. 층계를 올라가면서 그녀는 한 장교의 말소리를 들었다. "참으로 훌륭한 결심이군, 젊건 늙었건 그런 거야 상관있나. 대견한 마음씨를 가진 여자잖아." 자기의 의무를 재빨리 완수하려는 심정으로 가득 차서 부인은 긴 계단을 올라갔다.〉

꿈을 꾼 부인의 말을 들어보면 이와 같은 꿈이 2~3주 동안 두 번이나—부인의 느낌으로는—군데군데 중요하지 않은 무의미한 변화를 빼고는 대체로 비슷한 줄거리로 되풀이되었다고 한다.

이 꿈이 전개되는 순서는 낮에 떠오르는 백일몽과 일치한다. 이 꿈에는 군데군데 탈락된 부분이 있다. 이 내용에 포함되어 있는 개개의 자질구레한 점들은 부인에게 물어보았다면 분명해졌겠지만 알다시피 묻지 않았다. 그러나 더 뚜렷하고 우리의 흥미를 끄는 점은 꿈이 몇 군데에서 탈락, 그것도 기억의 탈락이 아니라 내용의 탈락이 있었다는 것이다. 말하자면 세 군데에서 꿈의 내용이 말살되어 있다. 탈락된 대화는 소란스러움으로 중단되어 있다. 우리는 아무 분석도 하지 않았으니, 엄밀히 말하면 이 꿈의 뜻에 대해서 이러쿵저러쿵 말할 권리는 없다. 그러나 이 꿈에서 〈사랑의 봉사〉라는 말은 그 무엇을 짐작해도 좋은 암시가 된다. 더욱이 소란스러움의 바로 앞에 나타나 있는 중단된 회화 부분은 꼭 보충할 필요가 있다. 그 대목을 보충해보면 그 의미는 너무나 분명해진다. 결국 장교, 하사관, 병사의 애욕을 채워주기 위해서 마치 애국심을 발휘하듯 자기 몸을 바쳐도 좋다는 내용의 공상이 뚜렷해지는 것이다. 이것은 확실히 망측하고 파렴치한 성적 공상의 전형인데, 그 점은 이 꿈의 어디를 찾아보아도 나타나 있지 않다. 이야기의 순서대로라면 이런 것을 고백해야 하는 바로 그 대목에서 마침 이유를 알 수 없는 소란스러움이 현재몽 속에 일어나면서 무언가가 말살되거나 혹은 억제되었다.

말살된 대목에 나타나 있는 이 망측스러움이야말로 그 부분을 억제하는 동기였다고 추측하는 것은 여러분도 인정할 것이다. 그러면 이와 비슷한 현상을 어디서 찾아볼 수 있을까? 현대사회에서는 굳이 먼 곳을 찾을 필요도 없다. 아무 정치 신문이든 손에 들고 들여다보라. 신문의 군데군데에 원문이 삭제되고 그 자리는 백지인 채로 남아 있다. 이것이 신문 검열관의 작업이라는 것은 여러분도 알 것이다. 이 공백에는 검열 기관의 노여움을 산 일이 기재되어 있었을 것이다. 그 때문에 거기서 삭제된 것이다. 아마도 여러분은 공백인 부분을 바라보며 유감스럽다고 생각할 것이다. 왜냐하면 그 부분에 가장 흥미 있는 〈특종〉이 실려 있었을 것이기 때문이다.

그중에는 완성된 문장에 검열관이 간섭하지 않은 경우도 있다. 신문 기자가 미리 검열에 걸릴 것을 예상하고 그 부분을 부드럽게 만들거나 수정하고, 어떤 때는 정말 쓰고 싶은 바를 막연히 암시하거나 넌지시 건드리는 정도로 만족한 경우다. 그래서 신문 지상에 공백은 없지만 문장에 어떤 함축이 있거나 내용이 흐린 데서 신문 기자가 미리 검열을 염두에 두고 있었음을 짐작할 수 있다.

이 유사점을 생각하며 이렇게 말해볼까 한다. 앞의 꿈에서 말살되었거나 소란스러움으로 감추어진 회화는 바로 검열이 지운 것이라고 말이다. 이처럼 꿈을 일부 왜곡시키는 일을 한 것에 우리는 〈꿈의 검열(Traumzensur)〉이라는 용어를 쓰려 한다. 즉 현재몽에 탈락이 있는 부분은 언제나 이 검열 탓이다. 더 이야기를 진행시킨다면, 뚜렷이 생각나는 어떤 꿈의 요소 속에 특별히 약하거나 흐릿하거나 수상쩍은 것이 있다면 이것은 언제나 꿈의 검열관이 간섭한 대목이라고 인정해야 한다. 매우 드문 경우지만 이 〈사랑의 봉사〉의 꿈처럼 검열이 매우 공공연하게, 매우 노골적으로 나타날 때도 있다. 그러나 대개의 경우는 위에서 말한 제2형의 검열의 경우가 많아서, 본디의 뜻을 약하게 만들거나 에둘러서 말하거나 암시한다.

꿈의 검열의 제3형에 대해서는 신문 검열의 세계에서 적절한 비교를 끌어올 수 없다. 그러나 지금까지 분석한 꿈에서 이 세 번째 형태를 찾아보기로 하자. 〈C급석 입장권 석 장에 1플로린 50크로이체의 꿈〉을 기억할 것이다. 이 꿈의 잠재사상에서 눈에 띄는 것은 〈서둘러서, 너무나 빨리〉라는 요소이다. 즉 '그렇게 빨리 결혼한 것은 바보짓이었다, 그렇게 서둘러 입장권 걱정을 한 것은 바보짓이었다, 시누이가 장식품을 사려고 그렇게 서둘러 돈을 써버린 것은 바보짓이었다.'라는 것이다.

그러나 이러한 중심적인 요소는 현재몽에 조금도 옮겨지지 않았다. 현재몽에서는 단지 연극 구경을 갔다는 것과, 입장권을 사는 것이 중심이 되어 있을 뿐이다. 이와 같이 강조점을 이행시키고 꿈의 내용 요소의 편성을 바꿈으로써 현재몽은 잠재사상과 아주 다른 것이 되었고, 현재몽에서 잠재사상을 짐작할 수 없게 되었다. 이것 또한 꿈에 왜곡을 일으키는 중요한 한 가지 방법이다. 이로 인해 꿈은 기괴한 것이 되고, 꿈을 꾼 본인조차 자기가 만든 것인 줄 모르게 된다.

이처럼 재료를 누락시키거나, 변형하거나, 내용을 재편성하는 것은 꿈의 검열이 하는 일이며 꿈에 왜곡을 일으키는 수단이다. 꿈의 검열이야말로 우리가 지금 연구 과제로 삼은 꿈의 왜곡을 일으키는 당사자, 아니, 당사자 중 하나인 것이다. 우리는 변형과 재편성을 〈치환(Verschiebung)〉이라는 이름으로 통합하여 부르기도 한다.

꿈의 검열 활동에 대해 언급했으니 이제 검열의 역학으로 이야기를 돌려보자. 〈검열관〉이라고 했다 해서 어떤 엄격한 난쟁이나 정령 같은 것을 상상하고, 그것이 뇌 속의 조그마한 방에 살면서 검열의 직무를 수행하고 있다고 의인화시켜 생각해서는 안 된다. 혹은 너무 국재론적(局在論的)으로 생각하여, 검열관이란 〈뇌중추〉의 하나이며 그 중추가 검열 작용을 명령하고 있다든가, 그 중추가 장해를 받거나 제거되면 검열력이 사라진다거나 하는 상상도 하지 말기 바란다. 검열관이라는 용어는 단지 역학적인 관계를 나타내기 위해 편의상 붙인 말에 지나지 않는다. 여러분이 주의할 것은 어떤 의향에 의해서 그와 같은 검열력이 행사되는가, 또는 어떤 의향에 대해서 검열력이 가해지는가 하는 것이다. 물론 이 용어를 쓰지는 않았지만, 훨씬 앞에서도 내가 꿈의 검열에 대해 언급한 적이 있다고 하면 여러분은 놀랄 것이다.

실제로 그 이야기를 한 적이 있다. 우리가 자유연상의 기법을 적용하기 시작했을 때 놀라운 경험에 맞닥뜨렸던 것을 여러분도 기억할 것이다. 꿈의 요소에서 그 대리물인 무의식적인 요소에 이르고자 할 때 우리는 어떤 〈저항〉에 부딪힌다는 것을 느꼈다. 이 저항의 크기는 모두 달라서 어떤 때는 엄청나게 크기도 하고 또 어떤 때는 매우 미약하기도 하다고 우리는 말한 바 있다. 저항이 작을 때는 두세 개의 사슬만 지나면 해석의 작업이 가능하지만, 저항이 클 때는 꿈의 요소에서 출발하여 긴 연상의 사슬을 더듬어 요소에서 멀리 떨어진 곳으로 끌려가 떠오른 연상에 대한 비판적 반론으로서 나타나는 온갖 장애물을 다 극복해야만 했다. 해석 작업에서 저항으로 나타났던 그것이 바로 꿈의 작업에서 우리가 검열이라고 부르는 것이다. 해석 과정에서 나타나는 저항은 꿈의 검열이 객체화(客體化)된 것에 지나지 않는다. 이로써 우리는 검열의 힘이 꿈에 왜곡을 일으키는 데 소모되어 사라져버리는 것이 아니라, 그 왜곡을 끝까지 유지하려는 의도를 갖고 지속적인 제도로서 계속하여 존재한다는 것을 알 수 있다. 또 꿈을 해석할 때 각각의 요소에 대해 저항의 크기가 다 다르듯, 하나의 꿈속에서 검열에 의해 야기된 왜곡도 개개 요소마다 그 크기가 다 다르다. 현재몽과 잠재몽을 비교해보면 어떤 잠재 요소는 완전히 제거되어 있고, 어떤 요소는 다소 변형되어 나타나며, 어떤 요소는 변화 없이 오히려 더 과장되어 꿈의 내용 속에 나타나 있음을 보게 된다.

다음으로 우리가 연구해야 할 것은 어떤 의향이 어떤 의향에 대해 검열을 행하는가 하는 것이다. 꿈을 이해하기 위해, 더 나아가 인간을 이해하기 위해 매우 중요한 이 질문에 대해서는 우리가 연구해온 몇 가지 예를 보면 쉽게 답할 수 있다. 검열을 하는 의향은 꿈을 꾼 사람이 잠에서 깼을 때의 판단으로 인정하고 스스로 자기 의향이라고 느끼는 의향이다. 만약 자기 꿈에 대해 정확한 해석이 주어졌음에도 불구하고 그것을 거부하는 사람이 있다면, 그 이유는 그 꿈에 검열이 행해진 동기와 같은 이유라고 확신해도 좋다. 앞서 말한 50세 부인의 꿈을 생각해보라. 그 부인은 꿈을 해석해주지 않았는데도 스스로 망측하다고 느꼈다. 만일 폰 후크 여사가 달리는 생각할 수도 없이 확실한 그 해석을 조금이라도 부인에게 비쳤더라면 부인은 더욱 분개했을 것이다. 그 부인의 꿈에서 가장 망측스러운 대목이 소음으로 대체된 것은 부인 스스로 비난해야 할 것이라고 판단을 내렸기 때문이다.

검열의 대상이 되는 의향은, 마음속에 있는 법정(法廷)의 입장에서 설명해보아야 한다. 이런 의향은, 비난받을 만한 성질의 것, 윤리적·미적·사회적 견지에서 보아 온당치 않은, 누구도 감히 생각해보려 하지 않고 생각하는 것조차 혐오스러운 것이라고 할 수 있다. 특히나 검열당하여 꿈속에 왜곡되어 나타나는 소망은 무절제하고 앞뒤 안 가리는 이기심의 표현이다. 더욱이 꿈을 꾼 사람의 자아는 어느 꿈에나 나타나며, 설령 현재내용에서는 잘 감추어져 있다 하더라도 분명 어느 꿈에서나 주역을 담당하고 있다. 꿈의 이러한 〈신성한 이기주의(sacro egoismo)〉는 잠자고 싶어하는 심적 태도, 즉 외부 세계 전체로부터 관심을 철회한 상태와 확실히 관계가 있다.

윤리적인 모든 속박에서 벗어난 자아는 성 본능의 모든 요구들과 일치된 자신을 발견한다. 그것은 이미 우리의 미적 교육 과정을 통해 나쁜 것이라는 판단이 내려진 것들이며, 도덕적 관습에 의해 배척되고 있는 것들이다. 쾌락을 추구하는 욕망—우리는 이것을 〈리비도(Libido)〉라고 부르는데—은 자기의 대상을 자유로이 선택하고, 특히 금지된 것을 가장 열렬히 선택한다. 남의 아내를 탐할 뿐 아니라 인류의 도덕에 의해 성스러운 대상으로 인식되는 이들, 즉 남성에게는 어머니나 누이, 여성에게는 아버지나 오빠까지 대상으로 선택한다(앞서 50세 부인의 꿈도 근친상간적인 내용이며, 의심할 것도 없이 그 리비도는 아들을 향하고 있다). 우리가 인간적인 본성과는 거리가 먼 것으로 믿어왔던 정욕은 꿈을 만들어내기에 충분한 힘을 갖고 있다. 그리고 꿈속에서는 증오 또한 제멋대로 날뛸 수 있다. 혈연상 가장 가깝고 인생에서 가장 사랑하는 사람들, 즉 양친이나 형제자매, 부부, 심지어는 자식에 대해서까지 복수나 죽음의 소망을 품는 예는 결코 드물지 않다. 이렇게 검열을 받게 되는 소망들은 정말이지 지옥 밑바닥으로부터 치솟은 것처럼 보인다. 우리가 깨어 있을 때 그 의미를 해석한다면, 검열이 지나치게 엄격하다는 소리는 절대로 하지 못할 것이다.

그러나 그 내용에 악이 넘쳐흐른다고 해서 꿈 자체를 비난해서는 안 된다. 꿈은 무해한 기능을, 아니, 오히려 수면이 방해되지 않도록 하는 유익한 기능을 가지고 있다는 것을 여러분은 잊지 않았을 것이다. 그런 내용의 흉악성은 꿈의 본질이 아니다. 정당한 소망이나 절실한 육체적 욕구를 채우고 있다고 할 수 있는 꿈도 있다. 이때는 물론 꿈의 왜곡은 생기지 않는다. 왜곡을 만들 필요도 없다. 이런 꿈은 윤리적, 미적 의향을 침해하지 않고도 그 기능을 다할 수 있기 때문이다.

여러분은 또한 꿈의 왜곡이 두 가지 인자(因子)와 정비례한다는 것을 기억하기 바란다. 즉 검열을 받는 소망이 혐오스러운 것일수록 꿈의 왜곡은 크고, 검열의 요구가 엄할수록 꿈의 왜곡은 커진다. 그렇기 때문에 엄격한 가정에서 자란 수줍은 처녀는 우리 의사들이 온당하고 무해한 리비도적 소망이라고 인정하는, 그리고 처녀 자신도 10년쯤 세월이 지나면 온당하다고 판단을 내릴 꿈의 충동조차 용서 없이 검열에 의해 왜곡하고 마는 것이다.

우리의 해석 작업의 결과에 분개하기에는 아직 이르다. 우리는 아직 꿈을 올바로 이해하는 데까지 도달하지 못했다. 그러나 틀림없이 제기될 비난과 공격에 대응해야 할 의무가 있다. 해석의 결과에 트집을 잡는 것은 어려운 일이 아니다. 우리의 꿈 해석은 이미 말한 것처럼 다음의 가설 위에 서 있다. 꿈에는 어쨌거나 어떤 의미가 있다는 것, 무의식적인 정신 과정의 존재를 최면 상태에서 정상적인 수면 상태로 전용(轉用)할 수 있다는 것, 모든 연상 내용들은 이미 결정되어 있다는 것의 세 가지 가설이다. 만일 이 가설 위에서 꿈 해석에 대해 납득할 만한 결과를 얻을 수 있다면 이 가설들 또한 옳은 것이라 결론을 내려도 무방할 것이다. 그런데 그 결과가 방금 내가 말한 것과 같다면? 그러면 여러분은 이렇게 말하고 싶을 것이다.

"이러한 결과는 생각할 수도 없고 어이없으며, 적어도 신빙성이 없는 결론입니다. 그러니 선생님의 가설에 무언가 잘못된 점이 있었던 겁니다. 꿈은 정신 현상이 아닌지도 모릅니다. 혹은 정상 상태에서는 무의식이라는 것이 없는 건지도 모릅니다. 아니면 정신분석 기법에 어딘가 결함이 있었던 것인지도 모르지요. 그 편이 선생님이 그 가설들을 토대로 발견했다고 큰소리치시는 그 기분 나쁜 결론보다는 훨씬 단순하고 만족스럽지 않습니까?"

그렇다. 그 편이 더 단순하고 더 만족스럽기는 하다. 그러나 그것이 반드시 옳은 것은 아니다. 좀 더 시간을 갖고 생각해보자. 이 문제는 여기서 단정을 내릴 단계가 아니다. 우선 우리의 꿈의 해석에 대한 비판을 좀 더 강화시켜 보자. 우리가 얻은 해석의 성과가 여러분에게 매우 불쾌하며 욕지기가 날 정도로 기분 나쁘다는 것은 그다지 중요한 문제가 아니다. 그보다는 꿈을 해석하여 이와 같은 소망이 꿈에 포함되어 있다고 말했을 때, 꿈을 꾼 본인이 애써 그럴듯한 이유를 늘어놓으며 내 결론을 부인하는 태도가 더 논할 가치가 있다.

어떤 사람은 이렇게 말한다.

"뭐라고요? 선생님은 누이의 지참금과 동생의 교육비로 쓴 돈에 대해 내가 지금까지도 원통하게 생각하고 있다고 내 꿈을 통해 증명하려는 것입니까? 그런 일은 없습니다. 나는 오직 누이와 동생을 위해서 일했으니까요. 장남으로서 돌아가신 어머께 맹세한 의무를 다하는 것 외에 내 인생에 즐거움은 없습니다."

또 꿈을 꾼 한 여성은 이렇게 말한다.

"내가 남편이 죽기를 바라고 있다고요? 어쩌면! 터무니없는 얘기예요. 선생님은 내 말에는 귀를 기울이려고도 하지 않겠지만, 우리의 결혼 생활은 정말 행복한걸요. 남편이 만일 죽기라도 한다면 이 세상에서 내가 가진 행복을 모두 잃게 돼요."

또 어떤 사람은 우리에게 이렇게 반대할 것이다.

"내가 내 누이동생에게 성적 욕망을 느끼고 있다고요? 기가 차는 얘깁니다. 사실 난 누이동생에게 아무런 관심도 없어요. 누이동생과 나는 사이가 매우 험악해서 말입니다. 몇 해 동안이나 말도 안 했다고요."

그들 안에 있다고 지적된 의향을 그들 자신이 시인하지 않고 부정할 때 그 말을 그대로 믿는 것은 성급하다. 우리는 바로 그것이야말로 자기 자신은 의식하지 못하는 것이라고 말해줄 수 있다. 그런데 그들이 우리가 해석한 소망과는 정반대의 것을 마음속에 느끼고 있거나 그런 마음이 지배적이라는 것을 평소의 행동으로써 보여준다면 우리 역시 당황하지 않을 수 없다. 연구의 결과가 불합리한 것으로 결론이 났으니 이제 정말 꿈의 해석을 단념해야 하는 것인가?

아니, 그렇다 해도 아직 이르다. 우리가 비판적으로 논박하면 그 강경한 반론조차 무너뜨릴 수 있다. 정신생활에 무의식적인 의향이 존재한다고 가정할 때, 의식 속에서는 그와 정반대되는 의향이 지배적이라는 것이 증명된다 해도 그것은 문제가 안 된다. 정신생활 속에는 대립하는 경향, 서로 모순되는 경향이 병존할 여지가 있는 듯하다. 실제로 어느 한 충동이 지배적이라는 것이야말로 그와 대립하는 활동이 무의식으로 존재하게 되는 조건이 된다. 그래서 꿈 해석의 결과가 단순하지 않고 매우 불쾌하다는 사실에 먼저 격렬한 공격이 가해지는 것이다.

이에 대해 첫째로 반박해두고 싶은 것은 간단명료함에 대한 집착만 가지고는 꿈의 문제를 절대 해결할 수 없다는 것이다. 여러분은 먼저 꿈의 문제에는 복잡하기 짝이 없는 관계가 존재한다는 것을 인정해야 한다.

둘째로, 여러분이 느끼는 쾌·불쾌의 감정을 과학적 판단의 동기로 삼는 것은 분명 잘못이다. 도대체 꿈 해석의 결과가 불쾌하다거나 얼굴이 붉어지는 느낌이 든다거나 혐오감을 일으킨다고 해서 그것이 어쨌다는 말인가? 내가 아직 젊은 의사였을 때, 은사 샤르코 선생이 지금과 같은 경우에 이렇게 말씀하시는 것을 들은 적이 있다.

"Ça n'empêche pas d'exister(그건 그래도 어쩔 수 없다)."

이 세상의 현상을 알고자 한다면 겸허한 마음으로 자기 안의 공감과 반감을 깨끗이 묻어두어야 한다는 뜻이다. 만일 물리학자가 이 지구상의 생물들은 조만간 전멸할 운명에 놓여 있다고 증명했다면, 여러분은 그에게 덤벼들며 "그런 일은 있을 수 없다. 그 예측은 너무 불쾌하다."라며 반대할 것인가? 여러분은 다른 물리학자가 나타나 그 가설이나 예상이 잘못됐음을 증명해줄 때까지 잠자코 기다릴 것이다. 불쾌하다는 이유로 부인한다면 꿈을 형성하는 메커니즘을 이해하여 극복하기는커녕 그것을 그대로 반복하게 될 뿐이다.

이제 여러분은 꿈이 가진 불쾌한 성격에 대해서는 애써 시선을 돌리며, 인간의 자질 속에 악(惡)이 그토록 큰 자리를 차지하고 있다는 것을 납득하기 어렵다는 논의를 되풀이할 것이다. 그런데 여러분은 자기 자신의 경험에 비추어 그렇게 단정할 자신이 있는가? 여러분 자신의 참된 모습이 어떤지에 대해서는 나는 할 말이 없다. 그러나 여러분은 선배나 경쟁자에게 진심으로 따뜻한 호의를 느끼고, 적에게 기사도 정신을 발휘하며, 여러분이 아는 사람을 조금도 시샘하지 않는가? 인간 본성의 어딘가에 이기적인 악이 숨어 있다는 사실에 반박해야 할 의무감을 느낄 만큼 도덕적인가? 보통 사람들이 성생활의 문제에서 얼마나 자제력이 없으며 믿을 수 없는 행동을 하고 있는지 여러분은 모르는가? 그리고 우리가 꿈에서 보는 탈선이나 비행을, 깨어 있는 사람들이 날마다 범죄로 행하고 있다는 것을 모르는가? 지금 정신분석이 하고 있는 일은 〈선인이란 악인이 현실에서 하고 있는 것을 꿈으로 보고 만족하는 사람〉이라는 플라톤의 말을 입증하는 일에 지나지 않는다.

개인에게서 눈을 돌려 지금도 여전히 유럽을 황폐화시키고 있는 이 대전쟁을 생각해보라. 수없이 야만적이고 잔학하며 기만적인 행동들이 지금 문명국이라는 곳에서 버젓이 벌어지고 있다. 명령에 의해 움직이고 있는 그 많은 사람들이 모두 같은 죄를 범하고 있다고는 할 수 없으나, 한줌의 양심조차 없는 야심가나 유혹자들이 사악한 정신을 만연시키는 데 성공했다고 생각지 않는가? 이런 현상을 눈앞에 보고 있는 여러분은, 인간의 정신 구조에 악이 제외된다고 의연하게 주장하고 나설 용기가 있는가?

　여러분은 내가 전쟁을 일방적으로 비판한다고 여길지도 모른다. 전쟁은 인류의 가장 아름다운 것, 가장 숭고한 것, 즉 영웅적인 용기와 희생정신과 사회적 연대감 또한 보여주었다고 말할지도 모르겠다. 맞는 말이지만, 여러분은 정신분석을 부당하게 곡해하는 자들이 하는 똑같은 행동을 하지는 말기 바란다. 사람들은 정신분석이 어느 하나를 주장하기 위해 다른 하나를 부정한다고 생각한다. 우리는 인간의 천성 속에 있는 고상한 성향을 부정할 생각은 조금도 없다. 또 그 가치를 과소평가한 일도 없다. 아니, 그 정반대. 나는 검열을 받는 꿈의 악한 소망을 여러분에게 보여주었지만, 그 악을 억제하여 구별할 수 없게 만들고 있는 검열도 보여주지 않았는가? 인간의 내면에 있는 악에 관해 이렇게 길게 역설하는 까닭은 사람들이 그것을 부인하기 때문이다. 그것을 부인한다면 인간의 정신생활은 물론 개선될 리 없으며 이해할 수도 없게 된다. 우리가 일방적인 윤리 평가를 버릴 때에야 비로소 우리는 인간성의 선과 악의 관계에 대한 올바른 공식을 발견할 수 있을 것이다.

　문제는 그 정도로 남겨두기로 하자. 꿈의 해석에 대한 우리의 연구 성과가 이상한 느낌을 준다 해도 그 결과를 포기할 필요는 없다. 아마도 훗날 다른 길을 지나서 더 가까이 다가갈 수 있을 테지만, 우선 이것만은 확실히 해두고자 한다. 꿈의 왜곡이란 밤중에 잠잘 때 우리의 마음속에서 꿈틀거리는 어떤 좋지 않은 소망 충동을 자아에 용인된 경향이 검열한 결과라는 것이다. 그러나 이 비난받아 마땅한 소망은 왜 꼭 밤중에만 나타나는가, 또 그것은 어디에서 오는 것인가 하는 점에 대해서는 다시 더 연구해야 할 많은 문제가 남아 있다.

　　이 연구에서 얻은 또 다른 성과 역시 여기서 강조해두어야겠다. 우리의 수면을 방해하려 하는 꿈의 소망은 꿈의 해석으로 그 존재를 알기 전까지는 아직 우리가 깨닫지 못하는 것이다. 즉 우리의 용어로 말하자면, 꿈의 소망은 〈그때에는 무의식이었던 것〉이다. 그러나 실은 그 이상이다. 많은 실례에서 보았듯이, 꿈을 꾼 사람이 그 꿈의 해석에 의해 소망의 실체를 알게 된 뒤에도 역시 그것을 부정하기 때문이다. 우리가 앞에서 〈구토하다 (aufstoßen)〉라는 잘못 말하기를 해석했을 때, 연사 자신은 분개하며 그 당시에도 그전에도 은사를 경멸하는 감정을 의식한 적이 없다고 단정했는데, 그와 같은 사례가 꿈의 해석에서도 되풀이된다. 우리는 이미 그때 그러한 확언의 가치를 의심하였으며, 이 연사는 자기 마음속에 있는 기분을 줄곧 깨닫지 못하고 있는 것이라는 가설을 세웠다. 몹시 왜곡된 꿈을 해석할 때도 이와 같은 반대의 소리를 듣게 된다. 따라서 우리의 견해는 차츰 더 의미를 갖게 된다. 정신생활에는 전혀 의식되지 않은, 매우 오랫동안 전혀 의식하지 못했던, 아니, 어쩌면 한 번도 의식하지 않았을지도 모르는 과정이나 의향이 있다고 우리는 가정할 수밖에 없다. 이에 〈무의식〉이라는 말은 하나의 새로운 뜻을 갖게 된다. 〈그때〉라든가 〈일시적〉이라든가 하는 말은 무의식의 본질에서 빠지고, 무의식이라는 말은 단순히 〈그때 잠재해 있었다〉는 의미가 아니라 〈영구히〉 무의식적이라는 의미가 된다. 이에 대해서는 앞으로 더 이야기해야 할 것이다.

열 번째 강의

꿈의 상징적 표현

　꿈을 이해하는 데 방해가 되는 꿈의 왜곡은 용인할 수 없는 무의식적인 소망에 대한 검열 작용의 결과라는 사실을 알게 되었다. 그러나 우리는 검열만이 꿈의 왜곡을 일으키는 유일한 인자라고 주장하지는 않았다. 더 연구를 진행시켜 보면 꿈의 왜곡에는 이 검열 작용 이외에도 다른 계기가 관여하고 있다는 것을 발견하게 된다. 이 말은 검열을 배제한다 해도 꿈이라는 것은 역시 이해하기 어렵고 꿈의 현재내용이 그 잠재사상과 일치하지 않는다는 뜻이다.

　꿈을 불투명하게 만드는 다른 계기, 즉 꿈의 왜곡을 일으키는 이 새로운 요인은 정신분석 기법의 결함에 유의하게 되면서 발견하게 된다. 앞에서 피분석자가 꿈의 요소에 대해 아무런 연상도 하지 못하는 때가 있다고 했다. 물론 그런 경우는 피분석자들이 주장하듯이 그렇게 빈번하지는 않다. 대개의 경우는 끈질기게 강요하면 결국 무엇이든 연상하게 된다. 그러나 그래도 전혀 떠오르지 않거나 아무리 강제해도 우리가 기대하는 것을 얻을 수 없는 경우도 분명히 있다.

만일 정신분석 치료 중에 이런 일이 발생한다면, 거기에는 분명 어떤 의미가 담겨 있다고 생각할 수 있다(지금 여기서 그 의미를 언급하지는 않겠다). 이런 경우는 정상적인 사람의 꿈을 해석하는 경우에도 일어날 수 있으며 자기 자신의 꿈을 해석할 때도 발생한다. 그럴 때는 아무리 초조하게 노력해봐야 아무런 소용이 없다는 것을 확인하게 되는데, 그러고 나면 사람들은 이 바람직하지 않은 우연이 특정한 꿈의 요소에서 언제나 나타난다는 것을 인식하게 된다. 처음에는 분석 기법이 실패한 예외의 경우에 부딪혔다고 생각하지만, 거기에 무언가 새로운 법칙이 작용하고 있음을 결국 깨닫게 되는 것이다.

그러면 우리는 꿈의 이 〈침묵하고 말하지 않는〉 요소 자체를 해석하고 그 요소를 독특한 방법으로 번역해보고 싶어진다. 내가 지금부터 번역하는 대리 형성(代理形成)을 여러분이 믿고 시도한다면 납득할 만한 의미를 얻게 되는 반면, 그럴 결심이 서지 않는다면 꿈은 영영 의미 없는 지리멸렬한 모습으로 남고 만다. 이와 비슷한 경험을 수없이 거듭해나가는 동안 우리는 처음에는 주저했던 그 시도에 대해 확고한 자신이 생기는 것이다.

나는 이 모든 것을 약간 도식적(圖式的)으로 설명할 것이다. 그것은 교수의 편의성 때문이며, 속이기 위해서가 아니라 단지 간단히 하기 위해서일 뿐이다.

그런 방법으로 일련의 꿈의 요소를 일정한 어떤 것으로 번역할 수 있는데, 이는 사람들이 통속적인 해몽서와 대조하여 꿈에서 본 모든 일을 번역하는 것과 유사하다. 그러나 연상법(聯想法)에서는 어떤 꿈의 요소가 일정불변한 것으로 대리(代理)되는 일은 결코 없다는 사실을 잊어서는 안 된다.

여러분은 즉시 이러한 해석법은 자유연상에 의한 방법보다도 더 부정확하고 난점이 많다고 이의를 제기할지 모른다. 그러나 계속 비난하고 있을 수는 없을 것이다. 왜냐하면 이와 같은 일정한 번역들을 충분히 모으다 보면 나중에는 이렇게 말하고 싶어질 것이기 때문이다. 꿈 해석의 이 부분은 실제로 우리 자신의 지식으로 채울 수 있었던 것이었다든가, 꿈을 꾼 사람의 연상을 빌리지 않더라도 이 부분은 실제로 이해할 수 있었던 것이었다고 말이다. 우리가 그 의미를 어디서 알게 되는가는 이 강의의 후반에 이야기할 것이다.

꿈의 요소와 그 번역 사이의 이와 같은 일정불변한 관계를 우리는 〈상징〉 관계라고 부른다. 꿈의 그 요소가 꿈의 무의식적인 사상의 상징이 되는 것이다. 앞에서 내가 꿈의 요소와 그 본래의 것과의 관계를 연구할 때 다음의 세 가지 관계로 구별했던 것을 기억할 것이다. 1) 전체를 부분으로 대리하는 관계, 2) 암시하는 관계, 3) 형상화하는 관계이다. 그때 네 번째 관계가 있다는 것도 언급했으나 그것이 무엇인지는 밝히지 않았다. 이 네 번째 관계가 바로 지금 말한 상징이다. 상징과 관련해서는 매우 재미있는 논의가 일어나는데 상징을 자세히 관찰하기 전에 그에 대해 먼저 다루어야겠다. 아마도 상징은 꿈의 이론 중에서도 가장 주목을 끄는 장(章)일 것이다.

무엇보다도 상징은 항상적(恒常的)이며 고정적(固定的)인 번역이므로 정신분석의 기법과는 거리가 멀다. 그것은 어떤 점에서는 고대의 해몽이나 통속적인 꿈점의 이상을 실현시켜 주는 듯하다. 꿈을 꾼 사람에게 아무런 질문을 하지 않더라도 어떤 경우에는 상징을 빌려서 꿈을 해석할 수 있다(그리고 꿈을 꾼 사람이 상징에 대해서 아무런 지식을 갖고 있지 않아도 된다). 일반적으로 사용되는 꿈의 상징과, 그에 덧붙여 꿈을 꾼 사람의 성격과 그의 생활, 꿈을 꾸게 하는 계기가 되었던 인상 등을 안다면 우리는 곧 꿈을 해석하고 쉽게 번역할 수 있다. 이와 같은 기교는 분명 꿈 해석자를 우쭐하게 만들고, 꿈을 꾼 사람을 감탄시킬 것이다. 꿈을 꾼 사람에게 일일이 질문을 퍼부어나가는 그 귀찮은 방법에 비하면 이런 일은 실로 얼마나 기분이 좋은지 모른다. 그러나 여러분은 그런 것에 유혹을 받아서는 안 된다. 재주를 부리는 것이 우리의 목적은 아니다. 상징의 지식에 입각한 해석은 자유연상법을 대신할 수 있는 것도 아니고 그에 필적하는 기법도 아니다. 즉 상징은 자유연상의 보조적인 방법일 뿐이며, 상징에서 끌어낸 결과는 자유연상과 병용했을 때에만 비로소 유효해진다. 여러분이 꿈을 꾼 사람의 심리 상태를 제대로 알고 싶다면 우선 여러분이 지인의 꿈만을 해석의 대상으로 삼는 것이 아니고, 꿈을 일으키는 계기가 된 낮의 사건에 대해 일반적으로 아무것도 모르는 경우가 대부분이며, 또 피분석자의 연상이야말로 그 사람의 심리 상태에 관한 지식을 제공해줄 수 있다는 점들을 꼭 고려해야 한다.

꿈과 무의식 사이에 상징 관계가 있다는 우리의 주장에 대해 격렬한 항의가 일어나는 것은 참으로 놀라운 일이다. 후에 언급하게 될 사항과 관련 있는 이 일에 주목해두기 바란다. 오랫동안 정신분석의 길을 함께 걸어온 판단력 있고 명망 있는 사람들조차 이 상징이라는 문제에 이르면 함께 걷기를 거부했던 것이다. 그러나 첫째, 상징은 꿈에서만 볼 수 있는 것이 아니고 꿈의 특징도 아니다. 둘째, 꿈에 나타나는 상징은 정신분석이 발견한 것이 아니다. 그 밖에 다른 점에서는 정신분석이 이루어낸 눈부신 발견이 적지 않지만 말이다. 이러한 점들을 생각하면 그들의 태도는 매우 기묘한 것이다. 근대에 들어와서 꿈의 상징성에 처음 의미를 부여하고 이를 발견한 사람으로는 철학자 셰르너를 들 수 있다(셰르너의 《꿈의 생활》 참조). 정신분석은 셰르너의 발견을 확인하고 동시에 그것을 보다 철저히 수정한 것에 불과하다.

이제 여러분은 꿈의 상징의 본질과 그 실례에 대해 무언가 알고 싶을 것이다. 나는 기꺼이 내가 아는 것을 들려주고 싶지만, 유감스럽게도 나의 지식이 그리 깊지 않음을 정직하게 고백한다.

상징 관계의 본질은 비교대조(比較對照)이다. 그러나 그 대조는 임의적으로 아무렇게나 하는 것은 아니다. 여기에는 어떤 특별한 조건이 전제되어 있으리라는 생각이 드는데 그 조건이 무엇인지는 알지 못한다. 우리가 일반적으로 어떤 대상이나 어떤 과정에 대조할 수 있는 것이 모두 꿈속에서 상징화되어 나타나는 것은 아니다. 또 꿈은 아무거나 임의적으로 상징화하는 것이 아니라 꿈의 잠재사상 중 어떤 특정한 요소만을 상징으로 나타낸다. 즉 이 두 방면으로 제약이 있는 것이다. 아직은 상징의 의미를 완벽하게 구분할 수 없으며, 상징은 대리물이나 표현 등과 혼동되고 암시에 가깝기까지 하다는 것을 고백하지 않을 수 없다. 어떤 종류의 상징에서는 그 밑바닥에 깔려 있는 대조가 분명하게 나타나지만 어떤 종류의 상징에서는 이 추정된 비교의 공통점, 즉 비교의 준거(Tertium comparationis)를 어디에서 찾아야 할지 의문스러울 때도 있다. 그럴 때는 곰곰이 생각해서 발견해내기도 하지만 때로는 영원히 감추어져 있을 때도 있다. 더 나아가 상징이 하나의 비교라고 한다면, 이런 비교가 연상으로 끌어내지지 않는다는 것과 꿈을 꾼 사람이 이 비교를 깨닫지 못하고 알지도 못하면서 그 상징을 이용하고 있다는 것이 참으로 이상하다. 꿈을 꾼 사람에게 이 비교된 것을 설명해주어도 그것을 인정하지 않으려 하는 것은 더욱 이상한 일이다. 그러므로 상징 관계는 아주 특수한 비교이며 그 본질이 아직 완전히 밝혀지지 않았다는 것을 알아야 한다. 그러나 연구를 더 진행시켜 나가면 이 뚜렷하지 않은 부분도 밝혀질 것이다.

꿈속에서 상징적으로 나타나는 것은 그다지 많지 않다. 전체로서의 인간 육체, 부모, 자식, 형제, 자매, 출생, 죽음, 나체, 그리고 이 밖에 중요한 또 하나가 있다. 전체로서의 인간 존재에 대한 전형적인—규칙적인—표현으로서 〈집〉이 있다. 이것은 셰르너도 인정한 것인데, 다만 그는 이 상징에 부당하다고 여겨질 만큼 너무 큰 의미를 부여하려 했다.

꿈속에서 어떤 때는 쾌감에 가득 차서, 어떤 때는 공포에 사로잡혀서 집의 벽을 타고 내려오는 일이 흔히 있다. 벽이 아주 편편한 집이면 남자의 상징이고, 손으로 잡을 수 있는 툭 튀어나온 부분이나 발코니가 있으면 여성이라고 본다. 부모는 꿈속에서 황제나 여왕, 임금이나 왕비, 그 밖의 높은 사람이 되어 나타난다. 이때의 꿈은 매우 경건하다. 자식이나 형제자매는 꿈속에서 정답게 다루어지지 않는다. 즉 조그만 동물이나 독충으로 상징된다. 탄생은 물에 뛰어들거나, 물속에서 기어오르거나, 물속에서 사람을 구하거나, 물속에서 구조를 받거나 하는 식으로 항상 물과 관련되어 상징화된다. 즉 어머니와 아이의 관계로 상징되는 것이다. 죽음은 꿈속에서 여행을 떠나거나 기차를 타고 가는 것 등으로 나타난다. 죽음은 갖가지 어둡고 공포스러운 암시로 상징된다. 나체는 옷이나 제복으로 나타난다. 여러분은 여기서 상징적 묘사(Symboldarstellung)와 암시적 묘사

(Suggestiondarstellung) 사이의 경계가 매우 모호하다는 점을 깨달았을 것이다.

지금까지 든 예가 빈약한 데 비해 다른 한 영역은 매우 풍부한 상징에 의해 표현된다는 것은 무척 특이한 일이다. 그것은 바로 성생활의 영역으로서 성기, 성적 과정, 성교에 관한 것들이다. 꿈에 나타나는 매우 많은 상징이 성의 상징이다. 이 때문에 묘한 불균형이 생긴다. 왜냐하면 표현되는 내용은 얼마 안 되지만 그것을 나타내는 상징은 참으로 많아서, 그 결과 성적인 것은 그 어느 것이나 거의 동등한 가치를 갖는 무수한 상징으로 표현될 수 있기 때문이다. 이 상징을 해석해주면 일반적으로 사람들은 불쾌해한다. 꿈에 표현된 다양성에 비해 그 상징의 해석은 매우 단조롭기 때문이다. 성 상징의 해석을 알게 된 사람은 이 사실이 마음에 들지 않겠지만 그건 어쩔 수 없는 일이다.

이 강의에서 성생활에 관한 내용들이 언급되는 것은 처음이므로, 이 기회에 이 주제를 어떻게 다룰 생각인지 여러분에게 한마디 해둬야겠다. 정신분석은 사실을 감추거나 간접적으로 암시할 필요가 없다. 이와 같이 중대한 연구를 조금도 부끄럽게 생각하지 않는다. 성의 현상 일체를 그 확실한 이름으로 부르는 편이 오히려 정확하고 옳다고 생각한다. 그리고 그런 태도로 임하면 쓸데없는 부수적인 관념을 쉽사리 제거할 수 있다. 청강자들에 남녀가 섞여 있다 해서 그런 태도를 바꿀 필요는 없다. 과학이라는 것은 적당히 말해서는 안 되는 것이며, 또 숫처녀에게 이야기하듯이 설명해서도 안 된다. 이 강의에 출석한 이상 남녀 모두 동등하게 대해주기를 바란다고 생각해도 무관할 것이다.

꿈에서는 남성 성기가 무수한 상징으로 나타난다. 그리고 그들 사이에는 비교되고 있는 공통점이 아주 뚜렷하다. 무엇보다 남성의 성기는 신성한 숫자 〈3〉으로 상징된다. 남녀 양성의 성기 중에서도 특히 눈에 띄며 관심이 가는 남성의 음경은 우선 그것과 모양이 비슷한 길고 돌출된 물건, 즉 지팡이, 우산, 막대기, 나무 등으로 상징된다. 그리고 몸속에 들어가서 손상을 주는 물건, 즉 나이프, 단도, 창, 칼과 같은 끝이 뾰족한 무기로 나타나고 또한 화기(火器), 즉 소총과 그 형태 때문에 매우 쓸모 있어 보이는 연발식 권총 등으로도 나타난다. 처녀들이 꾸는 악몽 중에는 손에 나이프나 총을 든 사나이가 쫓아오는 장면이 흔히 있다. 이는 꿈의 상징으로 아마도 가장 흔히 나타나는 것일 텐데, 여러분도 이런 예를 보면 이제 쉽게 해석할 수 있을 것이다. 음경이 물을 뿜는 물건으로 상징되는 것도 쉽게 이해가 된다. 즉 수도꼭지, 물뿌리개, 분수 등으로 나타난다. 길게 늘어나는 물건으로서 줄에 매다는 등잔이나 샤프펜슬 등으로도 상징된다. 연필, 펜대, 손톱 다듬는 줄, 망치나 그 밖의 연장도 분명히 성적인 것의 상징이며, 이런 것들은 이 신체 기관에 대한 통속적인 견해와 관련이 있다.

중력을 거스르고 일어날 수 있는 음경의 놀라운 특징, 즉 발기 현상은 경기구(輕氣球), 비행기, 최근에는 체펠린 비행선으로도 표현된다. 그러나 꿈은 발기를 상징화하는 훨씬 더 인상적인 방법을 갖고 있다. 꿈은 음경을 인간의 본질적인 부분으로 생각하고 인간 자체를 날게 하는 것이다. 우리가 흔히 꾸는 멋있는 비행의 꿈은 일반적으로 성적 흥분의 꿈, 발기의 꿈으로 해석되어야 한다. 정신분석자 중에서는 페더른P. Federn[67]이 모든 의혹에 대해 논박하여 이 해석을 확립해냈다. 페더른 외에 다른 사람을 찾아보

---

[67] 1903년경의 프로이트의 초기 제자.

자면, 냉정한 비판력으로 이름 높으며 팔다리의 위치를 인공적으로 바꾸는 꿈 실험을 한 모울리 볼드가 있다. 그는 정신분석과는 거리가 멀고 정신분석에 대해서는 거의 아무것도 알지 못했던 것 같으나 연구 결과 같은 결론에 도달했다. 여성도 남성처럼 비행하는 꿈을 꾸지 않느냐고 여러분은 항의할 것이다. 꿈은 소망 충족이라는 것, 여성에게는 남성이 되고 싶다는 소망이 의식적으로 혹은 무의식적으로 아주 흔히 있다는 것을 상기해주기 바란다. 여성도 이 소망을 남성과 같은 감각으로 충족할 수 있다는 것은 해부학 전문가의 해명을 기다릴 필요도 없다. 여성 성기는 남성의 것과 비슷한 작은 기관을 갖고 있고, 음핵이라 불리는 이 작은 기관은 유년기나 성교 경험 이전의 나이에 남성의 큰 음경과 같은 역할을 한다.

쉽게 이해되지 않는 남성 성기의 상징으로는 도마뱀과 물고기, 뱀이 있다. 특히 뱀은 유명한 상징이다. 모자와 외투가 성의 상징으로 사용되는 이유는 쉽게 알아내기 어렵지만 그러한 상징적 뜻을 갖는다는 것은 명백하다. 마지막으로 남성 성기를 발이나 손과 같이 신체 일부로 나타내는 것도 상징으로 풀이할 수 있는가 하는 의문이 솟는다. 나는 전체적인 맥락에 의해 그에 대응하는 여성적인 대상이 있다면 이 역시 남성 성기로 결론을 내리지 않을 수 없다고 생각한다.

여성 성기는 속이 비어 있거나 안에 무언가를 넣을 수 있는 특징을 가진 물건이 상징적으로 나타난다. 이를테면 구멍, 웅덩이, 동굴, 관(管), 병, 상자, 함, 트렁크, 통, 궤짝, 호주머니 등이다. 배[船]도 이에 속한다. 어떤 상징은 여성 성기보다 어머니의 자궁과 관계가 있다. 장롱이나 부뚜막, 특히 방은 그 대표적인 것이다. 방의 상징은 집의 상징과 나란히 있다. 방문이나 대문은 다시금 생식구(生殖口)의 상징이 된다. 또 목재나 종이 같은 원료도 여성의 상징이고, 그런 원료로 만드는 물건, 이를테면 탁자나 책도 여성의 상징이다. 동물 중에서 달팽이와 조개는 분명히 여성의 상징이라 할 수 있다. 신체의 부분 중에서는 입이 생식구의 대표적인 상징이며, 건물 가운데서는 교회와 사원이 여성의 상징이다. 물론 이 모든 것이 다 쉽게 수긍되지는 않을 것이다.

유방도 성적 기관의 하나로 간주될 수 있는 것으로, 이는 여성의 둔부와 마찬가지로 사과, 복숭아 등 일반적으로 과일에 의해 표현된다. 꿈속에서 남녀의 음모(陰毛)는 숲이나 풀숲으로 나타난다. 여성 성기는 그 복잡한 구조로 인해 종종 바위와 숲, 물이 있는 하나의 풍경으로 묘사된다. 한편 남성 성기의 그 위엄 있고 당당한 기능적 장치는 표현하기 어려울 만큼 복잡한 기계로 상징되곤 한다.

특히 말해두고 싶은 여성 성기의 상징은 보석 상자다. 보석이나 보물은 꿈속에서 애인을 나타내는 데 쓰인다. 또 단 음식은 성적 쾌락에 대한 표현으로 빈번하게 등장한다. 자기 자신의 성기에서 비롯된 만족은 피아노 연주를 포함한 여러 가지 종류의 유희로 표현된다. 자위의 뛰어난 상징적 묘사는 활강, 미끄러짐, 나뭇가지를 꺾는 것 등이다. 특히 놀라운 상징은 자위를 이가 빠지거나 이를 뽑거나 하는 식으로 나타내는 것이다. 그 이유는 분명 자위에 대한 벌로서의 거세(去勢)를 뜻하는 것일 것이다. 성교 행위에 대해서는 지금까지 보고한 것으로 기대될 만큼 그리 많지는 않다. 춤이나 승마, 등산 등의 리드미컬한 활동 정도를 언급할 수 있겠고, 또 차에 치이는 것과 같은 난폭한 체험도 그에 속한다. 그리고 수공업 작업과 앞에서 말한 무기에 의한 협박 같은 것도 성교의 상징이다.

여러분은 이런 상징들이 아주 단순하게 사용되고 번역되고 있다고 생각해서는 안 된다. 그러면 모든 방면에서 우리의 기대를 배반한다. 일례를 들자면, 여러분은 좀 믿기 어렵겠지만 이와 같은 상징적인 묘사에서는 성별이 뚜렷하지 않을 때가 많다. 이를테면 어린아이는 남녀의 구별 없이 성기 일반을 의미한다. 또 어떤 경우에는 남성적인 성기의 상징이 여성 성기를 나타내는 데 사용되고, 그 반대의 경우도 있다. 이것은 여러분이 인간의 성 관념의 발달을 이해하기 전에는 알기 어려운 부분이다. 많은 경우에 이러한 상징의 모호성은 외관상으로만 그렇게 보이는 것인지도 모른다. 그러한 상징 중에서도 무기나 호주머니, 상자와 같은 명백한 것들은 결코 양성적으로 사용되지 않는다.

이제 나는 표현되어 나타나는 물건보다 상징 그 자체에 대해, 그리고 이성적 상징의 대부분이 대체 어느 세계에서 유래한 것인지를 이야기할 텐데, 조금 이해하기 어려운 상징들을 고려하여 몇 가지 사항을 덧붙여둔다. 그런 모호한 상징으로는 모자, 또는 일반적으로 머리에 쓰는 물건들을 들 수 있다. 대개의 경우 모자는 남성 성기를 의미하지만, 때로는 여성 성기를 표현하는 데도 쓰인다. 마찬가지로 외투는 남성을 나타내는데 언제나 반드시 성기와 관계있는 것은 아니다. 이 경우 여러분은 왜 그런지 의문을 가져볼 수 있을 것이다.[68] 축 늘어진 모양이면서 여성은 사용하지 않는 넥타이는 분명하게 남성의 상징이다. 흰 속옷이나 리넨은 일반적으로 여성을 의미하고, 이미 말한 것처럼 옷이나 제복은 나체나 인체를 나타낸다. 구두라든가 슬리퍼는 여성 성기를 나타내고, 언뜻 보기에는 수수께끼 같지만 탁자와 목재는 이미 말한 것처럼 틀림없이 여성의 상징이다. 사다리, 언

---

68 〈Mantel(외투)〉과 〈Mann(남자)〉은 발음이 유사하다.

덕, 층계, 혹은 그것들을 올라가는 것은 확실히 성교의 상징이다. 잘 생각해보면 올라갈 때는 율동이 따르며, 높이 올라갈수록 흥분이 커져서 숨이 가빠지는 것 역시 공통점이다.

풍경이 여성 성기의 묘사라는 것은 이미 말했지만, 산과 바위는 남성 성기의 상징이고 정원은 여성 성기의 상징으로 흔히 쓰인다. 과일은 어린아이의 상징이 아니라 유방을 의미한다. 야수(野獸)는 육욕으로 흥분되어 있는 인간이나, 그 이상의 나쁜 본능이나 정욕을 의미하기도 한다. 꽃은 여성 성기의 상징으로, 특히 처녀성을 상징한다. 여러분은 꽃이 실제로 식물의 성기라는 것을 알고 있을 것이다.

이미 말한 것처럼 방은 하나의 상징이다. 이 상징은 더 확대될 수 있다. 이를테면 창문이나 출입구는 체공(體孔)을 의미하게 된다. 방문을 닫는 것, 방문을 여는 것도 상징이며 방문을 여는 열쇠는 분명 남성의 상징이다.

이상이 꿈의 상징을 연구하는 데 쓰이는 재료들인데, 이것만으로는 결코 충분하지 않다. 더 깊고 넓게 파고 들어가지 않으면 안 된다. 그러나 여러분에게는 이것으로 넘칠 만큼 충분하며 이미 크게 실망했을 줄 안다. 여러분은 "마치 성의 상징에 둘러싸여서 생활하고 있는 것 같군요. 나를 둘러싸고 있는 물건, 내가 입고 있는 옷, 내가 들고 있는 물건들이 모두 성적 상징이라는 말씀입니까?"라고 질문할 수도 있다. 여러분이 이상하게 생각하는 것도 무리는 아니다. 그리고 이러한 것들 중에 제일 처음 떠오르는 의문은 아마도 "꿈을 꾼 사람 자신이 전혀 알려주지 않고, 또 알려준다 해도 극히 조금뿐인데 선생님은 대체 어디서 그와 같은 상징의 뜻을 알게 되었습니까?"라는 질문일 것이다.

나는 이렇게 대답하려 한다.

〈동화, 신화, 농담 혹은 풍자, 민간전승의 풍속이나 관습, 격언, 민요, 그리고 시적이고 통속적인 관용어 들이 모두 꿈의 상징의 의미를 제공한 원천이다.〉

이들 속에는 동일한 상징이 도처에서 발견되고 별다른 지식이 없더라도 그 상징을 이해할 수 있다. 이와 같은 원천들을 하나하나 더듬어가다 보면 꿈의 상징과 대응하는 것들을 발견할 수 있으며, 그럼으로써 우리의 해석이 옳다는 것을 인정하지 않을 수 없게 된다.

인체가 꿈속에서 흔히 집이라는 상징으로 묘사된다는 셰르너의 견해를 앞에서 이야기했다. 이 상징을 확대하면 창문, 문, 대문은 체강(體腔)의 입구를 의미하게 된다는 것, 또 집의 전면은 편편할 수도 있고 발코니나 돌출물이 붙어 있을 수도 있는데 이는 붙잡을 수 있는 구조물로 해석된다는 것 등도 설명했다. 이와 같은 상징이 우리가 흔히 쓰는 관용어에서도 발견된다. 이를테면 친한 사람을 만났을 때 "altes Haus."[69]라고 인사한다. 또 "einem eins aufs Dachl geben(그의 지붕을 한 대 치다)."[70]이라든가, "es sei bei ihm nicht richtig im Oberstübchen(그 사람의 꼭대기 층이 이상하다)."[71]이라는 표현도 쓴다. 해부학에서는 체공을 실제로 〈육체의 문(Leibespforten)〉이라고 부르고 있다.

우리가 꿈속에서 부모를 황제와 황후 또는 왕과 왕비로 보게 되는 것은

---

69 '낡은 집'이란 뜻으로, "아!" "여보게!"라고 부를 때 쓰는 말이다.

70 'Dachl'은 'Dachel'이며 '작은 지붕'을 뜻한다. 즉 '작은 지붕의 윗부분을 치다'로 해석할 수 있으며, 사람의 머리를 때린다는 의미로 쓰인다.

71 'Oberstübchen'은 '맨 위층 방'을 뜻하며 '머리'의 의미로 사용되었다. 즉 '그는 머리가 돈 것 같다'는 뜻이다.

언뜻 보기에는 조금 이해하기 어렵다. 그러나 동화 속에서 같은 일이 발견된다. 많은 동화가 "옛날 옛적 어느 곳에 임금님과 왕비님이 살았습니다."로 시작되는데, 이것은 "옛날 옛적에 아버지와 어머니가 살았습니다."와 마찬가지다. 가정에서 우리는 장난삼아 아들을 왕자라고 부르고, 장남을 황태자라고 부른다. 왕은 자신을 가리켜 '국부(國父)'라고 한다. 우리는 어린아이를 농으로 〈벌레들(Würmer)〉이라고 부르고, 때로는 연민의 감정을 섞어 〈불쌍한 벌레(der arme Wurm)〉라고 말하기도 한다.

다시 집의 상징으로 돌아가보자. 꿈에서 우리가 집의 돌출부를 붙잡는 곳으로 이용하는 것은 잘 발육된 유방을 가진 여성을 가리켜 "Die hat etwas zum Anhalten(저 여자는 잡을 데가 있군)."이라고 말하는 독일의 유명한 속어를 생각나게 한다. 비슷한 경우에 독일인들이 "Die has viel Holz vor dem Haus(저 여자는 집 앞에 재목을 많이 쌓아두고 있어)."라고 말하는 것은 재목을 여성 혹은 어머니의 상징으로 보는 우리의 해석을 뒷받침해주는 듯이 보인다.

재목에 대해서는 또 이야기할 것이 있다. 재목이 어째서 어머니나 여성을 나타내게 되었을까? 여기에 대해서는 비교언어학이 도움을 준다. 독일어 단어 'Holz(나무)'는 재료, 원료를 뜻하는 그리스어 'hyle'와 같은 어원을 갖고 있다고 한다. 이와 같이 일반적인 재료를 뜻하던 말이 시간이 흐르며 어떤 특수한 재료를 가리키는 말로 쓰이게 되는 일은 결코 드물지 않을 것이다. 대서양에 마데이라(Madeira)라는 섬이 있다. 포르투갈 사람이 섬을 발견했을 때 이 이름을 붙였는데, 이유는 발견 당시 도처에 수목이 무성했기 때문이다. '마데이라'는 포르투갈어로 '재목'이라는 뜻이다. 이것이 일반적인 재료를 뜻하는 라틴어 '마테리아(Materia)'가 조금 변형된 단어라는 것을 여러분은 금방 눈치 챌 수 있을 것이다. 또 '마테리아'의 어원은 '엄마(Mater)', '어머니(Mutter)'이다. 재료로 물건이 만들어지는데, 재료는 물건에게 말하자면 어머니와 같은 존재다. 재목으로 여성이나 어머니를 상징적으로 나타내는 것은 이와 같은 오랜 관념의 유물인 것이다.

꿈속에서 출생은 언제나 물과 관련하여 나타난다. 물에 뛰어들거나 물에서 기어 나오거나 하는 것은 아기를 낳거나 아기가 태어나는 것을 의미한다. 이 상징은 두 가지 점에서 발생학적인 진리에 입각해 있다는 것을 잊지 말아야 한다. 첫째, 뭍에 사는 모든 포유동물과 인류의 조상은 수서동물(水棲動物)에서 진화했다. 그러나 이것은 너무나 오래된 일이다. 그렇다면 둘째로, 모든 포유동물은 물론 인간도 생존의 제1기를 물속, 즉 태아로서 모체의 양수 속에서 보내며 분만을 통해 물에서 나온다. 꿈을 꾸는 사람이 이것을 기억하고 있다고 주장할 생각은 없다. 이와는 반대로 꿈을 꾸는 사람은 그런 것을 알 필요가 없다는 것이 내 생각이다. 꿈을 꾼 사람은 아마도 어릴 때 들은 이야기를 통해 출생에 관한 다른 것을 흐릿하게 기억하고 있을지도 모른다. 그러나 그 기억마저도 상징 형성에 관여했으리라 여기지는 않는다. 우리는 어렸을 때 요람 속에서 황새가 아기를 물어다 준다는 이야기를 듣곤 한다. 그런데 황새는 대체 어디서 아기를 물어 오는가? 호수나 연못에서, 즉 물에서 아기를 데려온다. 나의 한 환자는—그는 백작 아들이었는데—어릴 때 역시 이 이야기를 듣고 오후 내내 행방불명이 된 적이 있다고 한다. 집안 어른들이 가까스로 아이를 찾아냈을 때, 이 아이는 성의 연못가에 엎드려 작은 얼굴을 수면 가까이에 대고 물 밑에 아기가 있는지 어떤지 지켜보고 있었다.

랑크가 비교 연구한 바 있는 영웅의 탄생 신화에서는—가장 오래된 것
은 기원전 2800년경 아가데의 사르곤 왕의 탄생 신화인데—영웅이 물에
버려지는 것과 물에서 건져내는 이야기가 압도적으로 많다. 랑크는 이러
한 탄생의 묘사가 꿈속에 흔히 등장하는 표현과 매우 유사하며 전 세계적
으로 공통적인 것이라는 사실을 발견했다. 꿈속에서 어떤 사람을 물속에
서 건져 올릴 때, 그 사람의 어머니가 되거나 혹은 어머니 같은 존재가 되
는 것으로 간주한다. 신화에서는 아이를 물속에서 건져내는 사람이 언제
나 그 아이의 어머니가 된다. 잘 알려진 일화 중에 이런 것이 있다. 영리한
유대인 남자아이에게 누군가가 물었다. "모세의 진짜 어머니가 누군 줄 아
니?" 아이는 "공주님이지 뭐."라고 대답했다. "아니, 공주님은 모세를 물에
서 건져 올렸을 뿐이지."라고 하자 아이는 이렇게 대답했다. "공주님은 그
냥 그렇게 말하는 것뿐이야." 이 일화는 아이가 신화를 정확히 해석하고
있음을 보여준다.

꿈속에서 여행을 떠나는 것은 죽음을 의미한다. 마찬가지 일이 어린아
이를 대하는 우리들의 습관에서도 발견된다. 누군가 죽어서 모습이 보이
지 않을 때 어디로 갔느냐고 아이가 물으면 어른들은 〈여행을 떠났다〉고
대답한다. 그러나 나는 여행을 떠난다는 꿈의 상징이 여기서 비롯됐다는
데에는 반대하고 싶다. 시인도 같은 상징을 사용하여 피안(彼岸)에 대해
〈한 번 발을 들여놓으면 어느 나그네라도 다시 돌아올 수 없는 미지의 나
라〉라고 표현했다.[72] 우리의 일상생활 속에서도 〈마지막 나그네 길〉이라
고 말하는 것은 아주 일상적인 표현이다. 고대 의식에 대한 지식이 해박한

---

72 셰익스피어 《햄릿》 3막 1장.

사람이라면 고대 이집트 신앙에서 〈어둠의 나라로의 여행〉이라는 죽음에 대한 관념이 얼마나 진지하게 믿어지고 있었는지 잘 알 것이다. 마치 여행자가 여행 안내서를 휴대하듯이 그들이 죽음의 여행길로 떠나는 미라에게 주었던 《사자(死者)의 서(書)》는 지금도 다수 남아 있다. 묘지가 거주지로부터 멀리 떨어진 곳에 만들어지고부터 사자의 〈마지막 여행길〉은 현실이 되었다.

이와 마찬가지로 성의 상징도 꿈속에만 나타나는 것이 아니다. 여러분은 아마도 여자를 얕잡아 보며 〈alte Schachtel (낡은 상자)〉이라고 부르는 실수를 한 적이 있을 것이다. 그러나 이때 자기가 성기의 상징을 사용하고 있다고는 깨닫지 못했을 것이다. 신약성서에는 〈여자는 깨지기 쉬운 그릇이다〉(〈베드로전서〉 3장 7절)라는 문구가 있다. 구약성서에는 시에 가까운 문체로 성의 상징이 가득 표현되어 있는데 그것이 언제나 올바르게 해석되고 있지는 않다. 이를테면 솔로몬의 〈아가서〉[73]에 대한 주석 중에는 성의 상징에 대한 엉뚱한 해석이 많다. 후기 히브리 문학에서는 여자를 집으로 묘사하고 그 집의 문이 생식구를 상징하는 예들이 많아졌다. 예를 들어 자신의 신부가 처녀가 아니라는 것을 알게 된 남편이 〈문은 열려 있었다〉라고 탄식한다. 탁자를 여성의 상징으로 쓰는 용법도 히브리 문학의 문헌에 많이 나타나 있다. 아내가 자기 남편에 대해서 이렇게 말한다. "나는 남

---

73 구약성서 〈아가서〉 8장 8~10절에 다음과 같은 말이 있다. "우리에게 있는 작은 누이는 아직도 유방이 없구나. 그가 청혼을 받는 날에는 우리가 그를 위하여 무엇을 할꼬/그가 성벽일진대 우리는 은 망대를 그 위에 세울 것이요, 그가 문일진대 우리는 백향목 판자로 두드리리라/나는 성벽이요, 나의 유방은 망대 같으니, 그러므로 나는 그의 보기에 화평을 얻은 자 같구나." 즉 오빠들은 누이동생이 난공불락의 성이라면 왕관을 얹어주겠다고 생각한다. 이에 대해서 누이동생은 웃으면서 그래봐야 아무 소용도 없다, 성은 내주게 될 것이다. 아니, 실제로 내주었다고 대답한다. 성, 성벽, 탑은 열린 문에 대해서 처녀의 상징으로 사용되고 있다.

편을 위해서 탁자를 정돈해놓았는데, 남편이 그것을 뒤엎어버렸다." 다리를 저는 아이가 태어난 것은 남편이 탁자를 뒤집어엎었기 때문이라는 것이다. 이들은 브륀[74]의 레비L. Levy가 쓴 논문 〈성서 및 유대 율법에 나타난 성적 상징(Die Sexualsymbolik der Bibel und des Talmuds)〉에서 발췌한 것이다(《성 과학 잡지》(1914년) 게재 논문).

꿈속의 배가 여성을 뜻한다는 것은 어원학자들에게서 배울 수 있다. 어원학자들은 〈배(Schiff)〉라는 단어가 '흙으로 만든 항아리'에서 왔으며, 〈Schaff(물통)〉라는 단어도 같은 것이라고 주장한다.

아궁이가 여성 모체의 상징이라는 것은 그리스 신화 〈코린트 섬의 페리안드로스[75]와 그의 아내 멜리사〉 이야기가 뒷받침해준다. 헤로도투스[76]의 저서(《역사》 제5권 92)에 따르면, 폭군 페리안드로스는 무척 사랑했으면서도 질투에 눈이 멀어 죽여버린 아내 멜리사의 망령이 나타나자 누구냐고 묻는다. 그러자 아내의 망령은 〈페리안드로스가 싸늘한 아궁이에 자신의 빵을 집어넣었다〉라고 말함으로써 어느 누구에게도 고백할 수 없는 사건[77]을 상기시켜 바로 자신임을 확인해준다.

프리드리히 S. 크라우스F. S. Krauss가 편찬한 《안트로포피테이아(Anthropophyteia)》라는 책은 여러 민족의 성생활에 관한 지식을 집대성한 대단한 자료이다. 이에 따르면 독일의 어느 지방에서는 해산한 여성을 〈그 여자의 아궁이는 부서졌다〉라고 말한다고 한다. 불이 훨훨 타오르는

---

74 현재 체코에 있는 도시 브르노.
75 코린트의 자칭 왕으로서 재위는 BC. 625~585년이다.
76 그리스의 유명한 역사가.
77 페리안드로스는 멜리사의 시체와 성교를 하고 있었다는 말이 있다.

것과 불에 관한 모든 일은 성의 상징과 밀접한 관계를 갖고 있다. 불길은 언제나 남성 성기의 상징이며, 불을 피워 올리는 곳인 아궁이는 여성의 자궁을 상징한다. 왜 꿈속의 경치가 여성 성기를 상징하는 데 사용되는 것인지 의문이 드는 분들이 있다면, 〈어머니 대지(Mutter Erde)〉가 고대인의 관념과 제사에서 어떤 역할을 했으며, 경작에 대한 개념도 얼마나 이 상징성에 의해 규정되었던가를 신화학자들에게서 배우면 된다.

　여러분은 방(Zimmer)이 여성의 상징이라는 것에 대해, 독일어로 여자를 'Frau(여자)' 대신 〈Frauenzimmer(여자의 방)〉[78]라고 말하는 관용어를 통해 설명하려 할 것이다. 이 경우 사람은 그에게 정해진 공간으로 대리하여 표현되었다. 마찬가지로 우리는 〈Hohen Pforte〉[79]라는 말을 터키 황제와 그의 후궁을 뜻하는 말로 사용하고 있다. 고대 이집트의 군주를 가리키는 파라오(Pharao)라는 이름도 실은 〈궁중의 큰 뜰〉이라는 뜻이다(고대 동양에서도 도시 안으로 들어가는 중문 사이에 있는 큰 뜰은 그리스 로마 시대의 광장처럼 집회를 여는 장소였다). 그러나 이런 추론은 너무 피상적이라는 생각이 든다. 방은 사람을 넣는 공간으로서 여성의 상징이 되었다는 것이 내게는 더 설득력 있게 들린다. 우리는 이미 이런 뜻에서 집을 생각하고 있다. 신화와 시문(詩文)에 등장하는 도시, 성채, 거성(居城,) 요새를 널리 여성의 상징으로 생각해도 좋을 것이다. 이 문제는 독일어를 쓰지도 않고 알지도 못하는 사람들의 꿈을 참고로 하면 쉽게 해결할 수 있다. 나는 요즘 주로 외국인 환자를 치료하고 있는데, 그런 외국인의 꿈속에서도

---

78 여자를 낮추어 칭하는 말이다.
79 글자대로 옮기면 '높은 문'으로, '제왕'을 뜻한다.

─그 외국인의 모국어에는 우리말과 같은 표현, 즉 여성을 의미하는
〈Frauenzimmer(여자의 방)〉라는 표현은 없지만─ 방이 여성을 뜻하고
있다는 것이 확인된다. 꿈 연구가 슈베르트G. H. von Schubert가 1862년에 이
미 주장한 대로 상징은 언어의 경계를 넘어선다는 다른 증거도 있다(슈베
르트의《꿈의 상징(Die Symbolik des Traumes)》(1814) 참조). 그러나 내
환자 중에는 독일어를 전혀 모르는 이들은 없었으므로, 이에 대한 연구는
다른 나라에서 한 언어만 쓰는 사람들의 사례를 모을 수 있는 정신분석가
에게 맡길 수밖에 없다.

남성 성기의 상징적 표현들은 모두 다 농담이나 비속어 또는 시적 표현,
특히 고전 시인들의 묘사 속에 반복적으로 사용되고 있다. 여기서는 꿈속
에 나타나는 상징들만이 아니라 아직 내가 설명하지 않은, 이를테면 여러
가지 작업에 사용되는 연장들, 즉 쟁기 같은 것들도 문제가 된다. 그러나
남성의 상징적 표현에 대해 말하자면 이야기가 여러 방면으로 구구해지
므로 시간을 낭비하지 않기 위해 여기서 그치기로 한다.

다만 한 가지, 이런 대열에 포함되지 않은 〈3〉이라는 숫자의 상징에 대
해서 몇 가지 이야기해보자.

〈3〉이라는 숫자에 붙여지고 있는 신성함이 상징 관계에서 연유한 것인
지는 아직 단정 지을 수 없다. 그러나 자연계에 존재하는 세 부분을 가진
것이 문장(紋章)이나 기장(記章)에 쓰이는 것은 대개 이와 같은 상징적 의
미에 입각한 것이 확실해 보인다. 세 잎 클로버는 그 대표적인 것이다. 프
랑스의 문장인 세 개의 꽃잎을 가진 백합이나 매우 멀리 떨어져 있는 시칠
리 섬과 맨 섬에서 공통적으로 쓰인 기괴한 문장 트리스켈레스(Triskeles)
(중앙에서 각각 뻗어 나간 세 개의 굽은 다리가 있다)는 남성 성기를 도안화

(圖案化)한 것에 불과하다.

　고대에는 음경의 모형이 악마를 물리치는 강력한 부적(Apotropaea)으로 사용되었다. 마찬가지로 행운을 가져다준다는 현대의 부적들도 성기 또는 성적 상징임을 한눈에 알아볼 수 있다. 네 잎 클로버, 돼지, 송이버섯, 말발굽, 사다리, 굴뚝 청소부 등의 모양을 한 조그만 은제 장식품들을 보라. 네 잎 클로버는 원래 상징으로 적합했던 세 잎 클로버의 대신이다. 돼지는 고대부터 다산의 상징이었다. 송이버섯은 누가 보나 음경의 상징이다. '팔루스 임푸디쿠스(Phallus impudicus)[80]라는 분류명을 가진 송이버섯이 있는데, 이것은 모양이 음경과 헷갈릴 만큼 많이 닮아 있다. 말발굽은 여성 성기의 윤곽과 비슷하다. 사다리를 들고 있는 굴뚝 청소부도 마찬가지다. 굴뚝 청소부는 통속적으로 말해서 성교에 비교할 수 있는 일을 하고 있기 때문이다(《안트로포피테이아》 참조).

　꿈속에서 사다리가 성적 상징이라는 것은 앞에서 이미 다루었는데, 독일어의 용어법에서 그 좋은 실례를 찾아볼 수 있다. 독일어 〈올라가다(steigen)〉는 분명 성적인 뜻으로 응용되고 있다. 여자 뒤꽁무니만 쫓아다니는 것을 〈den Frauen nachsteigen(여자의 뒤에 올라가다)〉이라고 하며, 늙은 방탕자를 〈ein alter Steiger(올라가는 늙은이)〉라고 말한다. 프랑스에서는 층계를 〈la marche〉라고 하는데, 바람둥이를 가리켜 독일어와 매우 유사하게 〈un vieux marcheur(계단을 올라가는 노인)〉라고 부른다. 대다수의 몸집이 큰 동물들의 교미는 올라가는 것, 즉 암컷을 타는 것이라고 한다면 이 연관성은 그리 새삼스러운 일이 아니다.

---

80 글자의 뜻이 '외설스러운 음경'이다.

자위의 상징적 묘사는 나무를 뽑는 것인데, 이것은 자위라는 행위의 속어적인 명명과 일치할 뿐 아니라 널리 신화에서도 비슷한 것들을 찾아볼 수 있다. 여기서 특히 주목할 만한 것은 자위를, 정확하게는 자위의 형벌로서의 거세를 이가 빠지는 것, 이를 뽑는 것으로 상징하는 일이다. 꿈을 꾸는 사람이 이 표현을 알고 있는 경우는 극히 드물지만 민속학에서는 이와 대응하는 것을 찾아낼 수 있다. 많은 민족이 행하는 할례는 거세와 상통하는 것이며 거세의 대신이라는 것을 나는 의심치 않는다. 최근의 보고에 의하면, 오스트레일리아의 어느 미개 종족은 성년식 때 할례를 행하는데, 그 이웃에 있는 다른 종족은 할례 대신 이를 뽑는다고 한다.

이 정도로 견본을 예시하는 서술을 끝내고 싶다. 지금까지 말한 것은 극히 소수의 예이다. 우리는 이에 대해 더 많은 것을 알고 있다. 우리 분야가 아닌 신화학, 인류학, 언어학, 민속학 전문가들이 이 방면으로 자료를 찾는다면 얼마나 풍부하고 흥미로운 것이 나올지 여러분도 상상할 수 있을 것이다. 이상의 연구에서 우리는 두세 가지 결론을 얻었다. 그 결론은 충분한 것이라고는 할 수 없으나, 아무튼 여러 가지 문제를 우리에게 제공해 주었다.

첫째, 꿈을 꾸는 사람은 깨어 있을 때는 알지 못하며 인정하지도 않는 상징들을 꿈속에서 자유롭게 표현하는 힘을 갖고 있다는 것을 우리는 알게 되었다. 만약 여러분의 하녀가 보헤미아 시골 출신인데 배운 적도 없는 산스크리트어를 구사한다고 해보자. 얼마나 놀라운 일이겠는가? 위에서 말한 것은 그와 마찬가지로 놀랄 만한 일이다. 우리의 심리학적 견해로 이 사실을 다 설명한다는 것은 쉽지 않다. 우리는 다만, 상징에 대한 지식은 꿈을 꾼 사람에게는 의식되지 않은 것이며, 그 사람의 무의식적 정신생활에 속한다는 것만을 말할 수 있다. 그러나 이 가정만으로는 부족하다. 이제까지는 그저 일시적으로 혹은 영구적으로 의식하지 못하는 무의식적인 의향이 있다고 가정했지만, 이제는 그 이상으로 확대된다. 여러 대상들 사이에서 언제나 하나가 다른 것의 대리가 되는 사고 관계, 이른바 비교대조에 대한 무의식적인 지식이 문제가 되는 것이다. 이러한 비교대조는 그때그때마다 항상 새로이 만들어지는 것이 아니고 이미 완결된 상태로 놓여 있다. 그것은 여러 사람들 간에 이루어진 합의, 나아가서 서로 다른 인종과 언어에도 불구하고 생겨난 합의에 기인하는 것이다.

이와 같은 상징 관계에 대한 지식은 어디에 원천을 두고 있는 것일까? 관용어로는 극히 일부분밖에 설명되지 않는다. 다른 영역에서 갖가지 비슷한 현상들이 발견된다는 것을 꿈꾸는 사람은 대개 모르고 있다. 우리도 처음에는 무척 고생하며 가까스로 모았어야 했을 정도이다.

둘째로, 이러한 상징 관계는 꿈을 꾼 사람이나 꿈의 작업—이것을 통해 상징 관계가 표현되는데—에만 존재하는 것이 아니다. 같은 상징을 신화나 동화에서 이용하고 있으며, 민중은 그것을 속담이나 민요 속에 사용하고, 때로는 속어나 시적(詩的) 상상에도 쓰고 있다는 것을 우리는 알았다. 상징의 세계는 참으로 광활하며 꿈의 상징은 그 세계의 일부에 지나지 않는다. 따라서 꿈을 통해 이 문제를 전부 규명하겠다는 것은 무모한 짓이다. 꿈 이외의 다른 곳에서 사용되고 있는 상징들 가운데는 꿈속에 나타나지 않거나, 나타난다 해도 아주 드물게만 보이는 것들이 많이 있다. 또 꿈의 상징 중 많은 것들이 다른 영역에서는 거의 발견되지 않고, 여러분이 확인했듯 여기저기서 간혹 보일 뿐이다. 그렇다면 오래되어 소멸해버린 표현법도 있으니 어쩌면 하나는 여기에, 다른 것은 저기에, 또 다른 것은 조금 변형되어 소수의 영역에만, 이런 식으로 여러 영역에 가지각색의 꼴로 살아남게 된 것은 아닐까? 여기서 재미있는 한 정신질환 환자의 공상이 생각난다. 이 사나이는 〈기본 언어〉라는 것을 상상해내고, 이 모든 상징 관계들은 바로 그 〈기본 언어〉의 잔존물이라고 설명했다.[81]

셋째로 우리의 주의를 끄는 것은, 다른 영역에서의 상징은 성의 상징에 한정되어 있지 않은데 꿈에서는 거의 대부분의 상징이 성적인 사물이나 성적인 관계를 나타내는 데 사용되고 있다는 점이다. 이것도 설명이 쉽지 않다. 본디는 성적인 뜻을 가지고 있던 상징이 시간이 지나며 다른 것에 사용되게 된 것일까? 그리고 상징적 표현이 약해져서 다른 종류의 표현으로 옮겨 간 것일까? 우리가 꿈의 상징에 범위를 한정시켜 연구하고 있는 이상 이와 같은 문제에 분명히 답할 수는 없다. 다만 보통의 상징과 성적 상징 사이에는 특별히 긴밀한 관계가 성립되어 있으리라는 추측만은 계속 품고 있길 바란다.

최근 몇 년 사이에 이 문제에 관하여 매우 중요한 암시가 주어졌다. 정신분석과는 관계가 없는 스웨덴 웁살라의 언어학자 슈페르버H. Sperber가 성욕은 언어의 기원과 발달에 매우 큰 역할을 했다는 주장을 내놓은 것이다. 그의 견해를 옮기자면, 최초의 음성은 의사소통의 수단으로 사랑의 상대를 불러내는 목적을 갖고 있었으며, 다음 단계에서는 원시인들의 노동과 함께 언어의 발달이 이루어졌다고 한다. 그들의 노동은 공동 작업이었고

---

81 편집증 환자인 대법관 슈레버에 대한 프로이트의 사례 연구에 등장하는 내용. 프로이트의 〈편집증 환자 슈레버—자서전적 기록에 의한 정신분석〉 참조.

리드미컬하게 반복되는 언어 표현과 함께 이루어졌다. 그러면서 성적인 관심은 노동으로 옮겨 갔다. 원시인은 노동을 성 활동과 같은 가치를 지닌 것, 성 활동의 대리물로 다루면서 그것을 꽤 괜찮은 것으로 만들어간 것이다. 이리하여 공동 작업을 할 때 내뱉는 언어는 두 가지 의미를 나타내게 되었다. 즉 성행위의 의미와, 그것과 똑같이 가치 있는 것으로 여겨지는 노동 활동의 의미이다. 세월이 지남에 따라 이 말에서 성적인 뜻부터 떨어져 나가 노동에만 고착하게 되었다. 그리고 다음 세대들을 거치며 같은 일이 반복되었다. 즉 처음엔 성적인 의미를 가지고 있던 신어(新語)가 다른 새로운 종류의 노동에 전용되었다. 이런 식으로 많은 어원(語原)이 만들어졌는데, 어느 것이나 성적인 것에서 유래하여 서서히 그 성적인 의미를 다른 것에 양도하게 되었다는 것이다.

여기에 간추려놓은 그의 의견이 정확하게 핵심을 꿰뚫고 있다면, 꿈의 상징을 이해할 가능성이 열린다. 어째서 이 원시적인 성격을 가진 꿈에 성의 상징이 그리도 많이 나타나는 것이며, 또 어째서 무기나 연장은 언제나 남성의 성기를 상징하고 원료나 가공품은 여성의 성기를 상징하는지 이해할 수 있게 된다. 상징 관계는 옛날에 같은 단어였던 것의 유물이라 해도 좋다. 예전에 성기와 같은 이름으로 불리던 사물이 오늘에 이르러서는 꿈속에서 그에 대한 상징으로 나타날 수 있는 것이다.

꿈의 상징적 표현에 대응하는 것을 다른 영역에서 찾아내는 우리의 이러한 태도에서 여러분은 정신분석의 한 성격을 평가할 수 있을 것이다. 이 특징이야말로 정신분석을 일반적인 관심의 대상으로 만들었는데, 이는 심리학이나 정신의학은 도달하지 못한 지점이다. 정신분석 연구에서는 다른 모든 정신과학과 관계를 맺게 된다. 그리고 이 연구는 언어학, 신화학, 민속학, 민족심리학, 종교학 등에 매우 가치 있는 문제 해명을 이끌어준다. 이러한 정신분석적 토양 위에서 하나의 잡지(雜誌)가 성장하게 된 것을 여러분도 알 것이다. 1912년에 창간되어 한스 작스와 오토 랑크가 주관하고 있는《이마고(Imago)》는 정신분석과 여러 과학과의 관계를 다루는 것을 주된 과제로 삼고 있다. 이들 학문들과의 관계에서 정신분석은 우선적으로 베푸는 입장이지 받는 입장은 아니다. 정신분석의 기묘한 성과가 다른 학문의 영역에서 재확인됨으로써 정신분석에 대한 신뢰감을 높여준 점은 있으나, 전체적으로 보아 기술상의 방법과 착안점을 제공하고 그들의 학문 영역에 그것을 응용해 유익한 결과가 나올 수 있도록 만들어준 것은 정신분석 쪽이다. 개인의 심리적 활동은 정신분석적인 연구를 통했을 때 비로소 설명이 되며, 그 설명으로 우리는 인간 집단의 많은 수수께끼를 풀거나 최소한 빛을 밝힐 수 있게 된다.

우리가 어떤 상황에서 우리가 상정한 〈기본 언어〉에 대한 깊은 통찰을 얻을 수 있는지, 또 그중 다수가 어떤 영역에 지금까지 남아 있는지에 대해서는 아직 이야기하지 않았다. 여러분이 이 사실에 대해 모르고 있는 한 우리가 다루고 있는 주제의 의미도 평가할 수 없다. 그 영역은 바로 노이로제의 세계이다. 노이로제 환자가 나타내는 증상이나 그들이 드러내는 여타 표현들이야말로 그러한 자료들의 보고(寶庫)이다. 애초에 정신분석은 노이로제 환자를 연구하고 치료하기 위해서 만들어진 것이다.

네 번째 견지는 우리의 첫 출발점으로 돌아가는데, 이로써 우리는 예정되어 있던 길로 접어들게 된다. 설사 검열이 없더라도 꿈은 역시 이해하기 어려운 것이라고 앞에서 이야기했다. 그 까닭은 꿈의 상징 언어를 깨어 있을 때의 사고 언어(思考言語)로 풀이해야 하는 과제에 직면하기 때문이다.

상징성은 꿈의 검열과 나란히 꿈의 왜곡을 만드는 제2의 독립 변수이다. 그러나 꿈 검열의 입장에서 볼 때 상징이 꽤 편리한 수단이라 가정하는 것은 지극히 자연스럽다. 왜냐하면 상징은 검열과 마찬가지로 꿈을 기괴하게 만들고 이해하기 어렵게 만드는 데 도움이 되기 때문이다.

꿈에 대해 더 연구를 진행시키다 보면 꿈을 왜곡시키는 또 다른 새로운 계기를 만나게 되지 않을까 하는 의문은 곧 밝혀질 것이다. 이제 꿈의 상징이라는 주제를 마치면서 다시 한 번 다음의 수수께끼를 언급하지 않을 수 없다. 신화나 종교, 예술, 언어 등에서는 상징적 표현이 그리 널리 퍼져 있는데도 어째서 꿈의 상징에 이르면 교양 있는 사람들 사이에서 그렇게도 격렬한 저항이 일어나는 것일까? 그 역시 성적인 것에 대한 관계에 그 원인이 있는 것일까?

꿈의 작업

여러분이 꿈의 검열과 상징적 표현에 관한 지식을 알게 되었다고 해도 아직 꿈의 왜곡에 대해 완전히 정복했다고는 할 수 없다. 그러나 대개의 꿈은 이만한 지식이 있으면 이해할 수 있다. 여러분은 서로를 보완하는 두 가지 기법을 사용하게 될 것이다. 즉 대리물에서 본디의 것[眞相]으로 돌입할 때까지 꿈을 꾼 사람에게 연상을 이끌어내고, 아울러 그 사람에 대한 여러분 자신의 지식을 토대로 하여 상징에 대한 의미를 삽입할 것이다. 이 때 부딪히게 되는 어떤 종류의 불확실함에 대해서는 나중에 기회를 보아 다루도록 하겠다.

전에 우리가 꿈의 여러 요소와 그것이 의미하는 것 사이의 관계를 연구할 때 불완전한 방법으로 시도했던 작업을 다시 추진해보자. 그때 우리는 전체에 대한 부분의 관계, 근사(近似) 또는 암시 관계, 상징 관계, 조형적인 언어 표현의 관계의 네 가지 주요 관계를 확인했다. 이제 우리는 꿈의 현재내용을 해석에 의해 발견된 잠재몽과 비교함으로써 같은 작업을 좀 더 큰 규모로 착수해보려 한다.

꿈의 현재내용과 잠재몽을 혼동하지 말기 바란다. 여러분이 이 둘을 혼동하지만 않는다면 여러분은 나의 저서《꿈의 해석》을 읽은 독자 이상으로 꿈을 이해한 것이라 할 수 있다. 잠재몽을 현재몽으로 바꾸는 일을 〈꿈의 작업〉이라고 불렀던 것을 다시 한 번 똑똑히 머릿속에 새겨두기 바란다. 그리고 〈꿈의 작업〉과 반대 방향으로 현재몽에서 잠재몽에 도달하려하는 작업이 우리가 하고 있는 〈해석 작업〉이다. 즉 〈해석 작업〉은 〈꿈의 작업〉을 풀어내고자 하는 일이다. 소망 충족이 뚜렷이 나타나 있는 유치형 꿈들도 어느 정도는 꿈의 작업을 거치게 된다. 즉 소망 형식을 현실적인 경험으로 바꾸며 생각을 시각상(視覺像)으로 변형시킨다. 이 경우는 해석이 필요치 않다. 이 두 가지 치환을 거꾸로 행하기만 하면 된다. 이와는 다른 형태의 꿈들에서 발생한 부가적인 꿈의 작업을 우리는 〈꿈의 왜곡〉이라고 부른다. 그리고 이것을 우리의 해석 작업으로 원래대로 되돌릴 수 있는 것이다.

이제까지의 많은 꿈의 해석들을 비교하여 〈꿈의 작업〉이 어떻게 꿈의 잠재사상이라는 재료에서 무엇을 만들어내는가를 종합적으로 설명할 단계에 이르렀다. 그러나 너무 큰 기대를 갖지는 않도록 당부해두고 싶다. 여기서는 짧게 설명할 테니 냉정하고 주의 깊게 들어주기 바란다.

꿈의 작업의 제1의 작용은 〈응축(Verdichtung)〉이다. 응축이란 것은, 현재몽이 잠재몽에 비해서 그 내용이 적다는 것, 따라서 현재몽이 잠재몽에 생략을 가한 어떤 번역이라는 뜻이다. 응축이 없는 경우도 있지만 대개의 경우 응축은 존재한다. 그리고 엄청나게 많이 응축되는 경우도 있다. 이 관계는 결코 반대 방향으로 이루어지지는 않는다. 즉 현재몽이 잠재몽에 비해 그 규모가 크거나 내용이 풍부하거나 한 경우는 절대로 없다. 응축은 다음과 같이 이루어진다. 첫째, 어떤 종류의 잠재 요소가 완전히 탈락된다. 둘째, 잠재몽의 많은 콤플렉스 가운데 약간만이 현재몽으로 옮겨 가고 그 대부분은 이행하지 않는다. 셋째, 어떤 공통점을 가진 몇 가지 잠재 요소가 현재몽이 될 때 융합하여 하나가 되어버린다.

원한다면 이 셋째 과정만을 〈응축〉이라고 불러도 좋다. 응축의 효과는 아주 쉽게 보여줄 수 있다. 여러분 자신의 꿈을 생각해보면 한 인물에 온갖 인물이 압축되어 있는 경우를 쉽게 떠올릴 수 있을 것이다. 이런 혼성 인물은 표정은 A 같지만, B 같은 옷을 입고 있고, C를 떠올리게 하는 일을 하고 있다. 그러면서도 그 사람은 D라는 인물 같기도 해서 갈피를 잡을 수 없게 만든다. 그런데 이 혼성 인물에서는 특히 네 사람의 공통점이 두드러지게 나타난다. 이와 마찬가지로 사물이나 장소에 대해서도 혼성물이 만들어진다. 그때 각각의 사물이나 장소는 잠재몽이 강조하고 있는 무언가를 공통적으로 갖고 있다는 조건을 충족시키고 있다. 그것은 마치 이러한 공통점을 핵으로 어떤 새롭고도 잠정적인 개념이 형성된 것같이 보인다. 함께 응축되어 있는 각 요소들이 서로 겹치기 때문에, 같은 필름으로 몇 번이나 사진을 찍은 것처럼 윤곽이 흐릿하고 몽롱한 상이 만들어진다.

꿈의 작업은 이와 같은 혼성물을 만들어내는 데 많은 비중을 두는 듯하다. 왜냐하면 그러한 혼성물에 필요한 공통점이 즉시 찾아지지 않을 때는 어떤 관념을 나타내는 언어적 표현을 택함으로써 일부러 공통점을 만들어냈다는 것이 증명되기도 하기 때문이다. 우리는 이런 종류의 응축과 혼성물을 이미 알고 있다. 그것은 잘못 말하기의 발생에 큰 역할을 했다. 처녀를 'begleitdigen'[82]하려고 한 신사를 생각해보라. 그 외에도 이러한 응축이 밑바탕에 깔려 있는 농담들도 있다. 그러나 이러한 것들을 제쳐두고라도 응축이라는 과정은 참으로 이상하고 기괴한 것이다. 꿈속의 혼성 인물 같은 것이 우리의 공상의 산물 중에도 많이 발견되는데, 이를테면 켄타우르스[83]나 고대 신화 또는 뵈클린Böcklin[84]의 그림에 등장하는 우화적인 동물들 같은 것이다. 각 부분이 현실에서는 연관이 없으나 공상은 쉽게 그 부분들을 합성하여 하나의 종합된 모습으로 만들어낸다. 여기서의 〈창조적〉 공상들은 완전히 새로운 것을 만들어낸 것이 아니라 전혀 관계가 없는 각 부분을 합성한 것일 뿐이다.

그러나 꿈의 작업의 과정에서 무엇보다도 특이한 것은 다음과 같은 점이다. 꿈의 작업에 사용되는 재료는 여러 가지 관념인데, 그 관념의 몇몇은 온당하지 않고 불쾌한 것일망정 제대로 형성되고 표현되며 꿈의 작업에 의해 다른 형태로 변형된다. 흡사 다른 언어와 문자로 옮겨놓는 것과 같은 이런 번역·대치 과정에서 꿈의 작업은 융합이나 결합과 같은 수단을 이용하는 것이다. 이것은 이상하고 이해하기 어려운 일이다. 일반적으로 언어를 번역할 때는 텍스트 속에 주어진 차이점을 존중하고, 비슷한 것은 엄밀히 구별하도록 노력해야 하는 법이다. 그런데 꿈의 작업은 이와는 정반대이다. 마치 농담처럼, 두 가지 관념을 다 암시할 수 있는 모호한 말을 골라내 서로 다른 두 가지 관념을 응축한다. 이러한 특수성이 당장 이해되리라 생각하는 것은 욕심이겠지만, 꿈의 작업을 해독하는 데 이는 매우 중요한

---

82 'begleiten(모시고 가다)'과 'beleidigen(능욕하다)'의 일부 철자가 합성된 것.
83 그리스 신화 속 반인반마(半人半馬)의 괴물.
84 1827~1901. 스위스의 화가.

부분이 될 것이다.

응축으로 인해 꿈이 불투명해지는 건 사실이지만, 그것이 검열의 결과라는 인상을 받게 되지는 않는다. 오히려 기계적 또는 경제적인 이유라고 생각하고 싶다. 그러나 어쨌든 검열은 거기서 많은 이익을 얻고 있다.

응축의 성과가 매우 엄청날 때도 있다. 그러면 때로는 전혀 다른 두 가지 잠재적 사고 과정이 하나의 현재몽으로 합쳐지기도 한다. 이때는 여러분이 하나의 꿈을 훌륭히 해석해냈다고 생각할지라도 사실 그것은 외면일 뿐 제2의 뜻을 간과하고 있는 것일 수도 있다.

응축의 영향으로 인해 잠재몽과 현재몽 양쪽 꿈의 요소 사이의 관계는 결코 단순하지가 않다. 마치 서로 얽혀 있듯이 하나의 현재 요소가 많은 잠재 요소에 동시에 대응하거나, 거꾸로 하나의 잠재 요소가 여러 개의 현재 요소에 관련되어 있다. 또 꿈을 해석하다 보면 깨닫게 되는 일이지만, 하나의 현재 요소에 대한 연상도 꼭 차례대로 떠오르는 것이 아니다. 그래서 우리는 꿈 전체가 다 해석될 때까지 기다려야 할 때가 많다.

결론적으로 말해, 〈꿈의 작업〉은 〈꿈의 사상〉을 고쳐 쓰기 위해 매우 기발한 표기법을 사용하고 있다. 이는 단어와 단어, 기호와 기호를 일대일로 직역하는 것도 아니고, 말의 자음만 남겨놓고 모음은 생략한다는 식으로 어떤 일정한 법칙을 따라 선택하여 번역하는 것도 아니며, 여러 개의 요소를 대신해 언제나 하나의 요소만을 선별하는, 말하자면 대표의 방법도 아니다. 꿈의 작업은 이런 방식들과는 전혀 다른 매우 복잡한 방법을 이용한다.

꿈의 작업의 제2의 작용은 〈치환(Verschiebung)〉이다. 치환에 대해서는 다행히도 이미 연구가 끝났고 우리는 이것이 꿈의 검열이 하는 일이라는 것을 알고 있다. 치환이 나타나는 방법은 두 가지가 있다. 첫째는, 잠재요소가 그 자신의 구성요소에 의해서가 아니라 그것과는 거리가 먼 것, 즉 어떤 암시에 의해서 대리되는 것이다. 둘째는, 심리적인 강조점이 어떤 중대한 요소에서 다른 중대하지 않은 요소로 옮겨 가는 것이다. 이럴 경우 꿈의 중심이 다른 곳으로 옮겨져 꿈은 아주 기괴한 모습으로 보인다.

우리는 깨어 있을 때도 암시를 쓸 때가 있지만 이것은 전혀 별개이다. 이러한 암시는 우리가 알 수 있는 것이고, 그 대리물은 본디의 것과 내용 관계가 있다. 농담도 흔히 암시를 이용하는데, 이 경우에는 내용상의 연상이라기보다는 발음이 비슷하다든가 낱말의 의미가 여러 가지 있는 것을 이용한다든가 하는 외면적인 연상이다. 또 농담은 그 암시가 쉽게 이해되어야 한다는 조건이 필수적이다. 암시에서 그 본래의 것으로 쉽게 찾아갈 수 없으면 농담의 효과가 사라지기 때문이다.

이에 반해 꿈의 치환에서 사용되는 암시는 이러한 제약이 없다. 꿈의 암시는 가장 피상적이고 동떨어진 관계를 연관시킨다. 따라서 꿈의 암시는 이해하기 어려우며, 설령 본디의 것으로 돌려놓는다 해도 그 해석은 서투른 농담이나 억지 해석 같다는 인상을 준다. 왜냐하면 암시에서 그 본래의 것으로 찾아가는 길을 도저히 찾아낼 수 없을 때야말로 꿈의 검열은 자기 목적을 달성한 것이기 때문이다.

강조점의 이동은 사고 표현의 수단으로는 허용되지 않는다. 깨어 있을 때의 사고에서는 흔히 희극적인 효과를 얻기 위해 그것을 이용할 때가 있을 뿐이다. 다음과 같은 짧은 이야기를 예로 들면 이 강조점의 이동에서 느껴지는 당혹스러움을 여러분에게 환기시킬 수 있을 것이다.

〈어느 마을에 대장장이가 살고 있었다. 이 대장장이가 사형에 해당하는 범죄를 저질렀다. 재판소는 그의 죄상이 명백하다고 판결을 내렸다. 그런데 이 마을에는 대장장이가 이 한 사람뿐이라 마을에 꼭 필요한 사람이었다. 반면에 옷을 만드는 직공은 세 사람이나 있었다. 그래서 그 세 사람 가운데 하나가 대장장이 대신 교수대에 서게 되었다.〉

꿈의 작업의 제3의 작용은 심리학적으로 가장 흥미롭다. 바로 사상을 시각상으로 바꾸는 일이다. 꿈의 사상 전부가 이렇게 변환되지는 않는다. 꿈의 사상 가운데 많은 것들은 원형 그대로 현재몽에서도 생각이나 지식으로 떠오른다. 시각상은 관념이 변환되는 유일한 방법은 아니지만, 꿈 형성의 본질임은 틀림없다. 이미 알고 있겠지만 꿈의 작업 중 이 부분은 가장 변화되기 어려운 부분이다. 그리고 우리는 꿈의 개개 요소에 대한 〈조형적 언어 표현(plastische Wortdastellung)〉에 대해 이미 알고 있다.

이 제3의 작용이 결코 쉬운 일이 아님은 분명하다. 그 어려움을 이해하기 위해, 여러분이 신문의 정치 논설을 일련의 도해(圖解)로 바꾸라는 지시를 받았다고 가정해보자. 이는 말하자면 알파벳에서 상형문자로 역행하라는 말과 같다. 논설의 내용 중에서 인물이나 구체적인 사건에 대해서는 아주 쉽게, 아마도 알파벳보다 더 훌륭하게 그림으로 바꿔놓을 수 있을 것이다. 그러나 추상적인 단어들이나 전치사, 접속사 등과 같이 갖가지 사고의 상호관계를 나타내는 품사를 그림으로 그리려면 매우 애를 먹게 된다. 추상적인 단어를 그림으로 그릴 때는 아마도 별별 수단을 다 이용해야 할 것이다. 이를테면 이상하게는 들리지만 더 구체적인, 다시 말해 그림으로 그리는 데 알맞은 구성요소를 가진 다른 문장으로 바꾸려는 시도를 할 것이다. 그러면서 여러분은 추상적인 단어들도 처음에는 구체적인 단어에서 시작하여 퇴색된 것들이라는 데 생각이 미치고, 그 말의 기원에 해당되는 구체적인 의미로 거슬러 올라가 그림으로 바꾸려 할 것임이 틀림없다. 그리고 물건을 〈소유하다〉라는 말을 육체 위에 무언가를 올려놓는 식의 형태로 묘사할 수 있음을 발견하고 기뻐할 것이다.

꿈의 작업도 이와 같다. 이런 사정 아래서는 묘사의 정밀성을 요구할 수 없다. 그러니 꿈의 작업이 간통(Ehebruch), 즉 결혼 생활의 파괴(Bruch)처럼 그림으로 그리기 어려운 요소를 다른 것의 파괴, 이를테면 다리의 파괴(Beinbruch), 즉 골절로 대리한다 해도 관대하게 보아줘야 할 것이다.[85] 이렇게 해서 여러분은 알파벳을 상형문자로 바꾸려 할 때의 미숙함을 어

---

85 이 원고를 교정하던 중에 우연히 어떤 신문 기사를 보았는데 위에서 설명한 주장에 대한 주석으로 적당하여 여기에 싣는다.

〈신의 징벌(간통에 대한 징벌로 얻은 팔 골절상)〉

방위병의 아내인 안나 M이 클레멘티네 K 부인을 간통죄로 고소했다. 고소 진술은 이러했다. K부인은 전쟁터에 있는 자기 남편으로부터 매달 70크로네의 송금까지 받으며 원고의 남편인 칼 M과 법에 어긋나는 불륜 관계를 지속했다는 것이다. K부인은 원고의 남편으로부터 상당액의 돈을 받은 반면 자신과 아이들은 굶주림으로 비참한 생활을 하고 있다고 했다. K부인이 원고의 남편과 함께 술집에 가서 밤늦게까지 술을 마시고 있는 것을 남편의 친구가 은밀히 알려주기도 했다고 한다. 뿐만 아니라 피고인은 많은 군인들 앞에서 원고의 남편에게, "낡은 마누라와 헤어지고 나와 함께 살 수는 없는 거예요?"라고 물은 적도 있다고 했다. K부인의 아파트를 관리하는 여자도 원고의 남편이 K부인의 거실에서 잠옷 바람으로 있는 것을 몇 번이나 보았다고 증언했다. 어제 K부인은 레오폴트 시의 판사 앞에서 자신은 M을 모르기 때문에 특별히 친밀한 관계가 있다는 것은 말도 안 된다고 부인했다. 그러나 증인 알베르티네 M이, K부인이 원고의 남편과 키스하고 있는 것을 자기에게 들켜 몹시 놀란 적이 있다고 증언했다. 앞서 진행된 재판 과정에서 증인으로 출석한 원고의 남편 M은 당시에 피고인과의 관계를 부인했다. 그러나 어제 재판관 앞으로 편지 한 통이 도착했다. 편지 속에서 증인 M은 첫 번째 재판에서의 진술을 뒤엎고 지난 6월까지 K부인과 연애 관계를 맺었음을 〈시인〉했다. 자기가 전에 피고와의 관계를 부인한 것은 재판 전에 그녀가 자신에게 와서 도와줄 것과 아무 말도 하지 말 것을 〈애원했기〉 때문이라고 했다. 그리고 증인은 덧붙여 이렇게 썼다. "오늘은 법정에서 모든 것을 고백해야겠다고 느꼈습니다. 왜냐하면 〈나는 왼팔이 부러졌으며〉 나에게는 이것이 내가 범한 죄에 대한 〈하나님의 벌〉처럼 여겨지기 때문입니다." 판사는 이 행위에 대해 〈이미 시효가 지났다〉고 판결했으며, 원고가 〈고소를 취하〉하고 피고는 방면되었다.—원주

느 정도 보완하는 데 성공할 수 있다.

사고의 상호관계를 나타내는 품사, 즉 〈왜냐하면〉, 〈그러므로〉, 〈그러나〉
와 같은 말을 그림으로 그릴 경우에는 이러한 보조 수단마저 없다. 따라서
이런 구성요소들은 그림으로 바꿀 때 탈락될 것이다. 꿈의 사상도 마찬가
지로, 이런 내용을 가지고 있다면 꿈의 작업을 통해 원재료인 대상이나 활
동 등으로 분해되어 버린다. 표현하기 어려운 상호관계는 그림의 섬세한
표현에 의해 조금이나마 암시할 수 있는 가능성 정도로 만족해야 할 것이
다. 결국 꿈의 작업은 꿈의 잠재사상의 내용 중 많은 것들을 현재몽의 고
유한 형태적 특징으로, 즉 명료성이나 모호성으로, 혹은 여러 가지 부분으
로 분할하는 방식 등으로 나타낸다. 하나의 꿈이 몇 개로 나누어져 있는
경우에 그 부분몽(部分夢:Partialtraum)의 수효는 잠재몽 속의 주제의 수,
즉 사상의 계열 수와 일반적으로 일치한다. 이를테면 짧은 서몽(序
夢:Vortraum)은 뒤이어서 나타나는 주제몽(主題夢)에 대해서 흔히 머리말
이나 동기의 관계를 갖는다. 꿈의 사상 속에 있는 부문장(部文章)은 현재
몽 속에서 그에 덧붙여진 장면 전환으로 나타나곤 한다. 그렇다면 꿈의 형
식은 결코 무의미한 것이 아니며 그 형태도 해석을 할 필요가 있는 것이
다. 하룻밤에 많은 꿈을 꾼 것은 흔히 이러한 뜻을 갖고 있으며, 점점 커지
는 자극을 어떻게든 처리해보려 한 노력을 말해준다. 각각의 꿈에서도 특
히 의미가 있는 요소는 〈중복(Doubletten)〉을 통한 표현, 즉 몇 겹의 상징
으로 그 모습을 드러낸다.

꿈의 사상과 그 대리물인 현재몽을 계속 비교해나가다 보면, 우리의 예
상과 달리 꿈의 부조리함이나 꿈의 불합리함에도 다 그 자체의 의미가 있

음을 알게 된다. 바로 이 점에서 꿈에 대한 의학적 견해와 정신분석적 견해가 다른 어느 곳에서도 볼 수 없을 정도로 날카롭게 대립하는 듯하다. 의학적 견해에 의하면 꿈은 부조리한 것이다. 왜냐하면 꿈을 꾸고 있는 동안의 정신 활동은 모든 비판적인 능력이 결여되어 있기 때문이다. 이에 반해 우리의 정신분석적 견해에 의하면 꿈의 사상에 포함되어 있는 비판, 즉 〈그것은 말도 안 되는 일이야〉라는 판단을 표현하려 할 때에야 비로소 꿈은 부조리해진다. 여러분이 알고 있는 연극 구경을 가는 꿈(C석 입장권 석장에 1플로린 50크로이체)이 좋은 예이다. 거기에 표출된 판단은 바로 〈그렇게 빨리 결혼한 것은 바보 같은 짓이었다〉라는 것이었다.

마찬가지로 우리는 해석 작업을 통해 또 한 가지를 알 수 있는데, 꿈을 꾼 사람이 흔히 '꿈속에 어떤 요소가 나타났는지 그렇지 않은지', '그것이 이것이었는지 저것이었는지' 하며 품는 의혹이나 불확실성의 정체가 무엇인지를 알게 되는 것이다. 그와 같은 의혹이나 불확실성은 잠재사상과는 관계가 없다. 그것들은 모두 꿈의 검열 작용의 결과이며, 시도되기는 했으나 완전히 성공하지는 못한 삭제 같은 것으로 볼 수 있다.

꿈의 작업이 잠재몽 속에 있는 '차이점'을 다루는 방식은 우리가 발견해 낸 것 중에서도 가장 놀라운 사실이다. 잠재적 재료 중의 일치점들은 현재몽에서 응축에 의해 표현된다는 것을 우리는 알고 있다. 그런데 차이점도 이와 똑같이 다루어진다. 종종 똑같은 현재 요소로 표현되기도 한다. 그러므로 정반대로 보이는 현재몽의 어떤 요소는 나타난 그대로 정말 정반대일 수도 있지만 혹은 반대되는 것이 아닐 수도 있으며, 경우에 따라서는 그 양쪽을 동시에 의미하기도 한다. 번역할 때 어느 쪽을 택하는가는 꿈의 의미가 결정해줄 것이다. 꿈속에 부정(不定)의 묘사가 없다는 것, 적어도 명백한 부정의 표현이 없다는 것은 이런 사실과 관련이 있다.

꿈의 작업의 이 기괴한 태도는 언어의 발달 과정으로부터 유추하여 설명해볼 수 있다. 많은 언어학자들이 원시 언어에서는 〈강하다-약하다〉, 〈밝다-어둡다〉, 〈크다-작다〉라는 대립되는 개념의 반의어가 동일한 어근으로 표현되어 있었다고 주장한다(〈원시 언어의 대립적 의미에 대하여〉).

이를테면 고대 이집트에서는 〈ken〉이라는 말이 애초에 〈강하다〉와 〈약하다〉의 두 가지 의미를 지니고 있었다고 한다. 이처럼 대립적 의미를 가진 말을 회화에서 사용할 때는 오해를 불러오지 않기 위해 어조나 몸짓을 이용해 구별했다. 문자로 나타낼 때는 이른바 한정어(限定語), 즉 그 자체는 발음할 수 없는 것으로 되어 있던 그림을 글자에 덧붙였다. 'ken'이 〈강하다〉라는 뜻일 때는 그 글자 뒤에 똑바로 서 있는 남자의 그림을 조그맣게 그려 넣고, 〈약하다〉라는 뜻일 때는 그 뒤에 힘없이 쭈그리고 앉아 있는 남자의 그림을 그려 넣는 식이다. 후대에 이르러서야 비로소 조금씩 변화하여 원시 언어에 포함되어 있던 대립적 의미가 두 개의 기호로 표현되게 되었다. 이런 방식으로 〈강하다〉, 〈약하다〉 양쪽 모두를 나타내는 〈ken〉에서 강하다는 뜻의 〈ken〉과 약하다는 뜻의 〈ken〉이 발생한 것이다. 이렇게 가장 초기 단계에 있던 언어뿐 아니라 훨씬 후대의 오늘날까지 쓰이고 있는 언어에도 역시 이와 같은 고대의 대립적 의미가 유물처럼 남아 있다. 이에 대해 아벨C. Abel의 논문에서 몇 가지 증거를 인용해보기로 하자(아벨의 〈원시 언어의 대립적 의미에 대하여(Über den Gegensinn der Urworte)〉(1884) 참조).

라틴어 가운데 이와 같은 두 가지 대립적 의미를 가진 것으로는 'altus(높다-낮다)'와 'sacer(신성한-사악한)'가 있고, 같은 어원을 변형한 것으로는

'clamare(소리치다)'와 'clam(조용한, 정숙한, 은밀한)', 'siccus(마른)'와 'succus(젖은)' 등이 있다. 독일어에서는 'Stimme(목소리)'와 'stumm(말 없는, 벙어리의)'이 있다.

같은 계통의 언어들을 대조해보아도 많은 예들이 나온다. 영어의 'lock(잠그다)'와 독일어의 'Loch(구멍)', 'Lücke(틈)'가 그러하고 영어의 'cleave(찢다)'와 독일어의 'Kleben(붙다)'이 그렇다.

영어의 'without'은 본래 〈……와 함께〉와 〈……없이〉라는 두 가지 뜻을 가지고 있었는데, 오늘날에는 후자의 뜻만 사용되고 있다. 그러나 'withdraw(철회하다)'와 'withhold(주지 않다)'와 같은 합성어를 보면 'with'에는 〈부여하다〉라는 뜻 외에 〈빼앗다〉는 뜻도 있었음이 분명해진다. 독일어의 'wieder'도 마찬가지다.[86]

꿈의 작업의 또 다른 특성도 언어의 발달 과정 중에 그 대응물을 발견할 수 있다. 고대 이집트어나 다른 후기 언어를 보면, 단어의 음 순서를 바꾸어 똑같은 의미를 나타내는 다른 말을 만드는 작업이 일어났다. 영어와 독일어를 비교해보자. Topf(항아리)-pot(항아리), boat(작은 배)-tub(통), hurry(서두르다)-Ruhe(휴식), Balken(들보)-Kloben(통나무)·club(곤봉), wait(기다리다)-täuwen(기다리다) 등이 그런 관계이다. 라틴어와 독일어 사이에도 capere(붙잡다)-packen(붙잡다·포장하다), ren(콩팥)-Niere(콩팥)와 같은 단어들이 있다.

여기서 단어 사이에 일어난 전도(Umkehrung)가 꿈의 작업에서도 여러 가지 방법으로 이루어진다. 의미의 전도, 즉 그 반대의 것으로 대리하는 것

---

86 'wieder'는 '거듭, 재차'를 뜻하지만 '원래대로'의 뜻도 가지고 있다.

은 우리가 이미 알고 있다. 이 밖에도 상황의 전도라든가 두 사람 사이의 관계의 전도가 일어나기도 한다. 마치 〈거꾸로의 세계〉에 있는 것처럼 말이다. 꿈속에서는 토끼가 사냥꾼을 쏘는 일이 흔히 일어난다. 전도가 사건의 순서에도 일어나서, 꿈속에서는 인과관계가 뒤집혀 결과에서 원인이 일어나기도 한다. 그것은 주인공이 먼저 쿵 자빠지고 이어 무대 옆에서 주인공을 쏘는 총소리가 탕 하고 울리는 유랑 극단의 서툰 연극과도 같다. 어떤 때는 각 요소의 순서가 모두 뒤집혀버리는 꿈도 있다. 그 결과 하나의 뜻을 끌어내기 위해서 마지막 요소를 처음에, 처음의 요소를 마지막으로 뒤집어서 해석하지 않으면 의미를 찾아낼 수 없는 경우도 있다. 꿈의 상징에 관한 연구에서, 물속에 들어가거나 물속에 빠지거나 하는 것은 물속에서 나오는 것과 동일한 의미를 가진 것으로, 즉 아이를 낳거나 아이가 태어나는 것을 의미한다고 말했다. 또 층계나 사다리를 올라가는 것이 내려가는 것과 마찬가지 뜻이었다는 것도 기억할 것이다. 꿈의 왜곡이 이런 표현의 자유에서 어떤 이익을 얻고 있는가는 지금 새삼스럽게 설명할 필요도 없이 명백하다.

꿈의 작업에 나타나는 이러한 특징을 〈태곳적(太古的:archaisch)〉 성격이라고 불러도 좋다. 이 태곳적 특징은 고대의 표현 세계, 즉 그 옛날의 언어나 문자에서도 똑같이 발견되며, 이들을 해석하려면 꿈의 경우와 꼭 같은 어려움이 수반된다. 어떤 어려움이 있는가는 어차피 이 문제를 논할 때 설명할 것이니 여기서는 넘어가기로 한다.

그러면 다른 몇 가지 점에 대해 더 논의해보자. 분명 꿈의 작업에서는 언어로 표현되는 잠재사상을 감각적인 그림, 대개 시각상으로 바꾸는 일이

중심이 되어 있다. 그런데 우리의 사상이라는 것은 본래 이와 같은 감각 형상들에서 비롯된 것이다. 사상의 최초의 재료와 발달의 전(前) 단계는 감각적 인상, 더 정확히 표현하자면 감각적 인상에 대한 기억상(記憶像)이었다. 나중에 가서야 여기에 언어가 결부되고, 다시 사상이나 관념이 결합된 것이다. 꿈의 작업은 이러한 사상에 퇴행적 처리를 하여 사상 발달의 과정을 되돌아가게 하는 일이다. 그리고 이 퇴행(Regression)의 과정에서, 기억상이 사상으로 발달할 때 얻었던 획득물들은 모두 탈락할 수밖에 없다.

바로 이러한 퇴행적 과정이 꿈의 작업이다. 우리가 꿈의 작업에서 알게 된 여러 과정들과 비교해보면 현재몽은 우리 관심권에서 멀어지지 않을 수 없다. 그러나 현재몽은 우리가 직접적으로 알 수 있는 유일한 것이므로 몇 가지 더 살펴보고 넘어가자.

당연한 일이지만, 현재몽은 이제 우리에게 의미가 없는 것이 되었다. 현재몽이 훌륭히 구성되어 있든, 서로 아무 연관도 없이 따로따로 몇 개의 상으로 해체되어 있든 아무래도 상관없다. 언뜻 보기에 꿈이 어떤 깊은 의미가 있는 듯이 보여도 그런 외관은 꿈의 왜곡을 거쳐서 만들어진 것으로, 마치 이탈리아 교회의 정면이 교회 전체의 구조나 양식과는 유기적으로 연결되지 않는 것처럼 꿈의 외관도 꿈의 내적인 내용과는 전혀 유기적 관계가 없다. 때로는 꿈의 이러한 외관이 의미를 갖고 있을 때가 있는데, 그것은 꿈의 잠재사상의 중요한 부분이 조금만 왜곡되거나 전혀 왜곡되지 않은 채 재현되었을 때다. 그러나 우리가 꿈을 해석하여 어느 정도의 왜곡이 일어났는지 판단을 내리기 전에는 그것이 의미가 있는지 없는지 알 수 없다. 현재몽 속의 어느 두 요소가 밀접한 관계가 있는 것처럼 보일 때도 이와 같은 의혹이 일어난다. 그럴 때는 잠재몽 속에 이 요소들에 대응하는 것들이 서로 밀접하게 관계하고 있지 않나 하는 생각이 들지만, 어떤 경우에는 반대로 꿈의 잠재사상에서 면밀히 연결되어 있는 무엇이 현재몽에서는 뿔뿔이 흩어져서 나타날 수도 있다.

일반적으로, 꿈을 줄거리가 있는 구성물로 생각하거나 실용적인 표현인 것처럼 생각하여 현재몽의 한 부분을 현재몽의 다른 부분으로 설명하려 하는 일은 삼가야 한다. 대개의 경우 꿈은 여러 종류의 다른 돌조각이 접착되어 있는 각력암(角礫岩) 같은 것이다. 각력암의 무늬는 거기에 포함되어 있는 원 돌조각과는 전혀 다른 것이 된다. 꿈의 작업 중에 이른바 〈2차적 가공(die sekundäre Bearbeitung)〉이라고 부를 수 있는 것이 있다. 이는 꿈의 작업의 1차적인 결과를 재료로 해서 꽤 조리 있게 종합하여 만드는 것이다. 이때 오해를 불러일으킬 수 있는 어떤 의미에 따라 재료가 배열되기도 하고, 필요할 때는 다른 것이 삽입되기도 한다.

한편 꿈의 작업을 과대평가한 나머지 그것이 매우 많은 일을 할 수 있다고 생각해서도 안 된다. 여기서 든 것만이 꿈의 활동의 전부이다. 응축, 치환, 조형적 표현, 그리고 다시 꿈 전체를 2차적 가공하는 것—꿈의 작업은 이 네 가지 이상은 할 수 없다. 꿈속에 판단의 표현, 비판, 경탄, 추론이 나타나는 일이 있는데 이것은 꿈의 작업이 아니다. 아주 예외적인 경우로는 눈을 뜨고 난 뒤 꿈을 생각했을 때 덧붙여진 경우도 있다. 그리고 대개의 경우는 잠재사상의 일부가 다소 변형되고 전체적인 연관성에 맞게 수정되어 현재몽으로 옮겨진 것이다.

꿈속의 대화도 꿈의 작업으로서는 할 수 없는 일이다. 극히 예외적인 경우에만 그것은 본인이 전날 했던 대화 내용이거나 그런 대화를 조립한 것이며, 꿈의 재료로서 혹은 꿈의 자극제로서 잠재사상 속에 들어가게 된 것이다.

마찬가지로 꿈의 작업은 숫자 계산도 하지 못한다. 만일 현재몽에 계산 같은 것이 나타나 있다면 대개 그것은 숫자의 나열이거나 엉터리 계산이며 계산으로서는 전혀 무의미한 것이다. 그것은 잠재사상 속 계산의 복사에 지나지 않는다.

이러한 상황을 놓고 볼 때 우리의 관심이 꿈의 작업에서 꿈의 잠재사상으로 옮겨 가는 것도 무리는 아니나, 그것이 너무 지나쳐 이론적인 고찰을 할 때 꿈의 잠재사상을 꿈의 자리에 놓고 잠재사상에 해당되는 것을 꿈 자체에 억지로 적용시키려 하는 것은 옳지 않다. 이상한 일이지만 정신분석의 성과가 이런 혼동에 잘못 이용되곤 했다. 우리는 〈꿈〉이라는 말을 꿈의 작업의 결과, 즉 잠재사상이 꿈의 작업의 작용을 받아서 나타난 〈형식〉에만 국한하여 사용해야 한다.

꿈의 작업은 실로 특수한 과정이다. 정신생활의 영역에서 그와 같은 것은 아직 발견된 바 없다. 응축, 치환, 관념으로부터 형상으로의 퇴행적 전환 등은 정신분석이 발견한 전혀 새로운 지식으로서, 이것을 알게 된 것만으로도 정신분석의 노력은 이미 충분한 보상을 받은 것이라 할 수 있다. 그리고 꿈의 작업을 다른 것들과 비교해보면 정신분석의 연구가 다른 영역, 특히 언어와 사고 발달의 영역과 얼마나 밀접한 관계가 있는지도 알 수 있다. 또 꿈 형성의 메커니즘이 그대로 노이로제 증상의 발생 양식에 적용된다는 것을 알게 된다면, 여러분은 정신분석의 견해가 한층 더 의미 있는 것임을 깨닫게 될 것이다.

이러한 연구가 심리학에 얼마만큼의 수확을 가져왔는지를 개괄할 수 있는 단계까지는 아직 이르지 못했다. 다만 지금까지의 연구를 통해 우리는 무의식적인 심리 행위—바로 꿈의 잠재사상—가 존재한다는 새로운 증거를 얻었으며, 꿈의 해석이 무의식적인 심리 생활을 이해하는 데 굉장히 많은 시사점을 제공했다는 정도만 지적해두고 싶다.

이제는 여러분에게 지금껏 전체적인 맥락에서 사전 준비로서 이야기해 온 바를 여러 가지 짧은 사례들을 통해 보여줄 때가 온 것 같다.

꿈 분석의 실례

　내가 규모가 큰 멋진 꿈 대신 또다시 단편적인 꿈의 해석을 보여준다고 해서 실망하지는 말기 바란다. "이만큼 준비를 해왔으니 우리는 큰 꿈을 해석할 자격이 있습니다."라고 여러분은 말하고 싶을 것이다. 또 그렇게 많은 꿈을 해석하는 데 성공했으니, 꿈의 작업과 꿈의 사상에 관한 우리의 모든 주장을 증명해줄 수 있는 훌륭한 예들을 이미 충분히 수집해놓았을 것이란 기대를 안고 있을지도 모른다. 물론 그렇기는 하지만 여러분의 희망을 가로막는 어려움들이 우리 앞에는 너무나 많이 놓여 있다.

　우선 나는 여러분에게 꿈의 해석을 직업으로 삼는 사람이 아무도 없음을 고백하지 않을 수 없다. 그렇다면 사람들은 어떤 때, 무엇 때문에 꿈을 해석하는 것일까? 우리는 이따금 이렇다 할 목적도 없이 친구의 꿈을 연구하거나 정신분석 연구의 연습으로 일정 기간 자기 꿈을 연구하기도 하지만, 대개는 분석 치료를 받고 있는 노이로제 환자의 꿈을 연구 대상으로 삼는다. 그와 같은 꿈은 훌륭한 재료이며 어떤 점으로 보나 건강인의 꿈에

못지않다. 그러나 치료를 제일 목표로 삼고 꿈의 해석은 둘째 문제이기 때문에, 우리는 치료에 필요하다고 여겨지는 것만을 뽑아내고 필요하지 않은 대부분의 꿈은 그대로 놔둘 수밖에 없다. 또 치료 중에 나타난 많은 꿈들은 해석하기 곤란한 것들도 적지 않다. 그런 꿈은 우리에게 아직 알려지지 않은 많은 심리적 재료로 만들어졌기 때문에 치료가 끝나서야 비로소 이해할 수 있게 된다. 치료 중에 나타나는 꿈들을 이야기한다면 곧 노이로제의 모든 비밀이 밝혀지는 결과도 되겠지만, 우리는 노이로제 연구의 준비로서 꿈을 다루고 있기 때문에 그렇게 할 수도 없다.

그럼 여러분은 노이로제 환자의 꿈이라는 재료를 단념하고 차라리 건강인이나 자기 자신의 꿈의 해명을 듣고 싶다고 말하고 싶을 것이다. 그러나 꿈이 갖고 있는 내용으로 볼 때 그것은 불가능한 일이다. 자기 자신은 물론 자기를 완전히 믿고 있는 다른 사람 또한 그렇게 무자비하게 발가벗길 수는 없는 일이기 때문이다. 꿈을 철저하게 해석할 때는 필연적으로 그의 인격 중 가장 비밀스러운 부분을 건드리게 된다는 것은 여러분도 잘 알고 있으리라 생각한다.

이렇게 재료를 손에 넣기가 어렵다는 점 외에도 꿈을 보고할 때는 또 다른 어려움들에 부딪히게 되는데, 여러분이 알고 있는 것처럼 꿈은 꿈을 꾼 본인에게조차 기묘한 모습으로 보이고, 더구나 꿈을 꾼 사람을 개인적으로 전혀 모르는 사람의 눈에는 더 이상하게 보인다. 우리의 문헌들에는 아주 상세한 꿈 분석의 사례가 다수 실려 있으며 나도 환자의 병력 보고의 일부로서 그런 몇 개의 분석을 발표한 적이 있다. 꿈 해석의 가장 훌륭한 사례로는 오토 랑크에 의해 보고된 한 꿈을 들 수 있는데, 그 꿈은 어떤 처녀가 서로 관련 있는 두 개의 꿈을 연이어 꾼 것이었다. 그런데 이 꿈이 기록된 것을 보면, 꿈의 내용은 두 쪽에 불과하지만 그 분석은 일흔여섯 쪽에 달한다. 여러분에게 이런 꿈들에 대해 설명하자면 한 학기를 다 써야 할 것이다. 강하게 왜곡된 긴 꿈을 예로 든다면 그에 대한 수많은 설명을 해야 하고, 연상이나 기억 재료들을 수없이 많이 끌어 대야 하며, 여러 갈래 옆길에도 잠깐씩 들러야 한다. 이렇게 되면 강의는 전체적인 조망이 불가능해지고 만족스럽지 못한 결과가 되고 만다.

그러므로 여러분은 노이로제 환자의 꿈 중에서 단편적인 짧은 부분들에 대해 보고하는 것으로 만족해주기 바란다. 그러면 이런저런 부분들을 인식하기가 쉬워진다. 가장 쉽게 증명할 수 있는 것은 꿈의 상징이며, 다음은 꿈의 퇴행적 왜곡의 어떤 특징들이다.

그렇다면 지금부터 다음에 예시하는 꿈들에 대하여 그것이 왜 보고할 만한 가치가 있는 것인지 하나하나 설명해보기로 하자.

1.
다음의 꿈은 단 두 개의 간단한 영상으로 이루어져 있다.

〈백부가 토요일인데도 불구하고 담배를 피우고 있다―어떤 부인이 백부를 제 아이처럼 쓰다듬고 애무하고 있다.〉

첫 번째 장면에 관해서 이 꿈을 꾼 사람(그는 유대인이다)은 이렇게 말했다.

"나의 백부는 믿음이 깊은 사람이며, 토요일에 담배를 피우는 죄를 범한 적도 없거니와 그러려고 생각하지도 않는다."[87]

두 번째 장면에 나타난 부인에 대해서는 자신의 어머니 이외에 아무런 연상도 떠오르지 않는다고 했다. 이 두 장면, 즉 두 가지 관념은 틀림없이 하나의 연관성 속에 관련지을 수 있다. 그런데 어떻게 해야 그 관계를 알 수 있을까? 그는 자기의 백부가 현실적으로 그런 행위를 하지 않는다고 단호히 부인했으므로, 여기에 〈만일〉이라는 가정을 넣어보자. 〈만일 믿음이 깊은 내 백부가 토요일에 담배를 피울 수 있다면, 나도 어머니에게 애무를 받아도 되는 것이 아닐까?〉 신앙심이 깊은 유대인에게는 토요일에 담배를 피우는 것과 마찬가지로 어머니의 애무가 금지되어 있음을 이 꿈은 뚜렷이 나타내고 있다.

앞에서 내가 꿈의 작업에서는 여러 가지 꿈의 사상 사이의 관계 개념이 모두 탈락되어 버리고, 꿈의 사상은 그 자체의 원재료로 분해되며, 이 탈락된 관계들을 다시 복원시키는 것이 꿈 해석의 과제라고 말했던 것을 기억해주기 바란다.

2.

꿈에 관한 저술 활동으로 말미암아 나는 어떤 의미에서는 꿈 문제의 공식적인 상담자가 되어버렸다. 그래서 몇 해 전부터 나는 꿈을 보고하거나 그에 대한 평가를 요구하는 편지들을 받곤 했는데, 해석이 가능할 만큼 많은 자료를 첨부하거나 스스로 꿈에 어떤 해석을 내려 보내오신 모든 분들께 감사 인사를 드린다. 지금 소개하고자 하는 꿈은 그중 하나로, 1910년

---

87 유대인에게 토요일은 안식일이다.

에 뮌헨의 어느 의사가 보내준 꿈이다.

꿈을 꾼 사람이 분석자에게 꿈에 관한 정보를 제공해주지 않을 경우 꿈이란 얼마나 이해하기 어려운 것인지 이 꿈이 잘 보여줄 것이다. 내 추측으로는 여러분이 상징적 의미를 이용한 꿈의 해석을 가장 이상적인 방법으로 여기고 자유연상의 기법 같은 것은 무시하고 싶어하는 듯 보이기 때문에, 나는 그런 위험한 착각에서 여러분을 구해주어야 할 책임을 느끼고 있다.

〈1910년 7월 13일 새벽에 나는 다음과 같은 꿈을 꾸었습니다. 나는 자전거를 타고 튀빙엔 거리를 내려가고 있었습니다. 그때 갈색 닥스훈트가 맹렬히 쫓아와 내 발뒤꿈치를 물었습니다. 나는 좀 더 달리다가 자전거에서 내려 돌층계에 앉은 후, 내 발꿈치를 꽉 물고 놓지 않는 개를 떼어놓으려고 몸을 흔들었습니다(개에게 물린 것이나 그 전체 상황이 내게 불쾌감을 주지는 않았습니다). 그때 내 맞은편에 중년 부인 둘이 앉아 빙그레 웃으면서 나를 바라보고 있었습니다. 그 순간에 나는 눈을 떴습니다. 그리고 언제나 그랬듯이 잠을 깨는 순간 그 꿈 전체가 나에게 선명히 다가왔습니다.〉

이 꿈에서는 상징을 갖고 작업하는 것이 거의 도움이 되지 않는다. 꿈을 꾼 사람은 내게 다음과 같이 보고해주었다.

〈나는 최근에 한 여성이 좋아졌으나 거리에서 거닐고 있는 모습을 바라볼 뿐 아무리 해도 접근할 방법이 없었습니다. 그런데 이 닥스훈트야말로 우리를 연결시켜 줄 가장 좋은 방법이 될 것 같았습니다. 나는 개를 매우 좋아하고 그 여성 역시 그런 것같이 보였기 때문입니다.〉

그리고 그는 자기가 종종 구경꾼들이 깜짝 놀랄 만큼 개싸움을 잘 말렸다고 덧붙였다. 또 그가 반한 여성이 언제나 이 특이한 종자의 사냥개를 데리고 다녔다고 했다. 그런데 현재몽에서 여성은 흔적도 없고, 다만 그 여성을 연상시키는 사냥개만 남아 있다. 빙그레 웃으면서 그를 바라보던 중년 부인들은 아마도 그 처녀 대신 등장한 것일 것이다. 그가 우리에게 전해준 사실들도 이 점을 충분히 설명해주지는 않았다. 꿈속에서 자전거로 달리고 있는 것은 그가 기억하는 경험의 직접적인 되풀이였다. 그는 자전거를 타고 있을 때에만 개를 데리고 있는 그 여성을 보았던 것이다.

3.

친밀한 사람과 사별하고 나면 몇 해 동안 특수한 꿈을 꾸게 된다. 그런 꿈속에는 그 사람의 죽음에 대한 인식과, 그 사람을 소생시키고 싶다는 소망이 참으로 교묘하게 타협하여 나타난다. 어떤 때는 그 사람이 분명 죽었음에도 불구하고 자기가 그 사람이 죽은 것을 몰라 아직도 살아 있는 것처럼 보이며, 또는 그 사람이 죽은 것을 자기가 알았을 때 비로소 그 사람은 정말로 죽었다는 식으로 꿈에 표현되기도 한다. 또 때로는 그 사람이 절반은 죽고 절반은 살아 있는 것처럼 나타나기도 하는데, 이러한 모든 상태는 뚜렷한 특징을 지니고 있다. 여러분은 이와 같은 꿈을 단순히 어이없는 꿈으로 치부해서는 안 된다. 왜냐하면 죽은 사람을 되살려낸다는 것은 우리가 동화에서 흔히 보듯이 꿈에서도 얼마든지 있을 수 있는 일이기 때문이다. 내가 이들 꿈을 분석해본 바로는 이런 부활의 꿈은 아주 이성적으로 해석이 가능하며 죽은 사람을 되살리고 싶다는 그 경건한 소망은 더욱 기묘한 방법으로 표현된다. 이제 여러분에게 그처럼 기괴하고 터무니없어 보이는 꿈을 하나 소개한다. 이 분석을 통해 여러분은 지금까지 이론적 고찰을 통해 알게 되었던 여러 가지 사실들을 확인하게 될 것이다. 이것은 오래전에 아버지를 잃은 어떤 남자가 들려준 꿈이다.

〈아버지가 돌아가셨다. 그런데 그 시신이 다시 발굴되었다. 그는 안색이 매우 나빠 보였다. 아버지는 그 이후 줄곧 살아계신다. 나는 아버지가 그것을 깨닫지 못하도록 모든 수단을 다하고 있다. (그러고 나서 이 꿈은 언뜻 보기에는 매우 동떨어진 다른 꿈으로 옮겨 갔다.)〉

아버지가 죽었다는 것은 우리가 모두 알고 있는 사실이다. 그러나 그가 무덤에서 발굴되었다는 것은 현실과는 일치하지 않는다. 여기에 계속되는 다른 일들도 결코 현실에서는 있을 수 없는 일이다. 그러나 꿈을 꾼 그는 다음과 같은 이야기를 들려주었다. 아버지의 장례를 치르고 돌아온 뒤 갑자기 이빨이 아프기 시작했다는 것이다. 그는 〈아픈 이는 뽑느니만 못하다〉라는 유대인의 교훈대로 이를 뽑으려고 치과 의사를 찾아갔다. 그런데 치과 의사는 "이가 아프다고 해서 바로 빼버리면 안 됩니다. 좀 더 참아야 합니다. 아픈 이빨의 신경을 죽이기 위해서 어떤 장치를 해드리지요. 사흘 뒤에 다시 오십시오. 그 죽은 이를 뽑아드리겠습니다."라고 말했다.

"이렇게 〈이를 뽑는 것〉이 바로 시신을 파내는 것을 의미하겠죠?"라고 그는 툭 내뱉었다.

그의 말이 옳은 것일까? 두 가지가 완전히 일치하지는 않지만, 뽑히는 것은 생 이빨이 아니라 죽어버린 이빨이기 때문에 대체로 비슷하다고 볼 수 있다. 다른 경험으로 보았을 때 꿈의 작업에는 종종 이런 종류의 부정확성이 나타난다고 생각해도 좋다. 꿈을 꾼 사람은 죽은 아버지와 신경을 죽인 채 아직 뽑지 않고 남겨둔 이빨을 응축하여 하나로 융합시킨 것이다. 현재몽에 어이없는 일이 나타났다고 해서 그리 놀랄 것은 없다. 왜냐하면 이빨에 관한 것들이 그대로 모두 아버지에게 들어맞을 수는 없기 때문이다. 그렇다면 이러한 응축을 가능하게 만든 아버지와 이빨 사이의 유사점은 대체 어디에 있는 것일까?

여기에 유사점이 있었다는 것은 틀림없다. 꿈꾼 이는 〈이가 빠지는 꿈을 꾸면 가족 중의 누군가가 죽는다〉라는 속설을 알고 있었다고 말했기 때문이다. 이런 통속적인 해석은 사실 무근이며 간혹 어떤 우스꽝스러운 의미에서만 옳다는 것은 우리도 알고 있다. 그래서 이와 같이 우연히 언급하게 된 주제를 꿈 내용의 다른 부분의 배후에서 발견하게 되면 실로 놀라지 않을 수 없다.

그런데 내가 그 이상 캐묻기 전에 그는 아버지의 병환과 죽음에 이르기까지의 과정, 아버지와 자기의 관계에 대해서 이야기하기 시작했다. 아버지는 오랫동안 앓으셨고 아들인 그는 간호와 치료에 많은 돈을 써야 했다. 그러나 그에게는 그것이 부담스러운 돈이라고 할 수는 없었다. 그는 한 번도 아버지를 귀찮게 생각하지 않았고, 빨리 죽어주었으면 좋겠다고는 더더욱 생각하지 않았다. 그는 아버지를 유대인다운 효심으로 대했으며 자신이 유대 율법을 엄격하게 지키고 있음을 자랑스럽게 여겼다. 이런 점에서 꿈의 사상 속에 어떤 모순이 있다는 것이 우리의 주의를 끌지 않는가? 그는 이빨과 아버지를 동일시하고 있었다. 그는 이가 아파서 괴로울 경우엔 이를 뽑아버리라는 유대인의 율법에 따라 행동하려 했다. 아버지에 대해서도 그는 유대인의 율법에 따라 행동했다는 것을 자부하고 있었다. 이 경우 율법은 비용과 괴로움을 생각하지 않고 온갖 무거운 짐을 자진하여 짊어져야 하며 고통을 받는 것에 대해 불만을 품어서는 안 되는 것으로 되어 있다. 만일 그가 아픈 이에 대해서 품고 있는 것과 같은 감정을 앓는 자기 아버지에게 품고 있었다면, 즉 아버지가 빨리 죽어서 가외의 돈이 드는 아버지의 괴로운 생존이 끝났으면 좋겠다고 바랐다면, 이빨과 아버지의 일치는 억지라고 할 수 없게 된다.

나는 이것이 실제로 그토록 오랫동안 앓고 계셨던 아버지에 대한 그의 입장이었을 것임을 의심하지 않는다. 자신의 유대인적 경건성에 대한 허영에 가까운 확신은 그런 부당한 소망을 생각하지 않으려는 것일 뿐이다. 이런 상황에서는 고통을 일으키는 사람이 죽었으면 하는 바람이 일게 마련이며, 이것은 〈죽는다는 건 아버지의 입장으로 봐서는 하나님의 구원이다〉라는 식의 동정적인 생각의 탈을 쓰고 나타나는 법이다.

여러분은 내가 여기서 꿈의 잠재사상 자체에서 한걸음 뛰어넘고 있다는 점에 주의해주기 바란다. 이 잠재사상의 첫 부분(아버지가 죽었으면 하고 바랐던 것)은 틀림없이 일시적인 것으로 꿈이 형성되는 중에만 무의식 속에 나타났을 테지만, 아버지에 대한 적대감은 계속적으로 무의식에 존재했을 것이다. 그것은 아마도 유년시절에 시작되어 아버지의 병환 중에도 이따금 조심스럽게 변장한 채로 의식 속에 스며들었는지도 모른다. 우리는 이 꿈의 내용에 뚜렷이 공헌하고 있는 다른 잠재사상에 대해서 더욱 큰 확신을 가지고 이것을 주장할 수 있다. 아버지에 대한 적의의 움직임은 꿈 속에서는 조금도 발견되지 않는다. 유년 시절 속에서 그런 적개심의 근원을 찾아보자. 대개 아버지들은 사회적 동기로 인해 사춘기 전후 아들의 성적 활동을 감시하며, 일반적으로 아버지에 대해 공포심이 생기는 것은 유년기 때부터 아버지가 그런 감시적 태도를 취하기 때문임을 상기할 수 있다. 아버지와의 이런 관계는 이 경우의 남성에게도 적용될 것이다. 아버지에 대한 사랑 속에는 어릴 때의 성적 위협에 근원을 두고 있는 외경(畏敬)과 불안이 섞여 있다.

현재몽의 다음 부분들은 〈자위 콤플렉스(Onaniekomplex)〉로 설명이 된다. 〈그는 안색이 매우 나빠 보였다〉라는 것은 〈이빨을 뽑아버리면 안색이 나빠질 겁니다〉라는 치과 의사의 말을 암시하고 있기도 하지만, 그것은 동시에 지나치게 자위에 빠진 사춘기 청소년의 나쁜 안색과도 관련이 있다. 즉 그로 인해 자위가 폭로되지나 않을까 하는 두려움과 연관되어 있는 것이다. 꿈을 꾼 사람이 현재몽 속에서 이 나쁜 안색을 자기에게서 아버지로 옮긴 것은 마음의 짐을 가볍게 하기 위해서이니, 이는 여러분이 잘 아는 꿈의 작업 전도(轉倒)의 한 예이다. 〈아버지는 그 이후 줄곧 살아계신다〉는 것은 아버지의 소생을 바라는 소망과 동시에, 이를 빼지 않고 그대로 둔다는 치과 의사의 약속과도 일치한다. 다음의 〈나는 아버지가 그것을 깨닫지 못하도록 모든 수단을 다하고 있다〉라는 부분은 훨씬 더 교묘하다. 이 문장은 우리에게 〈아버지가 죽었다는 것을〉이라는 내용을 보충하고 싶은 기분이 들게 만들지만, 그러나 역시 유일하게 의미 있는 내용 보충은 자위 콤플렉스에서 찾을 수 있을 것이다. 소년이 자신의 성생활을 감추기 위해 몹시 애를 쓰는 것은 너무나 자명한 일이다. 결론적으로 치통에 관련된 꿈은 언제나 자위와 자위에 대한 죄의식을 나타내는 것으로 해석해야 한다는 것을 여러분이 꼭 기억해두었으면 한다.

이제 여러분은 이와 같이 이해하기 어려운 꿈이 어떻게 해서 만들어졌는지 알게 되었다. 우리를 혼란시키기에 충분한 교묘한 응축의 힘을 빌고, 또 잠재적인 사고 과정의 중심에서 갖가지 관념들을 탈락시키고, 대신 가장 동떨어져 있고 시간적으로도 가장 멀리 떨어져 있는 관념들에 대해 의미가 모호한 대리물들을 만들어냄으로써 완성된 것이다.

4.

우리는 앞에서 이미 터무니없지도 않고 기괴하지도 않은, 이치가 닿는 평범한 꿈들을 해결하기 위해 시도해왔다. 그러나 그런 꿈들을 만날 때마다 〈사람들은 왜 그렇게 아무래도 상관없는 내용의 꿈을 꾸게 되는 것일까?〉 하는 의문이 들곤 했다. 그렇다면 이런 종류의 새로운 예를 들어보기로 하자. 이 꿈은 어느 젊은 여성이 하룻밤 사이에 꾼, 서로 관련이 있는 세 개의 꿈이다.

(a) 그녀는 자기 집의 객실을 걸어가다가 나지막이 매달려 있는 샹들리에에 머리를 세게 부딪쳐 피가 났다.

그녀는 이 꿈에 대해서 아무것도 생각나지 않는다고 했다. 현실에서 이런 일은 한 번도 없었다는 것이다. 그녀의 이야기는 오히려 이 꿈과는 아주 다른 방향으로 향했다.

"선생님도 짐작하셨듯이 저는 요즘 머리카락이 빠져 애를 먹고 있답니다. 어제도 어머니가 말씀하셨어요. '얘, 더 이상 머리가 빠졌다가는 네 머리가 엉덩이처럼 맨질맨질해지겠구나.'라고요."

그러니까 이 꿈에서 머리는 신체의 다른 끝부분을 대신하고 있는 것이다. 샹들리에는 별다른 도움 없이도 상징적으로 해석할 수 있다. 길게 늘어뜨릴 수 있는 물건은 음경의 상징이다. 그렇다면 문제되는 것은 음경과의 접촉에 의해 야기된 신체 하단부의 출혈이다. 이것으로는 아직 애매할지 모르지만 이 여성의 다음 연상으로 인해 이 꿈의 의미는 분명해졌다. 바로 월경이 남성과의 성교 결과로 일어난다는 믿음과 관계있다는 것을 알게 된 것이다. 이것은 미숙한 많은 소녀들이 믿고 있는 성에 대한 생각 중 하나다.

(b) 그녀는 포도밭에 깊은 도랑이 파여 있는 것을 발견했다. 그녀는 그 도랑 이 나무를 한 개 뽑았기 때문에 생겼다는 것을 알고 있었다.

이 꿈에 관한 그녀의 보고는, 자기에게는 그런 나무가 〈없다〉는 것이었 다. 그녀는 꿈속에서 나무를 보지 않았다고 말했지만, 이 말은 다른 생각을 표현하기 위한 것으로, 상징을 통해 완전히 해석할 수 있다. 이 꿈은 또 다 른 유아 성 개념과 관계가 있다. 즉 여자아이는 태어날 때 남자아이와 같 은 성기를 가지고 있었는데, 후에 거세(나무를 뽑는 일)로 인해 지금과 같 은 모양이 되었다는 믿음이다.

(c) 그녀는 책상 서랍 앞에 앉아 있다. 이 서랍 안은 누가 건드리면 금방 알 수 있을 만큼 가지런히 정돈해두고 있다.

서랍은 상자, 곽과 마찬가지로 여성 성기의 상징이다. 그녀는 성기를 보 면 성교를 한 증거가 나타난다고(그녀의 생각에 의하면 다만 남자에게 닿기 만 하더라도) 생각하고 있었으며, 오래전부터 자신에게 그런 증거가 나타 날까 봐 두려워하고 있었다. 이 세 개의 꿈은 모두 〈안다〉라는 것이 특히 강조되어 있다고 생각된다. 그녀는 어린아이다운 성적 호기심을 가지고 있던 시절, 자기가 발견한 것들을 매우 자랑스럽게 생각하던 시절을 상기하고 있는 것이다.

5.

다시 한 번 또 다른 상징의 예를 들어보기로 하자. 그런데 이번에는 꿈이 나타난 당시의 심리 상태를 먼저 간단히 설명하고 나서 시작하는 것이 좋겠다. 한 여성과 사랑의 하룻밤을 보낸 남성이 말하기를, 그 여성은 남자와의 사랑의 보금자리 속에서도 아이를 원하는 소망을 억누를 수 없을 만큼 모성적인 성향을 지녔다고 했다. 그러나 두 사람은 그저 단순히 연애만 하는 처지였기 때문에 수태력(受胎力)이 있는 정액이 자궁에 들어가지 않도록 주의해야 했다.

날이 새고 잠에서 깼을 때 그 여성이 꿈 이야기를 했다.

〈빨간 군모를 쓴 어떤 장교가 거리에서 내 뒤를 따라왔어요. 나는 그 사람에게서 달아나려고 층계를 달려 올라갔지요. 장교는 여전히 뒤를 따라왔고, 나는 숨을 헐떡이며 내 방으로 뛰어 들어가 문을 닫아걸었어요. 장교는 문 밖에 있는 것 같았어요. 내가 열쇠 구멍으로 내다보니 남자는 의자에 앉아 울고 있었어요.〉

빨간 모자를 쓴 장교에게 쫓겨서 헐레벌떡 층계를 올라가는 것은 성교의 표현임을 여러분도 이미 알고 있을 것이다. 꿈을 꾼 여자가 쫓아온 남자를 안으로 들이지 않고 문을 닫는 것은 꿈에서 흔히 사용되는 전도의 예로 간주할 수 있다. 왜냐하면 실제로는 사랑의 행위가 끝나기 전에 몸을 물린 것은 남자 쪽이었기 때문이다. 마찬가지로 그녀의 슬픔도 상대방에게로 전이됐다. 꿈속에서 울고 있는 것은 그 남자이며, 동시에 그것은 사정을 암시하고 있다.

여러분은 정신분석이 모든 꿈에는 성적인 뜻이 있다고 주장하더라는 소문을 분명 들어보았을 것이다. 이제 여러분은 이 비난의 부당함에 대해 스스로 판단을 내릴 수 있는 위치에 와 있다. 여러분은 더 명백한 욕구, 즉 배고픔이나 목마름, 자유에 대한 갈망을 충족시키려는 소망의 꿈들을 알고 있으며 편의-꿈, 성급한 꿈, 그리고 순전한 탐욕과 이기심의 꿈들에 대해서도 알고 있다. 그러나 매우 심하게 왜곡된 꿈은—여기에도 예외는 있지만—주로 성적 소망을 나타내고 있다는 것을 정신분석 연구의 성과로 기억해두어도 좋다.

6.

꿈에 상징이 이용되고 있는 예를 많이 늘어놓는 데는 특별한 이유가 있다. 우리가 처음 만났을 때 나는 여러분에게 정신분석의 발견을 여러분이 납득할 수 있도록 설명하는 것이 얼마나 어려운 일인지 이미 호소한 바 있고, 여러분도 그 이후로 내 말에 동의하게 되었을 줄 안다. 그러나 정신분석의 여러 주장들은 서로 밀접한 관련이 있기 때문에 어느 한 부분에 대해서 납득할 수 있었다면 전체적인 부분에 대한 확신으로 쉽게 나아갈 수 있다. 정신분석에 손가락만 가져다 대도 그것이 손을 덥석 잡아온다고 비유할 수 있다. 실수 행위에 관한 설명을 납득한 사람은 논리적으로 다른 것들도 모두 믿지 않을 수 없게 된다. 그다음으로 들어가기 쉬운 것이 꿈의 상징이다. 이미 다른 곳에서 발표한 바 있는 한 꿈을 소개한다. 꿈을 꾼 사람은 어느 여성으로, 그녀의 남편은 경비원으로 일하고 있었다. 그녀는 분명 살면서 한 번도 꿈의 상징이라든가 정신분석이라든가 하는 이야기를 들어보지 못했다. 꿈을 성적 상징의 도움으로 분석하는 것이 과연 독단이나 억지인지 여러분이 스스로 판단할 수 있을 것이다.

〈……그러자 누군가가 집을 부수고 들어왔다. 그녀는 공포에 가득 차서 경비원을 불렀다. 그러나 경비원은 두 명의 〈떠돌이〉들과 함께 교회로 가버렸다. 교회에 가려면 몇 층의 돌계단을 올라가야만 했다. 교회 뒤에는 산이 있고, 산 위에는 울창한 숲이 있었다. 경비원은 헬멧을 쓰고 가슴 가리개를 하고 망토를 걸치고 있었으며, 갈색 수염을 더부룩하게 기르고 있었다. 얌전하게 경비원을 따라가는 두 떠돌이는 바람으로 부풀어 오른 자루 모양의 앞치마를 두르고 있었다. 교회에서 산까지는 하나의 길이 나 있었는데, 양쪽은 풀과 잡목으로 덮여 있었으며 올라갈수록 점점 더 빽빽해져 산꼭대기에 이르면 울창한 숲이 되었다.〉

여러분은 여기에 나타난 상징이 무엇인지 수월하게 알 수 있을 것이다. 남성 성기는 세 사람의 인물로서 나타나 있다. 여성 성기는 교회와 산과 숲이 있는 하나의 풍경으로 나타나 있다. 여기서도 계단은 성교의 상징이다.

꿈에서 산으로 불리는 것들은 해부학에서도 역시 〈비너스의 언덕(Mons Veneris)〉과 같은 이름으로 불린다.

7.
상징으로 풀 수 있는 또 하나의 꿈을 제시한다. 꿈을 꾼 사람이 꿈의 해석에 대해 전혀 이론적인 예비지식이 없는데도 자기 꿈의 모든 상징을 번역해내고 있다는 점이 주목할 만하며 충분히 수긍이 간다. 이런 태도는 매우 보기 드문 경우이고, 그 조건에 대해서는 정확히 알려져 있지 않다.

〈그는 아버지와 함께 어떤 곳을 걷고 있었다. 그곳은 프라터 공원임에 틀림없었다. 왜냐하면 거기에는 앞에 조그만 현관이 있는 둥근 지붕의 건물이 보였고 현관에는 애드벌룬이 매여 있었기 때문이다. 그러나 그 애드벌룬은 얼마쯤 바람이 빠진 것처럼 보였다. 아버지가 저런 것은 모두 무엇에 쓰이는 거냐고 물었다. 그는 아버지의 질문에 약간 얼떨떨했지만 간단히 설명해주었다. 그리고 두 사람은 어떤 뜰에 다다르게 되었는데, 거기에는 큼직한 함석판이 깔려 있었다. 아버지는 커다랗게 한 부분을 떼어내려 했으나 그전에 누가 보고 있지 않은지 먼저 주위를 둘러보았다. 아들이 아버지에게, 관리인에게 말하기만 하면 아무 어려움 없이 갖고 갈 수 있을 거라고 말했다. 이 뜰에서부터 계단 하나가 지하실로 연결되어 있었는데, 지하실의 벽은 가죽으로 만든 안락의자처럼 푹신하고 부드러웠다. 그 지하실의 끝에는 긴 플랫폼이 있었고 거기서부터 또 다른 새로운 지하실이 시작되었다.〉

꿈을 꾼 사람은 스스로 꿈을 해석했다.

"둥근 지붕의 건물은 내 성기이고 그 앞에 매달려 있는 애드벌룬은 나의 남근입니다. 나는 요즘 불능증(不能症) 때문에 고민이 많거든요."

이것을 좀 더 자세히 해석해보면, 둥근 지붕의 건물은 둔부이며(어린아이들은 둔부를 항상 성기의 일부로 간주한다) 그 앞에 조그만 현관은 고환이다. 꿈속에서 아버지가 아들에게 저런 것은 모두 무엇에 쓰이는 거냐고 물었는데, 이것은 다시 말해 성기의 목적과 기능을 물어본 것이다. 이 상황을 뒤집어 꿈꾼 이가 물어보는 것으로 생각해도 좋다. 아버지가 그런 것을 아들에게 묻는다는 것은 현실에서 있을 수 없으므로, 우리는 꿈의 관념을 소망으로 이해하거나 혹은 가정문으로, 〈만일 내가 아버지에게 성에 대해서 설명해달라고 부탁한다면〉으로 해석해야 한다. 이에 대한 생각은 계속해서 다른 부분에서도 발견된다.

함석이 깔린 안마당은 우선 상징적으로 해석되지 않는다. 이것은 아버지의 일에서 나온 것이기 때문이다. 나는 꿈을 꾼 사람의 비밀을 지켜주기 위해 아버지가 거래하고 있는 다른 물건을 이 〈함석〉으로 바꾸었지만, 꿈에서 말하는 것은 달라지지 않는다. 꿈을 꾼 사람은 아버지의 장사를 거들고 있었다. 그리고 막대한 이윤의 대부분을 형성하는 부정한 술책에 몹시 분개하고 있었다. 따라서 앞의 꿈의 사상을 계속 이어보면, 〈만일 내가 아버지에게 묻는다면 마치 아버지가 고객들을 속이듯이 나를 속일 것이다〉라는 것이 된다. 사업상의 부정행위를 표현하는 역할을 하고 있는 〈떼어낸다〉라는 행위에 대해서는, 꿈꾼 사람 자신이 제2의 설명으로 자위를 의미한다고 말했다.

우리는 이미 그것을 알고 있었을 뿐 아니라, 비밀스러운 자위가 그와 정반대(그것을 공공연하게 할 수도 있다)로 표현되고 자위행위를 다시 아버지에게 전가시키고 있는 것도 모두 우리의 예상과 일치한다.

이 꿈의 앞 장면에 나온 질문과 마찬가지로 그는 지하실의 벽이 푹신하고 부드러웠다는 사실을 들며 그것을 즉시 여성의 질로 해석했다. 여기서 내려가는 것은 올라가는 것과 마찬가지로 성교를 의미한다는 것을 덧붙여둔다.

첫 지하실에서 긴 플랫폼으로 이어지고 거기서 다시 새로운 지하실이 나타나는 것을 그는 자신의 개인사로 설명했다. 그는 한동안 성교를 즐겨 왔는데 어떤 문제가 생겨 포기했다가 치료를 받고 나서 이제 다시 가능할지도 모른다는 기대를 품고 있다고 했다.

8.

다음의 두 꿈은 바람기가 다분한 어느 외국인의 꿈이다. 내가 이 꿈을 이야기하는 것은, 현재내용에서는 자아가 교묘히 감추어져 있더라도 자아는 모든 꿈에 나타난다는 것을 보여주고 싶어서다. 꿈속의 가방은 여성의 상징이다.

(a) 그는 여행을 떠나려 하고 있다. 여행 가방들은 차에 실려 역으로 운반되고 있다. 수많은 가방들이 차에 실려 있는데 그중에 마치 견본인 듯한 두 개의 검은 가방이 유독 눈에 띈다. 그는 누군가에게 안심시키려는 듯이 말한다. "저 가방들은 그저 역까지만 같이 가는 거야."

그는 실제로도 많은 짐을 갖고 여행을 떠나곤 했고, 치료하는 동안 수많은 여자 이야기를 나에게 털어놓았다. 두 개의 검은 가방은 현재 그의 삶 속에서 중요한 역할을 담당하고 있는 두 흑인 여성을 의미한다. 그중 한 여성은 그의 뒤를 따라 멀리 빈까지 오고 싶어했지만, 그는 나의 권고에 따라 전보를 보내 거절했다.

(b) 세관의 한 광경이다. 함께 여행하던 어떤 사람이 자기 가방을 열면서 거

리낄 것 없다는 듯이 담배를 피우면서 말한다. "신고할 만한 것은 아무것도 없어요." 세관 직원은 처음에는 그 말을 믿는 듯했으나 다시 한 번 속을 뒤져 보고 금지된 품목을 발견한다. 여행자는 단념한 듯이 "하는 수 없군요."라고 말한다.

여기서 이 여행자는 그 자신이고 내가 세관 직원으로 등장하고 있다. 그는 나에게 대체로 모든 것을 사실대로 고백하고 있었지만 최근에 맺은 어느 여성과의 관계에 대해서는 잠자코 있었다. 자기가 말하지 않더라도 내가 그 여성에 관한 것을 눈치 채고 있을 거라 짐작했기 때문이다. 그는 사실이 발견되어 당황하게 되는 상황을 미지의 사람으로 바꾸었다. 그럼으로써 그 자신은 꿈속에 나타나 있지 않은 듯 보이게 된 것이다.

9.
다음은 이제까지 내가 언급하지 않았던 어떤 상징의 사례이다.

〈그는 길에서 누이동생을 만났는데, 누이동생은 자매로 보이는 여자 친구 둘과 함께 걷고 있었다. 그는 두 여자와는 악수를 나누었으나 누이동생에게 는 악수를 건네지 않았다.〉

현실 속에서 이 꿈과 부합되는 사건은 없었다. 그보다 그의 생각은 먼 옛날로 거슬러 올라가 어린 누이동생의 가슴이 발육되지 않는 것을 궁금해 하던 시절에 다다랐다. 즉 두 자매는 가슴의 대리로서, 만일 자기 누이동생 이 아니라면 그 가슴을 만져보고 싶다는 생각을 했을 것이다.

10.
꿈속의 〈죽음의 상징〉에 대한 예를 보여주겠다.

〈그는 매우 높고 위험한 철교를 두 사람―그들의 이름을 알고 있었으나 잠이
깼을 때 잊어버렸다―과 함께 건너가고 있다. 갑자기 두 사람은 사라지고 리
넨 옷을 걸친 유령 같은 사람이 나타난다. 그가 "당신은 전보 배달부요?"라고
묻자 그는 "아니오."라고 대답한다. "그러면 마차를 모는 마부인가?" 그러자
역시 "아니오."라고 말한다. 그는 계속해서 저쪽으로 걸어가고…….〉

그는 꿈속에서 몹시 심한 공포를 느꼈다. 잠을 깬 뒤에도 계속 그에 대한
공상이 이어졌는데, 갑자기 철교가 허물어져 나락으로 떨어지는 듯한 느
낌을 받았다고 한다.

꿈을 꾼 사람이 모르는 사람이다, 이름을 잊어버렸다고 강조하여 말하
는 사람들이야말로 대개는 꿈을 꾼 사람과 매우 친근한 사람이다. 이 꿈을
꾼 사람에겐 두 명의 형제가 있었다. 만일 그가 두 사람의 죽음을 몰래 바
라고 있었다면, 마땅히 그 벌로서 그가 죽음의 공포에 싸이게 될 것이다.

그는 전보 배달부에 대해서, 그런 사람은 언제나 나쁜 소식을 가지고 온
다고 말했다. 그가 입고 있던 제복으로 보아 그 사람은 어쩌면 점등부(點燈
夫)[88]였는지도 모른다. 그런데 점등부는 가로등을 끄기도 하는 사람인데,
이는 마치 죽음의 정령이 생명의 불을 끄는 것과 같다.

그는 마부에 대해서는, 울란트Uhland[89]가 쓴 〈카를 왕의 항해〉라는 시를

---

[88] 가로등이 가스등이었던 시대에 등불을 켜고 다니던 사람.

연상하면서 두 친구와의 위험한 항해를 생각해냈다. 그는 시 속의 카를 왕 역할을 한 것이다. 철교의 붕괴에 대해서는 최근에 있었던 한 사고와, 〈삶이란 허공에 매달린 다리와 같은 것〉이라는 속담을 연상했다.

11.
죽음을 나타내고 있는 또 다른 예로는 다음과 같은 꿈을 들 수 있다.

〈낯선 신사로부터 검은 테가 둘러쳐진 명함을 받았다.〉

12.
다음의 꿈은 여러 가지 점에서 여러분의 흥미를 끌 것으로 보이는데, 물론 노이로제 상태도 그 흥미 안에 들어간다.

〈그는 기차를 타고 있다. 기차가 넓은 들판에 멈춰 섰다. 그는 무슨 사고가 일어날 것 같은 생각이 들어 도망갈 궁리를 했다. 그는 차장이건 기관수건 만나는 사람을 모조리 때려죽이면서 잇따라 찻간을 빠져나갔다.〉

이 꿈을 꾼 사람은 어떤 친구가 해준 이야기를 떠올렸다. 이탈리아의 어느 철도 구간에서 한 미치광이가 분리된 객차 칸에 갇혀 호송되고 있었다고 한다. 그런데 여행객 중 한 사람이 실수로 그 칸을 여는 바람에 미치광이가 기차의 많은 손님을 죽였다. 꿈꾼 이는 자기를 그 미치광이와 동일시

---

89 독일의 낭만파 시인.

하고 있는데, 이 꿈은 자기를 잘 알고 있는 사람은 죄다 쫓아버려야 한다는, 그를 이따금 괴롭히고 있던 강박 관념에서 나온 것이다.

그러나 그는 이 꿈의 유인이 된 더 좋은 동기를 스스로 찾아냈다. 그 전날 그는 극장에서 한 여성과 재회했다. 전에 결혼하려고 했던 여성인데, 그녀가 그에게 질투심을 일으키게 하는 짓을 하여 결혼을 단념했다고 한다. 만일 그가 그 여성과 결혼했다면 질투가 점점 심해져 실제로 미쳐버렸을지도 모른다. 즉 그는 그 여자와 관계있는 사내들을 모조리 죽여버려야 하지 않을까 생각했을 정도로 그녀를 바람둥이로 믿고 있었다. 우리는 방방으로 뛰어든다는 것(여기서는 기차의 객차 칸)을 결혼(일부일처제의 반대 개념)의 상징으로 해석한 바 있다.[90]

그는 기차가 넓은 들판에 멈춰 서고 사고가 일어날 듯한 공포심을 품은 점에 대해서는 다음의 사실을 연관 지었다. 전에 그가 철도 여행을 했을 때 역이 아닌 곳에서 갑자기 열차가 서버린 일이 있었다. 그때 같은 찻간에 탄 젊은 여자가 "기차가 충돌할지도 몰라요. 이럴 때는 두 다리를 올리는 것이 안전해요."라고 말했다고 한다.

그런데 이 〈두 다리를 들어 올린다〉는 말은 그녀와의 행복한 첫사랑 시절에 즐긴 산책과 소풍을 연상시켰다. 이것은 그 젊은 여자와 결혼했더라면 미쳤을 것이 틀림없다는 것을 입증하는 새로운 설명이다.

그런데 그렇게 미치광이가 되고 싶다는 소망이 그에게 여전히 존재한다는 사실을 그의 심리 상태를 잘 알고 있는 나는 충분히 짐작할 수 있었다.

---

90 《꿈의 해석》여섯 번째 장 참조.

꿈의 태고성과 유아성

꿈의 작업이란 꿈의 잠재사상을 검열의 영향을 받아 어떤 다른 표현 양식으로 바꾸는 일이라는 우리의 결론을 다시 언급하기로 하자. 잠재사상은 깨어 있을 때의, 우리가 잘 알고 있는 의식적인 관념과 다르지 않다. 그런데 다른 표현 양식 쪽은 여러 가지 특징 때문에 이해하기 어려운 것이 된다. 이미 말한 것처럼 이 표현 양식은 인류가 아득히 먼 옛날에 극복한 지적 진화의 여러 단계, 즉 상형 언어의 단계, 상징 관계의 단계 등 아마도 우리의 사고 언어가 발달하기 이전에 있었다고 생각되는 여러 단계에서 유래하고 있다. 그러므로 꿈의 작업의 이와 같은 표현 양식을 '태곳적(太古的)' 또는 '퇴행적(退行的)'이라고 부르는 것이다.

이런 사실들을 통해 꿈의 작업에 대해 더욱 심오한 연구를 해나가다 보면 아직 충분히 알려지지 않은 인류의 지적 진화에 관해서도 분명 귀중한 해명을 얻을 수 있을 것이다. 나 역시 그렇게 되기를 희망하고 있지만 이 연구는 아직 누구도 시작하지 않았다.

꿈의 작업에 의하여 우리가 거슬러 올라가는 태고 시대에는 두 가지 종류가 있다. 하나는 〈개체〉의 원초 시대, 즉 소아기(小兒期)이며 또 하나는 인류의 〈계통 발생적〉인 태고 시대이다. 모든 개체는 소아기에 인류의 전 진화를 단축된 형식으로 반복한다는 의미에서 개체의 원초 시대는 계통 발생적 태고 시대이기도 하다. 잠재하는 심적 과정 중에서 어떤 부분이 개체의 태고 시대에서 유래하고, 어떤 부분이 계통 발생적 태고 시대에서 유래하는지를 과연 구별할 수 있을까? 나는 그 구별이 불가능하지 않다고 생각한다. 이를테면 개체가 한 번도 배운 적이 없는 상징 관계는 분명 계통 발생적 태고 시대의 유물이라고 간주해도 좋을 것이다.

그러나 상징이 꿈의 유일한 태고성은 아니다. 여러분은 모두 자신의 경험을 통해 소아기의 그 특이한 망각에 대해 알고 있을 것이다. 내가 말하는 것은, 인생의 첫 번째 시기부터 대여섯 살 또는 여덟 살까지의 경험이 후일의 경험과는 달리 기억에 흔적을 거의 남기지 않는다는 사실이다. 소아기부터 현재까지의 기억이 빠짐없이 연결된다고 자랑하는 사람을 만나는 경우도 물론 있지만, 그러나 기억의 틈이 큰 사람 쪽이 훨씬 많다. 그런데 놀랍게도 지금껏 이를 이상하게 여기는 사람은 별로 없었다. 어린아이는 두 살이 되면 말을 곧잘 하고 복잡한 심적 상황에 잘 적응하는 능력을 보여준다. 몇 해 뒤에 누군가 이야기를 꺼내도 본인은 전혀 기억해내지 못하는 것을 아이들은 그 무렵에 이미 지껄이고 있다. 소아기에는 후년에 비해 정신적 부담이 가볍기 때문에 소아기의 기억 기능은 보다 우수하다. 기억 능력이라는 것이 고도의 특별히 어려운 정신적 능력이라고 인정해야 할 이유는 전혀 없다. 오히려 정신력이 매우 낮은 사람에게서 명석한 기억력이 발견되는 경우가 많이 있다.

이러한 유년기의 기억에 대해 또 하나의 특징을 들지 않을 수 없다. 그것은 소아기의 초기를 감싸고 있는 기억의 공백 중에서 몇몇 개의 선명한 기억이 잘 보존되어 있다는 것이다. 이는 대개 조형적인 상을 하고 선명하게 떠오른다. 그런데 그렇게 부분적으로 몇 개의 기억이 잘 보존되는 이유를 찾기가 어렵다. 훗날 삶 속에서 일어나는 여러 인상 재료에 대해서 우리의 기억은 그중 어떤 것만을 추려내는 선별 작업을 한다. 즉 중요한 것은 보존하고 중요하지 않은 것은 탈락시켜 버린다. 그런데 잘 보존되어 있는 소아기의 기억은 이와는 다르다. 반드시 중요한 체험이 보존되는 것도 아니고, 때로는 어린아이의 입장에서 보아 중요하다고 여겨졌을 만한 체험도 잘 보존되지 않는 경우가 흔하다. 오히려 기억되는 것들은 너무나 평범하고 무의미한 것들이어서, 어째서 이런 하찮은 것들이 지금까지 기억에 남아 있을까 스스로도 의아해지는 경우가 많다.

예전에 나는 이러한 소아기의 망각과, 그에 맞서 살아남은 기억의 잔존물에 관한 수수께끼를 정신분석을 통해 풀어보려는 시도를 한 적이 있는데, 그 결과 어린아이들도 중요한 인상만을 기억에 남긴다는 결론에 도달했다. 이 중요한 인상이, 여러분이 이미 알고 있는 응축 작용과, 특히 치환 작용을 받아 언뜻 보기에는 중요하지 않은 것 같은 모습으로 바뀌어 나타난 것뿐이다. 그래서 나는 이와 같은 소아기의 기억을 〈은폐 기억(Deckerinnerung)〉이라고 명명했다. 철저하게 분석한다면 이 은폐 기억에서 망각된 모든 것을 끌어낼 수 있다.

정신분석 요법을 진행하다 보면 흔히 소아기의 기억 결손을 메워야 하는 과제가 주어지곤 하는데, 치료가 어느 정도 성공하면(대개 성공하지만) 망각에 덮여 있던 소아기의 내용들이 다시금 뚜렷하게 드러난다. 이러한 소아기의 인상들은 실제로는 결코 잊어버린 것이 아니라 잠재되어 있어 접근하지 못했던 것, 즉 무의식에 속해 있었던 것이다. 그런데 이 잠재된 기억이 자발적으로 무의식에서 솟아오르는 경우가 있으니, 그것은 대체로 꿈과 연결되어 떠오른다. 즉 꿈의 활동은 이러한 잠재적 소아기의 체험에 이르는 통로를 알고 있는 듯 보인다. 이 점을 입증하는 좋은 실례가 관련 정신분석 서적에 실려 있으며, 나 또한 여기에 어느 정도 공헌을 하였다.

전에 나는 어떤 꿈을 꾸었는데, 무슨 일과 관련해서인지 나에게 도움을 주었던 한 사람에 대한 꿈이었다. 나는 꿈속에서 그를 똑똑히 볼 수 있었다. 그는 애꾸눈이었고, 몸집은 작고 통통했으며, 머리가 어깨 속에 쑥 박혀 있는 듯한 모습이었다. 나는 꿈의 앞뒤 관계에 의해 그 사내가 의사라고 생각했다. 나는 그 무렵 아직 살아계시던 어머니께 나의 출생지—나는 세 살 때 고향을 떠났다—의 의사가 어떤 용모를 가진 사람이었는지 여쭤볼 수 있었다. 어머니는 그 의사가 애꾸눈이었으며, 몸집이 작고, 통통하게 살이 쪘으며, 머리가 어깨 속에 박혀 있는 듯한 사람이었다고 알려주었다. 나는 그 의사가 나 자신은 완전히 잊고 있던 사고를 당했을 때 나를 치료해주었다는 사실도 알게 되었다. 소아기 초기의 망각된 재료를 이렇게 다루는 것이 꿈에 나타나는 또 하나의 태고성이다.

우리가 만났던 다른 하나의 수수께끼에 대해서도 이와 똑같은 말을 할 수 있다. 꿈을 일으키는 것은 꿈의 검열과 꿈의 왜곡을 꼭 필요로 했던 성악(性惡)하고 방일한 성적 소망이라는 사실을 알았을 때, 여러분이 얼마나 놀라며 받아들였는지 생각날 것이다. 이런 꿈을 꾼 사람에게 우리가 해석을 해주면, 다행히 그가 해석 자체에 항의하지 않더라도 그는 반드시 다음과 같은 질문을 퍼붓는다.

"나는 그런 소망과는 관계가 없다고 생각하고 있었고, 그것과 정반대의 것을 의식하고 있었는데, 대체 그런 소망이 어디서 왔을까요?"

우리는 이 소망의 유래를 지적하기에 주저할 필요는 없다. 이 나쁜 소망의 충동은 과거, 흔히 그다지 멀지 않은 과거에서 유래한다. 이 소망의 움직임이 있다는 것을 현재에는 알고 있지도 않고 의식하지도 않지만, 전에는 그런 소망이 있다는 것을 알고 있었고 의식하고 있었다는 것이 증명된다.

어떤 부인이 꿈을 꾸었다. 그 꿈은 현재 열일곱 살 난 외동딸이 죽어주었으면 좋겠다는 소망으로 해석되었다. 우리가 그 점을 알려주고 상기시키자, 그녀는 한때 자기 딸에 대해서 죽음의 소망을 품은 적이 있었음을 깨달았다. 그 딸은 이혼으로 끝난 불행한 결혼에서 생긴 아이였다. 딸이 아직 뱃속에 있을 때 남편과의 심한 말다툼으로 화가 치밀어 자기도 모르게 뱃속의 아이 같은 것은 죽어버렸으면 좋겠다고 생각하며 주먹으로 힘껏 자기 배를 때린 적이 있었던 것이다. 지금은 아이에게 온갖 애정을 쏟으며 아마도 너무 지나치다는 말을 들을 정도로 사랑하고 있는 어머니들도 과거에는 내키지 않은 마음으로 임신했고, 또 그 당시 자기 뱃속의 생명이 자라지 않기를 바랐던 예는 상당히 많다. 어머니들은 다행히도 그와 같은 소망을 그다지 해가 되지 않는 여러 가지 다른 행동으로 바꾼다. 사랑하는 사람에 대한 죽음의 소망은 후일에 보면 불가사의하게 느껴지지만, 실은 그 사람과의 옛날 관계에서 유래하고 있는 것이다.

어떤 아버지의 꿈을 해석하여 그가 특히 귀여워하고 있는 큰아들의 죽음을 바라고 있었다는 결론이 나왔을 때, 이 아버지는 그 어머니와 마찬가지로 분명 그런 소망이 마음속에 있었음을 상기해냈다. 현재의 처를 택한

데 대한 불만을 품고 있던 남자는, 그 처와의 사이에서 태어난 아이가 아직 젖먹이였을 때 '성가신 이런 아이는 죽어줘야 아내와 헤어져서 실컷 자유를 누릴 수 있을 텐데.'라고 생각한 적이 있었다. 미움의 충동은 대개 이러한 원인에서 생긴다는 것을 증명할 수 있다. 이런 증오심의 충동은 과거에 속한, 언젠가 한 번은 의식되었고 그리하여 정신생활 속에서 작용한 일이 있는 사건의 추억이다.

그렇다면 만일 어떤 사람과의 관계에 이런 종류의 변화가 일어나지 않았을 경우에는, 즉 처음부터 그 관계가 냉담했을 경우에는 그러한 소망이나 꿈은 나타날 까닭이 없다는 결론을 끌어내고 싶을 것이다. 나도 여러분의 그와 같은 추론을 인정할 준비가 되어 있다. 다만 여러분에게 한 가지 경고해두고 싶은 것은, 꿈의 겉모양 그대로가 아니라 해석을 한 꿈의 의미를 전체 의미 속에서 잘 살펴야 한다는 것이다. 사랑하는 사람이 죽었다는 현재몽은 단지 무서운 가면에 지나지 않고, 실제로는 전혀 다른 것을 뜻하고 있거나 또는 그 사랑하는 사람이 다른 사람의 대신일 수도 있다.

그럼 이제 여러분의 마음속에는 더 진지한 다른 의문이 솟아날 것이다.

"설령 그 죽음의 소망이 전에는 존재해서 기억으로 그 존재가 증명되었다고 하더라도, 그것만으로는 아무런 설명이 되지 않습니다. 그 소망은 훨씬 전에 극복되어 지금은 무의식 속에 단순한 기억으로 머물러 있을 뿐이며, 강한 마음의 움직임으로 남아 있는 것은 아니지 않습니까? 그것이 강한 소망 충동으로서 존재하고 있다는 것을 확신할 수 없습니다. 그런데 어째서 그런 소망이 꿈속에서 상기되는 것입니까?"

여러분의 이 의문은 지극히 당연한 것이다. 이 의문에 답을 하려면 우리는 다시 앞으로 돌아가 가장 중요한 꿈의 이론 중 하나에 대해서 우리의 의견을 밝혀야 한다. 부득이하게 당분간은 이 이야기를 더 진행시키지 않기로 하고, 이 의문도 잠시 보류하기로 하자. 우선은 여러분도 이 질문을 단념해주기 바란다. 극복된 것으로 보이는 소망이 자극원이 되어 꿈을 일으킨다는 사실이 증명되었다는 언급 정도로 만족해주길 바라겠다. 그리고 우리의 검토를 더 진행시켜 다른 성악한 소망들도 마찬가지로 과거로부터 나오는 것인지 알아보기로 하자.

계속해서 배척 소망(排斥所望:Beseitigungswunsch)[91]에 대해 살펴보겠다. 대개의 경우 이 소망은 꿈꾸는 이의 극도의 이기심에서 비롯된다고 보아도 좋다. 꿈의 형성 원인이 이 배척 소망으로 밝혀지는 경우는 꽤 많이 있다. 누군가가 우리 인생의 앞길을 막는다면—인간관계가 복잡하게 얽혀 들어갈수록 이런 일은 많아지는데—그 방해자가 아버지든 어머니든 또는 형제자매나 부부든, 꿈은 그 사람을 죽이려고 잔뜩 벼르며 기다린다. 아마도 여러분은 인간의 본질이 그렇게도 성악한 것인가 하는 놀라움에 이러한 꿈 해석 결과를 인정하고 싶지 않은 마음이 들 것이다. 그러나 우리는 이와 같은 소망의 기원을 과거에서 찾아야 한다는 것을 알았다. 우리는 그러한 이기심이나 소망 충동이 근친자에게 향해지더라도 조금도 이상하지 않은, 개인의 과거 어느 시기를 즉각 찾아낼 수 있다.

이 시기란 바로 소아기 초기이다. 훗날 이때는 모두 망각의 안개에 싸여버리지만, 이 시기의 아이는 종종 숨김없이 이기심을 발휘한다. 대개의 경우는 뚜렷한 이기주의의 싹, 올바르게 말한다면 이 소질의 흔적이라는 모

---

91 타인의 죽음을 바라는 소망.

습으로 나타난다. 어린아이는 먼저 자기를 사랑하고, 얼마가 지나서야 비로소 타인을 사랑하며 타인을 위해 자아의 일부를 희생하는 것을 배운다. 어린아이가 처음부터 사랑을 쏟는 듯이 보이더라도 실은 그 사람이 필요하기 때문에, 그 사람이 없으면 살아갈 수 없기 때문에, 곧 이기적인 동기로 사랑하는 것이다. 후년에 이르러서야 비로소 사랑의 충동은 이기심에서 떨어져 나온다. 실제로 어린아이는 〈이기주의에서 남을 사랑하는 것을 배우게 되는〉 것이다.

어린아이의 형제자매에 대한 태도와 부모에 대한 태도를 비교해보면, 이 이기심에 대해 배우는 바가 많다. 아이는 자기의 형제자매에 대해서 반드시 사랑의 감정을 품고 있지는 않으며, 곧잘 드러내놓고 싫다고 말한다. 어린아이의 마음속에서 경쟁자를 미워하고 있다는 것은 의심할 여지가 없다. 또 이런 태도가 성인이 될 때까지, 아니, 더 후년에까지 줄곧 계속되는 경우도 아주 많다는 것은 잘 알려져 있는 사실이다. 이와 같은 심적 태도가 사랑의 태도로 깨끗이 해소되는 일도 분명히 있다. 아니, 미움의 감정 위에 사랑의 태도가 덮인다고 말하는 편이 더 맞을 것이다. 어쨌든 적의의 감정은 일반적으로 애정보다 빨리 생기는 것 같다. 이 적의의 감정이 가장 잘 관찰되는 경우는, 두 살 반에서 네댓 살까지의 어린아이에게 동생이 태어났을 때이다. 어린아이는 대개 갓난아이를 환영해주지 않는다.

"이번에 난 아기는 싫어. 황새가 다시 어디로 데려가버렸으면 좋겠어." 라는 것이 대개의 어린아이들이 하는 말이다. 심지어 아이는 신생아를 해코지하기 위해 할 수 있는 모든 일을 한다. 갓난아이를 상처 입히는 일, 때로는 노골적으로 암살하려는 시도도 결코 드물지 않다. 특히 두 아이의 나이 차가 적을 경우, 정신 활동이 활발해지는 시기에 이른 아이는 동생에게서 경쟁자의 모습을 발견하고는 곧바로 대적할 준비를 한다. 나이 차가 많을 때는 갓난아이를 처음부터 재미있는 것, 혹은 살아 있는 인형쯤으로 생각하여 일종의 동정심을 일으키기도 하는데, 나이 차가 여덟 살 이상일 때, 특히 여자아이의 경우는 갓난아이에 대해 친절한 어머니 같은 충동이 곧바로 나타나곤 한다. 어쨌든 정직하게 말해서, 꿈속에서 형제자매에 대한 죽음의 소망이 발견된다 해도 그렇게 기괴하게 여길 필요는 없는 것이다. 그것은 소아기 초기, 때로는 함께 자라나는 후년의 생활 속에서 그 원형을 쉽게 찾아볼 수 있는 것이기 때문이다.

아이들 방에서는 종종 아주 격렬한 싸움이 일어난다. 싸움의 동기는 부모의 사랑을 차지하려고 하는 경쟁심이거나, 또는 공동의 장난감이나 생활 공간을 둘러싼 경쟁이다. 이러한 적의는 자기보다 어린 형제자매뿐 아니라 손위 형제로 향하기도 한다. 아마도 버나드 쇼가 이 말을 했을 것이다.

"영국의 젊은 여성이 어머니 이상으로 누군가를 미워한다면 그것은 바로 언니일 것이다."

그런데 쇼의 이 말에는 우리를 당황하게 만드는 또 다른 내용이 포함되어 있는 듯하다. 형제자매 사이의 증오와 경쟁심은 그럭저럭 이해를 한다 해도 딸과 어머니, 부모와 자식 간에 어떻게 증오의 감정이 침입할 수 있단 말인가?

아이의 경우를 보더라도 부모와 자식의 관계는 분명 형제자매 관계보다는 훨씬 호의적이다. 또 우리는 그래야 한다고 생각한다. 부모와 자식 사이에 애정이 없다면 형제자매의 경우보다 더 이상하게 여겨진다. 말하자면 우리는 형제자매 사이의 사랑을 인간에 속한 것이라고 본다면, 부모와 자식 사이의 사랑은 신성한 것이라 여긴다. 그러나 우리 일상을 관찰해보면 부모와 장성한 자식 사이의 감정 관계 역시 사회가 제창하는 이상(理想)과는 거리가 멀다는 것을 알 수 있다. 효성과 사랑의 감정을 덧붙여 억누르지 않는다면 얼마나 많은 적개심이 개입되어 겉으로 드러나기 쉬운지 알 수 없다.

이 적의의 동기가 무엇인지는 잘 알려져 있고 하나의 일반적인 경향을 보여주는데, 그것은 바로 아버지와 아들, 어머니와 딸의 동성끼리 서로 반발하는 경향이다. 딸은 어머니를 자기의 의지를 속박하는 존재, 성적 자유의 포기라는 사회의 요구를 관철시키려 하는 권위로 인식한다. 경우에 따라서는 어머니를 경쟁자로 여기며 그 경쟁에서 지지 않으려고도 한다. 그리고 이와 똑같은 관계가 아버지와 아들 사이에서는 더욱더 뚜렷한 모습으로 되풀이된다. 아들에게 아버지는 자유의사에 반하는 모든 사회적 구속의 화신이다. 아버지는 아들이 자기 의지대로 행동하는 것을 막고, 젊을 때 성적 향락에 빠지는 것을 금지하며, 또 재산이 있을 경우에는 그것을 누리는 것을 억압한다. 따라서 왕위 계승자의 경우에 아버지가 죽어주었으면 하는 기대는 비극으로 치달을 만큼 높아지는 것이다. 이에 반해 아버지와 딸, 어머니와 아들의 관계는 덜 위험해 보인다. 그것은 어떤 이기적인 감정으로도 더럽혀지지 않는 불변하는 사랑의 본보기와도 같다.

내가 왜 이처럼 진부하고 일반적으로 잘 알려져 있는 일에 대해 열심히 설명하고 있는 것일까? 이 사회에는 분명 이러한 현상이 우리 삶 속에서 차지하는 의미를 부정하고, 사회가 요구하는 이상이 현실적으로 실현되고 있는 것 이상으로 훌륭하게 실현되고 있는 듯 떠벌이는 경향이 존재하기 때문이다. 이런 문제는 냉소주의자들에게 맡겨두는 것보다 심리학이 진실을 말하는 편이 낫다. 물론 이런 진실의 부인은 현실 생활에서만 해당된다. 소설이나 희곡 같은 예술은 이러한 이상이 실현되지 않을 때의 동기들을 창작의 소재로 자유롭게 이용하고 있다.

우리가 많은 사람들의 꿈속에서 부모, 특히 동성의 부모를 배척하려고 하는 소망을 폭로했다고 해서 그다지 놀랄 건 없다. 이 소망은 깨어 있을 때도 존재하고, 어떤 다른 동기로 가장되기도 하며, 때때로 의식되기조차 한다고 가정해도 좋다. 분석의 실례 세 번째 예에서 죽음의 소망이 아버지의 무익한 고통을 동정한다는 형태로 가장하고 나타났던 것처럼 말이다. 꿈에서 적대감만 지배적으로 나타나는 경우는 드물다. 대개의 경우 이러한 적의가 애정 어린 감정 뒤에 숨고, 결국에는 억제된다.

이때 적의는 꿈이 그 적의적인 감정을 유리(遊離:Isolierung)[92]할 때까지 기다리고 있을 수밖에 없다. 이와 같은 유리화로 인해 꿈이 우리 눈에 거대하게 보일지라도 그것을 해석하여 실제 삶의 연관 속에 끼워 넣어보면 다시 원래대로 축소해 대수롭지 않은 것이 된다(한스 작스). 실제 삶에서 죽음의 소망이 존재할 근거가 전혀 없으며, 또 성인의 경우 깨어 있을 때는 그처럼 온당치 않은 소망을 품고 있다고 결코 인정되지 않을 때도 꿈속에서는 이 소망이 발견될 수 있다. 그 이유는, 특히 동성의 부모와 자식 사이를 갈라놓는 뿌리 깊은 동기가 소아기의 이른 시절부터 이미 머리를 들고 있기 때문이다.

나는 이러한 애정의 경쟁은 성적인 색채를 강하게 띠고 있다고 생각한다. 아들은 어린아이 때부터 어머니에 대해 특별한 애정을 보이기 시작한다. 또 아들은 어머니를 자기 것으로 간주하고 아버지에 대해서는 어머니

---

92 어떤 경험을 잊지는 않지만 그 감정적 요소는 떼어내는 것.

의 독점을 두고 다투는 경쟁자로 느낀다. 이와 마찬가지로 어린 딸은 어머니를 마치 자기와 아버지의 애정 관계를 막으려고 하는 방해자처럼 여기고, 또 자기 자신이 훌륭하게 대신할 수 있는 자리를 빼앗은 사람으로 생각한다. 이러한 태도를 우리는 오이디푸스 콤플렉스(Ödipuskomplex)라고 부르는데, 관찰해보면 이 태도의 기원이 얼마나 오랜 것인지 알 수 있다. 오이디푸스 신화[93]에서는 아버지를 죽이고 어머니를 자기 아내로 삼으려 하는 두 개의 극단적인 소망이 약간 약화된 형태로 실현되고 있다. 나는 오이디푸스 콤플렉스가 자식과 부모의 관계 전부를 표현하고 있다고 주장하는 것이 아니다. 자식과 부모의 관계는 분명 훨씬 더 복잡하다. 오이디푸스 콤플렉스는 다소 강하게 발달할 수도 있고 그 반대가 될 수도 있

---

93 테베의 왕 라이오스에게, 그와 그의 아내 이오카스테 사이에 태어난 아들이 아버지를 죽이는 운명을 타고난다는 신탁이 내려졌다. 두 사람은 두려워 아이가 태어나자마자 아이를 묶고 발에 구멍을 뚫어 키타이론 산에 버렸다. 그러나 이 아이는 코린트의 왕 포류보스의 양치기에게 발견되었다. 발이 부어 있다 해서 아이에게 오이디푸스라는 이름을 지어주고(그리스어 오이디푸스의 '오이다'는 '붓다'라는 뜻), 포류보스의 아들로 길렀다. 어느 날 오이디푸스는 코린트 사람들로부터 너는 포류보스의 친자식이 아니라는 모욕을 당한다. 그래서 그는 신탁을 받으러 델피로 떠났다. 그런데 델피의 신탁은, 너는 아버지를 죽이고 어머니를 아내로 삼을 운명을 타고났다는 것이었다. 그는 포류보스를 친아버지로 알고 있었으므로 신탁이 실현되는 것이 두려워 코린트로 돌아가지 않고 다우리스로 향했다. 도중에 그는 친아버지 라이오스와 마부를 만나 말다툼 끝에 그만 두 사람을 죽이고 말았다. 그 무렵 테베 근처에 괴물 스핑크스가 나타나 테베 사람들을 매우 괴롭혔다. 이 괴물은 바위 위에 걸터앉아 그 앞을 지나가는 사람들에게 수수께끼를 내어 풀지 못하는 자를 죽여버렸다. 그러자 테베인들은 "스핑크스로부터 이 나라를 구하는 자는 테베의 왕이 되고 이오카스테를 아내로 맞을 것이다."라고 선언했다. 오이디푸스가 이 괴물에게 가까이 가자 괴물은 다음과 같은 수수께끼를 냈다. "다리를 넷 가진 자가 둘, 셋의 다리를 갖게 된다. 다리의 수는 변하고 제일 많은 다리를 가질 때 제일 약하다. 한 마디로 답하라." 오이디푸스는 곧 "사람"이라고 대답했다. 태어날 때는 기고, 나이를 먹으면 지팡이를 짚는다는 뜻이었다. 스핑크스는 수수께끼가 풀린 데 놀라 바위에서 굴러 떨어져 죽었다. 오이디푸스는 테베의 왕이 되어 친어머니인 이오카스테를 아내로 삼는 몸이 되었다. 이어서 테베에 전염병이 퍼졌다. 이번에는 라이오스의 살해자를 추방하라는 신탁이 내려졌다. 오이디푸스가 이 신탁을 실행하려 하고 있을 때 예언자가 나타나 오이디푸스 자신이 아버지 라이오스를 죽인 범인이며, 어머니의 남편이라고 알렸다. 이 말을 듣고 이오카스테는 자결하고 오이디푸스는 자기 눈을 도려내어 장님이 되었다. 이 이야기는 전설의 작가들에 따라 부분 부분 차이가 있지만 그 줄거리는 거의 같다.

다. 그러나 이것이 유아 시절의 정신생활에서 일반적으로 볼 수 있는 매우 중요한 인자라는 점만은 분명하다. 우리는 이 콤플렉스의 영향이나 그것에서 생기는 발전 상황들을 과대평가할 위험보다 과소평가할 위험이 더 크다. 생각해보면 부모 쪽에서 자식을 오이디푸스적 태도로 반응하도록 자극하는 경우가 많다. 즉 부모는 자식의 성별에 따라 귀여워하는 방법을 달리하여 아버지는 딸을, 어머니는 아들을 더 귀여워하며, 또 결혼 생활이 차갑게 식었을 경우에는 매력을 잃은 상대 대신 자식을 사랑의 대상으로 삼는다.

정신분석 연구가 오이디푸스 콤플렉스를 발견한 것에 대해 세상 사람들이 고맙게 여기지는 않았다. 반대로 이 발견은 성인들 사이에서 매우 심한 반발을 불러일으켰다. 한편 금기시되는 이러한 감정 관계를 부정하는 데 가담하지 않았던 사람들도, 뒤늦게나마 자신의 부채감을 청산하듯이 오이디푸스 콤플렉스를 멋대로 다시 해석하고 본래의 가치를 빼앗으려 했다.[94] 나는 지금도 내 확신을 바꿀 생각은 없다. 이것은 부정하거나 미화할 필요가 없는 것이다. 그리스 신화에서 피할 수 없는 숙명으로 인정한 이 사실에 친숙해지면 그만이다.

재미있는 것은, 우리의 삶에서 추방된 오이디푸스 콤플렉스가 문학의 손으로 넘겨져 완전히 자유로운 처리에 맡겨졌다는 것이다. 오토 랑크는 면밀한 연구를 통해, 이 오이디푸스 콤플렉스가 무한히 변형되거나 완화되거나 혹은 가장하여, 즉 우리가 이미 알고 있는 검열의 작용으로 왜곡되어 희곡 문학 속에 얼마나 풍부한 소재를 제공해주고 있는지 증명해냈다.

---

94 아들러와 융의 탈퇴를 말한 것이다.

즉 부모와 별다른 갈등 없이 행복하게 살고 있는 어른의 꿈에 이 오이디푸스 콤플렉스가 나타난다 해도 이상한 일은 아니며, 또한 그 거세 콤플렉스(Kastrationskomplex), 즉 아버지가 유아의 성적 행동을 위협하거나 제한하는 데 대한 반응으로서의 거세 콤플렉스도 이 오이디푸스 콤플렉스와 밀접한 관계가 있다는 것을 우리는 알 수 있다.

지금까지 발견한 사실들을 통해 아동의 심리 생활 연구에서 주의해야 할 바를 알게 된 우리는 이제 금지된 꿈의 소망과 관련된 또 다른 부분, 즉 과도한 성적 욕망의 유래에 대해서도 비슷한 방법으로 설명할 수 있으리라는 기대가 생긴다. 나아가 우리는 아동의 성생활 발달을 연구해보고 싶은 의욕을 느끼고, 여러 가지 근거에 의해 다음과 같은 것들을 알게 되었다. 우선 어린아이에게는 성생활이 없다든가, 성욕은 사춘기에 성기가 성숙해야 비로소 나타난다는 가설은 근거가 없다. 어린아이는 태어날 때부터 내용이 풍부한 성생활을 누리고 있다. 그러나 그 성생활은 어른들에게 정상으로 간주되는 것과는 여러 방면에서 다르다.

그런데 성인의 경우에 우리가 〈도착(倒錯:pervers)〉이라고 부르는 것은 정상인의 성생활과 다음과 같은 점에서 차이가 있다. 첫째, 종(種)의 장벽을 넘어선다(동물과 인간과의 메울 수 없는 심연을 무시하는 것). 둘째, 혐오감의 한계를 넘어선다. 셋째, 근친상간의 장벽(혈연자에게서 성적 만족을 구해서는 안 된다는 금제)을 뛰어넘는다. 넷째, 동성의 한계를 무시한다. 다섯째, 성기의 역할을 다른 신체 기관이나 신체의 다른 부위로 바꿔놓는다. 이와 같은 장벽은 태어날 때부터 존재하는 것이 아니고 유아의 발육과 교육의 과정 중에 서서히 형성되는 것이다. 어린아이는 아직 인간과 동물 사이에 있는 엄격한 장벽을 알지 못한다. 인간이 동물과 다르다는 자부심은 후일에야 비로소 생겨난다. 어린아이는 처음에는 배설물에 대해서도 혐오감을 나타내지 않는다. 이 혐오감은 교육의 영향으로 서서히 배우게 되는 것이다. 어린이는 성의 구별에 무관심하며, 오히려 남녀 양성이 같은 모양의 성기를 가졌다고 추측하기도 한다. 어린아이는 그 최초의 성적 욕망과 호기심을 자기와 가장 가까우며 또 다른 이유로 자기가 가장 사랑하고 있는 사람들인 부모, 형제자매, 유모에게로 돌린다. 그리고 마지막으로, 이는 후년에 애정 관계의 정점에 이르렀을 때 다시 나타나는 것이지만, 어린아이는 성기에서만 쾌감을 찾지 않고 몸의 다른 여러 부위에서도 같은 감각을 발견하고 거기서 유사한 쾌감을 얻으며 성기의 역할을 대신할 수 있다는 것을 알아낸다. 따라서 아동은 〈다형성 도착(多形性倒錯:polymorph pervers)〉이라 할 수 있는데, 어린이가 이 모든 충동들을 아주 미미한 형태로밖에 표현하지 않는 까닭은 후년에 비해 충동의 강도가 약하기 때문이기도 하지만, 한편으로는 교육이 아이의 모든 성적 표현을 강하게 억누르고 있기 때문이다. 이러한 경향은 학문적으로도 계속되어, 아이의 성적 표현의 일부분은 간단히 간과해버리려고 애를 쓰고 또 어떤 부분에 대해서는 성적인 속성을 달리 해석함으로써 거기에는 성적인 성격이 없다고 부인하려 노력한다. 이를테면 아이 방에 들어가면 그 아이의 성적 장난을 엄하게 꾸짖는 사람이 대외적인 이론에서는 어린아이의 성적 순결을 변호하곤 하는 것이다. 어린아이는 혼자 내버려져 있을 때나 어떤 유혹을 당했을 때 실제로 놀라울 정도의 성적 도착 행위들을 나타낸다. 어른들은 이것을 〈어린애의 짓〉이라든가 〈장난〉으로 보아 넘기는데, 어린아이는 관습의 엄격함이나 법칙 앞에서 한 사람 몫의 책임이 있다고 평가할 수 없기 때문이다. 그러나 아이들에게 성욕이 있다는 것은 역시 사실이며, 이는 타고난 체질의 징표로서나 이후 발달 과정의 추진력으로서도 중요한 의의를 지닌다. 아동 성욕은 아동의 성생활과 더불어 인간 일반의 성생활을 설명해줄 열쇠를 제공해준다. 그러므로 왜곡된 꿈의 배후에 이 모든 도착적인 소망 충동이 나타났을 경우에는, 바로 여기서도 꿈이 유아적 상태로 퇴행했음을 의미하는 것이다.

이러한 금지된 소망 중에서도 특히 두드러지는 것은 근친상간적인 소망이다. 즉 부모, 형제자매와 성교하고자 하는 소망이다. 인간 사회에서 이와 같은 성교가 얼마나 혐오감을 불러일으키고, 설사 진정으로 혐오를 느끼지 않더라도 표면적으로는 얼마나 혐오감을 나타내는지, 또 이 사회가 그것을 금지하기 위해 얼마나 많은 노력을 기울이는지는 잘 알고 있을 것이다. 근친상간의 공포를 설명하기 위한 노력도 많이 있어왔다. 일부에서는 이런 금제가 씨[種]를 보존하고자 하는 자연 도태다, 즉 동종 교배는 종족의 질적 저하를 가져오기 때문에 근친상간의 금제라는 형태를 빌어 심적으로 나타나는 것이라고 설명한다. 또 어떤 이들은 어릴 때부터 가족과 공동생활을 해왔기 때문에 성적인 호기심이 다른 데로 돌려지는 것이라고 주장하기도 한다. 어찌되었든 이 두 가지 주장에서는, 근친상간의 금제가 자동적으로 달성되는 것으로 되어 있다. 그렇다면 왜 그렇게까지 엄한 금제가 필요한지 알 수 없다. 뒤집어 생각하면 이 엄격한 금제야말로 강한 욕망이 존재함을 의미하는 것이다. 정신분석 연구를 통해 우리는 근친상간적인 사랑의 선택은 누구에게나 처음에는 존재한다는 것, 그리고 후년에 이르러서야 비로소 이에 대한 거부감이 형성되며, 그 저항이 어디에서 유래하는가는 개체 심리학으로는 충분히 설명할 수 없다는 것을 알게 되었다.

아동 심리 연구로 우리는 꿈을 더 잘 이해할 수 있게 되었다. 그 결과를 정리해보자. 우리는 망각된 소아기의 체험이 꿈에 나타날 수 있다는 것을 알았을 뿐 아니라, 어린아이의 정신생활의 특징, 즉 이기심과 근친상간적인 사랑의 선택 등이 꿈에서는, 다시 말해 무의식 속에서는 계속 존재하고 있다는 것, 꿈에 의해서 우리는 밤마다 이 유아성의 단계로 되돌아갈 수 있다는 사실을 알게 되었다.

이로 인해 우리는 〈정신생활에서 무의식적인 것이란 유아적인 것〉이라는 사실을 알 수 있었다. 그리고 이 발견으로 인해 인간에게는 많은 악이 숨어 있다는 불쾌한 인상은 옅어진다. 그런 무서운 악은 단순히 유아의 정신생활에 존재했던 원초적인 것, 원시적인 것, 유아적인 것에 지나지 않는다. 그것은 아동의 내면에 분명 존재하지만 규모가 작기 때문에 간과되거나, 한편으로는 아동들에게는 윤리적인 기준을 요구하기 어려우므로 가볍게 보아 넘기는 것이다.

꿈은 바로 이 단계로까지 퇴행하기 때문에, 그것이 마치 우리 마음속에 숨어 있는 사악함을 드러내 보여주는 듯한 외관을 띠는 것이다. 그러나 우리를 당혹스럽게 하는 이 외관은 가면일 뿐이다. 어쩌면 꿈의 해석으로 상상이 되는 것만큼 인간은 그렇게 사악한 존재는 아니다.

꿈속에 나타나는 나쁜 욕망이 단지 유아성의 자취에 불과하며, 또 꿈이 사고와 감정 속에서 우리를 다시 어린아이로 만들어 윤리적 발달의 초기 단계로 되돌아가게 하는 것뿐이라면, 이런 꿈을 꾸고 부끄러워할 이유는 없다. 우리의 정신생활에서 이성이라는 것은 하나의 작은 부분에 지나지 않는다. 정신에는 이성적이라고 볼 수 없는 많은 것들이 존재한다. 그런데 우리는 이치에 맞지 않게 그런 꿈에 얼굴을 붉히곤 하는 것이다.

우리는 이와 같은 꿈을 꿈의 검열에 맡기는데, 만일 이런 소망 중 하나가 왜곡되지 않은 노골적인 형태로—그런 일은 매우 드물지만—의식 속에 침입해 들어와 그것을 인식하게 되면 우리는 얼굴을 붉히거나 분개하게 된다. 아니, 우리는 왜곡된 꿈에 대해서도 마치 그 꿈의 의미를 알고 있는 것처럼 얼굴을 붉히는 경우가 있다. 앞의 〈사랑의 봉사〉 꿈에서 그 고상한 노부인이 해석을 듣지 않고도 스스로 판단을 내려 분개했던 일이 생각날 것이다.

문제는 이것으로 해결된 것은 아니다. 우리가 계속해서 연구해나간다면 인간의 본성에 대해 다른 판단으로 새로운 평가를 내리게 될 수 있을 것이다.

이 모든 연구의 결과로서 우리는 두 가지 견해를 얻었다. 그러나 그것은 다시 새로운 수수께끼와 의문의 시작일 뿐이다.

첫째로, 꿈의 작업이 가진 퇴행성은 형식적인 퇴행일 뿐 아니라 실질적인 퇴행이기도 하다. 즉 우리의 사상이 원시적인 표현 양식으로 번역될 뿐 아니라, 원시적인 정신생활의 특성들로 다시 되돌아간다. 즉 그 예전에 자아가 누렸던 강대함과 성생활의 원초적 충동들이 다시 소생되며, 만일 상징 관계를 태고 시대의 산물이라 생각해도 좋다면 바로 인류의 태곳적 지적 소산까지도 부활시키는 것이다.

둘째로, 우리는 이 지배적이고 독재적인 유아적 특징을 모두 무의식 속에 집어넣어야 하는데, 그렇게 되면 무의식에 대한 우리의 관념은 확대될 수밖에 없다. 이제 무의식은 단순히 '그때 잠재하고 있던 것'을 이르는 말이 아니라, 자기만의 독자적인 소망 충동, 독자적인 표현 양식, 보통 때는 활동하지 않는 고유한 정신적 메커니즘을 가진 특수한 정신 영역이라 해야 할 것이다. 그러나 꿈의 해석을 통해 뚜렷이 밝혀낸 꿈의 잠재사상은 이 영역에 들어가지 않는다. 그것은 우리가 깨어 있는 동안에도 생각하려면 생각할 수 있는 것이기 때문이다. 그러나 그럼에도 불구하고 꿈의 잠재사상은 역시 무의식적이다. 그렇다면 이 모순을 어떻게 해결해야 할까? 그래서 우리는 이 두 가지를 구별해야 하지 않을까 하는 생각에 이르게 된다.

우리의 의식 생활에서 유래하고 의식 생활의 성격을 가지고 있는 그 무엇—우리는 이것을 〈낮의 잔재(Tagesreste)〉라고 부르고 있다—과 무의식의 저쪽 영역으로부터 나오는 그 무엇이 결부되어 꿈이 형성된다. 그리고 이 둘 사이에서 꿈의 작업이 수행된다. 낮의 잔재가 나중에 덧붙여지는 무의식에 의해 어느 정도 영향을 받는가가 퇴행의 조건이 될 것이다.

이것이 바로 우리가 여기서 밝힐 수 있는 꿈의 본질에 대한 가장 깊은 통찰이다. 다시 더 깊숙이 이 심적 영역을 규명하기 전에는 그 진상을 뚜렷이 밝힐 수 없다. 그러나 곧 꿈의 잠재사상의 무의식적 성격과 유아성의 영역에서 유래하는 무의식을 구별하기 위해 다른 이름을 붙일 수 있을 때가 올 것이다.

이제 잠자는 동안의 심리적 활동을 이와 같이 퇴행시키는 것이 무엇일까 하는 의문이 자연스럽게 일어난다. 어째서 심적 활동은 잠을 방해하는 심리적 자극을 처리하기 위하여 퇴행의 도움을 빌지 않으면 안 되는 것일까? 그리고 심적 활동이 꿈의 검열을 피하기 위해 지금은 이해할 수 없는 옛 표현 방법을 사용해서 가장해야 하는 것이라면, 어째서 지금은 극복된 예전의 심적 충동과 옛 소망들까지 소생시키는 것일까?

　다시 말해 형식적 퇴행에 부가되는 실질적인 퇴행은 무슨 도움이 되는 것일까? 우리를 만족시키는 단 하나의 대답은, 아마도 이와 같은 방법에 의해서만 꿈이 만들어질 수 있기 때문이며 역학적으로 달리 꿈의 자극을 해소할 수 없기 때문이라는 해명일 것이다. 그러나 아직은 그렇게 자신있게 답할 수는 없다.

소망 충족

우리가 지금까지 어떤 길을 걸어왔는지 다시 한 번 떠올려주기 바란다. 우리가 발견한 정신분석 기법을 적용할 때 우리는 꿈의 왜곡이라는 문제에 부딪혔다. 우리는 잠시 그 문제를 제쳐두고 어린아이의 꿈에서 꿈의 본질을 똑똑히 알아보자는 생각이 떠올랐다. 우리는 이 연구를 통해 많은 것을 얻어내 그 성과로 단단히 무장한 채 꿈의 왜곡을 직접 공략하여 한 걸음 한 걸음 극복해왔다. 아니, 극복했다고 믿고 싶다. 그러나 우리가 한쪽 길에서 발견한 사실들과 또 다른 길에서 찾아낸 사실들이 서로 완전히 부합하지 않음을 이제 고백해야겠다. 이 두 가지 성과를 종합하여 조화롭게 만드는 것이 바로 우리의 다음 과제이다.

두 방면의 연구에서 밝혀진 바로는, 꿈의 작업이란 본질적으로 사상을 환각적인 체험으로 바꾸는 일이라 했다. 이것이 어떤 방법으로 다루어지는지는 수수께끼지만, 이는 일반 심리학의 문제로서 우리가 여기서 상세하게 파고들 수는 없다. 그리고 어린이들의 꿈에서 꿈의 작업의 목적은 잠을 방해하는 심리적 자극을 소망 충족으로 제거하는 일이라는 것을 알았다. 왜곡된 꿈의 경우는 그 꿈을 해석하는 방법을 알기 전까지는 어린이의 꿈과 같다고 단정할 수 없지만, 우리는 그것 또한 같은 관점에서 설명될 수 있으리라는 기대를 가졌다. 그리고 모든 꿈은 실제로 어린아이의 꿈이며 어느 꿈이고 유치형 재료를 다루면서 아이다운 심적 욕구와 메커니즘을 가지고 활동한다는 견해에 도달함으로써 우리의 예상은 적중했다. 그렇다면 이제, 우리가 꿈의 왜곡이라는 문제를 극복했을 경우 이 왜곡된 꿈에도 소망 충족이라는 견해를 적용시킬 수 있는지 어떤지를 확인해봐야 할 것이다.

우리는 앞의 강의에서 꿈을 하나씩 분석했는데, 그때는 전혀 소망 충족(Wunscherfüllung)의 문제를 고려하지 않았다. 그러나 해석 중에 여러분의 마음속에는 '꿈의 작업의 목적이라는 그 소망 충족이 대체 어디에 있는 것일까?' 하는 의문이 끊임없이 밀려들었을 것이다. 그 질문은 아주 중요한 것이다. 그것은 비전문적인 비평가들로부터 흔히 제기되는 질문이기 때문이다. 잘 알다시피 인간이란 새로운 지식에 대해서는 본능적으로 반감을 품는 법이다. 새로운 지식을 접할 때 곧바로 최소한의 범위로 압축시키고, 가능하면 하나의 표어(標語)와 같은 형태로 줄이고 싶어하는 것은 바로 그런 이유 때문이다. 새로운 꿈의 이론에 대해서는 이 〈소망 충족〉이라는 말이 표어가 되었다. 꿈이 소망 충족이라고 하면 일반인들은 즉각 "대체 어디에 소망 충족이 나타난다는 겁니까?" 하고 묻는다. 이 질문의 뒤에는 소망 충족 따위는 아무 데도 없지 않은가 하는 부정의 목소리가 숨어 있다. 사람들은 곧 불쾌감과 심한 불안감으로 뒤엉킨 자신의 많은 꿈들

을 떠올리고 정신분석이 주장하는 꿈의 이론을 엉터리라고 의심하기 시
작한다. 그런 이들에게 우리는 이렇게 대답한다.

"왜곡된 꿈에는 소망 충족이 공공연히 나타날 까닭이 없다. 그것은 찾아
내야 하는 것이다. 꿈을 해석하기 전에는 이 소망 충족이 눈에 띄지 않는다."

이런 왜곡된 꿈에 포함된 소망은 검열에 의하여 기각된 금지된 소망이
며, 이 소망의 존재야말로 꿈의 왜곡의 원인이 된 것이고 검열이 간섭하는
동기가 된 것임을 우리는 알고 있다. 그렇지만 꿈을 해석하기 전에 미리
그 꿈의 소망 충족을 물어보는 것은 어리석은 일이라는 데 대해 비전문가
인 그들을 납득시키기란 결코 쉽지 않다. 그들은 여러 번 말해주어도 이
경고를 잊어버리고 만다. 소망 충족의 이론에 대한 사람들의 거부감은 실
은 꿈의 검열의 필연적 결과나 다름없다. 다시 말해서 검열을 받은 이 꿈
의 소망을 부정하는 태도의 대리적(代理的) 표현인 것이다.

물론 우리도 고통스러운 내용을 가진 꿈이 왜 그렇게 많은지, 특히 불안
몽(不安夢)[95]이 왜 존재하는지를 설명할 필요성을 느낀다. 여기서 비로소
우리는 꿈속의 감정(感情)이라는 문제에 직면하게 되는데, 이것은 독립해
서 연구할 만한 가치가 있는 문제이지만 유감스럽게도 여기서 깊게 들어
갈 수는 없다. 만일 꿈이 소망 충족이라면 꿈속에 고통스러운 감정이 존재
한다는 것은 불가능한 일이 될 것이다. 그 점에서 비전문 비평가들의 의문
이 옳게 느껴지기도 한다. 그러나 그들이 생각하지 못한 것들이 있으니 그
세 가지의 복잡한 상황들을 이제부터 고려해보자.

---

95 꿈을 꾸고 있는 동안, 그 꿈속의 상황에 심한 불안을 느끼고 그 때문에 잠에서 깨어나는 꿈을 가리킨다. 프로이
트는 이 경우 불안을 느낀 내용은 욕구의 소망 충족이며 불안은 그 위장의 역할을 하는 것으로 보았다.

먼저, 꿈의 작업이 소망 충족을 만드는 데 완전히 성공하지 못하는 경우가 있다. 그렇게 되면 꿈의 사상의 고통스러운 감정 일부가 현재몽에 남아 있게 된다. 이런 꿈을 분석해보면 꿈의 사상이 그것을 재료로 하여 만들어진 꿈보다 훨씬 더 고통스러운 것이었다는 사실을 알게 된다. 이와 같은 경우는 얼마든지 증명할 수 있다. 목마름이라는 자극으로 일어난 물을 마시는 꿈이 갈증을 가시게 해주지 못하는 것처럼, 그 꿈의 작업이 목적을 달성하지 못한 것이다. 물을 마시는 꿈을 꾸어도 여전히 목이 마르기 때문에 결국은 물을 마시기 위해 잠에서 깨어난다. 그러나 그것은 역시 어엿한 꿈이었으며 꿈의 본질이 조금도 결여되어 있지 않다. 〈설사 그 힘은 미치지 못하더라도 의도는 언제나 칭찬할 만하다(Ut desint vires, tamen est laudanda voluntas)〉[96]라고 인정해야만 한다. 분명히 인정되는 그 의도만큼은 그래도 칭찬받을 만한 것이다. 이처럼 실패로 끝나는 사례는 결코 드물지 않다. 꿈의 작업은 꿈의 내용을 고치는 것보다 감정의 성질을 바꾸는 것이 더 어려운 일이기 때문이다. 감정에는 정말로 강한 저항력이 작용하고 있는 경우가 많다. 그러므로 꿈의 사상에 들어 있는 고통스러운 내용을 꿈의 작업이 소망 충족의 모습으로 바꿀 때 그 고통스러운 감정 쪽은 여전히 변화하지 않고 남는 것이다. 이런 꿈은 감정과 내용이 완전히 일치되지도 않는다. 그래서 우리의 견해에 비판적인 사람들은 꿈이 본래 소망 충족이 아니기 때문에 꿈속에서는 무해한 내용조차 고통스럽게 느껴진다고 생각한 것 같다. 이런 어리석은 주장에 대해서 우리는 이렇게 반격할 수 있다. 이런 꿈의 경우 내용과 감정이 분리되어 있기 때문에 꿈의 작업의

---

96 로마의 시인 오비디우스가 한 말이다.

소망 충족 경향은 이런 꿈에서야말로 가장 뚜렷하게 나타난다고 말이다.

　노이로제에 대해 잘 모르는 사람들은 내용과 감정의 연결을 내적으로 긴밀한 연관성이 있는 것으로 생각하기 때문에, 내용이 변화할 때 그 내용에 대한 감정 표현은 그대로일 수 있다는 것을 결코 이해하지 못한다. 그래서 이런 오해들이 생겨나는 것이다.

　두 번째로 생각해보아야 하는 것은 더욱 중요하고 심각한 인자로, 비전문가들은 이를 쉽게 간과해버린다. 소망 충족이 쾌감을 가져다주는 것은 틀림없겠지만, 대체 누구에게 쾌감을 주는 것일까? 물론 그것은 그 소망을 품고 있는 사람일 것이다. 그런데 우리는 꿈을 꾼 사람이 자기의 소망에 대해 아주 특수한 관계가 있다는 것을 알고 있다. 즉 꿈을 꾼 사람은 자기의 소망을 비난하고 검열한다. 다시 말해 꿈을 꾼 사람은 그 소망을 좋아하지 않는다. 따라서 그 소망 충족은 꿈을 꾼 사람에게 쾌감을 가져다주기는커녕 오히려 그 정반대의 것을 가져온다. 쾌감에 반대되는 것이 무엇인지는 더 설명이 필요하지만, 그것은 경험상 대개 불안의 형태로 나타난다. 그러므로 꿈을 꾼 사람은 그 꿈의 소망과의 관계에서 봤을 때, 아주 긴밀한 공통점으로 굳게 결합되어 있는 두 사람의 합체(合體)와 같은 것이다. 유명한 동화로 그 설명을 대신해보자. 이 이야기 속에서 여러분은 그와 같은 관계를 발견할 수 있다.

　마음씨 좋은 요정이 어느 가난한 부부에게 세 가지 소원을 들어주겠다고 약속했다. 부부는 매우 기뻐하며 신중하게 소원을 고르겠다고 마음먹었다. 그런데 이웃집에서 소시지 냄새가 풍겨오자 아내는 그만 '아아, 저런 소시지를 두 개만 가졌으면.' 하고 생각해버렸다. 그러자 그들 앞에 곧 소시지가 나타났다. 이것으로 첫째 소원이 채워지자 화가 난 남편은 "제기랄, 이따위 소시지, 여편네 코끝에나 매달려버려라."라고 씩씩거리며 말했다. 그러자 소시지는 아내의 코끝에 매달려서 아무리 해도 떨어지지 않았다. 이것이 두 번째 소망 충족이었으며 이 소망은 남편이 품은 소망이었다. 이 소망의 충족이 아내로서는 매우 불쾌한 일임은 두 말할 나위 없다. 두 사람은 결국 부부로서 일체이므로 세 번째 소망으로 소시지가 아내의 코끝에서 떨어지기를 바랐을 것이다. 이 동화를 여러 다른 의미에서 이용한다는 것을 알고 있지만, 여기서는 양쪽의 의견이 서로 일치하지 않으면 한쪽의 소망 충족은 다른 쪽에게는 불쾌한 일이 된다는 설명이 되어준다.

이제 불안한 꿈을 이해하는 데 큰 곤란은 없을 것이다. 또 하나의 관찰 사례를 살펴보면 여러 상황에 걸쳐 적용되는 하나의 가설을 세울 수 있다. 그 관찰이란 불안한 꿈의 경우 전혀 왜곡되지 않은, 즉 검열의 눈을 피한 내용을 가지고 있는 경우가 많다는 것이다. 불안한 꿈은 때때로 노골적인 소망 충족의 꿈인데, 이것은 꿈을 꾼 사람은 인정하려 하지 않는 소망이다. 즉 검열 대신 불안이 나타난 것이다. 유치형 꿈은 꿈을 꾼 본인이 인정하는 소망의 노골적인 충족이고 보통의 왜곡된 꿈은 억압된 소망의 가장된 충족이라면, 〈불안한 꿈은 억압된 소망의 노골적인 충족이다〉라는 공식이 나온다. 불안은 억압된 소망이 검열보다 더욱 강하여 그것이 검열에 대항해 소망 충족을 관철했거나 관철하려고 한 것에 대한 뚜렷한 징표이다. 꿈의 입장에서는 소망 충족이지만 꿈의 검열 편에 서 있는 우리에게는 고통스러운 감정을 느끼게 되는 원인이며 방어적인 태도를 취하게 만드는 원인에 지나지 않는다. 그때 꿈에 나타난 불안은 평소에는 잘 눌려 있던 소망이 강하게 나타날까 봐 두려워하는 것이라 할 수 있다. 어째서 이 강한 소망에 대한 방어가 불안이라는 형태를 갖는지는 꿈의 연구만으로는 설명되지 않는다. 이는 다른 분야에서 더 분명하게 연구해야 한다.

왜곡되지 않은 불안한 꿈에 적용되는 이 가설은 부분적으로 왜곡된 불안몽이나 고통스러운 감정이 거의 불안에 가까운 모습을 띤 다른 불쾌한 꿈들에도 적용된다. 보통 불안한 꿈은 우리를 잠에서 깨워버린다. 즉 꿈의 억압된 소망이 검열에 대항하다가 실패하여 소망이 충족되기 전에 잠이 깨곤 한다. 이 경우 꿈은 자기 기능을 다하지 못한 것이지만, 그렇다고 꿈의 본질에서 어긋난 것은 아니다. 우리는 꿈을 잠이 방해받지 않도록 감시하는 야경꾼, 즉 수면의 파수꾼에 비유했다. 야경꾼이라도 자기 혼자서 방해나 위험을 쫓아버릴 자신이 없다고 느꼈을 때는 자고 있는 사람을 흔들어 깨울 수 있다. 그러나 꿈이 위험한 빛을 띠고 불안으로 향하기 시작했을 때도 운 좋게 잠을 유지하는 경우가 있는데, 우리가 자면서 "이건 꿈일 뿐이야."라고 스스로에게 말하며 계속 잠을 자는 경우다.

꿈의 소망이 검열을 압도하는 이런 사태는 언제 일어나는 것일까? 그 조건이 꿈의 소망 쪽에서 채워지는 경우도 있고, 꿈의 검열 쪽에서 채워지는 경우도 있다. 소망은 어떤 뚜렷하지 않은 원인에 의해 언제고 강해질 수 있다. 그러나 우리는 보통 꿈의 검열 태도 쪽이 이 힘의 균형 상실에 책임이 있는 듯한 인상을 받는다. 검열은 개개의 꿈들에 여러 가지 다양한 강도를 갖고 작용한다는 것, 또 꿈의 요소마다 적용하는 그 엄격함의 정도가 다르다는 것을 우리는 이미 알고 있다. 그러므로 검열의 강도는 매우 변화가 많으며 똑같은 꺼림칙한 요소에 대해서도 언제나 똑같은 엄격함을 적용하는 것은 아니라는 가정을 지금 덧붙여두고 싶다. 검열은 자기를 기습하려고 위협하는 어떤 소망에 대해서 자기의 무력을 깨닫는 사태에 직면하면, 왜곡을 이용하는 대신 자기에게 남겨진 마지막 수단인 불안을 깨워 수면 상태를 점검하는 것이다.

그런데 여기서 문득 이상하게 생각되는 것은 이 꺼림칙한 나쁜 소망은 왜 꼭 밤중에만 활동하여 우리의 수면을 방해하는가 하는 것이다. 우리는 아직 그 이유를 잘 모르고 있다. 이에 대한 대답은 수면 상태의 본질에 근거하여 가정할 수밖에 없다. 낮 동안에는 검열이라는 무거운 압력이 그 소망을 누르고 있기 때문에 소망은 영향력을 발휘하기 힘들다. 그러나 밤에는 심적 활동의 다른 모든 관심과 마찬가지로 이 검열도 자고 싶다는 단한 가지 소망에 편리하도록 그 영향력을 정지하거나 혹은 많이 저하시킨다. 따라서 밤 동안 검열의 간섭력이 약해지는 것을 틈타 금지된 소망이 다시 활동할 수 있다.

불면증을 호소하는 노이로제 환자 중에는 자신들의 불면증이 처음에는 스스로 원한 것이었다고 고백하는 사람들이 있다. 이와 같은 환자들은 꿈을 꾸기가 두려워서, 즉 검열의 간섭력 저하가 가져오는 결과가 두려워서 안심하고 잠들지 못하는 것이다. 그러나 검열의 간섭력 저하는 결코 큰 부주의를 뜻하는 것이 아님을 여러분도 쉽게 알 수 있을 것이다. 수면 상태는 우리의 운동 기능을 모두 마비시킨다. 그래서 설령 나쁜 의도가 마음속에서 움직이기 시작하더라도 실제로는 아무런 해도 없는 꿈을 만드는 일밖에는 하지 못한다. 밤에 속하는 것이면서도 결코 꿈의 생활에 속한 것은 아니라고 할 수 있는, 꿈꾸는 사람의 가장 이성적인 통찰인 "이건 꿈이야." 라는 말은 이렇게 별일 없는 사태를 확인하는 것이다. 따라서 그 꿈을 내버려 두고 우리는 계속 잠을 자게 된다.

셋째로, 자신의 소망에 저항하고 있는 꿈꾸는 사람은 각각 분리되어 있으면서도 무언가로 단단히 결합되어 있는 두 인물의 합체라는 앞의 견해를 상기해본다면, 어째서 소망 충족을 통해서 징벌이라는 매우 불쾌한 일이 행해질 수 있는가 하는 이유도 이해할 수 있다. 여기서도 그 세 가지 소원에 관한 동화를 통해 설명하기로 하자. 쟁반 위의 소시지는 제1의 인물, 즉 아내가 품은 소망의 직접적인 충족이다. 아내의 코끝에 붙은 소시지는 제2의 인물, 즉 남편의 소망 충족인 동시에 아내가 품은 어리석은 소망에 대한 징벌이기도 하다. 남아 있는 세 번째 소망의 동기가 되는 것을 우리는 노이로제 환자에게서 다시 발견하게 될 것이다. 인간의 심적 활동에는 이와 같은 징벌을 받고자 하는 의향이 많이 존재한다. 이러한 의향은 매우 강한 것이어서 일부 고통스러운 꿈은 이 징벌 의향에 책임이 있다고 보아도 무방하다.

여러분은 이것으로 유명한 소망 충족 이론이 모두 해명되었다고 여길지 모르지만 더 깊이 들어가보면 아직 해결해야 할 문제가 많이 남아 있다. 나중에 논의하게 될 여러 가지 꿈의 방식을 생각하면―많은 학자들도 그렇게 말하고 있지만―소망 충족, 불안 실현, 징벌 실현이라는 세 가지 해명만으로는 부족하다. 여기서 덧붙여두고 싶은 것은, 불안은 소망과 반대되는 대립물이며 연상 속에서는 이 대립이 특별히 밀접한 관계가 있고 이미 말했듯이 무의식의 세계에서는 그것이 서로 일치한다는 점이다. 또한 징벌도 사실 소망 충족이며, 이것은 다른 사람, 즉 검열을 하는 사람의 소망 충족이다.

전체적으로 나는 소망 충족의 이론에 대한 여러분의 반격에 한 발짝도 양보하지 않았다. 그러나 꿈의 개별적인 사례들에서 왜곡된 꿈에 존재하는 소망 충족을 입증해야 할 의무가 아직 남아 있다. 나는 이 과제를 회피할 생각은 없다. 그렇다면 전에 해석한 1플로린 50크로이체로 석 장의 C석 입장권을 산 꿈, 우리에게 많은 지식을 알려줬던 그 꿈으로 돌아가보자. 여러분도 다시 한 번 떠올려보기 바란다. 어느 날 남편이 아내에게, 아내보다 불과 3개월 어린 엘리제라는 여자 친구가 약혼했다는 소식을 전했고, 그날 밤 아내는 남편과 함께 극장에 가 있는 꿈을 꾸었다. 꿈속에서 좌석의 한쪽은 거의 비어 있었다. 남편은 아내에게 엘리제와 그 약혼자도 오고 싶어했으나 석 장에 1플로린 50크로이체 하는 C석 입장권을 사야 했으므로 올 수 없었다고 말한다. 부인은 두 사람이 올 수 없었던 것이 결코 불운은 아니라고 생각한다. 우리는 이 꿈의 사상 속에 너무 빨리 결혼해버렸다는 후회와 남편에 대한 불만이 포함되어 있다는 것을 발견했다. 그렇다면 마음을 울적하게 만드는 이 사상이 어떻게 소망 충족의 형태로 변형되어 있으며, 또 현재내용의 어디에 그 소망 충족의 흔적이 발견되는가? 〈너무 일찍 서둘러서〉라는 요소는 검열에 의해 꿈에서 삭제되었음을 우리는 이미 알고 있다. 빈 좌석이 이 점을 암시해주고 있을 뿐이다. 〈1플로린 50크로이체에 석 장〉이라는 이상한 표현은 전에 연구한 상징의 도움을 받으면 더 잘 이해할 수 있다. 3은 남자를 의미하며, 이 현재 요소는 〈지참금으로 남자를 산다(나만큼의 지참금이라면 열 배나 훌륭한 남자를 살 수 있다)〉로 즉각 번역된다. 여기서 결혼은 〈연극 구경〉으로 바뀌어 있다.

〈너무 서둘러 입장권 걱정을 했다〉는 것이 너무나 빨리 결혼했다는 것을 대리하고 있는데, 이 대리의 형식은 바로 소망 충족이 한 일이다. 평소에 이 여성은 친구의 약혼 소식을 들은 그날처럼 자신의 결혼을 늘 불만으로 여기지는 않았다. 한편으로는 빨리 결혼한 것에 자부심을 느꼈으며 친구보다 자신이 훨씬 낫다고 생각하고 있었다. 약혼을 한 순진한 처녀들은 이제까지 금지되어 왔던 연극을 이제 곧 모두 볼 수 있게 되었다는 데서 약혼의 기쁨을 드러내는 경우가 많다. 여기서 전면에 드러나 있는 무엇인가 보고 싶다는 욕망과 호기심은 확실히 성적인 것에 둘러진 호기심으로, 이것은 처녀들을 일찍 결혼하도록 만드는 강력한 동기가 된다. 그리하여 연극 구경은 결혼했다는 사실을 뚜렷이 나타내는 대리물이 되는 것이다. 즉 그녀는 지금은 비록 빨리 결혼한 것을 후회하고 있지만, 일찍 결혼하는 것이 소망—결혼으로 그녀의 호기심이 채워졌으므로—이었던 그 시절로 되돌아가 그 옛날의 소망 충동에 이끌려 결혼을 연극 구경으로 바꾸어 놓은 것이다.

숨겨진 소망 충족을 증명하기 위해 우리가 택한 이 사례는 이상적인 것이라고는 할 수 없다. 우리는 이런 방법으로 다른 왜곡된 많은 꿈들을 다루어보아야 할 것이다. 그러나 어떤 꿈이라도 모두 가능하다는 확신을 주는 것으로 일단 마치려 한다. 나는 꿈의 이론 중에서 이 부분에 좀 더 오래 머무르고 싶다. 내 경험에 의하면 이것은 전체 꿈의 이론 중에서도 가장 위험한 부분에 속하며, 다른 것보다 더 많은 반대와 오해를 부른 부분이기 때문이다. 내가 꿈은 충족된 소망이지만 때로는 그것과는 정반대의 것, 다시 말해 현실화된 불안이나 징벌이라고 말한 것 때문에 여러분은 내가 이미 스스로 내 주장의 일부를 철회했다는 인상을 받았을지도 모른다. 그리고 지금이야말로 내 주장을 약화시킬 절호의 기회라고 생각할지도 모르겠다. 나에게는 너무나 분명하게 납득이 되는 사실이지만 내가 그것을 너무 간단하게, 충분히 이해할 수 없게 설명한다는 비판도 받아보았다.

꿈의 해석과 관련해 우리와 함께 걸어왔고 꿈의 이론이 이뤄낸 성과들을 다 받아들이던 사람들도 대개 소망 충족의 문제에 이르면 멈칫 걸음을 멈추고 이렇게 질문한다.

"꿈이 언제나 의미를 가지고 있고 정신분석의 기법으로 그 의미를 밝힐 수 있다는 것을 인정한다 하더라도 말이지요, 어째서 이 꿈을 뚜렷한 증거가 있는데도 불구하고 언제나 소망 충족이라는 공식에 끼워 맞추어야 하는 것입니까? 어째서 밤의 사고는 낮의 사고만큼 갖가지 의미를 가질 수 없는 거죠? 어떤 때는 충족된 소망과 일치하고, 어떤 때는 선생님 자신이 말씀하신 것처럼 그것과는 정반대의 것, 즉 현실화된 두려움과 일치할 수 있는 것 아닙니까? 또 계획이라든가, 경고라든가, 찬성이나 반대에 대한 숙고, 비난, 양심의 가책, 목전에 다가온 일을 준비하는 노력 등이 표현된 것이라 해석할 수는 없는 겁니까? 왜 언제나 소망이나, 기껏해야 그것과 정반대의 것만을 표현한다는 것입니까?"

다른 점에서 일치한다면 여기서 다소 의견의 차이가 있더라도 별로 상관없다고 여러분은 생각할지 모른다. 여러분은 〈꿈의 의미와 그것을 알아내는 방법을 발견한 것만으로 이미 충분하다. 꿈의 의미를 너무 좁게 한정하면 앞으로 나아가기는커녕 오히려 후퇴할 수밖에 없다.〉라고 말할 수도 있다. 그러나 사실은 그렇지 않다. 이 부분에 대한 오해는 꿈에 대한 우리 인식의 본질을 흔들어놓으며, 노이로제를 이해하는 데 필요한 꿈의 가치 자체를 위태롭게 만든다. 상인들의 세계에서는 붙임성 좋은 것으로 평가되는 그런 식의 타협적 태도는 학문의 세계에서는 가당치 않을뿐더러 오히려 해가 된다.

"왜 꿈에는 많은 의미가 있어서는 안 됩니까?"라는 질문에 대한 나의 첫 번째 대답은 "왜 그런지는 나도 모르겠다."라는 평범한 말이다. 설사 꿈에 많은 의미가 있다 하더라도 나는 아무런 이의가 없다. 나와는 상관없는 일이다. 다만 어떤 작은 사실이, 꿈의 의미가 매우 다의적일지도 모른다는 이 비교적 폭넓고 편리한 견해와 충돌하고 있을 뿐이다.

나의 두 번째 대답은 이러하다. 꿈이 갖가지 사고 형식과 지적 조작(操作)에 대응한다는 가정은, 강조해서 말해두지만, 나에게는 조금도 새삼스러운 것이 아니다. 나는 언젠가 어느 환자의 병력(病歷)에 사흘 밤 연거푸 나타났다가 그 후로는 나타나지 않은 한 꿈을 보고한 적이 있다. 나는 이 것을 어떤 〈계획〉이 실현되었기 때문에 두 번 다시 나타날 필요가 없어진 것이라고 설명했다. 그 후 나는 이에 대응하는 꿈을 발표하기도 했다. 그런데도 내가 꿈은 언제나 충족된 소망에 지나지 않는다고 주장하는 것은 무슨 까닭일까?

그것은 꿈에 대해 우리가 애써 얻어낸 모든 성과를 무너뜨릴 수도 있는 단순한 오해를 허락하고 싶지 않기 때문이다. 이는 꿈과 꿈의 잠재사상을 혼동함으로써 발생하는 오해인데, 잠재사상에만 적용되는 것을 꿈에 적용시키려 하는 잘못이다. 꿈은 우리가 앞에서 열거한 계획, 경고, 숙고, 준비, 또는 어떤 과제를 해결하는 시도 등을 대리할 수 있으며 또 그것들에 의해 대상될 수 있다는 것은 대체로 옳은 이야기다. 그러나 여러분이 주의해서 살펴본다면, 이는 모두 꿈의 원천이 되는 잠재사상에만 해당된다는 것을 인정하지 않을 수 없을 것이다.

여러분은 꿈의 해석을 통해 인간의 무의식적인 사고는 그러한 계획, 준비, 숙고 등을 다루며 그것을 재료로 하여 꿈의 작업을 통해 꿈이 만들어진다는 사실을 알고 있다. 만일 분석을 할 때에 꿈의 작업을 간과하고 인간의 무의식적인 사고 쪽에만 관심을 둔다면 여러분은 꿈의 작업을 도외시한 채 꿈이 경고, 계획 등에 대응한다는 판단을 내리게 될 것이다. 정신분석을 연구하다 보면 이런 경우를 자주 만나게 되는데, 이럴 때 사람들은 대개 꿈의 형식을 다시 부수어 그 꿈의 원료가 되는 잠재사상을 서로 맞추어 연결을 지으려 한다.

그러므로 여러분은 꿈의 잠재사상을 평가하다가 저 복잡한 심리적 행위들이 무의식적으로 일어날 수 있다고 우연히 알게 된 것이다. 이는 굉장한 일이긴 하지만 우리를 혼란스럽게 만드는 결론이다.

그러나 문제를 되돌려보자. 만약 여러분의 머릿속에 여러분이 다만 표현을 단순화시키고 싶었을 뿐이라는 점이 분명하고, 저 꿈의 성질들이 꿈의 본질과 관련된 것은 아님을 확실히 알고 있다면 여러분은 옳은 말을 한 것이다. 우리가 〈꿈〉이라는 말을 할 때 그 〈꿈〉은 현재몽을 가리키거나, 또는 기껏해야 꿈의 작업 자체, 즉 꿈의 잠재사상에서 현재몽이 만들어지는 심리 과정을 의미해야 한다. 꿈이라는 말을 다른 뜻으로 사용하면 개념의 혼란이 생기며, 이것이야말로 주의해야 할 일이다. 여러분이 말하는 꿈이 꿈의 배후에 있는 잠재사상만을 가리키는 것이라면, 차라리 그렇다고 솔직하게 말하라. 여러분들이 쓰고 있는 그 느슨한 표현 방식은 꿈의 문제를 모호하게 만들어버린다. 꿈의 잠재사상이란 꿈의 소재(素材)이다. 이 소재가 꿈의 작업에 의해서 현재몽으로 바뀌는 것이다. 어째서 여러분은 소재와 그것을 처리하는 작업을 혼동하려 하는가? 그런 혼동에서 벗어나지 못한다면 여러분은 꿈의 작업의 산물만을 알고 그것이 어디에서 오며 어떻게 만들어지는지를 설명하지 못하는 사람들보다 그다지 발전했다고 할 수 없다.

꿈에서 단 하나 본질적이라고 할 수 있는 것은 사상이라는 소재를 가공하는 꿈의 작업이다. 어떤 실제적인 상황에서는 꿈의 작업을 잠시 밀쳐둘 수도 있겠지만 이론에서 그것을 무시해서는 안 된다. 정신분석적으로 관찰해보면, 꿈의 작업은 잠재사상을 여러분이 알고 있는 태곳적 혹은 퇴행적 표현 양식으로 번역하는 일만 하는 것이 아니다. 꿈의 작업은 낮의 잠재사상에 속하지 않지만 꿈 형성의 원동력인 그 무엇을 이들 사상에 덧붙인다. 꿈을 만드는 데 없어서는 안 될 이 부가물은 마찬가지로 의식되지 않는 소망이며, 이 소망을 채우기 위해서 꿈의 내용이 변형되는 것이다.

그러므로 여러분이 꿈을 꿈에 의해 대리된 사상만으로 생각한다면 꿈은 경고나 계획이나 준비 같은 것이 될 수 있지만, 꿈을 꿈의 작업의 결과로 간주한다면 꿈은 언제나 무의식적인 소망의 충족이다. 즉 꿈은 단순한 계획이나 경고가 아니라, 어떤 무의식적인 소망의 힘이 가해져 태곳적 표현 양식으로 번역되고 또 그 소망을 채우기 위해 변형된 계획이나 경고이다. 소망 충족은 언제나 변하지 않는 성격이지만 다른 성격들은 가변적이다. 그러나 이 또한 소망일 수 있다. 꿈은 무의식적인 소망의 도움을 빌려 낮의 잠재적 소망을 충족된 모습으로 표현하는 것이다.

나는 이 모든 것을 일목요연하게 잘 알고 있지만, 여러분이 이해할 수 있도록 설명했는지 모르겠다. 여러분에게 이러한 것들을 입증해 보이는 것은 무척 어려운 일이다. 그것은 한편으로는 많은 꿈을 면밀히 분석해보지 않고는 불가능하다. 또 한편으로는 꿈에 대한 우리 견해 중에서 가장 까다롭고 중요한 이 소망 충족이라는 문제를 나중에 이야기할 다른 것과 결부시키지 않고는 충분히 납득할 수 없다. 서로 끊을 수 없는 관련으로 맺어져 있는 다른 것을 고려하지 않고서 어느 하나의 본질을 깊이 규명하는 일이 가능할까? 꿈과 가장 유사한 것, 즉 노이로제 증상에 대해 조금도 언급하지 않았기 때문에 아직은 지금까지의 지식으로 만족할 수밖에 없다. 그럼 이제 하나만 더 설명을 덧붙이고 새로운 고찰로 넘어가자.

지금까지 몇 번이나 언급한 1플로린 50크로이체로 석 장의 입장권을 산 꿈을 한 번 더 들어보자. 나는 처음에 그다지 깊은 생각 없이 이 꿈을 골랐다는 것을 여러분에게 고백한다. 여러분은 이미 이 꿈의 잠재사상에 대해 잘 알고 있다. 자기의 여자 친구가 이제야 약혼했다는 소식을 듣고 마음에 생긴 너무 서둘러서 결혼해버렸다는 후회와 남편에 대한 경멸감, 즉 좀 더 기다렸더라면 더 좋은 남자를 남편으로 얻을 수 있었을 텐데 하는 생각이다. 이와 같은 사상을 소재로 하여 하나의 꿈을 만들어낸 소망도 우리는 이제 알고 있다. 그것은 연극을 보러 가고 싶다는 호기심, 극장에 갈 수 있게 되었으면 하는 소망이다. 이 소망은 결혼하면 무슨 일이 일어나는지 경험해보고 싶다는, 옛날에 품었던 호기심의 한 지류(支流)이다. 어린아이의 경우 이 호기심은 언제나 부모의 성생활로 향해 있으므로 이 호기심은 유치형이라 할 수 있으며, 후일에도 여전히 이 호기심이 남아 있다면 그 소망은 유아적인 것에 깊이 뿌리박은 욕망의 움직임이다.

그러나 전날에 들은 소식이 부인으로 하여금 이 보고 싶다는 호기심을 불러일으킨 유인은 아니다. 그 소식은 단지 분함과 후회를 일으켰을 뿐이다. 보고 싶다는 소망의 움직임은 처음에는 꿈의 잠재사상 속에 들어 있지 않았다. 그런 소망을 생각하지 않더라도 우리는 꿈의 해석 결과를 잘 배열할 수 있었다. 그러나 분함과 후회라는 것은 그 자체로는 꿈을 만들 수가 없다. 〈그렇게 서둘러서 결혼한 것은 바보짓이었다〉라는 사상만으로는 결코 꿈이 만들어지지 않는다. 이 사상에서 '결혼하면 어떤 일이 일어나는 것인지 보고 싶다'는 묵은 소망이 일깨워짐으로써 비로소 이 꿈이 만들어진 것이다. 이 일깨워진 묵은 소망은 결혼을 연극 구경으로 바꾸어 이꿈의 내용을 만들고, 거기에 〈나는 이제 극장에 가서 여태까지 못 보게 한 것을 무엇이든 다 볼 수 있지만 너는 아직 안 돼. 나는 결혼했지만 너는 더 참아야 하는 거야.〉라는 소망 충족의 형식(形式)을 부여하였다. 그런 방식으로 현재의 상황이 정반대의 것으로 바뀌어서 현재의 패배가 예전의 승리로 대치되었다.

그 밖에도 이 호기심의 만족은 이기적인 경쟁심을 만족시키려는 욕구와 긴밀하게 얽혀 있다. 이기적인 경쟁심의 만족이 꿈의 현재내용을 제약하여, 그녀는 극장의 좌석에 앉아 있지만 여자 친구는 그렇게 할 수 없는 것으로 나타나 있다. 호기심과 경쟁심의 만족을 가져다주는 이 장면에는, 여전히 꿈의 잠재사상을 포함하고 있는 꿈의 내용들이 매우 부적절하고 이해할 수 없는 표현이 되어 쌓여 있다. 꿈의 해석이란 이렇게 소망 충족을 나타내지 않고 은근히 암시된 것으로부터 고통스러운 꿈의 잠재사상을 재현해내는 일이다.

내가 지금부터 제시하려 하는 하나의 고찰은 지금 눈앞에 나와 있는 꿈의 잠재사상에 여러분의 주의를 돌리려 하는 데 목적이 있다. 먼저 다음의 세 가지 점을 잊지 말기 바란다. 첫째, 이 잠재사상은 꿈을 꾼 사람에게는 무의식적이다. 둘째, 이 잠재사상은 완전히 조리 있는 맥락을 갖춘 것으로 꿈을 일으킨 자극에 대한 명백한 반응으로 이해될 수 있다. 셋째, 이 잠재사상은 어떤 심리적 욕망 또는 지적 조작(操作)으로서의 가치를 가질 수 있다. 나는 이제 이런 사상에 대해 전보다 더 엄밀한 의미로 〈낮의 잔재(Tagesreste)〉라고 부르려 한다.

나는 낮의 잔재와 잠재사상을 뚜렷이 구별할 것이다. 여태까지의 용어법 그대로 꿈을 해석할 때 알게 되는 모든 것을 꿈의 잠재사상이라고 부르는 한편, 낮의 잔재를 그 꿈의 잠재사상의 일부로서 이해하는 것이다. 그러면 우리의 견해는 이렇게 발전하게 된다. 낮의 잔재 위에, 강력하긴 하지만 억압된 무의식에 속해 있는 어떤 소망의 움직임이 부가된다. 이런 소망의 움직임만이 꿈의 형성을 가능하게 한다. 낮의 잔재에 이런 소망의 움직임이 작용하여 꿈의 잠재사상의 다른 부분이 만들어진다. 이 다른 부분은 이제 합리적인 것이 아니라도 좋고 깨어 있을 때 이해할 수 없는 것이라도 좋다.

무의식적인 소망과 낮의 잔재와의 관계를 표현하기 위해 가장 적절하다고 여겨지는 하나의 비유를 들어보겠다. 기업체는 자본을 제공하는 자본가와 아이디어를 가지고 그것을 실행에 옮기는 경영자가 필요하다. 꿈의 형성에서 자본가의 역할을 맡고 있는 것은 무의식적인 소망이다. 무의식적인 소망은 꿈의 형성에 필요한 정신적 에너지를 제공한다. 자본가가 제공한 자본을 어떻게 이용할 것인지를 결정하는 경영자의 역할은 낮의 잔재가 맡고 있다. 물론 자본가도 아이디어와 전문지식을 가질 수 있고, 경영자가 자본을 소유할 수도 있다. 그것은 실용적으로는 여러 가지로 편리하겠지만 이론적인 이해는 어렵게 만든다. 그래서 경제학에서는 언제나 한 사람의 인간도 자본가와 경영자의 두 면으로 나누어서 생각한다. 그러면 우리 비유의 출발점이 된 기본적인 상황이 재현된다. 꿈의 형성에서도 이와 같은 변이(變異)가 나타나지만 그 문제를 더 추구해가는 것은 여러분에게 맡긴다.

이 문제에 대해서 우리는 이제 더 이상 전진할 수 없다. 왜냐하면 여러분은 오래전부터 어떤 의문으로 마음이 혼란스러울 것이기 때문이다. 그것은 경청할 만한 질문이라 생각된다.

"낮의 잔재는 꿈을 만들기 위해서 꼭 부가되어야 하는 그 무의식적인 소망과 동일한 의미로 무의식적인 것입니까?"

여러분은 질문을 제대로 짚은 것이다. 여기에 문제 전체의 핵심이 있다.

낮의 잔재는 무의식적인 소망과 같은 의미의 무의식은 아니다. 꿈의 소망은 다른 무의식의 영역에 속하는 것으로, 우리가 특별한 메커니즘을 가진, 유치형의 것에서 유래한다고 인정한 것이다. 무의식의 이런 종류를 구별하기 위해 각각 다른 이름을 붙인다면 매우 편리하겠지만, 노이로제라는 현상을 제대로 연구하기 전까지는 이름 붙이기를 보류하고 싶다. 무의식이라는 것이 존재한다는 주장조차 환상적이라고 책망받는 처지에 두 종류의 무의식이 있다고 하면 사람들이 뭐라고 하겠는가?

여기서 일단 이야기를 마치기로 한다. 지금까지 여러분이 들은 이야기는 불완전한 것이지만, 그러나 이러한 지식이 우리 자신이나 우리 뒤를 따르는 사람들에 의해 더 확대되리라는 생각이 영 불가능하리라 보는가? 우리들 자신도 충분히 놀랄 만한 새로운 지식을 얻게 되지 않겠는가?

불확실한 것과 비판

이제 꿈에 관한 이야기를 끝내며 우리가 여태까지 설명해온 새로운 사실과 견해들에 대한 일반적인 의문점들, 그리고 불확실한 것들을 논의해야겠다. 여러분 가운데 내 강의를 주의해서 들은 사람들은 스스로 이와 같은 재료를 몇 가지 모았을 줄 안다.

1.

꿈을 해석하는 작업은 분석 기법을 면밀하게 적용했다 해도 그 결과가 불확실한 데가 많기 때문에 아마도 여러분은 현재몽을 잠재사상으로 정확히 풀이하는 시도는 실패로 끝날 수밖에 없다는 인상을 받았을 것이다.

여러분은 그에 대해 이러한 점들을 지적할 것이다. 첫째, 꿈의 특정한 요소를 그대로의 의미로 해석할 것인지, 아니면 상징으로 해석할 것인지를 알 수 없다. 왜냐하면 상징으로서 사용된 사물도 그 자체의 의미만은 아니기 때문이다. 그러나 어느 쪽인지를 결정하는 객관적인 근거가 없으니 이

점을 어떻게 해석할 것인지는 오로지 해석자의 자의(自意)에 맡겨지게 되는 것이 아닌가. 둘째, 꿈의 작업에서는 상반되는 것이 일치하는 경우가 있으니 어떤 꿈의 요소를 긍정적으로 풀어야 하는가 부정적으로 풀어야 하는가, 즉 그대로의 의미로 풀이할 것인가 그 반대의 의미로 풀이할 것인가가 결정되어 있지 않다. 그러므로 여기서도 해석자가 마음대로 선택할 여지가 있는 것이 아닌가 하는 점이다. 셋째, 꿈에서는 갖가지 전도가 사용되므로 해석자 마음대로 어디서든 그런 전도를 억지 적용시킬 수도 있지 않은가. 그리고 마지막으로, 여러분이 어디서 들은 것처럼, 어떤 꿈에 대해서 발견된 해석이 유일하게 가능한 해석이라고 단언할 수는 없다, 즉 하나의 꿈에 대해 다른 여러 가지의 해석을 간과할 위험이 있지 않느냐는 것이다. 결국 이와 같은 형편에서는 얼마든지 해석자의 자의가 작용할 여지가 있기 때문에 꿈 해석의 결과가 객관적 확실성을 가질 수는 없는 것이라고 여러분은 결론을 내릴지도 모른다. 아니면 "꿈에는 잘못이 없습니다. 그러므로 선생님의 꿈에 대한 해석이 불충분한 것은 선생님의 견해와 전제가 옳지 않기 때문입니다."라고 말할 수도 있다.

여러분이 의문으로 제시한 재료들은 모두 나무랄 데 없이 훌륭하다. 그러나 우리의 꿈 해석 방식이 해석자의 자의에 맡겨져 있다는 의견과, 해석의 결과에 결함이 있는 것은 우리의 방법이 틀렸기 때문이 아니냐는 그 의견은 옳지 않다. 만일 해석자의 자의 대신 해석자의 숙련도, 경험, 이해력 같은 것을 든다면 나 역시 여러분의 말에 찬성할 것이다. 이와 같은 개인적인 요소는 물론 무시할 수 없다. 꿈의 해석이 매우 까다로운 경우에는 더욱 그러하다. 그러나 이 점에 대해서는 다른 학문의 경우도 별반 다를 것이 없다. 어떤 사람이 어떤 기술을 다루는 데 다른 사람보다 더 숙련됐다든지 더 서툴다든지 하는 것은 어쩔 수 없는 일이다. 그러나 그런 문제 외에, 이를테면 상징을 해석할 때 자의적이라든가 독단적이라든가 하는 것은 일반적으로 꿈의 사상과 그 각 부분과의 관계, 꿈과 꿈을 꾼 사람의 생활과의 관련성, 그리고 꿈이 나타난 심리 상황 전체를 고려하여 가능한 해석 중 하나를 고르고 다른 해석을 파기함으로써 극복할 수 있는 문제이다. 꿈 해석의 불완전함은 우리의 전제가 잘못되어 있기 때문이라는 여러분의 결론 또한 꿈의 모호함이나 불확실함이 오히려 필연적으로 예측되는 꿈의 특징이라는 것을 안다면 자연히 그 근거가 무력해진다.

꿈의 작업이란 꿈의 사상을 상형문자와 같은 원시적인 표현 양식으로 번역하는 일이라고 했던 말을 상기해주기 바란다. 원시적인 표현 체계에는 불확실함과 모호함이 반드시 따르지만 그 이유만으로 그런 표현 양식이 실용적이지 않다고 의심할 권리는 우리에게 없다.

꿈의 작업에서 서로 상반되는 것이 일치하는 것은 이른바 〈원시 언어의 대립적 의미〉와 아주 유사한 현상이라는 것을 여러분은 알고 있을 것이다. 언어학자 아벨은—우리의 관점은 실제로 그에게서 비롯된 것이지만—두 가지 상반된 의미를 가진 단어를 이용한 의사 전달이 그로 인해 매우 모호해졌을 것이라 생각해서는 안 된다고 경고한 바 있다(아벨의 〈원시 언어의 대립적 의미에 대하여〉 참조). 오히려 말하는 사람의 어조나 몸짓은 이야기의 줄거리와 더불어 두 가지 대립되는 의미 중 어느 쪽을 전하려 하고 있는지 의심할 여지가 없을 만큼 분명하게 결정을 내려주었을 것임이 틀림없다. 문자의 경우는 몸짓으로 나타낼 수 없으므로 그 태고어 단독으로는 발음할 수 없는 일정한 그림을 덧붙였다. 이를테면 이집트 상형문자의 〈ken〉이라는 두 가지 의미를 가진 말을 보면, 〈강하다〉 또는 〈약하다〉

를 가리키기 위해 문자 뒤에 똑바로 서 있는 조그만 사나이나, 힘없이 쭈 그리고 있는 조그만 사나이의 그림을 덧붙였다. 그렇게 함으로써 발음이 나 문자에 다수의 의미가 내포되어 있음에도 불구하고 오해를 피할 수 있 었다.

이처럼 태고의 표현 체계에는 현대어에서는 허용되지 않을 듯한 모호함 이 많이 발견된다. 이를테면 셈 어족의 문자 중에는 자음만 표시되는 것이 많았다. 읽는 사람은 자기의 지식과 전후 관계를 근거로 생략된 모음을 보 충했다. 다 그렇지는 않지만 상형문자들은 대개 이와 비슷한 원칙을 따르 고 있다. 그 때문에 고대 이집트어의 발음이 오랫동안 우리에게 미지로 남 아 있었던 것이다. 이집트의 신성문자에는 또 다른 모호한 부분이 있었다. 예를 들면 상형문자의 배열을 오른쪽에서 왼쪽으로 배열하느냐, 왼쪽에서 오른쪽으로 배열하느냐 하는 것이 오로지 쓰는 사람의 자의에 맡겨져 있 었다. 따라서 이것을 읽으려면 사람, 새 등의 얼굴의 방향에 따라 읽어야 한다는 규칙을 염두에 두지 않으면 안 된다. 문자를 쓰는 사람은 상형문자 를 세로로 늘어놓을 수도 있었다. 그래서 작은 물건에 비문(碑文) 같은 것 을 새겨 넣을 때는 보기에 아름답도록, 또는 비면(碑面)에 잘 배열되도록 문자의 배열을 다른 식으로 바꾸기도 했다. 또 상형문자에서 가장 골치 아 픈 점은 그들이 단어와 단어 사이를 전혀 떼어놓지 않았다는 점일 것이다. 그림들이 같은 간격으로 배열되어 있어 어떤 부호가 그전에 있었던 부호 에 연결되는지 아니면 다른 단어의 시작을 의미하는 것인지 알 수 없다. 페르시아 설형문자(楔形文字)의 경우는 각 낱말을 떼어놓기 위해 사선의 쐐기를 이용하기도 했다.

가장 오래된 문자이며 오늘날에도 4억의 인구가 사용하고 있는 중국어를 보자. 나는 중국어를 잘 모른다. 다만 중국어 속에서 꿈의 부정확함과의 유사점을 발견하고 싶어서 조금 공부를 했을 뿐이다. 내 기대는 크게 어긋나지 않았다. 중국어는 우리를 깜짝 놀라게 할 만한 모호함으로 가득 차 있었다.

잘 알려져 있듯이 중국어는 많은 자음으로 이루어져 있으며, 이들은 하나나 두 음이 결합하여 발음된다. 중국어의 주요 사투리 중 하나를 살펴보면 그런 발음이 약 4백 개에 달한다. 그런데 이 사투리의 어휘는 약 4천 개이므로 각 자음이 평균 열 개의 다른 뜻을 지니고 있는 셈이다. 그중 어떤 것은 그보다 적은 의미를 가지지만 그 의미가 열 개 이상인 경우도 있다. 글의 앞뒤 관계만으로는 말하는 사람이 그 열 가지 뜻 중에 어느 것을 말하려 하는지 알 수 없기 때문에 이 의미의 불명료함을 피하기 위한 많은 방법이 동원된다. 그런 방법 중에는 두 개의 음을 결합시켜 하나의 합성어를 만드는 방법도 있고, 네 가지 〈음조〉[97]를 이용해 몇 가지 자음을 발음하는 방법도 있다.

중국어에 문법이 거의 없는 것 같은 이런 상태는 꿈과 비교해보면 매우 흥미롭게 다가온다. 하나의 자음을 보았을 때는 그것이 명사인지 동사인지 형용사인지 알 수 없으며 성(性), 수(數), 어미, 시제, 화법을 구분하는 낱말의 변화도 전혀 없다. 그러므로 중국어는 말하자면 원료로만 이루어져 있는 것이나 다름없는데, 이는 꿈에서 우리의 사고 언어가 꿈의 작업에 의해 관계를 나타내는 표현이 탈락하며 그 원료로 분해되는 것과 아주 유사하다. 중국어에서 의미가 모호한 경우에는 모든 결정이 듣는 사람의 이

---

[97] 사성(四聲)을 말한다.

해에 맡겨지게 되고, 이때 듣는 사람은 문맥으로 판단을 내릴 것이다. 나는 중국어로 된 속담 하나를 공책에 적어두었다. 독일어로 옮기자면, 〈Wenig was sehen viel was wunderbar〉이다. 이것이 무슨 뜻인지 이해하기는 그리 어렵지 않다. 〈보는 것이 적은 사람일수록 놀라운 것을 많이 보게 된다〉라거나 〈보는 것이 적은 사람에게는 놀라워할 만한 것이 많다〉라는 뜻일 것이다. 물론 문법상으로만 조금 다른 이 두 가지 번역 가운데 어느 쪽을 택할 것인가는 별로 문제가 되지 않는다. 나는 이와 같은 불확실함에도 불구하고 중국어는 사상을 나타내는 수단으로 대단히 뛰어난 언어라고 확신한다. 따라서 불명료성 때문에 뜻이 모호해진다고는 할 수 없는 것이다.

그러나 꿈의 표현 체계는 이들 고대 문자보다 더욱 불리한 입장에 있다는 사실을 인정하지 않을 수 없다. 왜냐하면 고대어나 고대 문자는 어쨌든 의사 전달 수단으로 만들어진 것이기 때문이다. 즉 어떤 방법, 어떤 보조 수단을 사용하면 더 잘 이해되는가 하는 점을 고려하여 만들어졌다. 그런데 꿈은 그렇지 않다. 꿈은 누군가에게 무엇을 말하려고 하는 것이 아니다. 꿈은 전달의 도구가 아니며 오히려 이해되지 않는다는 데 꿈의 본질이 있다. 그러므로 꿈의 다의성과 불확정성 때문에 그 의미를 무엇으로 선택할지 난감하다는 것이 분명해지더라도 그리 당황할 일은 아니다. 우리는 지금까지의 비교에서 믿을 만한 수확을 얻었다. 그것은 사람들이 우리의 꿈 해석을 공격하는 무기로 이용하고 있는 그 불확정성이야말로 오히려 모든 원시적 표현 체계의 공통적인 성격이라는 것이다.

실제로 어느 정도까지 꿈을 이해할 수 있는가는 훈련과 경험에 의해 결정되지만, 나는 상당한 정도까지 가능하다고 생각한다. 정식 훈련을 받은 분석가로부터 얻은 결과들을 비교해보면 내 견해가 옳다는 것이 입증된다. 많은 비전문가들이, 심지어는 학계에 있는 사람들조차 학문에서 난점이나 의심스러운 점에 부딪히면 제법 숙고하는 척하다가 곧 회의적인 태도로 돌아서며 오히려 그것을 자랑스럽게 여기는 것은 이미 익숙한 광경이다. 그러나 그것은 분명 잘못된 태도이다.

바빌론, 아시리아 비문 해독의 역사에도 그와 같은 일이 있었다는 사실을 아는지 모르겠다. 설형문자를 해독하는 사람을 〈공상가〉로 몰고 그런 연구는 모두 〈엉터리〉라며 여론이 들끓던 시대가 있었다. 그런데 1857년 왕립 아시아 협회가 결정적인 실험을 실시했다. 이 협회는 유명한 설형문자 연구가인 롤린슨, 힌크스, 폭스 탈보트, 오페르트에게 각각 새로 발굴된 비문을 따로 번역하게 하고 그 결과를 밀봉하여 보내도록 했다. 그리고 네 개의 번역을 비교해보니 매우 많은 일치점이 있었다. 이로써 그때까지의 연구가 믿을 만한 것임이 입증되었을 뿐 아니라 앞으로의 발전 가능성도 인정받게 되었다. 그 후부터 학자를 자칭하던 비전문가들의 비난은 차차 자취를 감추었고, 설형문자 문헌을 해독하는 방법도 점점 정확해져서 이후 이 분야는 눈부신 발전을 이룬 것이다.

2.

제2의 의문점은 여러분도 분명 느꼈을 어떤 인상과 관계가 있다. 즉 우리의 해석 기법으로 풀이한 결과가 부자연스럽고 어색하며 억지처럼 보인다는 것, 그리하여 이상하고 우스꽝스럽고 장난 같은 인상을 준다는 점이다. 이와 같은 비판은 매우 흔한 것이므로 최근 내 귀에 들어온 것들 중에서 아무거나 하나 소개해보기로 한다. 그것은 다음과 같은 이야기다.

최근에 자유의 나라라고 자부하는 스위스에서 어느 사범학교 교장이 정

신분석을 연구했다는 이유로 파면되었다. 그는 이의를 제기했고, 베른의
한 신문은 이 판결에 대한 문교 당국의 견해를 발표했는데, 그 기사 중에
서 정신분석과 관련된 몇 줄을 인용해보겠다.

> 우리가 그 문제의 인물이 인용하고 있는 취리히의 피스터 박사가 쓴 책을
> 검토해보니 놀랍게도 그 책 속의 많은 사례들은 인위적이고 부자연스러운
> 것이었다. 적어도 사범학교 교장쯤 되는 사람이 정신분석의 모든 주장과 엉
> 터리 같은 증명을 무비판적으로 받아들였다는 것은 정말 놀라운 일이다.

이 글은 〈냉정한 판단력을 지닌 사람〉이 내린 결론이라 하여 신문 지상
에 발표되었다. 그런데 나는 오히려 그 〈냉정〉이 〈조작된 것〉 같다는 생각
이 든다. 어느 정도의 고찰과 전문지식은 냉정한 판단을 내리는 데 결코 해
가 되지 않으리라는 기대를 가지고 이것을 좀 더 상세히 검토해볼까 한다.

누군가가 심층 심리학(深層心理學)의 미묘한 문제에 대해 자신의 첫인
상대로 빠르게 그리고 단호하게 판단을 내리는 것을 보고 있노라면 확실
히 통쾌한 기분이 든다. 그의 눈에 해석은 모두 인위적인 억지로 보이고
전부 다 마음에 들지 않는다. 그러면 그건 모두 거짓이며 아무 짝에도 쓸
모없다고 생각해버린다. 그는 그 해석이 자기 눈에 그렇게 보이는 것이 그
럴 만한 이유가 있기 때문이 아닐까 하는 생각조차 하지 못한다. 그렇다면
그럴 만한 이유란 무엇일까? 그것은 더 큰 문제와 결부된다.

이와 같은 비판이 나오는 것은 여러분이 꿈의 검열의 가장 강한 수단이
라고 배운 그 치환 작용과 본질적으로 관계가 있다. 꿈의 검열은 치환 작
용의 도움을 빌려 우리가 암시라고 부르는 대리물을 만든다. 그런데 그런

암시 중에도 참으로 알기 어려운 암시들이 있다. 이런 것은 암시로부터 그 본래의 것으로 돌아가는 귀로(歸路)가 쉽게 발견되지 않는다. 이들은 겉보기에는 매우 이상하고 기묘한 연상에 의해 본래의 것과 결부되어 있다. 이런 모든 경우에 문제 되는 것은 감추어야 하는 것, 감추어두기로 결정된 것들인데, 꿈의 검열이란 바로 이 감추는 일을 목표로 하고 있는 것이다. 감추어져 있는 것이 그것이 있으리라 생각되는 장소에서 발견되리라 기대해서는 안 될 것이다. 이 점에서는 국경 감시원 쪽이 스위스 문교 당국보다 훨씬 빈틈없어 보인다. 그들은 어떤 문서나 설계도를 찾을 때 서류가방이나 서류함만 뒤져보지는 않는다. 스파이나 밀수업자가 금제품 등을 감출 때는 자기 몸의 가장 눈에 띄지 않는 곳, 이를 테면 구두 밑창 사이 같은 은밀한 장소를 이용할 거라 생각한다. 그리고 정말로 그런 데서 감추어둔 물건이 발견된다면, 물론 열심히 찾던 물건이긴 하지만 대단한 행운이기도 하다.

꿈의 잠재적 요소와 현재적인 대리물은 가장 거리가 멀고 이상스러운, 때로는 그 외관이 우스꽝스럽고 때로는 익살스러운 관계로 맺어질 수 있다는 것을 우리가 인정하게 되면, 스스로 해결할 수 없었던 많은 사례들에서 우리는 풍부한 경험을 얻을 수 있다. 그러한 꿈들은 혼자 힘으로 해석하기 어려울 때가 많다. 아무리 머리가 좋은 사람이라도 잠재적 요소와 현재적 대리물과의 연관을 추측하기는 어렵다. 꿈을 꾼 사람이 직접적인 연상으로 단숨에 꿈의 의미를 번역해주든가—그는 당연히 그렇게 할 수 있는데, 왜냐하면 그 대리물이 만들어진 곳은 바로 그의 마음속이기 때문이다—또는 꿈을 꾼 사람이 우리에게 많은 재료를 제공해주어서 특별한 통찰력 없이도 자연스럽게 해결되도록 해주어야 한다. 꿈을 꾼 사람이 이 두 가지 방법으로 우리를 도와주지 않는다면 문제가 되는 그 현재 요소는 영원히 이해할 수 없는 것으로 남는다. 내가 최근에 경험한 한 가지 사례를 들어보자.

내가 맡고 있던 한 여성 환자는 치료가 한창 진행되던 중에 아버지를 잃게 되었다. 그녀는 그 후 가능한 모든 기회를 포착하여 꿈속에서 아버지를 되살려내려고 애를 썼다. 그러다가 어느 날 아버지가 꿈에 아무 맥락 없이 불쑥 나타났다. 아버지가 엉뚱하게 꿈속에 등장해서는 "11시 15분이다. 11시 30분이다. 12시 15분 전이다."라고 말한 것이다. 이 기괴한 꿈을 해석하는 실마리로 그녀는 다음의 연상만을 떠올렸다. 그녀의 아버지는 성장한 자식들이 점심식사 시간을 정확하게 지켜 식탁에 앉으면 매우 좋아하셨다는 것이다. 확실히 이 연상도 꿈의 요소와 관계가 있지만 이것만으로는 이 꿈의 유래를 설명할 수 없다. 그런데 그때의 치료 상황으로 보아 사랑하고 존경하는 아버지에 대한 매우 조심스럽게 억눌린 비판적인 반항심이 이 꿈의 한몫을 담당하고 있을지도 모른다고 의심해볼 만한 충분한 근거가 발견되었다.

얼핏 보기에 꿈과는 관계가 없는 연상을 계속해나가는 동안에 그녀는 다음과 같은 이야기를 했다. 어젯밤 자기 집에서 심리학에 관한 토론이 벌어졌는데 한 친척이 〈원시인(Urmensch)은 우리 모두 속에 살아 있다〉라고 말했다는 것이다. 나는 이 이야기에서 바로 해결의 열쇠를 발견했다. 이것은 그녀에게 죽은 아버지를 다시 살아나게 할 최상의 기회를 제공해주었다. 그녀는 꿈속에서 아버지에게 12시를 향해 가는 15분마다 시간을 말하게 함으로써 아버지를 시계 인간(Uhrmensch)으로 만들었던 것이다.[98]

---

98 시계 인간(Uhrmensch)은 원시인(Urmensch)과 발음이 같다.

여러분은 이런 사례가 마치 농담같이 보인다고 말할 것이다. 실제로 꿈을 꾼 사람이 생각해낸 농담이 해석자의 농담으로 간주되는 경우가 흔히 있다. 게다가 농담을 상대하고 있는지, 꿈을 상대하고 있는지 종잡을 수 없는 경우도 적지 않다. 잘못 말하기의 많은 사례에서도 이런 의문이 솟아났다는 것을 여러분은 기억할 것이다. 어떤 남자는 숙부와 함께 숙부의 자동차(Auto)를 타고 가다가, 숙부가 자기에게 키스를 하는 꿈을 꾸었다. 그는 자기 꿈을 즉시 이렇게 해석해냈다.

"이 꿈의 의미는 자기성애(自己性愛:Autoerotismus)[99]입니다."

그는 우리에게 농담 삼아서 자기 머릿속에 생각난 우스갯소리를 꿈이라고 말한 것일까? 나는 그렇게 생각하지 않는다. 그는 실제로 그런 꿈을 꾼 것이다. 그런데 꿈과 농담은 왜 이렇게 깜짝 놀랄 만큼 닮아 있는 것일까? 나는 한때 이 의문을 풀기 위해 내 전문 분야에서 조금 벗어난 연구를 진행한 적이 있다. 농담 자체를 깊이 연구해보아야 할 필요성을 절실히 느꼈던 것이다. 연구의 결과 농담은 다음과 같이 생겨난다는 것을 알게 되었다. 즉 의식 전의 사고의 흐름이 한순간 무의식적인 가공(加工)을 받게 되고, 그럼으로써 그 의식 전의 사고 과정이 농담의 형태로 떠오르게 된다는 것이다. 무의식의 영향 아래 그것은 무의식의 영역을 지배하고 있는 메커니즘, 즉 응축과 치환의 작용을 받게 되는데, 다시 말해 꿈의 작업에 관여하는 것과 같은 과정의 영향을 받는 것이다. 농담과 꿈이 비슷한 것은 농담과 꿈이 생겨나는 과정의 이런 유사성 때문이다. 농담이 가져다주는 유쾌함과 관련해서 보자면, 이 의도하지 않았던 〈꿈의 농담〉은 보통의 농담

---

99 리비도 이론의 용어로서, 이성의 대상 없이 만족을 얻는 것을 말한다.

들과는 달리 우리에게 아무런 쾌감도 주지 않는다. 그 이유에 대해서는 농담을 깊이 연구해보면 저절로 알게 될 것이다. 〈꿈의 농담〉은 그야말로 서툰 농담처럼 보인다. 〈꿈의 농담〉은 우리를 웃겨주지도 않으며 아무런 느낌도 일으키지 않는다.

여기서 고대의 꿈 해석에 관한 발자취를 다시 더듬어보자. 고대의 해몽 중에는 쓸모없는 것이 많지만 우리들의 사례를 능가할 만한 훌륭한 예들도 꽤 있다. 내가 여러분에게 이야기하려 하는 것은 역사적으로 아주 중요한 의미가 있는 알렉산드로스 대왕의 꿈이다. 다소 차이는 있지만 플루타르코스와 달디스의 아르테미도로스가 그에 대해 공통적으로 보고하고 있다. 완강하게 버티고 있던 티루스를 포위하고 있었을 때(기원전 322년) 대왕은 사티로스가 미친 듯이 춤을 추고 있는 꿈을 꾸었다. 해몽가 아리스탄드로스는 사티로스를 두 단어로 분해하여 〈sa Tyros(티로스는 그대의 것)〉로 해석하고 티루스는 곧 함락될 것이라고 예언했다. 알렉산드로스 대왕은 그 해몽에 따라 공격을 계속할 것을 결심했고 결국 티루스는 대왕의 손에 들어갔다. 억지로 꾸며낸 것처럼 보이는 이 해석이 실제로 옳았던 것이다.

3.

정신분석가로서 오랜 세월 꿈의 해석에 전념해온 사람들이 우리의 견해에 반박했다는 이야기를 들으면 여러분은 분명 어떤 특별한 인상을 받을 것이다. 충분히 자극적일 수 있는 그런 이야기가 새로운 잘못을 불러오는 데 일조했음은 물론이다. 그것은 개념의 혼동과 부당한 일반화의 결과였지만, 그로 인해 꿈에 대한 의학적인 견해와 별 차이 없는 여러 잘못된 주장들이 생겨났다.

그중 하나는 이미 여러분이 알고 있는 것이다. 꿈이란 현재에 적응하고자 하는 시도이고 또 미래의 문제를 해결하고자 하는 시도로서, 〈예상 경향(豫想傾向: prospekitive Tendenz)〉을 지니고 있다는 주장이다(메더A. Maeder). 이러한 주장은 이미 이야기했듯이 꿈과 그 꿈의 잠재사상을 혼동한 데서 비롯된 것이다. 다시 말해 〈꿈의 작업〉을 무시한 결과이다. 무의식적인 정신 활동—꿈의 잠재사상도 이것의 일부인데—의 특징으로서 예상 경향은 전혀 새로운 것이 아니며 그것으로 어떤 설명이 되는 것도 아니다. 무의식적인 정신 활동은 미래에 대한 준비 말고도 다른 많은 것들을 하고 있기 때문이다. 그리고 어느 꿈에나 〈죽음의 계약〉이 발견된다는 주장도 있는데, 여기에는 더욱 심한 혼동이 있는 것 같다. 이 공식이 도대체 무엇을 말하려는 것인지 나는 모르겠다. 이 공식 뒤에는 꿈과 꿈을 꾼 사람의 전 인격에 대한 혼동이 숨어 있는 것 같다.

몇 가지의 편리한 사례를 근거로 부당한 일반화를 시도하는 경우는 다음과 같은 명제에서 찾아볼 수 있다. 즉 어느 꿈이라도 두 가지로 해석할 수 있다는 것이다. 그 하나는 지금까지 우리가 제시한 정신분석적인 해석이며, 또 하나는 욕망의 움직임을 무시하고 한층 높은 정신 작용의 표현을 목표로 하는 신비적 상징 해석이다(질베러H. Silberer). 물론 후자의 꿈도 있기는 하지만 이 견해를 다수의 다른 꿈에 적용시키는 것은 불가능하다.

여러분이 들어보았을 이야기 중에는 아주 석연찮은 이런 것도 있다. 꿈은 남녀 양성적으로 해석해야 하며, 남성적 또는 여성적이라고 불러야 할 두 가지 경향이 합쳐진 것을 꿈으로 보아야 한다는 주장이다(아들러A. Adler). 물론 이런 꿈도 더러는 있다. 이와 같은 꿈은 어떤 히스테리 증상과 같은 구조를 지니고 있음을 여러분은 나중에 알게 될 것이다. 내가 이런 것들을 모두 언급하는 것은 여러분이 이런 새로운 발견들을 경계해주었으면 하는 바람과, 적어도 내가 이런 주장들에 어떤 판단을 내리고 있는지를 여러분에게 알리기 위해서다.

4.

이렇게 말하는 사람도 있다. 분석 치료를 받고 있는 환자가 자기를 치료하는 의사의 이론에 자기 꿈의 내용을 맞추려고 하기 때문에, 어떤 사람은 오로지 성적인 충동이 일어나는 꿈을 꾸고 어떤 사람은 권력 추구의 꿈을 꾸며 또 어떤 사람은 이 세상에 다시 태어나는 꿈마저 꾸게 되는 것이다, 따라서 꿈 연구의 객관적 가치가 의심스럽다고 말이다(슈테켈). 그러나 환자들의 꿈을 좌지우지한다는 정신분석 치료가 존재하기 전부터 인간은 꿈을 꾸고 있었고, 현재 치료를 받고 있는 사람이 치료 전에도 꿈을 꾸고 있었다는 것을 생각하면 이 주장은 다소 힘을 잃는다. 이에 대해서도 곧 뚜렷이 밝혀질 테고, 결국 꿈의 이론으로서 그다지 중요한 것이 아님을 알게 될 것이다. 꿈을 일으키는 계기가 되는 낮의 잔재는 깨어 있는 생활 속에서 강하게 흥미를 끈 것의 잔류물이다. 만일 의사의 이야기나 의사가 준 자극이 환자에게 중요한 것이 되었다면 그것이 낮의 잔재권 내에 침입하여, 전날의 강렬하게 남아 있는 다른 관심사들과 마찬가지로 꿈을 만드는 하나의 심리적 자극이 될 수 있다. 이는 자고 있는 사람에게 작용하는 육체적 자극과 비슷한 작용을 하는지도 모른다. 꿈을 유발하는 다른 유인과 마찬가지로 의사에 의해서 자극받은 사고 과정 역시 꿈의 현재내용에 나타나거나 혹은 잠재사상 속에 있음이 증명되곤 한다. 꿈은 실험적으로 만들어질 수도 있다는 것, 더 정확하게 말해 꿈의 재료의 어떤 부분을 꿈속에 나타나게 할 수도 있다는 것은 우리가 이미 알고 있는 사실이다. 환자에게 영향을 주는 분석자라는 것은 모울리 볼드의 실험에서 피실험자의 팔다리를 일정한 위치에 놓는 실험자와 같은 역할을 하는 것뿐이다.

그런데 어떤 사람이 〈무엇에 관해서〉 꿈을 꾸느냐 하는 점에는 영향을 줄 수 있어도, 그 사람이 〈무엇을〉 꿈꾸게 할 것인가에는 영향을 미칠 수 없다. 꿈의 작업의 메커니즘과 꿈의 무의식적인 소망은 어떤 외부의 영향에도 초연하다. 우리는 앞에서 육체적인 자극몽에 대해 고찰한 바 있다. 이때 우리는 잠자고 있는 사람에게 가해진 육체적·심리적 자극에 대한 반응 가운데에도 꿈속 생활의 특수성과 자주성이 표현된다는 것을 알았다. 따라서 꿈 연구의 객관성을 의심하는 위의 주장은 꿈과 꿈의 재료를 혼동한 데서 기인한 것이다.

나는 꿈의 문제에 대해 여러분에게 많은 것을 이야기할 생각이었다. 그러나 내가 많은 부분에서 그냥 넘어갔다는 것과 이들을 다루는 방식에 어떤 불완전함이 있었음을 여러분도 대강 느꼈을 것이다. 그러나 꿈의 현상이 노이로제 현상과 깊은 관계가 있는 이상 그 모든 것을 완전하게 다루기는 어려웠다. 우리는 노이로제 연구의 입문으로서 꿈을 고찰한 것이다. 노이로제 연구를 통해 꿈으로 들어가는 것보다 꿈을 통해 노이로제 연구로 들어가는 것이 확실히 옳은 방법이다. 그러나 여러분은 어쩔 수 없이 노이로제라는 현상을 안 다음에야 비로소 꿈에 대해 올바르게 이해할 수 있게 될 것이다.

여러분이 이러한 부분을 어떻게 생각할지 몰라도 나는 여러분의 관심과 우리의 소중한 시간을 이 꿈의 문제에 쏟아 부은 것을 전혀 후회하지 않는다. 정신분석의 존립 자체와 연관되는 여러 주장들에 대해 꿈 이외의 다른 것에서 이토록 빨리 그 정당성을 확신할 수는 없기 때문이다. 노이로제 증상이 독자적인 의미를 가지며, 어떠한 의도에 소용된다는 것, 또 환자의 운명에서부터 비롯한다는 것을 증명해 보이려면 몇 달, 아니, 몇 해에 걸쳐 전력을 쏟아 붓는 연구가 필요하다. 그러나 이것을 언뜻 보기에는 불가해한 혼란스러운 꿈의 작용을 통해 증명하고, 이 길을 더듬어서 정신분석의 모든 전제들, 즉 심적 과정의 무의식성, 이 심적 과정을 지배하는 특수한 메커니즘과 거기에 나타나는 욕망의 힘을 확인한다면 불과 몇 시간의 노력으로도 훌륭히 성공할 수 있다.

그리고 꿈과 노이로제 증상의 구조상에 나타나는 철저한 유사성을 꿈을 꾸는 사람이 잠에서 깨어 매우 빠르게 이성적인 사람으로 변화한다는 점과 비교해보면, 노이로제 또한 정신생활에 작용하는 갖가지 힘과 힘 사이의 균형의 변화에 입각한 것에 지나지 않음을 확신하게 될 것이다.

제3부

—

노이로제 총론

Sigmund Freud

정신분석과 정신의학

꼭 1년 만에 다시 여러분을 만나 정신분석 강의를 계속하게 되어 매우 기쁘다. 지난해에는 실수 행위와 꿈을 정신분석적으로 취급하는 방법에 대해 강의하였다. 올해에는 노이로제(신경증)라는 현상에 대해 여러분이 이해해주었으면 한다. 곧 깨닫게 되겠지만 이 노이로제라는 현상은 실수 행위 및 꿈과 많은 공통점을 갖고 있다. 하지만 이번 강의에서는 여러분이 지난해와 같은 태도로 임할 수 없다는 점을 미리 말해둔다. 지난해에 나는 여러분이 동의하지 않으면 급하게 앞으로 나가지 않으려 했다. 여러분과 자주 토론을 벌이고 여러분의 반론을 받아들였다. 최종적인 판단을 내리는 기준으로 여러분의 〈건전한 지성〉을 그대로 인정했던 것이다. 그러나 이번에는 그런 방법을 취하지 않는다. 그 이유는 간단하다. 실수 행위와 꿈은 여러분에게 낯익은 현상이었다. 나와 마찬가지로 여러분도 그에 대해 경험이 있거나 쉽게 경험할 수 있었다. 그러나 노이로제라는 영역은 여러분에게 낯선 것이다. 여러분이 의사가 아닌 이상 나의 설명 없이 그것에 접근할 길은 없다. 다루는 대상에 대해 잘 모르는 상태에서는 아무리 훌륭한 판단력을 가지고 있다 해도 그다지 소용이 없다.

그러나 내가 독단적으로 강의를 진행한다거나 여러분에게 무조건 믿도록 요구할 거라는 오해를 해서는 안 된다. 그런 오해는 나에게 매우 부당한 것이다. 나는 여러분에게 확신을 주겠다는 생각은 없다. 다만 여러분의 탐구심을 북돋아주고 여러분의 선입관을 흔들어놓고 싶다. 이 주제에 대해 아무것도 알지 못하기 때문에 어떤 판단을 내릴 수 없는 상태라면 여러분은 그대로 믿어서도 안 되고 무조건 비난해서도 안 된다. 내가 하는 말에 귀를 기울이며 여러분의 내부에서 어떤 일이 일어나는지 지켜보기 바란다. 확신이라는 것은 그리 쉽게 얻어지는 것이 아니다. 아무런 노력 없이 얻어진 확신은 금세 그 가치가 무너지거나 지탱할 수 없는 것으로 판명되기 마련이다. 나처럼 오랜 시간 동안 같은 주제에 대해 연구를 계속하고 스스로 새롭고도 놀라운 경험을 해본 사람만이 확신을 가질 권리가 있다. 지식의 영역에서 갑작스러운 확신이나 전광석화와도 같은 태도의 변화, 그리고 순간적인 반발이 일어나는 것은 무슨 까닭이겠는가? 여러분은 첫눈에 반한다는 것(coup de foudre)이 지식과는 전혀 다른 감정의 영역에서 오는 것이라 생각되지 않는가?

우리는 한 번도 환자에게 정신분석을 믿으라든가 정신분석의 지지자가 되라고 요구한 적이 없다. 호의적인 회의야말로 우리가 환자에게 가장 요구하는 태도이다. 여러분도 정신분석적인 견해가 통속적인 견해나 정신의학적인 견해와 나란히 마음속에 조용히 자라날 수 있도록 노력해주었으면 한다. 그렇게 하다 보면 양자가 서로 영향을 주고받으며 우열을 겨루다가 결국 하나의 결론에 도달할 시점에 이를 것이다.

그러나 한편으로 나의 정신분석 강의가 일종의 사변적(思辨的) 체계와 같은 것이라고 생각해서는 안 된다. 나의 강의는 오히려 직접 관찰한 내용을 표현한 것이거나 또는 관찰한 내용에서 추론해낸 결과로서, 모두 경험에 바탕을 두고 있다. 추론의 방식이 과연 충분히 정당한 방법으로 이루어졌는지는 학문이 계속 진보하는 가운데 밝혀질 것이다. 그런데 이 연구를 시작한 지 거의 25년이 지나 나도 꽤 노령에 이른 지금, 다음과 같은 점만은 조금의 과장도 없이 단언할 수 있다. 그 관찰들은 정말 어렵고 격렬하며 전심전력을 기울인 작업을 통해 얻어진 것들이라는 점이다.

정신분석을 반대하는 이들은 우리의 주장이 어디에서 도출되는 것인지도 모르는 채 정신분석을 주관적인 착안으로 치부해버린다. 그래서 누구든 그에 반대할 수 있다고 생각하는 것 같다. 나는 그런 태도를 도무지 이해할 수 없다. 의사로서 노이로제 환자를 더 깊이 들여다보았다면 아마 그런 이야기는 할 수 없었을 것이다. 그들은 환자가 호소하는 말을 흘려들어 거기서 어떤 가치 있는 것을 끌어내는 경험을 하지 못했던 것이다.

이 기회를 통해 여러분에게 미리 말해두지만, 나는 강의 중에 여러분 한 사람 한 사람과 너무 많은 논쟁을 하지 않을 것이다. 사실 나는 〈투쟁이 만물의 아버지다〉라는 명제에 신뢰가 가지 않는다. 그것은 그리스의 소피스트들로부터 나온 말로[100] 그들과 마찬가지로 변증법을 과대평가함으로써 잘못을 범하고 있다고 생각된다. 오히려 그와는 반대로 소위 학문적 논쟁이라는 것은 그다지 생산적이지 못하다고 여기고 있다. 물론 상대방의 인격을 존중하며 논쟁이 이루어질 경우는 예외다. 몇 년 전까지 나는 단 한

---

[100] 이 말은 소피스트가 아니라 헤라클레이토스의 말인데 프로이트가 착각하고 있다.

사람의 학자(뮌헨의 뢰벤펠트L. Löwenfeld[101])와 정식으로 학문적인 논쟁을 벌였고, 그것은 자랑스럽게 기억된다. 우리는 결국 친구가 되었으며 오늘에 이르기까지 변치 않은 관계를 유지하고 있다. 그러나 그 후로는 오랫동안 논쟁을 시도한 적이 없다. 그 결과가 언제나 그때와 같을 거라는 확신이 없기 때문이다.

내가 이처럼 학문적인 토론을 거부하는 것에 대해 여러분은 다른 의견을 배척하는 고집일 뿐이라거나, 혹은 학문의 세계에서 흔히 쓰이는 말로 〈고루함〉 같은 거라 판단할지도 모르겠다. 그러나 나는 여러분에게 이렇게 답하고 싶다. 만약 여러분이 그렇게도 힘든 작업을 통해 어떤 확신을 갖게 된다면 마땅히 그 확신을 지킬 권리도 함께 주어지는 것이라고.

그리고 나는 지금까지 연구를 계속해오는 동안 몇 가지 중요한 점들에 대해 내 견해를 수정, 변경하고 또는 새로운 관점으로 대체하기도 했다. 그리고 그때마다 물론 공개적으로 밝혀두었다. 그런데 이런 솔직한 태도를 취한 결과는 어떠했는가? 어떤 사람은 내가 수정한 부분을 전혀 알지 못하고 나에게는 이제 다른 의미로 생각되는 내용을 가지고 계속해서 나를 비판하고 있다. 또 어떤 사람은 내가 견해를 바꾸었다고 비난하며 그 때문에 나를 믿을 수 없다고 말한다. 최종적인 주장으로 생각했던 것 역시 잘못된 부분이 있을 수 있으므로 몇 번에 걸쳐 자신의 견해를 수정한 사람은 전혀 신뢰를 받을 수 없는 것일까? 그러나 한 번 발표한 주장을 외곬으로 고집하거나 사람들이 무어라 해도 쉽게 철회하지 않는 사람은 결국 고집쟁이라든가 〈고루하다〉는 공격을 받는다. 이렇게 모순된 비판 앞에서 우

---

101 프로이트의 제자. 노이로제에 대해 논쟁했다.

리는 어떤 태도를 취해야 할까? 자신이 하던 대로 밀고 나가며 자기 판단을 따르는 수밖에 다른 방법은 없는 것이다. 나 또한 그렇게 하기로 결심했다. 그리고 앞으로도 내 경험이 한 발짝 나아갈 때마다 나의 모든 학설을 거듭 수정하기를 그치지 않을 작정이다.

그러나 근본적인 나의 통찰에 대해서는 여태까지 정정할 필요를 발견하지 못했고 앞으로도 그러리라 생각한다.

그러면 이제 노이로제 현상에 대한 정신분석의 견해를 밝혀보기로 하겠다. 이미 다룬 여러 현상들과 결부시켜 설명하는 것이 이 경우를 유추해내고 비교하는 데 가장 빠른 방법이 될 것이다. 많은 사람들을 진료하는 과정에서 내가 본 하나의 증상 행위(症狀行爲:Symptomhandlung)로 이야기를 시작해보자. 진찰실에 찾아와 기나긴 일생의 고민을 15분 만에 고백하는 환자들에게 사실 정신분석의는 아무것도 해줄 수 없는 경우가 많다. 보통의 의사들은 환자를 보고 나서 "나쁜 곳은 없군요."와 같은 진단을 내리거나, "글쎄요, 수욕(水浴) 치료를 좀 해보십시오."라는 등의 제안을 하겠지만, 정신분석의는 병에 대해 더 깊이 알고 있기 때문에 오히려 그렇게 쉽게 말하기 어렵다. 우리 동료 중에 한 사람은 "대체 자네는 외래 환자를 어떻게 다루는가?"라는 질문을 받고는 목을 움츠리며 이렇게 대답했다.

"나는 환자에게 몇 크로네(1크로네는 10마르크)의 까닭 없는 벌금을 부과해줄 뿐이네."

그러므로 가장 바쁘다는 정신분석의의 진료실조차 그다지 사람이 붐비지는 않는다는 말을 들어도 그리 놀랄 것 없다.

나는 대기실에서 진찰실 겸 치료실로 들어오는 문을 이중으로 만들어놓고 문 위에는 두터운 펠트를 씌워놓았다. 이 사소한 장치의 목적이 무엇인지는 분명하다. 그런데 내가 대기실에서 환자를 불러들일 때 환자들은 종종 문 닫는 것을 잊어버리고 이 이중의 문을 열어둔 채로 들어온다. 그걸 볼 때마다 나는 방에 들어온 환자가 점잖은 신사이건 잘 차려입은 부인이건 관계없이 무뚝뚝한 말투로 다시 되돌아가서 문을 닫고 오라고 지시한다. 그것은 지나치게 사무적인 인상을 주고, 더러는 민망한 경우도 있었다. 왜냐하면 환자가 직접 손잡이를 잡지 못해 동행한 사람이 문을 닫아주어야 했던 적도 있었기 때문이다. 하지만 대개의 경우 그 방법은 옳은 것이다. 대기실과 진찰실 사이의 문을 열어둔 채 들어오는 이들은 대부분이 경박한 이들에 속하며 그런 불친절한 대접을 받아 마땅하다. 여러분이 이 말에 동의를 하기 전에 우선 나의 나머지 이야기를 들어보기 바란다. 환자의 이와 같은 부주의한 행동은, 그가 대기실에 혼자 기다리고 있다가 자기 이름이 불려서 대기실에 남아 있는 사람이 아무도 없을 때에만 나타난다. 누군가 뒤에서 기다리고 있을 때는 결코 이런 일이 일어나지 않는다. 후자의 경우는 자기가 의사와 이야기하는 동안 누가 엿들을까 봐 이중문을 주의 깊게 닫는 것을 결코 잊지 않는다.

따라서 환자의 부주의는 우연도 아니고 의미가 없는 것도 아니다. 그것은 사소한 실수로 볼 수 없다. 그것은 의사를 대하는 환자의 태도를 정확히 말해주는 것이기 때문이다. 대부분의 환자는 권위를 동경하고, 대가의 이름에 현혹되고 압도되는 평범한 사람들이다. 환자는 아마 미리 전화로 몇 시에 찾아가야 할지를 문의했을 것이다. 그리고 그는 율리우스 마인늘[102]

---

102 식품 가게 이름. 당시는 제1차세계대전 중이라 식료품이 부족했으므로 이 가게 앞에 줄을 지어 물건을 샀다.

지점 앞에 줄지어 있는 사람들처럼 진료실에 외래 환자가 인산인해를 이루고 있으리라 예상했을 것이다. 그러나 막상 와보면 기다리는 사람은 하나 없고, 별 장식 없이 초라한 대기실을 보고는 실망하게 된다. 그는 의사를 향해 품었던 과도한 존경심에 대한 대가를 의사로부터 돌려받지 않으면 안 된다. 그래서 그는 대기실과 진찰실 사이의 문들을 닫지 않는다. 이 동작을 통해서 그는 "흥, 여긴 아무도 없잖아. 내가 진찰을 받는 동안에도 누구 하나 찾아오지 않을 거야."라고 의사에게 말하고 싶은 것이다.

만일 의사가 환자의 이런 불손함에 대해 분명히 지적하여 처음부터 역습을 가해두지 않으면 환자는 진료 중에도 무례하고 오만한 태도를 취할 수 있다.

이처럼 사소한 증상 행위의 분석으로 발견할 수 있는 것은 이미 여러분이 알고 있는 것들이다. 즉 증상 행위는 우연이 아니라 하나의 동기, 즉 하나의 의미와 의도를 가지는 것이며, 또 그것은 특정한 심리적 연관 속에 놓여 있다는 것, 나아가 그것은 아주 중요한 심리적 과정의 조그만 징후라는 것이다. 그러나 이러한 증상 행위가 함축하는 것 중에서도 무엇보다 분명한 내용은, 이렇게 밝혀진 심리적 과정은 그것을 행한 당사자의 의식에는 없다는 것이다. 왜냐하면 두 개의 문을 열어둔 채 들어온 환자들은 그 부주의한 행동을 통해 의사에게 경멸을 나타내려 했다는 것을 스스로 인정할 수 없을 것이기 때문이다. 아무도 없는 대기실에 들어왔을 때 일어난 실망의 감정은 기억이 난다 해도 그 인상과 이어서 일어난 증상 행위 간의 연결성은 그의 의식에 떠오르지 않을 것이 틀림없다.

증상 행위에 대한 이 짧은 분석을 어떤 부인 환자의 관찰에 이용하기로

하자. 내가 지금까지 선명하게 기억하고 있는 한 사례를 골라볼 텐데, 이것
은 비교적 간략하게 전달이 될 것이다. 그러나 이런 것을 설명할 때 어느
정도의 상세함은 늘 필요하다.

잠시 휴가를 받아 고향에 돌아온 젊은 장교가 자기 장모님을 치료해달
라고 나에게 부탁했다. 장모는 매우 행복하게 살고 있었으나 어처구니없
는 생각에 사로잡혀 자기 자신과 가족들의 인생을 비참하게 만들고 있었
다. 내가 환자를 직접 만나보니 그녀는 53세의 점잖은 부인이었으며 상냥
하고 소박한 심성을 지닌 듯했다. 그녀는 조금도 망설이지 않고 다음과 같
은 이야기를 나에게 들려주었다.

그녀는 큰 공장을 경영하고 있는 남편과 함께 시골에서 행복한 결혼 생
활을 하고 있었다. 남편의 애정 가득한 배려는 아무리 칭찬해도 부족하다
는 걸 그녀는 잘 알고 있었다. 30년 전에 연애 결혼한 후로 두 사람 사이에
는 한 번도 불화가 없었으며 의심하고 질투할 만한 일도 서로 하지 않았
다. 그들 사이의 두 자녀도 행복한 결혼을 했으며 그녀의 남편은 남편으로
서도, 아버지로서도 여전히 자신의 책임을 다하고 있었다. 그런데 1년 전
에 그녀 자신도 이해할 수 없는 일이 벌어졌다. 그녀가 깊이 신뢰하고 있
는 남편이 어떤 젊은 여자와 관계를 맺고 있다는 익명의 편지를 받고 나서
그 내용을 그대로 믿게 되었던 것이다. 그 뒤로 그녀의 행복은 엉망이 되
어버렸다.

좀 더 자세한 정황은 대략 이러하다. 부인의 집에는 한 하녀가 있었는데,
부인은 종종 그녀와 함께 내밀한 대화를 나눴던 모양이었다. 하녀는 어떤
여자에게 노골적인 적의를 품고 있었다. 그 여자는 집안이 좋지 않은데도
불구하고 자기보다 훨씬 성공했기 때문이었다. 그 여자는 남의집살이를

택하지 않고 실업 교육을 받아 공장에 채용되었으며, 전쟁으로 사람들이 징집되어 나가자 좋은 자리까지 승진할 수 있었다. 그리하여 지금은 공장에 거하며 신사들과 교제하고 사람들로부터 아가씨 소리까지 듣고 있었다. 출세하지 못한 이 하녀가 지난날의 동창에 대해 험담할 기회를 잔뜩 노리고 있을 것은 당연한 일이다. 어느 날, 부인은 집에 손님으로 왔던 노신사에 대해서 하녀와 이야기를 나눴다. 그 노신사는 아내와 별거하며 첩을 두고 있다는 소문이 돌고 있었다. 어떻게 그런 말이 나왔는지 자신도 알 수 없지만 부인은 갑자기 이렇게 말했다.

"만일 우리 그이에게 애인이 있다는 말을 듣게 된다면 얼마나 무서운 일일까?"

다음 날, 부인은 우편으로 익명의 편지를 한 통 받았다. 필체를 알아볼 수 없도록 쓰인 그 편지에는 부인이 전날 한 말과 같은 내용이 씌어 있었다. 그녀는 편지가 그 짓궂은 하녀의 짓이라고 결론을 내렸는데, 그 이유는 남편의 애인으로 하녀가 무척 미워하고 있는 그 여자의 이름이 씌어 있었기 때문이다. 물론 부인은 곧장 그 안에 담긴 음모를 간파했다. 주위의 여러 사정을 통해서도 이 비겁한 밀고가 근거 없는 일이라는 것을 충분히 알고 있었다. 그런데도 편지는 한순간에 그녀를 사로잡아버렸다. 부인은 무서운 흥분에 싸여서 즉각 남편을 불러 심한 비난을 퍼부었다. 남편은 웃음으로 부정하며 자신이 할 수 있는 최선의 대책을 강구했다. 집안과 공장의 주치의로 있는 의사를 불러들여 부인을 진찰하게 한 것이다. 의사는 불행한 부인을 진정시키기 위해 온 힘을 기울였다. 두 사람이 취한 그 후의 조치도 매우 합당한 것이었다. 하녀는 파면되었지만, 애인이라는 말을 들은 그 여자 쪽은 파면되지 않았다. 그 후로 환자는 그 익명의 편지를 더는 믿지 않을 만큼 냉정해졌다는 말을 되풀이하며 스스로를 진정시키려 했다. 그러나 그녀는 완전히 냉정을 찾을 수는 없었다. 누군가 그 여자의 이름을 말하거나 길거리에서 그 여자를 보기만 해도 그만 시기심, 고통, 굴욕의 새로운 발작이 폭발하는 것이었다.

여기까지가 이 점잖은 부인의 병력이다. 그녀가 다른 노이로제 환자들과는 달리 자신의 병증을 가벼운 것으로 설명했다는 것, 즉 우리의 용어를 사용하자면 자기 증세를 속이고 있다는 것, 그녀가 익명의 편지에 씌어 있는 고발을 잠재의식 속에서 여전히 믿고 있으며 그 생각을 한 번도 완전히 극복하지 못했다는 것 등을 이해하는 데는 그렇게 대단한 정신의학적 경험도 필요 없다.

그렇다면 정신과 의사는 이와 같은 증상을 접했을 때 어떤 태도를 취할까? 치료실 문을 닫지 않는 환자의 증상 행위에 대해서 정신과 의사가 어떤 태도를 취할 것인지를 우리는 이미 알고 있다. 그는 심리학적인 관심이 없으며, 그것이 그 환자와는 전혀 관계가 없는 하나의 우연일 뿐이라고 이해한다. 그러나 질투로 고민하는 이 부인에게까지 그런 태도로 일관하지는 못할 것이다. 증상 행위는 사소한 것처럼 보이지만 증상은 의미심장한 것으로 다가온다. 이 증상은 환자 자신에게 주관적으로 심한 고통을 가져다주기도 하지만, 객관적으로도 가정의 공동생활을 위협하고 있기 때문이다. 그러므로 이 증상은 정신의학적으로 훌륭한 관심의 대상이 된다. 정신과 의사는 먼저 증상을 본질적인 특성에 의해 분류하려는 시도를 한다. 부인을 괴롭히고 있는 생각, 즉 나이 먹은 남편이 젊은 여자와 연애하는 일은 세상에 흔히 있는 일이기 때문에 그녀의 생각이 아주 어처구니없는 것이라고는 할 수 없지만, 그러나 여기에는 이해할 수 없는 일이 따라붙어 있다. 환자가 품행이 바르고 상냥한 남편을 세상에 흔히 있는 그런 남편들 중 하나라고 믿는 데는 그 익명의 편지 외에는 아무 근거가 없다는 것이다. 부인은 편지의 사연이 전혀 증거 능력을 갖고 있지 않다는 것을 잘 알고 있고 그 편지의 출처도 스스로 만족스러울 만큼 규명해낼 수 있었다. 즉 그녀의 질투는 뚜렷한 이유가 없는 것이다. 부인 스스로도 그렇게 생각하고 계속하여 다짐하기도 했다. 그런데도 부인은 이 질투가 완전히 근거가 있는 것처럼 고통스러워했다. 현실을 근거로 추론을 해보아도 논증할 수 없는 이런 종류의 관념을 〈망상(妄想)〉이라고 부른다. 부인은 〈질투 망상〉에 사로잡혀 있는 것이다. 이것이 아마도 이 증상의 근본적인 특징일 것이다.

이러한 확실한 진단이 내려지고 나면 정신의학의 관심은 다시 활발해진다. 망상과 현실과의 관계가 결여되어 있다면 그 망상은 현실에서 만들어진 것이 아닐 것이다. 그렇다면 그 망상은 어디서 비롯된 것일까? 망상은 천차만별의 내용을 갖고 있다. 그런데 지금의 사례에서는 어째서 망상의 내용이 질투일까? 어떤 사람에게 망상, 특히 질투 망상이 나타나는 이유는 무엇일까? 이 점에 대해서 정신과 의사의 의견을 들어보고 싶다. 그러나 대개 그들은 이런 의문에 대해 한 부분만을 설명하는 데 그친다. 그는 부인의 가족사를 조사한 후, "망상은 그와 비슷한 또는 그와는 다른 정신 장애가 반복하여 나타난 가계(家系)의 사람들에게 발생합니다."라고 답할 것이다. 즉 이 부인이 망상을 일으킨 것은 그녀가 그와 같은 망상에 사로잡힐 유전적인 소인(素因)이 있었기 때문이라는 것이다. 분명 그럴 수도 있지만 이 설명이 우리가 알고 싶어하는 것의 전부인가? 이것만이 증상의 원인으로 작용한 전부라 할 수 있는가? 다른 망상이 아닌 이 질투 망상이 발생한 이유를 무시하고 임의적이라거나 설명할 수 없다거나 하는 정도로 우리는 만족해야 할까? 그리고 유전적인 영향의 위력을 역설하는 그 명제를, 환자의 정신에 어떤 체험이 더해졌더라도 상관없이 그녀는 언젠가 한 번은 망상을 일으킬 숙명을 갖고 있었다고 부정적으로 해석해도 좋은 것인가? 여러분은 과학이라 자칭하는 정신의학이 어째서 그 이상의 해명을 해주지 않는 것인지 이유를 알고 싶을 것이다. 그러나 나는 여러분에게 분수에 맞지 않는 진단을 내리는 자는 사기꾼이라는 말밖에는 할 말이 없다. 정신과 의사는 이와 같은 증상을 더 자세히 규명하는 방법을 알지 못한다. 풍부한 진단 경험에도 불구하고 그들은 이렇게 불확실한 예측을 내리는 데 만족하고 있을 뿐이다.

그럼 정신분석은 이 이상의 것을 할 수 있는가? 물론 할 수 있다. 이와 같이 접근하기 어려운 증상에 대해서도 정신분석은 더 상세하게 밝혀낼 수 있다는 것을 여러분에게 보여주려 한다. 우선 여러분은 그다지 눈에 띄지 않는 사소한 사실에 주목해주기 바란다. 망상의 토대가 되는 그 익명의 편지는 바로 환자 자신이 선동해서 만들게 한 것이라는 것, 즉 그녀가 사건 전날 음모가인 그 하녀에게 "만일 내 남편이 젊은 여자와 연애 관계를 맺고 있다면 그야말로 나의 최대의 불행일 거야."라고 말한 점에 주의를 기울여보자. 이는 그녀 자신이 하녀에게 익명의 편지를 보내도록 어떤 착상을 제공한 것이다. 따라서 그녀의 망상은 어떤 점에서는 이 편지와 관계가 없다고 할 수 있다. 그것은 이미 기우(杞憂)의 형태로—또는 소망으로서—그녀의 마음속에 존재했던 것이다. 그리고 불과 두 시간의 분석에 의해 밝혀진 이 밖의 사소한 증후들을 보면, 환자는 자신의 병력을 이야기한 뒤

내가 그 밖의 생각이나 연상, 기억 등을 보고해달라고 하자 매우 냉담한 태도를 보이면서 "나는 아무런 연상도 떠오르지 않아요. 할 말은 다 했습니다."라고 주장했다. 그리고 두 시간 뒤에는 "저는 이제 완전히 건강해졌어요. 그런 병적인 생각은 이제 두 번 다시 떠오르지 않을 거예요."라고 말함으로써 분석을 중단할 수밖에 없게 만들었다. 이것은 물론 나에게 저항하기 위한 행동으로, 분석을 더 계속하는 것에 대한 불안감 때문이다. 그러나 두 시간 동안 그녀는 어떤 해석의 실마리가 되는, 또는 어떤 해석을 내리지 않을 수 없게 만드는 몇 마디 말을 자신도 모르게 뱉어버렸다. 그것을 해석해보면 그녀의 질투 망상이 발생한 원인이 밝혀진다. 부인은 어떤 청년에게 깊은 연정을 품고 있었다. 그 사람은 다름 아닌 환자인 그녀를 나에게 데려온 사위였다. 그녀는 이 사랑을 전혀, 아마도 거의 의식하고 있지 않았을 것이다. 친족 관계에 있는 사랑은 흔히 순수한 애정이라는 가면을 덮어쓰고 있다. 우리가 지금까지 해온 경험을 전부 떠올려보면, 53세의 정숙한 부인이자 선량한 모친인 이 여성의 정신생활에 우리의 감정을 이입해보는 것은 결코 어렵지 않다. 그런 연정은 끔찍하고 불가능한 것으로서 그녀의 의식 속으로 들어올 수는 없었지만, 줄곧 무의식으로 존재하여 무거운 압력을 가하고 있었을 것이다. 따라서 무슨 일이 그녀의 마음에 일어나지 않으면 안 되었다. 그녀는 어떤 구원을 찾아야 했다. 그리하여 가장 쉬운 완화책으로서 치환의 메커니즘이 이용된 것이다. 이는 망상적 질투의 발생에 언제나 관여하고 있다. 나이를 먹은 자신이 젊은 남자를 사랑하고 있다 하더라도 자기의 늙은 남편이 젊은 여자와 연애 관계를 맺고 있다면 그녀 자신의 부정(不貞)에 대한 양심의 가책은 분명 가벼워질 것이다. 따라서 남편의 부정을 중심으로 하는 공상은 그녀의 마음의 괴로움을 덜

어주는 약이 되어준 것이다. 그녀는 자기 자신의 사랑에 대해서는 의식할 수 없었다. 그러나 남편의 부정을 중심으로 하는 이 사랑의 영상—그것은 그녀에게 위에서 말한 바와 같은 이익을 주었다—은 강박 관념이나 망상의 형태로 의식적인 것이 되었다. 이에 반하는 증명은 모두 무용하다. 왜냐하면 그런 증명은 이 영상만을 겨냥할 뿐, 그 영상에 힘을 주었지만 저촉하기 어려운 무의식의 밑바닥에 잠겨 있는 원상(原像)을 향하지는 않기 때문이다.

이 증상 사례를 이해하기 위한 정신분석 작업은 짧지만 힘겨웠다. 이제 그 노력으로 우리가 얻은 것이 무엇인지 종합해보기로 하자. 물론 우리가 파악한 정보들은 정확한 경로를 통해 수집한 것이기 때문에 여러분이 그 진위를 마음대로 판단해선 안 된다는 전제가 필요하다. 첫째, 망상은 더 이상 무의미한 것도 이해할 수 없는 것도 아니다. 망상은 풍부한 의미를 담고 있으며 충분한 동기를 갖고 있다. 이는 환자가 겪은 강한 정서적 체험과 연관되어 있다. 둘째, 망상은 다른 증후들에서 예측할 수 있는 어떤 무의식적인 정신 과정에 대한 필연적인 반응이다. 망상으로 나타날 수밖에 없는 것은 바로 이러한 관계에서 연유하는 것이며 환자가 논리적이고 현실적인 공격에 반항하는 것도 바로 그 때문이다. 망상 자체는 환자가 소망했던 것으로, 그것은 일종의 위안이다. 셋째, 다른 망상도 아닌 질투 망상이 나타난 것은 이 질병의 배후에 숨어 있는 체험 때문에 꼼짝없이 그에 규정되어 있었기 때문이다. 여러분은 그 부인이 사건의 전날, 음모를 꾸민 하녀에게 "내 남편이 부정을 저질렀다면 그보다 끔찍한 일은 없을 거야." 라고 말했던 사실을 기억할 것이다. 또 여러분은 증상 행위의 분석을 통해 유추할 수 있었던 두 가지 중요한 사항, 즉 증상의 배후에는 의미와 동기가 있으며 그것은 무의식과 관련되어 있다는 사실을 간과할 수는 없을 것이다.

물론 이 증상 사례에서 잇따라 일어나는 모든 의문이 해결된 것은 아니다. 아직 우리가 해결할 단계에 이르지 못한 것도 있고, 어떤 특수한 사정으로 인해 해결하기 어려운 부분도 있다. 이를테면 행복한 결혼 생활을 하고 있는 부인의 마음에 어떻게 하여 사위를 향해 연정을 느낄 틈이 생겼을까? 그리고 다른 방법으로 괴로움을 완화할 수도 있었을 텐데 군이 그런 영상의 형태로, 즉 자기 마음의 상태를 자기 남편에게 투사(投射:Projektion)하는 형태로 그 괴로움을 완화하려 한 것은 무엇 때문일까? 여러분은 이런 질문이 쓸데없다거나 악의적이라고 생각하지는 말기 바란다. 우리에게는 이런 질문에 답할 수 있는 많은 자료들이 있다. 부인은 이때 갱년기였고, 갱년기에는 여성의 성욕이 본의 아니게 갑자기 높아진다. 이것만으로 대답은 충분할지 모른다. 혹은 그녀의 선량하고 성실한 남편이 몇 해 전부터 이미 원기왕성한 아내의 요구를 채워줄 힘이 없었다고 덧붙여도 좋을 것이다. 이런 남편은 분명 품행이 바르고, 이런 남편이야말로 특별히 아내에게 정답게 굴며 아내의 노이로제에 남달리 관대함을 보인다는 사실을 우리는 경험으로 알고 있다. 또 병의 원인이 되는 이 연정의 상대가 딸의 젊은 남편이라는 점도 무시할 수 없다. 딸에 대한 강한 에로스적 애착은 — 이것은 어머니의 성적 소질에서 기인하는데 — 흔히 이처럼 변형된 형태로 계속 나타날 수 있다. 이와 관련해서 한 가지 여러분에게 상기시킬 것은, 장모와 사위의 관계는 예로부터 매우 미묘한 것으로 받아들여졌으며 원시 종족들 사이에서는 강력한 〈금기(禁忌)〉를 만드는 동기가 되었다는 점이다(《토템과 터부(Totem und Tabu)》(1913년) 참조). 그 관계는 긍정적으로든, 부정적으로든 문화의 범위를 벗어나기 쉽다.

부인의 증상 사례에서는 이 세 가지 계기 중 어느 것이 작용했는지, 혹은 이 요소들 중 두 가지 또는 세 가지가 동시에 작용했는지 어떤지는 확실하게 말할 수 없다. 그것은 이 사례의 분석을 두 시간밖에 진행할 수 없었기 때문만은 아니다.

여러분에게는 아직 이해하기 어려운 사항들이라는 생각이 문득 든다. 나는 다만 정신의학과 정신분석을 비교해보기 위해 위의 사례를 든 것뿐이다. 그러나 여기서 여러분에게 한 가지 묻겠다. 여러분은 정신의학과 정신분석 사이에 어떤 모순이 있다고 느꼈는가? 확실히 정신의학은 정신분석의 기법을 전혀 응용하려 하지 않는다. 정신의학은 망상의 내용에 어떤 것도 관련시키지 않고 있다. 정신의학은 좀 더 가까운 특수한 병의 원인을 제시하는 대신 유전이라는 아주 일반적이고 동떨어진 병인을 강조한다. 그렇다면 정신의학과 정신분석 사이에 어떤 모순이나 대립이 있는 것일까? 오히려 두 방법을 서로 결합했을 때 완벽해지는 것은 아닐까? 유전적인 요인과 체험의 의미는 서로 모순되는가? 오히려 둘은 서로 협력하여 작용하는 것이 아니겠는가? 정신의학적 연구의 본질 속에는 정신분석적 탐구에 반하는 어떤 것도 없다는 나의 의견에 여러분은 동의할 것이다. 다시 말하면, 정신분석을 거부하는 것은 정신과 의사이지 결코 정신의학이라는 학문이 아니다.

정신분석과 정신의학의 관계는 마치 조직학과 해부학의 관계와도 같다. 해부학은 기관의 외부 형태를 연구하고 조직학은 조직과 세포로 구성된 기관의 구조를 연구한다. 이 두 연구 방법에 모순이 있다고는 생각할 수 없다. 한쪽의 연구는 다른 쪽 연구의 연속이다. 해부학은 오늘날의 의학이 과학으로서 성립할 수 있는 토대로 여겨지고 있다는 것을 여러분도 알 것이다. 그러나 과거 어느 때에는 몸의 내부 구조를 알기 위한 시체 해부가 금지되어 있었다.

이는 정신생활의 심층을 알아내기 위한 정신분석 작업을 오늘날 경멸하는 것과 비슷하다. 아마 앞으로는 정신생활의 심층에 있는 무의식의 과정에 대한 지식 없이는 과학적이고 심원한 정신의학은 불가능하다는 의견에 도달하게 될 것이다.

여러분 중에도 이제는 그토록 심한 공격을 받았던 정신분석에 대해 우호적인 생각을 갖고 있는 이들도 있을 것이다. 그런 이들은 정신분석이 다른 측면에서도, 즉 치료의 측면에서도 인정받을 수 있다고 짐작할 것이다. 여러분도 알다시피 종래의 정신의학에 의한 치료법으로는 망상을 해결할 수 없었다. 그렇다면 망상이라는 증상의 메커니즘에 대해 독특한 견해를 갖고 있는 정신분석은 망상을 치료할 수 있을까? 아니, 그렇지 않다. 정신분석은 이런 병에 대해서—적어도 당분간은—다른 치료법들과 마찬가지로 무력하다. 우리는 환자의 마음속에서 어떤 일이 일어나는지 이해할 수 있지만 그것을 환자 자신에게 이해시킬 수 있는 방도는 없다. 내가 망상의 분석을 처음에 예상했던 것 이상으로 추진할 수 없었다는 사실을 여러분은 기억할 것이다. 그렇다면 결과적으로 아무것도 얻어낼 수 없으니 이런 분석은 쓸모없는 것이라 생각하는가? 나는 그렇지 않다고 믿는다. 우리는 직접적인 효용성을 떠나 학문을 연구할 권리와 함께 의무도 지니고 있다. 지식의 조각조각이 쌓여 마침내는—언제 어디서일지는 모르지만—하나의 힘, 즉 치료 능력으로 바뀌는 때가 올 것이다.

정신분석이 다른 형태의 노이로제나 정신 질환에 대해서도 망상의 경우와 같이 무용한 것으로 밝혀진다 해도, 과학 연구의 대체할 수 없는 수단으로서 그 정당성은 사라지지 않을 것이다. 그러나 그런 경우엔 말할 것도 없이 우리는 정신분석을 행하기 어려울 것이다. 우리들이 연구 재료로 하여 거기서 배우려고 하는 인간은 살아 있는 생물이며 그 자신의 의지를 갖고 있기 때문에, 작업에 협력하기 위해서는 그만한 동기가 필요하다. 그러므로 효과가 없다는 것을 알면 분석을 거부할 것이 틀림없다. 오늘의 강의는 다음과 같은 사실을 말하는 것으로 마무리 짓도록 하자. 신경 장애에는 여러 가지 종류가 있지만, 우리의 깊어진 지식이 실제 치료의 힘으로 바뀐 종류들도 분명히 있다는 사실이다. 우리는 이렇듯 접근하기 어려운 질병에 대해서도 어떤 조건 아래서는 치료 효과를 거둘 수 있으며, 그것은 그 어떤 내과(內科)적 치료법에도 결코 뒤지지 않는다.

증상의 의미

지난 강의에서 나는 임상 정신의학이 각 증상의 형식이나 그 내용에는 거의 관심을 갖지 않는다는 점을 지적했다. 그에 반해 정신분석은 바로 그것을 실마리로 하여 증상에는 어떤 의미가 있고 환자의 체험과도 깊게 연관된다는 정리(定理)를 가장 먼저 세웠다고 말했다. 노이로제 증상이 의미를 갖고 있다는 것은 브로이어J. Breuer[103]의 연구에 의해 처음으로 밝혀졌다(1880~1882년). 그가 성공적으로 치료한 히스테리 증상의 한 사례는 그 후 유명해졌다. 또 브로이어와는 별도로 자네P. Janet[104] 또한 동일한 사실을 입증해냈고, 문헌 발표에서는 이 프랑스 학자가 좀 더 앞섰다. 그렇게 된 것은 브로이어가 자신의 관찰을 10년 이상 지난 후에, 나와 공동 연구를 하고 있을 무렵 발표했기 때문이다(1893~1895년). 그러나 이 발견이

---

103 1842~1925. 프로이트의 선구자로 볼 수 있는 오스트리아의 생리학자 겸 개업의.
104 1859~1947. 프랑스의 정신병리학자. 샤르코의 문하생으로 프로이트와 동문이다.

누구에 의해 이루어졌는가는 아무래도 좋을 것이다. 여러분도 알다시피 어떤 발견이든 반드시 한 번에 그치는 것도 아니고, 단번에 이루어지는 것도 아니며, 꼭 성공한 사람에게 공적이 돌아가는 것도 아니다. 아메리카라는 명칭은 콜럼버스의 이름을 딴 것이 아니다. 위대한 정신의학자였던 뢰레F. Leuret는 이미 브로이어나 자네보다 먼저, 정신병자의 섬망(譫妄)도 우리가 그것을 해석할 방법을 이해하기만 한다면 의미 있는 것으로 파악할 수 있다는 견해를 피력한 바 있다. 자네가 노이로제 증상을 환자가 지배받고 있는 〈무의식적 관념(idées inconscientes)〉의 표현으로 파악했기 때문에, 내가 오랫동안 자네의 공적을 높게 평가한 측면이 있음을 고백한다. 그런데 이후 자네는 무의식이 표현을 위해 동원된 언어적 방편일 뿐이라는 식의 매우 조심스러운 태도를 보였다. 그는 무의식이 실재하는 그 무엇이라 생각하지 않았다. 그 후부터 나는 자네의 말을 이해할 수 없게 되어버렸다. 불필요한 말로 인해 자네는 자신의 커다란 공적을 헛된 것으로 만들어버렸다는 생각이 든다.

노이로제의 증상들은 실수 행위나 꿈과 같이 어떤 의미를 지니고 있으며, 그 사람이 지금까지 겪어온 생활과 관계가 있다. 이제 몇 가지 사례를 통해 이 중대한 견해를 상세하게 들여다볼 것이다. 나의 통찰은 모든 경우에 들어맞는 것이지만 그것을 언제나 입증할 수는 없다. 스스로 그런 사례를 관찰해본 사람들은 내 말을 납득할 수 있을 것이다.

나는 몇 가지 이유 때문에 히스테리에서 사례를 선택하는 대신 히스테리와 아주 가까운, 매우 주목할 만한 다른 노이로제의 사례를 들 것이다. 노이로제에 대해 미리 여러분에게 몇 가지 언급해둔다. 내가 지금 제시할 노이로제는 강박 노이로제(Zwangsneurose)이며, 사람들에게 잘 알려져 있는 히스테리에 비해 그리 일반적인 유형은 아니다. 이렇게 표현해도 될지 모르겠지만, 강박 노이로제는 요란스럽거나 긴박한 형태로 나타나지 않고 오히려 환자의 사소한 개성처럼 보인다. 증상이 신체적으로는 거의 드러나지 않고 오로지 심리적 영역에서만 나타난다. 강박 노이로제와 히스테리는 모두 노이로제의 한 형식들인데, 정신분석은 무엇보다 이 분야의 연구를 기초로 하여 구축되었으며 치료 과정에서도 우리의 처방이 개가를 올렸던 부분이다. 강박 노이로제의 경우는 심리적인 영역에서 육체적인 영역으로 이행하는 신비로운 비약 같은 것은 볼 수 없지만, 정신분석적인 노력을 기울였을 때 히스테리보다 더 잘 이해되고 우리에게 친숙한 분야다. 또 우리가 알게 된 바로는, 강박 노이로제의 경우 노이로제 증상의 어떤 극단적인 특징들을 눈부실 만큼 똑똑히 보여준다.

강박 노이로제는 다음과 같은 형태로 나타난다. 환자가 자신이 전혀 관심이 없는 어떤 생각에 사로잡힌다. 또 환자 자신에게 매우 낯설게 느껴지는 어떤 충동이 자기 내부에서 움직인다고 느낀다. 그리고 해봐야 자신에게 아무런 기쁨이 되지 않는데도 도저히 하지 않을 수 없는 어떤 행동에 집착한다. 환자가 사로잡히는 생각들(강박 관념)은 그 자체로서는 무의미하고 환자와도 별로 상관없는 것들이다. 그것은 아주 어이없는 것일 때가 많다. 그러나 대개의 경우 그 관념이 실마리가 되어 환자는 자꾸 생각에 잠기고, 그 때문에 환자는 완전히 지쳐버리면서도 또 어쩔 수 없이 그 생각에 집착하게 된다. 환자는 마치 그것이 자기 인생의 가장 중대한 문제이기나 한 것처럼 착각하며 자기의 본래 의지와는 상관없는 생각과 고민에 빠져든다. 환자가 자신의 내부에서 느끼는 충동 또한 유치하고 무의미하다는 인상을 준다. 그러나 대부분의 충동들은 무거운 범죄의 유혹과도 같은 끔찍한 내용을 갖고 있다. 그래서 환자는 그런 충동을 낯선 것으로 느껴 부정하고 싶어할 뿐 아니라 그 충동으로부터 달아나려 한다. 혹시 그 충동을 실행에 옮기지나 않을까 염려하여 자신을 지키기 위해 스스로 자유를 포기하고 제한한다. 그런데 그 충동이 실행에 옮겨지는 법은 없다. 충동에서 도피하거나 경계하는 경향이 지배함으로써 스스로를 보호하려는 의도는 성과를 거두게 된다. 환자가 실제 하는 행동들, 이른바 강박 행위(Zwangshandlung)라 부르는 것은 거의 해가 없는 사소한 것들이다. 강박 행위는 대개 동작의 반복이며 평범한 생활을 장식하는 의식과 같은 것들이지만, 바로 그 때문에 일상생활의 필수적인 일들, 즉 취침이나 세면, 옷 입기, 산책 등이 매우 힘들어지고 거의 해결하기 어려운 과제가 되어버린다. 강박 노이로제 각각의 형태나 증상 사례들에서 위에 열거한 병적인 관념, 충동, 행동이 같은 비율로 섞여 있는 것은 아니다. 오히려 이들 요소 중 어느 것이 그 병상(病像)을 지배하며, 그에 따라 질병의 이름이 부여되는 경우가 많다.

그러나 이 모든 형태들의 공통점은 분명히 인식할 수 있다.

이것은 확실히 광기 어린 병이다. 아무리 극단적인 정신병적인 환상도 이와 같은 것을 만들어내지는 못한다고 나는 믿고 있다. 매일 눈앞에서 그런 광경을 보기 전까지는 믿어지지 않을 것이다. 그런데 혹시라도 여러분이 그런 환자를 설득하여, 이제 마음을 가다듬고 그런 어리석은 생각이나 장난 같은 짓들 대신 무언가 이치에 맞는 일을 해보라고 충고한다 하여, 그것이 환자에게 도움이 되리라 기대해서는 안 된다. 환자 자신도 그렇게 하고 싶은 마음이 간절하다. 환자 자신도 자기 마음의 상태를 뚜렷이 알고 있고, 자기의 강박 증상에 대해서 여러분과 같은 의견을 갖고 있을 뿐 아니라 환자 쪽에서 자진하여 그렇게 하고 싶다고 말하기도 한다. 단지 자신도 달리 어떻게 할 수 없을 따름이다. 강박 노이로제 상태에서 하는 행동은 우리의 일상적인 정신생활에서는 비교할 것을 찾을 수 없을 만큼의 커다란 힘에 의해 움직이고 있다. 환자가 할 수 있는 일은 단지 치환하거나 교환하는 것뿐이다. 하나의 어이없는 관념을 약화된 다른 관념으로 바꾸고, 하나의 조심이나 금지에서 다른 조심이나 금지로 옮겨 갈 수 있다. 또 하나의 의식 대신 다른 의식을 행할 수 있다. 환자는 강박 관념을 바꿀 수는 있지만 결코 강박 관념을 제거하지는 못한다. 이처럼 이 병의 중요한 한 가지 성격은 모든 증상을 그 원 형태와는 동떨어진 다른 것으로 대치할 수 있다는 점이다.

그리고 강박 노이로제 상태에서는 특히 정신생활을 관통하고 있는 여러 대립성(對立性:Polarität)이 뚜렷하게 부각된다. 다시 말해 긍정적인 내용을 가진 강박 관념과 부정적인 내용을 가진 강박 관념이 나란히 존재한다. 지성의 영역에서 의심이 발동하기 시작하여 결국 가장 확실하다고 여겨지는 신념마저 서서히 잠식해 들어간다. 이런 과정은 시간이 갈수록 환자를 우유부단하고 무기력하게 만들며, 환자는 스스로 자신의 자유를 제한하게 된다. 그런데 강박 노이로제 환자는 원래 천성적으로 매우 정력적인 소질을 가졌거나 고집이 세고, 일반적으로 지적 수준도 평균을 넘는 사람들이 많다. 그들은 대개 도덕적인 수준 또한 아주 높아서 지나칠 정도로 양심이 강하고 보통 사람 이상으로 정확하다. 이처럼 모순되기 짝이 없는 성격과 병의 증상에서 어떤 관련성을 발견하기 위해서는 아주 치열한 연구가 필요할 것임을 여러분도 짐작할 수 있을 것이다. 그러나 우선은 이 병의 몇 가지 증상을 이해하고 해석하는 것이 지금 우리가 할 수 있는 최선이다.

여러분은 우리의 지난번 논의를 기억하고, 현대의 정신의학이 이 강박 노이로제에 대해 어떤 태도를 취하는지 알고 싶을 것이다. 그러나 이 부분에 대한 정신의학 연구는 아주 초라한 수준이다. 정신의학은 여러 강박 관념에 이름을 붙였을 뿐 그 이상의 어떤 것도 설명하지 못했다. 대신에 정신의학은 그런 증상을 가진 환자들을 〈변질된(degenerierte)〉 사람들이라고 강조한다. 이것은 그다지 만족할 만한 설명이 아니다. 그것은 설명이라기보다는 일종의 가치 판단 내지는 판결일 뿐이다. 사람에게는 갖가지 이상한 일들이 나타날 수 있음을 예상해야 한다. 그런데 그런 증상을 보이는 이들에 대해 태어날 때부터 다른 사람이라는 낙인을 찍어버리는 것이다. 그렇다면 그들이 다른 노이로제 환자들, 이를테면 히스테리 환자나 정신병을 앓고 있는 사람들보다 더 〈변질적〉인지 한번 물어보고 싶다. 강박 노이로제의 성격에 대한 위의 설명은 분명 지나치게 일반적이다. 매우 탁월한 능력을 지녔고 사회에 뜻 깊은 공적을 남긴 유명인들 중에도 그런 증상을 나타내는 사람들이 많았다는 사실을 알게 되면 위와 같은 성격 규정이 과연 정당한 것인지 의심스러워진다. 그런 이들의 신중함과 또 전기 작가의 태만함 때문에 우리는 그들의 사생활에 대해 거의 아는 바가 없지만, 그중에는 진실에 대해 거의 광적인 태도를 보였던 에밀 졸라Émile Zola와 같은 사람도 있어서, 우리는 그가 한평생 얼마나 기괴한 강박벽(强迫癖)에 시달렸는지 그 자신의 목소리로 들을 수 있다(툴루즈E. Toulouse, 《에밀 졸라, 정신의학적 연구(Émile Zola, Enquête médico-psychologique)》, 파리, 1896년).

정신의학은 이들을 우수성 변질(優秀性變質:Dégénéres supérieurs)이라 부름으로써 도피구를 만들어냈다. 과연 교묘한 문구이다. 그러나 정신분석에 의해 우리가 알게 된 바로는 이 기괴한 강박 증상은 다른 고통들과 마찬가지로, 또 변질되지 않은 사람들과 마찬가지로 완전히 제거될 수 있는 것이다.

나 또한 여러 번에 걸쳐 그 같은 성과를 거두었다.

그러면 지금부터 강박 증상 분석에 관한 대표적인 두 사례를 소개하겠다. 하나는 오래전에 관찰한 것이지만 그 이상 좋은 실례를 찾을 수 없을 만큼 훌륭한 것이고, 다른 하나는 최근에 연구한 것이다. 이러한 사례를 들 때는 넓은 범위에 걸쳐 아주 상세하게 다루어야 하므로, 여기서는 이 두 가지 사례를 소개하는 것으로 그칠 것이다.

환자는 서른 살쯤 된 부인이었는데, 그녀는 심한 강박 관념에 시달리고 있었다. 만일 내 연구가 운명의 장난에 의해 수포로 돌아가지만 않았다면 —이 일에 대해서는 나중에 이야기하겠지만—아마 나는 그녀를 도울 수 있었을 것이다. 부인은 하루에 몇 차례나 다음과 같은 특이한 강박 행위를 보였다. 그녀는 자기 방을 나와 옆방으로 달려간 다음, 방 한가운데 놓인 탁자 옆에 기대서서 벨을 울려 하녀를 불러들였다. 그런 후에 사소한 심부름을 시키거나 어떤 때는 아무 일도 시키지 않고 돌려보낸 다음 다시 자기 방으로 돌아왔다. 이것은 아주 심한 병적 증상은 아니지만 우리의 호기심을 끌기에는 충분하다. 그리고 의사의 도움이 없더라도 쉽게, 아주 명료하게 규명될 수 있는 것이다. 내가 어떤 과정으로 이 강박 행위의 의미를 짐작하게 되었으며 그에 대한 해석을 제시할 수 있었는지는 정확하게 말하기 어렵다.

나는 환자에게 "왜 그런 행동을 하십니까? 거기에 무슨 의미가 있습니까?"라고 몇 번이나 물어보았다. 그때마다 그녀는 "난 모르겠어요."라고 대답할 뿐이었다. 그런데 어느 날, 나는 그녀의 마음속에 있는 크고 뿌리 깊은 망설임을 마침내 굴복시켰고, 그 순간 그녀는 자신의 강박 행위가 무슨 의미인지 깨닫게 되어 곧 그와 관계된 일을 나에게 이야기하기 시작했다. 그녀는 10년 전 자기보다 나이가 한참 많은 남자와 결혼했다. 그런데 신혼 초야에 그가 성불구라는 사실을 알게 되었다. 남편은 그날 밤 몇 번이나 자기 방에서 신부의 방으로 뛰어 들어와 반복해서 시도했으나 번번이 실패했다. 아침이 되자 남편은 "잠자리를 치우는 하녀 앞에서 나는 창피를 당해야 한단 말이야."라고 화가 난 듯이 말하고는, 마침 방에 있던 붉은 잉크병을 집어 들어 침대보에 끼얹었다. 그런데 붉은 잉크는 본래 그런 흔적이 있어야 할 자리가 아닌 다른 곳에 쏟아지고 말았다.

처음에는 이 기억과 현재의 강박 행위에 어떤 관계가 있는지 알 수 없었다. 자신의 방에서 다른 방으로 되풀이하여 달려가는 것과 하녀가 나타나는 것에서 약간의 유사점을 발견했을 뿐이다. 그런데 환자가 나를 그 옆방 탁자로 데리고 가서 덮개 천에 있는 큼직한 얼룩을 보여주었다. 그러고 나서 "나는 하녀가 저 얼룩을 알아챌 수 있도록 탁자 곁에 서는 거예요."라고 설명했다. 그러자 신혼 초야의 그 광경과 그녀의 현재 강박 관념 사이의 밀접한 관계가 의심할 여지 없이 떠올랐고, 나는 곧 많은 것을 알게 되었다.

우선 환자는 자기 자신을 남편과 동일시(Identifizierung)하고 있었다. 그녀는 이 방에서 저 방으로 달려가는 것을 흉내 내며 남편의 역할을 대신하고 있었던 것이다. 그러기 위해 침대와 침대보가 탁자와 탁자 덮개로 대치되었다. 이것이 억지처럼 여겨질 수도 있지만, 우리가 장난으로 꿈의 상징을 연구한 것은 아니지 않은가. 꿈에서도 흔히 탁자가 나타나고 그것은 침대로 해석된다. 탁자와 침대는 모두 결혼을 의미하므로 이들은 쉽게 서로를 대신할 수 있다.

이 강박 행위가 어떤 의미를 지니고 있다는 검증은 이것으로도 충분하다. 강박 행위는 과거의 중대한 장면의 표현이자 반복이었다. 그러나 우리는 이 외양만으로는 만족할 수 없다. 만약 이 둘 사이의 관계를 더 파고 들어가 검토한다면 우리는 더 깊은 어떤 것, 즉 강박 행위의 목적에 대한 해명도 얻을 수 있을 것이다. 이 부인이 하는 강박 행위의 핵심은 분명 하녀를 불러다가 그녀에게 얼룩을 보이고, 자기 남편이 말한 "나는 하녀 앞에서 창피를 당해야 한단 말이야."라는 말과 정반대의 것을 입증하는 데 있다. 그러면 남편—그의 역할은 그녀가 대신하고 있다—은 하녀 앞에서 창피를 당하지 않아도 되는 것이다. 얼룩이 확실히 제대로 된 위치에 묻어 있기 때문이다. 따라서 우리는 그녀가 과거의 장면을 단순히 반복한 것이 아니라 계속해서 고쳐나가고 바로잡았다는 것을 인식할 수 있다. 그리고 무엇보다 그녀는 그날 밤에 일어난 매우 안타까운 사건, 붉은 잉크까지 필요했던 남편의 성불구를 정정한 셈이다. 즉 이 강박 행위는 다음과 같이 말하고 있다. "아니에요. 남편은 하녀 앞에서 창피를 당할 일이 없어요. 남편은 성불구가 아니니까요." 강박 행위는 이런 소망을 꿈과 같은 방식으로 현재의 행위에 의해 실현된 것처럼 표현하고 있다. 이 강박 행위는 남편을 과거의 불행에서 회복시키려는 목적을 갖고 있는 것이다.

내가 이 부인에 대해 여러분에게 말해줄 수 있는 모든 정보가 이상의 해석과 일치한다. 즉 우리가 그녀에 대해서 알고 있는 모든 사실들이 그 자체로는 영문을 알 수 없는 이 강박 행위에 대한 우리 견해의 타당성을 입증해준다. 부인은 몇 해 전부터 남편과 별거 중이며 남편과 법적으로 이혼할 것인지를 두고 고민하고 있었다. 그러나 그녀는 남편에게서 완전히 자유로운 상태는 아니었다. 그녀는 남편에게 충실해야 했고, 유혹에 빠지지 않도록 세상으로부터 떨어져 은거하고 있었다. 그녀는 자기의 공상 속에서 남편의 모습을 과장해서 변명하고 있다. 그렇다. 그녀가 가진 병의 가장 깊은 비밀은, 자기 병을 통해 세상의 쑥덕공론으로부터 남편을 보호하고, 남편과의 별거를 정당화하여 그가 마음 편한 생활을 할 수 있도록 해주는 것이었다.

이렇게 아무런 해가 없어 보이는 강박 행위의 분석을 통해 우리는 병적 증상의 핵심에 곧장 도달할 수 있었다. 동시에 이것은 강박 노이로제 일반의 비밀도 드러내준다. 나는 여러분이 이 사례에 대해서 충분히 연구해보기를 바란다. 이 사례는 다른 사례의 경우 쉽게 충족시킬 수 없는 여러 조건들을 모두 갖추고 있기 때문이다. 분석의의 안내나 간섭 없이 환자 쪽에서 돌연 증상의 해석이 이루어졌다. 그 해석은 다른 많은 경우처럼 망각한 소아기의 체험과는 관련이 없었다. 환자의 성년기 생활에서 경험하고 기억에서 결코 사라지지 않은 체험이었다. 우리의 증상 해석에 대해 언제나 거론되는 비판들이 이 사례에서는 모두 적용되지 않는다. 물론 언제나 이렇게 잘되는 것은 아니지만 말이다.

다시 또 하나의 예를 들어보기로 하자. 여러분은 거의 눈에 띄지 않는 이러한 강박 행위가 어떻게 환자의 가장 비밀스러운 곳으로 우리를 안내했는지 의아하지 않은가? 여성으로서 신혼 첫날밤의 사건만큼 비밀스러운 일은

없을 것이다. 더욱이 우리가 다름 아닌 성생활의 비밀에 이르렀다는 것은
정말 특별한 의미가 없는 것일까? 단지 내가 그런 예를 선택했기 때문이라
보는가? 너무 서둘러서 판단을 내릴 필요는 없을 것이다. 아무튼 두 번째 사
례를 들어보도록 하자. 두 번째 예는 앞의 것과는 전혀 다른 유형이며 또한
흔히 볼 수 있는 것으로서, 아주 전형적인 취침 의식(Schlafzeremoniell)의
사례이다.

환자는 19세의 몸집이 좋고 영리한 외동딸로, 자기 부모보다 월등한 교
육을 받았고 지적으로도 우수한 소녀였다. 어린 시절에는 말괄량이인 데
다 명랑했는데 최근에는 이렇다 할 원인도 없이 신경질적으로 변해버렸
으며, 특히 어머니에게 매우 민감하게 반응했다. 환자는 늘 불만에 싸여 있
고 침울해 있었으며 우유부단하고 의심이 많아졌다. 그리고 마침내는 혼
자서 광장이나 한길을 돌아다닐 수 없다고 호소하기 시작했다.

우리는 이 복잡한 증상에 대해 최소한 광장 공포증과 강박 노이로제라
는 두 가지 진단을 내릴 수 있지만, 그보다는 그녀가 취침 의식 증세를 보
이기 시작하여 부모를 무척 괴롭힌 사실에 주목해보려 한다.

사람들은 이렇게 말할지도 모른다.

"어떤 의미에서는 정상적인 사람에게도 누구나 취침 의식이 있지 않은
가? 적어도 자기의 취침을 방해받지 않도록 어떤 조건을 만든다. 사람은
일정한 형식으로 각성 생활에서 수면 상태로 옮겨 가고, 이것을 매일 밤마
다 되풀이한다."

그런데 정상인이 취침하는 데 필요한 조건은 모두 합리적으로 이해할
수 있는 것들이다. 설령 외부 사정 때문에 변화가 불가피한 경우라도 그에
쉽게 적응할 수 있다. 그러나 병적인 취침 의식은 매우 완고해서 어떠한

희생을 치르더라도 반드시 실행되어야 한다. 그런데 이것은 동시에 정상 인과 같이 합리적인 동기가 있는 듯한 가면을 쓰고 있기 때문에 표면적인 관찰로는 어처구니없이 꼼꼼하다는 점만이 다르게 보일 뿐이다. 그러나 더 깊이 관찰해보면 그 의식에는 합리적인 동기로는 설명할 수 없거나 심지어는 완전히 모순된 규정들이 포함되어 있다.

그녀는 주위가 조용해야만 잠들 수 있다는 것, 소음의 일체와 그 근원을 모두 제거해야 수면을 취할 수 있다는 것을 자신이 밤마다 세심한 취침 의식을 치를 수밖에 없는 이유로 내세웠다. 그 같은 의도에서 그녀는 두 가지 일을 행했다. 첫째, 자기 방에 있는 큰 시계를 멈추어놓고 다른 시계는 모두 방 밖으로 내보냈다. 심지어는 서랍 속에 넣어둔 손목시계까지 마음에 걸려 밖으로 내놓아야 했다. 둘째, 화분과 꽃병이 밤중에 뒤집어지거나 부서져서 잠이 깨지 않도록 그것들을 책상 위에 조심스럽게 늘어놓았다.

조용하게 하기 위해서 이와 같은 방법을 쓰는 것은 그저 외관상 합리적으로 보일 뿐이라는 것을 그녀도 알고 있었다. 작은 시계는 머리맡 책상 서랍 속에 두어도 똑딱거리는 소리가 들릴 리 없다. 또 우리 경험으로 보아 벽시계의 규칙적인 똑딱거림은 수면을 방해하기는커녕 오히려 수면을 촉진시키는 역할을 한다. 마찬가지로 화분이나 꽃병에 다리가 생겨서 밤중에 저절로 굴러 떨어지거나 부서지거나 할지도 모른다는 걱정이 전혀 쓸데없는 것임을 그녀 자신도 충분히 알고 있었다. 취침 의식의 다른 절차들도 조용해야 한다는 원칙에서 벗어난 것들이다. 이를테면 자기 방과 부모님 방 사이에 있는 문들을 모두 절반쯤 열어놓으라는 요구가 그것이다. 열어둔 문에는 갖가지 물건들을 세워 닫히지 않도록 했는데, 그것은 조용히 만들기는커녕 오히려 수면을 방해하는 소음의 원인이 될 수도 있는 것이다.

그런데 가장 중요한 조건은 침대 자체와 관련되어 있었다. 침대 머리맡에 놓는 큰 베개가 침대의 나무 판자에 닿아서는 안 된다는 규칙이었다. 작은 베개는 커다란 베개 위에 꼭 마름모꼴이 되도록 놓여야 하고, 자기 머리가 이 마름모의 대각선이 교차하는 정중앙에 놓여야만 했다. 새털 이불(오스트리아에서는 이를 두헨트(Duchent)라고 부른다)은 덮기 전에 한 번 털지 않으면 마음이 놓이지 않았다. 그렇게 하여 이불 속의 깃털이 다리 쪽으로 모여 두터워지면 다시 한 번 눌러 평평하게 만들었다.

그 밖의 자질구레한 점들에 관한 설명은 그만두기로 하자. 더 말해봐야 그리 새로운 것은 없고 우리가 알고자 하는 것과는 동떨어져 있기 때문이다. 다만 여러분은 이 모든 일이 결코 순조롭게 진행되지 않았다는 점에 주목해주기 바란다. 그녀는 모든 조치들이 정확하고 깨끗하게 되었을까 하는 염려 때문에 항상 다시 확인해보고 〈나쁜 데가 있으면〉 했던 일을 반복했다. 어떤 때는 A에, 어떤 때는 B에 의혹이 생겨 일일이 그것을 확인하느라 두 시간이 흘러가버리고 그동안 소녀는 잠을 이루지 못했다. 물론 딸을 걱정하는 부모도 잠을 잘 수 없었다.

이것은 앞에서 든 환자의 강박 행위처럼 간단하게 분석되지는 않는다. 나는 소녀에게 여러 암시를 주며 스스로 자기 행위를 해석해보도록 이끌었는데, 그때마다 그녀는 단호하게 부인하거나 경멸 섞인 의심의 태도를 보였다. 그러나 이 최초의 거부적인 반응 기간이 지나자, 다음에는 내가 암시한 여러 가지 가능성에 대해 스스로 곰곰이 생각해보기 시작했다. 연상들을 모으고 기억을 일깨워 연결하면서 사태의 전체적인 윤곽을 스스로 파악해내려고 노력했다. 그리고 마침내 모든 해석을 혼자 힘으로 수긍하게 되었는데, 이런 노력이 진척을 보일수록 그녀는 강박적인 취침 의식의 절차들을 그리 엄격하게 지키지 않게 되었으며, 치료가 끝나기 전에 모든 취침 의식을 멈추었다. 그런데 여기서 여러분은, 분석이라는 작업이 우리가 지금 하고 있는 것처럼 개개의 증상이 확실하게 밝혀질 때까지 일관되게 한 방향으로 추진할 수 있는 것이 아님을 알아야 한다. 우리는 자주 하나의 주제를 벗어나 다른 주제로 넘어가야 하고, 또 다른 연관을 통해 원래의 주제를 새롭게 다시 검토할 수밖에 없다. 따라서 내가 지금 여러분에게 이야기하는 증상 해석은 여러 성과의 종합이며, 계속하여 다른 작업으로 중단되다가 몇 달이나 걸려 나온 결과이다.

이 환자는 자신이 시계를 여성의 성기로 받아들이고, 이를 밤 동안에 자기 주변에서 멀리 치워버리려 했다는 사실을 서서히 이해하기 시작했다. 우리는 여느 때는 시계를 다른 상징으로 해석하고 있지만, 시계가 이처럼 성적인 뜻을 갖는 것은 주기적인 바늘의 진행과 똑같은 시간 간격을 갖고 있다는 사실과 관련이 있다. 여성은 자신의 월경이 시계처럼 규칙적으로 찾아오는 것을 자랑스럽게 생각할 수 있다. 그런데 이 환자의 불안은 특히 시계의 똑딱거리는 소리에 의해 잠을 방해받는다는 데 있었다. 시계의 똑딱거림은 성적인 흥분 상태에 있을 때 음핵의 꿈틀거림과 비교할 수 있다. 그녀는 자신에게 고통스러운 이 감각 때문에 계속 잠에서 깨어났다. 그리하여 음핵의 흥분에 대한 이 불안이, 밤에는 움직이는 시계를 곁에서 멀리하라는 규칙으로 표현되기에 이른 것이다.

화분과 꽃병도 다른 용기들과 마찬가지로 여성의 상징이다. 그러므로 화분이나 꽃병이 밤중에 바닥으로 떨어지거나 깨질 수 있다는 염려에는 그럴듯한 의미가 있는 것이다. 약혼식에서 그릇이나 접시를 깨는 풍습이 널리 지켜지고 있다는 것을 우리는 잘 알고 있다. 식에 참석한 모든 사람들은 깨진 조각을 하나씩 가져가는데, 그것을 일부일처제라는 결혼 질서에 입각하여 신부에 대한 자신의 권리를 포기하겠다는 서약의 의미로 풀이해도 좋을 것이다. 이 환자 역시 자기 의식의 이 부분에 대해 과거 기억을 떠올리고 그로부터 여러 가지 연상을 해냈다. 어릴 때 그녀는 유리병인지 사기로 만든 찻잔인지를 떨어뜨리고 손가락을 베여 피가 난 적이 있었다. 그리고 성장한 후 성교에 대해 알게 되었을 때 만약 신혼 초야에 출혈하지 않고 처녀의 증거가 없다면 어떻게 해야 하나 하는 불안을 느꼈다. 그러므로 꽃병을 깨지 않도록 하는 그녀의 조심성은 처녀성과 첫 성교 때의 출혈과 관련된 모든 콤플렉스를 부정하려 하는 의미를 나타낸다. 출혈을 하게 된다는 불안과, 동시에 반대로 만일 출혈하지 않으면 어떻게 하나 하는 불안감을 모두 떨쳐버리려는 것이다. 그렇다고 그녀가 이 의식을 소음보다 더 신경 쓴 것은 아니며, 그 의식들은 서로 막연한 의미에서 연관성이 있을 뿐이다.

그녀는 어느 날 자기가 하고 있는 의식의 핵심적인 의미를 발견했다. 그것은 큰 베개가 침대 머리맡의 판자에 닿아서는 안 된다는 지침의 의미를 순간 깨달았을 때였다. 그녀는 "쿠션은 나에게는 언제나 여성을 뜻하며 똑바로 서 있는 나무 판자는 남성입니다."라고 말했다. 즉 그녀는―'마술적인 의식에 의해서'라는 말을 삽입해도 좋을 것이다―남성과 여성을 떼어놓고 싶었던 것이다. 이는 자신의 양친을 떼어놓고 부부관계를 하지 못하도록 하는 것을 의미한다. 그녀는 더 어린 시절에도 취침 의식 없이 좀 더 직접적인 행동을 통해 그와 똑같은 목적을 달성하려는 시도를 하곤 했다. 즉 무섭다는 핑계를 대거나 혹은 실제로 무서워서 그 기분을 구실로 하여 부모의 침실과 자기 침실 사이의 문을 닫지 못하게 했던 것이다. 이 지침은 그녀의 현재 취침 의식 속에 고스란히 남아 있다. 이러한 방법으로 그녀는 부모의 동정을 살피곤 했는데, 어떤 때는 그러다가 몇 달이나 잠을 이루지 못한 적도 있었다. 또 그녀는 여기서 그치지 않고 가끔 아버지와 어머니 사이에서 잠자는 허락을 받아내기도 했다. 그 결과 실제로 〈베개〉와 〈침대 머리맡의 판자〉는 접촉할 수 없었다. 마침내 그녀가 성장해서 부모 사이에 눕기 불편할 정도로 커진 후에는 불안이라는 의식적인 가면을 이용하여 어머니와 자는 장소를 바꾸고 아버지 옆자리를 대신 차지한 것이다. 이 상황은 확실히 여러 가지 공상의 출발점이 되었고, 그 영향력을 취침 의식 속에서 발견할 수 있다.

〈베개〉가 여성이었다면, 새털 이불을 흔들어 그 안의 깃털을 모두 아래로 모아 불룩하게 만드는 것도 하나의 의미를 갖고 있다. 그것은 여성의 임신이다. 그런데 그녀는 임신부의 배처럼 불룩해진 부분을 열심히 도로 평평하게 펴곤 했는데, 그것은 그녀가 오랫동안 부모의 성관계로 인해 다른 아이가 태어나 자신의 경쟁자가 나타나지나 않을까 하는 걱정을 했기 때문이다. 한편 큰 베개가 여성, 즉 어머니라면 작은 베개는 딸을 연상시킨다. 왜 이 작은 베개를 큰 베개 위에 마름모꼴로 놓고, 다시 자기 머리를 정확히 이 마름모꼴의 중앙선에 얹지 않으면 안 되었을까? 그녀는 담벼락에 종종 보이는 낙서를 통해 마름모꼴이 여성의 벌어진 음부를 의미한다는 것을 쉽게 생각해냈다. 이 경우 그녀 자신은 남성, 즉 아버지의 역할을 대신하여 자기의 머리로 음경을 대체한 것이다(머리를 자른다는 것은 거세의 상징이다).

그런 망측한 생각이 숫처녀의 머릿속에 달라붙다니, 하고 여러분은 말할 것이다. 나도 그것을 인정하지만, 여러분은 내가 이와 같은 생각을 멋대로 지어낸 것이 아니라 단지 해석했을 뿐이라는 사실을 잊지 말아주기 바란다. 이와 같은 취침 의식은 물론 어디로 보나 기괴하다. 여러분은 해석에 의해 분명해지는 공상들과 이 취침 의식이 서로 상응한다는 점을 간과해서는 안 된다. 그러나 나에게 더 중요하게 생각되는 것은, 그 의식 속에 단하나의 공상이 아니라 어느 지점에서 연결되어 있는 몇 개의 공상들이 함께 침전해 있다는 것이다. 또 하나, 취침 의식의 지침들은 환자의 성적 소망을 어떤 때는 긍정적으로 어떤 때는 부정적으로 재현하며, 일부는 성적 소망을 대리한 것이지만 일부는 그 성적 소망을 방어하기 위해 사용되었다는 점도 중요하다.

만약 환자의 이 취침 의식을 다른 증상들과 올바르게 연결시킨다면, 여러분은 이 의식의 분석에서 더 많은 사실을 알아낼 수 있을 것이다. 그러나 그것은 지금 우리의 목적에는 벗어난다. 여러분은 이 소녀가 아버지에 대한 애정을 품고 있었으며, 그 애착은 유아기 초기에 시작되었다는 사실을 알게 된 것으로 만족해주기 바란다. 그녀는 아마 그런 이유 때문에 어머니를 그렇게 무뚝뚝하게 대했을 것이다. 또 우리는 이 증상의 분석을 통해서 다시 환자의 성적 생활에 주목하게 되었다는 점을 간과해서는 안 된다. 앞으로 노이로제 증상의 의미와 의도에 대해 규명할 기회가 많아질수록, 여러분도 그와 같은 사실이 별로 이상하게 여겨지지 않을 것이다.

나는 두 가지 사례를 통해 노이로제의 증상이 실수 행위나 꿈과 마찬가지로 어떤 의미를 갖고 있다는 것과, 그 증상은 환자의 체험과 밀접한 관계가 있다는 것을 여러분에게 보여주었다. 여러분이 단지 이 사례들에 의

존해서 이처럼 중대한 명제를 곧바로 믿어줄 것이라 기대할 것 같은가? 아니, 나는 그런 기대를 하지 않는다. 그렇다면 여러분은 스스로 명확하게 납득할 수 있을 만큼 많은 사례들을 말해달라고 나에게 요구할 텐가? 나는 그것도 할 수 없다. 왜냐하면 단 하나의 사례를 자세하게 다루는 데만도 매주 다섯 시간씩 한 학기 동안의 강의가 필요한데, 그러면서 노이로제론의 여러 가지 사항들도 해결해야 하기 때문이다. 따라서 나는 이렇게 내 주장에 대한 검증의 기회를 여러분에게 제공한 것으로 만족할 것이다. 더 상세한 것을 알고 싶다면 다음의 문헌들을 참고하기 바란다. 이제는 고전에 들어가는 브로이어의 첫 사례인 히스테리 증상에 관한 해석이 있고, 이른바 조발성 치매(早發性癡呆:Dementia praecox)라고 불리는 몽롱한 증상에 대한 융의 훌륭한 해명이 있으며(이 당시만 해도 융은 단지 정신분석가였으며 아직 예언자가 될 생각은 없었다), 그리고 정신분석 학회지에 실린 모든 논문들을 참고할 수 있다. 이런 연구 보고는 수없이 행해졌다. 노이로제 증상에 대한 분석과 해석, 번역은 정신분석가들의 마음을 많이 사로잡아서, 한때 노이로제 환자의 다른 문제들은 등한시되었을 정도다.

　여러분들 중에 이런 자료를 찾는 노력을 아끼지 않는 분이 있다면, 아마도 증상의 의미를 입증하는 자료들이 아주 풍부하다는 사실에서 강한 인상을 받을 것이다. 그렇지만 곧 어떤 난점에 직면하게 될 것이다. 증상의 의미는 우리가 앞에서 살펴본 것처럼 환자의 체험과 연관되어 있다. 그 증상이 다른 사람에게서는 볼 수 없는 개인적인 색채를 강하게 띠는 것이라면 체험과 연관되어 있을 가능성은 더욱 커진다. 따라서 이때는, 현재로서는 무의미한 관념이고 목적 없는 행동이지만 그것이 적당하고 목적에 맞는다고 여겨졌던 과거의 상황을 찾아주는 일이 바로 우리 연구의 과제가 된다. 탁자 옆으로 달려가서 하녀를 부르는 환자의 강박 행위는 이런 증상의 본보기라 할 수 있다. 그러나 이것과는 전혀 다른 성격의 증상이 존재한다. 그것은 매우 흔하게 나타나는데, 우리는 이 같은 증상을 그 질병에 수반된 〈정형적(定型的:typisch)〉인 증상이라 부른다. 정형적인 증상은 모든 경우에 거의 동일한 양상으로 나타난다. 여기에 개인차는 없고, 만약 있다 해도 최소한 그 증상을 환자의 개인적인 체험이나 개별적인 체험 상황과 연관 짓기 어려울 만큼 감소되어 있다.

다시 강박 노이로제를 보자. 두 번째 사례 속 환자의 취침 의식은 역사적 해석(이렇게 불러도 좋을 것이다)을 할 수 있는 개인적인 특징들도 충분히 지니고 있지만 한편으로는 정형적인 증상도 많이 보여준다. 강박 노이로제 환자에게는 하나의 행동을 계속 반복하거나, 동작을 리드미컬하게 수행하거나, 다른 동작에서 분리시키는 등의 경향성이 있다. 그들 중 대부분은 손을 너무 자주 씻는 경향도 가지고 있다. 광장 공포(혹은 장소 공포, 공간 공포)로 고통받는 환자(이런 경우 강박 노이로제에 포함시키는 대신 불안 히스테리로 분류한다)들은 지겨울 정도의 단조로움으로 똑같은 행위를 반복하는 일이 많다. 그들은 밀폐된 공간이나 넓은 장소, 또 길게 뻗은 길에 겁을 먹는다. 그러나 아는 사람이 동행하거나 자동차가 자신의 뒤를 따라오면 안심한다. 이런 기본적인 증상은 모든 환자들에게 비슷하게 나타나고, 이런 토대 위에 각 환자마다 개인적인 조건—기분이라고 해도 좋다—을 두는 것이다. 그 개인적인 조건은 각 사례마다 큰 차이가 있다. 이를테면 어떤 환자는 좁은 길만 무서워하지만 어떤 환자는 넓은 길만 무서워하고, 또 어떤 환자는 인기척이 드문 길만 걸을 수 있지만 어떤 환자는 복잡한 길밖에 걷지 못한다.

마찬가지로 히스테리도 개인적인 특징을 풍부하게 보여주는 한편, 모든 환자들이 공유하는 정형적인 증상도 많이 있다. 그런 증상들은 역사적 유래를 더듬어나가는 데 걸림돌이 되는 것처럼 보인다. 하지만 우리가 진단의 방침을 세울 수 있는 것은 바로 이와 같은 정형적인 증상에 의해서라는 것을 잊어서는 안 된다.

만약 우리가 히스테리 사례를 살피면서, 하나의 정형적인 증상을 어떤 체험이나 또는 비슷한 체험의 연쇄에 결부시켰다면 어떻게 될까? 이를테면 히스테리성 구토를 그 구토를 일으킨 어떤 인상 탓으로 돌린 것이다. 그런데 구토의 다른 경우를 분석한 결과 영향을 미쳤다고 추정했던 체험과는 전혀 다른 종류의 체험이 발견된다면 우리는 당황하게 된다. 그러나 곧 이 히스테리 환자는 뚜렷하지 않은 이유로 구토를 했다는 것과, 분석에 의해 밝혀진 역사적인 유인은 단지 기회가 되는 대로 내적인 필연성에 이용된 구실에 불과하다는 것을 알 수 있다.

결국 우리는 개인적인 증상들의 의미는 환자의 체험과의 관계를 통해 만족스럽게 규명해낼 수 있지만, 더욱 자주 나타나는 정형적인 증상에 대해서는 정신분석 기법이 소용없다는 실망스러운 결론에 도달하게 된다. 더불어 역사적인 해석을 진행할 때 부딪히는 커다란 어려움에 대해서도 아직 여러분에게 설명하지 않았다. 나는 여기서 그것을 이야기할 생각은 없다. 물론 적당히 얼버무리거나 감추려는 것은 아니지만, 총론이라고 이름 붙여야 할 이 연구의 초기 단계부터 여러분을 당혹시키고 혼란 속에 빠뜨리고 싶지 않기 때문이다. 우리는 이제 가까스로 증상의 의미를 알았을 뿐이다. 지금까지 얻은 것을 발판 삼아 아직 알지 못하는 것들을 한 걸음 한 걸음 극복해나가야 한다. 다만 정형적인 증상과 개인적인 증상 사이에는 결국 근본적인 차이는 인정할 수 없다는 말로 여러분을 달래고 싶다.

개인적인 증상이 환자의 체험과 관련이 있다면, 정형적인 증상은 모든 인간에게 공통적인 어떤 경험의 탓으로 돌릴 수 있을지도 모른다. 노이로제에서 언제나 볼 수 있는 특징, 이를테면 강박 노이로제 환자의 반복 행위와 의심 등은 병적 변화에 의해 환자가 보일 수밖에 없는 일반적인 반응일 수도 있다. 우리는 성급하게 절망할 필요는 없다. 어쨌든 앞으로 일어날 일들을 함께 지켜보기로 하자.

우리는 꿈의 이론에 대해서도 지금의 경우와 비슷한 어려움에 처한 적이 있다. 지난해 꿈에 대한 강의를 할 때는 이 문제를 말하지 못했다. 꿈의 현재내용은 그야말로 천차만별이며 개인마다 다 다르다. 우리는 분석을 통해 이 꿈의 내용에서 무엇을 얻어낼 수 있는지 상세하게 다루어보았다. 그런데 이와 더불어 〈정형적〉이라고 불러도 좋은, 모든 사람에게서 똑같은 모습으로 나타나는 꿈들이 있다. 이런 꿈의 내용은 언제나 같은 형태를 갖고 있으며, 그 해석에서는 똑같은 어려움이 따른다. 추락하는 꿈, 나는 꿈, 물에 떠 있는 꿈, 헤엄치는 꿈, 가위눌린 꿈, 발가벗는 꿈, 그리고 불안을 내용으로 하는 어떤 종류의 악몽들이 그것이다. 이와 같은 꿈들은 개개인에 따라 적절한 해석이 내려지고 있지만, 어째서 이런 꿈들은 그렇게 단조롭고 또 정형적인 형태로 나타나는지에 대해서는 확실히 규명되지 않았다. 그런데 이런 꿈의 경우에도 개인마다 다른 어떤 부가적인 요인에 의해 그 공통적인 토대가 생생하게 살아나는 것이 관찰되곤 한다. 우리의 견해를 더 확장한다면 정형적인 꿈 역시 다른 종류의 꿈에서 얻은 지식에 큰 무리 없이 일치시킬 수 있을 것이다.

외상에의 고착, 무의식

지난번에 나는 우리가 품은 의문이 아니라 우리가 발견한 결과들로부터 우리들의 연구가 지속되기를 바란다고 말해두었다. 나는 아직 두 가지 전형적인 사례의 분석에서 끌어낼 수 있는 가장 흥미로운 두 가지 결론에 대해서 말하지 않았다.

그 첫 번째는 이러하다. 두 환자는 마치 과거의 어느 지점에 고착(固着:Fixierung)된 채 거기서 해방되는 길을 몰라 현재와 미래가 단절되어 있는 듯한 인상을 준다. 이를테면 옛 사람이 수도원에 은둔하며 고난에 찬 인생의 운명을 참고 견뎌냈던 것처럼 그들은 자신의 질병 속에 숨어 있다.

첫 번째 사례의 환자의 경우, 그녀에게 이 고착이라는 운명을 준 것은 현실적으로는 훨씬 예전에 단념해버린 결혼이다. 그녀는 자신의 증상을 통해 남편과의 관계를 계속하고 있다. 우리는 그 증상 속에서 남편을 위해 변호하고, 남편을 용서하고, 혹은 남편을 추켜세우거나 그의 불행을 안타까워하는 소리를 들을 수 있었다. 그녀는 아직 젊고 다른 남자를 유혹할 수 있는 충분한 매력을 지니고 있음에도 불구하고 남편에게 성실하기 위해 현실 속에서나 공상 속에서나 일관되게 조심스러운 태도를 보이고 있었다. 그녀는 사람들 앞에 나서지 않았고 자기 외모에도 무관심했다. 그녀는 자신이 앉아 있는 의자에서 쉽게 일어나려 하지 않았으며 자기 이름을 서명하는 것도 거부했다. 아무도 자기에게 무엇을 받아서는 안 된다는 이유로 그녀는 사람들에게 사소한 선물조차 하지 못했다.

두 번째 사례 속 젊은 처녀의 경우, 그녀를 고착시킨 것은 사춘기 이전에 아버지에 대해 나타난 에로스적인 집착이다. 그녀는 스스로 〈내가 이렇게 병들어 있는 한 결혼할 수 없다〉라는 결론을 내렸다. 그러나 우리는 그녀가 결혼하지 않고 아버지 곁에 머물고 싶어서 병에 걸렸다는 것을 충분히 짐작할 수 있다.

그런데 우리는 이렇게 묻지 않을 수 없다. 어떻게 해서, 어떤 경로와 동기로 인해 그렇게 특이하고도 불리한 인생 태도를 갖게 되는 것일까? 우선 그런 태도는 노이로제의 일반적인 특징이며 이 두 환자에게만 특별히 나타난 현상이 아니라고 가정해야 한다.

실제로 그런 태도는 모든 노이로제에서 공통적으로 발견되며, 또 그것이 현실적으로도 매우 중요한 의의를 갖곤 한다. 브로이어의 첫 번째 히스테리 환자는 중병에 걸려 있던 아버지를 보살펴야 했던 시기에 비슷한 형태로 고착되어 있었다. 그녀는 병이 나은 후에도 어떤 면에서는 인생과 담을 쌓고 살았다. 건강한 상태로 충분히 활동할 수 있었지만 정상적인 여성의 운명을 갖지는 못했다. 우리가 분석을 통해서 알게 된 것은, 어느 환자나 병적인 증상의 과정과 그 증상의 결과에 의해 과거의 어떤 시기로 다시 끌려간다는 것이다. 많은 경우 환자는 더욱 어린 시기의 인생 단계를 선택하지만, 유년기나—우습게 들릴지 모르지만—심지어 유아기 때의 인생을 택하기도 한다.

전쟁으로 인해 더욱 빈번하게 발생하고 있는 이른바 외상성 노이로제 (die traumatische Neurose)에서 우리가 지금 다루고 있는 노이로제 환자들이 보여주는 태도와 매우 흡사한 면이 발견된다. 물론 세계대전 전에도 열차 충돌 사고나 생명을 위협받는 무서운 사건 후에 외상성 노이로제가 발생하는 경우가 있었다. 외상성 노이로제는 우리가 정신분석적으로 검토하고 치료하려 하고 있는 자발성 노이로제(die spontane Neurose)와 근본적으로 같지는 않다. 그리고 우리는 외상성 노이로제를 정신분석의 견지에서 설명하는 데는 아직 성공하지 못했다. 그것이 어떤 한계에서 비롯되는 것인지는 훗날 여러분에게 밝힐 수 있게 되리라 믿는다. 하지만 어느 부분에서는 양쪽이 완전히 일치한다는 점을 강조해둘 수 있다. 외상성 노이로제는 외상을 일으킨 사고의 순간에 대한 고착이 분명 그 병의 바탕을 이루고 있다. 환자는 대개 꿈속에서 외상의 상황을 되풀이한다. 정신분석이 가능한 히스테리성 발작의 경우 그 발작은 이러한 외상적 상황을 완전히 재현한 것임을 알 수 있다. 마치 환자는 외상의 상황에 대해 아직 처리를 하지 못한 것처럼 보이며, 환자에게는 그것이 아직 극복되지 않은 긴박한 작업으로 눈앞에 가로놓여 있는 듯이 보인다. 우리는 이 견해를 진지하게 가정하고 있는데, 그것은 우리가 심리 과정의 〈경제적〉인 견해라고 부르는 것에 대한 길을 알려준다. 그렇다. '외상적'이라는 표현은 그 같은 경제적인 의미 외에 아무것도 아닌 것이다. 짧은 시간에 심리생활의 자극이 고도로 증대하여 이 자극을 정상적인 방법으로 처리하고 극복할 수 없어 그 결과 정신적인 에너지 활동에 지속적인 장애가 생겼을 때, 우리는 이것을 외상이라고 부른다.

이러한 유사성을 볼 때 노이로제 환자들이 고착되어 있는 것처럼 보이는 체험들도 '외상적'이라 부를 수 있지 않을까 하는 생각이 든다. 그러면 노이로제 질환에 대해 하나의 단순한 조건이 주어질 것이다. 우리는 노이로제를 외상적인 질환과 동등하게 취급할 수 있다. 그것은 매우 극심한 감정을 수반한 체험을 처리할 수 없기 때문에 발생한 것이라 볼 수 있는 것이다.

실제로 브로이어와 내가 1893년부터 1895년에 걸쳐 새로운 관찰을 이론적으로 설명한 첫 공식도 그와 같은 내용이었다. 첫 번째 사례의 환자, 즉 남편과 별거하고 있는 젊은 부인의 증상 사례는 이 견해를 훌륭하게 뒷받침해준다. 부인은 결혼 생활을 지속해나갈 수 없다는 사실을 극복하지 못하고 그 외상적 체험에 고착되어 있다. 그런데 두 번째 사례, 즉 아버지에게 고착한 그 딸의 경우는 이 공식이 충분히 포괄적인 설명을 해주지 못한다고 말해주는 듯 보인다. 어린 딸이 그처럼 아버지에 대해 사랑을 느끼는 것은 아주 흔한 일이고 쉽게 극복되는 것이어서 〈외상적〉이라는 표현이 공허해지고 마는 것이다. 또 한편으로, 환자의 병력을 보면 그 최초의 성적 고착은 아무런 해를 입히지 않고 지나갔으며 몇 해가 지나서야 비로소 강박 노이로제의 증상이 되어 다시 모습을 드러냈다. 따라서 우리는 노이로제가 되는 조건은 더 복잡하고 풍부하다는 것을 예상할 수 있다. 그러나 외상적인 관점이 잘못되었다고 단정 짓기는 어렵다는 예감도 든다. 이 관점을 다른 관점과 조화시키고 적절한 곳에 위치시켜야 할 것이다.

여기서 일단 지금까지 우리가 나아온 과정을 멈출 수밖에 없다. 이 길로는 더 이상 나아갈 수 없으므로 올바른 길을 발견할 때까지 다른 여러 가지 사실들을 살펴보아야 할 것이다. 과거의 어느 시기에 대한 고착이라는 이 주제에 대해서 우리는 주목할 사항이 있다. 그런 현상은 노이로제의 세계를 넘어 널리 존재한다는 것이다. 어느 노이로제에나 이와 같은 고착이 포함되어 있지만, 고착이 있다고 해서 반드시 노이로제가 되는 것은 아니다. 고착이 언제나 노이로제와 함께 나타나거나 혹은 노이로제를 통해서 발생하는 것도 아니다. 과거의 사건에 대한 감정적인 고착의 전형이라 할 수 있는 것은 바로 슬픔이다. 슬픔은 현재와 미래에서 완전히 멀어지는 하나의 방법이 된다. 그러나 비전문가의 눈으로 봐서도 슬픔과 노이로제는 분명 다른 것이다. 하지만 슬픔의 병적인 형식이라 불러도 좋을 만한 노이로제도 존재한다.

지금까지의 자기 삶의 밑바탕을 뒤흔들어놓는 외상적인 사건을 경험하게 되면 사람은 완전한 정지 상태에 놓이게 되고, 이때 현재와 미래에 대한 일체의 관심을 포기한 채 지속적으로 과거에 매달리게 되는 일이 있다. 그러나 이런 불행한 사람들이 반드시 그 때문에 노이로제 환자가 되지는 않는다. 그러므로 설령 이 하나의 특징이 결정적으로 나타나고 또 중대한 의의를 갖는다 해도 이것을 노이로제의 특성으로 과대평가하고 싶지는 않다.

그러면 다음으로 우리 분석의 두 번째 결과에 대해 살펴보기로 하자. 이에 관련해서는 나중에 어떤 제한을 두어야 할 것인가를 걱정할 필요가 없다. 우리는 첫 번째 사례의 부인 환자에 대해서, 그녀가 어떤 무의미한 강박 행위를 했는지, 그리고 그녀의 어떤 내밀한 인생의 기억이 그 강박 행위와 밀접하게 관련되어 있었는지를 보고했다. 그다음에 우리는 강박 행위와 기억 사이의 관계를 검토하여 거기서 강박 행위의 목적을 추측했다. 그런데 우리는 그때 어떤 하나의 요인을 전혀 고려하지 않았는데, 이 요인 이야말로 우리가 주의를 기울일 만한 가치가 있는 것이다. 그 여성 환자는 강박 행위를 되풀이하고 있는 동안 그 행위가 과거의 체험과 결부되어 있다는 것을 알지 못했다. 둘 사이의 연관성은 그녀에게 감추어져 있었다. 따라서 자기가 어떤 충동에 의해 그런 행위를 하고 있는지 모른다고 대답할 수밖에 없었다. 그러다가 치료의 영향으로 그녀는 갑자기 둘 사이의 연관성을 발견하고 보고할 수 있게 되었다. 그러나 환자는 자기가 그 강박 행위를 하고 있는 목적에 대해서는 여전히 깨닫지 못했다. 즉 그것은 과거의 안타까운 사건을 정정하고 사랑하는 남편을 높이 평가하려는 목적이었다. 오로지 그 동기만이 강박 행위의 원동력이었다는 것을 그녀가 깨닫고 내게 고백하기까지는 상당히 오랜 시간과 많은 노력이 소요되었다.

불행한 결과를 초래했던 그 결혼 첫날밤의 장면과 남편에 대한 환자의 다정한 마음의 동기가 서로 연결되어 도출된 것이 바로 우리가 강박 행위의 〈의미〉라고 부른 것이다. 그러나 그녀가 강박 행위를 하고 있는 동안에는 그 의미의 〈유래〉와 〈목적〉 양 방향을 모두 알지 못했고, 그렇기 때문에 그녀의 마음속에 어떤 심적 과정이 작용할 수 있었으며, 강박 행위는 그 심적 과정의 산물이었다. 그녀는 정상적인 심리 상태에서는 그 결과를 인식할 수 있었지만, 그런 결과가 나온 심리적인 전제 조건에 대해서는 조금도 의식하고 있지 않았다. 베르넴은 최면에 걸려 있는 사람에게 병실에서 눈을 뜨면 5분 뒤에 우산을 펴라는 지시를 했는데, 실제로 그는 최면에서 깨어난 후 그 지시를 실행했다. 하지만 어째서 자기가 그런 행동을 하고 있는지 그 동기를 말할 수는 없었다. 그와 마찬가지로 그녀도 행동만 하고 있었던 것이다. 우리가 〈무의식적인 심적 과정〉의 실재를 말할 때는 바로 이와 같은 상태를 염두에 두고 있는 것이다. 이 상태에 대해서 이 이상 정확한 과학적 설명을 할 수 있는 사람이 있다면 나와서 해명해보라고 자신 있게 말할 수 있다. 만약 그에 대한 더 훌륭한 설명이 있다면 무의식적인 심적 과정이 존재한다는 우리의 가설을 기꺼이 철회할 마음도 있다. 그러나 그러기 전까지는 이 가설을 고집할 것이다. 만일 누군가 과학적으로 무의식은 실재하지 않는다든가, 단지 임기응변적인 표현에 불과하다는 식으로 이의를 제기해 온다면 우리는 별 수 없다는 듯이 어깨를 으쓱하며 그런 터무니없는 주장을 거부할 수밖에 없다. 어떻게 실재하지 않는 것에서 강박 행위와 같이 현실적으로 분명히 존재하는 결과가 나타나겠는가!

우리가 두 번째 사례에서 직면했던 사태도 근본적으로 같은 것이다. 그녀는 베개가 침대의 판자에 닿아서는 안 된다는 규칙을 만들었다. 그녀는 그 규칙을 반드시 따라야 했지만 그것이 어디서 유래했는지, 무엇을 의미하는지, 그것을 수행시키는 힘이 어디서 오고 있는지는 알지 못했다. 그녀 자신이 그 규칙을 아무래도 좋다고 생각하든, 그것에 반항하든, 또는 그것을 맹렬히 거부하며 깨뜨리려고 결심을 하든 그런 것은 그 행동을 실행하는 것과는 전혀 관계가 없다. 그 규칙은 지키지 않고는 견딜 수 없는 것이고, 왜 그런지 스스로에게 물어보아도 별 소용이 없는 것이다.

그럼에도 불구하고 강박 노이로제의 이 같은 증상, 강박적인 생각과 충동들은 어디서 오는 것인지 모르게 나타나서 다른 정상적인 심적 생활의 모든 영향력에 완강히 저항한다는 것, 이는 환자에게 미지의 세계에서 찾아온 어마어마한 힘을 가진 손님처럼, 또는 사멸할 수밖에 없는 존재들 속에 섞인 불멸의 존재 같은 인상마저 준다는 것, 또 이것은 다른 영역과는 격리된 심적 생활의 특수 지역이 존재한다는 사실을 정확하게 가리키고 있다는 것을 정직하게 고백하지 않으면 안 될 것이다. 이로부터 우리는 마음속에 무의식이 존재한다는 광범위한 확신에 이르게 된다. 바로 이런 이유 때문에 의식 심리학밖에 알지 못하는 임상 정신의학은 이 같은 병에 특수한 변질 양식의 징표라는 낙인을 찍는 것밖에는 하지 못하며 그 질병에 대해 아무런 조치도 취할 수 없다. 강박 행위의 수행이 의식에서 벗어나 있지 않은 것처럼 강박 관념이나 충동 자체는 무의식이 아니다. 만일 강박 관념이나 충동이 의식에 침입하지 않았다면 그것들은 증상이 되어 나타나지 않았을 것이다. 그러나 우리가 정신분석으로 밝혀내는 심리적 전제 조건이나, 해석을 통해 관련짓는 연관성들은 우리가 분석 작업으로 그것을 환자에게 의식시키기 전까지는 무의식적으로 남아 있다.

두 가지 사례를 통해 확인된 사실들이 모든 노이로제들의 각 증상에서 입증될 수 있으며, 언제 어떤 경우에나 증상의 의미를 환자는 모른다는 것, 그리고 증상은 무의식적인 과정에서 오는 것이지만 여러 유리한 조건들 아래서는 그 무의식적인 과정을 의식화시킬 수 있다는 것 등을 여러분이 알게 된다면, 정신분석에서 무의식적인 정신 요소는 절대로 제외시킬 수 없는 것이며 우리가 무의식이란 것을 마치 손으로 만질 수도 있는 그 무엇처럼 취급하는 데 익숙해질 수밖에 없음을 이해하게 될 것이다. 그러나 무의식을 단지 개념으로 생각하고 있는 이들, 분석을 해본 적도 없고 한 번도 꿈을 해석하거나 노이로제 증상을 그 의미나 목적으로 풀어본 적이 없는 사람들은 이 문제에 대해 제대로 판단을 내릴 수 없다.

우리들의 목적을 위해 다시 한 번 말해두지만, 분석적 해석을 통해 노이로제 증상들에 어떤 의미를 부여할 수 있다는 것은 바로 무의식적인 심적 과정의 실재에 대한—여러분이 정 원한다면 그 같은 과정을 가정할 수 있는—반발의 여지가 없는 훌륭한 증거이다.

그러나 이것이 다가 아니다. 브로이어의 두 번째 발견 덕에—이것은 처음 발견보다 더욱 내용이 풍부하며 그만이 이 발견의 공로자라고 생각하는데—무의식과 노이로제 증상의 관계에 대해 우리는 좀 더 많은 것을 알게 되었다. 우리는 증상들의 의미가 언제나 무의식적이라는 것을 알았지만, 더 나아가 이 무의식성과 증상의 존재 가능성 사이에는 대리(代理) 관계가 성립되어 있다는 것을 깨닫게 되었다. 여러분은 곧 내 말을 이해하게 될 것이다. 나는 브로이어와 함께 다음과 같이 주장한다. 우리가 어떤 증상을 만날 때는 언제나 그 환자의 마음속에 일정한 무의식적 과정이 존재하는 것이며, 바로 이 무의식적 과정이야말로 그 증상의 의미를 내포하고 있다고 추정해도 좋다. 그러나 동시에, 증상이 성립되기 위해서는 그 의미가 의식되지 않아야 한다. 의식적 과정에서는 증상이 형성되지 않는다. 그 무의식적인 과정이 의식되자마자 증상은 사라진다.

여러분은 여기서 치료의 실마리, 즉 증상을 소멸시키는 길이 있다는 사실을 깨달을 것이다. 실제로 브로이어는 그 방법으로 히스테리 환자를 치료해냈다. 히스테리 환자를 그 증상에서 해방시켜 준 것이다. 브로이어는 증상의 의미를 내포하고 있는 무의식적 과정을 환자에게 의식시키는 길을 발견했고, 그 결과 증상은 사라졌다.

브로이어의 이 발견은 사변(思辨)의 결과가 아니라, 환자의 협력에 의해 성취될 수 있었던 행운의 관찰 결과였다.[105] 여러분은 이 발견을 여러분에

---

[105] 브로이어가 치료한 안나 O.에 관한 사례를 말한다.

게 친숙한 다른 무엇으로 바꾸어 이해하려고 해서는 안 된다. 여러분은 그 속에 있는 근본적인 새로운 사실을 알아야 한다. 그 근본적인 사실의 도움을 받아 다른 많은 일들이 뚜렷해질 것이다. 그러므로 내가 그 내용을 다른 표현을 써서 되풀이하는 것을 이해해주기 바란다.

증상은 밖으로 나타나지 않고 숨어 있는 어떤 것의 대리물이다. 어떤 종류의 심적 과정은 정상적인 상태에서의 의식이 그 심적 과정의 존재를 알고 있을수록 더욱 강하게 발현된다. 그러나 증상으로 나타나는 것은 그와 반대다. 방해를 받고, 어딘가에서 저지되고, 무의식에 머물러 있을 수밖에 없는 어떤 심적 과정에서 증상이 나타난다. 따라서 이것은 마치 교환 행위와도 같다. 이 과정을 거꾸로 거슬러 올라가는 데 성공하면 노이로제 증상의 치료라는 과제는 성취된다.

브로이어의 발견은 오늘날에도 여전히 정신분석 치료 요법의 기초가 되고 있다. 무의식적인 전제 조건들이 의식화되면 증상이 사라진다는 명제는 이후의 광범위한 연구를 통해 입증되었다. 물론 실제로 적용할 때는 터무니없고 예상치 못한 놀라운 복잡성을 피할 수 없다. 그러나 어쨌든 정신분석 치료 요법은 무의식을 의식으로 바꿈으로서 그 효과를 발휘하는 것이고, 그 변환을 관철시킬 수 있을 때에만 치료는 유효하다.

그런데 여러분이 이러한 치료 작업을 너무 쉽게 생각할 위험을 방지하기 위해 잠시 주제를 벗어나보기로 하자. 내가 지금까지 설명한 바에 의하면, 노이로제란 어떤 종류의 무지의 결과, 즉 사람이 당연히 알아야 할 심적 과정을 모르기 때문에 일어나는 결과로 볼 수 있다. 그런 생각은 소크라테스의 유명한 가르침, 즉 "악덕(惡德)도 무지의 결과다."라는 말과 아주 비슷하다.

분석 경험이 많은 의사들은 어떤 심적인 움직임이 각 환자들에게 무의식적인 것으로 머물게 되는지를 그리 어렵지 않게 추측할 수 있다. 의사는 환자가 알고 있는 것을 보고하게 하여 그 자신의 무지에서 해방시켜 주는 일을 할 수 있다. 적어도 증상의 무의식적인 의미의 한 부분은 그런 방법으로 쉽게 해결된다. 그런데 다른 부분, 즉 증상과 환자의 과거 체험이 어떻게 관련되어 있는가에 대해서는 의사가 추측하기에 한계가 있다. 의사는 환자의 과거 체험을 모르기 때문이다. 의사는 환자가 자기 체험을 상기해서 이야기해줄 때까지 기다려야 한다. 그러나 환자의 기억을 대신할 수 있는 것을 발견하기도 하는데, 바로 환자 가족에게 환자의 체험을 물어볼 수 있는 것이다. 흔히 환자 가족은 환자의 체험 가운데 외상적으로 작용한 것들을 분별해낼 수 있는 입장에 있고, 또 매우 어릴 때 일이라 환자가 알지 못하는 체험들에 대해서도 알려줄 수 있다. 그러므로 이 두 가지 방법을 종합하여 환자의 병인이 된 무지를 짧은 시간 안에 힘들이지 않고 제거할 가능성을 얻을 수 있다.

그렇다, 그렇게 순조롭게 나간다면 이야기는 간단하다. 그런데 처음에 미처 생각하지 못했던 것을 우리는 알게 된다. 안다는 것은 언제나 같은 것이 아니다. 앎에도 여러 종류가 있다. 똑같은 지식이라 해도 심리학적으로는 결코 같은 가치를 지니지 않는다. 몰리에르Molière는 〈사람이라고 해서 다 같은 사람일 수는 없다(Il y a fagots et fagots)〉라는 말을 했다. 의사의 지식은 환자의 지식과 같지 않으며 같은 영향력을 발휘하지도 않는다. 의사가 자기가 아는 것을 환자에게 말해주어도 그것으로는 전혀 효과가 없다. 아니, 그렇게 말하는 것은 옳지 않을지도 모른다. 그것은 증상을 제거하는 효과는 없지만 다른 효과, 말하자면 분석을 지속시키는 효과는 있기 때문이다. 환자의 반발은 그 효과를 입증하는 최초의 징후이다. 환자는 자기가 지금까지 의식하고 있지 않던 것, 즉 자기 증상의 의미를 알게 된다. 그러나 그는 전과 마찬가지로 자기 증상이 갖는 의미를 잘 알지는 못한다. 이렇게 하여 우리는 무지의 종류에도 여러 유형이 있다는 것을 알게 되었지만, 여러분에게 그 차이가 어떠한지를 보여주려면 우리의 심리학적 지식이 어느 지점까지 심화되어야 한다. 그러나 증상의 의미를 아는 순간 증상은 사라진다는 명제는 언제나 옳다. 다만 그 지식은 환자의 내부에서 진행되는 변화에 입각해야 한다는 것이 필수 조건이며, 이 내부의 변화는 일정한 목적을 가진 심적 작업에 의해서만 일어난다. 여기서 우리는 증상 형성의 〈역학〉이라는 개념에 총괄되는 여러 가지 문제에 직면하게 된다.

내가 말한 것들이 너무 모호하고 또 복잡하지 않은지 여러분에게 물어보아야겠다. 내가 거듭해서 앞의 말을 취소하거나 제한하고 또 생각들을 전개해나가다가 도중에 잘라버리기도 하여 여러분을 혼란스럽게 만들지는 않았는가? 만약 그랬다면 참으로 미안한 일이다. 그러나 나는 진실을 희생시키면서 단순화하는 것은 절대로 원치 않는다. 설명의 대상이 여러 면에 걸쳐 서로 얽혀 있다는 인상을 받았다 해도 나는 괜찮다고 생각한다. 그리고 여러분이 소화할 수 없을 정도로 많은 이야기를 늘어놓았다 해도 별로 해가 되지는 않을 것이다. 그러나 나는 청강자들과 독자 여러분이 내가 한 이야기를 머릿속에서 정리하고 생략하고 단순화시켜서 자신이 기억해두고 싶은 것만 따로 발췌한다는 것을 잘 알고 있다. 그러나 많은 것을 이야기해두면 결국 많은 수확이 있다는 말도 어느 정도 진실일 것이다. 여러 가지 부수적인 것은 빼놓더라도 내 이야기의 본질인 증상의 의미와 무의식, 그리고 그 둘의 관계에 대해서는 명확하게 파악해두기 바란다. 우리의 노력은 다음의 두 방향을 향해 있다는 것을 여러분도 알 수 있을 것이다. 첫째, 인간은 어떤 경로로 노이로제와 같은 질병에 걸리고 그런 생활 태도에 도달하게 되는가 하는 임상적 문제를 해결하기 위한 노력이다. 둘째, 노이로제의 조건들에서 어떻게 병적인 증상이 나타나는가 하는 물음, 즉 심적 역학의 문제를 알고자 하는 노력이다. 이 두 문제는 마땅히 어디에선가 서로 접촉하는 점이 있을 것이다.

오늘은 이 이상 이야기를 진행시키지 않을 생각이지만 아직 시간이 남아 있으므로 두 가지 증상 사례 분석에서 만나게 되는 또 다른 특징인 기억의 결손, 건망증 쪽으로—이에 대한 완전한 평가는 나중에 다시 논할 생각이지만—여러분의 주의를 끌어보고 싶다. 이미 말한 대로 정신분석 치료의 과제는 병인(病因)이 되는 모든 무의식을 의식으로 바꾸는 것이라는 공식으로 요약될 수 있다. 그런데 이 공식을 다른 공식으로 대체할 수 있다는 말을 듣게 되면 여러분은 놀랄 것이다. 그 공식이란 환자의 기억 결손을 메우고 그의 건망증을 제거한다는 것이다. 그러나 결국은 마찬가지 이야기다. 노이로제 증상의 발생에 중요한 관계를 갖고 있는 것은 실제로 노이로제 환자의 건망증이다. 그러나 여러분은 첫 번째 사례의 증상 분석을 고찰해볼 때 건망증을 이렇게 평가하는 것은 옳지 않다고 여길지도 모른다. 그 여성 환자는 자신의 강박 행위와 관련되어 있는 장면을 잊어버리기는커녕 하나도 빠짐없이 생생하게 기억하고 있었다. 그리고 이 증상의 발생은 그 밖에 그녀가 망각했을 다른 일들과는 관계가 없었다. 두 번째 사례, 즉 강박적인 의식을 행한 처녀의 경우도 첫 번째 사례에 비해서는 뚜렷하지 않지만 그와 비슷하다고 볼 수 있다. 그녀 또한 어렸을 때 부모님의 침실과 자기 침실 사이의 문을 열어놓으려고 고집했던 것이나 어머니를 부모님의 침대에서 쫓아냈던 일들을 잊어버리지 않고 있었다. 물론 주저하면서 내키지 않은 마음으로 기억해내기는 했지만 그녀는 그런 사실들을 아주 똑똑하게 상기해냈다.

이 부분에 대해서 주목해야 할 점은 첫 번째 부인 환자의 경우 그녀가 강박 행위를 수도 없이 되풀이하고 있었으면서도 단 한 번도 그 행위가 신혼 초야의 체험과 비슷하다는 것을 깨닫지 못했다는 점이다. 강박 행위의 동기에 대해서 직접 질문을 받을 때도 그녀는 그 기억을 떠올리지 못했다. 밤마다 똑같이 의식을 되풀이한 처녀에게도 이것은 마찬가지였다. 의식뿐 아니라 그 의식을 행하는 유인도 기억하지 못했다. 두 경우에 모두 본래의 뜻으로서의 건망증, 즉 기억의 탈락은 없지만 기억을 재생하고 기억을 다시 떠오르게 하는 연결이 끊어져 있는 것이다.

강박 노이로제는 이런 종류의 기억 장애로도 충분히 발생한다. 하지만 히스테리의 경우는 다르다. 히스테리라는 노이로제는 대개 매우 엄청난 규모의 건망증을 특징으로 한다. 히스테리의 개개 증상들을 분석해보면 반드시 과거 삶의 일련의 인상들과 마주치게 된다. 그 인상들이 재생될 때까지 그것은 완전히 망각되어 있었다고 해도 무방하다. 이러한 일련의 망각한 인상들은 한편으로는 아주 어릴 때까지로 거슬러 올라가므로, 히스테리성 건망증은 우리 정상인들이 자기 정신생활의 초기 단계를 망각하는 유치형 건망증의 직접적인 계속으로 볼 수 있다.

한편 환자는 극히 최근의 체험을 잊어버릴 수도 있다. 특히 질병을 일으키거나 악화시킨 유인이 된 것은 완전히는 아니더라도 상당 부분 침식된다. 새로운 기억들의 전체 상에서 이렇게 중요한 세부 사항이 소멸되거나 잘못

된 기억으로 대치되는 것은 아주 일반적인 현상이다. 분석이 끝나기 직전에야 비로소 오랫동안 억제되어 있던, 전체적인 연관에 뚜렷한 공백을 남긴 최근의 체험이 어느 정도 기억에 떠오르는 경우도 많이 있다.

이렇게 기억 능력이 침해되는 것은 이미 말했듯이 히스테리가 가진 특징이다. 히스테리의 경우 기억 속에 아무런 흔적도 남기지 않는 상태가 증상(히스테리 발작)으로서 나타난다. 강박 노이로제의 경우는 이와 달랐으므로 여러분은 이런 건망증이 히스테리성 변화의 심리적 특징이며 노이로제의 일반적 특징은 아니라고 결론을 내리려 할지 모른다. 그러나 다음과 같은 것을 생각하면 그 차이도 그다지 큰 의미가 없다는 것을 알게 된다.

우리는 증상의 〈의미〉를 증상의 유래와 목적(혹은 의도)이라는 두 가지 측면을 종합하여 정리했다. 다시 말해 첫째는 증상을 발생시킨 인상과 체험, 둘째는 증상이 의도하고 있는 목적이다. 증상의 유래는 외부로부터 들어와 한 번은 인상에 심어지고 그런 다음 망각되어 무의식이 된 인상이다. 그런데 증상의 목적, 증상의 의향 쪽은 이와는 달리 대개 계속하여 무의식에 머물러 있는 마음 내적인 과정으로, 처음에는 혹시 의식되었을지 모르나 그 후로는 한 번도 의식에 떠오르지 않은 것이다. 그러므로 건망증이 히스테리의 경우와 같이 증상의 유래, 즉 증상을 지탱하고 있는 체험에까지 침식했는지 어떤지와 상관없이 증상의 목적, 즉 처음부터 무의식적이었을 수도 있는 그 의향은 증상이 무의식적인 것에 좌우된다는 확실한 근거가 되는 것이다. 더구나 강박 노이로제의 경우도 그 증상이 히스테리만큼이나 무의식에 단단히 얽매여 있다.

정신생활에서 이처럼 무의식을 강조하다 보면 결국 정신분석에 대한 비판의 악령을 깨워놓는 결과가 된다. 그에 대해 여러분은 놀라지 않기 바란다. 그리고 정신분석에 대한 저항의 원인이 단지 무의식을 파악하기 어렵기 때문에, 무의식을 입증해줄 체험에 다소 접근하기 어려운 면이 있어서라고 여겨서는 안 된다. 그러한 저항은 더 깊은 데서 비롯된다고 생각한다. 인간은 과학의 발전 과정에서 자신들의 소박한 자만심에 두 번이나 커다란 모욕을 당했다. 그 첫 번째 모욕은 지구가 우주의 중심이 아니며 상상할 수 없을 만큼 커다란 우주계의 아주 작은 조각에 불과하다는 사실을 알았을 때였다. 물론 알렉산드리아 학문[106]에서도 이미 그와 같은 언급이 있었지만 이 같은 모욕적 체험과 관련하여 가장 먼저 떠오르는 이름은 코페르니쿠스이다.

두 번째 모욕은 생물학 연구로 인해 그동안 인간이 자기 것이라 여겨왔던 창조의 특권이 무너져 내리고, 인간은 단지 동물계에서 진화한 존재이며 그 동물적 본성을 제거하기 어렵다는 것을 지적받았을 때였다. 인간에 대한 이와 같은 평가 전환은 현대에서는 다윈과 월리스,[107] 그리고 그에 앞선 선구자들의 영향력에 의한 것이었다. 이는 동시대인들의 격렬한 저항을 받았다.

그리고 인간의 과대망상은 지금의 심리학 연구에 의해 세 번째의 가장 민감한 모욕을 받을 위기에 처했다. 현대 심리학은 자아(自我)가 결코 자기 집에서조차 주인이 아니며, 자기의 정신생활 중에서 무의식적으로 일어나는 일에 대해 극히 적은 정보밖에 제공받지 못한다는 것을 증명해 보

---

106 기원전 4세기부터 기원후 4세기까지 이집트의 알렉산드리아에서 일어난 학문.
107 1823~1913. 영국의 박물학자로 동물 분포에 대해 '월리스 선(線)'을 주장했다.

이려 하고 있다. 인간의 내부에 대한 성찰을 촉구하는 이 경고는 우리 정신분석가들에 의해 제일 먼저 또 유일하게 제기된 것은 아니지만, 이를 가장 강력하게 주장하고 모든 개인들과 직접 관련된 경험적 재료를 통해 뒷받침한 공은 우리에게 있다. 이것이 온 세상이 우리의 학문에 저항하는 이유이며, 품위 있는 학문적 자세까지 내던지고 모든 공정한 논리를 무시하며 우리에게 반대하는 이유이다. 우리는 이 밖에도 또 다른 방식으로 이 세계의 평화를 교란시킬 수밖에 없었는데 그에 대해서도 곧 여러분에게 이야기하게 될 것이다.

저항과 억압

노이로제를 더 깊이 이해하기 위해 우리는 새로운 경험을 쌓을 필요가 있다. 그 경험에는 두 가지가 있는데, 그것은 여러분에게 색다른 경험이 될 것이며 매우 주목할 만하고 또 초심자를 적잖이 당황하게 만들 것이다. 그러나 여러분은 지난해의 강의를 통해 그 두 가지의 경험에 대해 이미 마음의 준비가 되어 있다.

첫째, 우리가 환자의 병을 고쳐 그 괴로운 증상으로부터 해방시켜 주려할 때, 치료 중인 환자는 의사에게 강하게 그리고 집요하게 저항한다. 이 현상은 매우 이상하게 보이기 때문에 환자의 가족들에게는 말을 하지 않는 편이 좋다. 그들은 이것을 치료 시간이 오래 걸리거나 우리 치료법이 실패로 돌아갔음을 변명하려는 구실로밖에 여기지 않는다. 환자 또한 그것이 저항인 줄도 모르는 채 그 모든 저항 현상을 만들어낸다. 우리가 환자로 하여금 그것이 저항이라는 것을 깨닫게 해주고 그것을 예상할 수 있게 해줄 수 있다면 그것만으로도 대성공이다.

자기 증상에 스스로 괴로워하고 주변 사람들까지 괴롭히며, 그 괴로움에서 해방되기 위해 많은 시간과 돈과 노력과 자기극복이라는 엄청난 희생을 감내하려 하는 환자가 도리어 나으려는 생각이 없어 구원자에게 반항하는 일이 과연 있을 수 있을까? 그러나 그것은 사실이다. 만일 우리의 이 말을 비판하는 사람이 있다면 우리는 이렇게 대답할 수밖에 없다.

"참을 수 없이 이가 아파서 치과 의사를 찾아간 사람도 의사가 충치에 핀셋을 갖다 대려 할 때는 의사의 손을 밀쳐버리는 법입니다."

환자의 저항은 가지각색에 매우 미묘하고 종종 구별하기 어려우며, 변화무쌍하게 그 모습을 바꾼다. 의사는 끊임없이 그에 의혹을 품고 속지 않도록 조심스럽게 다가가야 한다.

우리는 이미 꿈의 해석에서 여러분에게 말했던 그 기법을 정신분석 치료에도 적용한다. 우리는 환자가 깊이 생각하도록 하지 않고 다만 조용히 자기 자신을 관찰하며 내부의 지각에 저촉해오는 모든 것, 즉 마음에 떠오르는 감정과 생각, 회상 등을 떠오르는 순서대로 말해달라고 지시한다. 이때 우리는 환자에게 간곡하게 주의를 준다. 그것이 너무 〈불쾌하고 점잖지 못해〉 입 밖에 내기 곤란하다거나, 별로 〈중요하지 않아서〉 여기서는 적합하지 않다든가, 〈말도 안 되는 얘기라서〉 거론할 필요가 없다는 등의 이유로 자신에게 떠오르는 연상을 선택하거나 버리려는 그 어떤 동기에도 굴복하지 말라고 말이다. 환자는 언제나 자기 의식의 표면에 떠오르는 것만을 따라가야 하며, 떠오른 연상에 대해서는 어떠한 비판도 내려서는 안 된다고 엄격하게 지시한다. 그리고 치료의 성과 여부, 특히 치료 기간이 오래 걸릴지 단축될지는 환자가 이 기본 규칙을 착실히 지키느냐에 달려 있다고 말해둔다. 꿈 해석에서 적용했던 그 기법으로 인해 우리는 커다란 두려움과 반항을 수반하는 연상들이야말로 무의식을 발견할 수 있도록 인도해주는 자료들을 가지고 있다는 사실을 알게 되었기 때문이다.

이런 기법상의 기본 규칙을 세우면 우선 이 원칙이 저항의 공격 대상이 된다. 환자는 모든 수단을 동원해 이 규칙에서 달아나려 한다. 어떤 때는 자신에게 연상 같은 것은 아무것도 떠오르지 않는다고 주장하고, 어떤 때는 너무 여러 가지 생각이 밀려와서 뭐가 뭔지 모르겠다고 말한다. 그러면 우리는 환자가 이러저러한 비판적 항의에 굴복해버린 것을 알게 된다. 환자는 간간이 긴 침묵을 지킴으로써 자신의 속마음을 드러낸다. 그러고 나서 "그런 것은 말할 수 없습니다. 입 밖에 내기가 부끄럽습니다."라고 고백한다. 그는 자신이 처음에 약속했던 것과는 반대로 그 같은 동기에 휘둘리고 있는 것이다. 혹은 어떤 연상이 떠오르기는 했지만 그것은 타인에 관련된 일이지 나와 관련된 것은 아니어서 보고할 필요가 없다고 말하기도 한다. 또 지금 머릿속에 떠오른 것은 정말로 중요하지 않고 너무 멍청하고 어이없다면서, 선생님이 이런 생각을 떠오르게 하려던 것은 아니지 않느냐고 반문하기도 한다. 이와 같이 이루 말할 수 없을 정도로 다양하게 환자들은 계속하여 변명한다. 그럴 경우 우리는, 모두 말한다는 것은 정말로 모든 것에 대해 숨김없이 말하는 것을 의미한다고 설명해주어야 한다.

이렇게 치료의 손길이 미치지 못하도록 어떤 영역을 자기만 아는 것으로 숨겨두려는 시도를 하지 않는 환자는 한 명도 없었다. 어느 모로 보나 최고 지성인이라 할 수 있는 어느 환자는 자신의 은밀한 연애 관계에 대해 몇 주 동안이나 입을 다물고 있었다. 어째서 불가침의 규칙을 어기느냐고 내가 항의를 하자 그는 자신의 사적인 일이라 잠자코 있었다고 변명했다. 분석 치료에서 이런 치외 법권은 인정되지 않는다. 빈과 같은 도시에서 호에 마르크트 광장[108]이나 성 슈테판 교회 등지에 범인을 체포할 수 없는 예외를 둔다면 범인 검거는 어려워질 것이다. 범인은 분명 그런 성역에 숨어들 것이기 때문이다. 나는 언젠가 한 남자에게 그 같은 예외적인 권리를 허용해준 적이 있었다. 그는 객관적으로 보아 자신의 일을 지속할 필요가 있었기 때문이다. 그는 자신만이 아는 직업상의 비밀을 타인에게 말해서는 안 된다는 복무선서(服務宣誓)를 한 사람이었다. 그는 치료 효과에 만족했으나 나는 그렇지 못했다. 나는 그러한 조건에서는 다시는 분석 치료를 하지 않겠다고 결심했다.

강박 노이로제 환자들은 이런 분석의 기법적인 규칙들을 쓸모없는 것으로 만들어버리는 탁월한 재주를 지니고 있다. 그들은 과도한 양심의 가책과 지나치게 회의적인 태도를 그 규칙에 들이민다. 불안 히스테리 환자들도 규칙을 무용화시키는 데 자주 성공한다. 그들은 우리가 찾고 있는 것과는 멀리 떨어져 있는 연상만을 늘어놓음으로써 분석 자체가 소용없게 만들어버린다.

여기서 여러분에게 치료 기법상의 어려움을 어떻게 처리하는가 하는 문제를 이야기할 생각은 없다. 결국 단호한 결단력과 인내심으로 환자의 저항을 깨뜨리고 어느 정도 기본 원칙에 따르도록 만드는 것은 가능하다. 그렇게 되면 저항은 다른 영역으로 옮겨 간다. 즉 지적인 저항으로 바뀌어 나타나고 논리적인 근거를 가지고 도전하는 형태를 취한다. 그들은 정상적이기는 하지만 정신분석 이론에 대해서는 알지 못하는 사람들이 정신분석을 비판하는 데 흔히 이용하는 말들, 이를테면 '난점이 많다', '불확실

---

108 빈 도심지의 광장.

하다'는 등의 꼬투리를 잡기 시작한다. 이때 우리는 학술 문헌들이 합창이라도 하듯이 퍼부어대는 그 갖가지 비판과 반론들을 이제 한 사람의 입을 통해 듣게 된다. 밖에서 우리들에게 외치는 비판 따위는 별로 새삼스러울 것도 없다. 그것은 〈찻잔 속의 폭풍〉 같은 것일 뿐이다. 그러나 환자는 우리 앞에서 중얼거리고 있다. 시간이 지나면 그는 우리의 설명과 반론을 기꺼이 들어보겠다고 말한다. 또 자신들이 제대로 알 수 있도록 참고할 만한 책들을 가르쳐달라고도 한다. 정신분석이 개인적으로 자신을 괴롭히지만 않는다면 정신분석의 지지자가 되겠다는 태도를 보인다. 그러나 우리는 그러한 지식욕 역시 환자의 저항이라고 생각한다. 그것은 우리를 특정한 과제에서 빗나가도록 만들기 때문에 우리는 그 역시 받아들이지 않는다.

우리는 강박 노이로제 환자들이 쓰는 저항의 특수한 전술을 예상할 수 있어야 한다. 그들은 흔히 분석을 방해하지 않고 막힘없이 진행되도록 내버려 두는데, 그럼으로써 증상의 수수께끼는 차차 밝혀지게 되지만 환자의 실생활에서는 효과가 나타나지 않는다. 그러면 우리는 왜 증상이 나아지지 않는지 이상하게 생각하지 않을 수 없다. 그런 경우 저항은 강박 노이로제 특유의 의심 속에 숨어 있다. 환자는 그런 자세로 우리에게 효과적인 반항을 한다. 그들은 대체로 다음과 같은 말을 하려는 것이다.

"과연 모두 지당하고 재미있습니다. 나도 기꺼이 분석에 계속 응하겠습니다. 만일 그것이 사실이라면 내 병은 훨씬 좋아질지도 모릅니다. 그러나 암만해도 사실같이 여겨지지 않는군요. 내가 사실이라고 믿지 않는 한 나와는 아무 관계가 없는 것이죠."

오랜 시간 노력하여 결국 얻는 것이 겨우 이런 냉담한 태도인 것이다. 이제는 바야흐로 환자와 의사 사이에 결전이 벌어진다.

지적 저항이 가장 힘든 저항은 아니다. 의사는 언제나 지적 저항에 대해 승리를 거둘 수 있다. 그러나 환자 또한 분석을 받으며 어떻게 저항하면 되는지를 잘 알고 있다. 이것을 극복하는 것이 기법적인 측면에서 가장 어려운 과제에 속한다.

환자는 연상을 해내는 대신 이른바 〈전이(轉移:Übertragung)〉를 통해, 의사와 치료에 저항하는 데 사용하기 적합한 태도와 감정을 자신의 인생에서 찾아내 되풀이한다. 환자가 남성이라면 그는 십중팔구 그 재료를 자기와 아버지의 관계에서 빌려 온다. 의사를 아버지의 위치에 놓는 것이다. 환자는 인격적인 독립이나 스스로 판단을 내리고자 하는 자립 욕구, 또 그의 최초의 인생 목표였던 아버지와 동등해지거나 넘어서고 싶다는 야심, 그리고 동시에 감사해야 한다는 부담감을 자기 인생에서 두 번이나 되풀이해야 한다는 것에 불만을 품고는 그에 대해 저항하는 태도를 보인다. 치료를 하다 보면 종종 환자가 질병을 고치겠다는 애초의 훌륭한 의도는 의사에게 실수를 저지르게 하고 과오를 인정시켜 의사 스스로 무력감을 느끼게 함으로써 그를 꼭 이기고야 말겠다는 의도로 완전히 대체된 듯한 인상을 받게 된다.

여성들은 의사에게 저항하기 위해 상냥하며 애정의 색채를 띠는 전이의 방법을 천재적으로 터득하고 있다. 의사에 대한 이 애착이 어느 단계에 이르면, 현재의 치료 상황에 대한 관심과 분석 치료를 받으면서 환자가 지키기로 약속했던 모든 의무를 잊어버린다. 의사가 그런 감정을 거절하는 과정에서 아무리 부드럽게 대하더라도, 환자에게 치밀어 오르는 질투심과 좌절감은 의사와의 좋은 관계를 망쳐버리고 분석에 필요한 가장 강력한 추진력이 작용하지 못하게끔 만들어버린다.

이런 유형의 저항들을 일방적으로 매도해서는 안 된다. 저항은 환자의 과거에 대한 가장 중요한 재료들을 함축하고 있다. 그것을 납득할 만한 방식으로 재현시켜 올바른 방향으로 돌리는 방법만 체득한다면, 이 저항이야말로 분석의 가장 뛰어난 발판이 된다. 다만 이 재료들이 처음에는 언제나 저항에 이용되고, 치료에 반대하는 가면으로 나타나는 것뿐이다. 변화를 강요받을 때 그에 반항하는 것은 그 사람의 성격적 특징이나 자아의 태도에서 기인한다고 볼 수도 있다. 우리는 이때 환자의 성격 특징이 노이로제라는 조건에 결부되어, 그리고 노이로제 증상의 요구에 반응하여 어떻게 나타나는지 확인할 수 있다. 그리고 평소에는 전혀 드러나지 않거나 혹은 그렇게 뚜렷하게 드러나지 않는 '잠재적'이라 할 수 있는 성격적 특성들을 알 수 있게 된다.

우리는 이와 같은 저항이 나타나는 것을 분석의 영향력을 방해하는 위험물이라 간주하지 않는다. 아니, 오히려 저항이 나타나지 않으면 안 된다는 것을 알고 있다. 만일 뚜렷하게 환자의 저항을 일으킬 수 없고 그것을 환자에게 인정시킬 수 없을 때는 오히려 불만족스럽다. 그렇다. 저항의 극복이야말로 분석의 본질적인 작업이며, 우리가 환자를 위해서 무언가 완수했음을 보장해주는 부분이기도 하다.

치료 도중에 우연히 일어나는 일들도 환자는 치료를 방해하기 위한 수단으로 적극 이용한다는 것을 알아두기 바란다. 그런 우연한 일들로는, 환자의 주의를 다른 데로 돌리는 외부적인 사건이나 환자 주변에 있는 권위 있는 사람이 분석에 대해 적대적인 발언을 하는 것, 그리고 우연히 찾아온 어떤 질병이나 노이로제에 병발하는 신체 질환 등이 있다. 환자는 상태가 좋아지는 것조차 자신의 노력을 포기하는 동기로 삼는다. 이러한 사항들을 숙지한다면 여러분은 어떠한 분석에서나 우리가 맞닥뜨려야 하는 저항의 여러 형태와 방식들을 완벽히는 아니더라도 어느 정도 이해한 것이다.

나는 이 점을 매우 자세하게 다루었다. 그 이유는 노이로제 환자의 저항에 관한 우리의 이 경험이야말로 노이로제에 대한 정신분석의 역학적 견해에 근거가 되는 것임을 여러분에게 알리고 싶었기 때문이다.

애초에 브로이어와 나는 최면술을 이용해 정신 요법을 실시했다. 브로이어의 첫 번째 여성 환자는 처음부터 끝까지 최면술로 치료를 받았다. 나도 처음에는 그 방법을 따르고 있었다. 솔직히 말해 당시 작업은 분석 요법보다 쉽고 유쾌하며, 게다가 짧은 시간 안에 진행되었다. 하지만 치료 효과는 일관되지 않았고 오래 지속되지도 않았다. 그래서 나는 결국 최면술을 포기했다. 최면술을 쓰는 한 노이로제 상태에 대해 역학적인 통찰을 얻을 수 없다는 것도 깨달았다. 최면 상태에서는 저항의 존재를 알 수가 없다. 최면 상태는 저항을 쫓아버리고 분석 작업을 실시할 수 있는 일정한 영역을 열어주지만, 그 이상 나아가려 하면 이 영역의 경계에 가로막혀 한 걸음도 나갈 수 없다. 그것은 마치 강박 노이로제 환자의 의심과 같은 역할을 한다. 그러므로 참된 정신분석은 최면술의 도움을 단념함으로써 시작되었다 해도 과언이 아니다.

그러나 저항을 확인하는 것이 이토록 중대한 문제가 된다면, 우리가 저항이라는 것을 가정하는 데 너무 경솔하지 않았는지 신중하게 검토해보아야 할 것이다. 실제로 다른 이유 때문에 연상이 떠오르지 않는 노이로제 증상 사례가 존재할 수도 있다. 우리의 가설을 반박하는 논증이 실제로 음미할 만한 가치가 있는 것인지도 모른다. 또 분석 치료를 받고 있는 사람의 지적인 비판을 그렇게 간단히 저항으로 처리해버리는 것은 실수가 될

지도 모른다. 그러나 여러분! 우리는 그렇게 쉽게 판단을 내린 것이 아니다. 우리는 환자에게서 비판적인 저항이 나타날 때와 소멸한 뒤를 지속적으로 관찰했다. 저항은 치료 중에 끊임없이 그 강도를 바꾸어 나타난다. 새로운 주제에 접근할 때 저항은 커지기 시작하고, 그 주제를 가장 치열하게 다룰 때 저항의 강도는 최고조에 이른다. 그 주제가 처리되면 저항의 강도는 다시 약해진다. 그러므로 우리가 기법상으로 특별한 실수를 하지 않는 한 환자가 자신이 할 수 있는 최대한의 저항을 유지하는 경우는 없다. 환자는 분석 도중에 몇 번이나 비판적인 태도를 포기했다가 다시 갖는 과정을 반복한다는 것을 우리는 확신한다.

환자에게 낯설고 특히나 고통스러운 무의식적 재료를 그의 의식에 올려놓으려 할 때가 가장 위험한 순간이다. 앞서서 여러 가지를 이해하고 받아들였던 환자라도 이런 경우에 직면하면 자기가 이해하고 인정했던 모든 것들을 씻은 듯이 잊어버린다. 환자는 어떠한 희생도 무릅쓸 것처럼 저항하는 과정에서 완전히 감정에 휘둘리는 모습을 보인다. 그리고 우리가 환자를 도와 그 새로운 저항을 굴복시키는 데 성공하면 비로소 환자는 다시 본래의 분별력과 이해력을 되찾는다. 그러므로 이때 그의 비판은 자발적인 것이 아니며, 존중할 만한 기능으로 볼 수도 없다. 그 비판은 그의 감정적인 태도에 굴복한 것이고 저항에 의해 조종되고 있는 것이다. 그는 무언가 마음에 들지 않으면 매우 교묘한 방식으로 자신을 방어하고 비판적인 태도를 보이지만, 자기 마음에 드는 것에 대해서는 순간 돌변하여 아주 쉽게 믿어버린다. 그런 점에서는 아마 우리들도 크게 다르지 않을 것이다. 그런데 분석의 대상이 되는 사람은 분석 도중에 아주 심한 곤경 속에 내몰리기 때문에, 그는 자신의 지성을 완전히 감정에 내맡겨버리게 되는 것이다.

증상을 제거하고 심적 과정의 정상적인 흐름을 회복시키는 것에 대해 환자가 이토록 심하게 저항한다는 사실을 우리는 어떻게 받아들여야 할까? 우리는 거기서 변화에 저항하는 강력한 힘을 감지할 수 있다. 그 힘은 과거에 이런 상태를 억지로 만들어낸 힘과 동일한 힘임에 틀림없다. 증상이 사라져갈 때 우리가 경험으로 재구성할 수 있는 것은 바로 증상 형성때 일어났던 일이다. 우리가 브로이어의 관찰을 통해 이미 알고 있는 것처럼, 증상이 존재한다는 것은 어떤 심적 과정이 정상적인 방법으로 완료될수 없었기 때문에 증상으로서 의식으로까지 떠올랐음을 의미한다. 따라서 증상은 거기서 멎어버린 어떤 것의 대리물이다. 이제 우리는 우리가 추정했던 그 힘의 작용을 어디에 두어야 할지 알 수 있다.

그 문제의 심적 과정이 의식에까지 나타나는 것을 막기 위해 어떤 격렬한 반발이 일어났을 것이다. 그 결과 이 심적 과정은 무의식에 남아 있을수 있었다. 그것은 무의식적인 것으로, 증상을 만드는 힘을 지녔다. 그런데 이 반발이 분석 치료 중 무의식을 의식으로 옮기려는 노력에 대해 다시금 일어나고, 우리는 이것을 저항으로 느끼는 것이다. 저항을 통해 우리에게 확인되는 이 병인(病因)이 되는 과정을 우리는 억압(抑壓:Verdrängung)이라고 부른다.

억압의 과정에 대해서는 좀 더 확실한 개념을 가질 필요가 있다. 억압은 증상 형성의 전제 조건이지만, 이는 그동안 쓰인 적이 없는 용어이다. 그렇다면 하나의 예를 통해 고찰해보자. 어떤 것을 행동에 옮기려 하는 심적 과정인 충동(Impuls)에 대해 생각해보자. 우리는 충동이 때로는 격퇴된다는 것을 알고 있다. 그것을 단념 혹은 거부라고 부른다. 이때 충동은 소유

한 에너지를 빼앗겨 무력해진다. 그러나 그것은 기억이 되어 존재할 수 있
다. 그 충동을 물리칠 것인가 어쩔 것인가를 결정하는 전 과정은 자아의
인식 아래 이루어진다. 그런데 충동이 억압을 받을 때는 양상이 다르다. 억
압받은 충동은 그 에너지를 여전히 갖고 있으면서 그 충동에 대한 기억은
남기지 않는다. 억압의 과정은 자아에 인식되지 않은 채 진행된다. 그러나
이런 비교로는 우리가 억압의 본질에 접근하기가 쉽지 않을 것이다.[109]

이 억압이라는 개념을 좀 더 분명히 파악하기 위해서는 어떤 이론적 관
점이 필요하다는 것을 깨닫게 되는데, 지금부터 여러분에게 그에 대해 설
명하려 한다. 먼저 우리는 〈무의식적〉이라는 말의 순수한 기술적 의미로
부터 이 말의 체계적인 의미로 나아갈 필요가 있다. 즉 심적 과정의 의식
성 혹은 무의식성이란 그 심적 과정의 어떤 속성에 지나지 않으며, 그것을
일의적(一義的)인 분명한 성질로 규정할 수는 없다고 단정해야 한다. 어떤
과정이 줄곧 무의식인 채 머물러 있었다고 하더라도 그것이 의식으로부
터 차단되어 있는 것은 이 과정이 받은 운명의 한 표시에 지나지 않는다.
결코 운명 자체는 아닌 것이다. 이 운명을 더 구체적으로 알기 쉽게 설명
하기 위해 다음과 같이 전제할 수 있다. 모든 심리 과정은—예외도 있지
만 그에 대해서는 나중에 이야기하자—처음에는 무의식적인 단계 내지는
위상(位相)에 존재하다가 의식적인 단계로 옮겨 간다는 가정이다. 이것은
사진의 영상이 모두 처음에는 음화(陰畵)로 존재하다가 인화 과정을 거쳐

109 여기서 설명되고 있듯이 프로이트는 행위 경향을 무의식적으로 억누르는 것을 억압(抑壓:Verdrängung)이
라고 하고, 의식적으로 억누르는 것을 억제(抑制:Unterdrückung)라고 하여 구별했다. 또 그는 억압보다 약
하고 억제보다 강한 것을 〈Zurückdrangung〉이라고 불렀다. 그러나 이에 해당하는 말이 영어에도 없으므로
이것 역시 〈억제〉라고 번역했다. 앞서 〈실수 행위〉의 장에 나오는 억제가 이것이다. 단 이 말에는 무의식이라
든가 의식이라든가 하는 함축적인 뜻은 전혀 없는 것 같다.

양화(陽畫)가 되는 것과 유사하다. 그러나 모든 음화가 반드시 양화가 되어야 할 필요는 없듯이, 무의식적인 심적 과정이 반드시 의식적인 심적 과정이 될 필요는 없다. 더 적절하게 표현하자면, 개개의 과정은 처음에는 무의식이라는 심적 조직 체계에 속해 있지만 사정에 따라서 의식이라는 심적 조직 체계로 옮겨 갈 수 있다는 것이다.

이 체계에 대해서는 좀 더 대범하게 생각하여, 공간적으로 이해하는 것이 편리할 것이다. 무의식의 조직 체계를 하나의 커다란 대기실에 비유해 보자. 이 대기실 안에는 많은 심적인 움직임이 하나하나의 인간처럼 북적대고 있다. 여기에는 제2의 작은 방, 일종의 살롱 같은 것이 붙어 있는데 그곳은 의식이 머무르는 곳이다. 두 방의 문턱쯤에 한 문지기가 버티고 서서 개개의 심적 움직임들을 검사하고 검열하여, 마음에 들지 않을 때는 살롱에 들어가지 못하게 막고 있다. 여러분도 금방 깨닫겠지만, 문지기가 그들을 문턱에서 미리 쫓아내든 일단 살롱에 들어온 것을 다시 나가라고 명령하든 큰 차이는 없다. 그것은 단지 문지기가 얼마나 정신을 차리고 있는지의 경계 정도와 얼마나 빨리 알아차리는지의 속도 문제일 뿐이다.

이 비유에 의지하면 학술적 용어들을 이끌어내는 데 도움이 된다. 무의식이 거처하는 대기실 안의 여러 움직임은 다른 방에 머무르는 의식의 시야에서 벗어나 있다. 즉 이들 마음의 움직임은 처음에는 무의식에 있는 것이다. 만약 그 움직임이 문턱까지 돌진했다가 문지기에게 쫓겨나더라도 그것은 무의식이다. 이것을 우리는 〈억압되었다〉고 말할 수 있다. 그리고 그 심적인 움직임이 문턱을 넘어 문지기에 의해 들여보내졌을 경우에도 반드시 의식되는 것은 아니다. 그 움직임이 용케 의식의 눈에 띄었을 때만 의식적이 된다. 그러므로 이 제2의 방을 〈전의식(前意識)〉 체계라고 부르는 것은 지당할 것이다. 그렇다면 의식화된다는 것은 순전히 기술적(記述的)인 의미를 갖는 셈이다. 개개의 심적 움직임에 대해 억압이라는 운명은 문지기가 그것을 무의식 체계에서 전의식 체계로 들어가지 못하도록 막는 데에 있다. 우리가 분석적 치료를 통해 억압을 제거하려고 할 때, 저항이라는 형태로 인식하게 되는 것이 바로 이 문지기이다.

나는 여러분이 이와 같은 표현법은 너무 거칠고 또한 공상적이라서 과학적인 표현으로는 허용될 수 없다고 말하리라는 것을 잘 알고 있다. 나는 그것이 거친 표현법이라는 것을 충분히 알고 있고, 또 올바르지 않다는 것도 알고 있다. 우리가 아주 잘못 생각하고 있는 것이 아니라면, 이러한 표현을 대신할 더 훌륭한 것도 이미 준비가 되어 있다. 그러나 그 역시 여러분의 눈에는 공상적으로 비칠지 모른다. 나는 당분간은 전기 회로 속을 헤엄쳐 다니는 앙페르A. M. Ampère의 작은 사람들[110]처럼 이 표현을 보조적인 수단으로 삼고자 한다. 관찰한 내용들을 이해하는 데 도움을 준다면 그런 표현 방법을 경멸할 필요는 없다. 나는 〈두 개의 방과 그 문턱에 있는 문지기, 그리고 제2의 방의 끝에서 지켜보고 있는 의식〉이라는 이 거친 가설이 실제 사실들에 상당히 부합한다는 점을 여러분에게 확실히 말해둘 수 있다.

그리고 〈무의식〉, 〈전의식〉, 〈의식〉이라는 우리의 표현이 〈하의식(下意識)〉, 〈부의식(副意識)〉, 〈내의식(內意識)〉과 같이 이미 누군가 제안하여 사용하고 있는 표현들보다 훨씬 편견을 덜 받게 되고 또 더 쉽게 인정받을

---

110 앙페르의 규칙, 즉 전류 주위에 생기는 자장의 방향에 대한 규칙을 표현하는 방법. 사람이 전류의 방향을 향해서 헤엄치면서 얼굴을 자침(磁針) 쪽으로 돌리고 있을 때 자침의 북극(北極)은 정상적인 위치에서 이 사람의 왼쪽에 닿는다. 이 표현 방법은 〈수영자의 규칙〉이라고 불리는데, 지금은 사람 대신 오른쪽으로 돌리는 나사로 표시하는 경우가 많다.

수 있는 것이라는 점도 강조해두고 싶다.

여기서 노이로제 증상을 설명하기 위해 가정한 심적 체계의 구조가 일반적으로 확대될 수 있어야 하며, 정상적인 정신 기능도 설명할 수 있어야 한다고 여러분이 지적한다면 나는 그 지적을 진지하게 받아들일 것이다. 여러분의 지적은 옳다. 지금 우리가 그와 같은 추론을 계속해갈 수는 없지만, 만일 병적 상태의 연구를 통해 아직 암흑에 싸여 있는 정상적인 심적 과정을 해명할 가능성이 열린다면 증상 형성의 심리학에 대한 우리의 관심은 매우 고조될 것이다.

그건 그렇고, 무의식과 전의식의 두 체계와 그 체계들 간의 관계에 대한 우리의 설명이 어떤 근거에 입각해 있는지 여러분은 깨닫지 못하였는가? 무의식과 전의식 사이에 있는 문지기는 현재몽의 형성에 간섭하는 그 〈검열〉에 지나지 않는다. 우리들이 꿈을 일으키는 것으로 인정한 〈낮의 잔재〉는 전의식의 재료들이다. 이 재료들이 밤중의 수면 상태에서 무의식적이며 억압된 소망 충동의 영향을 받고, 그 소망 충동이 지니고 있는 에너지에 힘입어 잠재몽을 만들어낸다. 무의식 체계의 지배 아래서 이 재료들은 어떤 가공—응축과 치환—을 받는데, 그것은 정상적인 정신활동, 즉 전의식 체계에는 알려지지 않거나 혹은 예외적으로만 허용된 것이다. 이러한 기능의 차이에서 우리는 두 체계의 성격을 구별할 수 있다. 어떤 과정이 전의식의 체계에 속하느냐 무의식의 체계에 속하느냐 하는 것은 의식과의 관계로써 알 수 있다. 의식은 전의식에 속하기 때문이다.

꿈은 병적 현상이 아니다. 수면 상태라는 조건에서 꿈은 모든 정상인에게 나타난다. 심적 체계의 구조에 관한 앞의 가설은 꿈의 형성과 노이로제 증상 형성을 동시에 이해시켜 주는 것이지만, 정상적인 정신생활에도 고려해볼 수 있음을 단호하게 요구하고 있다.

이 정도로 해두고 억압에 대해 이야기해보자. 억압이란 증상 형성의 전제 조건에 지나지 않고 증상은 억압에 의해 방해된 어떤 것의 대리물이라는 것을 우리가 알았다 해도, 억압에서 이 대리 형성을 이해하는 데까지는 아직 상당한 거리가 남아 있다. 우리에게는 곧 다음과 같은 의문이 일어난다. 어떤 종류의 심적 욕망이 억압에 굴복하는가? 어떠한 힘과 동기에 의해 억압은 완수되는가? 이 의문에 대해서는 아직 하나의 답밖에 마련되어 있지 않다. 우리가 저항에 대해 검토할 때 저항은 자아의 힘들, 즉 우리가 잘 알고 있으면서도 잠재되어 있는 성격적 특징들에서 비롯된다는 말을 했다. 억압하는 것도 바로 그 힘이다. 적어도 그 힘이 억압에 관여하고 있다. 우리는 그 외에 다른 것은 아직 알지 못한다.

앞에서 말한 두 개의 증상 사례가 지금 우리에게 도움이 된다. 우리는 정신분석을 통해 언제나 노이로제 증상의 목적을 발견할 수 있다. 이것은 여러분에게 새삼스러운 말이 아닐 것이다. 나는 이미 노이로제의 두 증상 사례를 통해 여러분에게 그것을 보여주었다. 그러나 두 가지 사례로 우리가 무언가를 말할 수 있을까? 여러분은 그것을 입증해주는 2백 가지 혹은 그 이상의 사례를 보여달라고 요구할 수도 있다. 그러나 안타깝게도 나는 여러분의 요구에 응할 수 없다. 여러분은 자신의 경험에 의거하거나, 혹은 모든 정신분석가들이 인정하고 합의하고 있는 증언을 믿고 그에 의지할 수밖에 없다.

우리가 자세히 분석했던 두 개의 증상 사례에서 정신분석이 환자의 성생활의 가장 은밀한 부분을 들추어냈다는 사실을 여러분은 기억할 것이다. 우리는 첫 번째 사례에서 증상의 목적, 즉 증상의 의도 내지 의향을 뚜렷하게 알 수 있었다. 두 번째 사례에서는 나중에 이야기할 어떤 요소 때문에 증상의 목적이 어느 정도 감추어져 있었다.

이 두 가지 사례에서 우리가 발견한 것이 다른 사례를 분석할 때도 똑같이 드러난다. 언제나 분석을 통해 환자의 성적 체험과 성적 소망에 도달하게 되는 것이다. 그리고 매번 환자의 증상은 같은 목적을 지향하고 있다는 확신에 이르게 된다. 그 목적이란 성적 소망을 채우는 일이다. 증상은 환자의 성적 만족이라는 목적에 봉사하며, 그것은 현실 생활에서는 채워지지 못한 성적 만족의 대리물이다.

첫 번째 사례 여성 환자의 강박 행위를 떠올려보라. 부인은 열렬히 사랑하는 남편과 헤어질 수밖에 없었다. 남편의 성적 결함과 허약함 때문에 남편과 함께 살 수 없게 되었다. 그러나 그녀는 남편에게 성실해야 했고 남편의 자리를 다른 남자로 대신할 수 없었다. 이때 그녀의 강박 증상이 그녀가 열망하고 있는 것을 그녀에게 제공해주었다. 남편을 높이 평가하도록 만들어주었고 남편의 잘못, 특히 남편의 성불능을 부정하고 수정해주었다. 근본적으로 이 증상은 꿈과 같이 소망 충족이다. 강박 증상은 이렇게 에로틱한 소망의 충족을 의미하지만, 꿈의 경우는 언제나 그런 것은 아니다.

두 번째 사례 여성 환자의 경우, 그녀의 취침 의식은 부모의 성교를 방해하거나 혹은 성교의 결과 새 아기가 생기지 않도록 하는 것을 목표로 삼고 있음을 여러분은 짐작할 수 있다. 나아가서 이 의식은 결국 자기 자신을 어머니의 지위에 두는 것을 목표로 삼고 있다는 것도 여러분은 추측할 수 있을 것이다. 즉 여기서도 성적 만족의 방해물을 제거하는 것, 자신의 성적 소망을 채우는 것이 문제가 된다. 이에 관련해서 암시되어 있는 복잡한 사항은 나중에 기회를 보아 이야기하기로 하겠다.

여러분, 나는 지금 이 주장이 일반적으로 적용되는 것은 아니라고 말해둔다. 이는 나중에 일어날지도 모를 사태를 미리 방지하기 위해서다. 내가 여기서 억압과 증상 형성, 증상의 의미에 대해서 이야기한 모든 것은 노이로제의 세 가지 형태, 즉 불안 히스테리, 전환(轉換) 히스테리(Konversionhysterie), 강박 노이로제에서 얻은 것이다. 나의 설명은 이 세 가지 형태에만 적용되는 것이라는 점을 유념해주기 바란다. 우리는 이 세 가지 형태를 묶어서 〈감정전이(感情轉移) 노이로제(Übertragungsneurose)〉라고 부르고 있으며, 이 세 가지 병적 증상은 정신분석 요법이 활약할 수 있는 영역이기도 하다.

이 밖에 다른 노이로제들은 정신분석의 연구 대상이 되지 못했다. 어떤 종류의 노이로제는 정신분석 요법을 시도해도 나아지지 않았고 그것이 연구를 어렵게 한 이유 중 하나가 되었다. 그러나 정신분석은 아직 지극히 새로운 학문이며 정신분석이 전해지려면 많은 노력과 시간이 필요하다는 것, 그리고 불과 얼마 전까지도 정신분석을 하는 사람은 단 한 명밖에 없었다는 사실을 잊지 말아주기 바란다. 그러나 우리는 감정전이 노이로제 의외의 다른 심리적 문제들에 대해서도 더 심층적으로 이해하려는 노력을 하고 있다. 그리하여 우리의 가설과 연구 결과를 그 새로운 재료들에 적용시켰을 때 어떻게 확대되는지, 여러분에게 이야기할 수 있게 되길 바란다. 또 이러한 계속된 연구가 모순을 일으키기는커녕 우리의 지식을 더욱 고도로 통일시켜 주었다는 사실을 여러분에게 보여주고 싶다.

내가 말한 내용이 모두 세 종류의 감정전이 노이로제에 적용된다면, 여기서 하나의 새로운 보고를 덧붙임으로써 증상의 중요성을 더 강조하기로 한다. 질병을 발생시킨 유인들을 비교 검토해보면 다음과 같은 공식으로 정리할 수 있는 결과로 나타난다. 현실이 그들에게 어떤 방식으로든 소망의 만족을 허용하지 않을 때, 그 〈좌절 체험(Versagung)〉때문에 병에 걸린다는 것이다. 여러분은 이 두 가지 결과가 서로 얼마나 잘 들어맞는지 인정할 수 있을 것이다. 이제 비로소 증상은 실생활에서 채워지지 않는 소망의 대상적(代償的)인 만족으로 해석될 수 있다.

노이로제 증상이 성의 대상적 만족이라는 명제는 아직도 많은 항의를 받고 있다. 나는 오늘 그중 두 가지를 음미해보려 한다.

여러분이 직접 많은 노이로제 환자들을 분석적으로 연구해보면 여러분은 아마도 고개를 갸우뚱거리며 이렇게 말할 것이다.

"그런데 선생님이 하시는 말씀은 어떤 종류의 증상 사례에는 전혀 적용되지 않습니다. 그런 증상들은 오히려 성적 만족을 배제한다든가 포기한다든가 하는 정반대의 목적을 갖고 있는 것 같습니다."

나는 여러분의 해석에 이의를 제기할 생각은 없다. 정신분석에 관련되어 일어나는 사태들은 보통 우리가 그랬으면 하고 바라는 것보다 훨씬 복잡해지곤 한다. 그게 그렇게 간단하다면 그 사태를 밝히기 위해 정신분석이 필요하지도 않았을 것이다.

두 번째 사례의 여성 환자의 경우, 취침 의식의 몇 가지 특징은 분명 성적 만족에 반대되는 금욕적인 성질의 것임을 인정할 수 있다. 이를테면 시계를 밖에 내놓는 것은 밤중의 흥분을 피하려는 마술적인 의미를 갖고 있고, 꽃병이 떨어지거나 깨지지 않도록 조심하는 것은 처녀성을 지키는 것과 같은 의미를 지닌다. 나는 이 외에도 취침 의식을 포함하고 있는 다른 증상 사례들을 분석할 기회가 있었는데, 대개 이와 같은 소극적인 성질이 더 두드러지게 나타나 있었다. 그런 의식들은 모두 성적인 기억이나 유혹에 대해서 자기 몸을 지키려는 방위책으로 성립되어 있다. 그런데 우리는 이미 정신분석에서는 대립하는 것이 결코 모순을 의미하지 않는다는 것을 계속 경험해왔다. 따라서 증상은 성적 만족이나 성적 만족의 방어를 목표로 하고 있다고 우리의 주장을 확대할 수 있다. 히스테리의 경우는 적극적인 소망 충족의 특징이, 강박 노이로제의 경우는 소극적이며 금욕적인 성격이 우세하다.

만약 증상이 성적 만족뿐 아니라 그와 반대되는 목적에 대해서도 동시에 봉사할 수 있다면, 이 이중성 혹은 양극성은 우리가 아직 언급하지 않았던 증상의 메커니즘의 어느 부분에 관한 훌륭한 논거가 될 수 있다. 즉 지금부터 이야기하려는 것처럼, 증상은 두 가지 상반되는 바람의 간섭으로부터 생긴 타협의 산물이며, 타협의 성립에 협력한 억압한 것과 억압당한 것을 동시에 나타낸다. 증상 속에 어느 한쪽이 우세하게 나타날 수는 있으나 한쪽의 영향이 완전히 탈락되는 경우는 매우 드물다. 히스테리의 경우는 대개 하나의 증상 속에 두 가지 목적이 동시에 들어 있고, 강박 노이로제의 경우는 두 가지 목적이 흔히 분리된다. 따라서 강박 노이로제의 증상은 두 행위가 서로 다른 시기로 나뉘어서, 한쪽을 죽이고 한쪽이 연달아 나타나는 방식으로 성립된다.

제2의 의혹을 해결하는 것은 그리 쉬운 일이 아니다. 여러분이 증상에 대한 여러 해석들을 살펴본다면, 성적인 대리 만족이라는 개념을 극도로 확대해야 하는가 하는 생각이 들 것이다. 증상들은 현실적으로 아무런 만족을 주지 않으며, 성적 콤플렉스로부터 유래하는 환상을 재현하거나 감정을 되살리는 데 그친다는 인상을 여러분은 잊을 수 없을 것이다. 그리고 여러분은 이런 경우의 성적 만족이라는 것은 흔히 유치하고 성적 만족이라고 말할 가치도 없는 성질의 것, 즉 어른들이 어린아이에게 금지시키고 잘못된 습관으로 취급하여 교정시키려 하는 자위행위나 불쾌한 장난 같은 것이라는 점을 강조할 것이다. 나아가서 여러분은 우리가 잔인하거나 무섭고 부자연스러운 욕망의 만족을 단지 성적 만족이라고 표현하는 것에 깜짝 놀랄 것이다.

여러분, 두 번째 의혹에 대해서 여러분의 완벽한 이해를 기대하는 것은 아직 무리이다. 인간의 성생활에 대해서 근본적으로 검토하여 성적이라고 불러도 좋은 것이 무엇인지 뚜렷하게 규명하기 전까지는 그것을 제대로 이해하기 어렵다.

스무 번째 강의

인간의 성생활

〈성적(性的)인 것〉이란 대체 무엇을 뜻하는가? 여러분은 그것이 무엇인지 말하지 않아도 확실히 알고 있다고 생각할 것이다. 성이란 적어도 입밖에 내서는 안 되는 외설스러운 것이다. 내가 전에 들은 이야기가 있다. 어떤 유명한 정신과 의사의 제자들이 히스테리 증상은 대개 성적인 것의 표현임을 납득시키려고 자신들의 선생을 한 여성 히스테리 환자의 병상으로 데려갔다. 그 여성 환자의 발작은 누가 보아도 분만 과정의 모방이었다. 그런데 선생은 "분만이군그래. 그런데 분만은 결코 성적인 것이 아니야."라며 제자들의 주장을 일소에 붙였다. 그렇다, 분만은 확실히 외설적인 것은 아니다.

이런 진지한 문제에 대해 농담을 한다고 여러분은 못마땅하게 여길 것이다. 그러나 이것은 결코 농담이 아니다. 진지하게 생각한다 해도 〈성적인 것〉의 개념이 가진 내용을 제시하는 일은 쉽지 않다. 남녀 양성의 차이에 관련된 모든 것을 성이라고 한다면 아마도 가장 적절한 정의가 될 테지만, 여러분은 이것이 너무 평범하고 포괄적이라는 느낌을 받을 것이다. 만약 여러분이 성행위를 문제의 중심에 둔다면, 성이란 이성의 육체, 특히 이성의 성기에서 쾌감을 얻는 목적에 관심을 두는 일체의 것, 궁극적인 의미로 성기의 결합과 성교의 수행을 목적으로 하는 일체의 것이라 말할 수 있을 것이다. 그러나 이런 정의를 내린다면 여러분은 성이란 외설스러운 것이라든가, 분만은 성에 속하지 않는다고 말하는 이들과 오십보백보일 뿐이다. 한편 생식 기능을 성의 핵심으로 생각한다면, 생식을 목적으로 하지는 않지만 그럼에도 불구하고 분명히 성적인 것들, 이를테면 자위나 입맞춤조차 제외될 우려가 있다. 그러나 우리는 지금껏 어떤 정의를 내리려는 시도를 할 때마다 언제나 곤경에 빠졌고 그것을 피할 수 없음을 이미 각오하고 있었다. 그렇다면 일단 정의 내리는 것을 단념하고 이 사태를 헤쳐나가 보자. 〈성적인 것〉의 개념을 전개시키는 과정에서 일어날 수밖에 없는 이런 일을 질베러는 〈경계선을 긋는 방법의 오류〉라고 아주 훌륭하게 표현한 바 있다.

일반적으로 인간이 무엇을 성적이라고 부르는지 전혀 짐작할 수 없는 것은 아니다. 양성의 차이라든가 쾌감의 획득, 생식 기능, 그리고 비밀로 간직해야 할 외설스러운 것 등을 성이라고 부른다면 일상생활에서의 현실적인 필요에는 충분할 것이다. 그러나 학문에서는 이런 규정으로 충분하지 않다. 왜냐하면 고된 연구를 통해 얻어진 우리의 성과가 〈성생활〉에는 보통의 사람들과 아주 다른 일단의 모습들이 포함된다는 것을 말해주었기 때문이다. 그러한 〈성도착자(性倒錯者)〉 중 일부는 자신들의 성 프로그램에서 양성의 구별을 아예 없애버린 것처럼 보인다. 자신과 같은 성별의 사람만이 그들의 성적인 욕구를 자극한다. 이성, 특히 이성의 성기는 그들에게 전혀 성의 대상이 되지 않고 극단적인 경우에는 오히려 혐오의 대상이 된다. 당연히 그들은 생식 활동에 관여하는 것을 일체 포기한다. 우리는 이와 같은 사람을 동성애자 혹은 성 대상 전도자(性對象轉倒者:Invertierte)라고 부르고 있다. 그들은 이 하나의 운명적인 차이를 제외하면 대개가—반드시 그렇지는 않지만—어디 하나 나무랄 데 없을 만큼 교양 있고, 지적으로나 도덕적으로나 수준 높은 남녀들이다. 그들은 학문적으로 그들을 대변하는 사람들의 입을 빌려, 자신들은 인간의 특수한 변종이며 다른 양성과 동일한 권리가 있는 〈제3의 성〉이라고 칭한다. 나중에 그들의 이러한 주장을 비판적으로 검토할 기회가 있을 것이다. 물론 그들은 그들이 주장하고 싶어하는 것처럼 인류의 〈선택된 자〉들은 아니다. 오히려 성적 견지에서 보면 다른 종류의 변태와 마찬가지로 열등(劣等)이며, 적어도 무능한 사람들을 포함하고 있다.

그들은 자신들의 성 대상에 대해서, 정상인들이 성적 대상을 대할 때와 같은 것을 추구한다. 그러나 그들의 뒤에는 다른 비정상적인 성생활을 하는 이들의 긴 행렬이 따르고 있다. 이러한 사람들의 성 활동은 이성적(理性的)인 인간이 욕망을 충족시키는 방식에서 한참 떨어져 있다. 그 천차만별의 모습을 보면 브뢰겔이 〈성 안토니우스의 유혹〉[111]이라는 제목의 그림에서 묘사한 그로테스크한 괴물들이나 플로베르가 경건한 속죄자들 옆에

---

[111] 그리스도교 수도주의의 아버지라 일컬어지는 성 안토니우스가 악마와 싸우는(근대적인 표현을 빌면 관능(官能)과 싸우는) 모습은 많은 화가들의 화제가 되었는데, 이것이 〈성 안토니우스의 유혹〉이라고 불리는 그림이다. 온갖 자태의 많은(한 사람일 때도 있다) 요염한 나체 미녀들이 성 안토니우스를 에워싸고 있는 것이 모든 그림의 공통적인 구도이다. 브뢰겔은 16세기 플랑드르(지금의 벨기에에서 네덜란드에 걸친 지방)의 유명한 화가이다.

묘사해놓은 기진맥진한 신(神)과 신도들의 긴 행렬이 연상된다.[112]

이와 같은 이상자들의 군상에 우리의 머리가 혼란스러워져서는 곤란할 것이다. 그렇다면 이 군상을 정리해볼 필요가 있다. 우리는 이들을 둘로 나누는데, 하나는 동성애자처럼 성적 대상이 바뀌어 있는 이들이고 다른 하나는 성적인 목표(Sexualziel)가 바뀌어 있는 이들이다.

양성 성기의 결합을 추구하지 않는 사람들이 첫 번째 그룹에 속한다. 이들은 성행위 때 상대의 성기 대신 몸의 다른 기관이나 다른 부분을 대용한다. 그 대리 기관이 성기로는 불충분하다는 점을 아랑곳하지 않으며, 구역질과 같은 장애 요인은 무시한다(입과 항문이 질을 대신한다).

두 번째 그룹에서는 성기가 여전히 성 대상이 되지만 그것은 성 기능 때문이 아니라 다른 기능 때문으로, 즉 해부학적으로 닮았다는 이유나 가까이 있다는 이유로 인한 것이다. 아동 교육 때 배격했던 배설 기능이 이들에게는 여전히 성적 관심을 불러일으킨다는 사실을 우리는 발견할 수 있다.

또 어떤 사람에게는 성기가 전혀 대상이 되지 않고 몸의 다른 부분, 이를테면 여성의 유방이나 발, 땋아 내린 머리카락 등이 욕구의 대상이 된다. 더 나아가서는 신체 부위는 아무 의미가 없고 몸에 지니고 있는 물건, 이를테면 구두라든가 속옷 조각으로 그들의 모든 욕망이 채워지기도 한다. 이런 사람들을 페티시스트(fetischist)라고 부른다. 더 극단적이 되면 물론 몸 전체를 원하기는 하지만 그 대상에 아주 특수하고 이상하며, 때로는 끔

---

112 플로베르는《보봐리 부인》으로 유명한 프랑스의 소설가인데, 여기서 말하는 것은 〈성 안토니우스의 유혹〉에 나오는 많은 신들을 가리키는 것이다.

찍한 것을 요구하는 경우가 있다. 어떤 사람에게는 방어력이 없는 시체가 대상이 되고, 어떤 사람은 대상에 대한 쾌감을 맛보기 위해 범죄적인 폭력을 감행한다. 이와 같은 소름끼치는 이야기는 이 정도로 끝내자.

정상 상태일 경우에는 그저 단순한 서두이며 준비가 되는 전희적인 행위를 성적 소망의 목표로 삼는 도착자들도 있다. 즉 이성을 찬찬히 바라보거나 만지고 싶어하는 사람, 이성의 비밀스러운 부분을 훔쳐보고 싶어하는 사람, 혹은 상대편이 같은 행동으로 응해주기를 은근히 기대하며 자신의 감춰두어야 하는 신체 일부를 노출시키는 사람 등이다.

또 한편으로 학대 음란증을 가진 이들, 즉 사디스트(Sadist)들이 있는데, 이들의 행동은 매우 불가사의하게 느껴지기까지 한다. 그들은 상대에게 고통을 주거나 괴로움을 가함으로써 성욕의 목표를 달성하려 한다. 이들이 고통을 주는 방식에는 언어적인 암시를 통한 모욕에서부터 심한 육체적 손상에 이르기까지 다양하다. 이와 대조적으로 마조히스트(Masochist), 즉 피학대 음란증을 가진 이들이 있다. 그들의 유일한 쾌감은 상징적인 형태로나, 현실적인 형태로나 사랑하는 대상으로부터 모욕과 고통을 당하는 것이다. 나아가서 이런 비정상적인 형태들이 몇 개 합쳐지거나 뒤엉켜 있는 경우도 있다.

그리고 결국 이들 모두는 두 가지 형태로 존재하는데, 자기의 성적 만족을 현실에서 구하는 사람과 머릿속으로 상상하는 데 만족하는 사람이다. 후자의 경우는 현실적인 대상 없이 공상으로 그 모든 것을 대리할 수 있다.

이렇게 어처구니없고 기괴하며 무서운 것이 실제로 그들의 성생활을 구성하고 있다는 사실은 의심할 여지가 없다. 그들 자신도 그렇게 생각하며, 성적 욕구가 그런 방식으로 대체된다는 것을 인정한다. 그들의 현실 생활에서 그것은 우리들의 성적 만족과 똑같은 역할을 한다. 이를 위해서 그들은 보통 사람들과 마찬가지로, 혹은 아주 과도하게 대가를 치른다. 그 이상 상태가 어디서 정상 상태와 접하고 있는지, 그 이상 상태는 정상 상태의 어디에서 발생한 것인지를 대략적으로든 상세하게든 우리는 추적해볼 수 있을 것이다. 이때 우리는 성적 활동에 귀찮게 따라다니는 그 외설이라는 성질과 다시 마주칠 수밖에 없으며, 더구나 대개의 경우에 그 외설스러운 성질은 파렴치한 정도로까지 높아져 있다.

그런데 이렇게 비정상적인 성적 만족의 유형들에 대해 우리는 어떤 태도를 가져야 할까? 분개하거나, 개인적인 혐오감을 나타내거나, 또는 그런 병적인 성욕과 자신은 관계가 없다고 우기는 것만으로는 부족할 것이다. 그렇다. 우리가 신경 쓰는 것은 그런 것이 아니다. 요컨대 이것도 다른 것과 같이 현상의 한 영역이다. 그저 이상하고 희귀한 것에 불과하다며 회피하는 태도에 대해서는 쉽게 반박할 수 있다. 그런 생각과는 반대로 그것은 흔하게 나타나고 광범위하게 퍼져 있는 현상이기 때문이다. 만약 여러분이 이런 현상들은 모두 성 본능의 혼란이며 탈선을 나타내고 있는 것이므로, 굳이 그런 것으로 인해 성생활에 대한 견해를 바꿀 필요는 없다고 이의를 제기한다면, 나는 그에 대해 진지하게 답변해두려 한다. 성욕의 이 같은 병적 형태를 이해하지 못하고 정상적인 성생활과 관련시켜 설명하지 못한다면, 우리는 정상적인 성에 대해서도 제대로 이해하지 못한다. 한마디로 우리는 위에서 말한 성도착의 가능성과 소위 정상적인 성욕의 관계를 이론적으로 충분히 설명해야만 하는 과제를 피해 갈 수 없다.

여기서 하나의 통찰과 두 가지 새로운 경험이 우리에게 도움을 줄 수 있다. 우선 우리에게 도움이 될 통찰은 이반 블로흐Iwan Bloch[113]에 힘입은 것이다. 블로흐는 이러한 성적 목표의 일탈이나 성 대상의 이완(弛緩)은 아득한 옛날부터 우리에게 알려진 모든 시대를 통해 원시적인 민족과 고도의 문명을 가진 민족에게서 모두 발견되며, 시대에 따라 이를 관대하게 보거나 또는 일반적으로 성행하기도 했음을 입증하였고, 그럼으로써 도착을 〈변질 징후(變質徵候)〉로 보는 관점에 반대했다.

다음으로 두 가지의 새로운 경험은 노이로제 환자의 정신분석 연구로부터 얻은 것이다. 이러한 경험은 성도착에 대한 우리들의 관점에 결정적인 영향을 미치지 않을 수 없었다.

우리는 앞서 노이로제 증상들은 성의 대상적(代償的)인 만족이라고 말했다. 그리고 나는 증상 분석을 통해 이 명제를 입증할 때에는 많은 어려움이 따른다는 점을 언급했다. 이른바 도착적인 성욕들을 〈성적 만족〉에 포함시킬 때에만 이 명제는 타당한 것이 된다. 증상에 대해 그렇게밖에 해석할 수 없는 경우를 우리는 놀랄 만큼 많이 만나게 되기 때문이다. 어느 노이로제 환자에게서나 동성애적인 충동이 발견되며, 많은 노이로제 증상이 잠재적인 도착증의 형태로 표현된다는 것을 알게 되면 동성애자나 성 대상 도착자가 예외적인 인간이라는 주장은 곧바로 무력해진다. 동성애자라고 자칭하는 사람들은 그저 의식적인 현재성(顯在性) 성 대상 도착자들일 뿐이다. 잠재성(潛在性) 동성애자의 숫자에 비하면 이들은 아무것도 아니다. 그런데 동성에서 대상을 고른다는 것은 여전히 일탈로 간주될 수밖

---

113 1872~1923. 독일의 피부과 의사이자 성 과학 창시자 중의 한 사람.

에 없으므로, 거기에 중요한 의미를 부여할 수밖에 없다는 생각이 든다. 그럼에도 불구하고 여전히 현재성 동성애와 정상 상태의 구별은 사라지지 않는 것이다. 그러나 그 차이가 실생활에서는 중요할지 몰라도 이론적인 가치는 매우 감소된다. 감정전이 노이로제에는 속하지 않는 질병으로서 이를테면 편집증 같은 것은 언제나 강렬한 동성애적 충동을 방어하려는 시도 때문에 발생한다고 우리는 가정한다. 앞에서 예로 든 여성 환자가 강박 행위 속에서 한 사람의 남자, 즉 별거한 남편의 역할을 대신했음을 여러분은 기억할 것이다. 이렇게 남자의 역할을 대신하는 증상은 노이로제 여성 환자들에게서 흔히 나타난다. 그것은 동성애에 속하는 것은 아니지만, 동성애의 전제 조건과 매우 큰 관계가 있다.

여러분도 알고 있겠지만 히스테리성 노이로제의 증상은 모든 신체 기관(신경계, 호흡계, 소화계 등)에 나타나서 모든 신체 기능에 장애를 불러일으킬 수 있다. 정신분석의 결과 이때 환자는 다른 신체 기관을 성 기관의 대리로 삼으려 하는, 도착적이라고 부를 만한 충동이 나타나 있음을 알 수 있다. 이 기관들이 성 기관의 대리물과 같은 역할을 하는 것이다. 우리는 히스테리 증상 연구를 통해서 신체 기관들이 본래의 기능 외에 성적인, 즉 성감대와 유사한 역할을 담당한다는 결론에 도달했다. 만일 이 후자의 기능을 위해 신체 기관이 과도하게 사용될 경우 본래 기능을 수행하는 데는 지장을 받게 된다.

히스테리 증상들을 통해 우리에게 알려진 내용을 보면, 성과 전혀 관계가 없어 보이는 신체 기관의 수많은 감각과 신경 자극들이 본질적으로 도착적인 성적 자극을 충족시키려는 성격을 보여주며, 이때 성 기관은 다른 신체 기관에 그 의미를 빼앗기고 있다. 영양 섭취와 배설을 위한 기관들이 성적 자극의 담당자가 되는 경우가 매우 많다는 것을 우리는 알고 있다. 이는 성도착에서 볼 수 있었던 것과 다르지 않다.

그런데 성도착에서는 별다른 노력을 기울이지 않아도 명백하게 인식할 수 있는 것을 히스테리의 경우에는 증상의 해석이라는 우회적인 방법을 통해서만 비로소 알 수 있다. 이때 문제의 도착적인 성 충동은 그 사람의 의식 속에 있는 것이 아니라 무의식 속에 들어 있다.

가장 주목할 만한 강박 노이로제 증상들은 아주 강한 가학적인 충동에서, 즉 성 목표가 도착됨으로써 발생한다. 더구나 그런 증상들은—강박 노이로제의 구조와 일치하여—욕망을 방어하는 역할을 하거나 혹은 만족과 방어 사이의 투쟁을 표현한다. 그런데 이때 성적 만족은 반드시 달성된다. 성적 만족은 우회적인 방법으로 환자의 행동 속에 침입하는 길을 잘 알고 있다. 그것은 환자의 인격에 거침없이 손상을 가하면서 환자 자신이 스스로를 고문하도록 만든다. 노이로제의 다른 형태, 이를테면 천착증(穿鑿症) 같은 경우에는 보통 정상적인 성적 만족의 과정에서는 단순히 준비 행위나 중간적인 행위에 불과한 보고, 만지고, 탐색하는 등의 행위에 과도한 성적 색채를 부여한다. 접촉 공포나 세척 강박의 의미는 이것으로 충분히 설명된다. 강박 행위 중에서 상상하기 어려울 정도로 많은 부분이 자위의 변장된 반복이거나 변형이다. 잘 알려져 있다시피 자위는 단순한 행위에 지나지 않지만 여러 가지 성적 공상을 수반하고 있다.

성도착과 노이로제의 관계에 대해 더 자세하게 설명할 수 있지만, 우리의 목적을 위해서는 지금까지 말한 것으로도 충분할 것이다. 그런데 증상을 이렇게 규명할 때 우리는 사람들이 지닌 도착 경향의 빈도와 강도를 과대평가하지 않도록 조심해야 한다. 정상적인 성적 만족이 좌절될 때 사람들은 노이로제에 걸린다. 현실상의 좌절로 인해 성적인 욕구는 비정상적인 길로 간다. 왜 그런 일이 일어나는가는 나중에 알게 될 것이다. 그러나 아무튼 이와 같은 측지성(Kollateral) 역류정체[114] 때문에 도착 충동은 정상적인 성적 만족이 현실에서 전혀 방해를 받지 않은 때보다 훨씬 강하게 나타나게 된다는 점을 이해해야 한다. 더욱이 현재성 도착에서도 그와 유사한 영향을 볼 수 있다. 현재성 도착은 일시적인 상황이나 영속적인 사회 제도 때문에 성 본능을 정상적인 방법으로 채우기가 매우 어려울 때 유발되거나 활성화되는 경우가 많다. 그러나 도착 경향이 이러한 조건과는 전혀 관계없이 나타날 수도 있는데, 이때의 도착은 그 사람으로 봐서는 정상적인 성생활이다.

정상적인 성욕과 도착된 성욕의 관계를 설명함으로써 여러분은 오히려 더 혼란스러워졌다는 인상을 받았을 것이다. 하지만 다음과 같은 고찰을 염두에 두기 바란다. 보통 때는 도착 경향이 나타나지 않던 사람도 정상적인 성적 만족을 현실에서 얻기 어려워지거나 또는 전혀 얻을 수 없게 되면 도착 경향이 나타나는데, 그게 사실이라면 이 사람들 안에 도착을 받아들일 수 있는 무언가가 이미 존재하고 있었으리라 가정해야 한다. 혹은 여러분이 원한다면 그것이 잠재된 형태로 존재했다고 표현해도 좋다.

이렇게 하여 우리는 앞에서 이야기한 두 번째의 새로운 사실에 도달하

---

114 '측지성(側枝性)'이라는 것은 단순히 곁이라든가 옆이라는 뜻이지만, 병리학에서는 측지성 빈혈이나 측지성 혈액순환과 같은 말로 사용된다. 측지성 혈액순환은 정상적인 길로 혈액이 흐를 수 없을 때 평소에 그다지 사용되지 않는 혈관을 이용하는 경우를 말한다. 정상적인 넓은 길을 통과할 때보다 압력이 높고, 흐르지 못해 괴어 있는 혈액도 생긴다. 이것이 '역류정체(逆流停滯)'이다.

게 된다. 즉 우리는 정신분석 연구에 어린이의 성생활을 포함시켜야 할 필요가 생긴 것이다. 왜냐하면 증상을 분석하는 과정에서 검토하게 되는 환자의 기억과 연상들은 언제나 소아기의 아주 초기까지 거슬러 올라가기 때문이다. 우리가 추론한 사실 하나하나는 아이들에 대한 직접 관찰을 통해 모두 입증되었다. 이를 통해 도착 경향은 유아기에 뿌리박고 있다는 것, 아이들은 도착 경향의 소질이 있으며, 미성숙의 정도에 따라 그 소질을 발휘하고 있다는 점들이 분명해진다. 즉 도착적인 성욕이란 개개의 욕망으로 분해된 유아 성욕(幼兒性慾)의 확대인 것이다.

이제 여러분은 도착이라는 현상을 다른 시선으로 바라보게 되었을 것이다. 그리고 인간의 성생활과 도착의 관계를 더 이상 무시할 수 없을 것이다. 그러나 여러분이 이 결론을 인정하기 위해서는 심한 당혹스러움과 감정적인 혼란을 겪어야 할 것이다! 어린아이에게도 성생활이라고 부를 만한 것이 존재한다는 사실과 어린이의 행동 속에는 후에 도착이라 판명될 만한 어떤 것과 밀접한 관련이 보인다는 우리 관찰의 타당성과 주장의 근거들을 여러분은 우선 부정하고 싶을 것이다.

그러므로 나는 먼저 여러분이 느끼는 저항감의 동기에 대해 설명한 후에 우리가 관찰한 것들을 종합하여 말하려 한다. 어린이는 성생활—이를테면 성적인 자극이나 욕구 그리고 일종의 성적 만족감—이라고 할 수 있는 것을 가지고 있지 않으며, 12세에서 14세 사이에 갑자기 눈을 뜨는 것이라는 주장은 모든 분석적인 관찰을 제외하고 생물학적인 관점에서 본다 해도 전혀 개연성이 없다. 그러한 주장은 아이가 세상에 태어났을 때는 성기를 가지고 있지 않다가 사춘기가 되어서야 비로소 생긴다고 주장하는 것만큼이나 불합리하다. 사춘기에 그들이 눈뜨는 것은 생식 기능이다.

생식 기능이 이미 존재하고 있는 육체적이며 정신적인 재료들을 자신의 목적을 달성하기 위해 이용하는 것이다. 여러분은 성욕과 생식(生殖)을 혼동하는 과오에 빠져 있다. 그로 인해 성과 성도착 그리고 노이로제를 이해할 수 있는 길을 스스로 차단하고 있는 것이다. 그러나 그것은 교육의 결과로서, 여러분 자신이 전에는 어린이였고 어린 시절부터 교육의 영향을 받은 데서 비롯된다. 사회가 설정하고 있는 가장 중대한 교육 방침 중에는 생식의 충동으로 강하게 분출하는 성 욕동(性慾動:Sexualstrebung)을 속박하고, 제약하고, 사회적 명령과 합치된 개인의 의지 하에 복종시키는 과제가 포함되어 있다. 어린이가 일정한 수준의 지적인 성숙 단계에 이를 때까지 성 욕동의 발달을 지연시키는 것은 사회에 이익이 된다. 성 욕동이 완전히 분출되고 나면 교육을 실시하기는 사실상 불가능하기 때문이다. 만약 그렇게 하지 않으면 성 욕동의 거센 물결은 둑을 무너뜨리고 인류가 힘겹게 쌓아온 문화라는 전당을 떠내려 보낼 것이다. 하지만 성 욕동을 제어하는 과제는 결코 쉬운 일이 아니다. 그 과제는 거의 성공하지 못하는 경우도 있으며, 반대로 완전히 성공하는 경우도 있다. 인간 사회를 움직이는 궁극적인 동기는 경제이다. 사회는 그 구성원이 노동을 하지 않고도 생활할 수 있을 만큼의 충분한 식량을 갖고 있지 않기 때문에 구성원의 수를 제한하고, 그들의 힘을 성생활에서 노동으로 유도해야만 한다. 이는 원시시대부터 현재에 이르기까지 계속된 생활과의 싸움이다.

교육자들은 새로운 세대의 성적 욕망을 쉽게 조절하기 위해서는 어릴 때부터 교육적인 영향력을 미쳐야 한다는 것을 분명 경험적으로 알았을 것이다. 사춘기의 폭풍우가 다가오기 전에 그 준비 단계인 어린아이의 성생활부터 일찌감치 간섭할 때에만 그 과제는 달성된다. 그 때문에 유아기의 거의 모든 성적 행위는 금지되고 좋지 않은 것으로 취급된다. 사람들은 어린이의 생활을 성과 무관한 것으로 구축하려는 이상적인 목표를 세우고, 시대가 흘러가며 결국 어린이에게는 성이 없다는 믿음을 갖게 되었다. 그리고 학문에서마저 그것을 이론적으로 공표하기에 이르렀다. 자신들의 믿음과 의도가 모순되지 않도록 하기 위해 사람들은 어린이의 성적 활동을 무시해버린다. 대단한 수완이라 하지 않을 수 없다. 그리고 학문은 어린이의 성적 활동을 다른 방식으로 해석하는 데 그친다. 그리하여 어린이는 순수한 존재, 죄가 없는 존재로 간주되고 있다. 만약 누군가가 다른 식으로 말한다면 그는 인간성의 우아하고 성스러운 감정을 훼손한 고약한 사람으로 매도된다.

그런데 어린이는 이런 편의주의와는 상관없이 천진난만하게 그 동물적 권리를 주장하고, 자신들의 순수함을 되풀이해서 증명해 보이고 있다. 이에 대해 어린이의 성을 부정하는 사람들은 교육의 손길을 늦추지 않고 〈아이들의 못된 습관〉이란 말로 자신들이 부정하려 하는 성욕의 발현을 아주 엄격하게 단속한다. 유아기에는 성생활이 존재하지 않는다는 선입견에 가장 모순되는 시기, 즉 5~6세까지의 나이가 대개의 사람들에게 망각의 베일에 싸여 있다는 것은 이론적으로 매우 흥미로운 일이다. 그러나 이 베일은 분석적인 연구로 완전히 벗겨낼 수 있다. 더구나 이미 앞에서 본 것처럼 개개의 꿈들은 이 베일을 통과하여 형성되고 있다.

나는 이제 여러분에게 어린이의 성생활 중에서 가장 주목할 만한 사항에 대해 이야기하려 한다. 아울러 여기서 〈리비도(Libido)〉의 개념을 소개하는 것도 효과적일 것이다. 리비도는 〈배고픔〉과 마찬가지로 어떤 본능을 발현시키는 힘이다. 배고플 때 섭식 본능이 일어나는 것처럼 리비도는 성적 충동을 발현시킨다. 이 외에 다른 개념들, 이를테면 성적 자극이나 성적 만족에 대해서는 더 이상 설명이 필요 없지만, 유아의 성 활동의 경우는 해석에 많은 노력이 요구된다는 사실을 여러분도 쉽게 짐작할 수 있을 것이다. 그리고 여러분은 어쩌면 이 점을 반론을 제기하는 데 이용할지도 모른다.

그 해석은 분석적 연구를 토대로 증상을 추적함으로써 얻어진다.

유아에게 최초의 성적 자극은 생명 유지에 필요한 다른 기능들과의 연관 속에서 나타난다. 여러분도 알다시피 유아의 주된 관심은 영양 섭취이다. 유아는 젖을 배불리 먹고 어머니의 품안에서 잠들 때 가장 행복한 표정을 짓는다. 그것은 훗날 성인이 되어 극도의 성적 쾌감에 도달했을 때 똑같이 반복되지만, 이것만 가지고 추론을 하는 것은 너무 위험할 것이다. 그런데 우리는 유아가 먹고 싶은 생각이 없을 때도 영양 섭취의 동작을 되풀이하려 한다는 사실을 관찰할 수 있다. 이때 유아는 배고픔의 충동에 좌우되는 것이 아니다. 우리는 이것을 유아의 빠는 행위(Iutschen Iudeln)[115]라고 부른다. 유아는 이런 동작을 한 다음 다시 편안한 표정으로 잠이 들며, 이 행위는 습관이 되어 무언가를 빨지 않으면 잠을 자지 않게 되기도 한다. 이와 같은 행위에 성적인 성질이 있다고 처음으로 주장한 이는 부다페스트의 소아과 의사 린트너s. Lindner였다. 아이를 보살피는 사람들은 이론적인 주장을 내세울 생각은 없겠지만 똑같은 판단을 내리고 있는 것으

---

115 이 말은 원래 '쭉쭉', '쩝쩝'에 해당하는 의성어인데 다음에 나오는 린트너에 의해 뚜렷한 개념을 갖게 되었다. 즉 물건(자기 입술, 손가락, 속옷, 고무 젖꼭지 등)을 빨거나 핥는 행위이다.

로 보인다. 그들은 어린아이의 빠는 행위가 쾌감 획득에만 소용이 된다는 것을 확신하며, 이를 어린이의 나쁜 버릇으로 간주하고 스스로 그만두려 하지 않을 때는 강제로 그만두게 만든다. 유아가 쾌감 획득 외에 다른 목적은 전혀 없는 행동을 한다는 사실은 이로써 더욱 분명해진다. 우리는 유아가 영양 섭취를 통해 이 쾌감을 처음으로 체험하고, 이어서 그런 조건과 상관없이 쾌감을 느끼는 방법을 터득하는 것이라 생각하고 있다. 이와 같이 하여 얻는 쾌감은 입과 입술 부분에만 관계가 있는데, 우리는 신체의 이 부분을 〈성감대(erogene Zonen)〉라고 부르고, 빠는 행위를 통해 달성되는 이런 쾌감을 성적인 것으로 표현하고 있다. 물론 이러한 표현이 타당한 것인지는 더 논의가 있어야 할 것이다.

만약에 유아가 말을 할 수 있다면, 어머니의 젖꼭지로 젖을 빠는 행위는 자기 삶에서 가장 중대한 일이라고 말해줄 것이다. 유아는 그것을 나쁜 짓이라고 생각하지 않는다. 왜냐하면 젖을 빠는 행위를 통해 유아는 두 가지의 커다란 삶의 욕구를 채우고 있기 때문이다. 그리고 정신분석을 통해 이 동작의 심리적 의미가 일생 동안 얼마나 중요하게 남게 되는지를 알게 된다면 여러분은 놀라지 않을 수 없을 것이다. 어머니의 젖꼭지를 빠는 행위는 일생에 걸친 성생활의 출발점이 되며, 훗날의 성적 만족에 다시없는 표본이 된다. 그리고 사람들은 부족감을 느낄 때 흔히 공상 속에서 이 표본으로 되돌아간다. 여기에는 최초의 성적 대상인 어머니의 유방이 포함되어 있다. 이 최초의 대상이 훗날의 모든 성적 대상의 발견에 얼마나 중요한 영향을 미치는지, 또 이 첫 대상이 변형되고 대리되어 정신활동의 다른 면 영역에까지 얼마나 깊은 영향을 주는지를 여러분에게 알기 쉽게 이해시킨다는 것은 참으로 어려운 일이다.

일단 빠는 행위를 시작한 유아는 어머니라는 대상을 자신의 신체 일부로 대체한다. 유아는 자기의 혀로 엄지손가락을 빤다. 그렇게 함으로써 쾌감 획득을 위해 외부 세계의 동의를 구할 필요가 없어진다. 나아가 유아는 신체의 두 번째 성감대를 자극하여 쾌감을 증가시키려 한다. 성감대는 모두 같은 정도의 쾌감을 준다고는 할 수 없다. 따라서 린트너가 보고한 것처럼, 유아가 자기 몸을 더듬어본 결과 성 기관에서 특히 자극적인 것을 발견하고, 그로 인해 빠는 동작에서 자위행위로 이행하는 방법을 발견했다면 이는 실로 중대한 체험이라 할 수 있다.

빠는 행위에 대한 이러한 판단을 통해 우리는 유아 성욕이 가진 두 가지의 결정적인 특징을 알게 된다. 유아 성욕은 유기체의 커다란 욕구의 만족과 결부되어 나타나 자기성애적(自己性愛的:autoerotisch)으로 거동한다. 즉 유아 성욕은 대상을 자기 신체에서 찾고 발견한다. 음식의 섭취에서 가장 분명하게 볼 수 있는 이 현상은 배설 행위에서도 일정 정도 되풀이된다. 우리는 유아가 대소변의 배설 행위에서 쾌감을 느끼며, 또 성감대의 점막 부위를 자극하여 최대한의 쾌감을 이끌어내면서 마침내 배설 행위를 조절하는 방법을 터득하게 된다고 추론한다. 이 점에 대해서는 섬세한 감각의 소유자인 루 안드레아스 살로메Lou Andreas Salomé[116]가 상세히 설명한 바 있다. 먼저 외부 세계가 아이를 방해하고 쾌감 추구에 적대하는 저지적인 힘으로서 작용하는데, 이것은 유아로 하여금 어렴풋이나마 후일에 경험하게 될 내적인 갈등과 외부적인 갈등을 예상하게 한다. 유아는 자기가 원할 때 배설하는 것이 허용되지 않고, 타인이 정해놓은 시간에 맞춰야만

---

116 니체의 연인이자 릴케의 친구이며, 후에 프로이트파가 된 유명한 여성.

한다. 유아에게 이 쾌감의 원천을 단념시키기 위해서 배설 기능에 관한 모든 것은 점잖지 못하고 비밀스러운 것으로 설명된다. 이때 유아는 쾌감과 사회적 품위를 교환하게 되는 것이다.

배설물 자체에 대한 유아의 태도는 처음부터 완전히 달라서, 유아는 자신의 배설물에 전혀 혐오감을 느끼지 않고 오히려 자기 몸의 일부로 생각한다. 유아는 자신의 배설물에 집착하며, 특별히 중요한 사람에게 호감의 표시로 주는 최초의 〈선물〉로 그것을 활용하기도 한다. 아이에게서 그러한 경향을 제거하는 교육이 목적을 달성한 뒤에도 유아는 계속하여 배설물을 〈선물〉이나 〈돈〉으로 평가한다.

또 한편으로 유아는 배뇨 동작을 특별히 자랑스러운 것으로 간주하는 것처럼 보인다.

여러분은 꽤 오래전부터 내 이야기를 중지시키고 이렇게 외치고 싶었을 것이다.

"정말 놀라운 일이군요! 배설 행위가 쾌감 만족의 원천이고 유아가 그것을 그렇게 이용한다니 말입니다! 대변은 매우 귀중한 물건이고 항문은 성 기관의 일종이라고요? 그런 건 도저히 믿을 수 없습니다. 소아과 의사나 교육자들이 어째서 정신분석과 그 학설을 그리도 엄격하게 배척했는지 이제 충분히 알겠습니다."

아니, 그렇지 않다. 여러분은 내가 유아의 성생활에 대한 여러 가지 사실들을 성적 도착이라는 사실과의 연관 속에서 설명하려 하고 있다는 것을 까맣게 잊고 있는 것 같다. 동성연애자나 이성연애자를 불문하고 많은 성인들에게 항문이 성교 과정에서 실제로 질의 역할을 한다는 것을 여러분이 모르지는 않을 것이다. 그리고 사람들은 대변 배설 시의 쾌감을 평생 동안 기억하고 있으며, 그런 쾌감을 상당히 중요시하는 사람들도 있다는 사실을 여러분은 어째서 몰라야만 하는가?

어린이가 두세 살이 되어 말할 수 있게 되면 배변 행위에 대한 관심과 타인의 배설물을 들여다볼 때의 기쁨에 대해 어린이의 입을 통해 직접 듣고 확인할 수 있다. 물론 여러분은 이 어린이를 사전에 꾸짖어서는 안 된다. 그러면 어린이는 그런 것을 입 밖에 내서는 안 되는 일인 줄 알게 되기 때문이다. 또 여러분이 믿고 싶지 않은 다른 많은 사항들에 대해서는 분석의 결과들을 참고하거나, 여러분이 아이들을 직접 관찰해보기 바란다. 그 모든 것들을 무시하거나 다른 식으로 보려 하는 것은 일종의 작위(作爲)라고 말해두고 싶다.

유아의 성적 활동과 성도착의 근연(近緣) 관계가 여러분 눈에 이상하게 보인다 해도 상관없다. 이 근접성은 실제로 명백한 것이다. 만약 어린이가 성생활을 갖는다면 그것은 도착적인 성질의 것이다. 왜냐하면 어린아이는 몇 가지의 모호한 조짐들을 제외하고는 그 성이 생식 기능으로 연결되기에 불충분한 점들을 많이 가지고 있기 때문이다. 한편으로 모든 도착의 공통적인 성격은 생식 목적이 포기되어 있다는 것이다. 성 활동이 생식 목적을 버리고 그것과는 무관한 쾌감 획득의 목표를 추구할 경우, 이러한 성 활동을 우리는 도착이라고 부른다. 따라서 여러분은 성생활의 발달에서 하나의 단절과 전환점이 되는 시기는 바로 성생활을 생식이라는 목표 아래 종속시키는 순간임을 알 수 있다. 이 전환점에 도달하기 전에 나타나는 모든 것, 또 이 전환을 거부하고 쾌감 획득만을 목표로 하는 모든 행위에는 〈도착〉이라는 그다지 명예롭지 않은 이름이 붙어 배척당하게 되는 것이다.

유아 성욕에 대해 간결하게 조금 더 설명하는 것을 이해해주기 바란다. 내가 두 개의 신체 기관들의 체계에 대해 보고한 내용은 다른 신체 기관의 체계를 고려함으로써 더욱 완전해진다. 어린이의 성생활은 일련의 부분 욕동(部分慾動:Partialtrieb)의 활동에 국한되어 있는데, 이는 서로 독립적으로 일부는 자신의 몸을 통해, 일부는 이미 외부 세계의 대상으로부터 쾌감을 얻으려는 욕동이다. 이러한 모든 기관들 중에서도 성 기관이 그 대상으로 부각된다. 사람들은 타인의 성기나 그 밖의 성적 대상의 도움 없이 유아기의 자위에서 시작하여 사춘기의 불가피한 자위에 이르기까지 자기 자신의 성기로 쾌감을 추구하며, 또 사춘기가 지난 후에도 줄곧 이어지는 경우도 있다. 어쨌든 자위행위라는 주제는 그리 간단하게 논할 수는 없으며 여러 측면에서 관찰되어야 한다.

나는 이 문제를 간략하게 설명하고 싶었지만 어린아이의 〈성적 탐구〉에 대해 몇 가지 더 언급해야겠다. 성적 탐구는 유아 성욕의 특징을 잘 나타내주며 동시에 노이로제 증상 연구에도 매우 중요하다. 어린이의 성적 탐구는 매우 빠른 시기부터, 때로는 세 살이 되기 전에 시작된다. 그들의 성적 탐구는 성별에 대해서는 관심을 두지 않는다. 어린아이에게는 성별이 별 의미가 없다. 왜냐하면 아이들은—적어도 남자아이의 경우는—남녀 양성이 모두 동일한 남성 성기를 갖고 있는 줄 알고 있기 때문이다. 남자아이가 어린 누이동생이나 소꿉동무에게 질이 있다는 것을 발견하면 아이는 일단 자기가 본 것을 부정하려 한다. 왜냐하면 자기와 같은 모습을 한 사람이 자기에게는 매우 소중한 것으로 여겨지는 성기라는 부분을 가지고 있지 않은 것이 도저히 믿어지지 않기 때문이다. 남자아이는 자기의 성기가 무슨 일로 없어지지나 않을까 걱정하게 된다. 자신의 조그마한 물건을 가지고 너무 심한 장난을 친다고 어른들로부터 일찍이 꾸짖음을 들으면 그것이 후일에까지 두고두고 영향을 남기고, 마침내 그는 거세 콤플렉스에 지배당하게 된다. 이 거세 콤플렉스는 건강할 때는 성격 형성에 영향을 미치며, 병에 걸리는 경우에는 노이로제 증상에 그 영향력을 발휘하고, 분석 요법을 받을 때는 그가 저항하는 과정에 크게 관여한다.

여자아이들의 경우에 대해서는 다음과 같은 것을 말할 수 있다. 여자아이는 눈에 뚜렷이 보이는 남근을 가지고 있지 않기 때문에 자신이 어떤 손해를 보고 있다고 생각한다. 그것을 가지고 있는 남자아이를 시기하고, 이 동기로 인해 남자가 되고 싶다는 소망—이 소망은 훗날 여성으로서의 역할을 잘할 수 없음으로 해서 발생하는 노이로제 속에 다시 나타나는데—을 품는다. 또 여자아이의 음핵은 유아기에 남근과 같은 역할을 담당한다. 음핵은 특히 자극에 민감한 부분이고, 또 자기성애적인 만족감을 얻을 수 있는 부위이다. 소녀가 성숙한 여성이 되는 과정에서, 음핵을 통한 성적 자극이 적당한 시기에 완전히 질의 입구로 옮겨지는 것은 매우 중요하다. 이른바 성 불감증 여성들은 음핵이 완강하게 이 기능을 지속하고 있음을 알 수 있다.

어린아이의 성적 호기심은 우선 자신들이 어디에서 나왔느냐—테베의 스핑크스가 던진 수수께끼에도 이 문제가 밑바탕에 깔려 있다—에 쏠려 있다. 그리고 이 호기심은 대개 새 아이가 태어날 때의 이기적인 근심에 의해 눈을 뜨게 된다. 황새가 아기를 물어 온다는 유모의 판에 박힌 대답은 우리 생각보다도 더 많이 아이들의 의심을 산다. 어른들에게 속고 있다는 느낌은 아이의 고독감과 독립심의 발달을 크게 자극하지만, 어린아이는 이 문제를 자기의 머리로 해결할 수가 없다. 성적 소질이 아직 완전히 발달되어 있지 않기 때문에 이해하는 데에 한계가 있다.

그래서 일단 아이는 어른들이 어떤 특별한 것을 먹으면 아기가 생긴다고 생각한다. 여성만이 아기를 낳을 수 있다는 사실을 아이들은 아직 알지 못한다. 훗날 여성이 아기를 낳는다는 것을 알게 되면 음식에서 아기가 만들어진다는 생각을 버리게 되지만, 동화에는 여전히 그런 생각이 남아 있다. 어느 정도 자란 아이는 이윽고 아버지가 아이를 만드는 데 분명 어떤 역할을 함을 깨닫게 되지만, 구체적으로 무슨 역할을 하는지는 짐작하지 못한다. 만약 아이가 우연히 성교를 목격하게 되면 아이는 그것을 넘어뜨리거나 싸우는 것으로 알고 가학적인 시각으로 오해하여 바라본다. 그리고 아직은 그 행위를 아기의 탄생과 연관 짓지 못한다. 어린아이가 어머니의 침대나 속옷에서 핏자국을 발견하게 되면 아버지가 입힌 상처의 결과라고 생각한다. 유아기의 후반기에 가서는 남성 성기가 아기의 탄생에 근본적인 관련이 있다는 것을 어렴풋이 느끼지만, 이 부분에 배뇨 이외의 다른 작용이 있다고는 생각하지 못한다.

아이들은 처음부터 아기가 창자에서 생기는 것이 틀림없다, 즉 아기는 대변처럼 나오는 것이라는 견해를 갖는다. 항문에 대한 흥미가 사라질 때에야 비로소 이 생각은 포기되며, 다음에는 배꼽이 열리면서 아기가 나온다거나 두 유방 사이의 가슴이 아기가 나오는 자리라는 생각으로 대체된다. 호기심에 찬 아이는 이런 식으로 성 지식에 접근해가든가, 아니면 무지로 인해 잘못된 성 지식을 갖고 자라난다. 그리고 대개 사춘기 전에 불완전한 설명을 듣게 되는데, 이는 훗날 외상적(外傷的)으로 작용하는 경우가 드물지 않다.

　여러분은 정신분석이 성적인 원인으로 노이로제가 발생하며 그 증상에는 성적인 의미가 있다는 명제를 고집하기 위해 성이라는 개념을 지나치게 확대하여 쓰고 있다는 이야기를 들어보았을 것이다. 이러한 개념의 확대가 과연 부당한 것인지 이제 여러분 스스로 판단할 수 있을 것이다. 우리는 성이라는 개념을 확대함으로써 성도착자의 성생활과 아이들의 성생활까지 이 개념 안에 넣을 수 있었다. 성이라는 개념에 그 정당한 영역을 회복시켜 준 것이다. 정신분석을 제외한 다른 분야에서 성이라고 부르는 것은 생식에 기여하는 정상이라 간주되는 한정된 성생활만을 가리키고 있을 뿐이다.

리비도의 발달과 성의 체제

성에 대한 우리의 견해를 이해하는 데 〈도착〉이 얼마나 중요한 것인지 여러분에게 확실히 납득시키지 못했다는 생각이 든다. 그러므로 여기서 그 문제에 대해 가능한 한 정정, 보충하기로 한다.

우리는 성 개념을 새롭게 규정함으로써 심한 반발에 부딪혔는데 단지 도착 때문에 성 개념을 바꾸었으리라 생각하는 것은 오해이다. 도착에 대한 연구 이상으로 유아기 성에 대한 연구가 성의 개념을 다시 설정하는 계기가 되었다. 그리고 우리는 도착과 유아기 성이 합치한다는 사실을 확인했다. 그런데 유아기 후기에는 유아의 성적 표현이 뚜렷하게 발현하지만, 유아기 초기에는 그다지 눈에 띄지 않는 것처럼 보인다. 그래서 개체 발달에 대해 분석적 연구의 연관을 무시하는 사람들은 유아기 초기에 성적인 성질이 존재한다는 사실을 부인하고, 그 대신 이들에게는 무언가 미분화(未分化)된 성질만이 발견될 뿐이라고 판단한다.

우리가 너무 편협하다는 생각이 들어 제쳐두었던 그 정의, 즉 성은 생식 기능의 일부라는 정의 외에는 아직 어떤 현상이 성적인 성질을 가지고 있는지에 대해 일반적으로 인정된 기준이 세워지지 못했다는 점을 여러분은 기억하기 바란다. 이를테면 플리스W. Fließ가 주장한 23일에서 28일의 주기로 성적 특징이 발현한다는 생물학적 기준도 아직 논의할 여지가 있다. 성적인 과정의 화학적 특성도 추측할 수 있으나 앞으로의 발전을 기다리는 단계일 뿐이다.[117] 이런 것들에 비해 성인의 성도착은 구체적으로 알려진 뚜렷한 사실이다. 이미 일반적으로 인정되고 있는 그 명칭이 가리키듯, 성도착은 의심할 여지 없이 성적인 것이다. 도착을 변질 징후(變質徵候)로 보든, 아니면 다른 것으로 보든 간에 그것을 성생활의 현상이 아닌 다른 현상 속에 넣겠다는 용기를 지닌 사람은 없을 것이다. 이런 견지에서 보더라도 성과 생식은 반드시 일치하는 것이 아니라고 주장할 수 있다. 성도착은 모두 생식이라는 목표를 부정하고 있다는 것은 공공연한 사실이기 때문이다.

여기서 나는 흥미진진한 하나의 병행적(並行的)인 현상을 비교해보겠다. 대다수의 사람들에게 〈의식적(bewußt)〉이라는 말과 〈심리적(psychisch)〉이라는 말은 같은 것을 뜻한다. 하지만 우리는 〈심리적〉이라는 개념을 확대하여 의식되지 않은 심리적 영역이 있다는 사실을 인정했다. 이와 마찬가지로 어떤 사람들은 〈성적(sexuell)〉이라는 말과 〈생식 기능에 속하는 것(zur Fortpflanzung gehörig)〉—간단하게 〈생식기적(genital)〉이라 해도 좋다—이란 말을 동일한 뜻으로 간주하는데, 우리는 생식기적이지 않은, 즉 생식 작용과 하등 관계가 없는 성적인 것도 고려하지 않을 수 없다.

---

117 성 호르몬이 발견된 것은 1931년 이후의 일이다.

이것이 단지 형식적인 유사성으로 보일지라도, 거기에는 더 깊은 근거가 있다.

그런데 성적 도착의 존재가 그렇게도 강력한 증거가 되어준다면, 어째서 보다 빨리 성적 도착의 본질에 관한 연구가 진행되어 이 문제를 해결해 버리지 못했던 것일까? 그 이유를 뭐라고 말해야 좋을지 모르겠다. 아마도 성적 도착이 예전부터 특수한 사회적 제재를 받았기 때문에 그것이 이론적인 문제에까지 영향을 미쳐 학문적 평가를 가로막은 것이 아닐까 싶다. 사람들은 성도착이 지저분한 것이고 무섭고 위험한 것이라는 점을 결코 잊어서는 안 된다고 여기는 것 같다. 동시에 사람들은 성적 도착을 유혹적인 것으로 생각하여 도착을 향락하는 사람들에게 은밀한 질투를 느끼며 마음속에서 그것을 억제하려는 것처럼 보이기도 한다. 사회적 금지의 바탕에 깔려 있는 이러한 감정을 바그너의 유명한 악극 《탄호이저》에서는 재판관이 된 영주가 다음과 같이 고백하고 있다.

베누스 산[118]에 이르러, 그는 명예도 의무도 잊었노라!
─그와 같은 일, 내 몸에 일어나지 않음은 신기하구나.

실제로 도착자라는 존재는 얻기 어려운 만족을 위해 매우 가혹한 형벌을 받고 있는 가엾은 인간이라 할 수 있다.

그런데 그 대상과 목표가 부자연스러움에도 불구하고 도착적 행위를 분

---

118 여기서 베누스 산이란 몬스 베네리스(비너스의 산), 즉 음부, 흔히 여자의 음부를 가리킨다.

명한 성적 현상으로 분류하도록 만들어주는 것은 그들의 도착적 행위를 통한 만족이 대개 완전한 오르가즘과 사정(射精)으로 연결되는 정황들 때문이다. 물론 그것은 그들이 성인이기 때문에 나오는 결과이고, 어린아이는 아직 오르가즘이나 사정을 거의 할 수 없기 때문에 유사한 다른 것으로 대리시키는데, 그것은 확실히 성적인 것으로 인정되기는 어렵다.

성적 도착을 완벽하게 평가하기 위해서는 다른 사항을 덧붙여야 한다. 성적 도착이 그렇게 악평을 받는 것이든, 정상적인 성행위와 엄연히 구별되어야 하는 것이든 간에, 조금만 관찰해보면 정상인의 성생활에도 몇 가지 도착적인 특징이 발견된다는 것을 알 수 있다. 먼저 입맞춤은 도착 행위라고 불릴 만한 충분한 자격이 있다. 왜냐하면 이것은 양쪽의 성기 대신 성감대라 할 수 있는 두 입을 접합시키는 행위이기 때문이다. 그러나 입맞춤을 성적 도착이라고 비난하는 사람은 없다. 오히려 연극에서는 입맞춤이 성행위의 은근한 암시로 허용되고 있다. 하지만 입맞춤 또한 사정과 오르가즘으로 연결될 만큼 격렬해지면 완전한 성적 도착이라 할 수 있다. 그런 경우는 결코 드물지 않다. 그리고 상대방을 어루만지거나 바라보는 것이 성적 만족감을 얻는 데 빠질 수 없는 조건이며, 어떤 이들은 성적인 자극이 최고조에 이르면 상대방을 꼬집거나 깨무는 행위를 하고, 연인들 사이의 가장 커다란 자극은 반드시 성 기관이 아니라 오히려 상대방의 다른 신체 부분에 의해 촉발된다는 것을 사람들은 경험에 의해 알고 있다.

그러나 그런 일부 특성을 보이는 사람을 정상인들 속에서 분리해내어 도착자에 집어넣는 것은 별 의미가 없다. 오히려 도착의 본질은 성적 목표가 달라지거나 성 기관을 다른 것으로 대리하는 데 있는 것이 아니라, 즉 대상이 조금 어긋난 정도에 있는 것이 아니라 다른 것을 모두 밀어젖히면서까지 도착이라는 이상 행위만을 실현시키려 하고 생식 작용이 있는 성행위를 밀어내려고 하는 그 배타성에 있다. 이것을 사람들은 확실하게 인식하고 있다.

이를테면 도착적인 행위가 정상적인 성행위를 위한 준비나 성행위를 강화시키는 수단이라면 그것은 도착이 아니다. 이러한 사실로 인해 정상적인 성욕과 도착된 성욕 사이에 가로놓인 간극은 매우 좁아진다. 그리고 이에 따라 정상적인 성욕이 무엇인지가 분명해진다. 이미 존재하고 있던 재료에서 각각의 요소들을 쓸모없는 것은 배제하고 이들을 한 가지 새로운 목표, 말하자면 생식이라는 목표에 종속시킬 때 이를 정상적인 성욕이라 하는 것이다.

이제 우리는 성도착의 지식을 이용하여 뚜렷하게 밝혀진 전제들에 의거해 다시 한 번 유아 성욕을 심도 깊게 연구해볼 것이다. 하지만 그전에 둘의 중요한 차이점을 주목해주기 바란다. 일반적으로 도착 성욕은 집중적이라는 특징이 있다. 도착적인 행위는 하나의 유일한 목표를 향해 달린다. 여기서는 하나의 부분 욕동이 우위를 점하게 된다. 그 욕동의 존재만이 유일하게 입증되거나 또는 그 하나가 다른 부분 욕동들을 자기 목적에 종속시키고 있음을 볼 수 있다. 이런 측면에서 봤을 때 도착 성욕과 정상 성욕의 유일한 차이는 지배적인 부분 욕동과 이에 대응하는 성행위의 목표가 다르다는 것뿐이다. 이를테면 양쪽 모두 훌륭하게 조직된 전제 권력인데 다만 한쪽은 이 족벌이, 다른 쪽은 저 족벌이 지배력을 장악하고 있는 것이다.

이에 반해 유아 성욕에는 일반적으로 그런 집중과 조직(Organisation)

이 없다. 즉 각 부분 욕동이 각기 동일한 권리를 주장하고 저마다 멋대로 쾌감 획득을 추구하고 있다. 물론 집중 현상이 없다거나 있다는 것은 도착적인 성욕이나 정상적인 성욕이나 모두 이러한 유아 성욕에서 발생한 것이라는 사실에 일치한다. 또한 무수한 부분 욕동이 독립적으로 자신의 목표를 관철하려 하는, 좀 더 정확하게 각각의 성적 목표를 지속적으로 추구하는 도착이 있는데, 이는 유아 성욕과 매우 유사하다. 이런 경우는 도착이라는 표현보다 성생활의 유치증이라고 표현하는 편이 더 적절할 것이다.

이와 같은 내용들을 준비해두면 이제 우리는 지나칠 수 없는 어떤 제안에 대해 상세하게 논의할 수 있다. 여러분은 우리에게 이렇게 말할 것이다. "어째서 선생님은 스스로 불분명하다고 인정한 유아기의 현상을—거기서 후년의 성욕이 생성된다고 하더라도—성적인 것으로 명명하려고 고집하시는 겁니까? 그보다는 생리학적인 서술로 만족하는 것이 낫지 않습니까? 유아에게서 관찰되는 빠는 행위와 배설을 참는 행동을 유아가 기관 쾌감(器官快感:Organlust)을 추구하고 있는 것이라고 간단하게 설명이 될 텐데요? 그렇게 하면 어린아이에게 성생활이 있다는 등 모든 사람의 감정을 상하게 하는 그런 주장을 피할 수 있을 겁니다."

당연한 말이다. 나는 기관 쾌감이라는 표현에 결코 반대하지 않는다. 성적 결합에서 오는 최고의 쾌감이 생식기의 활동과 연결된 기관 쾌감에 지나지 않는다는 것도 잘 알고 있다. 그렇다면 처음에는 미분화되어 어떤 성격의 기능인지 구별이 안 되던 기관 쾌감이 발달을 이룬 후기 단계에서 확실히 보이는 그 성적인 성격을 얻는 것은 과연 언제부터인지 나에게 답해 줄 수 있겠는가? 또 여러분은 성욕보다 기관 쾌감에 대해 더 많은 지식을 갖고 있는가? 여러분은 생식기가 자기 역할을 하기 시작하는 바로 그때 성적 특징을 획득한다고 답변할지도 모른다. 즉 성적인 것과 생식기적인 것이 일치하게 된다는 것이다. 여러분은 대다수의 성적 도착이 생식기의 결합과는 방법이 다르지만 결국 생식기의 오르가즘을 목적으로 한다는 점을 지적하면서, 성도착에 대한 관찰을 통해 제시한 반론조차 거부할지 모른다. 도착으로 인해 〈성은 생식이다〉라는 정의의 근거가 무력해진다면 성적인 것의 성질을 논할 때 이 불편한 생식과의 관계를 삭제해버리고 대신 생식기의 활동을 그 자리에 놓겠다고 한다면, 확실히 여러분의 입장은 유리해진다. 그러나 이때 여러분의 입장과 나의 입장은 그다지 멀리 떨어져 있는 것이 아니다. 단지 생식기와 다른 여러 신체 기관이 대립하고 있을 뿐이다.

그러나 정상적인 입맞춤이나 화류계의 도착적인 행위들, 그리고 히스테리 증상에서 보이는 바와 같이 쾌감 획득을 위해 다른 기관이 성 기관을 대리하는 등의 많은 증거들을 여러분은 어떻게 처리할 생각인가? 히스테리 노이로제의 경우 자극 현상과 감각, 신경지배, 그리고 본래 성 기관의 기능에 속하는 발기 현상까지도 멀리 떨어진 다른 신체 부위(이를테면 위쪽으로는 머리나 얼굴)로 대치되는 일은 아주 흔하다.

이러한 일들을 논리적으로 검토하다 보면 여러분이 원하는 성 개념을 더 이상 고집할 수 없음을 깨닫게 될 것이다. 그리하여 여러분은 나와 같이 〈성〉이라는 이름을 유아기 때의 기관 쾌감을 추구하는 활동으로까지 확대해야만 하는 결단에 이르지 않을 수 없을 것이다.

내 주장의 정당성을 확보하기 위해 다른 두 가지 사항을 더 고려하려 한다.

여러분도 알다시피 우리는 유아기 초기의 그 불분명해 보이는 쾌감 추구 활동을 성적인 것이라고 명명했다. 그 까닭은 우리가 증상 분석을 출발점으로 하여 의심할 여지가 없는 성적인 재료들을 확인한 후에 그러한 결론에 도달했기 때문이다. 그러나 그러한 이유로 곧바로 어린이의 활동을 성적인 것이라 규정할 수는 없을지도 모른다. 하지만 이와 유사한 다른 경우를 한번 생각해보자. 사과나무와 누에콩 두 종류의 쌍떡잎식물이 어떻게 씨앗에서 이런 식물로 성장했는지 우리가 직접 관찰할 방법이 없다 하더라도 완전히 성장한 식물 개체로부터 두 개의 배엽(胚葉)을 지닌 최초의 배아(胚芽) 상태로 거슬러 추적해보는 것은 양쪽 모두 가능하다. 사과나무와 누에콩의 배엽은 서로 구별이 안 되고 둘이 같은 종류의 것으로 보일 것이다. 그러나 그렇다고 해서 이 둘이 같은 것이며 사과나무와 누에콩의 특성은 식물이 성장한 후에 나타난다고 가정할 수 있겠는가? 그렇지는 않을 것이다. 배엽으로는 분간을 못 하더라도 이미 배아 속에 차이가 존재했다고 생각하는 편이 생물학적으로 옳을 것이다. 유아의 쾌감을 얻으려 하는 활동을 성적 쾌감이라고 이름 짓는 것도 이와 마찬가지다. 모든 기관 쾌감을 성적 쾌감이라고 불러도 좋을지, 성적인 기관 쾌감과 나란히 그런 이름으로 부를 수 없는 다른 기관 쾌감이 있는지는 지금 여기서 논의할 수 없다. 나는 기관 쾌감과 그 조건에 대해서는 아는 것이 별로 없다. 그리고 정신분석은 대개 과거로 거슬러 올라가면서 진행되는 특성이 있기 때문에 그 과정에서 내가 당장 뚜렷이 분류할 수 없는 어떤 요소에 다시 맞닥뜨리게 된다 해도, 나에게는 그다지 놀랍지 않은 일일 것이다.

또 하나, 설령 여러분이 유아의 활동은 성적인 것으로 간주하지 말아야 한다는 점에 대해 나를 설득하는 데 성공한다 하더라도 어린이의 성적 순결에서 우리가 얻는 바는 별로 없을 것이다. 세 살만 되어도 어린아이의 성생활에 대한 그 모든 의심은 사라질 수밖에 없다. 이 나이가 되면 생식기의 자극은 벌써 시작된다. 그 결과 보통 유아성 자위, 즉 생식기를 통한 만족을 얻는 시기에 이른다. 또한 성생활의 심리적, 사회적 표현들을 인정하지 않을 수 없다. 이를테면 성적인 대상을 선택하는 것이나 특정인에 대해 애정적인 태도를 취하는 것, 심지어 남녀 양성 중 어느 한쪽으로 기우는 것, 그리고 질투를 나타내는 것 등이 정신분석이 창시되기 이전부터 정신분석과는 아무런 상관도 없이 밝혀진 사실들이며, 이는 관심 있게 관찰한 사람들이라면 누구나 확인할 수 있는 것들이다. 이에 대해서 여러분은 "매우 어릴 때 사랑에 눈뜨는 것은 의문의 여지가 없지만, 그런 사랑이 〈성적인〉 성격을 갖고 있다는 것은 의심스럽습니다."라고 반대할지도 모른다. 물론 어린아이는 세 살부터 여덟 살 정도에 이미 이런 성적인 성격을 감추는 방법을 배운다. 그러나 여러분이 주의해서 본다면 그 애정에 〈관능적(sinnlich)〉인 의도가 들어 있다는 증거를 충분히 발견해낼 수 있다. 그리고 여러분이 놓친 증거들은 분석적 연구들을 통해 어렵지 않게 손에 넣을 수 있다. 이 시기의 성적 목표는 같은 시기에 생성되는 성적인 호기심과 밀접하게 관련되어 있다. 이에 대해서 나는 이미 몇 가지 견본을 제시하였다. 이런 성적 목표가 지닌 도착적인 성격은 물론 성교 행위라는 목적을 아직 발견하지 못한 어린아이의 체질적 미숙함에서 비롯된다.

대략 여섯 살이나 여덟 살 이후에는 어린이의 성적 발달이 정체되거나 퇴보하는 것을 볼 수 있다. 교육이 가장 잘 작용하는 경우, 이 시기가 일명 잠재기(Latenzzeit)가 된다. 그러나 이러한 잠재기가 전혀 없는 경우도 종종 있다. 잠재기라 하더라도 성적인 활동과 성적 호기심이 전면적으로 중

단되는 것은 아니다. 잠재기 이전의 많은 체험과 심적 욕동은 유아성 망각
—앞에서 언급한 최초의 유년기를 은폐시키고 우리를 그로부터 분리시키
는 망각—에 덮여버린다. 정신분석의 과제는 잊어버린 이 시기를 기억에
되살려내는 작업이 된다. 따라서 우리는 잠재기 이전에 이미 시작된 성생
활이 그런 망각을 일으킨 동기이며, 이 망각은 억압의 결과라는 것을 추론
해내지 않을 수 없다.

어린이의 성생활은 세 살이 넘으면 여러 가지 면에서 성인과 비슷해진
다. 그러나 이미 말했듯이 어린이의 성생활은 다음과 같은 점에서 성인과
구별된다. 어린아이는 성기가 우세를 점하는 견고한 성적 체제가 결여되
어 있으며, 도착의 성격이 역력히 나타나고, 전체적인 욕구의 강도가 성인
에 비할 수 없을 정도로 약하다. 하지만 이론적으로 가장 흥미로운 성욕의
발달 단계, 즉 리비도의 발달 시기는 그보다 이전이다. 리비도는 매우 급속
하게 발달하기 때문에 이 급변하는 모습을 직접 관찰로 포착하는 것은 불
가능하다. 정신분석을 통해 노이로제를 철저히 규명했을 때 비로소 리비
도 발달 이전의 단계를 추적할 수 있다. 이것은 물론 이론적으로 구성하는
것일 뿐이다. 그러나 여러분이 실제로 정신분석을 실시해보면 그것이 필
연적이며 유용한 이론임을 알게 될 것이다. 정상적인 대상에 대해서는 지
나쳐버릴 수밖에 없는 여러 가지 사항들이 병리적인 상태에서 해명이 되
는 이유가 무엇인지는 머지않아 여러분도 이해할 수 있으리라 생각한다.

이제 우리는 성 기관이 우위성(優位性)을 획득하기 전 어린이의 성생활
이 어떻게 형성되는지를 말할 수 있다. 성 기관 우위성은 잠재기 이전 유
아기 초기에 준비되어 있다가 사춘기에 이르러 차차 체제를 갖추는 것이

다. 성 기관 우위의 앞 시기에는 전성기적(前性器的:prägenital)이라 부를 만한 일종의 느슨한 성적 체제가 수립되어 있다. 이 시기에는 성기적 부분 욕동이 아닌, 가학적인 부분 욕동과 항문애적인 부분 욕동이 매우 두드러지게 나타난다. 이 시기에는 〈남성적〉, 〈여성적〉이라는 대립 관계는 아무런 역할도 하지 못하지만 〈능동적〉, 〈수동적〉이라는 대립 관계는 존재한다. 이 대립을 성적인 양극성의 전신이라 부를 수 있는데, 이것이 후에 남녀의 양극성으로 접합된다. 성기기(性器期)의 단계에서 관찰해보면, 이 시기에 남성적인 것으로 여겨지는 행위는 자칫하면 잔인성으로 이행해버리는 일종의 지배욕의 발현임을 알 수 있다. 수동적인 목적을 가진 욕구는 이 시기에 특히 중대한 의미가 있으며 항문의 성감대와 결부되어 있다.

또 들여다보고 싶고 알고 싶다는 욕망이 강하게 나타난다. 그러나 실제적으로 성기는 단지 배뇨 기관으로서의 역할로만 성생활에 관여하고 있을 뿐이다. 또 이 시기의 부분 욕동은 대상이 없는 것은 아니지만 그 대상이 꼭 하나의 대상이 되지는 않는다.

가학적 항문애기 체제(sadistischanale Organisation)는 성기 우위 단계의 바로 이전 단계이다. 한 걸음 더 깊이 연구하면 이 체제가 성 기관이 완성된 후년에 얼마만큼 남게 되고, 또 어떤 과정을 거쳐 이 단계의 부분 욕동이 새로운 성기기 체제에 속박되는 것인지 알아낼 수 있다.

한편 우리는 리비도 발달의 이 가학적 항문애기 이전에 존재하는 더 원초적인 체제 단계를 발견할 수 있는데, 이 단계에서는 입이라는 성감대가 주역을 맡고 있다. 빤다는 성적인 행위는 이 단계에 속한다는 것을 여러분은 추측할 수 있을 것이다. 그리고 어린아이뿐 아니라 호루스 신[119]도 입에 손가락을 물고 있는 모습으로 표현해낸 고대 이집트인들의 지혜에 마음껏 경탄을 보내주어도 좋을 것이다. 최근 아브라함 K. Abraham [120] 은 이러한 원초적 구순기(口脣期)가 훗날의 성생활에 어떤 흔적을 남기는지 연구하여 발표한 바 있다.

여러분! 성의 체제에 관한 앞선 보고가 여러분에게 지식보다는 오히려 무거운 짐을 안겨준 것이 아닌가 하는 생각이 든다. 내가 너무 상세히 말하더라도 조금 더 참아주기 바란다. 여러분이 지금 들은 내용은 앞으로 여러분에게 훌륭하게 쓰일 때가 있을 것이다. 여러분은 다음의 사항들을 단단히 머릿속에 새겨두기 바란다. 우선 성생활— 리비도 기능이라고 우리는 말하고 있지만—은 처음부터 완성된 형태로 나타나는 것이 아니고, 또 같은 모습을 유지하면서 성장해가는 것도 아니다. 오히려 서로 다른 모습의 일련의 단계를 하나하나 통과해가며, 이를테면 애벌레가 나비가 되듯이 여러 번 모습을 바꾸며 발달해간다.

그리고 발달의 전환점이 되는 시기는 성적인 모든 부분 욕동이 성기 우위 아래 종속될 때, 즉 성이 생식 기능 아래 있게 될 때이다. 그 이전의 성생활은 각 부분 욕동들이 제각기 저마다의 기관 쾌감을 지향하고 있다. 이때의 성생활은 말하자면 분산된 성생활이다. 이러한 무정부 상태는 〈전성기적(前性器的)〉 체제—먼저 가학적 항문기를 말할 수 있지만 그 이전에 가장 원초적인 구순기가 있다 —의 출현으로 완화되어 간다. 그 밖에도 아직 정밀하게 알려지지 않은 여러 과정이 있으며, 이런 것들을 거치면서 하나의 체제 단계는 다음의 높은 단계로 옮겨 간다. 리비도가 이렇게 오랜

119 이집트의 태양신. 손을 입에 물고 태어났다고 한다.
120 1877~1925. 프로이트가 독일 최초의 정신분석의라고 부른 뛰어난 정신과 의사.

몇 가지 단계의 발달 과정을 거치는 것이 노이로제를 이해하는 데 어떤 의미가 있는지는 다음 기회에 이야기하기로 하겠다.

오늘은 리비도 발달의 다른 측면, 즉 성적 부분 욕동과 대상과의 관계를 살펴보자.

나는 이 발달 과정에서 상당히 늦게 나타나는 사건에 대해 아주 자세히 설명할 것이기 때문에 이 발달의 전모에 대해서는 간략하게 훑어보는 것으로 그치고 싶다.

성 욕동 중의 몇 가지 요소들, 즉 지배욕(사디즘), 엿보고 싶은 욕망 및 알고 싶다는 욕망 등은 처음부터 하나의 대상을 갖고 있고 그것을 줄곧 지속해간다. 그런데 다른 요소, 즉 신체의 어떤 특정 성감대와 결부되어 있는 부분 욕동은 성적이라고 할 수 없는 기능들에 의존하고 있을 때에만 대상을 갖고 있다. 그러나 이 기능에서 독립하게 되면 그 대상을 버린다. 성욕의 구순애적 요소의 최초의 대상은 유아의 영양 섭취 욕구를 충족시켜 주는 어머니의 유방이다. 그러나 빠는 행위를 하게 되면, 젖을 빨 때 함께 만족되는 에로스적인 요소는 따로 떨어져 나가 유방이라는 외부의 대상을 버리고 자기 신체의 어느 부분으로 대체한다. 그럼으로써 구순애적 욕동은 자기성애적인 것으로 바뀐다. 항문기적 욕동이나 다른 성감대를 통한 욕동은 처음부터 자기성애적인 것이다.

그 후의 발달은 되도록 간결하게 말하자면, 두 가지 목적을 갖고 있다. 첫째, 자기성애를 벗어나는 것이다. 즉 자기 신체에 있는 대상을 외부의 대상과 다시 바꾼다. 둘째, 각 욕동의 여러 가지 대상들을 단일화하여 단 하나의 대상으로 바꾼다. 물론 이 과정은 그 하나의 대상이 자신의 신체와

비슷한 하나의 완전한 신체일 때에만 성공할 수 있다. 또한 다수의 자기성
애적인 성욕의 움직임이 쓸모없는 것으로서 버려지기 전에는 이런 단일
화 과정은 진행될 수 없다.

대상을 발견하는 이 과정은 매우 복잡하기 때문에 아직 개괄적으로 서
술된 적이 없다. 내가 여기서 역설하고 싶은 점은, 만약 잠재기 이전 유아
기에 이 과정이 어느 정도 완결된다면 거기서 발견된 대상은 최초의 의존
적 관계 속에서 획득했던 대상, 즉 구순기 쾌감 욕동의 대상과 거의 동일
하다는 것이다. 그 대상은 이제 어머니의 유방은 아니지만 역시 어머니이
다. 우리는 어머니를 최초의 〈사랑의 대상(Liebesobjekt)〉이라고 부른
다. 그런데 우리는 사랑을 어떻게 생각하고 있는가? 사랑에 대해 말할 때
우리는 성적인 욕구의 심적 측면을 중시하고, 그 바탕에 놓인 육체적 또는
〈관능적〉 충동의 요구를 억제하거나 잠시나마 잊고 싶어한다.

어머니가 사랑의 대상이 될 무렵에 이미 아이는 억압이라는 심적 작용
을 겪기 시작한다. 억압에 의해 아이는 성적 목표의 일부를 의식화하지 않
는다. 어머니를 사랑의 대상으로 선택하는 현상은 우리가 〈오이디푸스 콤
플렉스〉라고 부르는 모든 것과 밀접한 관계가 있다.

〈오이디푸스 콤플렉스〉는 노이로제를 정신분석으로 규명하는 데 중요
한 의의를 지닌 것이며, 한편으로 정신분석에 대한 사람들의 저항을 불러
일으키는 데에도 적잖이 기여했다.

이번 전쟁 중에 벌어진 조그만 사건에 대해 잠시 들어주기 바란다.

정신분석의 열렬한 신봉자인 어떤 사람이 독일군 전방부대 소속 군의관
으로 폴란드 인근 전선에 배치되었다. 그런데 이 의사가 종종 환자들에게
예상치 못한 치료 효과를 발휘한다는 소문이 동료들 사이에 퍼지기 시작

했다. 사람들이 어떻게 된 일인지 묻자 그는 환자에게 정신분석 치료를 실시했음을 고백했다. 곧 동료들의 요청이 쇄도하여 그는 자기가 알고 있는 것을 기꺼이 가르쳐주겠다고 승낙했다. 이 부대에서는 밤마다 군의관들과 동료들, 상관들이 모여 정신분석이라는 신비로운 가르침에 귀를 기울이게 되었다. 그 모임은 한동안은 매우 순조롭게 진행되었다. 그러나 어느 날 그가 오이디푸스 콤플렉스에 대해 말하자 갑자기 한 상관이 일어나 호통을 쳤다.

"나는 오이디푸스 콤플렉스인가 뭔가를 믿지 않아. 조국을 위해 싸우고 있는 용감한 전사이자 가장인 우리들에게 그런 말을 한다는 것은 비열하기 짝이 없는 일이야."

그리고 그 상관은 강의를 금지시켜 버렸다. 그것으로 강의는 끝이었다. 그리고 정신분석가는 다른 곳으로 좌천되었다.

독일군의 승리가 이러한 학문의 〈통제〉를 필요로 하는 것이라면 참으로 한심한 일이다. 이러한 통제 아래 독일 학문은 결코 발전하지 못할 것이다.

이제 여러분은 그 끔찍한 오이디푸스 콤플렉스라는 것이 무엇인지 알고 싶을 것이다. 그러나 그 이름이 이미 여러분에게 모든 것을 말해주고 있다. 여러분은 그리스 신화에 나오는 오이디푸스 왕의 전설을 알고 있을 것이다. 오이디푸스는 태어나면서부터 아버지를 죽이고 어머니를 아내로 삼는다는 운명을 지니고 있었다. 그는 그 신탁에서 벗어나기 위해 온갖 노력을 다했다. 그럼에도 불구하고 자신이 그 두 가지 죄를 저질렀음을 알게 되자 그는 자기 눈을 도려내어 스스로를 벌했다.

여러분 가운데 많은 사람들은 이 신화를 소재로 한 소포클레스[121]의 비극을 보고 깊은 감동을 받았을 것이다. 이 아테네 시인의 작품 속에서는 오이디푸스가 오래전에 저지른 행위에 대한 조사가 교묘하게 지연되고, 그때마다 드러나는 새로운 증거에 의해 점차 폭로되어 가는 과정이 묘사되어 있다. 어떤 점에서 이러한 묘사법은 정신분석의 진행 방법과 매우 유사하다. 대화 중에 오이디푸스의 어머니이자 아내인 이오카스테가 조사를 계속하지 못하도록 거부하는 장면이 나온다. 그녀는 많은 이들이 꿈속에서 어머니와 성교를 하지만 그런 것을 문제 삼는 사람은 없다고 말한다.[122] 그런데 우리는 꿈을 가볍게 보지 않는다. 특히 많은 사람들이 꾸는 전형적인 꿈은 중요한 것이라고 생각한다. 그리고 이오카스테가 말하는 꿈이 실제로 이 신화의 기괴하고 무서운 내용과 밀접한 관계가 있음은 의심할 나위가 없다.

소포클레스가 쓴 이 비극이 관객들의 분노와 반감을 불러일으키지 않는다는 사실은 나를 놀랍게 한다. 그 단순한 군의관에 대해 일어난 반응과 같은 반응이 나오는 것이 당연할 텐데 말이다. 왜냐하면 소포클레스의 비극은 본질적으로 부도덕한 것을 내포하고 있고, 인간의 도덕적인 책임을 무너뜨리고 있으며, 또 신이야말로 범죄의 명령자이며, 죄를 저지르지 않으려고 안간힘을 쓰는 인간의 도덕적인 요구도 신의 힘 앞에 무력해지고

---

121 기원전 5세기의 그리스 극작가.

122 이오카스테 정해진 운명이 전부이며, 앞일은 하나도 모르는 인간에게 무슨 두려워할 일이 있겠어요. 되는 대로 마음 내키는 대로 사는 편이 제일이랍니다. 어머니와의 결혼을 두려워하실 건 없어요. 많은 사람들이 벌써 전부터 꿈속에서 어머니와 잠자리를 같이하고 있는걸요. 정말이지, 그런 건 아무렇지도 않게 생각하는 사람이 가장 안락하게 세상을 보낸답니다.

오이디푸스 낳아주신 어머님이 살아계시지 않는다면, 그대의 말을 모두 잘했다고 할 수 있겠소만, 살아계시는 이상 그대의 말이 아무리 명언이라도 나는 두려워하지 않을 수 없소.

(소포클레스,《오이디푸스 왕》중에서)

마는 것을 보여주고 있기 때문이다.

　마치 신과 운명에 죄를 돌리고 신에 반발할 목적으로 이 신화의 소재가 선택된 듯한 인상도 받게 된다. 이것이 만약 신들에 반목하고 비판적이었던 에우리피데스[123]에 의해 쓰였더라면 아마도 신에 반발한다는 의도가 성립될 수도 있었을 것이다. 그러나 신앙이 깊은 소포클레스에게 그런 의도가 있었을 것이라 볼 수 있는 근거는 없다. 설령 신의 의지가 범죄를 저지르게 하는 것이라 하더라도 그 의지에 복종하는 것이야말로 최고의 도덕성이라는 경건한 구실로 그는 이 궁지를 빠져나가고 있다. 나는 이런 유형의 도덕성이 이 작품의 장점이라고는 생각하지 않는다. 아니, 이런 도덕성은 극의 효과와 아무런 상관이 없다. 관객들은 도덕에 반응하는 것이 아니라 신화의 비밀스러운 의미와 내용에 반응하는 것이다. 관객들은 마치 자신의 내부에 있는 오이디푸스 콤플렉스를 자기 분석을 통해 인식하고, 자신의 무의식의 정체가 신탁과 신의 의지라는 숭고한 가면으로 나타나고 있음을 간파하고 있는 듯이 반응한다. 관객들은 아버지를 제거하고 아버지 대신 자신이 어머니를 아내로 삼고 싶어하는 소망을 상기해내고 그런 생각에 스스로 놀라워하는 것처럼 보인다.

　또 관객들은 이 시인의 목소리를 마치 "너는 너의 책임을 거부하고, 이 범죄적인 의도에 저항하기 위해 안간힘을 썼다고 주장하지만 그것은 헛된 일이다. 어쨌든 너는 죄인이다. 너는 이 범죄적인 의도를 결국 포기하지 못했고, 그 의도는 아직도 네 마음속에 무의식으로 도사리고 있기 때문이

---

123 소포클레스, 아이스킬로스와 함께 그리스의 3대 비극 작가. 소포클레스가 신에 대해 절대적인 태도를 보인 데 반해 에우리피데스는 비판적이었다.

다."와 같은 의미로 받아들인다.

이 말 속에는 심리학적인 진리가 담겨 있다. 인간은 자기의 나쁜 충동을 억압하여 무의식으로 만들고 그 충동에 대해 자기는 책임이 없다고 우기지만, 자신도 이해할 수 없는 죄의식으로서 그 책임을 느낄 수밖에 없다.

많은 노이로제 환자들을 괴롭히는 죄의식의 가장 중요한 근원 중 하나가 바로 오이디푸스 콤플렉스이다. 아니, 어쩌면 그 이상이라고 할 수 있다. 나는 1913년 《토템과 터부》라는 제목의 저서에서 인류의 종교와 도덕의 원시 형태에 대해 논하면서, 종교와 도덕의 궁극적 원천인 인류의 죄의식은 대체적으로 인류 역사 초기에 오이디푸스 콤플렉스에 의해 형성되었을 것이라 추정했다.

이 문제에 대해 더 이야기하고 싶지만 지금은 언급하지 않는 편이 좋을 것 같다. 일단 이 문제에 손을 대면 이야기를 중단하기가 어려워지므로 다시 개인 심리학으로 돌아가자.

오이디푸스 콤플렉스를 염두에 두고 잠재기 이전 대상 선택 시기의 유아를 직접 관찰할 때, 우리는 어떤 인식을 얻을 수 있을까? 여러분은 어린 남자아이가 어머니를 독점하려 하고, 아버지의 존재를 방해자로 느낀다는 것을 쉽게 관찰할 수 있다. 아이는 아버지가 어머니에게 애정 표현하는 걸 기분 나빠하고, 아버지가 여행을 떠나거나 집을 비우면 만족스러워한다. 종종 자기 감정을 직접 표현하기도 한다. "나는 엄마를 색시로 삼을 거야."라고 말하는 것이다. 사람들은 이런 행동을 오이디푸스가 저지른 일들과 비교하는 것은 당치 않다고 말하겠지만, 실제로 그것은 충분히 비교할 수 있는 것이며 그 본질은 같다. 그런데 같은 아이가 어느 때에는 아버지에게 친밀한 애정을 보이기 때문에 우리의 관점은 종종 혼란스러워진다. 그러나 이와 같은 상호 대립되는 감정, 더 정확하게 〈양가감정(Ambivalenz)〉은 어른에게는 흔히 갈등을 일으키지만 어린아이의 마음속에는 의좋게 병존할 수 있다. 마치 훗날 무의식 속에 상반되는 감정이 존재하듯이 말이다.

여러분은 또 어린 남자아이의 행동은 이기적인 동기에서 비롯되는 것이므로 에로스적 콤플렉스라는 개념을 들이밀 일은 아니다, 어머니는 아이의 모든 욕구에 대해 뒷바라지해주는 사람이기 때문에 어머니가 자기 외에 다른 사람에게 관심을 두지 않기를 원하는 것이라고 반론을 제기하고 싶을지도 모른다. 물론 그것은 옳은 생각이지만, 이런 경우에나 비슷한 다른 경우에도 자기중심적인 관심은 에로스적인 욕구가 결부되는 기둥에 지나지 않는다는 사실이 곧바로 명확해진다. 어린아이는 어머니에 대해서 노골적인 성적 호기심을 나타내고, 밤마다 어머니 곁에서 자겠다고 조른다거나 어머니가 화장실에 갈 때도 쫓아가려 한다. 심지어—흔히 어머니들이 자신의 경험으로 확인시켜 주고 웃으면서 보고하는 것처럼—아이들은 어머니를 유혹하려는 시도를 한다. 따라서 어린아이의 애착이 에로스적인 성질의 것임은 의심할 여지가 없다.

어머니는 어린 딸에게도 마찬가지로 뒷바라지를 해주지만 같은 결과를 낳지는 않는다. 또 아버지도 종종 사내아이를 돌봐주는 일에서 어머니와 경쟁적인 입장에 있지만 아이에게 어머니와 같이 중요한 인물로 받아들여지지 못한다. 요컨대 어린아이가 이성의 대상으로 어머니를 좋아한다는 것은 어떤 상황을 근거로 하여 반박한다 해도 부정될 수 없다. 자기중심적인 관점에서 본다면 부모 중 어느 한쪽보다는 두 사람이 함께 자기를 돌봐주는 것이 좋을 텐데도 사내아이는 그것을 오히려 반기지 않는다. 이것은 이기적인 의도에서는 이치에 맞지 않는 일이다.

나는 사내아이와 부모의 관계만을 이야기했지만 여러분도 짐작할 수 있을 것이다. 어린 여자아이에 대해서도 몇 가지 필요한 대목만 변경하면 똑같이 말할 수 있다. 여자아이는 아버지에게 정다운 애착을 보이고, 어머니를 필요 없다며 배척하고, 어머니의 지위를 빼앗고 싶어한다. 그리고 훗날의 여성스러움과 비슷한 방법의 애교를 표현한다. 우리는 어린 여자아이의 애교를 귀여워하지만, 그에 매료된 나머지 그것이 매우 중요한 의미가 있다는 것과, 이 상황에서 훗날 중대한 결과가 일어날 가능성이 있다는 사실을 잊어버리고 만다. 특히나 부모 자신이 어린아이의 오이디푸스적인 태도를 눈뜨게 하는 데 결정적인 영향을 미치는 경우가 많다는 사실을 여기서 덧붙여두겠다. 즉 아이가 여러 명일 때 부모는 성의 매력에 끌려 아버지는 딸 쪽에, 어머니는 아들 쪽에 특히 애정을 쏟는다. 그런데 부모가 일깨워준다는 이런 계기를 무시할 수는 없다 해도, 오이디푸스 콤플렉스는 저절로 눈뜨게 되는 것이라는 그 자발적인 성질이 흔들리는 것은 아니다.

다른 아이가 태어나면 오이디푸스 콤플렉스는 가족 콤플렉스(Familien-komplex)로 발전한다. 가족 콤플렉스라는 동기에 의해 아이는 다시금 새로이 이기심의 침해를 당하게 되기 때문에 남동생이나 여동생을 증오의 눈으로 보고 당연히 배척하려 하는 의향을 갖는다. 아이들은 보통 이런 증오 감정을 부모 콤플렉스(Elternkomplex)에서 비롯된 증오 감정보다 더 자주 말로 표현한다. 만약 그 소망이 달성되어, 태어난 아기가 죽기라도 하여 자기가 싫어하던 아기가 사라져버리면, 아이의 기억에 그 죽음이 남아 있지 않더라도 그에게 매우 중대한 체험으로 작용했음이 분석을 통해 밝혀지곤 한다.

아기의 탄생에 의해 제2의 지위로 밀려나 처음으로 어머니에게 버림받은 어린아이는 자기를 푸대접하는 어머니를 용서하지 못한다. 성인이라면 심한 증오심이라 불릴 만한 감정이 아이의 마음에 싹트기 시작하고, 이것은 두고두고 불화의 원인으로 작용하는 경우가 많다. 우리는 이미 성적 탐구심과 그 결과가 모두 어린이의 이런 인생 경험과 결부되어 있음을 이야기한 적이 있다. 남동생이나 여동생이 커감에 따라 그들에 대한 태도는 두드러진 변화를 겪는다. 남자아이는 자신에게 불성실한 어머니 대신 누이동생을 애정의 대상으로 삼는다. 어린이방에서는 어린 누이동생 하나의 사랑을 얻기 위해 형제들이 벌써부터 적의에 찬 경쟁을 벌이는 것을 흔히 볼 수 있다. 그리고 이것은 후년의 인생에도 중요한 영향을 끼친다. 한편 어린 여자아이는 자기 오빠를 예전처럼 자신에게 애정을 기울이지 않는 아버지의 대신으로 삼으려 한다. 또 막내 여동생을 아버지에게 바랐지만 얻지 못했던 아기 대신으로 선택하기도 한다.

여러분이 어린이를 직접 관찰하거나 분석의 영향을 받지 않은 유아기의 명료한 기억을 고찰해보면, 지금 말한 일들이나 그와 비슷한 일들을 많이 발견할 수 있다. 이를 통해 여러분은 형제자매 서열에서의 어린이의 위치가 훗날 그 아이의 인생에서, 만약 전기를 쓴다면 반드시 고려해야 할 만한 아주 중요한 요인이 된다는 결론에 이르게 될 것이다.

그러나 더욱 중요한 사실은, 이와 같이 별다른 어려움 없이 해명에 도달할 수 있음에도 불구하고 과학은 근친상간의 금지에 관한 갖가지 설명을 시도하고 있다는 것이다. 그것들을 생각하면 여러분도 웃음이 터져 나올 수밖에 없을 텐데, 근친상간의 금지를 설명하기 위해서는 정말 여러 가지 이론이 제시되었다. 이를테면 어릴 때부터 함께 살고 있기 때문에 같은 가족의 이성에게는 성적 매력을 느끼지 않는다든가, 근친상간을 피하고자 하는 생물학적 경향이 심리적으로 선천적인 근친상간 혐오가 되어 나타난다든가 하는 가설들이다. 이런 이론을 전개하는 사람들은 만일 근친상간의 유혹에 대해 무언가 믿을 만한 자연적인 장벽이 존재한다면 굳이 법률이나 관습으로 엄격하게 금지할 필요가 없다는 사실을 잊고 있는 것 같다. 진실은 이와 정반대이다. 인간의 최초의 대상 선택은 언제나 근친상간적이다. 남자아이의 경우 어머니나 여자 형제가 그 대상이다. 그 후에도 지속적으로 작용하는 이 유아성의 경향이 현실로 나타나지 못하도록 하기 위해 엄격한 금지 조항이 필요한 것이다. 오늘날까지 존재하고 있는 미개종족이나 야만적인 종족들의 경우 근친상간의 금지가 우리들보다도 더 엄격하다. 최근에 라이크Th. Reik[124]가 탁월한 연구를 통해 밝혀낸 바에 의하면, 다시 태어남을 상징하는 미개 종족의 성인식은 사내아이의 어머니에 대한 근친상간적인 결합을 끊어내고 아버지와의 화목을 도모하는 의미를 지니고 있다고 한다.

신화를 들여다보면 인간이 이토록 금지해야 하는 것으로 보는 근친상간이 여러 신들 사이에서는 허용되고 있음을 발견할 수 있다. 또 고대 역사는 누이동생과의 근친상간적인 결혼이 지배자가 지켜야 할 신성한 법도였음을 우리에게 알려준다(고대 이집트의 파라오나 페루 잉카 제국의 왕 등). 그것은 일반 백성들에게는 금지된 특권이었다.

어머니와의 결혼이 오이디푸스가 범한 하나의 범죄였고 아버지를 죽인 것이 또 하나의 범죄였는데, 이것은 또한 인류 최초의 사회적·종교적 제도

---

124 프로이트 초기 때의 의사가 아닌 제자의 한 사람.

인 토테미즘이 금지해놓은 2대 범죄이기도 하다.

자, 이제 어린이에 대한 직접 관찰에서 노이로제에 걸린 성인에 대한 분석적 연구로 넘어가보자. 오이디푸스 콤플렉스를 더 깊이 이해하는 데 정신분석은 어떤 역할을 했을까? 이야기는 간단하다. 신화에 이 콤플렉스가 나타나듯 분석에도 오이디푸스 콤플렉스가 나타난다. 분석은 노이로제 환자 자신이 언젠가 오이디푸스였다는 것, 또는 결국 같은 말이지만, 이 콤플렉스에 대한 반응으로 그가 햄릿이 되어 있음을 보여준다. 물론 오이디푸스 콤플렉스에 대한 정신분석적 묘사는 유아기의 그것에 대한 스케치를 거칠게 확대한 것으로 보인다. 아버지에 대한 미움이나 아버지가 죽어주었으면 하는 소망은 더 이상 은근히 암시되지 않는다. 또 어머니에 대한 애정은 어머니를 아내로 삼는다는 목적을 공공연히 나타내곤 한다.

우리는 이 기분 나쁘고 극단적인 감정의 움직임을 그 귀여운 유년 시절의 탓으로 돌려도 되는 것일까? 아니면 분석으로 인해 새로운 요인이 섞임으로써 우리가 속고 있는 것일까? 새로운 요인의 혼입은 어렵지 않게 발견된다. 어떤 사람이 과거에 대해 보고할 때는 설령 그가 역사가라 하더라도 자기도 모르는 사이에 현재를 과거로, 또는 과거와 현재 사이의 어떤 시기를 과거로 옮겨놓곤 한다. 그럼으로써 반드시 그는 과거를 왜곡하게 된다는 사실을 우리는 염두에 두어야 한다.

노이로제 환자들의 경우 그러한 과거에 대한 이입(移入)이 과연 고의적인 것이 아닌지 의심스럽다. 그 동기에 대해서는 나중에 이야기할 것이다. 우리는 먼 과거로 거슬러 올라가는 〈후퇴 공상(後退空想:Rückphantasieren)〉이라는 것을 제대로 판단해야 한다. 아버지에 대한 미움은 후일의 다른 관계에서 비롯된 많은 동기들에 의해 격심해지며, 한편 어머니에 대한 성적 소망은 아이에게는 적합하지 않은 형태로 나타난다는 것을 우리는 쉽게 볼 수 있다. 그러나 오이디푸스 콤플렉스 전체를 후퇴 공상으로 설명하여 후년의 시기와 결부시키려는 시도는 헛된 일이다. 어린이의 직접 관찰이 입증해주듯이 유아기의 핵심적인 요소와 일부 부산물은 줄곧 남아 있는 것이다.

분석에 의해 확인된 오이디푸스 콤플렉스 형식의 배후에서 우리가 만나게 되는 임상적(臨床的)인 사실들은 이제 실질적으로 중요한 의미를 지닌다. 성 욕동이 처음으로 강력하게 자신의 존재를 나타내는 사춘기에 이르면 예전의 근친상간적인 대상이 다시 부각되고, 리비도가 새롭게 배비(配備:Besetzung)[125]된다. 유아기의 대상 선택은 사춘기의 대상 선택에 대해 미미하지만 그 방향을 결정해주는 전주곡인 것이다.

그리하여 사춘기에는 매우 강한 감정의 흐름이 오이디푸스 콤플렉스로 향하거나, 혹은 그 반동의 형태로 움직이기 시작한다. 그러나 이 감정의 흐름은 스스로 내적으로 감당할 수 있는 것이 아니므로 대부분 의식에서 멀리 떨어져 있다. 이 시기부터 인간 개인은 부모로부터 독립하는 커다란 과제에 몰두하지 않으면 안 된다. 부모에게서 독립함으로써 아이는 더 이상 아이가 아닌 사회 공동체의 일원이 된다. 아들의 경우 그 과제는 자신의 리비도적 소망을 어머니로부터 돌려 미지의 현실적인 대상을 선택하는 데 이용하는 것이다. 이때 만약 아버지와 적대 관계에 있었다면 아버지와 화해하고, 만약 유아적인 반항에 대한 반작용으로 아버지에게 굴종되어

---

125 대상에 에너지가 주입, 집중되고 충적되는 것.

있었다면 그 위압에서 탈출하는 것이 중요한 과제이다. 이는 누구에게나 주어지는 과제이지만, 그것이 이상적으로, 즉 심리적으로나 사회적으로 올바르게 해결되는 경우가 매우 드물다는 사실에 우리는 주목해야 한다.

일반적으로 노이로제 환자들은 이 과제를 잘 수행해내지 못한다. 아들의 경우 한평생 아버지의 권위 아래 굴복하고 자기의 리비도를 가족 이외의 성 대상으로 옮기지 못한다. 관계는 다르지만 딸의 운명도 그와 같다. 그런 의미에서 오이디푸스 콤플렉스를 노이로제의 핵심으로 간주하는 것은 당연한 일이다. 내가 오이디푸스 콤플렉스와 관련된 실제적으로나 이론적으로 중요한 많은 관계들을 적당히 처리하고 넘어갔다는 것을 여러분도 눈치 챘을 것이다. 나는 오이디푸스 콤플렉스의 다양한 변종이나 생각해볼 수 있는 역전형(逆轉型)에 대해서는 언급하지 않을 생각이다.

비교적 거리가 있지만 오이디푸스 콤플렉스와 관계된 한 가지 사항만을 여러분에게 시사해두고 싶다. 오이디푸스 콤플렉스는 문학 작품의 창작에 결정적인 영향을 미쳤다. 오토 랑크는 이와 관련해 매우 큰 공헌을 한 저서에서, 모든 시대의 극작가들은 극의 소재를 주로 오이디푸스 콤플렉스나 근친상간 콤플렉스(Inzestkomplex), 또는 그것의 변종이나 가장된 형태로부터 구하고 있다고 주장했다. 그리고 우리는 오이디푸스 콤플렉스의 두 가지 범죄적 소망이 정신분석이 발달되기 훨씬 이전부터 분방한 욕동 활동을 대표하는 것으로 인식되고 있었다는 점에도 주목해야 한다. 백과 전서학파인 디드로[126]의 저서 중에《라모의 조카》라는 유명한 대화편이 있

---

126 1713~1784. 프랑스의 계몽사상가이자 문학가.

다. 이 책은 바로 괴테에 의해 독일어로 번역되었는데, 그 대화 속에는 다음과 같은 놀라운 구절이 있다.

만약에 이 조그만 미개인이 끝까지 그대로 방임되어 그 몽매함을 그대로 지니게 된다면, 그리하여 젖먹이의 지성에 서른 살 남자의 정열이 합쳐진다면, 그는 아버지의 목을 조르고 어머니와 동침하려 할지도 몰라.

여기서 그냥 지나칠 수 없는 또 다른 사항이 있다. 오이디푸스의 아내이며 동시에 어머니인 이오카스테가 우리에게 꿈을 상기시켜 준 것은 헛된 일이 아니다. 여러분은 꿈의 분석 결과들이 생각나지 않는가? 꿈을 형성하는 소망은 흔히 도착적인 것이며 근친상간적인 것이거나 또는 자기가 사랑하고 있는 가장 가까운 사람에게 생각지도 못할 적의를 나타내고 있었다. 나는 그때 이러한 나쁜 충동들이 어디서 유래하는지 설명하지 않았지만 지금 여러분은 스스로 답할 수 있을 것이다. 그것은 유아기 초기 단계에 속하며 의식적 생활에서는 벌써 버려진 리비도가 보존되고 대상 배비(對象配備)된 것이다. 이는 밤에 여전히 존재하며, 어떤 의미에서는 그 능력을 발휘할 수도 있다.

노이로제 환자뿐 아니라 모든 인간이 이처럼 도착적이고 근친상간적이며 살인광적인 꿈을 꾸고 있다면, 우리는 다음과 같은 결론을 내려도 좋을 것이다. 지금 정상적인 사람이라 할지라도 그는 성적 도착과 오이디푸스 콤플렉스의 대상 배비 시기를 경유하는 발달의 길을 걸어왔으며, 그것은 정상적인 발달 과정이고, 노이로제 환자는 단지 건강한 사람의 꿈의 분석에서 발견되는 것을 크게 확대하여 보여주고 있는 것 뿐이라고. 바로 이

사실이 우리가 꿈의 연구를 노이로제 증상 연구보다 선행한 이유 중 하나
이다.

발달과 퇴행의 관점
─병인론

　리비도 기능이 여러 발달 단계를 거쳐 결국 정상이라 불리는 방법으로 생식에 기여하게 된다는 점을 앞에서 이야기했다. 이제 그 사실이 노이로제 발생에 어떤 의미가 있는지 설명해보려 한다.

　리비도 기능의 발달에 반드시 두 가지의 위험, 즉 〈제지〉의 위험과 〈퇴행〉의 위험이 따른다고 가정한다면, 우리는 일반 병리학과 일치된 견해를 갖게 된다고 생각한다. 즉 생물학적인 과정에는 변이(變異)가 발생할 수 있는 일반적인 경향이 있기 때문에 모든 예비 단계가 똑같이 순탄하게 경과되고 완전하게 이전 단계가 극복된다고는 할 수 없다. 따라서 모든 기능은 이전 단계에 억제되어 있을 수 있다. 즉 발달이라는 전체 상 속에는 어느 정도 발달의 제지가 섞여 있게 된다.

　이러한 과정과 유사한 예를 다른 영역에서 찾아보자. 인류 역사의 초기에는 흔히 종족 전체가 새로운 땅을 찾아 떠나는 일이 있었다. 그런데 이때 그 종족의 모든 사람이 하나도 빠짐없이 새로운 땅에 도착한다고는 할 수 없다. 물론 다른 원인으로 탈락하는 사람도 있겠지만 그것은 별도의 문제로 치더라도, 이동하는 도중에 일부 적은 수의 무리나 소집단이 따로 떨어져 어느 곳에 정착하고 주류 쪽은 계속 앞으로 전진하는 경우가 분명 있을 것이다.

이보다 더 가까운 데서 비유를 찾아볼 수도 있다. 여러분도 아시다시피 고등 포유동물 수컷의 생식선은 처음에는 복강(腹腔) 깊숙이 위치해 있다. 그리고 엄마 뱃속에서 지내는 어느 시기에 움직이기 시작하여 결국 골반 끝 피하(皮下) 부위까지 다다른다. 생식선이 이렇게 이동한 결과 몇몇 수컷들은 한 쌍의 생식선 중 한쪽이 골반강(骨盤腔) 속에 잔류하기도 하고, 서혜관(鼠蹊管) 속에 체류하기도 한다. 본래는 두 생식선이 모두 이 서혜관을 통과해 이동해야 하는 것이다. 그리고 정상적인 경우라면 생식선이 통과하고 나서 서혜관이 유착되는데, 그것이 열려 있는 채로 남아 있는 기형도 발견된다.

젊은 학생 시절에 나는 브뤼케E. Brücke 선생의 지도 아래 처음으로 연구 활동을 시작했다. 그때의 주제가 여전히 원시적인 구조를 지닌 작은 어류(칠성장어)의 척수 후근(後根) 신경세포의 기원에 관한 것이었다. 칠성장어의 경우 척수 후근의 신경섬유가 척수 회백질의 후각(後角)에 있는 큰 신경세포에서 나와 있다는 것을 발견할 수 있었다. 이와 같은 현상은 이제 다른 척추동물에게서는 볼 수 없다. 그런데 나는 곧 그 신경세포들이 회백질 밖으로 퍼져나가 후근의 척수 신경절에까지 뻗어 있다는 것을 알게 되었다. 그로써 이 신경절에 있는 신경세포는 척수로부터 신경근까지 이동해 온 것이라는 추론을 하게 되었다. 발생학도 이 사실을 뒷받침해준다. 이 작은 어류는 남아 있는 세포들에서 이와 같이 이동한 모든 경로를 뚜렷이 목격할 수 있다.

그런데 여러분이 조금만 깊이 살펴보면 이런 비유의 약점을 충분히 눈치 챌 수 있을 것이다. 그렇다면 이제 직접적으로 말해보자. 모든 성적 욕구는, 가령 그 욕구의 일부가 마지막 목표에 도달한다 해도 어떤 부분은 발달 초기 단계에 정지해 있을 수 있다. 여기서 우리가 성적 욕구라는 것을 인생 초기부터 지속되는 어떤 흐름으로 간주하고 있다는 것, 그 흐름을 연달아 일어나는 개개의 운동으로 말하자면 인위적으로 분해해놓고 있다는 것을 여러분은 짐작할 수 있을 것이다. 물론 여러분은 더 자세한 설명이 필요하다고 여길 테지만 이야기가 너무 옆길로 벗어나는 것은 피하고 싶다. 우선 여기서 부분 욕구(Partialstrebung)가 이와 같이 발달의 초기 단계에 정지하는 것을 고착(固着)이라고 부르기로 하자.

단계적인 리비도 발달이 안고 있는 두 번째의 위험은 발달을 이루어 전진한 부분도 쉽게 뒤로 움직여 전 단계들로 돌아갈 수 있다는 것이다. 우리는 이것을 〈퇴행〉이라고 부른다. 훗날 더 높은 발달 단계에서 욕구가 자기 기능을 발휘하지 못하게 만드는—즉 만족이라는 목적에 도달하지 못하게 만드는—외부의 강한 장애물에 부딪히게 되면 이 퇴행 현상이 일어날 수 있다. 우리는 당연히 고착과 퇴행은 서로 밀접한 관계가 있다고 가정한다. 발달도상에서 고착이 강하다면, 기능은 그 고착점까지 퇴행하여 외부의 장애물을 피하게 될 가능성이 높아진다. 즉 고착이 강할수록 완성된 기능이 발달 도상의 장애에 대해 저항할 수 있는 힘은 약해진다.

만약 이동하는 종족이 도중에 자신들의 주력 부대를 남겨놓고 이동한다면, 앞으로 나아가던 이들은 적을 만나 패배하거나 너무 강한 적에 부딪히게 되면 이 주둔지까지 퇴각해야 할 것이다. 이동하는 도중에 많은 인원을 뒤에 남겨놓을수록 패배의 위험은 커질 것이다.

노이로제를 이해하기 위해서는 여러분이 이 고착과 퇴행의 관계에 계속 주목해야 한다. 그러면 여러분은 우리가 곧 언급하려 하는 노이로제의 원인 문제, 즉 노이로제의 병인론(病因論)에 대해 확실한 실마리를 얻을 수 있다.

그런데 먼저 퇴행의 문제에 관해서 좀 더 생각해보고 싶다. 리비도 기능의 발달에 대한 설명을 들은 여러분은 이제 퇴행에 두 종류가 있다고 예상할 수 있다. 제1의 퇴행은 리비도를 배비(配備)한 첫 대상으로 퇴행하는 것이다. 알다시피 이 대상은 근친상간적인 성질을 띠고 있다. 제2의 퇴행은 성의 체제 전부가 여러 초기 단계들로 되돌아가는 것이다. 감정전이 노이로제에는 이 두 가지 퇴행이 나타나 노이로제의 메커니즘에 큰 역할을 한다. 특히 리비도가 근친상간적인 최초의 대상으로 퇴행하는 것은 노이로제 환자에게서 아주 흔히 볼 수 있는 특징이다.

만일 노이로제의 다른 종류, 이른바 나르시시즘적인 노이로제를 함께 생각한다면 리비도의 퇴행에 관해 더 많은 내용을 이야기해야 하지만, 지금은 우리의 목적에서 벗어난다. 이런 병을 통해 우리가 지금껏 언급하지 않았던 리비도 기능의 다른 발달 과정이 뚜렷해질 것이고, 이에 따라 퇴행의 새로운 종류도 알 수 있게 될 것이다.

그러나 나는 여기서 여러분에게 특히 〈퇴행〉과 〈억압〉을 혼동하지 않도록 경고해두고 싶다. 나는 여러분이 이 두 과정 사이의 관계를 똑똑히 파악할 수 있도록 도와주어야 한다고 생각한다. 기억하겠지만 억압이란 의식될 수 있는 행위, 즉 전의식(前意識) 체계에 속하는 행위를 무의식 체계로 되돌려 보냄으로써 무의식적인 것으로 만드는 과정이다. 그리고 무의식적인 심적 행위가 바로 이웃해 있는 전의식 체계로 들어가는 것이 허용되지 않고 검열의 문지방에서 밀려났을 경우에도 우리는 억압이라고 부른다. 따라서 억압의 개념에는 성과의 관련성이 전혀 없다. 여러분은 이 점을 특별히 주의해주기 바란다. 억압은 순수한 심리학적 과정이다. 〈국소적(topisch)〉인 과정이라고 부른다면 그 특징이 더욱 잘 표현될 것이다. 국소적이라는 말은 그것이 우리가 가정했던 심리적 공간과 관련이 있다는 뜻이다. 또는 그런 거친 보조 개념을 쓰지 않기로 한다면, 억압의 과정은 개별적인 심적 계통으로 성립된 심적 장치의 구조와 관련되어 있다는 의미이다.

이러한 비교를 통해 비로소 우리가 지금껏 〈퇴행〉이라는 말을 일반적인 의미가 아닌 매우 특수한 의미로 사용하고 있음을 깨닫게 된다. 퇴행에 일반적인 의미—높은 발달 단계에서 낮은 단계로 돌아간다는 의미—를 부여한다면 억압도 퇴행에 들어갈 것이다. 왜냐하면 억압이란 심적 행위의 발달 과정에서 이전의 보다 깊은 단계로 역행하는 일이라 할 수 있기 때문이다. 그러나 억압의 경우에 우리는 심적 행위가 후퇴하는 방향성을 문제삼지 않는다. 왜냐하면 어떤 심적 행위가 무의식의 더 낮은 단계에 고착되어 있는 경우도 역학적인 의미로 억압이라고 부르기 때문이다. 따라서 억압은 국소적이며 역학적인 개념이다. 이에 대해 퇴행은 순기술적(純記述的)인 개념이다.

우리가 지금까지 퇴행이라고 부르고 고착과 관련해서 고찰한 것은 오로지 리비도가 그 발달의 초기 단계로 되돌아가는 것을 의미한다. 따라서 이는 억압과 본질적으로 전혀 다른 것을 지칭한다. 우리는 리비도의 퇴행을 순수한 심적 과정이라 부를 수 없고, 또 그것을 심적 장치의 어느 위치에 놓아야 하는지도 알지 못한다. 설령 리비도의 퇴행이 심적 활동에 가장 강한 영향을 미치고 있다 해도 이때의 가장 명확한 인자는 기질적인 인자이다.

이런 설명을 늘어놓는 것은 대체로 무미건조해지기 쉬우므로 이제 임상 사례로 방향을 바꾸어 이 문제를 더 생생하게 적용시켜 보기로 하자.

여러분은 히스테리와 강박 노이로제가 감정전이 노이로제를 대표하는 두 가지 유형이라는 사실을 알고 있을 것이다. 그런데 히스테리의 경우, 언제나 근친상간적인 최초의 성적 대상에 대한 리비도의 퇴행이 존재하지만 성 체제의 초기 단계로의 퇴행은 없는 것이나 마찬가지다. 히스테리의 메커니즘에서는 대신 억압이 주역을 맡고 있다. 히스테리에 대해 밝혀진 명확한 지식들을 구성하여 이론적으로 완벽하게 만들고 설명하는 일이 나에게 허락된다면, 나는 다음과 같이 말할 것이다. 즉 각각의 부분 욕동이 통일되어 성기 우위 체제가 완성되는데, 이 통일의 결과로 만들어진 것이 의식과 연결된 전의식 체계의 저항을 받는다. 즉 성기 우위 체제는 무의식으로부터 인정을 받는 만큼 전의식으로부터는 인정을 받지 못한다. 전의식의 이러한 거부로 인해 어떤 점에서는 성기 우위 체제가 나타나기 이전의 상태와 유사한 하나의 모습이 나타난다. 그러나 이는 비슷하긴 해도 역시 다른 것이다.

즉 후자에서는 리비도의 두 가지 퇴행 현상 가운데 성 체제가 초기 단계로 퇴행하는 것이 훨씬 더 뚜렷하지만, 히스테리의 경우는 그렇지 않다. 노이로제에 대한 우리의 견해는 대개 시기적으로 앞섰던 히스테리 연구의 영향을 많이 받았기 때문에, 우리에게 리비도 퇴행의 의미는 억압의 의미보다 훨씬 나중에 밝혀졌다. 만일 우리가 히스테리나 강박 노이로제 외에 나르시시즘적 노이로제와 같은 다른 종류의 노이로제를 고찰하게 된다면, 리비도 퇴행의 의미는 더 확대되고 지금까지와는 다른 가치를 보여줄 것이라는 점을 여러분은 각오해둘 필요가 있다.

히스테리와 달리 강박 노이로제는 가학적·항문애적 체제라는 전 단계로의 리비도 퇴행이 가장 두드러지게 나타나고, 이것이 증상 발현의 형태를 결정한다. 이때 사랑의 충동은 가학적 충동을 가장하고 나타날 수밖에 없다. 따라서 〈나는 당신을 죽이고 싶다〉는 등의 강박 관념은—우연이 아니라 불가피하게 강박 관념에 따라붙는 혼합 요소들을 제거하고 나면—다름 아닌 〈나는 당신을 사랑하고 싶다〉라는 의미인 것이다. 그리고 대상에 대한 퇴행이 동시에 일어난다는 점을 예상해야 한다. 그래서 그러한 충동은 자기에게 가장 가깝고 가장 사랑하는 사람에게만 향하게 되는 것이다. 따라서 이러한 강박 관념이 환자에게 얼마나 놀라운 것이고, 또 환자의 의식에 낯선 것으로 지각될지 여러분은 충분히 상상할 수 있을 것이다.

물론 이 노이로제의 메커니즘에는 억압도 크게 관여하고 있다. 하지만 지금과 같은 속성 입문으로는 설명하기가 쉽지 않다. 억압이 없는 리비도 퇴행은 결코 노이로제를 일으키지 않으며, 바로 성도착으로 이어진다. 이로써 여러분은 억압이라는 것이 노이로제와 도착을 가장 쉽게 구별시켜주는 것이고, 노이로제의 가장 뚜렷한 특징이 되는 과정이라는 점을 생각할 수 있을 것이다. 앞으로 성적 도착의 메커니즘에 대해 우리가 알고 있는 것들을 소개할 기회가 있겠지만, 그때 여러분은 성도착이란 것도 생각만큼 간단한 과정이 아님을 알게 될 것이다.

노이로제의 병인을 연구하기 위한 준비로서 리비도의 고착과 퇴행에 대해 동의한다면 여러분은 방금 들은 그 두 가지에 대한 설명도 곧 납득하게 될 것이다.

나는 이 문제에 대해서 오직 한 가지만을 보고했을 뿐이다. 인간은 리비도를 만족시킬 수 있는 가능성을 빼앗기면—나는 이것을 거부라고 부른다—노이로제에 걸리게 되며, 노이로제 증상은 바로 거부된 만족에 대한 대리물이다. 물론 이는 리비도의 욕구 불만이 언제나 그 사람을 노이로제로 만든다는 뜻은 아니다. 다만 노이로제의 증상들을 연구해보면 모든 사례에서 이 거부라는 요소가 입증된다는 것이다. 따라서 이 명제의 반대는 성립되지 않는다. 여러분도 이 명제가 노이로제 병인에 관한 모든 비밀을 드러내는 것이 아니라 단지 노이로제의 필수 조건을 역설한 것이라는 점을 이해할 수 있을 것이다.

이 명제에 대한 논의를 더 진행시키기 위해서, 거부의 본질이나 거부된 것의 성질에서 그 근거를 찾아야 할지 지금은 알 수 없다. 그러나 어쨌든 거부가 전면적이고 절대적일 때는 매우 드물다. 거부가 병인으로 작용하려면 그 사람만이 특별히 갈구하고 있고 그 사람만이 할 수 있는 만족의 방식이 거부되어야 한다.

리비도의 만족이 주어지지 않을 때도 병에 걸리지 않고 견뎌내는 방법은 일반적으로 많이 있다. 무엇보다도 우리 주위에는 그러한 만족의 결핍을 태연하게 참을 수 있는 사람들이 실제로 존재한다. 물론 그는 행복한 상태라고는 할 수 없고 나름대로 만족을 갈구하며 고민하지만 그렇다고 병에 걸리지는 않는다. 따라서 우리는 성적 욕동의 활동은—이렇게 표현하는 것이 허용된다면—〈탄력적〉인 것이라는 점을 생각해야 한다. 성적 욕동은 어느 하나가 다른 성적 욕동을 대리할 수 있고, 다른 욕동의 강도를 짊어질 수도 있다. 한쪽의 만족이 현실적으로 거부되었을 때 다른 욕동의 만족으로 완전히 보상받을 수 있는 것이다. 서로간의 이러한 관계는 물을 가득 채운 관이 서로 연결되어 있는 수로망과도 같다. 물론 성기 우위의 지배하에 종속되어 있으면서 이와 같은 상태에 있는 것이다. 이 상태를 하나의 관념으로 정리하는 것은 쉬운 일이 아니다.

나아가 성의 부분 욕동은 이 부분 욕동들로 구성된 성 욕동과 마찬가지로 성적 대상을 다른 대상으로, 이를테면 좀 더 쉽게 구할 수 있는 대상으로 교체할 수 있는 뛰어난 능력을 갖고 있다. 이러한 교체 능력과 대리물을 즉시 받아들일 수 있는 준비 체제는 분명 거부가 병인으로 힘을 발휘하는 데 커다란 저지력으로 작용한다. 리비도 만족의 결핍이 병으로 이어지지 않도록 막아주는 이러한 과정 중에는 특별히 문화적인 의의를 지닌 것도 있다. 성욕이 부분 쾌감 혹은 생식 쾌감의 목표를 포기하고, 발생적으로는 그 포기된 목표와 관계가 있지만 이미 그 자체는 성적인 목표가 아닌, 오히려 사회적이라 부를 만한 다른 목표를 갖는다는 점에 이 과정의 본질이 있다. 우리는 이 과정을 〈승화(Sublimierung)〉라고 부른다. 이런 점에서는 우리 또한 자기 탐닉적인 성적 목표보다 사회적 목표 쪽을 보다 고차원적인 것으로 보는 일반의 견해를 따르고 있는 셈이다.

그러나 어쨌든 승화 작용은 성애적인 욕구가 성적이지 않은 다른 욕구에 도움을 구하는 하나의 특수한 예에 지나지 않는다. 승화 작용에 대해서는 나중에 다른 연관성 속에서 다시 한 번 이야기해야 할 것이다.

이처럼 결핍을 참고 견딜 수 있는 여러 수단들이 있기 때문에 이제 여러분은 리비도 만족의 결핍이 무의미해지는 것 같은 인상을 받을 것이다. 하지만 그렇지 않다. 그것은 병인으로 작용할 수 있는 특유의 힘을 역시 가지고 있다. 일반적으로 대항 수단은 충분한 것이 못 된다. 일반적인 사람들이 만족시키지 못한 리비도를 참아낼 수 있는 평균적인 양에는 한계가 있다. 리비도의 탄력성, 즉 리비도의 자유로운 가동성도 결코 모든 사람들에게 완전히 부여되어 있는 것은 아니다. 많은 사람들이 승화 능력을 아주 조금밖에 갖고 있지 않다는 사실은 차치하더라도, 승화는 리비도의 작은 한 부분을 방출시키는 데 지나지 않는다. 그 한계 가운데 가장 중요한 것은 분명 리비도의 가동성이 가진 한계이다. 왜냐하면 이 가동성의 한계로 인해 인간은 아주 적은 목표와 대상에 의해서만 만족을 얻을 수 있기 때문이다. 리비도의 발달이 불완전할 경우 리비도는 성적 체제의 초기 단계나 대상 발견의 초기 단계에 매우 큰 규모로 또 때로는 몇 겹으로 겹쳐서 고착되고, 그 결과 현실에서 만족을 얻을 수 없게 된다. 이런 점을 생각하면 여러분은 바로 리비도의 고착이 거부 또는 좌절 체험과 함께 질병을 일으키는 강력한 두 번째 요인임을 인식할 수 있을 것이다. 간결하게 도식적으로 말하자면, 리비도 고착은 노이로제 병인론에서 소인적(素因的)·내적 인자를 대표하고, 거부는 우발적·외적 인자를 대표한다.

나는 이 기회를 통해 여러분에게 무익한 논쟁에 휘둘리지 말 것을 당부해두고 싶다. 학문의 세계에서는 진리의 일부를 포착한 후에 그것을 전체 진리로 설정하고, 자신의 주장을 유리하게 만들기 위해 그 나머지의 진리를 공격하는 일이 자주 일어난다. 그 때문에 정신분석 운동도 벌써 여러 갈래로 분열된 것이다.

이를테면 어떤 사람들은 이기주의적인 욕동만 인정하고 성적인 욕동은 부정한다. 또 어떤 사람들은 현실적인 인생의 영향력만 존중하고 개인의 과거 영향력을 간과한다. 여기서도 그와 비슷한 대립과 논쟁이 발생할 여지가 있다.

즉 다음과 같은 논쟁이다. 노이로제는 외인적(外因的)인 질환인가, 아니면 내인적(內因的)인 질환인가? 노이로제는 특수 체질의 불가피한 결과인가, 아니면 마음에 어떤 상처를 입힌 외상적(外傷的)인 인생 체험의 산물인가? 특히 리비도의 고착(그리고 그 밖의 다른 성적 소질)에 의해 일어나는 것인가, 아니면 거부의 압력으로 일어나는 것인가? 이런 딜레마는 아기가 아버지의 생식 행위에 의해 만들어지는가, 어머니의 수태로 만들어지는가 하는 딜레마보다도 어리석은 것으로 생각된다. 여러분도 두 조건은 양쪽 다 없어서는 안 되는 것이라 여길 것이다. 노이로제의 원인을 둘러싼 논쟁 또한, 완전히 같다고는 할 수 없지만 이런 경우와 매우 유사하다.

노이로제의 원인을 이런 견지에서 살펴보면, 노이로제 증상 사례들이 하나의 계열을 이루어 늘어서 있다는 것을 알 수 있다. 이 계열에서는 성적 소질과 체험이라는 두 가지 요인—여러분이 원한다면 리비도의 고착과 거부라고 불러도 좋다—이 한편이 감소하면 다른 편이 증가하여 나타난다. 이 계열의 한쪽 극단에는 다음과 같은 종류의 증상 사례가 있다. 즉 "그들은 리비도의 발달이 매우 독특하기 때문에 그들이 무엇을 체험했건, 생활 속에서 그들이 조심을 했건 어쨌건 병에 걸릴 수밖에 없었다."라고 분명하게 말할 수 있는 사례이다. 이 계열의 다른 끝에는 "그가 인생에서 이러이러한 상태에 놓이지 않았다면 분명히 병에 걸리지 않았을 것이다."라고 반대의 판단을 내려야 하는 증상 사례가 있다. 이러한 양 극단의 중간에 놓인 사례들은 모두 소인적인 성적 소질과 상처를 입힌 체험이라는 필요조건이 다소간 섞여 있다. 그들이 그와 같은 체험을 하지 않았다면 그들의 성적 소질은 노이로제를 일으키지 않았을 것이고, 또 그들의 리비도가 다른 양상이었다면 그런 체험은 그들에게 외상적으로 작용하지 않았을 것이다.

나는 이 계열의 증상 사례들에 대해 소인적인 요인 쪽을 다소 중시하고 있지만, 여러분이 그것을 인정할지 말지는 여러분이 노이로제의 경계를 어디에 두느냐에 달려 있다.

여러분! 나는 이들을 상보적(相補的) 계열(Ergänzungsreihen)이라 부를 것을 제안한다. 그리고 여러분은 앞으로 다른 계열을 설정해야 하는 계기를 만나게 될 때를 준비해두기 바란다.

일정한 방향으로 발전하고 어떤 대상에 달라붙으려 하는 리비도의 끈적끈적한 성질, 이른바 리비도의 점착성(粘着性:Klebrigkeit)은 개인 차가 있는 하나의 독립적인 인자인 것 같다. 이 인자를 결정하는 것이 무엇인지는 아직 모르지만, 노이로제 병인으로서의 그 중요성을 과소평가하지 않도록 주의하자. 그러나 양자의 관계를 과대평가해서도 안 된다. 이유는 알 수 없지만 그런 리비도의 〈점착성〉은 어떤 조건 아래 정상적인 사람에게도 나타난다. 그리고 어떤 의미에서는 노이로제 환자와 정반대에 놓여 있는 사람들인 성도착자에게서 결정적인 요인으로 나타난다. 성도착자의 병력에는 욕동의 비정상적인 방향이나 비정상적 대상 선택을 가진 아주 어릴 때의 인상이 남아 있는 것을 흔히 볼 수 있고, 그들의 리비도가 일생 동안 초기의 그 인상에 줄곧 고착되어 있다는 사실이 정신분석 이전에 이미 알려져 있었다(비네A. Binet). 우리는 무엇이 그와 같은 인상에 그토록 강렬하게 리비도를 끌어당기는 힘을 주었는지 설명할 수 없는 경우가 많다. 여러분에게 내가 관찰한 이런 종류의 사례를 하나 소개한다. 한 남자가 있었는데, 그에게는 여성의 성기나 다른 모든 부분의 매력은 전혀 의미가 없고 오직 신발을 신고 있는 어떤 모양의 발만이 참을 수 없는 성적 흥분을 일으켰다. 그는 리비도를 고착시킨 여섯 살 때의 체험을 기억하고 있었다. 그것은 여자 가정교사와 나란히 의자에 앉아 영어를 배울 때였다. 그녀는 무척 마르고 못생겼으며 물처럼 파란 눈과 들창코를 지닌 노처녀였다. 어느 날 그녀는 다리를 다쳤는지 쿠션 위에 벨벳 슬리퍼를 신은 다리를 올려놓고 수업을 했다. 그녀의 다리는 우아한 방석으로 가려져 있었다. 그런데 이때 아이는 가정교사의 힘줄이 드러난 여윈 발을 보게 되었고, 그것은 그가 사춘기에 이르러 겁을 집어먹은 채 정상적인 성 활동을 시도해보고 난 후 그의 유일한 성적 대상이 되어버렸다. 그런 모양의 발과 함께 그 영어 가정교사를 연상시키는 다른 특징이 함께 보이면 그는 저항할 수 없는 흥분에 사로잡혔다. 그런데 그는 이런 리비도 고착의 결과 노이로제 환자가 되는 대신 성도착자, 즉 우리의 표현으로는 발 페티시스트가 되었다. 이런 사례를 통해 우리는 리비도의 과도한, 그리고 초기의 고착은 노이로제를 일으키는 커다란 원인이 되지만 그것이 작용하는 범위는 노이로제의 영역을 훨씬 넘어선다는 것을 알 수 있다.

이 조건도 앞에서 말한 거부의 조건과 마찬가지로 그 하나로 결정적인 것은 아니다.

따라서 노이로제의 발생 원인에 대한 문제는 더 복잡해진 것처럼 보인다. 사실 우리는 정신분석의 연구를 통해 하나의 새로운 요인을 발견할 수 있었고, 그것은 그 병인의 계열에서는 고려하지 않았던 것이다. 이는 계속 건강하던 사람이 갑자기 노이로제에 걸려 교란되는 사례들에서 가장 쉽게 발견된다. 이들에게는 소망 충족에 대한 반항의 발현, 즉—우리의 표현으로는—심적 〈갈등〉이 나타나 있음을 볼 수 있다. 인격의 한 부분은 어떤 소망을 주장하고 그 소망의 편을 들고 있는데 인격의 다른 부분은 그에 반항하고 저지하는 것이다. 그러한 갈등이 없으면 노이로제는 발병하지 않는다. 그런데 이것은 특별한 이야기가 아닌 것처럼 보일지도 모른다. 알다시피 인간의 심적 활동은 늘 갈등에 의해 움직이고 스스로 그 갈등의 해결을 강구한다. 따라서 갈등이 병인이 되려면 특수한 조건이 충당되어야 할 것이다. 우리는 그 조건이 무엇인지, 어떠한 심리적 힘들 사이에서 이렇게 병인으로 작용하는 갈등이 일어나는지, 그리고 그 갈등은 병을 일으키는 다른 인자들과 어떤 관계에 놓여 있는지를 검토해보아야 한다.

나는 이런 물음에 대해 도식적으로 깔끔한, 충분한 답을 줄 수 있다. 갈등은 욕구 거부에 의해 촉발된다. 이때 만족을 빼앗긴 리비도는 다른 대상과 방법을 찾아야 한다. 그런데 이 다른 대상과 방법이 인격의 한 부분에게는 탐탁지 않다. 이것이 갈등의 조건이 되고, 결국은 거부권이 발동되어 일단 만족을 얻는 새로운 방법은 불가능해진다. 여기서 우리가 나중에 살펴보게 될 증상 형성의 길이 트여오는 것이다. 리비도의 욕구가 거부되면 그것은 다른 우회적인 방식을 통해 역시 자신의 의지를 관철한다. 물론 이때는 반대의 소리에 어느 정도 비위를 맞춰 다소 왜곡되고 완화된 모습으로 나타난다. 바로 이러한 우회가 증상 형성으로 가는 길이다. 증상은 거부에 의해 필연적으로 생긴 새로운 만족, 즉 대상(代償) 만족이다.

이 심적 갈등의 의미를 다르게 표현할 수도 있다. 즉 〈외적〉 거부가 병인으로 작용하려면 〈내적〉 거부가 첨가되어야 한다는 것이다. 이때 내적 거부와 외적 거부는 물론 별개의 방법과 대상에 관련되어 있다. 외적 거부는 리비도를 만족시킬 수 있는 하나의 가능성을 빼앗고, 내적 거부는 다른 가능성을 몰아낸다. 그 결과 갈등이 발생하는 것이다. 나는 사실 이러한 표현이 더 낫다고 생각한다. 왜냐하면 그것은 어떤 비밀스러운 내용을 함축하고 있기 때문이다. 즉 여기서 내적인 방해 요인이란 인류 발달의 태고 시대에 현실적인 외적 장애에서 발생한 것이라는 점을 암시해준다.

그렇다면 리비도의 욕구에 반대하는 힘, 즉 병인이 되는 갈등의 다른 한쪽 당사자는 무엇일까? 일반적으로 말해서 그 힘은 성적이지 않은 욕동의 힘이다. 우리는 이 힘을 〈자아 욕동(自我浴童:Ichtriebe)〉이라는 이름으로 총괄하고 있다. 그런데 감정전이 노이로제의 정신분석으로는 그것의 성분을 자세하게 파악해낼 수 없다. 우리는 기껏해야 분석에 대항하는 저항에서 자아 욕동의 존재를 미약하게 인식할 수 있을 뿐이다. 병인으로 작용하는 갈등은 자아 욕동과 성 욕동 사이의 갈등이다. 여러 개의 순전한 성 욕동들 사이의 갈등과 같은 외양을 띠고 있는 증상 사례도 다수 존재하지만, 근본적으로는 같은 것이다. 갈등하는 두 성적 욕구 중에서 한쪽은 자아에 충실하고, 다른 한쪽은 자아의 방위(防衛)를 요구하고 있기 때문이다. 따라서 이런 경우도 자아와 성욕의 갈등 속에 놓여 있는 것이라 할 수 있다.

여러분! 정신분석이 어떤 심적인 사건은 성 충동이 하는 짓이라고 주장할 때마다 세상 사람들은 분개하며 반론을 제기하곤 했다. 인간은 성욕만으로 움직이는 것이 아니다, 심적 활동에는 성욕 이외에 다른 욕망이나 관심도 존재한다, 〈모든 것〉을 성욕으로 설명하는 것은 부당하다는 등의 공격이었다. 그런데 이렇게 반대하는 분들과 어느 한 가지 점에서라도 의견이 일치한다는 것은 매우 유쾌한 일이다. 정신분석은 성적이지 않은 욕동의 힘이 존재한다는 사실을 결코 도외시한 적이 없다. 정신분석은 성 욕동과 자아 욕동의 뚜렷한 구별 위에 세워진 것이다. 그리고 정신분석은 온갖 반대가 일어나기 전에도 이미 노이로제는 성욕에서 나오는 것이 아니라 자아와 성욕 사이의 갈등에서 발병하는 것이라 주장해왔다. 정신분석은 성 욕동이 질병과 실생활에서 어떤 역할을 하고 있는지를 연구하는 과정에서 자아 욕동의 존재와 그 의미를 부정하지 않았다. 일차적으로 성 욕동의 연구가 대상이 되었을 뿐이다. 그 이유는 감정전이 노이로제 연구를 통해 성 욕동은 가장 먼저 그 실마리가 풀렸고, 다른 연구에서 소홀하게 취급하는 주제를 연구하는 것이 정신분석의 과제였기 때문이다.

정신분석이 인격 중에서 성적이지 않은 부분을 전혀 고려하지 않는다는 생각은 옳지 않다. 우리는 자아와 성욕을 구분함으로써 자아 욕동 역시 중대한 발달 과정을 거친다는 것, 이 발달은 리비도의 발달과 관계가 있으며 리비도의 발달에 반작용을 준다는 것을 분명하게 인식했다. 물론 자아의 발달에 대한 우리의 지식이 리비도의 발달에 비해 그리 풍부하지는 않다. 왜냐하면 우리는 나르시시즘적인 노이로제를 연구함으로써 비로소 자아의 구조에 대한 통찰을 얻을 수 있었기 때문이다. 그러나 그전에 이미 자아의 발달 단계를 이론적으로 구성하려 했던 페렌치S. Ferenczi[127]의 주목할 만한 연구가 있었다. 그리고 우리는 적어도 두 군데에서 자아의 발달을 평가할 수 있는 든든한 발판을 확보했다. 우리는 어떤 인간의 리비도적 관심이 처음부터 자아의 자기 보존적인 관심과 대립되어 있다고 생각하지 않는다. 오히려 자아는 모든 발달 단계에서 그 당시의 성적 체제와 조화를 이루려 하고, 그것을 자신에게 적응시키려고 노력한다. 리비도의 발달 과정에서 다음 단계로의 교대는 이미 정해져 있는 프로그램에 따른다. 그러

---

127 헝가리의 지도적인 정신분석 학자.

나 이것이 자아로부터 영향을 받는다는 사실은 부정할 수 없다.

자아와 리비도 사이에는 일종의 평행 관계, 즉 양쪽의 발달 단계에서 일정한 대응 관계가 똑같이 예견된다. 오히려 이 대응이 교란될 때 병인적 요인이 생길 수 있는 것이다.

우리에게 더 중요하게 느껴지는 의문점은 리비도가 발달하다가 어떤 곳에 강한 고착을 남겼을 때 자아가 어떤 태도를 취하느냐 하는 것이다. 자아는 이 고착을 묵인하기 쉬우며, 그에 상응하는 정도로 고착되거나—결국 같은 말이지만—유아성의 양상을 보이게 된다. 그러나 자아는 리비도의 고착을 거부하는 태도를 취할 때도 있다. 이때 리비도가 고착을 당하는 그 자리에서 자아는 억압을 하는 것이다.

이러한 길을 통해 우리는 노이로제의 병인으로 작용하는 제3의 인자인 〈갈등 경향〉이 리비도의 발달에 관계하는 만큼 자아의 발달에도 관계한다는 결론에 다다른다. 이로써 노이로제의 원인에 대한 우리의 통찰은 완성되었다. 먼저 가장 일반적인 조건으로, 거부가 첫 번째 요인이다. 두 번째는 리비도의 고착으로, 이 때문에 리비도는 일정한 방향으로 밀려간다. 세 번째는 리비도의 충동을 거부하는 자아의 발달에서 비롯되는 갈등 경향이다. 여러분이 내 설명을 들으며 느꼈던 것만큼 그렇게 복잡한 것도, 파악하기 어려운 것도 아니다. 그러나 사실 우리의 지식은 아직 미완성이다. 우리는 다시 새로운 사실들을 첨가해야 하며 이미 알고 있는 사실들도 더 자세히 분석해야만 한다.

자아의 발달이 갈등 형성에 따라 노이로제에 영향을 준다는 점을 하나의 예를 통해 보여주려 한다. 이것은 만들어낸 이야기이지만 어떤 점으로

든 현실에서도 일어남직한 일이다. 나는 네스트로이J. Nestroy[128]의《1층과 2층》이라는 소극의 제목을 빌리고자 한다.

1층에는 문지기가 살고 2층에는 부자이며 귀족 신분인 집주인이 살았다. 두 사람에게는 모두 자식이 있고, 집주인의 딸이 무산 계급인 문지기의 딸과 마음대로 노는 것이 허용되었다고 가정해보자. 이럴 때 아이들은 자연스럽게 우스운 놀이, 즉 성적인 특징을 띠는 놀이를 할 수 있다. 아이들은 사이좋게 〈아빠 엄마 놀이〉를 하면서 서로를 지그시 바라보거나, 또는 성기 부분을 자극하는 일도 있을 수 있다. 문지기의 딸은 아직 대여섯 살밖에 안 되었지만 어른들의 성생활을 어느 정도 엿볼 수 있었기 때문에 이 놀이에서 당연히 유혹하는 역할을 맡게 된다. 설사 오래 계속되지 않더라도 이런 놀이는 두 아이에게 성 흥분이라는 그 무엇을 충분히 눈뜨게 해준다. 둘이 더 이상 함께 놀게 되지 않아도 그러한 성 흥분은 자위의 형태가 되어 몇 해간 계속하여 나타날 것이다. 여기까지는 둘 다 같은 모습을 보인다. 그러나 결국 두 아이는 매우 다른 결과를 맞게 된다.

문지기의 딸은 대략 첫 번째 월경이 시작될 때까지 자위를 계속하다가 그 후 별 어려움 없이 그 버릇을 그만둔다. 그리고 몇 해가 지나면 애인을 갖게 되고 어쩌면 아기가 생길지도 모른다. 그녀는 이러저러한 인생의 비탈길을 헤매다가 훗날에는 인기 예술가로 변신하여 상류층 부인으로 인생을 마무리할 수도 있다. 물론 그녀의 운명이 이렇게 화려하게 전개되지 않을 수도 있지만, 어쨌든 그녀는 어린 시절의 성적 경험 때문에 상처를 받거나 노이로제에 걸리지 않고 인생을 살게 될 것이다.

---

128 오스트리아의 배우이자 희곡 작가.

그런데 집주인의 딸은 다르다. 이 아이는 아주 어린 시절이었음에도 불구하고 자신이 무언가 좋지 않은 짓을 저질렀다고 느낀다. 그리고 심한 갈등 끝에 자위로부터 만족을 얻는 행위를 단념한다. 그러나 무언가 가슴을 짓누르는 것이 남아 있다. 소녀 시절 사람들의 성교에 대해 무슨 말을 듣게 되면, 그녀는 표현할 수 없는 두려움에 싸여 외면해버리고 그런 사실에 대해서는 자세히 알고 싶지 않다고 생각한다. 이제 그녀는 다시 고개를 든 누를 수 없는 자위의 충동에 굴복할 수도 있다. 이 소녀는 그런 충동에 대해 감히 남에게 하소연할 용기도 없다. 이윽고 성숙한 여자로서 남편을 가져야 할 나이에 이르러 그녀는 갑자기 노이로제가 폭발할 수 있다. 노이로제는 그녀에게서 결혼과 인생의 행복을 모두 앗아간다. 그리고 분석을 통해 자신의 노이로제를 이해하게 되면 이 교양 있고 지성적이며 품위 있는 처녀는 자신이 성 충동을 완전히 억압하고 있었다는 것, 그 성 충동은 그녀에게 무의식적이며 소꿉동무와 나누었던 그 하찮은 체험에 결부되어 있었다는 것을 알게 된다.

같은 체험을 지녔는데도 두 소녀의 운명이 이렇게 다른 것은 한 사람의 자아는 다른 사람에게는 나타나지 않은 발달을 거쳤기 때문이다. 문지기의 딸에게 성행위는 어린 시절이나 성장한 후에도 한결같이 자연스럽고 별 문제 없는 행위로 간주되었다. 그런데 집주인의 딸은 교육의 깊은 영향을 받아 그것이 명하는 요청을 받아들였다. 그녀의 자아는 자신에게 주어진 요청을 토대로 하여 여성의 순결과 무욕(無慾)이라는 이상을 만들어냈다. 그러나 성 활동은 그런 이상과 조화될 수 없는 것이다. 그녀는 지적인 교육을 받음으로써 그녀에게 주어진 여성으로서의 역할을 무시했다. 그녀의 자아는 도덕적으로나 지적으로나 높이 발달함으로써 자신의 성적 욕구들과 갈등에 빠진 것이다.

　나는 오늘 자아의 발달에 관한 또 다른 문제를 좀 더 자세히 다루고 싶다. 왜냐하면 이를 설명함으로써 우리는 문제에 대한 넓은 시야를 확보할 수 있고, 그 결과가 바로 자아 욕동과 성 욕동 사이에 우리가 그어보려 했던 뚜렷한—물론 당장 눈에 띄지는 않지만—경계선을 확실히 입증해줄 것이기 때문이다.

　자아와 리비도의 두 발달 과정을 고찰하면서 아직 그 가치를 인정받지 못했던 하나의 착안점을 이야기하려 한다. 즉 두 발달은 결국 태곳적부터 전 인류가 매우 긴 시간을 거쳐 더듬어온 발달을 계승하고 축약된 형태로 반복한다는 점이다. 리비도의 발달에는 이 〈계통 발생적〉인 기원이 뚜렷하게 나타나 있다고 생각한다. 어떤 동물의 생식 기관은 입과 밀접한 관련이 있고, 어떤 동물은 생식 기관과 배설 기관이 뚜렷이 분리되어 있지 않으며, 또 어떤 동물은 생식 기관과 운동 기관이 결합되어 있다는 점을 생각해보기 바란다. 이런 내용은 뵐셰W. Bölsche가 매우 흥미롭게 써놓은 훌륭한 저서[129]에서 확인할 수 있다. 여러분은 많은 동물들에게 소위 모든 종류의 성적 도착이 성적 체제로 굳어져 있다는 사실을 발견할 수 있을 것이다. 그런데 인간의 경우는 계통 발생적인 관점의 일부가 뚜렷하지 않다. 유전된 것이라 해도 그것은 개체의 발달 중에 개체에게 새롭게 획득된 것이기 때문이다. 그러한 이유는 아마도 그 당시 획득하지 않을 수 없었던 상

---

129 《자연의 애정 생활, 사랑의 진화사》(1900년)를 말한다. 당시 독일의 베스트셀러로 15만 부가 팔렸다고 한다. 해파리는 입과 생식 기관이, 오징어는 운동 기관과 생식 기관이 붙어 있다는 등의 내용이 담겨 있다.

황과 동일한 상황이 오늘날에도 여전히 계속되며 각 개체에게 영향을 미치고 있기 때문일 것이다. 그 상황이 그 당시에는 새로운 것을 창작하도록 작용했지만, 오늘날에는 잠자고 있는 것을 깨우는 작용을 한다.

그리고 또 한 편으로, 각 개인의 발달 과정은 외부에서 미치는 새로운 영향들에 의해 방해받거나 변경된다. 인간에게 이와 같이 발달을 강요하고 오늘날에도 여전히 같은 방향으로 압력을 주는 그 힘이 무엇인지 우리는 알고 있다. 그것은 현실의 거부이다. 만약 우리가 그것에 정당하고 위엄 있는 이름을 붙여준다면 바로 생의 〈필요〉, 즉 아낭케Ananke[130]이다. 이 아낭케야말로 인류의 엄격한 교육자이며 우리를 여러 가지로 변화시킨다. 노이로제 환자란 이 엄격함이 지나쳐 좋지 않은 결과를 낳은 어린아이와 같은 존재들이다. 사실 모든 교육은 그러한 위험성을 지니고 있다. 그런데 이처럼 〈생의 필요〉를 발달의 추진력으로 평가한다 해서 우리가 〈내적인 발달 경향〉—만약 이런 것이 존재한다면—이 지니는 의의를 경시하는 것은 아니다.

그런데 성 욕동과 자기 보존 욕동은 현실의 결핍에 대해 동일한 방식으로 움직이지 않는다는 점이 주목할 만하다. 자기 보존 욕동과 그에 결부되어 있는 모든 욕망은 교육하기가 훨씬 쉽다. 자기 보존욕은 생의 필요에 빨리 순응하여 자신의 발달을 현실의 명령에 따라 조정할 수 있다. 이는 쉽게 납득되는 일이다. 왜냐하면 자기 보존 욕동은 자신에게 필요한 대상을 다른 방법을 통해서는 구할 수가 없기 때문이다. 그 대상이 없을 경우 개체는 죽어버린다.

---

130 운명의 신. 외부의 힘, 필연이라는 뜻.

이에 비해 성 충동 쪽은 교화시키기가 매우 어렵다. 성 충동에는 처음부터 대상 결핍이 없기 때문이다. 성 충동은 신체의 다른 기능들에 기생하면서 자기 자신의 몸을 통해 자기성애적으로 만족을 얻을 수 있으므로, 현실적 필요성이라는 교육적 영향력에서 처음부터 벗어나 있다. 어떤 점에서 보면 대개의 인간에게 평생 동안 성욕은 자기 본위적이고 쉽게 타인의 영향을 받지 않는 성질, 즉 우리가 〈무분별〉이라고 부르는 성질을 유지한다. 청년기에 성적 욕구가 결정적으로 강해지면 교육의 가능성은 대개 끝이 난다. 교육자들도 이를 알고 있기 때문에 그에 맞춰 대처하지만, 어쩌면 앞으로는 그들이 정신분석의 결과에 영향을 받아 중점적인 교육 시기를 최초의 유아기로 옮길지도 모른다. 흔히 네다섯 살이 되면 이미 조그만 인간이 완성되고, 그 후에는 그 속에 잠복하고 있던 것들이 서서히 겉으로 드러날 뿐이다.

두 욕동 사이의 이러한 차이가 어떤 의미를 지니는지를 충분히 평가하기 위해서, 잠시 옆길로 벗어나 〈경제적〉이라 부를 만한 하나의 고찰을 소개한다. 이로써 우리는 정신분석에서 가장 중요하지만, 유감스럽게도 가장 불분명한 영역에 발을 들여놓게 된다. 〈심적 장치〉의 작용이 가진 주요 목적은 무엇인가? 이에 대한 일차적인 대답으로, 쾌감의 획득을 지향한다고 말할 수 있을 것이다. 우리의 심적 활동은 모두 쾌감을 찾고 불쾌를 피하는 방향으로 움직이며, 그 활동은 자동적으로 쾌감 원칙(Lustprinzip)에 의해 조정된다. 그렇다면 이 세상에 존재하는 모든 것에 대해서 쾌감과 불쾌감을 일으키는 조건이 무엇인지 알고 싶지만, 우리는 아직 그에 대해 아는 바가 없다. 다만 우리가 주장할 수 있는 것은, 쾌감이란 어떤 식으로든 심적 장치 속에 있는 자극 양의 감소·저하·소실과 관계가 있으며, 불쾌는 자극 양의 증가와 관련되어 있다는 것뿐이다. 인간이 경험할 수 있는 최고의 쾌감, 즉 성교 시의 쾌감을 연구해보면 이 점은 분명해진다. 그러한 쾌감의 과정에서 문제가 되는 것은 심적 자극의 양, 즉 심적 에너지의 양이므로, 우리는 이런 종류의 고찰을 경제적 관점에서의 고찰이라 부르는 것이다.

심적 장치의 과제와 작용에 대해 쾌감 획득을 강조하는 방식이 아닌 더 일반적인 방식으로 서술할 수도 있다는 생각이 든다. 심적 장치는 안팎에서 오는 자극의 양과 강도를 관리하고 처리하는 목적에 봉사한다. 성 욕동은 발달 초기부터 마지막까지 내내 쾌감 획득을 목적으로 한다는 사실은 분명하다. 성 욕동은 이 같은 본래 기능을 변함없이 유지한다. 자아 욕동 역시 처음에는 같은 목적을 지니고 있다. 그러나 필요성이라는 교육자의 영향으로 곧 쾌감 원칙을 다른 변화된 원칙으로 대체하는 방법을 배운다. 자아 욕동의 입장에서는 불쾌를 막아야 하는 임무가 쾌감 획득의 임무만큼이나 중요한 것이다. 자아는 직접적인 만족을 포기하거나 쾌감의 획득을 연기할 수밖에 없다는 것을 알게 되고, 일부 불쾌감은 참아야 하며 어떤 쾌감의 원천은 완전히 포기한다 해도 어쩔 수 없다는 것을 깨닫게 된다. 이처럼 교육을 잘 받은 자아는 〈이성적(理性的)〉인 존재가 된다. 자아는 더 이상 쾌감 원칙에 의해 지배받지 않고 대신 〈현실 원칙(Realitätsprinzip)〉을 따르게 된다. 이 현실 원칙도 결국은 쾌감을 지향하는 것이지만, 그때의 쾌감은 비록 연기되고 감소된 것일지언정 현실에 의해 보장을 받는 쾌감이다.

쾌감 원칙에서 현실 원칙으로 이행하는 것은 자아의 발달에서 가장 중요한 진보 중 하나이다. 우리는 성욕이 뒤늦게나마, 물론 내키지 않는 마음으로 이런 자아의 발달 단계에 딸려 올라온다는 것을 알고 있다. 그리고 성욕이 외부 현실에 대해 이렇게 느슨하게 연결된 상태에서 안주하고 있는 것이 인간에게 어떤 결과를 가져다주는지를 여러분은 나중에 알게 될 것이다. 그리고 결론적으로 또 한 가지 관련 사항을 언급해둔다. 인간의 자아가 리비도와 같은 발달사를 갖는다면 분명 〈자아의 퇴행〉도 있을 수 있다는 말에 여러분은 놀라지 않을 것이다. 또 자아가 이처럼 발달의 초기 단계로 역행하는 것이 노이로제에 어떤 역할을 하는지도 알고 싶을 것이다.

증상 형성의 길

비전문가들은 증상이 병의 본질이고 증상을 제거하면 병은 나은 것이나 다름없다고 생각한다. 그런데 의사들은 병과 증상을 구별하고, 증상을 제거해도 병은 아직 나은 것이 아니라고 말한다. 하지만 증상을 제거한 뒤에 남는 뚜렷이 병이라고 할 수 있는 부분은 새로운 증상을 만들어내는 능력뿐이다. 그러므로 우선은 비전문가의 관점에 서서 증상을 규명하는 것이 곧 병을 이해하는 것이라 가정해보자.

증상—여기서는 물론 심적 혹은 심리적 증상과 심적인 병에 걸려 있음을 가리킨다—은 전반적으로 생활에 해를 끼치는 행위, 또는 적어도 아무런 이익이 없는 행위이다. 증상은 흔히 환자들이 괴롭다고 호소하는 것이다. 즉 그것은 불쾌감이나 고통과 연결되어 있다. 증상이 주는 중요한 손해는 증상 자체로 인해 소비되는 심정적 소모와 증상과 싸우기 위해 필요한 심정적 소모이다. 증상이 강하게 형성되면 이 두 방면의 소모로 인해 환자의 심적 에너지는 급격히 떨어지고, 그 결과 생활에서 중요한 다른 활동들을 할 수 없게 된다. 앞에서 언급했듯이 이러한 결과는 주로 빼앗긴 에너지의 양에 달려 있으므로, 〈병〉이라는 것은 본래 실용적인 차원의 개념이라는 것을 알 수 있다. 만약 이론적인 입장에 서서 에너지의 양을 문제 삼지 않는다면, 우리는 모두 병들어 있는 것이나 다름없다. 즉 모든 사람이 노이로제에 걸려 있는 것이다. 사람들의 정상적인 상황에서도 증상 형성의 조건들을 증명해낼 수 있기 때문이다.

노이로제 증상은 리비도를 새로운 방식으로 만족시키려 할 때 생겨나는 갈등의 결과라는 것을 우리는 알고 있다. 적대 관계에 있는 두 힘이 증상 속에서 다시 만나 증상 형성이라는 타협안을 통해 서로 화해한다. 따라서 증상은 그만큼 저항력을 지니고 있다. 증상은 양쪽에서 지지를 받고 있는 것이다. 갈등에 관여하고 있는 둘 중 한쪽은 현실에서 거부된 채워지지 않는 리비도이다. 이것은 이제 만족을 얻을 다른 길을 찾아야 한다. 설령 리비도가 거부된 대상 대신 다른 대상을 가질 준비가 되어 있더라도 현실이 여전히 그 소망을 받아들이지 않으면, 리비도는 결국 퇴행의 길을 걸어 이미 극복한 체제 중의 어떤 단계로 되돌아가거나 아니면 옛날에 버린 대상 중 하나로 만족을 구하려고 노력한다. 즉 리비도는 발달 과정에서 어떤 곳에 남기고 온 고착에 의해 퇴행의 길로 들어선다.

그런데 여기서 도착으로 가는 길과 노이로제로 가는 길이 분명하게 분리된다. 퇴행이 자아의 반항을 불러일으키지 않으면 노이로제가 일어나지 않고, 리비도는 정상적인 만족은 아닐지라도 어떤 현실적인 만족을 얻는 데 성공한다. 그러나 의식뿐 아니라 운동신경 또한 지배하고 있으며 심적 욕구를 실현하는 방법도 뜻대로 선택할 수 있는 자아가 이 퇴행에 찬동하지 않으면, 그때는 갈등이 생겨난다. 그러면 리비도는 쾌감 원칙에 따라 에너지를 배비(配備)시킬 어떤 출구를 찾아 달아나려 할 것이다. 리비도는 자아에서 멀어질 수밖에 없다. 그리고 퇴행적으로 더듬고 있는 어느 발달 과정에 고착함으로써 마침내 도피처를 발견한다.

그런데 이곳이 자아에게는 이전에 억압을 통해 자신을 방어하려 했던 지점이다. 이 억압된 장소를 리비도가 역류하여 점거해버림으로써 자아와 자아의 법칙에서 벗어나게 되며, 이때 자아의 영향 아래 받은 모든 교육도 포기하기에 이른다.

리비도는 만족이 눈앞에 있는 한 온순하고 다루기 쉬운 것이다. 그러나 안팎으로부터의 거부라는 이중의 압력을 받으면 리비도는 순종하지 않고 지나간 좋은 시절을 회상한다. 이것이 리비도의 근본적인 성질이다. 리비도가 에너지를 배비하려고 움직여 가는 여러 표상(表象)들은 무의식 체계에 속해 있다. 그래서 이 체계에만 가능한 과정, 특히 응축과 치환의 작용을 받는다. 여기서 꿈의 형성과 아주 유사한 관계가 이루어진다. 꿈의 경우 무의식적인 소망 공상의 충족이라 할 수 있는 무의식 속의 잠재몽이 검열하는 의식적(또는 전의식적) 활동의 일부와 만나 그 타협으로 현재몽이 만들어진다. 이처럼 무의식 체계 속에 있는 리비도를 대표하는 것도 전의식적인 자아의 힘을 고려해야만 한다.

자아 속에서는 이 리비도를 대표하는 것에 대한 반발이 고개를 쳐들기 시작하는데, 이것은 〈역배비(逆配備:Gegenbesetzung)〉[131]로써 리비도를 쫓아가면서 리비도가 표현 방식을 선택하는 과정에 개입해 자아의 반발

---

131 어떤 욕구가 의식에 떠오르지 않도록 자아가 끊임없이 압력을 가하는 것. 반발은 그 발현이다.

역시 나타내줄 수 있는 표현을 선택하도록 만든다.

그 결과 증상은 무의식적인 리비도의 소망 충족에서 거듭 왜곡되고, 서로 모순되는 의미들을 교묘하게 택한 모호한 형태를 띠게 된다. 그러나 이 마지막 문제에서 〈꿈 형성〉과 〈증상 형성〉은 차이가 있다. 꿈 형성에서 전의식적인 의향은 수면을 지속시키고 수면을 방해하는 것을 의식에 접근시키지 않는 것만을 목적으로 한다. 따라서 이 전의식적인 의향은 무의식적인 소망 충족에 대해 "안 돼, 들어가 있어!"라는 날카로운 경고를 하지는 않는다. 그처럼 관대한 태도를 취하는 것은 자고 있는 사람은 그다지 위험한 존재가 아니기 때문이다. 이 경우에는 수면 상태로 인해 현실을 향한 출구가 닫혀 있다.

갈등이라는 조건 아래서 리비도의 회피가 가능한 것은 고착이 존재하기 때문이다. 고착을 향한 이 퇴행적인 배비는 억압을 우회해가면서 결국 리비도를 방출—혹은 만족—시키는데, 이 과정에서도 역시 타협의 조건은 지켜져야 한다. 리비도는 무의식과 옛 고착이라는 우회의 길을 지나 결국은 현실적인 만족을 얻어내는 데 성공하지만, 그 만족이란 극히 한정되고 거의 감지하기 어려운 정도의 것이다. 이 결과와 관련하여 다시 두 가지 의견을 덧붙여두고 싶다. 첫째, 여러분은 한편에서는 리비도와 무의식이, 또 한편에서는 자아와 의식과 현실이 서로 밀접하게 결부되어 있었던 것에 주목해주기 바란다. 물론 이들이 처음부터 연결되었던 것은 아니다. 둘째, 지금 이야기한 내용과 앞으로 이야기할 내용들은 모두 히스테리성 노이로제의 증상 형성에 관련된 것이라는 점을 여러분이 꼭 기억해주었으면 한다.

그런데 리비도는 억압을 극복하는 데 필요한 고착을 어디에서 찾아내는 가? 리비도는 그것을 유아기의 성생활이나 성적 체험들, 즉 유아기에 버려 졌던 부분 욕동과 포기했던 성적 대상들에서 발견한다. 결국 리비도는 그 러한 것들로 되돌아간다. 그런데 유아기에는 이중적인 의미가 있다. 첫째 는 타고난 소질 속에 가지고 있는 욕동의 방향성이 처음으로 모습을 나타 낸다는 의미이고, 둘째는 그 외의 다른 욕동들이 외부의 영향과 우연적인 체험에 의해서 눈을 뜨고 활동하기 시작한다는 의미이다. 이같이 구별하 는 것이 옳다는 데는 의문의 여지가 없다고 생각한다. 선천적인 소인(素 因)이 나타나는 부분에 대해서는 비판의 여지가 없다. 그런데 분석의 경험 들을 통해 보면, 유아기의 순전히 우연적인 체험이 뒤에 리비도의 고착을 남긴다는 것 또한 가정하지 않을 수 없다. 이러한 주장에 이론적인 난점은 발견되지 않는다. 체질적인 소인은 분명 오래된 과거에 선조들이 겪은 체 험의 유산이며, 그 역시 당시로서는 새롭게 획득된 것이다. 그런 획득의 과 정이 없다면 유전이라는 것은 존재하지 않을 것이다. 그리고 유전하는 이 러한 획득물이 우리가 관찰하고 있는 지금이라는 시점에 갑자기 사라진 다고 생각할 수는 없다. 그러나 옛 조상의 체험과 성년기의 체험을 중시한 나머지 유아기의 체험이 가진 의의를 간과해서는 안 된다. 아니, 오히려 유 아기의 체험이야말로 특히 중시해야 하는 것이다. 유아기의 체험은 발달 이 완성되기 전에 이루어지기 때문에 더욱 중대한 결과를 남긴다. 그리고 바로 그 이유 때문에 유아기의 체험은 외상적으로 작용하기 쉽다. 룩스W. Roux[132]와 다른 학자들의 발육 메커니즘에 관한 연구들은 세포분열이 진행

---

[132] 독일의 해부학자.

중인 수정란을 바늘로 찌를 경우 심각한 발달상의 장애를 가져온다는 사실을 우리에게 보여주었다. 그러나 애벌레나 성숙한 동물에게 같은 상처를 입힐 경우에는 별다른 장애가 나타나지 않는다.

따라서 노이로제 병인 방정식 속에 우리가 체질적 인자를 대표하는 것으로서 도입한 성인의 리비도 고착은 이제 두 가지 요인으로 분해된다. 하나는 유전적인 소인, 다른 하나는 유아기 초기에 획득한 소인이다. 도식적인 설명은 언제나 학생들의 이해를 도와주므로 이 관계를 하나의 도식으로 종합해본다.

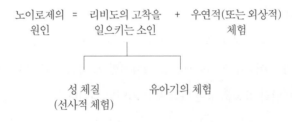

노이로제의 = 리비도의 고착을 + 우연적(또는 외상적)
원인   일으키는 소인   체험

성 체질   유아기의 체험
(선사적 체험)

육체적인 성 체질은 갖가지 부분 욕동이 단독으로, 또는 다른 부분 욕동과 결부하여 특히 강해짐에 따라 다양한 소인을 나타낸다. 성 체질과 유아기의 체험이라는 인자는 다시금 〈상보적 계열〉을 형성하는데, 이것은 우리가 이미 알고 있는 성인의 소인과 우연적 체험 사이에 형성되는 상보적 계열과 유사하다. 양쪽 모두 극단적인 증상 사례들이 있고, 마찬가지 대리 관계를 볼 수 있다. 여기서 여러분은 리비도의 퇴행 중에서도 가장 눈에 띄는 성 체제의 초기 단계로의 퇴행은 유전적 체질이라는 요인에 전적으로 좌우되는 것이 아닐까 하는 의문이 들 것이다. 그러나 이 물음에 대한 답은 노이로제 질환의 많은 유형을 고찰한 뒤로 미루는 것이 좋다.

그런데 분석적 연구에 의하면 노이로제 환자의 리비도가 유아기의 성적인 체험과 결부되어 있다는 점은 확실하다. 이 사실에 잠시 머물러보기로 하자. 이러한 견지에서 보면 유아기의 성적 체험은 사람들의 삶과 질병에 매우 중대한 영향을 끼친다는 인상을 받게 된다. 치료의 관점에서는 그 의의가 소멸되는 일은 없다. 그러나 치료라는 작업에서 눈을 돌리면, 우리가 인간의 삶을 일방적으로 노이로제라는 질병의 시각으로 바라보고 있다는 오해를 받을 우려가 있음을 깨닫는다. 리비도가 훗날 도달한 지점에서 쫓겨난 뒤에 퇴행적으로 유아기의 체험으로 되돌아간다는 점을 생각하면 유아기 체험의 의미는 축소되어야 할 것도 같다. 그러나 반대로 생각하여 리비도의 체험이 유아기에는 전혀 중요하지 않았으나 퇴행에 의해 비로소 의미를 부여받게 된 것이라고 말한다면 이는 꽤 설득력이 있다. 여러분은 우리가 오이디푸스 콤플렉스를 이야기할 때 이미 이와 같은 선택에 대비하여 뚜렷한 입장을 정한 바 있음을 기억할 것이다.

이번에도 우리가 결단을 내리는 것은 그리 어렵지 않다. 리비도의 퇴행이 유아기의 체험에 리비도 배비—즉 병인적 의의—를 강화시킨다는 주장은 분명 옳다. 그러나 이것만을 주장한다면 잘못일 것이다. 이 외에 다른 것도 고려하지 않으면 안 된다.

관찰을 통해 우리는 다음과 같은 사실들을 알 수 있다. 첫째, 유아기의 체험은 그 자체적인 의의가 있고, 유아기에서도 그 의의는 이미 증명된다. 실제로 소아 노이로제라는 것이 존재한다. 물론 이 노이로제에서는 시간적인 후퇴라는 요인이 매우 흐릿하거나 탈락되어 있다. 소아 노이로제는 외상적인 체험의 직접적인 결과로 나타나는 병이다. 어린이의 꿈이 어른의 꿈을 이해하는 열쇠가 되었듯이 이 소아 노이로제를 연구하면 어른의 노이로제에 대한 많은 오해를 피할 수 있다. 어린이의 노이로제는 사람들이 생각하는 것 이상으로 흔하게 발생한다. 보통 버릇없는 아이라든가 장난꾸러기 정도로 오인되어 주목을 받지 못하고 가정교육에 대한 권위 있는 전문가들조차 문제 삼지 않지만, 나중에 돌이켜보면 그것이 노이로제였다는 사실을 쉽게 알 수 있다. 소아 노이로제는 대개 〈불안 히스테리〉의 형태로 나타나는데, 이 병에 대해서는 다른 기회에 다시 이야기할 것이다. 훗날의 노이로제는 베일을 쓴 것처럼 몽롱하고 마치 암시처럼 형성되었던 그 소아 노이로제의 직접적인 연속이다. 그런데 앞에서 말한 것처럼 이 소아 노이로제가 전혀 중단 없이 일생에 걸친 질환으로 지속되는 사례들도 있다. 그리 많지는 않지만 우리는 실제로 병에 걸려 있는 상태의 어린이를 대상으로 소아 노이로제를 분석할 기회가 있었다. 그러나 대개는 성년기의 노이로제 환자로부터 소아 노이로제에 대한 견해를 얻는 데 만족해야 했다. 그럴 때 우리는 우리의 견해를 정정하거나 어떤 부분을 주의하는 것을 게을리해서는 안 된다.

둘째, 리비도를 그토록 소아기로 끌어당길 만한 것이 없는데도 리비도가 언제나 소아기로 퇴행하는 것을 이해할 수 없다고 말하는 사람들이 있지만, 발달 도상의 어느 지점에의 고착 ─ 우리는 이렇게 가정하고 싶다 ─이라는 것은 리비도 에너지의 일정한 양이 그 단계에 고정된다는 의미이다.

마지막으로, 유아기의 체험과 후일의 체험은 그 강도와 병인적 의의에서 우리가 앞에서 연구한 계열들과 유사한 상보적 관계가 성립된다는 점을 지적하고 싶다. 병의 중대한 원인이 유아기의 성적 체험에 있는 증상 사례들이 있다. 이 경우 당시 성 체험 인상은 분명히 외상적인 영향력을 행사하고 있다. 이때는 환자가 보통의 성 체질을 지니고 있으며 미성숙 상태에 있었다는 것만으로도 병의 원인이 충분히 설명된다. 그 옆에는 나란히 후년기의 갈등에 역점이 놓이는 증상 사례들이 있다. 이때는 분석에서 유아기의 체험이 강조되어 있어도 그것은 퇴행에 의한 결과로 여겨진다. 그러므로 〈발달의 정지〉와 〈퇴행〉이라는 두 극단이 있고, 그 사이에 두 요인이 다양한 정도로 함께 작용하고 있는 사례들이 존재하는 것이다.

이러한 견해는 어린이의 성 발달 과정에 일찌감치 간섭함으로써 노이로 제를 예방하겠다는 교육학적인 관심을 불러일으키기에 충분하다. 사람들이 유아기의 성 체험에만 주의를 기울인다면, 성의 발달을 지연시키거나 어린이가 그런 체험을 하지 못하게 함으로써 노이로제를 예방하기 위한 모든 대책을 세웠다고 생각하게 될 것이다. 그러나 노이로제를 일으키는 조건은 복잡하기 때문에 단 하나의 인자를 고려하는 것으로는 일반적으로 의미가 없다는 점을 우리는 잘 알고 있다.

유아기의 엄격한 예방은 오히려 예방의 가치가 없다. 왜냐하면 그와 같은 예방 조치는 체질적인 인자에 대해서는 무력하기 때문이다. 그리고 이는 교육자들이 예상하는 것만큼 쉽게 실행되지도 않으며 두 가지의 새로운 위험이 반드시 수반되는데, 그 위험을 결코 가볍게 보아서는 안 된다. 첫째, 예방의 정도가 지나칠 수 있다는 점이다. 그것은 성의 억압을 조장하고, 이것이야말로 해로운 결과를 가져오게 된다. 둘째, 사춘기에 당연히 찾아오는 성 욕구의 습격에 대해서 어린이가 아무런 저항력 없이 인생에 내던져진다는 위험이 있다. 그러므로 유아기의 예방이 얼마나 유효한지는 매우 의심스럽고, 또 현실에 대한 태도를 바꾸는 것이 과연 노이로제를 예방하는 뛰어난 수단이라고 할 수 있는지 쉽게 단정할 수 없다.

다시 증상 문제로 돌아가자. 증상은 리비도를 이전 시기로 퇴행시킴으로써 거부된 만족을 대상(代償)하는 일이다. 대상 선택의 초기 단계 혹은 체제의 초기 단계와 밀접한 어린 시절로 리비도가 퇴행하기 때문에 증상은 만족의 대용품이 된다. 노이로제 환자들은 과거 어느 시기에 고착되어 있다는 것을 우리는 이미 이야기했다. 이제 그 과거의 어느 시기란 바로 리비도가 만족을 얻고 있었던 시기, 즉 리비도가 행복했던 시기라는 것을 알 수 있다. 환자는 오랫동안 자신의 인생사를 뒤져보다가 마침내 그와 같은 행복한 시대를 발견한다. 경우에 따라서는 유아기로까지 거슬러 올라가야 한다. 그는 그 시대를 회상하는 것처럼 보이고, 후일의 사건에 자극을 받아 그 시대를 공상하는 것처럼 보이기도 한다.

증상은 어떤 방식으로든 유아기에 만족을 얻었던 방법을 되풀이한다. 그리고 그 만족은 갈등에 의해 생긴 검열으로부터 영향을 받아 왜곡되어 있고, 대개 고통스러운 감각으로 바뀌어 있으며, 또 발병의 유인으로 작용한 요소들과 뒤섞여 있다. 증상이 가져다주는 만족이란 것은 매우 이상한 것이다. 그 만족을 환자 자신이 깨닫지 못하며, 오히려 환자는 우리가 만족이라고 말하는 것을 고통으로 느끼고 호소한다. 그러나 우리는 그런 사실에 휘둘려서는 안 된다. 만족이 그처럼 고통으로 바뀌어 있는 것은 증상 형성을 압력한 심적 갈등 때문이다. 한 개체에게 예전에는 만족을 주었던 것이 현재에는 저항이나 거부감을 불러일으키는 것이다.

이와 같은 감각의 변화에 대해 우리는 그다지 눈에 띄지 않으나 많은 것을 가르쳐주는 하나의 예를 알고 있다. 어머니의 유방에서 탐스럽게 젖을 먹던 아이가 몇 년 후에는 우유에 심한 반감을 나타내는데 그것은 교육으로도 극복하기 어렵다. 만일 우유나 우유가 들어간 음료에 얇은 막이 덮여 있으면 아이의 반감은 혐오감으로까지 발전한다. 그 막이 예전에 몹시 갖고 싶어했던 어머니의 유방을 환기시킨다는 사실은 부정할 수 없을 것이다. 물론 그 안에 섞여 있는 것은 외상적으로 작용한 이유(離乳) 체험이다.

증상이 리비도를 만족시키는 수단이라는 점을 쉽게 이해할 수 없게 만드는 또 다른 요인이 있다. 증상은 보통 만족이라고 부를 만한 것을 전혀 연상시키지 않는다. 증상은 대개 대상에서 완전히 독립해 있고, 외부 현실과의 관계를 포기하고 있다. 우리는 이것을 현실 원칙을 버리고 쾌감 원칙으로 돌아간 결과라고 생각하지만, 또 넓은 의미로 일종의 자기성애로 돌아간 것이라고도 볼 수 있다. 자기성애는 성적 욕구에 최초로 만족을 제공해준 것인데, 이는 외부의 세계를 변화시키는 대신 자신의 신체에 변화를 일으킨다. 즉 외적 활동이 아닌 내적 활동이며, 행동이 아닌 적응을 가져온다. 이것은 또한 계통 발생적인 견지에서 볼 때 매우 중요한 퇴행 현상과 합치한다. 이 현상을 뚜렷이 이해하기 위해서는, 우리가 증상 형성에 대한 분석적 연구에서 앞으로 배우게 될 어떤 새로운 사실과 결부시켜야만 한다.

그리고 증상 형성에는 꿈 형성의 경우와 같은 무의식의 과정, 즉 응축과 치환이 함께 작용한다는 것을 우리는 상기할 수 있다. 증상은 꿈과 마찬가지로 실현된 그 무엇, 일종의 유아성의 만족을 묘사하는데, 그것은 극단적인 응축 작용으로 인해 단 하나의 감각 또는 신경지배로 압축되어 있을 수도 있고, 또 극단적인 치환 작용으로 인해 전체적인 리비도 복합체 중에서 어느 작은 부분에 한정되어 있을 수도 있다. 그러므로 언제나 입증해낼 수 있을 것으로 예상되던 리비도의 만족을 증상 속에서 발견해내기 어렵다 해도 전혀 놀랄 일이 아니다.

나는 조금 전에 우리가 어떤 새로운 사실을 배워야 한다고 말했다. 그것은 확실히 놀랍고도 당혹스러운 사실이다. 여러분도 알다시피 우리는 증상의 분석을 통해서, 리비도가 고착되어 있고 증상을 형성시킨 유아기의 체험에 관해 알게 되었다. 그런데 놀라운 점은 유아기의 이 장면이 반드시 진실한 것이 아닐 수도 있다는 것이다. 대개의 경우 그것은 사실이 아니고, 어떤 경우에는 역사적 진실과 정반대일 수도 있다. 그렇다면 여러분은 이런 결과를 가져다준 정신분석의 신빙성이 떨어지는 것이 아닌가, 혹은 분석과 노이로제 이론의 토대가 되는 환자의 진술을 믿을 수 없는 것이 아닌가 하는 생각이 들 것이다.

그러나 여기서 또다시 우리를 아주 당혹스럽게 만드는 것이 있다. 만약 분석으로 밝혀진 유아기의 체험이 항상 사실이라면 우리는 튼튼한 기반 위를 걸어왔다는 느낌을 가질 수 있을 것이다. 유아기 체험이 언제나 가짜이며 환자가 지어냈거나 상상한 것이라면 우리는 그런 불안정한 연구 기반을 버리고 더 튼튼한 것을 찾아야 할 것이다. 그런데 그 어느 쪽도 아닌 것이다. 분석으로 구성되었거나 혹은 분석 중에 기억해낸 유아기의 체험은 어떤 때는 의심할 것도 없이 지어낸 이야기이고, 어떤 때는 확실한 사실이며, 대개의 경우는 진실과 거짓이 섞여 있다. 그러므로 증상은 한편 리비도 고착에 영향을 미친 실제로 있었던 체험을 표현한 것이고, 한편으로는 병인적인 의미가 전혀 없는 환자의 상상을 표현한 것이다. 여기서 우리가 나아갈 길을 발견하기란 상당히 어렵다. 그러나 이와 유사한 다른 사실에서 우리는 첫 단서를 얻을 수 있다. 즉 사람들이 예전부터, 분석을 하기 전부터 의식에 갖고 있었던 어린 시절의 각 기억들은 거짓으로 꾸며진 것이거나 적어도 진실과 거짓이 섞여 있다는 것이다. 그런 기억의 오류를 입

증하는 일은 어렵지 않다. 따라서 이와 같은 예상치 못한 실망이 분석 때문
이 아니라 어떻게 보면 환자의 책임이라는 약간의 안도감을 가질 수 있다.

조금만 생각해보면 무엇이 사태를 이렇게 복잡하게 만들었는지 알 수
있다. 현실을 경시하고 현실과 공상의 차이를 가볍게 생각했기 때문이다.
환자가 지어낸 이야기를 열심히 연구한다는 것은 모욕적으로 느껴지기도
한다. 우리에게 현실과 지어낸 이야기는 하늘과 땅 차이로 생각되고, 우리
는 그 둘을 다른 식으로 평가하고 있다. 환자 자신도 정상적으로 생각할
때에는 같은 관점을 가지고 있다. 환자가 소망하고 있는 상황 —그것은 증
상의 배후에 있으며 유아기 체험의 묘사이다—을 우리에게 재료로 제시
하면, 우리는 물론 처음에는 그 재료가 사실인지 공상의 산물인지 분간할
수 없다. 나중에 가서야 어떤 특징으로 인해 사실인지 공상인지 단정할 수
있다. 그러면 우리는 환자에게도 그 사실을 전해주는 작업에 착수하지만,
그것이 언제나 순탄하게 이루어지는 것은 아니다. "모든 민족들이 잊어버
린 자신들의 선사 시대를 포장하듯이 당신은 지금 어린 시절의 역사를 포
장하기 위해 공상을 펼치고 있습니다."라고 솔직하게 일러주면, 이 주제를
더 깊게 파고들려 했던 환자의 관심이 갑자기 식어버리는 것을 느낀다. 환
자도 사실을 알고 싶어하고 〈공상의 산물〉을 경멸한다. 그런데 우리가 이
와는 반대로 어떤 부분의 연구가 해결될 때까지, "우리는 당신이 어릴 때
실제로 일어난 일들을 연구하고 있는 중입니다."라고 말해주면서 그가 그
렇게 믿도록 내버려 두면, 환자는 나중에 우리의 착각을 비난하고 너무 쉽
게 자신의 말을 믿었다며 비웃는다. 우리는 환자에게 공상과 현실을 같은
선상에 두고 지금 규명하고자 하는 유아기의 체험이 어느 쪽에 속하는지
개의치 말자고 제안하게 되는데, 이를 환자가 납득하기까지는 아주 오랜

시간이 걸린다. 그러나 이 제안이야말로 심적인 산물에 대해 우리가 취할 수 있는 단 하나의 올바른 태도이다. 심적인 산물 또한 일종의 현실성을 갖고 있다. 환자가 이와 같은 공상을 만들어냈다는 것만큼은 역시 하나의 사실이다. 그리고 환자가 그런 공상을 만들어냈다는 사실도 그것을 실제로 체험한 것 못지않게 노이로제에 큰 의미가 있다. 그러한 공상은 물질적 현실성(materielle Realität)과는 대립되는 심리적 현실성(psychishe Realität)을 지니고 있다. 그리고 우리는 노이로제의 세계에서는 심리적 현실성이 결정적인 것임을 차차 깨닫게 된다.[133]

노이로제 환자의 어릴 적 생활사 속에서 언제나 반복적으로 예외 없이 등장하는 특히 중요한 몇 가지 사건들이 있는데, 나는 그러한 사건들은 다른 것보다 가치 있는 것으로 간주한다. 그 대표적인 것으로 부모의 성교를 목격한 체험, 어른에 의해 유혹을 받은 체험, 거세 위협을 느낀 체험의 세 가지를 들 수 있다. 이러한 일들이 물질적 현실성이 아닐 것이라고 무조건 가정하는 것은 잘못이다. 대개 나이 든 가족들을 조사해보면 그 같은 사건이 있었다는 것을 확실히 입증할 수 있는 경우가 많다. 가령 사람들 앞에서 그러면 안 된다는 것을 아직 모르고 자신의 음경을 만지작거리는 어린아이에게 부모나 보모가 "그런 짓을 하면 고추를 떼어버릴 거야." 또는 "그런 짓을 한 손을 잘라버릴 거야."라고 위협하는 일은 드물지 않다. 나중에 부모에게 물어보면 그런 일이 종종 있었음을 인정하며, 그들은 그렇게 위협하는 것이 좋은 방법이라고 믿고 있었다고 말한다. 많은 사람들이 그러

---

133 여기서 현실성이라는 것은 실제로 존재하고 있다는 뜻이다. 이 대목은 다음과 같은 예로 생각하면 알기 쉽다. 신은 물질적으로는 존재하지 않는다. 즉 물질적 현실성이 아니다. 그러나 신을 믿는 사람에게 신은 분명히 존재하며 그 사람의 행동에 영향을 미치고 있다. 즉 이것은 심리적 실재이다.

한 위협을 정확히 의식적으로 기억하고 있다. 그것이 나이가 조금 든 뒤에 일어난 일이라면 두 말할 것도 없다. 어머니나 다른 여성이 그런 위협을 할 때는 아버지나 의사의 핑계를 대기도 한다. 여러분은 프랑크푸르트의 소아과 의사 호프만—그는 유아기의 성적 콤플렉스나 그 밖의 콤플렉스에 대해 조예가 깊어 이름이 알려졌다—이 쓴 유명한 책《더벅머리 페터》에서, 거세의 위협이 완화되어 손가락을 〈빠는 것〉을 그만두지 않는 벌로 엄지손가락을 잘라버리겠다는 내용으로 대체되어 있는 것을 볼 수 있다.

그러나 어린아이에 대한 거세 위협이 노이로제 환자 분석 시 발견되는 것만큼 자주 일어날 수는 없을 것이다. 따라서 우리는 어린이가 그와 같은 위협을 타인의 암시나, 자기성애적 만족은 금지되어 있다는 지식, 그리고 여성 성기를 발견했을 때 받은 인상 등을 토대로 하여 공상 속에서 구성해 낸 것이라 생각한다.

이와 마찬가지로, 지체 높고 가풍이 엄격한 가정의 아이라 해도 부모나 다른 어른의 성교를 목격할 수 있는 가능성은 얼마든지 있다. 사람들은 어린아이의 이해력이나 기억력을 믿지 않지만 그런 가능성을 부인할 수는 없을 것이다. 그리고 아이가 후년에 이런 인상을 이해하고 그에 반응할 수 있다는 사실도 부정할 수 없다. 하지만 만약에 아이가 성교를 아주 세밀하게, 관찰할 수 없는 부분까지 자세하게 설명한다거나 또는 뒤에서 하는 행위로, 즉 동물형 성교(more ferarum)로 묘사한다면—이런 경우는 매우 많다—그와 같은 공상은 동물(특히 개)의 교미에 관한 관찰에 의존한 것이라 보아야 한다. 그리고 그런 공상을 하게 만드는 동기는 사춘기 시절, 들여다보고 싶으나 그럴 수 없었던 충족되지 못한 호기심이다.

이런 유형의 공상 가운데 가장 극단적인 것은 자신이 아직 태어나지 않은 상태에서 어머니의 태내에 있을 때 부모의 성교를 보았다는 공상이다.
또 매우 관심을 끄는 것은 유혹을 받았다는 공상이다. 왜냐하면 그것은 공
상이 아니라 실제로 있었던 사건에 대한 기억인 경우가 종종 있기 때문이
다. 그러나 다행히도 그런 일이 현실에서 벌어졌던 경우는 분석의 결과를
처음 접했을 때 예상되는 것만큼 그렇게 많지는 않다. 아이들은 어른에게
유혹을 받는 것보다는 나이가 더 많은 아이나 또래 아이에게 유혹을 받는
경우가 많다. 여자아이가 어린 시절 속에서 이런 사건을 끄집어내며 아버
지를 유혹자로 지목할 때는, 대개 아버지에게 죄를 덮어씌우는 동기까지
뚜렷이 알 수 있다. 어린이는 일반적으로 유혹 공상─현실에서는 그런 적
이 없음에도 불구하고─으로 자신의 성적 활동의 자기성애적인 시기를
은폐한다. 어린이는 자기가 연모하던 대상을 유아기 초기로 소급하여 공
상함으로써 자위에 대한 수치심에서 벗어나는 것이다.

그러나 어린이가 가까운 친척 남자에게 성적인 학대를 받았다고 말할 때
그것을 전적으로 공상의 세계에서 본 것이라 생각해서는 안 된다. 대개의
분석가들은 그와 같은 일이 현실에서 일어났음을 한 점의 의혹도 없이 확
증할 수 있는 환자들을 치료한 경험이 있다. 단지 그런 사건들은 유년기의
후반부에 일어났으나 좀 더 이른 시기의 일인 것처럼 기억되었을 뿐이다.

여러분은 그와 같은 소아기의 사건이 어떤 식으로든 필연적으로 노이로
제를 구성하는 필수적 요건이 된다는 인상을 받았을 것이다. 이와 같은 사
건이 현실 속에 존재했다면 할 말이 없지만, 그렇지 않다면 그것은 암시에
의해 만들어지고 공상에 의해 보완된 것인데, 어느 쪽이라도 결과는 마찬
가지다. 유아기의 이런 사건들은 많은 부분 공상일 수도 있고 현실일 수도
있지만, 우리는 현실과 공상의 차이가 결과에 어떤 영향을 미치는지를 증

명하는 데까지는 아직 이르지 못했다. 여기서도 또한 앞에서 계속 언급했던 상보적 관계가 형성된다. 물론 이 상보적 관계는 우리가 보아온 것들 가운데 가장 기괴한 것이다. 그렇다면 이런 공상에 대한 욕구와 그 공상을 만드는 재료는 어디에서 온 것일까? 그것이 욕동의 원천에서 나왔다는 것은 의심할 여지가 없다. 그러나 매번 같은 공상들이 같은 내용을 가지고 만들어지는 현상에 대해서는 해명이 필요하다. 나는 이에 대해 하나의 답을 마련해놓고 있다. 나의 말을 들으면 여러분은 그 대담함에 깜짝 놀랄 것이다. 물론 이를 부르는 다른 이름들이 존재할 수도 있지만 나는 이것을 근원적 공상(Urphantasie)이라고 부르고 싶다. 근원적 공상은 계통 발생적 소산이라 생각한다. 개인의 체험이 너무나 미성숙한 상태에 있을 때, 그는 자기 자신의 체험을 뛰어넘어 근원적 공상을 통해 태고 시대의 체험에 도달한다. 분석 과정에서 오늘날 공상의 형태로 이야기되는 모든 것들, 이를테면 아이가 유혹을 받았다는 체험이나 부모의 성교를 목격하고 성적 자극이 촉발되는 체험, 거세 위협이나 거세를 당한 체험 등은 태고 시대에 인간의 가족에게 한 번쯤 현실적으로 있었던 일이며, 또 공상에 빠진 아이는 개인적인 진실 체험의 틈바구니를 선사적인 진실의 체험으로 메우고 있는 것뿐이라는 설명은 매우 타당하게 느껴진다. 노이로제 심리학에는 그 어떤 원천보다도 더 많이 인류 발달사의 유물들이 보존되어 있는 것이 아닐까 하는 의문이 다시금 일어난다.

여러분! 이상의 사항으로 인해 우리는 〈공상(空想)〉이라 불리는 정신 활동의 발생과 그 의의에 대해 더 깊은 연구가 필요해졌다.

여러분도 알고 있겠지만 심적 생활에서 공상의 위상은 아직 규명되지 않았다. 그러나 공상이 일반적으로 높은 평가를 받고 있는 것은 사실이다. 이에 대해 나는 여러분에게 다음과 같이 설명하고자 한다. 여러분도 알다시피 인간의 자아는 외부 세계의 필요성이라는 영향을 받으면서 차차 현실을 존중하고 현실 원칙에 따르도록 교육을 받는다. 그때 자아는 쾌감 추구—성적인 것만은 아니다—의 여러 대상과 목표를 일시적으로나 혹은 영구적으로 포기해야만 한다. 그러나 쾌감 추구를 포기한다는 것은 인간에게 언제나 어려운 일이다. 일종의 보상이 없다면 인간은 쾌감 추구를 완전히 포기하지 못한다. 그래서 인간은 하나의 심적 활동의 영역을 따로 만들어놓았는데, 여기서는 포기했던 쾌감의 원천과 쾌감 획득 방법을 보존할 수 있다. 다시 말해 우리가 〈현실성 검사(Realitätsprüfung)〉라고 부르는 것이 적용되지 않으며 현실의 요구에 전혀 속박되지 않는 하나의 영역을 갖도록 허용된 것이다. 여기에서는 모든 욕구가 곧바로 충족된 표상(表象)의 형태로 나타난다. 공상에 의한 소망 충족에 머물러 있으면 비록 그것이 현실이 아님을 분명히 알고 있다 하더라도 일종의 만족감을 얻게 되는 것은 분명하다. 따라서 인간은 공상 행위를 통해서, 현실 속에서는 이미 오래전에 단념한 외적 속박으로부터의 자유를 향락하는 것이다.

이리하여 인간은 간혹 쾌감을 추구하는 동물이 되었다가 다시 지성적 존재로 돌아오는 과정을 되풀이할 수 있게 되었다. 인간은 현실 속에서 얻어낸 보잘것없는 만족으로는 아무래도 부족한 존재이다. 일찍이 폰타네 Th. Fontane[134]는 "보조해주는 장치가 없으면 일반적으로 잘되지 않는 법이다."라고 말한 바 있다. 공상이라는 심리 세계의 창조물은 경작이나 도로,

---

134 1819~1898. 독일의 소설가.

산업 시설로 인해 지구의 원시성이 완전히 사라져버리지 않도록 만들어 놓은 〈보호림〉이나 〈자연 보호 공원〉과 같은 것이다. 그런 곳에서는 자연의 본래 모습을 볼 수 있다. 자연 보호 공원은 옛 상태를 그대로 간직하고 있지만 그 밖의 다른 곳에서는 유감스럽게도 필요에 의해 자연이 희생당한다. 자연 보호 공원에서는 쓸데없는 것이나 해로운 것이나 모두 제 마음대로 무성하게 자라날 수 있다. 공상이라는 마음속 세계도 현실 원칙의 속박에서 벗어난 그와 같은 보호림이다.

공상의 산물 중에서 가장 유명한 것은 앞에서 이야기한 이른바 〈백일몽〉이다. 백일몽은 야심적 소망, 과대망상적 소망, 에로스적 소망의 관념적인 만족이라 할 수 있다. 현실이 체념과 인내를 강요할수록 그러한 소망은 더욱더 무성해진다. 현실의 동의를 얻지 않아도 쾌감을 획득할 수 있다는 것이 공상을 통해 얻는 행복감의 본질인데, 이는 백일몽 속에 뚜렷이 나타나 있다. 우리는 그러한 백일몽이 바로 밤에 꾸는 꿈의 핵심이며 표본이라는 것을 잘 알고 있다. 밤에 꾸는 꿈이란 결국 밤이 되어 욕동 작용이 자유로워짐으로써 활동하기 시작한 백일몽이며, 야간 형식의 심적 활동에 의해 왜곡된 백일몽인 것이다. 우리는 백일몽 역시 반드시 의식적이지는 않으며 무의식적인 백일몽도 존재한다는 생각에 이미 익숙하다. 이와 같은 무의식적인 백일몽은 밤에 꾸는 꿈의 원천이며 동시에 노이로제 증상의 원천이다.

공상이 증상 형성에 어떤 의미가 있는지는 다음의 보고로 분명해질 것이다. 거부(좌절 체험)가 일어났을 경우 리비도는 퇴행하여 예전에 포기했던 어느 곳을 점거하는데, 거기에는 일정량의 리비도가 고착되어 여전히 남아 있다고 앞에서 이야기했다. 이 말을 취소하거나 수정할 생각은 없다.

그러나 중간에 하나의 사항을 첨가해야 한다. 리비도는 어떻게 이 고착점으로 되돌아가는 길을 발견하는 것일까? 포기되었던 리비도의 대상과 방향은 어떤 의미에서는 아직 포기되지 않았던 것이라 할 수 있다. 그 대상과 방향, 또는 그 파생물이 어떤 강도를 유지하면서 공상 표상 속에 보존되어 있었던 것이다. 따라서 억압된 모든 고착으로의 길을 트고 싶다면, 단지 리비도가 공상의 세계로 후퇴하기만 하면 된다. 이 공상은 일종의 인내를 즐기고 있었던 것이다. 공상과 자아 사이에는 비록 심한 대립이 존재하더라도 어떤 조건이 엄수되기만 한다면 갈등은 일어나지 않는다. 그 조건이란 양적(量的)인 성격의 조건이다. 그런데 이제 리비도가 공상의 영역으로 흘러 들어옴으로써 그 조건은 방해를 받기 시작한다. 리비도의 보급으로 인해 공상으로의 에너지 배비가 높아지고, 그 결과 공상의 요구는 많아지며 현실 속에서 자신을 관철시키려는 극심한 충동이 일어난다. 그 때문에 이제 공상과 자아 사이의 갈등은 불가피해진다. 그러한 공상들이 이전에 전의식적이었든 의식적이었든 상관없이, 이제 공상은 자아 쪽으로부터 억압을 받게 되는 한편 무의식의 인력(引力)에 이끌리게 된다. 그리하여 리비도는 이제 무의식이 된 공상에서 무의식 속에 있는 공상의 근원, 즉 리비도의 고착 지점으로 되돌아가는 것이다.

리비도가 공상으로 되돌아가는 것은 증상 형성에 이르는 길의 중간 단계로서, 여기에는 특별한 이름을 붙일 만한 가치가 있다. 융이 이에 대해서 〈내향(內向:Introversion)〉이라는 아주 적절한 이름을 붙여주었다. 하지만 그는 이 표현을 다른 적절치 않은 의미로도 사용했다. 우리는 내향의 의미를 이렇게 정의하는 것이 좋겠다. 즉 내향이란 리비도가 현실적인 만족의 가능성을 포기하고, 지금까지 무해한 것으로 보여 너그러운 취급을 받았던 공상에 그 에너지를 지나치게 배비하는 현상이다.

내향자는 아직 노이로제 환자는 아니지만 어떤 불안정한 상태에 놓여 있는 것만은 확실하다. 정체되어 있는 리비도를 위해서 다른 배출구를 발견하지 못한다면, 균형이 조금만 깨져도 이내 증상이 발생할 것이다. 내향의 단계에 걸음을 멈추면 이미 노이로제적인 만족이라는 비현실적인 성격을 얻게 되고 공상과 현실의 구분은 사라진다.

여러분은 이 마지막 논의에서 내가 병인론의 체계 틀 속에 하나의 새로운 인자를 도입하고 있음을 알아챘을 것이다. 그것은 바로 지금 문제 삼고 있는 에너지의 양, 에너지의 크기이다. 우리는 앞으로 어디서나 이 인자를 염두에 두어야 한다. 병인론적 조건에 대해서는 순전히 질적(質的)으로 분석하는 것만으로는 충분하지 않다. 달리 표현한다면, 이러한 심적 과정을 단지 〈역동적〉인 관점으로만 파악하는 것으로는 부족하다. 그와 함께 〈경제적〉인 관점이 필요하다. 갈등의 내용적인 조건이 이미 오래전부터 존재하고 있었더라도 에너지의 배비가 어느 강도에 도달하지 않으면 두 욕망 사이의 갈등이 폭발하지 않는다. 마찬가지로 체질적 인자가 병인으로 의미를 갖는 것은 소질 속에 존재하는 어떤 부분 욕동이 다른 부분 욕동들보다 얼마나 많은가에 달려 있다. 우리는 심지어 모든 인간의 소질은 질적으로 같으나 단지 양적인 단계에서 차이가 있다는 생각으로까지 나아간다.

노이로제에 대한 저항력과 관련해서도 이 양적인 요인은 상당히 결정적인 것이다. 저항력은 그 사람이 사용하지 않았던 리비도 중에서 〈어느 정도의 분량〉을 계속 중립적인 상태로 보유하고 있을 수 있는지, 또 리비도의 〈어느 정도의 부분〉을 성적인 것에서 분리시켜 승화의 목적으로 돌릴 수 있는지에 달려 있다. 심적 활동의 최종 목적 또한, 질적인 관점으로는 쾌감을 얻고 불쾌를 피하려는 노력이라 기술되지만, 경제적인 관점에서 보면 심적 장치 속에 작용하고 있는 흥분의 양을 통제하고 불쾌감의 원인이 되는 많은 흥분 양의 정체를 막는 것이라 말할 수 있다.

나는 노이로제의 증상 형성에 대해서 여러분에게 많은 것을 이야기하고 싶었다. 그러나 우리가 다룬 내용은 모두 히스테리 환자의 증상 형성에 관련된 것이었다고 다시 한 번 강조해둔다. 강박 노이로제의 경우도 근본적인 원칙은 동일하지만 많은 점에서 히스테리와는 다르다. 강박 노이로제는 욕망의 요구에 반대하는 역배비—히스테리를 다루면서도 이미 언급했지만—가 더 강하게 나타나며, 그리하여 이른바 〈반동 형성(Reaktionsbildung)〉에 의해 임상 상태가 좌우된다. 다른 노이로제들을 살펴볼 때도 이와 비슷한 변이나 혹은 더 폭넓은 변이를 발견하게 된다. 하지만 그 노이로제들의 증상 형성 메커니즘에 관한 연구는 어떤 면으로 보나 아직 미완성이다.

오늘 우리가 헤어지기 전에, 공상 생활의 어떤 면에 대해 좀 더 여러분의 주의를 끌고 싶다. 이는 일반 사람들의 큰 관심을 받을 만한 일이다. 바로 공상에서 현실로 돌아가는 길이 존재한다는 것인데, 이는 다름 아닌 예술이다. 예술가는 기본적으로 내향자가 될 소질을 갖고 있다. 내향자와 노이로제 환자는 그리 멀리 떨어져 있지 않다. 예술가들은 매우 강한 욕구에 이끌려 명예와 권력, 부와 명성, 그리고 여성들의 사랑을 갈구하지만 그에게는 이를 만족시킬 만한 수단이 없다. 그래서 예술가들은 불만족스러운 상태에 놓인 다른 사람들과 마찬가지로 현실에 등을 돌리고 자신의 모든 관심을—여기에는 리비도도 포함된다—노이로제의 입구라 할 수 있는 공상 생활의 소망 형성에 쏟아 붓는다. 그럼에도 그가 노이로제로 발전하지 않기 위해서는 여러 가지 인자가 종합적으로 작용해야 한다. 노이로제가 예술가들의 능력을 좀먹고 고통을 주었던 예가 많다는 것은 잘 알려져 있다. 예술가의 체질 속에는 강한 승화 능력이 존재하는 한편 갈등의 해결 수단인 억압에는 다소 취약한 면이 있는 듯하다.

그러나 예술가들은 다음과 같은 방법을 통해 현실로 돌아가는 길을 발견한다. 물론 공상은 예술가들만 하는 것은 아니다. 공상이라는 중간 지역은 사람들의 합의에 의해 일반적으로 인정받고 있는 것이며, 부족함을 느끼는 모든 이들이 공상 속에서 기쁨과 위안을 얻으려는 시도를 한다. 그런데 예술가가 아닌 보통 사람들에게는 공상의 샘에서 쾌감을 얻어내는 방법이 매우 제한되어 있다. 그들은 사정없는 억압으로 인해, 가까스로 의식에 올라가는 보잘것없는 백일몽으로 만족을 얻을 수밖에 없다. 하지만 진짜 예술가라면 그 이상의 능력을 갖고 있다. 예술가는 우선 자신의 백일몽을 가공하는 방법을 알고 있다. 그리하여 타인들의 마음에 거슬리는 너무 개인적인 것들은 걸러내고 누구나 즐길 수 있는 것으로 만들어낸다. 둘째, 예술가는 그들의 백일몽이 금지된 샘으로부터 나온 것이라는 점을 누구도 알아채지 못할 정도로 그 내용을 완화시켜 표현하는 방법을 알고 있다. 셋째, 예술가는 특정한 소재를 자신의 공상 표상과 동일한 것으로 형상화해낼 수 있는 신비한 능력을 지니고 있다. 넷째, 예술가는 무의식적인 공상의 이 표현에 쾌감 획득을 결부시키는 방법도 알고 있어, 그 결과 억압은 적어도 잠시 동안은 그 표현들에 의해 압도되어 포기된다. 만일 예술가가 이 모든 일들을 해낼 수 있다면, 그는 다른 사람들에게도 무의식이라는 접근할 수 없었던 쾌락의 샘에서 다시금 기쁨과 위안을 퍼낼 수 있게 해주고 그들의 감사와 경탄을 차지한다. 이로써 처음에는 단지 자신의 공상〈속에서〉만 손에 넣을 수 있었던 명예와 권력과 여성의 사랑 등을 자신의 공상을〈통해서〉실제로 획득할 수 있게 된다.

스물네 번째 강의

일상적인 신경질

지난번 강의에서 우리는 정신분석의 매우 어려운 과제를 수행해냈다. 그러므로 잠시 그 문제에서 벗어나 여러분의 이야기를 들어보자.

나는 여러분이 내심 불만을 갖고 있음을 알고 있다. 여러분은 〈정신분석 입문〉이 우리가 이야기한 내용과는 전혀 다른 것이라 생각했고, 이론이 아닌 생생한 증상 사례를 듣게 될 거라 기대했다. 그리고 내가 언젠가 〈1층과 2층〉의 비유를 소개했을 때 여러분은 노이로제의 원인에 대해 무언가 이해할 수 있었다고 말했다. 다만 그것이 꾸며낸 이야기가 아니라 실제 관찰이었다면 더 좋았을 텐데 하는 아쉬움이 있을 것이다. 혹은 내가 올해의 강의 초반에 두 가지의 증상—그것을 지어낸 이야기라고 생각하지는 말아주기 바란다—을 소개하면서 그 증상을 해명하고 환자의 인생과 어떤 관계가 있는지 설명했을 때, 여러분은 비로소 증상의 〈의미〉를 알게 되었다고 말했다. 그리고 여러분은 내가 쭉 그런 방식으로 이야기를 진행시키기를 바랐을 것이다.

그런데 나는 여러분에게 아직 미완성인 지루하고도 까다로운 이론을 늘어놓은 것이다. 게다가 잇따라 새로운 사실을 덧붙이고, 여러분이 알지 못하는 여러 개념들을 이용해 이야기를 전개시켰다. 또 이론을 소개하는 과정에서 나는 기술적(記述的)인 묘사에서 역동적인 견해로 옮겨 가고, 그런가 하면 다시 역동적인 견해를 버리고 이른바 〈경제적〉인 견해로 옮겨 갔다. 이때 쓰인 많은 용어들이 같은 의미를 지니고 있는지, 단지 그 어조가 좋아서 용어를 바꾸어 사용한 것인지, 여러분은 이해하기 힘들었을 것이다. 또 쾌감 원칙이니 현실 원칙이니 하는 매우 포괄적인 개념과 계통 발생적 유물까지 나는 여러분 앞에 제시했다. 여러분에게 무언가를 소개하는 대신 여러분의 기대와 매우 동떨어진 것들만 눈앞에 늘어놓았다.

어째서 내가 노이로제 입문을 설명하면서 여러분이 이미 노이로제로서 알고 있는 것, 다시 말해 이전부터 여러분의 관심을 끌고 있던 것을 가지고 시작하지 않았을까? 이를테면 신경질적인 사람의 독특한 성질, 즉 대인 관계와 외부 영향에 대한 그들의 불가해한 반응이나 과민성, 변덕, 무능 같은 것들 말이다. 좀 더 단순하고 평범한 신경질의 유형을 먼저 이해하도록 하고, 난해하고 극단적인 노이로제의 유형으로 한 걸음 한 걸음 나아가도록 인도할 수도 있지 않았을까?

분명 그렇다. 나는 여러분의 말이 틀렸다고는 하지 않겠다. 나의 서술 방법 속에 있는 결점들도 모두 특별히 그럴 만한 가치가 있는 것이라 말할 만큼 나의 서술 방식을 자랑스럽게 생각하는 것도 아니다. 나 또한 다른 방식으로 서술하는 편이 여러분에게 훨씬 편리했을 줄 알고 있고, 또 그럴 의향도 있었다. 그러나 인간이란 분별 있는 의향을 반드시 수행할 수 있는 것은 아니다. 종종 재료 자체 속에 있는 그 무엇이 처음의 의도에서 벗어나게 만들기도 한다. 잘 알고 있는 재료를 그저 배열하기만 하면 되는, 언뜻 보기에 매우 쉬워 보이는 일도 저자의 생각대로는 되지 않는다. 재료의 속성에 의해 그것은 저절로 정돈이 되어버린다. 그리고 나중에 가서야 어째서 다른 방식이 아닌 이런 방식으로 서술되었는지 자문하게 된다.

아마도 그 이유 중 하나는 〈정신분석 입문〉이라는 제목이 노이로제를 다루어야 하는 이 부분에는 더 이상 적합하지 않기 때문일 것이다. 정신분석 입문은 실수 행위나 꿈에 대한 연구를 다루어야 한다. 노이로제론은 이미 정신분석 그 자체이다. 노이로제론의 내용을 이렇게 한정된 시간에 가르치기 위해서는 압축된 형태가 될 수밖에 없다. 따라서 증상의 의미와 증상의 의의, 증상 형성의 내적 조건과 외적 조건, 그리고 메커니즘을 연결시켜 설명하는 데 관심을 두었던 것이다. 그리고 나는 그렇게 하려 했다. 그것은 실제로 오늘날 정신분석이 가르칠 수 있는 내용의 핵심에 가깝다. 나는 리비도와 리비도의 발달에 대해서 많은 것을 이야기했으며, 자아의 발달에 관해서도 일부 언급했다. 여러분은 이미 입문 과정을 통해서 우리의 기법에 대한 가설, 즉 무의식과 억압(저항)이라는 개념 속에 포함된 커다란 관점을 받아들일 준비를 했다. 또 여러분은 다음의 어느 강의에서 그것이 정신분석의 연구와 어느 부분에서 유기적으로 연결되는지 듣게 되었다. 그리고 나는 우리의 보고가 모두 노이로제라는 질병의 한 묶음, 즉 감정전이 노이로제의 연구에서 확보된 것임을 말해두었다. 그런데 나는 증상 형성의 메커니즘을 추적할 때에는 또 히스테리성 노이로제에 한정시켰다. 이러한 서술을 통해 여러분이 비록 확실한 지식을 확보하거나 모든 세부 사항을 기억하지는 못하더라도, 여러분은 최소한 정신분석이 어떤 방법을 이용하고 어떤 문제를 다루고 있으며 어떤 성과를 내놓았는지에 대해서는 하나의 개념을 얻었을 줄 안다.

나는 노이로제를 서술할 때 먼저 노이로제 환자의 행동, 즉 환자가 어떻게 그 병에 의해 고통을 받고, 어떻게 그로부터 자신의 몸을 지키고 적응하는가 하는 것부터 시작하고 싶은 바람이 있었다고 말했다. 그런 것은 확실히 흥미롭고, 연구의 보람이 있는 주제이며, 또 다루기도 그리 어렵지 않다. 그러나 거기서 시작한다는 것은 좀 생각해보아야 할 일이다. 왜냐하면 그렇게 접근하다 보면 우리는 무의식을 발견하지 못할 위험이 있고, 리비도의 중대한 의미를 놓치게 될 수도 있기 때문이다. 그리고 모든 상태는 노이로제 환자 자신의 〈자아의 발현〉이라는 판단을 내릴 위험이 있다.

환자의 자아가 믿을 만하며 공정한 심판관이 아님은 분명하다. 자아는 무의식을 부정하고 그것을 억압해버린 힘이다. 따라서 무의식을 적절하게 다루려 할 때 우리가 과연 이 자아에 의지할 수 있겠는가?

억압된 것들 중에서도 가장 앞에 있는 것은 거부된 성욕의 요구이다. 자아의 입장에서 바라보면 이 요구의 크기와 그 의의를 알 수 없을 것이라는 점은 분명하다. 억압이라는 관점이 부각되기 시작한 순간부터 우리는 서로 싸우고 있는 두 당파의 한쪽을 논쟁의 심판관으로 삼아서는 안 된다는 경고를 해왔다. 게다가 더 우세한 쪽을 심판관으로 세운다는 것은 더욱 말이 안 되는 일이다.

우리는 이제 자아의 진술에 현혹되지 않을 준비가 되어 있다. 만일 우리가 자아의 주장을 믿는다면, 자아는 모든 점에서 능동적이었고 자아 스스로 증상을 원하고 만들어낸 것처럼 보인다. 그런데 우리는 자아가 상당히 수동적인 역할을 했으며, 그것을 감추고 적당히 얼버무리려 한 것을 알고 있다. 물론 자아가 언제나 그런 시도를 하고 있다고는 할 수 없다. 강박 노이로제 증상에서의 자아는 어떤 낯선 것이 자기와 맞서고 있으며, 이에 대항하여 간신히 자신을 지키고 있다고 고백하지 않을 수 없다.

나의 이러한 경고에도 불구하고 자아의 거짓말에 계속 귀를 기울이는 사람이 있다면, 그는 분명 호인 소리는 들을 수 있을 것이다. 정신분석이 무의식과 성욕과 자아의 수동성을 강조함으로써 직면했던 그 모든 저항을 그는 피해 갈 수 있기 때문이다. 그런 사람은 알프레트 아들러Alfred Adler[135]와 마찬가지로 〈신경질적 성격〉이 노이로제의 결과가 아니라 원인이라고 주장할 수 있을 것이다. 그러나 그는 증상 형성의 세밀한 사항이나 단 하나의 꿈에 대해서조차 설명하지 못한다.

여러분은 이렇게 물을 것이다.

"정신분석이 발견한 요소들을 무시하지 않으면서, 동시에 자아가 노이로제와 증상 형성에 관여하고 있는 정도를 정당하게 판단하여 알맞게 인정해줄 수는 없는 건가요?"

나는 이렇게 대답하려 한다.

"확실히 그렇게 할 수 있고, 또 언젠가 어디에선가 그렇게 될 것이오. 그러나 거기서부터 시작하는 것은 정신분석의 연구 방침이 아니오."

정신분석이 언제 이런 작업을 수행하게 될지는 예측할 수 있다. 우리가 지금까지 연구해온 노이로제보다 더 강하게 자아가 관여하고 있는 노이로제가 있다. 우리는 이 노이로제를 〈나르시시즘적〉 노이로제라고 부른다. 이 병을 분석적으로 연구하면 노이로제에 자아가 관여하는 과정을 공

---

135 1870~1937. 오스트리아의 정신분석 학자로 후에 프로이트로부터 분리하여 나갔다.

정하고 확실하게 파악할 수 있다.

그러나 자아와 노이로제의 한 관계는 너무나 뚜렷하기 때문에 처음부터
고려 대상이 되었다. 이 관계는 언제나 존재하는 것으로 보이지만, 오늘날
의 정신분석 지식으로는 접근하기 어려운 질환인 〈외상성 노이로제〉에서
가장 뚜렷하게 발견된다. 따라서 여러분은 각종 노이로제들의 원인과 메
커니즘에는 언제나 동일한 요소들이 활동하고 있으며, 각 유형마다 그중
한 요소가 증상 형성에 주역을 맡고 있다는 점을 알아야 한다. 이것은 유랑
극단 연극배우들의 집단과도 같다. 배우들은 모두 각각의 전문 배역이 있
다. 어떤 이는 주인공을 맡고, 어떤 이는 심복 부하 역을, 어떤 이는 악당 역
을 주로 맡는다. 그러나 자선 공연[136]에서는 배우들이 다른 역을 선택할 수
있다. 공상이 증상으로 변하는 것은 히스테리의 경우에 가장 뚜렷하다. 강
박 노이로제는 자아의 역배비 또는 자아의 반동 형성이 병상(病像)을 압도
적으로 지배한다. 또 편집증과 같은 노이로제에서는 우리가 꿈의 강의에
서 〈2차적 가공〉이라고 부른 것이 망상의 형태로 가장 현저하게 나타난다.
외상성 노이로제, 특히 전쟁의 공포에서 발생한 외상성 노이로제에서는
보호와 개인적 이익을 얻으려 하는 자기추구적인 자아의 동기가 인상적
으로 나타난다. 물론 자아의 동기만으로는 병을 만들 수 없지만, 그것은 병
에 걸리는 데 반대하지 않으며 일단 발병하면 그 상태를 지속시키려 한다.
또 이 동기가 병의 계기가 될 우려가 있는 위험으로부터 자아를 보호하고
있다. 그 위험이 되풀이되지 않을 때까지, 혹은 받은 위험에 대한 보상이

---

136 이익을 한 특정 배우에게 마련해주기 위한 공연.

주어질 때까지 자아는 치유를 허락하지 않는다.

그러나 이 외의 다른 모든 경우들에도 자아는 노이로제의 발생과 지속에 비슷한 관심을 기울이고 있다. 자아에 의해 증상이 유지되는 것은, 증상은 억압을 행한 자아의 경향에도 만족을 제공하는 측면이 있기 때문임을 이미 말한 바 있다. 게다가 증상을 만들어 갈등을 해결한다는 것은 가장 편리하고 쾌감 원칙에도 가장 잘 들어맞는 도피 방법이다. 이 도피구로 인해 확실히 자아는 부담스럽고 고통스럽게 느껴지는 커다란 심적 작업들을 면제받을 수 있다.

의사들은 종종 갈등의 결과 노이로제가 발생하는 편이 가장 해가 없고 사회적으로도 가장 안전한 해결책이라고 고백하곤 한다. 의사가 자신이 힘껏 싸워 이겨내려고 하는 질병의 편에 서서 역성을 드는 경우가 있다는 말을 들어도 놀랄 필요 없다. 아니, 의사는 삶의 갖가지 상황 속에서 무조건 건강에 대한 광신자가 되려고 해서는 안 된다. 이 세상에는 노이로제 외에도 수많은 비참한 일들이 존재하며 피할 수 없는 현실적인 고통들이 있고, 현실의 필요라는 것은 인간에게 건강을 희생하도록 요구할 수조차 있다는 것을 의사들은 잘 알고 있다. 그리고 단 한 명의 인간이 이와 같은 희생을 치름으로써 많은 사람들에게 닥칠 상상도 못할 불행을 막을 수 있다는 점도 알고 있다. 그러므로 노이로제 환자가 갈등에 직면할 때마다 〈질병으로 도피〉하는 것이라 할 수 있다면, 많은 경우 이 같은 도피는 완전히 정당한 것임을 인정해주어야 한다. 이와 같은 사정을 인식한 의사는 위로하는 기분으로 잠자코 물러서 있을 뿐이다.

그러나 우리는 이러한 예외적인 사례에서 눈을 돌려 더 논의를 진행시켜 보고자 한다. 일반적으로는, 노이로제로 달아남으로써 자아가 내부적인 〈질병 이득(疾病利得)〉을 얻는다고 인정된다. 어떤 조건이 주어지면, 이 내부적인 이익에 현실적으로 어느 정도 가치가 있는 외부적인 이익이 첨가된다. 그중 가장 흔한 사례를 살펴보자. 즉 남편으로부터 난폭한 취급을 당하고 무자비하게 이용당하고 있는 아내의 경우이다. 그녀가 만약 노이로제가 될 소질을 갖고 있고, 너무 내성적이거나 도덕적이어서 몰래 다른 남자의 위로를 받을 수 없다면, 또한 그녀가 모든 외부적인 속박을 무릅쓰고 남편과 헤어질 용기가 없다든가, 자립할 수 있는 가능성 혹은 현재의 남편보다 더 좋은 남자를 만날 가능성이 없다면, 그리고 그녀가 성적인 기쁨 때문에 이 잔인한 남편에게 아직 집착하고 있다면, 그녀는 반드시 노이로제에서 도피구를 발견할 것이다. 그녀의 병은 이제 강압적인 남편에게 도전하는 무기가 된다. 그녀는 이 무기를 자신을 방어하기 위해 사용하지만, 복수를 위해서 남용하기도 한다. 그녀는 아마도 자신의 결혼 생활에 대해서 호소할 수는 없어도 자신의 병에 대해서는 호소할 수 있을 것이다. 그녀는 의사와 동맹을 맺는다. 그리고 평소에는 따뜻한 배려를 할 줄 모르던 남편을 자신에게 관대히 대하도록, 그녀를 위해 경비를 지출하도록, 그리고 외출을 허락하도록 만든다. 즉 남편은 그녀를 결혼 생활의 압박으로부터 해방시켜 주지 않을 수 없다. 이처럼 병에 걸림으로써 얻어지는 외적 또는 우연적 질병 이득이 매우 막대할 경우, 그리고 현실에서 그것을 대신할 만한 것이 발견되지 않을 경우에는 여러분이 치료를 통해 노이로제에 영향을 미칠 수 있으리라 기대해서는 안 된다.

질병 이득에 대한 이러한 설명은 내가 이미 부정했던 견해, 즉 자아 자체가 노이로제를 원하고 만든다는 견해를 지지해주는 것이 아니냐는 비판을 불러올 수도 있다. 그러나 잠시 참아주기 바란다. 자아는 노이로제를 저지할 수 없어서 감수하고 있는 것으로, 노이로제가 만일 어떤 상황을 만들어낸다면 자아는 다만 그것을 가장 효율적으로 이용하는 것일 뿐이다. 하지만 분명 이것은 방패의 한쪽 면에 지나지 않는다. 물론 바람직한 한쪽 면이다. 노이로제가 이득을 가져다주는 한 자아는 노이로제에 동의하고 있을 테지만, 노이로제에는 이득만 있는 것이 아니다. 자아는 노이로제와 관련을 맺음으로써 어처구니없는 손해를 보았다는 것을 금방 깨닫는다. 갈등의 해결을 위해 자아는 너무 비싼 값을 치른 것이다. 증상에 수반되는 고통은 아마도 갈등에서 비롯되는 고민과 동등한 가치를 지닌 대용물일 것이다. 그런데 거기다 불쾌감이라는 덤까지 얻게 되는 셈이다. 자아는 증상에 수반되는 이 불쾌감에서 달아나고 싶지만 질병 이득을 버리고 싶지도 않다. 하지만 그렇게 뜻대로 되지는 않는다. 따라서 자아는 그동안 스스로 믿어왔던 것만큼 능동적이지 않았음이 드러난다. 우리는 이 점을 잘 기억해야 한다.

환자는 자신의 병에 대해 가장 불평하는 사람들이니 그들이 자진해서 의사에게 도움을 청하고 의사의 도움에 저항하지 않을 것 같지만, 여러분이 의사로서 노이로제 환자를 상대해보면 곧 그런 예상을 버리게 될 것이다. 오히려 정반대이다. 질병 이득에 기여하는 모든 것들이 억압에서 온 저항을 강화시키고, 치료의 어려움을 가중시킨다는 사실을 여러분은 곧 알게 된다. 증상과 더불어 생긴 질병 이득 외에 나중에 생기는 다른 질병 이득도 첨가해야 한다. 질병과 같은 심적 체제가 오랜 시간 동안 계속되면 그 체제는 마침내 하나의 독립적인 존재처럼 거동하며, 자기 보존 본능 같은 것을 발휘한다. 이 체제와 정신생활의 다른 부분 사이에는 일종의 가조약(modus vivendi)이 체결되는데, 근본적으로 이러한 체제에 적대적인 정신생활도 예외는 아니다. 그리고 이 체제가 나름대로 쓸모 있고 가치 있는 것임을 알게 된다. 말하자면 이 체제는 2차적인 기능을 획득하게 되고, 그를 통해 자신의 지위를 더욱 강화시킨다. 병리학에서 사례를 찾기보다는 일상생활에서 뚜렷이 발견되는 하나의 예를 들어보겠다. 한 유능한 노동자가 일을 하여 생계를 유지하고 있었는데, 작업 중 사고로 불구가 되어 더 이상 일을 할 수 없게 되었다. 그러나 그는 매달 얼마간의 상해 보험금을 받게 되었다. 이제 그는 자신의 불구 상태가 돈을 얻어 쓰는 수단이 될 수 있음을 알게 된다. 그의 새로운 생활은 분명 전보다 악화된 것이지만 그의 원래 생활을 파괴한 그것에 의해 그의 생활은 유지된다.

만일 여러분이 그의 불구를 본래대로 되돌리려 한다면 그것은 그의 생활비를 박탈하는 일이 될 것이다. 왜냐하면 그가 전에 하던 일을 다시 할 수 있을지 확신할 수 없기 때문이다. 노이로제에서 이처럼 질병의 2차적 이익에 해당되는 것을 1차적 질병 이득에 대해 2차적 질병 이득이라 부를 수 있다.

일반적인 관점에서 볼 때 여러분은 질병 이득의 실제적인 의의를 과소평가하지 않도록 주의해야 한다. 그러나 이론적인 관점에서는 그것의 의의가 그리 감탄할 만한 것은 못 된다는 점을 말해두고 싶다. 앞에서 이야기한 예외의 경우를 제외하고 본다면, 질병 이득이란 것은 오버랜더Oberländer가 《플리겐데 블래터》에 그린 〈동물의 지혜에 대해서〉라는 만화를 연상시킬 뿐이다. 한 아랍인이 낙타를 타고 험한 산비탈 옆으로 난 좁은 길을 걷다가 모퉁이를 돌자마자 사자와 마주친다. 사자는 당장 그에게 덤벼들 기세인데 남자는 달아날 길이 없다. 한쪽은 높은 산비탈이고 한쪽은 절벽이기 때문이다. 뒤돌아 갈 수도 달아날 수도 없는 그가 어쩔 줄 몰라 하고 있을 때 낙타는 다른 선택을 한다. 그를 등에 태운 채 절벽 아래로 뛰어내린 것이다. 사자는 그 모습을 멍하니 쳐다보고 있다.[137] 노이로제라는 구조 수단은 대체로 환자에게 더 좋은 결과를 가져다주지는 않는다. 증상 형성으로 갈등을 해소하는 것은 자동적인 과정이지만, 이는 생활의 요구에 맞지 않는 형태를 갖고 있다. 그리고 그것은 인간의 가장 탁월하고 강력한 능력을 사용할 수 없게 만들어버린다. 만일 선택을 할 수 있다면, 사람들은 운명과 정정당당한 싸움에 뛰어드는 쪽을 택할 것이다.

여러분! 나는 일상적인 신경질에서 노이로제 총론을 시작하지 않은 이유에 대해 여러분에게 좀 더 설명할 의무가 있다. 아마도 여러분은 그렇게 서술할 경우 노이로제의 성적인 원인을 입증하기 어려워지기 때문이라고 생각할지 모르지만, 그것은 오해이다. 감정전이 노이로제의 경우 노이로제가 성적인 것으로부터 발생한다는 전망에 도달하려면 먼저 증상을 해석해야 한다. 그런데 이른바 〈현실 노이로제(Aktualneurose)〉[138]의 일반적인 유형의 경우에는 성생활의 병인적 의의가 관찰을 통해서도 입증될 수 있는 하나의 중대한 사실이다. 20여 년 전에 나는 그것을 깨달았는데, 그 당시 나는 사람들이 노이로제 환자를 조사할 때 왜 성 활동을 고려하지 않는 것인지가 참으로 의문이었다. 물론 나는 그러한 것들을 조사한 대가로 당시 환자들로부터 인기를 모두 잃고 말았다. 그러나 나는 이 부분의 연구를 진행하고 얼마 되지 않아 곧 하나의 명제를 세울 수 있었다. 정상적인

---

137 아랍인을 자아, 낙타를 인간 전체, 사자를 갈등, 절벽을 노이로제로 바꿔놓으면 된다.
138 신경쇠약 반응, 불안 노이로제 등을 일컫는다. 분명한 병인적 갈등을 인정할 수 없는 노이로제적 반응.

성생활을 할 경우에는 노이로제―이때 내가 지칭한 것은 현실 노이로제 이다―가 발생하지 않는다는 것이다. 확실히 이 명제는 인간의 개인차를 너무 경시한 측면이 있고, 또 〈정상〉이라는 말에 붙어 다니는 모호함으로 인해 분명한 난점을 지니고 있다. 그러나 전체적인 방향을 제시하고 있다는 점에서는 지금까지도 나름의 가치가 있다. 그 무렵에 나는 더 나아가 노이로제의 어떤 유형과 어떤 성적 장애 사이에는 특수한 관계가 있음을 입증하려 했다. 만약 같은 종류의 환자들을 만날 수 있다면 나는 지금도 같은 관찰을 되풀이할 것이다. 나는 일종의 불완전한 성적 만족, 이를테면 자위로 만족을 구하는 사람들이 일정한 현실 노이로제에 걸리는 사례들을 목격했다. 또 그 사람이 자위는 아니지만 그것과 크게 다르지 않은 불만족스러운 성적 습관을 갖게 되면, 이전의 노이로제는 사라지고 다른 노이로제로 대치되었다. 나는 환자의 증상 변화로 환자의 성생활 방식이 변화했음을 추측할 수 있었다. 당시에 나는 내 추정을 완강하게 지켜나가는 데 자신이 붙어서 마침내 내 환자들의 속임수를 무너뜨리고 억지로 사실을 고백하게끔 만들었다. 그 결과 환자들이 나를 떠나 나처럼 그들의 성생활을 꼬치꼬치 캐묻지 않는 다른 의사 쪽으로 옮겨 간 것은 당연한 일이었다.

그 당시에 나도 병의 원인을 언제나 성생활 속에서 찾을 수는 없다는 것을 잘 알고 있었다. 어떤 환자는 성적 장애 때문에 노이로제가 되었지만, 어떤 환자는 재산을 잃었거나 소모적인 신체적 질환 때문에 노이로제가 되어 있었다. 이와 같은 다양성은 자아와 리비도 사이에 우리가 가정했던 상호 관계에 대해서 어떤 전망을 얻었을 때 비로소 설명되었다. 그리고 이 견해가 깊어짐에 따라 다양한 경우들에 대해 점점 더 만족할 만한 설명을 할 수 있게 되었다. 어떤 사람들이 노이로제에 걸리는 것은 자아가 어떤 방법으로든 리비도를 다루는 능력을 잃었기 때문이다. 자아가 강할수록 자아가 리비도를 다루는 것은 쉬워진다. 그러나 어떤 원인으로 인해 자아가 약해지면, 리비도의 요구가 매우 높아졌을 때와 같은 효과가 일어날 수밖에 없다. 즉 노이로제가 발병하는 것이다.

이 밖에도 자아와 리비도 사이에는 다른 더욱 밀접한 관계가 있지만, 이에 대해서는 아직 이야기할 단계가 아니므로 지금은 언급하지 않겠다. 그러나 어떤 경우에, 어떤 길을 통해 발병하든 노이로제 증상은 리비도에 의해 일어난다. 따라서 그것이 리비도의 비정상적인 이용이라는 점은 역시 우리에게 가장 근본적이고 가장 교훈적인 부분이다.

그런데 현실 노이로제 증상과 심인(心因) 노이로제(Psychoneurose)[139] 증상 간의 결정적인 차이를 말하지 않을 수 없다. 심인 노이로제의 첫 번째 종류는 우리가 지금까지 아주 상세하게 연구해온 감정전이 노이로제이다. 감정전이 노이로제와 현실 노이로제의 증상은 모두 리비도에서 발생한다. 그 증상들은 리비도의 비정상적인 이용이며 대상적(代償的)인 만족이다. 그러나 현실 노이로제 증상인 두통, 동통, 특정 기관의 자극 상태, 특정 기능의 약화 및 억제 등은 아무런 〈의미〉가 없다. 즉 거기에는 심리적인 의미가 없다. 그 증상들은 어떤 히스테리 증상이 그런 것처럼 오직 신체에만 나타날 뿐만 아니라 그 자체가 신체적인 과정이다. 그것은 우리가 여태까지 배운 복잡한 심적 메커니즘이 결여되어 있어도 일어날 수 있다.

이러한 신체적 과정은 사실 오랫동안 심인 노이로제 증상의 원인으로 간주되어 왔던 것이다. 그러나 이 증상들이 우리가 정신 속에서 작용하는

---

139 현실 노이로제와 대비되는 것, 일반적으로 정신 신경증이라고 불린다.

힘으로 이해한 리비도의 작용과 어떻게 대응되는 것일까? 그것은 간단하다. 정신분석에 대해 가장 처음 제기되었던 비난을 떠올려보자. 당시에 사람들은 이렇게 말했다. 정신분석은 노이로제라는 현상에 대해 순전히 심리학적인 이론을 세우려 하지만, 어떤 질병도 심리학적 이론만으로는 설명되지 않기 때문에 정신분석의 시도는 실패로 돌아갈 것이라고 말이다. 사람들은 성 기능이 순전히 심리적인 것도 아니고 단순히 신체적인 것도 아니라는 점을 곧잘 망각한다. 성 기능에 심리적인 영향력과 관련된 장애가 나타날 수 있음을 인정한다면, 현실 노이로제가 성적 장애의 직접적인 신체적 결과로서 나타난다 해서 그리 놀랄 일은 아니다.

임상 의학은 현실 노이로제를 이해하는 데 도움이 되는 유익한 시사점을 제공해주었는데, 그 내용은 여러 방면의 학자들로부터 인정받은 것이었다. 현실 노이로제는 그 증상의 세부적인 모습에서나 모든 신체 기관 계통과 그 기능에 영향을 미친다는 점에서, 외부 독성 물질의 만성적인 작용으로 일어나는 병적 상태, 즉 중독이나 그것을 끊었을 때 생기는 금단 증상과 유사하다는 것이다. 바제도 씨 병처럼, 몸속으로 이물(異物)이 들어온 것이 아니라 자기 몸 자체의 물질 대사에서 생긴 독성 물질의 작용에 의한 병적 상태와 비교한다면 그 유사성은 더욱 커진다. 이러한 유추에 따르면 우리는 노이로제를 성 물질 대사 장애의 결과로 보지 않을 수 없다. 어떤 때는 그가 처리할 수 없을 정도로 많은 성적 독성 물질이 만들어져 노이로제가 일어난다. 또 어떤 때는 내적, 심리적 상태로 말미암아 이 독성 물질이 올바른 방향으로 이용되는 것이 저해됨으로써 노이로제가 발생한다. 아득한 옛날부터 민간에서는 성욕의 본성에 대해 이와 비슷한 관점을 갖고 있었다. 사랑을 도취라고 말하고, 사랑의 묘약을 마시고 사랑에 빠진다고 생각했다. 그들은 사랑을 불러일으키는 요인을 어느 정도 외부 세계 쪽으로 옮겨놓고 있는 것이다. 여기서 우리는 성적인 자극이 여러 다양한 기관들을 통해 발생한다는 우리의 주장과 성감대에 대해 상기하게 된다. 그러나 어찌되었든 〈성 물질 대사〉라든가 〈성의 화학작용〉이라는 말은 우리에게 알맹이 없는 선물일 뿐이다. 우리는 이에 대해서 아무것도 알지 못한다. 과연 우리가 여기서 〈남성적〉, 〈여성적〉이라 부를 수 있는 두 가지 성 물질을 가정해야 할 것인지, 아니면 리비도의 모든 자극을 담당하는 물질로 단 하나의 성적 독성 물질을 가정해도 충분할는지, 우리는 그마저도 결정할 수 없다. 우리가 구성한 정신분석이라는 이론은 하나의 상부 구조이다. 언젠가는 그 밑에 신체적인 이론의 토대를 두어야 한다. 그러나 우리는 이에 대해 아직 아무것도 모르고 있다.[140]

학문으로서 정신분석의 특징은 그것이 취급하는 소재들이 아니라 그것을 구사하는 기법에 있다. 정신분석의 기법은 그 본질을 그대로 가지고 문화사, 종교학, 신화학, 그리고 노이로제론에 적용할 수 있다. 정신분석은 정신생활 속에 있는 무의식을 발견하는 것만을 목적으로 하고 그 외에는 아무것도 의도하지 않았다. 그리고 바로 그것을 완수했다. 독성 물질의 직접적인 상해로 인해 증상이 발생하는 것으로 보이는 현실 노이로제의 문제는 정신분석으로는 공략할 수 없다. 정신분석으로는 이 문제를 일부밖에 설명하지 못한다. 이를 규명하는 작업은 오히려 생물학적, 의학적 연구 쪽으로 넘겨야 한다.

이제 여러분은 내가 어째서 재료들을 배열하는 데 지금과 같은 방식을

---

140 이때 성 호르몬은 아직 발견되지 않았다.

택할 수밖에 없었는지 충분히 이해할 수 있을 것이다.

내가 여러분에게 〈노이로제론 입문〉을 이야기하려 했다면 현실 노이로
제의 간단한 증상 사례에서 출발하여 리비도의 장애로 일어나는 복잡한
정신 질환으로 들어가는 편이 확실히 올바른 방법이었을 것이다. 그랬다
면 나는 우선 현실 노이로제에 대해 내가 경험한 것들, 또는 내가 알고 있
다고 믿는 것들을 종합했을 것이다. 그리고 다음으로 심인 노이로제에 대
해서 정신분석이야말로 그 상태를 규명하는 데 가장 중요한 기법상의 보
조 수단이라고 선언했을 것이다. 그런데 나는 〈정신분석 입문〉을 목적으
로 이야기했다. 나에게 더 중요하게 생각되는 것은 여러분이 노이로제에
관한 일정한 지식을 얻는 것보다, 정신분석이 어떤 것인지 하나의 관념을
얻는 것이다. 그 때문에 나는 정신분석을 설명하는 데 그다지 도움이 되지
않는 현실 노이로제를 처음부터 전면에 부각시킬 수 없었다. 그러나 나는
여러분에게 더 유리한 재료를 골라주었다고 생각한다. 왜냐하면 정신분석
은 그 심오한 전제와 광범위한 연관성으로 보았을 때 모든 교양인들의 관
심을 끌 만한 가치가 있기 때문이다. 그러나 노이로제론은 다른 여러 이론
들과 마찬가지로 의학의 한 장에 불과하다.

하지만 여러분이 현실 노이로제에 대해서도 어느 정도 관심을 쏟기를
기대하는 것은 지당한 일이다. 현실 노이로제는 심인 노이로제와 임상적
으로 밀접한 관계가 있기 때문에, 우리는 현실 노이로제에 마땅히 관심
을 기울여야 한다. 따라서 나는 여러분에게 다음의 내용을 보고하려 한다.
우리는 현실 노이로제를 신경쇠약(Neurasthenie), 불안 노이로제
(Angstneurose), 심기증(心氣症:Hypochondrie)의 세 가지 순수한 형태

로 구별하고 있다. 이 분류 방식에 대해서는 반론이 없지 않다. 이 명칭들은 일반적으로 사용되고 있지만 그 내용은 명확하지 않고 아직 정설은 없다. 어떤 의사들은 노이로제라는 혼란스러운 현상 세계를 분류하고 임상적인 개별 병상으로 구별하는 것 자체를 반대하기도 한다. 현실 노이로제와 심인 노이로제의 구별조차 인정하지 않는 의사들도 있다. 그러나 나는 그들의 태도는 너무 극단적이고 학문적 진보의 길을 막는 것이라 생각한다. 앞에 든 노이로제들은 순수한 형태로 나타나기도 하지만, 병의 형태가 서로 섞여 있을 때도 있고 심인 노이로제적인 질환과 혼합되는 경우도 있다. 하지만 그렇다고 해서 질병을 분류하려는 시도 자체를 단념할 필요는 없다.

여러분, 광물학이라는 학문에서 광석학과 암석학의 차이를 생각해보라. 광물은 흔히 결정체로서 주변 환경과 뚜렷하게 구별된 상태로 관찰되기 때문에, 광물들은 하나하나의 개체로 기술된다. 암석은 광물들이 뭉쳐진 것으로, 분명 우연히 결합된 것이 아니라 일정한 생성 조건에 의해 형성된 것이다. 노이로제의 발달 과정을 설명하는 문제에서 노이로제론은 아직 암석학의 수준에 도달하지 못했다. 그러나 질환의 큰 덩어리로부터 식별 가능한, 개개의 광물에 비교할 수 있는 임상 사례들을 분리해냈다면 분명 방향은 올바로 잡은 것이다.

현실 노이로제 증상과 심인 노이로제 증상 사이의 주목할 만한 연관성은 다시금 심인 노이로제의 증상 형성을 이해하는 데 커다란 도움이 된다. 즉 현실 노이로제 증상은 흔히 심인 노이로제 증상의 핵심이자 전(前) 단계이다. 이런 연관성은 신경쇠약과 우리가 전환(轉換) 히스테리라고 부르는 감정전이 노이로제 사이에서 뚜렷이 발견된다. 또한 불안 노이로제와 불안 히스테리 사이에도 그와 같은 관계가 있다. 그리고 심기증과 앞으로 편집분열증(Paraphrenie)(조발성 치매와 편집증)이라는 이름으로 이야기할 병형 사이에서도 이 관계를 분명히 발견할 수 있다. 예를 들어 히스테리성 두통 혹은 히스테리성 동통 등을 분석해보면, 이런 통증은 모든 리비도적 공상이나 리비도적 회상에 대한, 응축과 치환에 의한 대상적 만족임이 드러난다. 그러나 그 통증은 한때는 현실로 나타났던 것이다. 당시에는 성적 독성 물질에 의한 직접적인 증상으로서, 리비도적 자극이 신체적으로 표현된 것이었다. 우리는 모든 히스테리 증상들이 이와 같은 핵심 요소를 가지고 있다고 주장하지는 않는다. 그러나 이런 경우가 자주 일어나고, 리비도적 자극—정상적이든 병적이든 간에— 이 신체에 미치는 영향들이 히스테리 증상 형성에 편리하게 쓰인다는 점만은 분명하다. 이것은 마치 진주조개가 진주 모질(母質)을 분비하게 만드는 모래알과 같은 역할을 한다.[141] 성교에 따르는 성적 자극의 일시적인 징후는 증상 형성의 가장 편리하고 적절한 재료로서 심인 노이로제에 의해 마찬가지 방법으로 이용되고 있다.

이런 유사 과정은 진단과 치료와 관련해서 특별히 관심을 끈다. 심각한 노이로제는 아니더라도 어쨌든 노이로제에 걸리기 쉬운 사람들은 종종 병적인 신체 변화—가령 염증이나 상처—로 인해 증상 형성 작업이 눈을 뜨게 된다. 그 결과 증상 형성 작업은 현실에서 주어진 증상을 재빨리 붙잡아, 하나의 표현 수단을 잡으려고 벼르고 있는 무의식적 공상들의 대표

---

141 진주조개 껍데기는 제일 바깥의 각피, 그다음의 소주층, 가장 안쪽의 진주모층으로 되어 있다. 이 진주모층과 외투막(조개껍데기를 분비하는 조개의 외피 부분) 사이에 이물질이 들어가면 외투막이 자극을 받아 다량의 진주모질이 분비되어 이 이물질을 감싸는데, 여기에 진주가 생기는 것이다.

로 만들어버린다. 그런 경우에 의사들은 이런저런 치료법을 시도하다가 신체적 병변(兵變)이라는 토대만 제거하고 노이로제라는 번잡한 부산물을 그대로 놔둘 수 있고, 혹은 때에 따라 나타나는 노이로제를 치료하면서 그 신체적 유인을 과소평가할 수도 있다. 따라서 어떤 때는 이 치료법으로, 어떤 때는 저 치료법으로 성공하기도 하지만 실패하기도 한다. 그러한 복합적인 증세에 대해서는 일반적으로 어떤 치료 원칙을 세울 방법은 거의 없다.

불안

여러분! 여러분은 지난번 강의에서 내가 〈일상적인 노이로제 질환〉에 대해 이야기한 것이 내 강의 중 가장 불완전하고 불충분한 것이었다고 생각할 것이다. 나 또한 그렇게 생각하고 있다. 나아가 여러분은 대부분의 노이로제 환자들이 호소하는, 이른바 〈불안(Angst)〉이라는 것에 대해서 내가 언급조차 하지 않았던 점을 매우 궁금하게 여길 것이다. 환자들 스스로 가장 무서운 고통이라고 지적하는 불안, 실제로 그것은 환자들에게 매우 강한 힘을 떨침으로써 그들의 마음을 거의 미칠 정도로 옥죄고 있다. 그렇기 때문에 나는 오히려 노이로제 환자의 불안 문제를 분명하게 부각시키고 특별히 더 상세하게 설명해야겠다고 생각했다.

불안이 어떤 것인지는 새삼스럽게 소개할 필요도 없을 것이다. 여러분은 모두 이 감각을, 더 정확하게 말해 이 감정 상태를 언제고 스스로 체험해보았을 것이다. 그러나 보통 사람들보다 노이로제 환자들이 유독 더 많은 극심한 불안을 느끼는 이유에 대해서는 깊이 고찰해본 적이 없을 것이다. 사람들은 이것을 당연한 일로 간주하는 것 같다. 보통 〈노이로제적〉이라는 말과 〈불안한〉이라는 말은 같은 뜻인 것처럼 마구 섞여서 사용되고 있다. 그러나 이는 옳지 않다. 어떤 면으로 보나 노이로제적인 사람이 아닌데도 불안한 사람이 있고, 여러 가지 증상으로 괴로워하고 있으나 그 증상들 속에서 불안 경향이 발견되지 않는 노이로제 환자도 있다.

하지만 확실한 것은 불안이란 매우 중요한 갖가지 문제들이 서로 만나는 매듭이라는 점이다. 불안은 확실히 하나의 수수께끼다. 이 수수께끼를 풀어내면 분명 우리 정신생활의 전모가 환하게 드러날 것이다. 내가 이 수수께끼를 완전히 풀 수 있다고 말하지 않더라도, 여러분은 정신분석이 이 불안이라는 주제에 대해서도 대학에서 보통 강의하는 의학들과는 전혀 다른 방법으로 접근하리라는 점을 짐작할 것이다. 학교 의학에서는 어떠한 해부학적 경로를 따라 불안 상태가 일어나는가의 문제에 가장 큰 관심을 두고 있다. 그리고 그들은 이를 연수(延髓)의 자극으로 설명한다. 의사들은 환자에게 이렇게 말한다.

"당신은 미주 신경(迷走神經)에 의해서 고통을 받고 있습니다."

물론 연수는 매우 엄숙하고 훌륭한 대상이며, 나 역시 몇 해 전 이 연구에 굉장한 시간과 노력을 바쳤던 것을 똑똑히 기억하고 있다. 그러나 지금은, 불안을 심리학적으로 이해하는 데 불안의 자극을 전달하는 신경계에 대한 지식만큼 쓸모없는 것도 없다고 말할 수밖에 없다.

이제부터 나는 얼마간 노이로제를 제쳐두고 불안 문제를 다룰 것이다. 이런 종류의 불안을 노이로제적 불안과 대조적으로 현실 불안(Realangst)이라 부른다면, 여러분은 금방 이해할 수 있을 것이다. 사실 우리에게 현실 불안은 아주 합리적이며 이해할 수 있는 것으로 여겨진다. 먼저 이 불안은 외부 세계의 위험, 바꿔 말해 예상하고 예견된 상해를 감지한 데 대한 반응으로서, 도피 반사와 연결되어 있으며, 자기 보존 본능의 발현으로 간주된다. 불안이 어떤 경우에, 즉 어떤 대상과 어떤 상황에 직면하여 일어나는가는 물론 외부 세계에 대한 우리의 지식 수준과 지배력의 정도에 좌우된다. 미개인은 대포 앞에서 공포를 느끼고 일식이 일어나면 매우 놀라워한다. 그러나 대포라는 무기를 다룰 줄 알고 일식이라는 자연 현상을 예측할 수 있는 현대인은 같은 조건 아래서도 결코 불안을 느끼지 않는다. 하지만 어떤 경우에는 지식이 더 많기 때문에 오히려 불안이 일어나기도 한다. 이는 위험을 사전에 인식하기 때문이다. 이를테면 밀림 속에서 맹수의 발자국을 본 미개인은 무서워서 벌벌 떤다. 발자국을 통해 맹수가 가까이에 있다는 걸 알게 되기 때문이다. 그러나 아무것도 모르는 사람은 발자국에 신경 쓰지 않는다. 노련한 선원은 수평선상의 한쪽에서 떠오르는 한 조각의 구름을 보며 두려워하지만, 승객에게는 구름 따위가 아무렇지도 않게 생각된다. 선원에게 그 구름은 태풍이 다가오고 있음을 알려주는 신호인 것이다.

그런데 더 생각해보면, 현실 불안이 합리적이고 합목적적이라는 판단에는 근본적인 수정이 필요하다는 느낌이 든다. 위험이 닥쳐올 때 취하는 목적에 맞는 유일한 태도란 임박한 위험의 크기와 자신의 힘을 냉정하게 비교해본 후 달아나는 편이 좋을지, 방어하는 편이 좋을지, 또는 나아가서 공격하는 편이 좋을지, 즉 어느 쪽이 좋은 결과를 가져올 가능성이 큰가를 결정하는 일이다. 그런데 대부분의 경우 불안은 이 테두리 속에 들어 있지 않다. 아마도 불안이 발생하지 않은 사람 쪽이 위와 같은 태도를 취하기가 더 쉬울 것이다. 여러분도 알다시피 불안이 아주 심해지면 그것은 거의 목적에 부합되지 않는다. 불안은 모든 행위를, 심지어 도주 행위마저 마비시켜 버리고 만다. 위험에 대한 반응에는 대개 불안이라는 감정과 방어 동작이 함께 섞여 있다. 깜짝 놀란 동물은 불안에 떨며 도망간다. 그런데 이 경우 목적에 맞는 행위란 〈도망〉이지 〈불안에 떠는〉 것이 아니다.

그러므로 불안의 발생은 결코 합목적적이지 않다고 주장하고 싶어진다. 불안의 상태를 면밀히 분석해본다면 아마 불안에 관해 한 걸음 더 나아간 통찰을 얻을 수 있을 것이다. 불안에 나타나는 제1의 요소는 위험에 대한 준비 상태(Bereitschaft)이다. 이는 감각적인 주의력의 항진과 운동성 긴장의 항진이라는 형태로 나타난다. 이와 같은 준비 상태는 분명히 유익한 것이라고 인정하지 않을 수 없다. 준비 상태가 결여된다면 아마도 심각한 결과가 초래될 것이다. 이 준비 상태에서 한편으로는 운동성의 행동이 촉발된다. 즉 〈도주〉가 나타나거나, 그보다 더 높은 단계로서 능동적인 〈방어〉 태세를 갖추기도 한다. 그리고 다른 한편으로 우리가 불안 상태로 느끼는 것이 나타난다. 불안의 발생이 단지 발단(發端) 신호라면, 불안 준비 상태가 행동으로 바뀌는 과정은 더욱 원활하게 진행되고, 또 모든 과정이 목적에 맞게 전개될 것이다. 즉 불안에서 생기는 준비 상태는 목적에 맞는 것이지만, 우리가 불안이라고 부르는 것 속에는 목적과 맞지 않는 것이 존재한다는 생각이 드는 것이다.

불안, 공포(Furcht), 경악(Schreck)이라는 용어가 같은 것을 가리키는지 어떤지에 대해 상세하게 논할 생각은 없다. 다만 불안이라는 말은 상태와 관계되어 있고 대상은 고려하지 않는 반면, 공포는 대상을 생각하고 쓰는 말이라 여겨진다. 이들과 달리 경악은 특별한 의미를 지니고 있는 것 같다. 즉 이 말은 불안의 준비 상태가 미처 갖춰지지 못한 경우, 즉 갑자기 위험에 부딪힌 상황에서 사용된다. 따라서 사람들은 불안을 통해 경악의 상태에 빠지는 것을 예방하는 것이라고 말해도 무방할 것이다.

〈불안〉이라는 말을 쓸 때는 어느 정도의 모호성과 불확실성을 피할 수 없다. 사람들은 대개 불안이라는 말을 〈불안 발생〉을 지각함으로써 생긴 주관적인 상태로 이해하고, 그 상태를 감정(Affekt)이라 부르고 있다. 그렇다면 감정은 역동적인 의미에서 무엇을 가리키는가? 일단 그것은 매우 복합적인 것이다. 첫째, 감정은 어떤 운동성 신경지배나 발산을 포함한다. 둘째, 감정은 두 종류의 어떤 감각, 즉 이미 발생한 운동성의 활동들에 대한 지각과 쾌·불쾌의 직접적인 감각─이는 사람들이 흔히 말하는 것처럼 감정의 기본적인 정서이다─을 포함한다. 그런데 이와 같이 하나하나의 요소를 헤아리는 것으로 감정의 본질에 접근할 수 있으리라는 생각은 들지 않는다. 어떤 감정들의 경우, 그 감정의 틀을 유지해주는 핵심이 어떤 중요한 체험의 반복임을 알 수 있고, 또 그렇게 인정을 받고 있다. 그 체험은 개체가 아닌 종족 전체의 태고 시대에 받은 매우 보편적인 성격의 인상인지도 모른다. 여러분의 이해를 돕기 위해 이렇게 말해보자. 이 감정 상태는 히스테리 발작과 같은 구조를 지닌 것, 즉 회상(Reminiszenz)의 침전물이라 말해도 좋을 것이다. 즉 히스테리 발작이 새로 만들어진 개인적인 감정이라면, 정상적인 감정은 유전적으로 이어받은 일반적인 히스테리라 할 수 있다.

감정에 대한 나의 이러한 설명이 정상(正常) 심리학에서 인정하고 있는 견해라 생각해서는 안 된다. 이러한 견해는 정신분석이라는 토양에서 성장한 것이며 정신분석에서만 받아들여지는 견해이다. 여러분이 심리학에서 감정에 대해 배운 것, 이를테면 제임스-랑게 이론[142] 등은 정신분석가에게는 도무지 이해가 안 되고 논할 가치조차 없다. 그렇지만 감정에 대한 우리의 지식도 완전히 확실한 것으로 간주하고 있지는 않다. 다만 감정이라는 이 어두운 영역에서 빙산의 일각을 짐작하게 해준 최초의 시도일 뿐이다.

이야기를 계속해보자. 우리는 불안 감정을 어린 시절의 어떤 체험을 되풀이하는 것이라고 믿고 있다. 그 체험이란 바로 〈분만 행위〉이다. 분만 과정에서는 불쾌감을 비롯해 분만 당시의 자극 및 신체 감각의 집약화(集約化)가 한꺼번에 나타나는데, 이는 생명의 위험에 직면하는 모든 경우의 원형이 되어 그 이후 불안 상태로 되풀이된다. 출생 당시 혈액의 공급(내호흡)이 중단됨으로써 엄청난 강도의 자극이 가해진 것이 불안을 체험하게 된 원인이다. 따라서 최초의 불안은 독물성(毒物性)이다. 불안이라는 명칭은 호흡할 때 기도가 좁아지는 성질을 특히 강조하고 있다.[143] 이 성질은 출생 시에는 현실적 상황의 결과로 존재했던 것이며, 오늘날에는 감정 속에서 거의 규칙적으로 되풀이되고 있다. 또한 이 최초의 불안 상태가 어머니로부터 분리됨으로써 일어났다는 사실은 의미심장하다. 최초의 불안 상태를 반복하려 하는 소인은 수많은 세대를 거치며 유기체에 깊이 뿌리를 내린 것이기 때문에, 우리는 각 개체가 불안 감정을 벗어날 수는 없다고 확신한다. 설령 전설 속의 맥더프처럼 〈어머니의 배를 가르고 나와서〉[144] 분

---

142 미국의 심리학자 제임스와 덴마크의 의학자 랑게가 각각 독립적으로 주장한 감정 이론으로, 어떤 사물을 지각하면 신체적인 표시가 밖으로 나타나고 이어 감정이라는 심적 감동이 일어난다고 설명하였다. 이를테면 슬퍼서 울고 무서워서 떠는 것이 아니라, 울기 때문에 슬프고 떨기 때문에 무섭다는 것이다.

143 '불안'을 가리키는 라틴어 'angustiae'는 〈좁다〉는 뜻이다.

144 맥더프는 스코틀랜드의 귀족으로서 왕 맥베스를 죽였다. 이 말은 맥베스의 "여자가 낳은 자에게는 굴복하지

만 과정 자체를 경험하지 않았다 하더라도 마찬가지다. 그러나 우리는 포유동물을 제외한 다른 동물들의 경우는 무엇이 불안 상태의 원형인지 말할 수 없다. 또한 그들에게는 어떤 감각의 복합체가 우리의 불안에 해당하는지도 우리는 알지 못한다.

이제 여러분은 우리가 어떻게 분만 행위에서 불안 감정의 원천이자 원형을 찾아냈는지 듣고 싶을 것이다. 사변(思辨)은 여기서 아무 역할도 하지 못했다. 나는 오히려 민중의 소박한 생각에서 도움을 얻었다.

오래전에 병원에 근무하는 젊은 의사들과 한 식당에서 점심 식사를 한 적이 있다. 그때 어떤 산부인과 조수가 최근 산과 시험을 치를 때 있었던 유쾌한 이야기를 들려주었다.

선생이 한 수험생에게 분만 시 양수 속에 태변(胎便)이 보인다면 그것은 어떤 의미인지 물었다고 한다. 그러자 수험생은 즉각, "그것은 아기가 불안해했다는 뜻입니다."라고 대답했다. 그녀는 웃음거리가 되었고 보기 좋게 낙제하고 말았다. 그러나 나는 마음속으로 혼자 그녀의 편을 들어주었다. 그리고 나는 때 묻지 않은 서민 출신의 이 가엾은 여자가 어떤 중요한 연관성을 들추어냈다는 사실을 그때 처음으로 감지했던 것이다.

이제 〈노이로제적인 불안(die neurotische Angst)〉에 대한 이야기해보자. 노이로제 환자의 불안은 어떤 새로운 현상들의 유형과 관계를 우리에게 보여줄까?

이에 대해서는 이야기할 내용이 산더미 같다.

않을 것이다."라는 말에 대한 맥더프의 대답이다(셰익스피어 《맥베스》).

첫째, 일반적인 불안, 이른바 부동(浮動)적인 불안(frei flottierende Angst)이 있다. 이 유형의 불안은 어떤 방식으로든 모든 형태의 적당한 표상 내용에 금세 달라붙을 준비가 되어 있다. 그렇게 하여 판단에 영향을 미치고, 어떤 예상을 하게끔 만든다. 또 그것은 모든 기회를 포착하여 자신을 정당화하려 한다. 우리는 이러한 상황을 〈예상 불안(Erwartungsangst)〉 또는 〈불안한 예상〉이라고 부른다. 이런 유형의 불안에 괴로워하는 사람들은 모든 가능성 중에서 언제나 가장 무서운 것을 예상하고, 뜻밖의 사건을 모두 불행의 전조로 해석하며, 불확실한 사건을 모조리 나쁜 의미로 간주한다. 물론 이와 같이 불길한 것을 예상하는 경향은 환자라고 할 수 없는 많은 사람들에게서도 볼 수 있는 성격적 특징이다. 이런 사람들은 겁쟁이 또는 〈비관주의자〉라는 말을 듣는다. 그러나 도가 지나친 예상 불안은 대개 어떤 유형의 노이로제에서 나타나는데, 나는 이 노이로제를 〈불안 노이로제〉라고 명명하고 현실 노이로제 속에 포함시켰다.

불안의 두 번째 유형은 방금 말한 것과는 달리 오히려 심리적으로 제한이 정해져 있어서, 어떤 일정한 대상이나 상황들과 연결되어 있다. 바로 온갖 것에 대한, 흔하면서도 기괴한 〈공포증(Phobie)〉들이다. 미국의 유명한 심리학자 스탠리 홀Stanlley Hall[145]이 최근에 처음으로 이 공포증을 분류하고, 당당한 그리스어 명칭을 붙여주었다. 그 분류는 마치 이집트 사람들이 열거한 열 가지 재앙과도 비슷하지만, 다른 점은 그 수가 열 가지 이상이라는 것이다. 어떤 것이 공포증의 대상 혹은 내용이 될 수 있는지 한번 들어보기 바란다. 바로 암흑, 바깥 공기, 광장, 고양이, 거미, 송충이, 뱀, 쥐,

---

[145] 미국의 심리학자로, 프로이트를 미국에 초청한 사람이다.

벼락, 뾰족한 것, 피, 닫힌 공간, 인파, 고독, 다리를 건너는 일, 배와 기차로 여행하는 일 등이다.

이런 잡다한 것들 가운데에서 방향을 잡기 위한 첫 시도로 이들을 셋으로 분류해볼 수 있다. 첫 번째 종류는 무서움의 대상과 상황들이 우리같이 정상적인 사람들에게도 기분 나쁘고 위험과 관련이 있다고 여겨지는 경우이다. 따라서 이러한 종류의 공포증은, 비록 그 강도가 매우 강하기는 하지만, 우리도 충분히 이해할 수 있는 것이다. 대개 사람들은 뱀과 마주쳤을 때 기분이 나빠진다. 뱀에 대한 공포심은 인간에게 보편적으로 발견되는 것이며, 다윈도 그 공포감을 매우 생생하게 묘사한 바 있다. 그는 두꺼운 유리판으로 차단되어 있다는 것을 알고 있는데도 뱀이 자기 쪽으로 머리를 쳐들고 다가오면 억누를 수 없는 공포감이 밀려왔다고 기록하고 있다.[146]

두 번째 종류는 위험과 연관성이 있으나 보통의 경우 그 위험을 경시하거나 예상하지 않는 경우이다. 개개의 상황 공포증(Situationsphobie)들이 여기에 속한다. 기차 여행을 하고 있을 때는 집에 있을 때보다 불행한 일이 발생할 가능성, 즉 열차 충돌 사고와 같은 위험이 높아진다는 것을 우리는 알고 있다. 또 배는 침몰하는 경우가 있으며, 그렇게 되면 승객들은 거의 다 물에 빠져 죽는다는 것도 알고 있다. 그러나 우리는 이와 같은 위험을 전혀 생각하지 않고 아무렇지도 않게 기차나 여객선을 탄다. 다리를 건너는 순간에 다리가 무너져서 강물로 추락할 수도 있지만 그런 일은 매우 드물기 때문에 위험으로 인식하지도 않는다. 마찬가지로 혼자 있는 것도 위험에 빠지는 상황이 될 수 있고, 우리는 실제로 어떤 특정한 상황에

---

146 다윈의《동물과 인간의 감정 표현》제1장 참조.

서는 혼자 있는 것을 피한다. 하지만 어떤 조건에서나 단 한순간도 혼자 있을 수 없는 것은 아니다. 인파, 닫힌 공간, 벼락 등도 마찬가지다. 노이로 제 환자가 품는 이와 같은 공포증에 대해 우리가 이상하게 생각하는 것은 대개 공포증의 내용이 아니라 그 강도이다. 공포증이라는 불안은 정말이 지 말로 표현하기 어려운 것이다! 그리고 어떤 조건에서는 우리에게도 불 안을 일으키는 대상이나 상황에 대해서, 오히려 노이로제 환자들이 불안 을 전혀 느끼지 않는 듯한 인상을 받을 때도 종종 있다.

이제 공포증의 세 번째 종류가 남았는데, 이는 우리가 이해하기가 어려 운 것이다. 어떤 건장한 사내가 익숙한 고향 마을의 거리나 광장을 불안해 서 걸을 수 없는 경우, 또는 당당한 체격의 건강한 여성이 고양이가 옷자 락을 스쳐 지나가거나 쥐가 방 안을 기어갔다고 해서 의식을 잃을 정도로 불안해하는 경우, 그 공포증과 거기에 존재하는 위험을 어떻게 연결시켜 야 하겠는가? 여기에 속한 동물 공포증(Tierphobie)은 인간에게 보통 있 는 혐오감이 발전한 것으로 볼 수는 없다. 왜냐하면 고양이를 보면 그대로 지나치지 못하고 쓰다듬고 애무해주지 않고는 못 배기는 사람들이 수없 이 많다는 반증이 존재하기 때문이다. 여성들이 그렇게 두려워하는 쥐 역 시 동시에 애칭이 되기도 한다. 자기 연인이 〈생쥐 아가씨〉라고 불러주면 좋아하는 처녀가 자기와 같은 이름을 가진 이 조그만 동물이 살살 기어 나 올 때는 놀라서 비명을 지르는 것이다.

거리 공포증이나 광장 공포증을 가진 남자에 대해서, 우리는 그가 마치 어린아이와 같이 행동하고 있다는 설명밖에는 할 수 없다. 어린이는 직접 교육을 통해서 그런 상황은 위험하니 피해야 한다고 배운다. 광장 공포증 을 가진 남자도 다른 누군가와 함께 그곳을 걸을 때는 불안을 느끼지 않는다.

지금까지 서술한 불안의 두 가지 유형, 즉 부동적인 예상 불안과 공포증이 결부된 불안은 서로 전혀 연관이 없다. 가령 하나의 유형이 심해져서 다른 유형이 되는 것은 아니다. 다만 두 종류의 불안은 아주 드물게 우연처럼 서로 연결되어 나타날 수 있다. 일반적인 불안이 아주 심각한 수준에 이르렀다고 해서 반드시 공포증으로 나타나지는 않는다. 또 광장 공포라는 병으로 인해 전체 생활이 제한을 받는 사람이라도 염세적인 예상 불안이 전혀 나타나지 않을 수도 있다. 광장 공포나 기차 공포와 같은 대부분의 공포증은 어른이 되어 나타나는 것으로 보이고 암흑, 벼락, 동물에 대한 공포는 태어날 때부터 줄곧 존재하는 것으로 여겨진다. 전자의 공포증은 중대한 병증으로서의 의의를 갖고 있지만, 후자의 공포증은 특이한 성격이나 기분 상태에 의한 것으로 생각할 수 있다. 후자의 공포증을 나타내는 사람의 경우는 비슷한 다른 것들에도 공포를 느낀다고 예상할 수 있다. 우리는 이와 같은 공포증들을 한 데 묶어 〈불안 히스테리〉 속에 넣고 있다는 점을 덧붙여야겠다. 즉 우리는 공포증을 잘 알려져 있는 전환 히스테리와 아주 유사한 것으로 간주하고 있다.

노이로제적 불안의 세 번째 유형은 우리의 눈에 하나의 수수께끼로 비친다. 이 경우에는 불안과 임박한 위험 사이의 관련을 전혀 볼 수 없기 때문이다. 이런 종류의 불안은 이를테면 히스테리에서 히스테리 증상에 수반되어 나타나거나, 혹은 흥분의 여러 가지 조건하에 나타나기도 한다. 그런 흥분 상태에서 어떤 감정이 나타나는 것이 아닐까 하고 우리는 예상하지만, 그것은 불안 감정이나 혹은 다른 어떤 상태에 결부시키지 않는 한 우리도 환자 자신도 이해할 수 없는 자동적인 불안 발작이다. 이러한 불안 발작을 설명하기 위해 환자가 과장되게 받아들일 수도 있는 어떤 위험 요인을 찾을 필요는 없다. 이와 같은 자동적인 발작의 경우 우리가 불안 상태라고 부르는 복합체는 여러 요소로 분해될 수 있다. 강하게 발달한 어떤 하나의 증상—경련, 현기증, 심계 항진(心悸亢進), 호흡 곤란 등—이 대표성을 띠고 대신 나타날 수 있는 것이다. 그리고 여기에는 우리가 불안이라고 말하는 일반적인 감정이 빠져 있거나, 혹은 나타나더라도 분명하지 않다. 그러나 우리가 〈불안의 등가물(Angstäquivalente)〉이라고 명명한 이 상태는 임상적으로나 병인론적으로나 불안과 동열에 둘 수 있는 것이다.

이제 두 가지의 의문이 솟는다. 첫째, 위험이 전혀 역할을 하지 않거나 아주 사소한 역할밖에 하지 않는 노이로제적 불안과 전반적으로 위험에 대한 반응으로 간주되는 현실 불안은 어떤 관련이 있는가? 둘째, 우리는 노이로제적 불안을 어떻게 이해해야 하는가? 그러나 먼저 다음과 같이 전제해보자. 즉 불안이 있는 곳에는 반드시 사람을 두렵게 만드는 그 무엇이 존재한다고 말이다.

임상적인 관찰을 통해서 노이로제적 불안을 이해할 수 있는 많은 실마리를 얻을 수 있다. 이제 그 의미를 여러분에게 자세히 설명하도록 하겠다.

1.

예상 불안 또는 일반적인 불안이 성생활의 어느 과정과 밀접한 관계가 있음을 입증하는 일은 그리 어렵지 않다. 우리는 그것이 리비도의 어떠한 사용 방식과 관련이 있다고 보고 있다. 가장 단순하면서도 배울 점이 많은 이런 종류의 사례로는 이른바 욕구 불만으로 끝나는 흥분에 직면한 사람, 즉 격렬한 성 흥분을 풀 배출구가 없어 만족스러운 결말에 이르지 못하는 사람의 경우를 들 수 있다. 이를테면 약혼 중인 남성이나, 정력이 부족한 남편을 둔 아내, 또는 임신을 조심하기 위해 성교를 빨리 끝내버리거나 불완전하게 행하는 여성 등이다. 이런 조건 아래서는 리비도의 흥분이 소실되며 그 대신 불안이 발생한다. 이때의 불안은 예상 불안, 불안 발작, 불안 등가증(不安等價症)의 형태로 나타난다. 임신 등을 우려하여 성교를 중단하는 행위가 상습적으로 이루어질 경우 불안 노이로제의 원인으로 작용하는데, 특히 여성의 경우 더욱 그러하다. 따라서 임상 의사들에게 우리는 위의 증상 사례를 접할 경우에는 무엇보다 먼저 이쪽으로 원인을 찾아야 한다고 충고해둘 수 있다. 잘못된 성 습관이 교정되면 불안 노이로제 역시 사라지는 증상 사례들을 우리는 수없이 경험할 수 있다.

내가 아는 한, 정신분석과 거리가 먼 의사들조차 이제는 성욕의 억제와 불안 상태가 관련이 있다는 사실에 이의를 제기하지 않는다. 그러나 어떤 의사들은 이 관계를 뒤집어 〈그런 환자는 처음부터 불안의 경향이 있어서 성적인 일에 소극적인 태도를 갖는 것〉이라는 의견을 주장하기도 한다. 그러나 여성들을 관찰해보면 오히려 그와 반대라는 것을 알 수 있다. 여성의 성 활동은 근본적으로 수동적인 성질을 갖는다. 즉 남성의 태도에 따라 결정된다. 그런데 여성이 정열적일수록, 다시 말해 성에 대한 욕구가 크고 성교에서 만족을 얻는 능력이 큰 아내들일수록 남편의 불능증이나 중절 성교에 대해 더욱 확실하게 불안 현상으로 반응한다. 불감증의 여성이나 리비도가 적은 여성들의 경우는 같은 상황에 처한다 해도 큰 영향을 받지 않는다.

오늘날 의사들이 열렬히 권하고 있는 금욕이 불안 상태를 일으키는 데 중요한 역할을 하는 경우는, 만족스럽게 배출되지 못한 리비도가 강력해지고 더욱이 그 대부분이 승화 작용에 의해 방출되지 못했을 때에 한한다. 병이 되고 안 되고의 여부는 언제나 리비도의 양적 인자로 판가름 난다. 병의 문제를 제쳐두고 성격 형성에 대해 고찰해보면, 성적인 억제는 언제나 일종의 불안이나 조심성의 태도와 함께 나타나며, 대담하고 용감하며 적극적인 성격에는 성적인 욕구를 자유롭게 방임하는 태도가 함께 수반된다는 것을 알 수 있다. 이런 관계는 많은 문화적 영향들에 의해 변화되고 복잡해지지만, 평범한 사람들에게 불안은 역시 성적인 제약과 관계가 있는 것이다.

리비도와 불안 사이에 발생상의 관계가 있음을 보여주는 많은 관찰들을 제시할 수 있다. 그중 인생의 어떤 시기가 불안의 발생에 영향을 미친다는 사실을 말해주는 관찰이 있다. 즉 사춘기나 갱년기에는 리비도의 생산 활동이 높아지기 때문에 불안이 쉽게 발생한다. 대부분의 흥분 상태에는 리비도와 불안이 섞여 있으며, 결국에는 리비도가 불안에 의해 대상(代償)되는 것을 직접 관찰할 수 있다. 이러한 사실들로부터 우리는 다음과 같은 인상을 받게 된다. 우선 정상적인 사용을 저지당한 리비도가 적재된다는 것, 그리고 여기서 문제는 오직 신체적인 과정이라는 것이다. 리비도에서 어떻게 불안이 발생하는지는 아직 알 수 없다. 다만 리비도가 사라지고 대신 그곳에서 불안이 관찰될 뿐이다.

2.

심인 노이로제 중에서도 특히 히스테리의 분석을 통해 두 번째 시사점을 얻을 수 있다. 불안은 흔히 증상에 수반되어 나타난다고 말했지만, 이 병의 경우는 증상과 결부되지 않고 불안이 발작하거나 혹은 지속 상태가 되어 나타나는 경우가 있다. 환자들은 자기가 무엇을 무서워하고 있는지 말하지 못한다. 그들은 자신들의 불안을 명백한 2차적 가공을 통해 자기 신변에 대한 공포증, 즉 죽는다든가 미친다든가 졸도한다든가 하는 공포증으로 연결시킨다.

불안이 발생한 상황이나, 불안을 수반한 증상이 발생한 상황을 분석해 보면 어떤 정상적인 심적 과정이 막혀 불안 현상으로 대체되었는지 대개는 설명할 수 있다. 이를 달리 표현해보자. 무의식 과정이 아무런 억압도 받지 않고 자유로이 의식으로 진행하는 것이라면 이는 일정한 감정을 수반하고 있었을 것이다. 그런데 의식으로의 정상적인 흐름에 수반되는 이 감정이 억압을 받으면 그 원 성질이 무엇이었든 상관없이 놀랍게도 언제나 불안으로 바뀐다. 따라서 히스테리성 불안 상태를 관찰할 때 그 무의식의 상관물은 그와 비슷한 성격의 것, 이를테면 불안, 수치심, 당혹감 같은 흥분일 수도 있지만 격분이나 분노 같은 적극적인 리비도의 흥분이나 적대적·공격적인 흥분일 수도 있다. 즉 불안은 어디서나 통용되는 화폐와도 같다. 감정 흥분에 딸려 있는 표상 내용이 억압을 받게 되면, 그 감정 흥분은 어떤 것이든 모두 불안이라는 화폐로 교환되고 또 교환할 수 있는 것이다.

3.

우리는 다음 환자들로부터 세 번째의 관찰을 얻을 수 있다. 즉 불안에서 빠져나오기 위해 어떤 특별한 방법으로 강박 행위를 하는 것처럼 보이는 환자들이다. 만약 우리가 손을 씻거나 어떤 의식을 행하는 환자들의 그런 강박 행위를 방해하려 하거나, 혹은 환자 자신이 스스로 강박 증상을 그만

두려 하면, 환자의 마음속에서는 두려움과 같은 불안이 고개를 든다. 따라서 환자는 그 강박 행위를 하지 않고는 견딜 수 없다. 이를 통해 우리는 강박 행위의 뒤에는 불안이 숨어 있으며, 환자들은 그 불안으로부터 달아나기 위해 강박 행위를 하는 것임을 알게 된다. 그러므로 강박 노이로제에서는 보통 때에는 분명 일어났을 불안이 증상 형성으로 대상되고 있는 것이다.

히스테리를 관찰해보아도 이와 유사한 관계가 성립되어 있다는 것을 알 수 있다. 억압 과정의 결과로 어떤 때는 순전히 불안의 감정이 발생하고, 어떤 때는 증상 형성을 수반한 불안이 나타나며, 어떤 때는 불안 없는 완전한 증상 형성으로 나타나기도 한다. 따라서 증상이란 평소에는 피해 갈 수 없는 불안을 모면하기 위해 발생하게 되는 것이라 말해도 추상적인 의미에서는 옳다고 여겨진다. 이렇게 생각하면 불안은 노이로제 문제에 관한 우리들의 관심의 중심에 놓이게 된다.

불안 노이로제의 관찰을 통해 우리는 리비도가 정상적으로 이용되는 길에서 방향을 바꾸면 불안이 발생하고, 이는 육체적인 과정의 토대 위에서 나타난다는 결론을 내렸다. 또 히스테리와 강박 노이로제의 분석을 통해, 위와 같은 결과를 가져오는 동일한 방향 전환은 바로 마음속 〈재판소(Instanz)〉로부터의 거부 작용이라고 덧붙일 수 있다. 이로써 우리는 노이로제적 불안의 발생에 대해 많은 것을 알게 되었지만, 아직 모호한 부분이 남아 있다. 그러나 나는 이 이상 나아갈 수 있는 길을 아직 발견하지 못했다. 우리에게 남은 두 번째 과제, 즉 리비도가 비정상적으로 이용된 노이로제적 불안과 위험에 대한 반응인 현실 불안 사이에 어떤 관련이 있는가 하는 것은 더욱 이해하기 어려운 것으로 보인다. 여러분은 이 둘이 완전히 별개의 것이라고 짐작할지도 모른다. 그러나 우리에게는 현실 불안과 노이로제적 불안을 감각에 의해 구별할 수 있는 방법은 없다.

하지만 우리가 거듭 주장해온 자아와 리비도의 대립을 여기에 적용해보면 현실 불안과 노이로제적 불안 사이의 연결 고리를 찾을 수 있다. 알다시피 불안 발생은 위험에 대한 자아의 반응이며, 도망갈 것을 알리는 신호이다. 그렇다면 노이로제적 불안에서 자아는 리비도의 요구에 대해 이와 같은 도주를 시도하고 있으며, 내부의 위험을 마치 외부의 위험처럼 취급하고 있는 것이라는 견해에 자연스럽게 도달하게 된다. 이로써 불안이 있는 곳에는 곧 사람들이 두려워하는 그 무엇이 있다는 우리의 예상은 적중한 듯하다.

그러나 여기서 한 걸음 더 나아갈 수 있다. 외부의 위험에 대해서 도주하려는 시도가 진지를 굳게 지키거나 목적에 부합하는 방위책을 세우는 행위로 대체되듯이, 노이로제적 불안의 발생은 불안을 묶어놓는 증상 형성에 자리를 양보한다.

이제 다른 부분에서 난점이 발견된다. 자아가 리비도로부터 도망가는 것을 의미하는 불안은 리비도 자체에서 발생한 것이어야 할 것이다. 이 주장은 막연하긴 하지만, 리비도는 그 사람의 일부이며 외부에 있는 어떤 것처럼 그 사람과 대립하고 있는 것이 아님을 잊지 말도록 경고해준다. 우리가 여전히 이해할 수 없는 부분은 불안 발생의 국소론적인 역학이다. 즉 그때 어떤 종류의 심적 에너지가 소비되며, 또 그것은 어떤 심적 체계에 속하느냐 하는 것이다. 나는 여러분에게 이 의문에 대해 답을 할 수 있다고 약속할 수는 없다. 그러나 다른 두 방면의 실마리를 따라가보고자 한다. 직접 관찰과 분석적 연구는 다시 한 번 우리의 고찰을 뒷받침해줄 것이다.

지금부터 어린이의 불안과 공포증에 결부된 노이로제적 불안에 주목해 보자.

어린이의 불안감은 아주 흔한 것으로, 그 두려움이 노이로제적 불안인 지 현실 불안인지 구별하기는 매우 어렵다. 아니, 어린이의 태도를 보면 그 런 구별을 할 가치가 있는지조차 의심스러워진다. 왜냐하면 어린아이들은 모르는 사람이나 새로운 장소, 새로운 물건에 대해 모두 두려워한다 해도 조금도 이상하게 보이지 않기 때문이다. 그리고 이러한 반응은 어린아이 의 약함과 무지로 쉽게 설명이 된다. 그래서 우리는 아이들의 경우 강한 현실 불안을 갖고 있다고 말하고, 만일 아이의 불안이 천성적인 것이라면 그것은 참으로 합목적적인 것이라 간주한다. 어린이는 이때 단지 원시인 이나 오늘날의 미개인들과 같은 태도를 되풀이하고 있는 것인지도 모른 다. 원시인이나 미개인은 무지하고 무력하기 때문에 모든 낯선 것은 물론 오늘날의 우리에게는 불안을 일으키지 않는 친숙한 것들에 대해서도 불 안을 느낀다. 만일 어린이의 공포증 가운데 최소한 일부분이라도 인류 발 달의 태고 시대에 있었던 공포증과 일치하는 것이 있다면 이 예상은 들어 맞는 것이 된다.

그런데 한편으로 우리는 모든 아이들이 같은 정도로 불안을 느끼지는 않는다는 것, 모든 가능한 사물과 상황들에 대해 특히 두려워하는 아이들 이 훗날 노이로제를 일으킬 수 있다는 점도 간과할 수 없다. 그렇다면 노 이로제의 소인은 뚜렷한 현실 불안 경향으로도 간파할 수 있는 것이다. 즉 불안 상태가 최초의 징후로 나타난다. 그리고 그가 어릴 때뿐 아니라 어른이 되어서도 모든 사물에 대해 불안해하는 것으로 보아 자신의 리비도가 높아지는 것을 불안해하는 것이라고 결론을 내린다. 그리고 이와 같은 결론에 의해서는 리비도에서 불안이 발생한다고는 할 수 없게 된다. 또 만약 우리가 현실 불안의 조건들을 검토해본다면, 자신의 약함과 무력감—아들러의 용어를 빌리자면 열등성—이 소아기부터 성인기까지 줄곧 계속되는 것일 경우 그것은 곧 노이로제의 궁극적인 원인이 된다는 견해에 이르고 말 것이다.

이러한 결론은 지극히 단순하고 그럴 듯해 보이기 때문에 우리의 이목을 끌기에 충분하다. 무엇보다 이러한 견해에 의해 노이로제라는 수수께끼의 중심점이 이동한다. 어른이 되어서도 열등성이 계속되고 있다는 것이—따라서 불안의 조건과 증상 형성이 지속되고 있다는 것이—거의 확실한데도 우리가 건강한 상태라고 인정하는 상태가 나타나게 되면, 오히려 그것이 예외로 간주되고 설명의 필요성마저 느끼게 된다.

그러나 아이들의 불안을 면밀히 관찰함으로써 우리가 또 알 수 있는 것은 무엇인가? 어린아이들은 무엇보다 낯선 사람을 무서워한다. 상황의 경우는 거기에 사람이 포함되어 있을 때 비로소 중요한 것이 되고, 사물의 경우는 훨씬 나중에 가서야 문제가 된다. 그러나 이때 아이가 다른 사람을 두려워하는 것은 그가 자신에게 악의를 갖고 있다고 생각해서, 또는 강하고 약함을 비교해보고 그를 자신의 생존과 안전 그리고 고통 없는 상태에 위협을 가할 수 있는 존재로 인식했기 때문이 아니다. 어린아이들은 온 세계를 지배하는 공격적인 욕동에도 두려워 떠는 존재가 아니다. 아이들을 그렇게 묘사하는 것은 비극적인 이론적 구성일 뿐이다. 아이들은 그와 달리 단지 낯선 사람을 무서워하는 것뿐이다. 그건 아이들이 어머니처럼 친숙하고 사랑하는 사람을 바라보는 데 익숙해져 있기 때문이다. 아이의 실망감과 바람이 불안으로 바뀌는 것이다. 다시 말해 사용할 수 없게 된 아이의 리비도가 부동(浮動) 상태로 남아 있을 수 없어서 불안으로 발산된다. 이러한 어린이 불안의 전형적인 상황 속에서, 분만 과정 중에 겪었던 첫 불안 상태의 조건, 즉 모체에서 분리되는 과정이 반복되고 있다는 것은 결코 우연이라 할 수 없다.

어린이의 최초의 상황 공포증은 어두운 곳에 있을 때나 혼자 있을 때 나타난다. 어둠에 대한 공포증은 평생 지속되는 경우도 있다. 두 공포증의 공통분모는 자신을 돌봐주는 사랑하는 사람, 즉 어머니를 놓쳐버리는 데 있다. 어둠을 무서워하는 아이가 옆방에서 외치는 소리를 들은 적이 있다.

"아줌마, 얘기해줘. 나 무서워."

"하지만 얘기를 한다고 괜찮아지겠니? 내 얼굴도 안 보이는데."

그러자 아이는 이렇게 대답했다.

"누가 얘기를 해주면 주위가 환해지는걸."

어둠 속에서의 바람은 결국 어둠에 대한 공포로 바뀐다. 여기서 우리는 노이로제적 불안이 단지 2차적인 것이며 현실 불안의 특수한 경우에 지나지 않는다는 견해를 넘어서게 된다. 반대로 어린이의 경우는 사용되지 않은 리비도에서 발생한 노이로제적 불안의 그 본질적 특징이 현실 불안이라는 형태로 활동하고 있음을 깨닫게 되는 것이다.

아이는 진정한 의미의 현실 불안을 조금도 지니지 않은 채 세상에 태어나는 것으로 보인다. 훗날 공포증의 조건이 될 수 있는 많은 상황들, 이를테면 높은 곳이나 강물 위에 걸려 있는 좁은 다리, 또는 기차나 배를 타는 것 등이 아이들에게는 전혀 불안을 일으키지 않는다. 게다가 어린아이들은 아무것도 모를수록 겁도 없다. 만약 생명을 보호해주는 그런 본능들이 유전되는 것이라면 참으로 바람직한 일이었을 것이다. 그렇다면 아이를 위험으로부터 보호하기 위해 어른들이 지켜보아야 하는 의무에서 훨씬 자유로울 수 있었을 것이다. 그러나 실제로는 아이들의 경우 자신의 힘을 과대평가하고 무서운 것이 없는 것처럼 행동한다. 그것은 위험을 모르기 때문이다. 어린아이들은 물가에서 뛰어놀고, 창으로 기어오르며, 뾰족한 물건이나 불을 가지고 논다. 아이들은 자신을 다치게 하고 보호자를 아찔하게 만드는 일이라면 뭐든 해치운다. 나중에 아이들이 현실 불안에 눈을 뜨는 것은 오로지 교육의 결과이다. 아이가 교훈적인 경험을 스스로 겪어볼 때까지 어른들이 잠자코 보고 있을 리 없기 때문이다.

그런데 만일 불안에 대한 이러한 교육을 매우 순순히 받아들이고, 이어서 어른이 주의를 주지 않은 위험까지도 자기 힘으로 발견하는 아이가 있다면, 그런 아이는 다량의 리비도 욕구를 체질적으로 타고났거나 혹은 아주 일찍 리비도적인 만족에 잘못 길들여져 있었다고 설명된다. 이런 아이들 중에서 훗날 노이로제 환자가 나타난다 해도 전혀 이상할 것이 없다. 노이로제 발병을 용이하게 만드는 요인은 많은 리비도가 적재되어 있는 상태를 오랜 기간 견뎌내지 못하는 데 있음을 우리는 알고 있기 때문이다. 여기에는 체질적 요인 역시 그 한 원인을 이루고 있으며, 그 사실을 부정할 수 없다는 점에 대해서는 여러분도 인정했다. 다만 체질적 인자만 강조하며 다른 모든 인자를 등한시하거나, 관찰과 분석에서 모두 체질적 인자를 발견할 수 없거나 매우 미약한데도 불구하고 그것을 끌어다 대려고 한다면 우리는 그에 대해서는 단호히 반대할 뿐이다.

어린이의 불안 상태에 대한 관찰을 통해 여러분은 다음과 같은 결론을 끌어낼 수 있다. 어린이의 불안은 현실 불안과는 거의 관련이 없지만, 성인의 노이로제적 불안과는 매우 유사하다. 어린이의 불안은 노이로제적 불안과 마찬가지로 사용되지 않은 리비도에서 발생하며, 잃어버린 사랑의 대상을 외부의 사물이나 상황으로 대리하고 있는 것이다.

〈공포증〉을 분석해보아도 같은 결과가 나온다면 여러분은 안심할 수 있을 것이다. 실제로 공포증에서는 어린이의 불안과 같은 상황이 되풀이된다. 즉 방출되지 않고 사용되지 않은 리비도가 표면적으로는 현실 불안으로 바뀐다. 그래서 사소한 외부의 위험이 리비도의 요구를 대표하게 되는 것이다. 이러한 일치는 결코 놀랄 일이 아니다. 왜냐하면 유아성 공포증은 우리가 〈불안 히스테리〉 속에 포함시키는 훗날의 공포증의 원형일 뿐 아니라 그 직접적인 준비 조건이며 서곡이기 때문이다. 히스테리성 공포증을 거슬러 올라가면 언제나 어린이의 불안에 도달한다. 그리고 비록 내용이 달라 다른 명칭을 붙여야 하더라도, 그 히스테리성 공포증은 어린이 불안의 지속된 형태이다.

두 상태의 차이점은 단지 메커니즘에 있다. 성인의 경우 리비도가 불안으로 바뀌기 위해서는, 아이들의 이루어지지 않은 바람과 같이 리비도를 잠시 사용할 수 없게 되는 것만으로는 충분치 않다. 성인들은 이미 오래전에 그와 같은 리비도를 부동 상태로 그대로 두거나, 또는 다른 식으로 사용하는 방법을 배운다. 그러나 만약 리비도가 억압을 받은 심적 욕동에 속한다면, 의식과 무의식의 구별이 아직 없는 어린이와 같은 상태가 다시 형성된다. 그리하여 유아성 공포증으로 퇴행하는 길이 열리고, 이 길을 지나 리비도는 쉽게 불안으로 바뀐다.

기억하고 있겠지만 우리는 억압에 대해 많은 것을 이야기했다. 그러나 그때는 언제나 억압되는 관념의 운명만을 연구했다. 물론 그 편이 알기 쉽고 이야기하기 쉽기 때문이다. 우리는 억압된 관념에 매달려 있는 감정이 어떤 운명을 맞게 되는지의 문제는 계속 보류해두고 있었다. 이제 우리는 비로소 불안으로 변하는 것이 이 감정의 주어진 운명임을 알게 되었다. 이와 같은 감정의 변화는 억압 과정에서 매우 중요한 부분이지만, 우리는 이에 대해 자세한 이야기를 하기는 어렵다. 왜냐하면 무의식적인 관념과 같은 의미에서 무의식적인 감정의 존재를 주장할 수가 없기 때문이다. 관념의 경우는 의식적 또는 무의식적이라는 차이를 제외하면 어쨌든 똑같이 관념으로서의 성질을 갖고 있어서, 우리는 무엇이 무의식적인 관념에 해당하는 것인지 제시할 수 있었다. 하지만 감정은 관념과는 전혀 다른 방식으로 판단해야 하는, 일종의 발산 과정이라 할 수 있다. 무의식적인 감정에 해당하는 것이 무엇인지를 말하려면 심적 과정에 대한 우리의 전제를 깊이 고찰하고 명백하게 규명해야 하는데, 지금 우리에게는 어려운 일이다. 다만 우리는 불안 발생이 무의식 체계와 밀접하게 연결되어 있다는 인상을 받았고, 일단 그 인상을 중요한 것으로 간직해두고 싶다.

나는 불안으로 변하는 것, 다시 말해 불안의 형태로 발산하는 것이 억압을 받은 리비도가 곧 겪게 될 운명이라고 말했다. 그러나 이것이 리비도의 단 하나의, 또는 최종적인 운명은 아니라는 점을 덧붙여둔다. 노이로제에서는 이 불안 발생을 어떻게든 막으려고 하는 과정이 진행되며, 그것은 여러 가지 방법으로 성공한다. 이를테면 공포증에서는 다음과 같이 뚜렷하게 구별되는 두 단계의 노이로제적 과정이 진행된다. 첫 번째 단계는 억압하여 리비도를 불안으로 바꾸고 그 불안을 외부의 위험으로 연결시키는 일이다. 두 번째 단계는 외부에 존재하고 있는 것처럼 인정된 위험을 온갖 조심성과 안전 수단을 동원해 피하는 일이다. 억압이란 위험한 것으로 느껴진 리비도에 직면하여 자아가 도주를 시도한 것이라 할 수 있다. 공포증은 외부의 위험을 방어하기 위해 요새를 구축하는 일에 비유할 수 있는데, 이때 외부의 위험은 두려움의 대상인 리비도를 대신한 것이다. 공포증이 가진 이 방어 체계의 약점은, 물론 외부를 향해서는 이 요새가 매우 강력한 것이라 해도 내부에서 쉽게 붕괴를 일으킬 수 있다는 점이다. 리비도라는 위험물을 외부에 투영하는 일은 성공하기가 쉽지 않다. 따라서 다른 노이로제들에서는 발생할 수 있는 불안에 대해 다른 방어 체계들을 이용하고 있다. 이는 노이로제 심리학의 매우 흥미로운 부분이지만, 유감스럽게도 우리의 본론에서 벗어나고, 또 이를 이해하기 위해서는 심층적인 전문 지식이 뒷받침되어야 한다. 여기서는 한 가지만 언급해보기로 하자. 억압 시 자아가 행하는 〈역배비〉에 대해 이미 이야기한 바 있다. 억압이 계속되는 것처럼 자아는 역배비를 멈추지 않는다. 그런데 역배비의 중요한 임무는, 억압 뒤의 불안 발생에 대해 여러 가지 형태의 방어 조치를 강구하는 것이다.

다시 공포증으로 돌아가서, 여러분은 공포증의 내용을 설명하거나 갖가지 사물이나 임의의 상황들이 공포증의 대상이 된 이유에 관심을 두는 것만으로는 매우 불충분하다는 것을 알아야 한다. 공포증의 내용은 현재몽의 내용, 즉 꿈의 외관과 같은 것이다. 공포증의 내용 속에는 스탠리 홀이 강조한 것처럼 계통 발생적인 유전에 의해 불안의 대상으로 채택된 것이 상당수 있다는 사실을 인정해야 한다. 물론 그렇게 인정한다 해도 거기에는 어느 정도 제한이 필요하다. 그와 같이 불안을 일으키는 것들은 오직 상징 관계에 의해 위험과 결부되어 있으며 이는 계통 발생적으로 유전되었다는 그의 주장과 일치한다.

이렇게 하여 우리는 불안 문제가 노이로제 심리학에서 핵심적인 위치를 차지한다는 점을 확신하게 된다. 또 우리는 불안 발생이 리비도의 운명과 무의식 체계에 결부되어 있다는 사실에서 깊은 인상을 받았다. 물론 우리가 아직 관련성을 찾지 못한 한 가지 사실이 있는데, 이는 우리의 견해 속에 자리한 하나의 틈바구니이다. 즉 현실 불안이란 자아의 자기 보존 본능의 발현으로 보아야 한다는 견해를 삽입할 자리가 없다는 것이다.

리비도 이론과 나르시시즘

나는 얼마 전에도, 그리고 이미 몇 번인가 자아 욕동과 성 욕동의 구별에 대해 이야기해왔다. 우리는 먼저 다음과 같은 점을 알게 되었다. 억압 작용이 일어날 때 자아 욕동과 성 욕동은 서로 대립해 있는데, 이때 외형상으로는 성 욕동이 자아 욕동에 지고 있는 것처럼 보이지만, 성 욕동은 퇴행이라는 우회를 거쳐서 어떻게든 만족을 구하려 하고, 결국 결코 정복되지 않는 성질이 그를 패배로부터 지켜준다는 것이다. 다음으로, 이 두 본능은 필요성이라는 교사에 대해서 애초부터 다른 입장을 취하기 때문에, 같은 형태의 발달 과정을 밟지 않고 현실 원칙에 대해서도 동일한 관계를 맺지 않는다는 것을 배웠다. 나아가 성 욕동은 자아 욕동보다 불안이라는 감정에 더 밀착되어 있다는 것도 알게 되었다(이 결과는 중요한 어떤 점에서 아직 불완전한 것으로 여겨진다). 그 증거로 우리는 다음과 같은 주목할 만한 심적 사실을 들 수 있다. 즉 가장 기본적인 자기 보존 본능인 굶주림과 목마름이 채워지지 않는다고 해서 불안이 발생하지는 않지만, 채워지지 않는 리비도는 불안으로 바뀐다는 것이다. 이는 누구나 알고 있고 또 자주 관찰되는 현상이기도 하다.

어찌되었든 자아 욕동과 성 욕동을 구별해야 하는 정당성은 전혀 흔들리지 않는다. 그 근거는 물론 성 활동이 개체의 특별한 활동으로서 존재하고 있기 때문이다. 다만 이와 같은 구별에 어떤 의의가 있으며, 우리가 그차이점에 얼마만큼의 의미를 둘 것인지가 문제일 뿐이다. 성 욕동의 신체적·심리적 발현이 성 욕동과 대립되는 다른 욕동의 발현과 어떻게 다른지, 또 이런 차이에서 발생하는 결과들이 얼마나 중요한지가 확인되면 위에 대한 대답은 바로 나올 것이다. 물론 우리는 두 욕동 사이의 본질적인차이를 주장할 어떤 동기나 지식을 갖고 있지 않다. 두 욕동은 다만 개체의 에너지 원(源)에 대한 명칭으로 우리 앞에 있을 뿐이다. 두 욕동이 결국같은 종류의 것인지, 본질적으로 다른 것인지, 또 만일 같은 것이라면 언제둘로 갈라졌는지 등의 논의는 개념적인 차원에서 수행할 수 없다. 그러한논의는 이 개념의 배후에 있는 생물학적인 사실에 입각해야만 가능해진다. 우리는 이에 대해서는 아직 아는 바가 없고, 또 설령 우리가 좀 더 많이알고 있다 하더라도 이는 정신분석 연구에서 고려할 만한 것은 아니라고본다.

융은 모든 욕동이 처음에는 하나였다고 강조하며 그 모든 것에 나타나는 에너지를 〈리비도〉라고 불렀지만, 이런 관점은 우리에게 아무런 도움이 되지 않는다. 아무리 애를 써도 정신생활의 영역에서 성 기능을 제거할수는 없기 때문에, 우리는 곧 성적인 리비도와 성적이지 않은 리비도를 구분해야 할 필요성을 느끼게 된다. 그러나 리비도라는 명칭은, 우리가 지금껏 써온 대로 성생활을 추동하는 힘으로 간주하는 것이 마땅하다.

결국 성 욕동과 자기 보존 본능을 어느 정도까지 구별해내야 하느냐 하는 물음은 정신분석에서 그다지 중요하지 않다고 생각된다. 정신분석은 그런 문제를 다룰 자격이 없다. 물론 생물학에서는 그러한 구별의 중요성을 말해주는 여러 가지 근거들이 나오고 있다. 분명 성은 개체를 초월하여 종의 보존을 이어주는 생체의 유일한 기능이다. 이 기능은 다른 기능을 작용시킬 때처럼 개체에게 반드시 이익을 가져다주지는 않는다. 아니, 이익을 주기는커녕 이 기능이 갖고 있는 비할 데 없는 강렬한 쾌감 때문에 개체는 생명의 위협을 받거나 때로는 생명을 희생하기까지 한다. 또한 개체는 자신의 생명을 구성하는 것 중의 일부를 자손을 위한 소인으로 보존하기 위해, 다른 모든 경우와는 구별되는 특수한 물질 대사 과정이 필요해진다. 개체는 자기 자신을 중심에 놓고 성욕을 다른 여러 욕동과 마찬가지로 만족을 위한 하나의 수단으로 간주하지만, 생물학의 관점에서 보면 개체라는 것은 결국 영원히 계속되는 계열 가운데 하나의 삽화(揷畵)에 지나지 않으며, 마치 그의 사후에도 존재하게 될 세습 재산의 일시적인 소유자와 마찬가지로, 실질적으로 불사(不死)하는 유전 형질에 잠시 붙어 있는 부수적 존재에 지나지 않는 것이다.

하지만 노이로제를 정신분석적으로 설명하는 데는 이런 야단스러운 관점은 필요치 않다. 우리는 성 욕동과 자아 욕동을 각각 연구하여 감정전이 노이로제의 영역을 이해하기 위한 열쇠를 확보했다. 그리고 감정전이 노이로제를 성 욕동과 자기 보존 본능이 충돌을 일으킨 결과로 설명할 수 있었다. 생물학적으로 말한다면—이것이 더 정확하지 않은 표현이지만—독립적인 개체로서의 자아라는 하나의 입장과 세대 계열의 한 구성원으로서의 자아라는 다른 입장이 다투고 있는 근본적인 상황으로 귀착시킬 수 있다. 이와 같은 불화는 아마도 인간에게만 존재하는 것일 것이다. 그러므로 대체적으로 노이로제라는 것은 동물보다 우수한 인간의 특권일 수도 있다. 인간의 리비도가 지나치게 발달하고, 아마도 그로 인해 인간의 정신생활이 복잡하게 짜임으로써 그런 갈등이 발생할 수 있는 조건이 만들어진 것으로 여겨진다. 이것은 또한 인류가 동물과의 동질성을 뛰어넘어일대 진보를 이룩할 수 있는 조건이 되었음이 분명하다. 따라서 인간이 노이로제에 걸릴 수 있는 것은 인간이 가진 다른 천부적인 재능들의 이면에불과한 것인지도 모른다. 그러나 이러한 생각도 단순한 사변에 불과하며,우리 앞에 놓인 문제에서 눈을 돌리게 할 뿐이다.

우리의 연구는 자아 욕동과 성 욕동은 그 발현에 의해 구별된다는 가정아래 진행되었다. 감정전이 노이로제에서는 이 가정이 쉽게 적용되었다.우리는 자아가 성 충동의 대상에 쏟는 에너지 배비를 〈리비도〉라 부르고,자기 보존 본능에서 촉발되는 다른 모든 에너지 배비를 〈관심(Interesse)〉이라 불렀다. 그리고 리비도의 배비, 리비도의 전환 과정, 그리고 그것의마지막 운명을 연구함으로써 정신적 힘의 작용을 이해할 수 있었다. 감정전이 노이로제는 이 방면을 연구해나가는 데 가장 유리한 재료를 제공해주었다. 그러나 자아가 다른 조직 체계들과 어떻게 연결되어 있으며, 어떻게 구성되고 기능하는가에 관해서는 밝혀지지 않았다. 그래서 우리는 다른 노이로제적 장애를 분석하고 나서야 비로소 이 부분을 이해하게 될 것이라 예상하는 데 그칠 수밖에 없었다.

우리는 오래전에 정신분석의 견해를 그런 다른 종류의 질환에 확대 적용하기 시작했다. 1908년에 이미 아브라함은 나와 의견을 교환한 후 다음과 같은 명제를 발표했다. 즉 대상에 대한 리비도 배비가 결여되어 있는 것이 조발성 치매—이는 정신병으로 간주된다—의 중요한 특징이라는 것이다(〈히스테리와 조발성 치매 사이의 심리적, 성적 차이〉). 그렇다면 조발성 치매 환자의 경우 대상에서 빗나간 리비도는 어떻게 되는 것인가 하는 물음이 제기된다. 아브라함은 조금도 주저하지 않고 이렇게 답했다.

"그 리비도는 자아로 되돌아간다. 그리고 이 반사적인 복귀가 조발성 치매 환자의 과대 망상의 원천이다."

이러한 과대 망상은 연애하는 사람들이 흔히 하는 성적 대상에 대한 과대평가와 모든 점에서 매우 유사하다. 이로써 우리는 정상적인 연애에 관련시켜 정신병의 한 특징을 이해할 수 있다는 것을 처음으로 알게 되었다.

또한 아브라함의 이 최초의 견해가 정신분석에 적용되면서 정신병에 대한 우리 입장의 토대가 되었다는 점도 말해두고 싶다. 이리하여 우리는, 대상에 매달려 있으며 그 대상으로 만족을 얻으려는 노력의 표현인 리비도가 한편으로는 그 대상을 버리고 그 대신 자아를 둘 수 있다는 견해를 차차 갖게 되었고, 그러한 생각을 점차 일관되게 발전시키게 되었다. 리비도의 이와 같은 처리 방식에 주어진 이름은 나르시시즘(Narzißmus)이다. 이 명칭은 네케P. Näcke[147]가 서술한 어떤 도착증에서 따온 것이다. 일반적으로 성장한 개체는 타인이라는 성 대상에 애정을 쏟는 반면 이 도착증의 경우 모든 애정을 자기 육체에 쏟는다.

이처럼 어떤 대상 대신 자기 자신의 육체나 자기 자신에게 리비도가 고착하는 것은 예외적인 일이나 사소한 일로 넘길 수 있는 문제가 아니라는

---

[147] 독일의 정신과 의사.

것을 점차 깨닫게 된다. 오히려 나르시시즘이야말로 일반적이고 근원적인 상태이며, 이 상태에서 훗날의 대상애(對象愛)가 생기는 것이라 할 수 있다. 그러나 그로 인해 나르시시즘이 소멸해버리지는 않는다. 여러분은 대상 리비도의 발달사를 통해, 많은 성 욕동이 처음에는 자기 자신의 육체로 만족을 얻는다는 것—우리는 이를 자기성애적이라고 표현한다—을 상기할 수 있을 것이다. 또한 그처럼 자기성애적으로 만족을 얻을 수 있기 때문에 현실 원칙에 복종시키고자 하는 교육이 성의 발달을 막게 된다는 사실도 상기할 수 있다. 즉 자기성애란 나르시시즘적 단계에서 리비도가 처리되는 성 활동이었다.

간단히 설명하기 위해서 우리는 자아 리비도(Ichlibido)와 대상 리비도(Objektlibido)의 관계에 대해 하나의 관념을 만들어보았다. 그리고 이 관념을 동물학에서 빌려온 비유를 통해 자세히 설명해볼 수 있다. 거의 분화되지 않은, 조그마한 원형질(原形質) 덩어리 같은 아주 단순한 생물[148]을 생각해보라. 이 생물은 위족(僞足)이라고 하는 돌기를 뻗어내어 자기 몸의 원형질을 흘려보낸다. 그리고 이 생물은 돌기를 다시 몸속으로 집어넣어 원형 덩어리로 돌아갈 수도 있다. 이처럼 돌기를 뻗어내는 동작을 리비도가 대상을 향하는 것으로 비유할 수 있는데, 이때 리비도의 대부분은 자아속에 남아 있을 수 있다. 우리는 이렇게 가정한다. 즉 정상적인 상태일 경우 자아 리비도는 아무런 방해를 받지 않고 대상 리비도로 전환하며, 또이 대상 리비도를 다시 자아 속으로 받아들일 수도 있다고 말이다.

이러한 견해에 의해서 우리는 이제 여러 가지 심적 상태들을 설명할 수

---

[148] 아메바를 말한다.

있다. 아니, 조금 축소해서 말하자면, 정상적인 생활에 속하는 것으로 볼 수밖에 없는 상태들, 이를테면 사랑에 빠진 상태, 신체적 질환이 있는 상태, 그리고 수면 중과 같은 심적 상태들을 리비도 이론의 용어로 풀어낼 수 있다.

우리는 수면 상태에 대해, 외부 세계에서 벗어나서 수면이라는 소망을 지향하는 것이라고 가정했다. 밤중의 심적 활동으로서 꿈속에 나타나는 내용들은 수면 소망에 봉사하기 위한 것이며, 전반적으로 자기중심적인 동기에 의해 지배받고 있다는 것을 알았다. 그리고 수면 상태라는 것은 리비도적인 것이든 이기적인 것이든 간에 모든 대상 배비를 포기하고 자아 속에 갇혀 있는 상태라고 설명했다. 그렇다면 수면을 통한 피로 회복이나, 혹은 피로의 본질까지도 새롭게 밝혀지지 않겠는가? 잠자는 사람에게 밤마다 찾아오는 태내 생활의 그 편안하게 격리된 모습은 이제 심리적인 측면에서 보아도 완전한 것이 된다.

잠자는 사람에게는 리비도 분배의 원초적 상태가 재현된다. 즉 스스로 만족하고 있는 자아 속에서 리비도와 자아의 관심이 아직 분리되지 않은 채 하나가 되어 살고 있는 완전한 나르시시즘이 다시 만들어지는 것이다.

이제 두 가지 문제를 고찰하기에 알맞은 때가 되었다. 첫 번째 문제는 나르시시즘과 이기주의가 개념상 어떻게 구별되는가 하는 것이다. 나는 나르시시즘이란 이기주의에 리비도를 보충한 것이라 생각하고 있다. 보통 이기주의라고 말할 때는 개인의 이익만을 염두에 두며, 나르시시즘이라고 말할 때는 개인의 리비도적 만족까지 고려하는 것이다. 실제적인 동기로서는 둘을 제각기 분리하여 검토할 수 있다. 사람은 완전하게 이기적으로 행동할 수도 있지만, 대상에 대한 리비도적 만족이 자아가 원하는 것에 속하는 경우에는 이기적인 동시에 강한 리비도적 대상 배비를 지속할 수도 있다. 따라서 이기주의란 대상을 추구하면서도 자아에 아무런 손상을 주지 않도록 조심하는 것이다. 사람은 이기주의적인 동시에, 대상 욕구를 거의 갖지 않음으로써 극도로 나르시시즘적일 수도 있다. 나르시시즘은 직접적인 성적 만족 속에 모습을 드러내기도 하지만, 성욕에서 유래하나 그보다 더 높은 수준에 속하는 경향, 즉 우리가 간혹 〈관능〉과는 대조적으로 〈사랑〉이라 부르는 경향 속에 나타나기도 한다. 이기주의는 이 모든 경우에 뚜렷하고 변함없는 요소이지만, 나르시시즘은 가변적인 요소이다. 이기주의와 대립되는 말인 이타주의는 리비도적 대상 배비와 같은 개념이 아니다. 이타주의는 성적 만족을 추구하지 않는다는 점에서 후자와 다르다. 그러나 사랑이 극도로 깊어진 상태에 이르면, 이타주의와 리비도적 대상 배비는 합치된다. 성적 대상은 대체로 자아의 나르시시즘 중 일부를 자신에게로 향하게 만드는데, 이는 대상에 대한 이른바 〈성애적 과대평가〉[149]와 같은 형태로 나타나곤 한다. 그리고 성적 대상에 대해 이기주의에서 벗어나 이타주의가 덧붙여지면, 성적 대상의 힘은 지나치게 강해진다. 즉 성적 대상이 자아를 흡수해버린다.

아마도 여러분은 나의 설명에 지쳤을 것이다. 과학의 무미건조한 상상은 이제 그만두고, 나르시시즘과 사랑의 경제적 대립을 시적 표현으로 만나보자. 그러면 여러분의 기분도 전환될 것이다.

괴테의 《서동시집(西東詩集:Westöstlicher Diwan)》에서 그러한 표현을

---

149 상대의 성기 같은 것을 불결하게 생각하지 않는다.

빌려 오기로 하겠다.

줄라이카 국민도, 노예도, 지배자도,

　　언제나 말하지요.

　　이 땅 위의 사람들에게 가장 고귀한 행복은

　　오직 인격에 있는 것이라고.

　　자기 자신만 잃지 않는다면

　　그 어떤 삶도 참아낼 수 있고,

　　자신의 본성만 잃지 않는다면

　　모든 것을 잃는다 해도 후회는 없다고.

하템 그것은 그러리라, 그러하리라.

　　그러나 나의 길은 그와 다른 길.

　　이 세상의 행복은 하나가 되어

　　오직 줄라이카에게만 있음을 알았으니.

　　그대가 아낌없이 나에게 줄 때

　　나는 거룩한 자아가 되고,

　　그대가 얼굴을 돌릴 때

　　나는 순간 자아를 잃어버린다.

　　이제 하템은 망가졌노라.

　　그러나 내 마음 정해졌으니,

　　나는 속히 모습을 바꾸어

　　그대의 사랑하는 연인이 되련다.[150]

두 번째의 고찰은 꿈의 이론을 보완해주는 것이다. 억압된 무의식은 어떤 면에서 자아로부터 독립적이다. 따라서 자아에 종속하고 있는 대상 배비가 모두 수면을 위해 물러가더라도 억압된 무의식은 자고 싶다는 소망에 굴복하지 않고 줄곧 그 배비를 계속한다고 가정할 수 있다. 이렇게 가정하지 않으면 꿈의 발생은 설명되지 않는다. 이제 우리는 비로소 무의식이 밤 동안 검열의 힘이 폐지되거나 저하되는 것을 기회로 삼고, 〈낮의 잔재〉를 붙잡아 그것을 소재로 금지된 〈꿈의 소망〉을 만들 수 있다는 사실을 납득할 수 있게 된다. 한편 낮의 잔재와 이 억압된 무의식 사이에 이미 연결이 있었기 때문에, 리비도는 수면 소망에 의해 물러나라는 명령을 받고도 끝내 저항하고 있는 것인지도 모른다. 따라서 이 중대한 역동적 특징을 꿈의 형성에 대한 우리의 견해에 첨가하고 싶다.

기질적인 질환이나 고통스러운 자극, 신체 기관의 염증은 리비도를 그 대상들로부터 뚜렷하게 분리시키는 작용을 한다. 이와 같이 떨어져 나온 리비도는 자아로 되돌아가서 병이 난 신체 부위에 보다 더 강하게 충당된다. 이런 조건들에서는 리비도가 대상으로부터 물러나는 현상이, 이기주의적 관심이 외부 세계에서 물러나는 현상보다 더 뚜렷하게 나타난다고 우리는 과감하게 주장할 수 있다. 여기서 심기증을 이해할 수 있는 길이 열리는 듯하다. 심기증의 경우, 겉보기에 병이 든 것 같지 않은 기관이 자아의 염려를 불러일으킨다.

---

150 줄라이카는 페르시아어로 〈가련한 연인〉이라는 뜻이며, 괴테의 연인 마리아네 폰 빌레머 부인을 가리키고 있다. 하템은 괴테 자신이라 할 수 있다. 아울러 《서동시집》은 페르시아 시인 하피스의 시에 감동받아 쓴 것이다. 따라서 〈동쪽〉은 페르시아, 즉 동양을 가리킨다. 이 시에서 줄라이카가 하는 말은 나르시시즘, 하템이 하는 말은 사랑이다.

여기서 심기증에 대한 연구를 더 진행시켜 보고도 싶고, 또 대상 리비도가 자아로 되돌아온다고 가정할 때 우리가 이해하고 서술할 수 있는 다른 상황들에 대해서도 논하고 싶은 마음이 들지만, 나는 그런 유혹에 넘어가지 않을 생각이다. 이제 여러분의 마음에 들어섰을 것으로 예상되는 두 가지 반론에 대응해야 하기 때문이다. 첫째, 수면이나 질병 또는 그와 비슷한 상황들을 설명할 때 나는 어째서 리비도와 관심, 성 욕동과 자아 욕동을 반드시 구별하려 하는 것일까? 자유로이 운동하여 어떤 때는 대상에, 어떤 때는 자아에 배비되고 이러저러한 욕동들을 움직이는 데 사용되는 오직 하나의 에너지를 가정한다 해도 관찰된 현상들을 충분히 설명할 수 있지 않을까? 둘째, 만일 대상 리비도에서 자아 리비도—혹은 일반적으로 자아 에너지—로의 이와 같은 전환이 정신 역학에서 매일 밤마다 되풀이되는 정상적인 과정의 하나라면, 어째서 나는 리비도가 대상에서 떨어져 나가는 것을 감히 병리 상태의 원인으로 지적했던 것일까?

그러면 두 가지 의문에 답을 해보자. 여러분의 첫 번째 반론은 언뜻 타당한 것처럼 들리기도 한다. 수면, 질병, 사랑의 상태를 자세히 관찰해보아도 자아 리비도와 대상 리비도, 리비도와 관심을 구별할 필요성을 찾기는 어렵다. 그러나 여러분은 우리의 출발점이 된 연구를 간과하고 있다. 실로 이 연구를 길잡이로 하여 우리는 지금 문제가 되고 있는 심리 상태들을 고찰하고 있는 것이다. 즉 감정전이 노이로제를 발생시키는 갈등을 고찰하면서 우리는 리비도와 관심, 즉 성 욕동과 자기 보존 본능을 구별해야만 했다. 그 이후로 우리는 이 구별을 포기할 수 없었다. 대상 리비도가 자아 리비도로 전환될 수 있다는 가설, 즉 자아 리비도를 함께 고려해야만 하는 가설은 조발성 치매와 같은 이른바 나르시시즘적 노이로제의 수수께끼를 풀 수 있는 유일한 열쇠로 여겨진다. 또 이 가설에 의해 나르시시즘적 노이로제가 히스테리나 강박 노이로제와 어떻게 유사하며 어떻게 다른지 설명할 수 있는 것이다.

그렇다면 앞선 증상 사례들에서 부정할 수 없을 정도로 확실해진 사실을 질병과 수면, 사랑에 빠진 상태에 그대로 적용해보라. 이와 같이 적용 범위를 확대해나가는 것이 어디까지 가능할지 알아보는 것도 괜찮을 것이다. 우리가 분석적 경험에서 직접 도출하지 않은 유일한 주장은, 리비도가 대상을 향하든 자기 자신을 향하든 리비도는 역시 리비도일 뿐 결코 이기적인 관심이 될 수는 없으며, 또 반대로 이기적인 관심은 리비도가 되지 않는다는 것이다. 그러나 이 주장은 이미 비판적으로 평가한 바 있는 성 욕동과 자아 욕동의 구별을 단지 말만 바꾼 것에 지나지 않는다. 우리가 발견한 이와 같은 구별이 가치가 없는 것으로 드러나는 때가 오기 전까지, 우리는 이 구별을 계속 유지해나갈 생각이다.

여러분의 두 번째 반론도 일단은 그럴듯하게 들린다. 하지만 그것은 과녁에서 빗나가 있다. 확실히 대상 리비도가 자아로 물러가는 것이 병의 원인이 되지는 않는다. 그와 같은 일은 밤마다 잠들기 전에 항상 일어나고, 잠에서 깨어나면 다시 본래대로 돌아간다는 것을 우리는 알고 있다. 원형질로 된 미생물은 위족을 움츠렸다가도 다음 순간 다시 뻗어 낸다. 하지만 매우 강력한 어떤 특정한 과정으로 인해 리비도가 대상에서 억지로 격리되었을 때는 사태가 달라진다. 이때 나르시시즘적이 된 리비도는 대상으로 되돌아가는 길을 찾지 못한다. 그리고 리비도의 운동성이 이와 같이 장애를 받는 것은 물론 병의 원인으로 작용한다. 나르시시즘적인 리비도는 어느 정도 이상의 적재를 견디지 못하는 것으로 보인다. 이것이 처음에 대상 배비를 가져온 것이고, 또 리비도의 적재로 인해 병이 생기지 않도록 자아는 리비도를 놓아주지 않을 수 없는 것이다.

만약 우리의 계획 속에 조발성 치매에 대한 깊은 연구가 들어 있었다면, 리비도를 대상에서 분리시키고 대상으로 되돌아가는 길을 차단하는 과정은 억압 과정과 밀접한 관계가 있고, 또 억압 과정의 한 측면으로 해석할 수 있다는 점을 여러분에게 보여주었을 것이다. 그러나 이러한 과정이 일어나는 조건이—우리가 오늘날 알고 있는 한—억압의 조건과 거의 같다는 사실을 경험하게 되면, 여러분은 이미 낯익은 토대 위에 서 있다는 것을 깨닫게 될 것이다. 거기서의 갈등은 동일한 것이며, 또 동일한 힘들 사이에서 벌어지고 있다. 설령 그 결과가 히스테리와는 다르다 할지라도, 그것은 단지 소인의 차이 때문이다. 이와 같은 환자의 리비도 발달의 약점은 발달의 다른 단계에 있다. 여러분이 기억하는, 증상 형성을 일으킨 결정적인 고착이 어딘가 다른 곳에 있다는 것이다. 그것은 아마도 원시적 나르시시즘의 단계일 것이다. 이 원시적 나르시시즘 단계야말로 조발성 치매가 궁극적으로 되돌아오는 지점이다.

모든 나르시시즘적 노이로제에서 리비도의 고착점을 히스테리나 강박 노이로제의 경우보다 훨씬 초기의 발달 단계에 상정해야 한다는 것은 주목할 만한 점이다. 그러나 우리가 감정전이 노이로제를 연구하며 발견한 개념들은 실제적으로 훨씬 더 심각한 나르시시즘적 노이로제를 연구하는 데에도 충분히 도움이 된다. 둘은 공통점이 매우 많다. 그들은 결국 같은 현상 계통에 있다. 그렇지만 본래 정신의학의 영역에 포함되는 이 병을, 감정전이 노이로제에 대한 분석적 지식을 갖추지 않은 사람이 해명해낸다는 것은 거의 불가능하다는 사실을 여러분은 짐작할 수 있을 것이다.

조발성 치매의 병상은 매우 다채롭다. 리비도가 대상으로부터 강제적으로 격리되어 자아 내부에 나르시시즘적 리비도가 쌓임으로써 발생되는 증상으로만 채색되어 있는 것이 아니다. 조발성 치매의 병상은 이 외의 다른 현상들이 오히려 큰 자리를 차지한다. 바로 원래 대상으로 다시 돌아가려고 하는 리비도의 노력에 의한 현상들이다. 이러한 리비도의 노력은 회복하고 치유하려는 시도와 일치된다. 이런 증상이야말로 매우 눈에 띄고 소란스럽게 나타나는데, 이는 히스테리 증상, 드물게는 강박 노이로제 증상과 분명 닮아 있다. 그러나 역시 어느 모로 보나 다른 것이다. 조발성 치매에서는 다시 한 번 대상에, 즉 그 대상의 표상에 도달하려고 애를 쓰는 리비도가 실제로 대상에서 그 무엇을 붙잡고는 있지만, 그것은 말하자면 대상의 그림자—그 대상에 속해 있는 언어 표상—일 뿐이다. 지금 여기서 이에 대해 더 이야기하기는 어렵다. 하지만 대상으로 되돌아가려고 애쓰는 리비도의 이러한 거동을 통해 우리는 분명 의식적인 표상과 무의식적인 표상을 실제로 구별 짓는 것이 무엇인가 하는 점에 대해 어떤 통찰을 얻을 수 있었다고 생각한다.

이제 나는 분석적 연구의 다음 진보를 기대할 수 있는 영역으로 여러분을 안내했다. 적극적으로 자아 리비도라는 개념을 다루게 되면서부터 우리는 나르시시즘적 노이로제에 접근할 수 있게 되었다. 그리고 이제 이 질환을 역동적으로 해명하고, 동시에 자아의 연구를 통해 정신생활에 대한 우리의 지식을 완전하게 만드는 것이 우리의 과제가 되었다. 우리가 추구하고 있는 자아 심리학은 자기 자신을 바라봄으로써 얻은 자료를 바탕으로 구축되어서는 안 되며, 리비도의 경우처럼 자아의 장애와 붕괴에 대한 분석 결과에 입각해야만 한다. 리비도의 운명에 대한 지금까지의 우리 지식은 감정전이 노이로제에서 얻은 것이지만, 더 포괄적인 위의 연구가 완성되는 날에는 어쩌면 보잘 것 없는 것이 되어버릴지도 모른다.

그러나 우리는 아직 그런 단계까지 도달하지는 못했다. 감정전이 노이로제를 분석하는 데 동원되었던 기법으로는 나르시시즘적 노이로제를 공략할 수 없다. 여러분은 곧 그 이유를 알게 될 것이다. 나르시시즘적 노이로제를 조금만 탐구해 들어가도 우리는 더 이상 나아갈 수 없는 벽에 부딪히고 만다. 여러분도 알다시피 감정전이 노이로제에서도 우리는 그와 같은 저항에 부딪혔지만 그것을 하나하나 극복해갈 수 있었다. 그러나 나르시시즘적 노이로제의 저항은 극복할 수 없다. 고작해야 막아서는 성벽 저쪽에서 무슨 일이 일어나고 있는지 호기심 어린 눈길을 던져볼 수 있을 뿐이다. 따라서 우리의 기법은 다른 방법으로 대체되어야 한다. 그러나 과연 그럴 수 있을지 아직은 알 수 없다. 물론 우리에게 이런 환자들에 대한 자료가 없는 것은 아니다. 우리의 질문에 대한 대답은 아니지만 환자는 여러 가지 표현을 한다. 우리는 우선 감정전이 노이로제 증상에서 얻은 지식을 바탕으로 하여 그 표현들을 해석해볼 수 있다. 양자는 일치하는 점이 많기 때문에 이는 분명 좋은 출발이라 할 수 있지만, 그 기법으로 어디까지 나아갈 수 있을지는 역시 알 수 없다.

그리고 다른 방면의 어려움이 우리의 앞길을 가로막는다. 나르시시즘적 질환과 이와 관련된 정신병들은 감정전이 노이로제에 대한 분석적 연구의 훈련이 되어 있는 관찰자만이 그 수수께끼를 풀 수 있다. 그런데 우리나라의 정신과 의사들은 정신분석을 연구하지 않고, 우리들 정신분석가들은 정신병의 증상 사례를 접하기 어렵다. 먼저 준비 과학으로서 정신분석을 훈련받은 정신과 의사들의 새로운 세대가 길러져야만 한다. 현재 미국에서는 그 선구가 이미 등장했다. 미국에서는 많은 지도자적인 정신과 의사들이 학생들에게 정신분석을 강의하고 있으며, 연구 소장이나 정신병원 원장들이 환자를 정신분석적으로 관찰하려는 시도를 하고 있다. 그렇지만 우리 역시 그들처럼 나르시시즘적 노이로제의 벽 저편을 들여다보는 데 몇 번 성공할 수 있었다. 이제 여러분에게 우리가 포착했다고 믿고 있는 몇 가지 사항들을 보고하기로 한다.

만성적이며 계통적인 정신 이상인 편집증의 병형(病型)은 현대 정신의학의 분류에 의해 아직 확연하게 구분되지 못하고 있다. 그러나 이것이 조발성 치매와 가까운 관계에 있다는 것만은 의심할 여지가 없다. 나는 이전에 편집증과 조발성 치매를 편집분열증(Paraphrenie)이라는 명칭으로 종합하자고 제안한 바 있다. 편집증은 그 내용에 따라 과대 망상, 피해 망상, 애정 망상, 질투 망상 등의 유형으로 분류된다. 이러한 여러 망상에 대해 정신의학이 어떤 설명을 시도하고 있다고는 기대할 수 없다.

그 예로—물론 진부한 예로서 그다지 가치는 없지만—한 가지를 들어 보기로 하겠다. 지적 합리화에 의해 하나의 증상에서 다른 증상이 도출된다고 설명한 시도이다. 즉 본래의 성격적 경향으로 인해 자신이 박해를 받고 있다고 믿는 환자는 그 박해로부터 〈나는 특별히 중요한 인물임이 틀림없다〉라는 결론을 이끌어내고, 여기서 과대 망상이 발전한다는 설명이다. 정신분석의 견해에 의하면 과대 망상은 리비도적 대상 배비가 자아로 물러가 자아가 확대됨으로써 나타나는 직접적인 결과이며, 유아 초기의 근원적 나르시시즘으로 되돌아감으로써 일어나는 2차적 나르시시즘이다.

한편 우리는 피해 망상의 증상 사례들을 통해 어떤 실마리가 되어줄 몇 가지 관찰을 얻을 수 있었다. 먼저 압도적으로 많은 증상 사례들에서 박해 하는 사람이 박해받는 사람과 동성(同性)이라는 사실에 주목했다. 이는 그 리 어렵지 않게 설명이 된다. 그런데 몇 가지 증상 사례를 자세히 연구해 보니, 환자가 건강했을 때 가장 사랑하던 동성의 사람이 병에 걸린 후로는 그의 박해자로 뒤바뀐다는 사실이 밝혀졌다. 그리고 이것이 발전하면 그 사랑하는 사람이 잘 알려져 있는 동질성에 따라 다른 인물로 바뀌어 있는 경우도 있다. 이를테면 아버지가 선생이나 상사로 바뀌는 것이다. 이와 같 은 경험이 쌓이면서 우리는 다음과 같은 결론에 도달했다. 즉 피해 망상성 편집증(Paranoia persecutoria)이라는 것은 과대해진 동성애적 충동에 대 하여 개체가 자신을 방위하기 위해 갖는 수단이라는 것이다.

사랑이 증오로 바뀌는 것은 리비도적 충동이 불안으로 바뀌는 것—이 는 억압 과정에 언제나 수반되는 결과이다—과 상응한다. 흔히 알려져 있 듯이, 이러한 감정의 변화는 전에는 사랑했지만 지금은 미워하는 대상에 대해 진심으로 생명을 위협하는 것이 될 수도 있다. 이와 관련하여 내가 최근에 관찰한 사례를 들어보겠다.

한 젊은 의사가 고향에서 추방당한 사건이 있었다. 이유는 그가 둘도 없 는 친구를 죽이려고 했기 때문이었다. 친구는 그 지역 한 대학 교수의 아 들이었다. 그는 자신의 옛 친구가 틀림없이 흉악한 의도와 악마적인 힘을 갖고 있다고 생각했다. 그리하여 최근 자신의 가정에 덮친 모든 불행과, 공 적이고 사적인 모든 불운을 죄다 그 친구의 탓으로 돌렸다. 뿐만 아니라 그 얄미운 친구와 그 부친인 대학 교수가 바로 전쟁을 일으킨 당사자들이 며 러시아 군을 국내로 불러들였다는 생각에까지 이르렀다. 때문에 그는

'이런 사내는 몇 번 사형에 처해도 모자라. 이 악인만 죽으면 모든 불행이 소멸될 거야.'라고 확신하게 되었다. 그러나 친구에 대한 옛 우정 또한 여전히 강하게 남아 있었기 때문에, 그는 이 원수를 가까이에서 쏘아 죽일 기회가 있었을 때 그만 손이 마비되어 뜻을 이루지 못했다.

환자와 나눈 짧은 대화를 통해 나는 두 사람의 우정이 아주 오래전 김나지움 시절까지 거슬러 올라간다는 것을 알게 되었다. 그리고 그들은 적어도 한 번 우정의 선을 넘은 적이 있었다. 어느 날 밤 둘이 함께 자게 되었을 때, 그들은 완전한 성적 교섭을 가졌던 것이다. 이 환자는 자신의 나이와 자신의 매력적인 인격에 어울리는 여성을 한 번도 사랑해본 적이 없었다. 아름다운 외모를 가진 상류층 가정의 딸과 약혼한 적이 있었지만, 그가 냉담하다는 이유로 처녀 쪽에서 약혼을 파기해버렸다.

몇 해가 지난 후, 그가 한 여성에게 생전 처음으로 완전한 만족을 주는 데 성공한 바로 그 순간 지금의 병이 폭발했다. 그 여성이 정신없이 그를 껴안았을 때 갑자기 그는 이상한 고통을 느낀 것이다. 마치 예리하게 절개하는 듯한 고통이 두개골 주위로 퍼져 나갔다. 그는 훗날 이 감각에 대해 묘사하기를, 마치 시체를 해부할 때 뇌를 꺼내기 위해 절개하는 것과 같은 일이 자신의 머리에서 그대로 벌어진 것 같았다고 말했다. 그리고 자신에게 여자를 보내 유혹하도록 사주한 이는 마침 병리 해부학자였던 그 친구밖에는 없을 것이라 여겼다. 그는 이때부터 옛 친구의 음모로 인해 자신이 희생당하게 되었다고 생각하게 된 것이다.

그렇다면 박해자가 박해당하는 사람과 동성이 아닌 경우, 즉 동성애적 리비도에 대한 방위라는 우리의 설명과 외면적으로 모순된 증상 사례들의 경우는 어떻게 설명해야 하는가? 나는 얼마 전에 그런 증상 사례를 연구할 기회가 있었다. 그리고 그 외면적인 모순에서 하나의 확실한 사실을 포착할 수 있었다. 그 젊은 처녀는 한 남자—그녀는 이 남자와 두 번 데이트를 했다고 고백했다—에게 박해를 당하고 있다고 믿고 있었는데, 실은 그보다 먼저 어머니의 대리라 간주되는 한 여성에게 망상 관념을 돌리고 있었다. 처녀는 그 남자와의 두 번째 데이트 직후, 그 여성에게서 그에게로 망상 관념을 옮겨놓았다. 그러므로 박해하는 사람이 동성이라는 조건은 이 증상 사례에서도 여전히 적용되어 있었던 것이다. 이 여성 환자는 변호사나 의사에게 호소하는 과정에서 이 전(前) 단계를 언급하지 않았기 때문에, 이 사례는 마치 편집증에 대한 우리의 견해와 모순되는 듯한 외관을 갖고 있었을 뿐이다.

동성애적인 대상 선택은 본래 이성애의 경우보다 나르시시즘과 관계가 깊다. 그러므로 지나치게 강렬한 동성애적 충동이 거부될 때는 나르시시즘으로 돌아가는 길이 더욱 쉽게 발견된다. 지금까지 나는 애정 생활의 근거에 대해, 물론 내가 아는 범위 안에서 여러분에게 이야기할 기회가 별로 없었고 앞으로도 그럴 기회는 없을 것이다. 다만 나는 나르시시즘의 단계 뒤에 나타나는 대상 선택과 리비도의 발달은 두 가지 서로 다른 유형이 있다는 점만은 강조해두고 싶다. 하나는 자신의 자아를 대신해서 자아와 가능한 한 많이 닮은 것을 대상으로 선택하는 〈나르시시즘형(der narzißtische Typus)〉이고, 다른 하나는 다른 욕구를 채워주기 때문에 중요해진 인물(이를테면 어머니)을 대상으로 선택하는 〈의존형(Anlehnungstypus)〉이다. 리비도가 나르시시즘형 대상 선택에 강하게 고착되는 것은 현재적 동성애가 나타날 수 있는 소인 중 하나이다.

내가 이번 학기 초에 어느 부인의 질투 망상에 관한 증상 사례를 이야기했던 것을 여러분은 기억할 것이다. 그런데 내 강의도 이제 거의 막바지에 이르렀으므로, 여러분은 정신분석에서 망상을 어떻게 설명하는지 듣고 싶을 것이다. 그러나 나는 여러분이 기대하는 만큼 많은 이야기를 할 수는 없다. 논리적인 증명이나 현실적인 경험으로 망상을 공략하기 어려운 것은 강박 관념과 마찬가지로 무의식—이는 망상 관념 혹은 강박 관념에 의해 대리되고 또 그에 의해 억눌려 있다—과의 관계로써 설명이 된다. 망상 관념과 강박 관념이 다른 것은 다만 두 질환이 생기는 장소와 역학의 차이에 의한 것이다.

여러 가지 임상적인 병형으로 분류되고 있는 우울증(Melancholie)도 편집증의 경우와 마찬가지로 질환의 내적 구조를 조망할 수 있는 가능성이 발견되었다. 우울증 환자들은 차마 볼 수 없을 정도로 자신을 괴롭히는데, 우리는 그들의 자책이 잃어버린 성적 대상이나 혹은 환자의 과실로 인해 가치를 잃은 성적 대상과 관계가 있음을 알게 되었다. 이로부터 우리는 환자가 대상에서 리비도를 물렸지만 〈나르시시즘적 동일시〉라고 불러야할 하나의 과정에 의해서 그 대상이 자아의 내부에 만들어졌다, 혹은 대상이 자아에 투영되었다고 결론지을 수 있다.

이 과정을 국소론적이고 역동적인 관점에서 질서 정연하게 설명하기는 어렵지만 비유적으로 서술해볼 수 있다. 즉 자기 자신의 자아가 마치 그 포기된 대상처럼 취급되고, 자아는 대상에게 돌려져야 할 온갖 공격과 복수의 표현을 기꺼이 받아들이는 것이다. 우울증 환자들의 자살 경향도, 사랑하는 동시에 미워한 대상에 분노하듯 자기 자신의 자아를 격렬하게 괴롭히고 있는 것이라고 생각하면 이해하기 쉬울 것이다. 다른 나르시시즘적 질환과 마찬가지로 우울증에서도 블로일러[151] 이래 우리가 양가감정이라고 불러온 감정 생활의 한 특징이 매우 현저하게 나타난다.

양가감정이라는 것은 동일 인물에 대해 서로 대립되는 감정을 품는 일이다. 유감스럽게도 이번 강의에서 여러분에게 양가감정에 대해 이 이상 설명할 수는 없다.

나르시시즘적 동일시 외에 더 먼저 알려져 있던 히스테리성 동일시가 있다. 하려고만 했다면 나는 둘의 차이를 몇 가지 명료한 사실들에 의거하여 이미 설명할 수 있었을 것이다. 우울증의 주기적이며 순환적인 병형에 대해서는 여러분이 확실히 듣고 싶어하는 사실을 이야기할 수 있다. 즉 유리한 어떤 조건 아래서는—나는 이런 경우를 꼭 두 번 경험해보았다—증상이 나타나지 않는 휴지기에 분석 요법을 실시함으로써 전과 동일한 혹은 전과 정반대의 감정 상태로 되돌아가는 것을 막을 수 있다. 이것으로 우리는 우울증에서나 조병(躁病:Manie)에서나 갈등의 특수한 해결책이 강구되어 있으며, 그 갈등의 전제 조건은 다른 노이로제에서 갈등의 전제 조건이 되는 것과 일치한다는 사실을 알게 되었다. 정신분석이 이 영역에서 아직 연구하지 않은 부분이 얼마나 많은지 여러분은 짐작할 수 있을 것이다.

나는 여러분에게 나르시시즘적 질환의 분석을 통해, 인간의 자아 구성과 몇 개의 담당 부국(部局)으로 이루어져 있는 자아의 구조에 대한 지식을 얻고 싶다고 말해두었다. 우리는 어떤 부분에서 이 문제에 손을 댄 적이 있다. 우리는 관찰 망상(住察妄想:Beobachtungswahn)의 분석을 통해,

---

[151] 정신분열증을 기재한 스위스의 정신과 의사.

자아 속에는 하나의 〈재판소〉가 존재하며 이는 지속적으로 관찰하고 비판하고 비교하는 역할을 함으로써 자아의 다른 부분과 대치하고 있다는 결론을 끌어냈다. 만약 환자가 "나의 일거수일투족이 모두 경계와 감시를 받고 있다. 내가 생각하는 것은 깡그리 밀고되고 비판받고 있다."라고 호소한다면, 이 환자는 아직 충분히 그 가치가 인정되지 않고 있는 어떤 진실을 우리에게 전해주고 있는 것이다. 환자가 잘못 생각하는 점이 있다면, 그 불쾌한 힘을 외부로 옮겨 자기와는 아무런 관계가 없는 것으로 본 것뿐이다. 환자는 자기 자아의 내부가 재판소에 의해 지배받고 있음을 감지한다. 재판소는 이상 자아(理想自我:Ideal-Ich)라는 잣대로 자신의 현실 자아와 그것이 하는 활동들을 판단하고 있다. 이상 자아는 성장하는 동안에 환자 자신이 만든 것이다. 또한 이 창조물은 최초의 유아성 나르시시즘과 결부되어 있는, 그러나 그 후 많은 장애와 굴욕을 받은 자기 만족감을 회복시키기 위해 만들어진 것이라 여겨진다. 자기 관찰을 하는 이것을 우리는 자아의 검열관, 즉 양심으로 알고 있다. 이는 밤에 꿈의 검열관 역할을 하고, 온당치 않은 소망 충동을 억압했던 것과 같다.

관찰 망상의 경우 이 〈재판소〉가 망가져 있는 것을 보게 되면, 우리는 비로소 그 〈재판소〉가 어디서 비롯된 것인지 알게 된다. 즉 그것은 부모, 교사, 그리고 사회적 환경의 영향에서 비롯된 것이며 그런 본받을 만한 인물과의 동일시에서 만들어진 것이다.

이상은 우리가 정신분석을 나르시시즘적 질환에 응용함으로써 지금까지 얻어낸 몇 가지 성과물이다. 확실히 아직은 그 성과가 미진하고 많은 부분에서 정확성이 떨어지는 느낌이 들지만, 그런 부분들은 새로운 영역에 정통하게 될 때 분명해질 것이다. 우리는 자아 리비도라든가 나르시시즘적 리비도라는 개념을 이용함으로써 위와 같은 결론을 끌어낼 수 있었다. 그러한 개념들의 도움을 받아 우리가 감정전이 노이로제에서 제시한 견해를 나르시시즘적 노이로제에 적용할 수 있었다. 그런데 여러분은 이런 의문이 들 것이다. 나르시시즘적 질환과 정신 이상의 모든 장애들이 과연 리비도 이론으로 설명이 가능한가? 내가 언제나 정신생활의 리비도적 인자를 병의 원인으로 인정하고 있는 것인가? 자기 보존 본능의 기능 변화는 발병에 전혀 책임이 없는 것인가?

여러분, 나는 이 부분들에 대해 어떤 결정을 내리는 것은 그리 시급한 일이 아니라고 생각한다. 또 그러한 결정은 아직 시기상조이다. 이 부분은 과학 연구의 진보에 조용히 맡겨두기로 하자. 그런데 만약에 병인 작용을 일으키는 능력이 리비도적 욕동만의 특권이며, 그 결과 가장 간단한 현실 노이로제부터 개인의 가장 심각한 정신병적 착란에 이르기까지 모든 영역에 걸쳐 리비도 이론이 개가를 올리게 되더라도, 우리는 조금도 놀라지 않을 것이다. 우리는 이 세상의 현실, 즉 아낭케의 종속에 반항하는 것이 리비도의 특징이라는 것을 알고 있기 때문이다. 그러나 나는 자아 욕동이 리비도의 병인적 자극으로 인해 2차적으로 영향을 받아 기능 장애에 빠지는 일도 얼마든지 가능하다고 생각한다. 그리고 중증 정신병의 경우 자아 욕동 자체가 1차적으로 착란한다는 것을 인정한다 해도 우리의 연구 방침은 결코 잘못되지 않았다고 믿고 있다.

여러분, 어쨌든 이 방면은 장차 분명하게 밝혀질 것이다. 그러나 불안에 관해서 우리는 불명료한 점을 남겨놓고 온 것이 있다. 이를 분명히 하기 위해 잠시 불안 문제로 돌아가는 것을 허락해주기 바란다. 위험에 직면했을 때의 현실 불안이 자기 보존 본능의 발현이라는 가설은 논쟁의 여지가 없지만, 이는 불안과 리비도의 관계에 대해서 우리가 익히 알고 있는 내용과 일치하지는 않는다고 말한 바 있다. 그럼 불안 감정이 이기적인 자아 욕동이 아닌 자아 리비도에서 촉발된다고 생각하면 어떻겠는가? 어떤 경우에나 역시 불안 상태는 목적에 맞는 것은 아니다. 그 부적합성은 불안 상태가 최고조에 이른 상황에서 더욱 뚜렷해진다. 이때 불안 상태는 목적에 맞고 자기 보존에 도움이 되는 단 하나의 행위—도주 혹은 방어—를 방해한다. 그러나 현실 불안의 감정적인 부분은 자아 리비도에 의한 것이고, 그때 나타나는 행위는 자기 보존 본능에 의한 것으로 본다면 이론상의 난점은 모두 제거된다.

그래도 여러분은 인간이 불안을 느끼기 때문에 달아나는 것이라고 믿고 있겠는가? 그렇지 않을 것이다. 인간은 먼저 불안을 느끼고, 그런 다음 위험을 지각했기 때문에 일깨워진 공통의 동기로 인해 달아나는 것이다. 커다란 생명의 위험에 직면해본 사람들은 "나는 조금도 무서워하지 않았다. 다만 행동했을 뿐이다. 즉 맹수에 총을 겨누었을 뿐이다."라고 말한다. 확실히 이것이 목적에 가장 잘 맞는 행동이다.

감정전이

이제 내 강의가 거의 끝나가는 시점에 이르러 여러분은 어떤 기대를 품고 있는가? 하지만 그런 기대감으로 인해 여러분이 잘못된 길로 인도되어서는 안 된다. 아마도 여러분은 이런 생각을 하고 있을 것이다.

'선생님은 여태까지 정신분석에 대해 세밀하게 소개해주지 않았다. 그러니 정신분석을 실행에 옮길 수 있다는 근거, 즉 치료에 대해서는 한마디의 언급도 없이 결국은 우리와 헤어지실 모양이다.'

내가 치료라는 주제를 여러분에게 이야기하지 않을 리 없다. 왜냐하면 여러분은 바로 치료 과정을 관찰함으로써 어떤 새로운 사실을 배우게 되며, 이 새로운 사실을 알지 못한다면 우리가 연구하고 있는 질환에 대해 완전히 이해했다고 할 수 없기 때문이다.

나는 여러분이 치료를 위한 분석의 기법을 가르쳐주길 기대하지는 않는다는 것을 잘 알고 있다. 여러분은 다만 정신분석 요법이 어떤 식으로 작용하고, 어떤 일을 수행하는 것인지에 관한 아주 일반적인 사항들을 알고 싶을 것이다. 여러분은 당연히 그것을 알 권리가 있다. 그러나 내가 말해주고 싶지는 않다. 나는 여러분 스스로 그 치료 방법을 추측해주었으면 좋겠다.

잠시 생각해보라. 여러분은 모든 본질적인 발병 조건, 병에 걸린 사람에게 작용하는 모든 인자들에 대해 배웠다. 그렇다면 치료의 힘이 작용할 여지는 어디에 있겠는가?

첫째, 유전적인 소인이 있다. 하지만 이에 대해서는 많은 말을 하지 않겠다. 왜냐하면 유전적인 소인은 다른 분야에서 매우 강조하는 것이어서 우리가 그에 대해 새삼 운운할 필요가 없기 때문이다. 그렇다고 우리가 이 인자를 과소평가하고 있다고 생각해서는 안 된다. 치료자의 입장에서 우리는 유전적 소인의 위력을 충분히 알고 있다. 어쨌든 우리는 그 소인을 변화시킬 수 없다. 그것은 우리에게 그저 주어진 조건으로, 우리의 노력에 한계를 가하는 것이다.

두 번째는 우리가 분석을 실시할 때 제일 먼저 주목하곤 하는 유아기 체험의 영향이다. 이것은 과거에 속하는 것이기 때문에 우리가 거슬러 올라가 손댈 수 없다.

셋째, 우리가 〈현실적인 거부〉로 총칭하고 있는 것들이 있다. 즉 사랑의 결핍, 빈곤, 가정불화, 배우자 선택의 실패, 불리한 사회적 상황, 개인들에게 압력을 가하는 엄격한 도덕적 요청 등에서 비롯된 인생의 불행들이다. 분명 이 부분에 대해서는 효과적인 치료 수단이 존재할 것이다. 그러나 그것은 빈 시민들의 말처럼 요제프 황제의 치료법[152]이 필요한 일일 것이다.

---

152 요제프 2세(1741~1790)는 18세기 중엽의 오스트리아 황제로 급진적인 개혁을 시행했다. 재위 중에 농노를 해방하고 세금을 줄였으며 유태인의 상태를 개선하고 성직자의 힘을 제한, 몇 개의 수도원을 폐쇄했으며, 부지 10만 제곱미터의 빈 종합병원을 세웠다. 여기서는 이러한 종류의 치세, 개혁을 치료에 비유한 것이다.

강한 의지로 사람들을 복종시키고 모든 어려움을 해소해주는 전제 군주의 자비로운 개입 말이다! 우리의 치료법 속에도 그 같은 자선 행위를 포함시킬 수 있을지도 모른다. 그런데 우리는 어떤 사람들인가? 자기 자신도 가난하고, 사회적으로 무력하며, 의료 행위로 간신히 생계를 유지하고 있는 우리는—다른 의사라면 분석 요법이 아닌 다른 치료로 도울 수 있겠지만—가난한 사람들을 위해 의료 봉사 활동조차 할 수 없다. 우리가 하는 치료는 다른 치료들과는 달리 무척 오랜 시간이 걸리며 매우 까다롭고 성가신 과정이다.

그런데 여러분은 위에서 말한 요인들 중 하나에 집착하면서, 바로 그것이 정신분석 요법이 영향력을 발휘할 지점이라고 믿고 있을 것이다. 만약 환자가 겪은 결여의 일부가 사회가 요구하는 도덕적인 속박에서 유래한다면, 치료를 통해서 환자에게 용기를 주고 다음과 같이 충고해주면 된다는 것이다. 때로는 넘어서는 안 될 울타리를 넘어, 사회가 높이 표방하고 있지만 잘 지켜지지는 않는 이상의 실현을 단념하고 만족과 치유를 얻으라고 말이다. 성적으로 인생을 〈마음대로 즐김으로써〉 사람은 건강해질 수 있다고. 물론 이때 분석 요법은 보편적인 도덕성에 어긋난다는 오명을 뒤집어쓰게 된다. 분석 요법은 사회에서 빼앗은 것을 개인에게 주고 있다는 비난을 받을 것이다.

그러나 여러분, 대체 누가 여러분에게 이런 엉터리 같은 이야기를 했는가? 성적으로 충분히 인생을 마음껏 즐기라는 조언이 분석 요법의 요령이라니, 말도 안 되는 이야기다. 우리는 환자 안에 리비도의 욕동과 성적 억압, 육욕적인 방향과 금욕적인 방향 사이의 집요한 갈등이 존재한다고 보고 있다. 이 갈등은 양쪽 중 하나에 승리를 안겨주는 것으로는 결코 소실되지 않는다. 아니, 노이로제 환자들의 경우 금욕 쪽이 우위를 차지하고 있음을 우리는 잘 알고 있다. 그렇기 때문에 억눌린 성 흥분이 증상 속에서 터져 나오는 결과가 된 것이다. 만일 우리가 반대로 육욕 쪽이 이기도록 도와준다면, 그때는 한쪽 구석으로 밀려난 성적 억압이 증상으로 전환될 것이다. 어느 쪽의 해결도 내부 갈등을 종식시키지 못한다. 언제나 채워지지 않는 일부가 남는다.

또 의사의 충고와 같은 인자가 영향을 줄 수 있을 만큼 불안정한 갈등의 양상을 보이는 경우는 매우 드물다. 그리고 이런 경우에는 사실 분석 요법도 필요치 않다. 의사에게서 그런 영향을 받을 수 있는 사람이라면 의사의 힘을 빌리지 않더라도 같은 방책을 발견할 수 있다. 금욕하고 있는 어떤 청년이 비합법적인 성관계를 맺으려고 결심할 때, 혹은 욕구 불만의 아내가 다른 남자에게서 성욕을 충족시키려고 할 때, 대개의 경우는 의사나 정신분석가의 허락을 구하지 않는다.

이 문제를 고찰할 때 사람들은 중요한 점을 간과하고 있다. 노이로제 환자의 병인적 갈등을 동일한 심리학적 기반 위에 있는 심적 욕동 사이의 정상적인 싸움과 혼동해서는 안 된다. 병인적 갈등이란 전의식 및 의식의 단계에 나타나 있는 한쪽 힘과, 무의식의 단계에 억제되어 있는 다른 한쪽의 힘 사이에서 벌어지는 충돌이다. 그렇기에 이 갈등은 결코 해결이 나지 않는다. 여기서 싸우는 두 힘은 유명한 이야기 속의 북극곰과 고래처럼 서로 만날 기회가 없다. 둘이 같은 기반 위에서 만나게 될 때에야 비로소 화해할 가능성이 생길 것이다. 나는 그들이 같은 기반에 설 수 있도록 주선해 주는 것이야말로 치료의 유일한 과제라고 생각하고 있다.

그리고 이 밖에, 인생 문제에 대해 충고해주고 인도해주는 것이 분석 요법에서 필요한 부분이라 여긴다면, 여러분은 어디선가 엉터리 이야기를 들은 것이다. 그와는 정반대이다. 우리는 그처럼 교육하는 일은 되도록 하지 않으려 한다. 우리가 바라는 것은 환자가 타인의 도움을 받지 않고 스스로 문제를 해결하는 것이다. 그러기 위해 우리는 환자에게 직업의 선택이나 경제적인 계획들, 결혼, 이혼 등 인생의 중대한 결정들을 보류하고 모든 결정은 치료가 끝난 후에 하도록 지시하고 있다. 모든 것이 여러분이 상상했던 것과는 다를 것이다. 하지만 아주 젊은 사람들 또는 가족이나 의논 상대가 없는 사람들에게는 우리도 가장 바람직한 이 방법을 택하지 못할 때가 있다. 그런 이들을 상대할 때는 의사의 역할 외에 교사의 역할까지 겸해야 한다. 그럴 때 우리는 우리의 책임을 충분히 자각하고 주의를 기울여 행동하고 있다.

〈노이로제 환자들은 분석 요법을 받는 과정에서 마음껏 즐기라는 권고를 받는다〉라는 비난에 대해 내가 너무 열심히 부인했다 해서, 거꾸로 우리가 사회의 도덕에 부합하도록 환자들을 감화시키고 있다고 결론을 내려서도 안 된다. 그 또한 우리의 의도와는 거리가 멀다. 우리는 사회를 개혁하는 사람들이 아니라 관찰하는 사람들일 뿐이다. 하지만 우리는 비판적인 시각으로 관찰할 수밖에 없다. 우리는 관습적인 성 도덕의 편을 들수 없으며, 이 사회가 실제로 성생활의 문제에 대해서 해결하려고 하는 방법들도 높이 평가할 수 없다. 사회가 도덕이라 일컫는 것은 필요 이상의 희생을 요구하며, 사회가 취하는 방법들은 진실에 바탕을 두고 있지 않고 그다지 현명하지도 않다는 것을 우리는 이 사회에 솔직히 지적해줄 수 있다. 이러한 비판의 말을 환자가 함께 듣는다 해도 상관없다. 다른 문제들과 마찬가지로 성적인 문제 역시 우리는 환자들에게 편견 없이 판단하는 습관을 들이도록 한다. 그리하여 치료가 완료된 후 환자가 누군가의 도움 없이 스스로의 판단으로 완전한 방탕과 절대적인 금욕 사이의 어느 중간 지점을 택하게 된다면, 그 결과가 어떻게 되든 우리는 조금도 양심의 거리낌이 없다. 자기 자신에게 성실하라는 교육을 받은 사람은, 설사 그 사람의 도덕적 기준이 사회의 일반적 기준에서 어딘가 벗어나 있더라도, 부도덕한 일을 저지를 위험으로부터 지속적으로 자신을 지킬 수 있다고 우리는 말한다. 어쨌든 우리는 노이로제에 대한 금욕의 영향력을 과대평가하지 않도록 주의하고 있다. 성적 좌절의 결과 리비도가 적체되는 병적 상태가 가벼운 성교로 인해 사라져버리는 경우는 아주 소수의 예에 지나지 않는다.

결국 성욕의 향락을 인정한다는 측면으로 정신분석 요법의 작용을 설명할 수는 없다. 여러분은 다른 것을 찾아야 한다. 나는 위와 같은 여러분의 잘못된 추측을 물리치고 여러분을 올바른 길로 이끌었다고 생각한다. 이제 여러분은, 우리가 이용하는 방법은 바로 무의식을 의식으로 대치하는 것, 즉 무의식을 의식으로 번역하는 일임이 틀림없다고 말할 것이다. 확실히 옳은 말이다. 우리는 무의식을 의식으로 끌어올림으로써 억압을 해제하고 증상 형성의 조건을 제거했으며, 병인적인 갈등을 어떤 식으로든 해결책을 강구할 수 있는 정상적인 갈등으로 전환시켰다. 우리가 환자의 마음에 불러일으킬 수 있는 것은 이와 같은 심적 변화이다. 이런 변화를 일으킬 수 있는 한에서 우리의 도움은 결실을 보게 된다. 따라서 억압이나, 혹은 그와 비슷한 심적 과정이 없는 경우에는 우리가 치료를 행할 방법도 없다.

우리의 노력이 지향하는 목표를 여러 가지 공식으로 표현할 수 있다. 즉 무의식의 의식화, 억압의 해소, 상실된 기억의 복원 등이다. 그러나 이들은 결국 모두 동일한 것이다. 하지만 여러분은 이런 말로 만족하지 못할 듯싶다. 여러분은 노이로제가 치료된다는 것이 무언가 다른 것이라 상상하고 있을 것이다. 이를테면 환자가 정신분석의 귀찮은 치료를 받고 나면 완전히 다른 인간이 된다든지 말이다. 여러분은 치료의 결과가 단지 환자 내부에 무의식적인 것이 줄고 의식적인 것이 많아지는 것뿐이라고 여길 수도 있다. 그런데 지금 여러분은 이와 같은 내부의 변화가 지니는 의미를 과소평가하고 있는지도 모른다. 완쾌된 노이로제 환자는 실제로 사람이 변하지만 근본적으로는 같은 인간이다. 말하자면 그는 가장 유리한 조건 아래서 최선의 상태가 된 것뿐이다.

하지만 그것만으로도 역시 대단한 성과이다. 정신생활 속에서 언뜻 보기에는 하찮아 보이는 그런 변화를 이루기 위해 무엇을 해야 하고 어떤 노력을 기울여야 하는지를 여러분이 듣게 된다면, 심적 수준에서의 그와 같은 차이가 어떤 의미를 지니는지 분명하게 알게 될 것이다.

잠시 옆길로 벗어나 여러분에게 질문을 해보겠다. 여러분은 원인 요법에 대해 알고 있는가? 질병의 발현(증상)을 공격하는 대신 질병의 원인을 제거하려 하는 방법을 원인 요법이라 한다. 그렇다면 정신분석 요법은 원인 요법인가, 그렇지 않은가? 이 물음에 대한 대답은 간단치 않지만, 아마도 그런 질문이 의미가 없다는 것을 일깨워주는 기회가 되어줄 것이다. 분석 요법이 증상의 제거를 우선적인 과제로 삼지 않는다면, 분석 요법은 원인 요법처럼 보인다. 그러나 여러분은 다른 점에서 보았을 때 원인 요법이 아니라고 말할 것이다. 우리는 억압을 넘어 인과관계의 연쇄를 죽 따라가다가 결국 욕동의 소질(Triebaanlage)에까지 도달하였으며, 그것의 상대적인 강도와 그 발달 과정의 갖가지 이형(異型)들을 알게 되었다. 그런데 만약 어떤 화학적인 방법으로 이 심적 기구에 간섭하여 그곳에 있는 리비도의 양을 증감시키거나, 또는 하나의 욕동을 희생시키고 다른 욕동을 강화시킬 수 있다고 가정해보자. 그렇다면 이 방법이야말로 진정한 의미의 원인 요법일 것이다. 우리의 분석은 이 방법에 대한 정찰이라는 꼭 필요한 예비 작업을 하고 있다. 여러분도 알다시피 아직은 리비도 과정에 이와 같은 영향을 미칠 수 없다. 정신분석 요법은 인과적 연쇄의 다른 부분을 공략한다. 그곳은 우리가 현상의 근원이라 인정하는 지점은 아니지만 증상에서는 멀리 떨어져 있으며, 주목할 만한 관계에 의해 우리가 접근할 수 있는 어떠한 지점이다.

그럼 환자의 무의식을 의식으로 바꾸려면 어떻게 해야 할까? 이전에 우리는 이 일이 매우 간단한 것이라 여겼다. 우리가 무의식을 알아내어 환자에게 무의식이라고 일러주는 것만으로 충분하다고 생각했다. 그런데 이것은 근시안적인 견해였음을 깨닫게 되었다. 무의식에 대해서 우리가 알고 있는 것과 환자가 알고 있는 것은 같지 않다. 환자에게 우리가 알게 된 것을 보고해주어도 환자는 그것을 자기 안의 무의식인 것과 〈교체〉하려 하지 않고 그 무의식과 〈병렬〉되는 것으로 받아들인다. 따라서 변화는 거의 일어나지 않는다. 우리는 이 무의식을 차라리 〈국소적으로〉 그려보고, 환자의 기억 속에 있는, 억압에 의해 무의식이 생겨난 그 장소를 뒤져보지 않으면 안 된다. 이 억압이 제거되어야지만 무의식이 의식으로 원활하게 대치될 수 있다. 그럼 억압을 제거하기 위해서는 어떻게 해야 할까? 우리의 작업은 여기서 제2단계로 들어간다.

먼저 억압을 찾아낸 이후, 이어서 그 억압을 지탱하고 있는 저항을 제거하는 것이다.

그럼 저항은 어떻게 제거하는가? 방법은 이러하다. 저항을 추측하여 환자에게 알려주는 것이다. 그렇다. 이 저항은 우리가 없애려 하고 있는 과거에 일어난 그 억압에서 오는 것이다. 그리고 외설스러운 충동을 억압하기 위해서 행해진 역배비에 의해 만들어진 것이다. 그러니 우리가 이전에 하려 했던 작업, 즉 해석하고 추측하고 그것을 환자에게 알려주는 일을 지금 하면 된다. 하지만 이제 우리는 올바른 장소에서 그 일을 하게 된다. 역배비, 즉 저항은 무의식에 속한 것이 아니라 우리의 협력자인 자아에 속해 있다. 설사 그것이 의식적이지 않더라도 자아는 어디까지나 자아이다.

여기서 문제가 되는 것은 〈무의식적〉이라는 말이 두 가지 의미를 갖고 있다는 것이다. 무의식은 현상(現象)을 의미하기도 하고 조직체(組織體)를 의미하기도 한다. 매우 난해하고 불투명하게 느껴지겠지만, 우리가 앞에서 한 이야기를 되풀이한 것에 불과하지 않을까? 우리는 줄곧 그 준비를 해왔던 것이다. 우리가 해석을 통해 자아에게 '이것이 바로 저항이다'라고 알려주고 인정하게 만들면, 저항은 포기되고 역배비는 사라질 것을 기대할 수 있다. 그러면 이때 우리는 환자의 어떤 원동력을 작용시키는가? 첫째, 건강해지고 싶다는 환자의 의욕을 촉발시킨다. 이 의욕은 환자가 우리에게 협력하도록 만들어준다. 둘째, 우리의 해석을 통해 지원을 받고 있는 환자의 지성에 도움을 구한다. 우리가 환자에게 적절한 예상 관념(豫想觀念)을 주면, 환자는 틀림없이 자신의 지성으로 저항이라는 것을 금세 깨닫고 억압된 것에 대응하는 번역을 발견해낸다. 만약 내가 여러분에게 "하늘을 쳐다봐요. 저기 기구가 보이네."라고 말한다면, "무엇이 보이는지 하늘을 쳐다보시오."라고 요구할 때보다 여러분은 훨씬 쉽게 기구를 발견할 수 있을 것이다. 생전 처음으로 현미경을 들여다보는 학생 역시 무엇을 보아야 하는지 선생으로부터 배운다. 그러지 않으면 현미경 아래 존재하는 뻔히 보이는 것도 전혀 보지 못하는 것이다.

이제 실제적인 이야기를 해보자. 히스테리, 불안 상태, 강박 노이로제와 같은 여러 가지 유형에 우리의 전제는 그대로 적용된다. 앞에서 말했듯이 억압을 찾아내어 저항을 발견하고, 억압된 것을 암시해줌으로써 저항을 극복하고, 억압을 제거하고, 무의식을 의식으로 바꾸는 일련의 과제들이 훌륭하게 성공한다. 이때 우리는 온갖 저항을 극복하기 위해 환자의 마음속에서 얼마나 격렬한 투쟁이 벌어지는지를 생생하게 목격하게 된다. 역배비를 견지하려고 하는 동기와 역배비를 바야흐로 포기하려 하는 동기 사이에, 동일한 심리학적 기반 위에서의 정상적인 심리 투쟁이 벌어진다. 전자는 과거에 억압을 관철시켰던 낡은 동기이다. 후자는 우리 편에서 갈등을 해결해줄 것으로 기대되는, 새롭게 덧붙여진 동기이다. 우리는 낡은 억압 갈등을 되살려서 그 당시의 해결 과정을 수정할 수 있다. 우리는 환자에게 새로운 자료로 첫째, 예전의 해결 방식이 질병을 초래했음을 충고해주고, 덧붙여 다른 방식으로 갈등을 해결하는 것이 치료로 가는 길임을 보증해준다. 둘째, 처음 욕동이 거부당한 그 순간 이후 모든 관계에 대규모의 변화가 일어난 것임을 지적해준다. 아마도 그 당시에 자아는 약하고 어리며 리비도의 요구를 위험시할 만한 이유가 있었겠지만, 지금의 자아는 보다 강하고 여러 경험을 쌓았을 뿐 아니라 의사라는 조력자도 갖고 있다. 그러므로 우리는 환자에게 되살아난 갈등을 억압보다는 훨씬 나은 출구로 데려갈 수 있다는 기대를 품을 수 있다. 이미 말했듯이 히스테리, 불안 노이로제, 그리고 강박 노이로제에서도 원칙적으로 우리가 이야기하는 결과가 나타난다.

그런데 상황은 동일하지만 우리의 치료법이 전혀 효과가 없는 다른 유형의 질병들도 있다. 이러한 병에서도 자아와 억압—이 억압은 국소적으로 다른 특징을 지니지만—된 리비도 사이에는 근원적인 갈등이 있다. 여기서도 환자의 인생에서 억압이 일어난 시기를 찾아낼 수 있다. 우리는 앞선 경우와 같은 방법을 적용하고, 같은 약속을 준비해놓는다. 환자에게 예상 관념을 알려주는 등의 도움을 주는 것도 동일하다. 그리고 억압이 일어난 시점과 현재 사이에 시간의 간격이 있기 때문에, 역시 그 갈등을 다른 방식으로 해결할 수 있는 유리한 조건이 형성되어 있다. 하지만 이 경우에는 저항을 물리치거나 억압을 제거하는 데 성공하지 못한다. 편집증, 우울증, 그리고 조발성 치매 환자들은 일반적으로 정신분석 요법의 효과가 미치지 않는다. 또한 그들은 정신분석 요법을 접근시키지도 않는다. 그 이유는 무엇일까? 그들의 지적 능력이 부족하기 때문은 아니다. 물론 환자에게는 어느 정도의 지적 능력이 요구된다. 그런데 이를테면 두뇌 회전이 매우 날카로운 복합적 편집증 환자 같은 경우, 결코 지적 능력에 결함이 있다고 볼 수는 없다. 지능 이외의 다른 원동력에도 결핍이 있는 것으로 보이지는 않는다. 예를 들어 우울증 환자는 〈나는 병에 걸려 있다. 그래서 나는 괴로워하고 있다.〉라는 고도의 의식을 지니고 있다. 편집증 환자들의 경우는 그와 같은 의식이 없는데, 그렇다고 해서 그들보다 우울증 환자가 정신분석 요법이 잘 통한다거나 하는 것은 아니다. 여기서 우리는 아직 이해하지 못하고 있는 하나의 사실에 직면하게 되며, 따라서 우리가 다른 노이로제에서 성과를 거두었던 모든 조건들을 진실로 이해하고 있었던 것인가 하는 의문이 생겨난다.

히스테리와 강박 노이로제 환자들을 더 탐구해보면 우리가 아직 준비하지 못한 두 번째 사실에 곧 맞닥뜨리게 된다. 조금 시간이 지난 후에는 환자들이 우리에게 아주 특별한 태도를 갖는다는 것을 깨닫게 되는 것이다. 실제로 우리는 치료에서 문제가 되는 원동력들을 모두 이해했고, 의사와 환자 사이에 전개되는 상황에 대해서도 논리적으로 완벽하게 설명했기 때문에 마치 계산 문제처럼 정확한 답이 나올 것이라 믿고 있었다. 그런데 이 계산 속에 예상하지 못한 무언가가 끼어드는 것이다. 뜻밖에 나타난 이 새로운 현상은 갖가지 형태를 띠고 있는데, 여기서는 가장 자주 나타나고 비교적 이해하기 쉬운 형태에 대해 설명하기로 하자.

자신을 괴롭히는 갈등으로부터 달아날 길을 열심히 찾고 있는 환자들이 어느 순간 의사 개인에 대해서 특별한 흥미를 갖기 시작한다. 환자에게는 그 의사와 관련된 모든 것들이 자기 자신의 일 이상으로 중요하게 느껴지고, 그로 인해 자신의 병도 잊어버린다. 그러면 얼마 동안 환자와의 만남은 매우 유쾌하게 진행된다. 환자는 아주 상냥해지고, 될 수 있는 대로 감사의 마음을 나타내려 하며, 우리가 예상치도 않았던 자상한 인품과 장점들을 보여준다. 의사는 환자에게 호의적인 생각을 품게 되고, 그처럼 특별히 뛰어난 인품을 가진 이에게 도움을 줄 수 있는 행운에 감사하게 된다. 만약 환자의 가족들과 이야기할 기회가 있다면, 상대편도 똑같이 감사의 마음을 품고 있다는 것을 알고 기쁜 마음이 든다. 환자는 집에서도 의사를 칭찬하고, 줄줄이 찾아낸 의사의 장점들을 찬양하고 있다. "저 사람은 선생님에게 홀딱 반했어요. 마치 장님처럼 선생님에게 의지하고 있답니다. 선

생님의 말씀이라면 무엇이든 하나님 말씀처럼 듣고 있어요."라고 가족들
은 말한다. 하지만 관찰력이 뛰어난 사람은 이렇게 말할 것이다.

"저 사람은 이제 선생님 얘기밖에 하지 않습니다. 밤낮 선생님에 관한
얘기만 하지요. 그래서 우리는 이제 진절머리를 내고 있습니다."

우리는 의사가 환자의 이런 반응을 겸손하게 받아들이기를 바란다. 환
자에 의해 그처럼 인격적인 존경을 받는 것은 의사가 회복에 대한 희망을
주고, 환자에게 해방감을 안겨주는 놀라운 깨달음들—이는 치료에 반드
시 수반된다—로 인해 환자의 지적 시야가 넓어졌기 때문이다. 어쨌든 이
런 조건에서는 분석이 훌륭하게 진척된다. 환자는 자기에게 암시된 것을
잘 이해하고, 치료를 위해 지시받는 과제들에 열중한다. 환자의 마음에는
기억과 연상의 재료들이 넘치도록 솟아나고, 스스로 정확하고 적절한 해
석을 하여 의사를 놀라게 하기도 한다. 또 의사는 바깥세상의 건강한 사람
들로부터 언제나 격렬한 반발을 받았던 심리학상의 모든 새로운 사실들
을 환자가 기꺼이 받아들이는 모습을 보며 자신의 명예가 회복되었다는
느낌을 받는다. 어느 모로 보나 객관적으로 병의 상태가 호전되었다면, 그
것은 분석의 과정에서 환자와 의사 사이에 이처럼 협조가 잘 이루어졌기
때문이다.

그러나 이렇게 좋은 날씨가 언제까지나 계속되지는 않는다. 반드시 흐
린 날이 온다. 치료에 어려움이 생기기 시작하는 것이다. 환자는 이제 연상
이 하나도 떠오르지 않는다면서 토라지기 시작한다. 환자는 이제 분석이
라는 작업에 관심이 없어 보이며, 미리 말해둔 규칙들, 즉 머릿속을 스쳐간
것은 무엇이나 숨김없이 말해야 하고 이를 거부하는 비판적인 느낌에 결
코 굴복해서는 안 된다는 지침들을 자꾸만 잊어버리는 듯한 인상을 준다.

환자는 마치 치료 따위는 받고 있지 않다는 듯이, 자기는 의사와 의사의 계획을 믿지 않는다는 듯이 행동한다. 확실히 환자의 머릿속은 자기 자신만을 위해 간직해두려 하는 생각으로 가득 차 있다. 이것이야말로 치료를 위해서는 위험하기 짝이 없는 상황이다. 우리는 분명 강력한 저항에 직면해 있는 것이다. 그럼 지금 우리에게는 대체 무슨 일이 일어난 것일까?

이 상황을 분명히 바라볼 수 있다면, 곧 환자가 의사에게 강한 애정을 쏟은 것이 방해의 원인이 되었음을 발견하게 된다. 그러나 이 애정은 의사의 행동이나 치료 과정에서 형성된 관계로는 설명되지 않는다. 이 애정이 어떻게 표현되고 어떤 목적을 달성하려 하는가는 물론 두 사람 사이의 관계에 따라 달라진다. 만일 환자가 젊은 처녀이고 의사가 젊은 남자라면 정상적인 연인 관계와 같은 인상을 준다. 처녀가 단둘이 만나 마음속의 비밀을 고백할 수 있는 남자, 더구나 한층 우월하고 유리한 위치에서 자신을 도와주고 있는 남자에게 반하는 것은 어찌 보면 당연한 일이다. 우리는 이리하여 노이로제에 걸린 처녀의 경우 오히려 연애 능력에 장애가 있다는 사실을 간과하게 된다.

의사와 환자의 관계가 방금 가정한 경우와는 거리가 먼 경우에도 언제나 같은 감정 관계가 형성되는 것을 보면 더욱 이상하게 여겨진다. 불행한 결혼 생활을 하고 있던 젊은 유부녀가 아직 독신인 의사에게 진지한 정열을 품고 있는 듯이 보이고, 나아가 의사의 아내가 되기 위해 지금 당장이라도 이혼할 각오를 하거나, 혹은 사회적 장해 요인이 있을 경우에는 서슴지 않고 비밀 연애 관계를 맺으려 하는 것도 충분히 가능한 일이다. 아니, 그런 일은 정신분석이 아닌 다른 세계에서도 일어나고 있다. 그런데 놀라운 것은 이런 상황에 있는 유부녀, 처녀들이 하는 고백이다. 그들의 고백은 치료 문제에 관해서 매우 특이한 의견을 보여준다.

"나를 건강하게 만들어줄 수 있는 것은 사랑뿐이라고 늘 생각하고 있었어요. 그래서 치료가 시작될 때부터 저는 인생이 지금껏 내게 주지 않던 것을 선생님 곁에서는 얻어낼 수 있을 거라고 기대했지요. 오직 그 희망 때문에 치료 과정에서의 온갖 고생들을 견뎌내고, 제 이야기를 고백해야 하는 그 곤란함까지 극복한 거예요."

여기에 우리는 다음과 같은 말을 덧붙일 수 있다.

"그리고 평상시 같으면 도저히 믿을 수 없는 일들을 모두 쉽게 이해한 거예요."

이러한 고백은 우리를 놀라게 한다. 이는 우리의 계산을 뒤집어엎는 것이다. 우리가 어떻게 가장 중요한 항목을 계산에서 빠뜨릴 수 있었을까?

그런데 사실 그랬던 것이다. 경험이 쌓일수록 우리는 이론을 수정해야만 하는—그것이 우리 이론의 과학적인 성격에 먹칠을 하는 일일지라도—상황에 부딪게 된다. 여러분은 여기서 분석 요법이 다만 우연한 장해에 부딪힌 것이라 생각할지도 모른다. 즉 치료의 의도에 들어 있지 않았고 치료 과정에서 생긴 것도 아닌 어떤 일로 인해 방해를 받은 것이라고 말이다. 그런데 환자가 의사에게 그처럼 애정을 느끼는 것이 모든 새로운 증상 사례에서 되풀이하여 발견된다면? 그리고 전혀 사랑이 싹틀 수 없는 조건, 이를테면 아무런 유혹이 존재할 수 없는 흉측할 정도로 안 어울리는 조합—가령 늙은 여자와 백발의 의사—일 경우에도 언제나 그와 같은 애정 관계가 나타난다면, 이제 그것은 우연적인 장해로는 볼 수 없다. 질병의 본질 그 자체와 매우 긴밀하게 연결되어 있는 어떤 현상이 문제의 중심이라는 것을 인정하지 않을 수 없게 된다.

우리가 인정하기 쉽지 않았던 이 새로운 사실을 우리는 감정전이(感情轉移:Übertragung)라고 부른다. 바로 의사에게 감정이 옮겨진다는 의미이다. 왜냐하면 치료의 상황에서 그와 같은 감정이 생긴다고는 볼 수 없기 때문이다. 오히려 우리는 이런 감정의 준비 상태가 다른 장소에서 이루어졌다고, 즉 환자의 마음에 미리 준비되어 있다가 분석 요법이라는 기회가 주어지자 의사에게 옮겨진 것이라고 추측하고 있다. 감정전이는 어떤 때는 격렬한 사랑의 요구로 나타나기도 하고 어떤 때는 좀 더 온건한 모습으로 나타나기도 한다. 젊은 여자와 늙은 남자 사이에서는 연인이 되고 싶다는 소망 대신 저 사람의 딸이 되어 귀여움을 받고 싶다는 소망이 등장하기도 한다. 이런 경우 리비도의 요구는 영구히 변하지 않는, 관능적이라기보다는 플라토닉한 우정의 형태로 완화되어 있다. 많은 여성들은 감정전이를 승화시키거나, 그것이 일종의 존재권(存在權)을 얻을 때까지 변형시키는 방법을 알고 있다. 또 어떤 여성들은 이 전이를 소박하고 다듬어지지 않은, 대개는 실행 불가능한 형태로 나타낸다. 그러나 결국은 언제나 동일한 것이며 같은 원천에서 나온 것임이 분명하다.

이 감정전이라는 새로운 사실을 어디에 분류해 넣을지 고민하기 전에 먼저 이것을 완전하게 기술해둘 필요가 있다. 그렇다면 남자 환자들의 경우는 어떻게 되는 것일까? 남자 환자의 경우에는 성별과 성적 매력이라는 성가신 문제가 섞여들지 않을 것이다. 그러나 남자 환자도 여자 환자의 경우와 크게 다르지 않다고 말할 수밖에 없다. 즉 그들은 똑같이 의사에게 집착하고, 똑같이 의사의 성품을 과대평가하고, 의사에게 관심을 가지며, 의사의 주변에 있는 모든 이들에게 똑같이 질투한다.

남성과 남성 사이에서는 감정전이의 승화된 형태가 훨씬 더 자주 나타나는 대신, 직접적인 성적 요구는 매우 드물다. 현재성 동성애를 나타내는 경우보다는 이 욕동 성분을 다른 형태로 사용하는 경우가 더 많다. 의사들은 남자 환자들에게서 감정전이의 특정한 한 형식을 더 자주 관찰하게 되는데, 그것은 언뜻 보기에 지금까지 말한 내용과는 모순되는 것처럼 보이는 적대적 감정전이 혹은 음성 감정전이(die negative Übertragung)이다.

그런데 우리가 먼저 인정해야 하는 것은, 치료 초기 얼마 동안은 감정전이가 환자에게 가장 강력한 원동력이 된다는 사실이다. 전이가 의사와 환자가 공동으로 추진하는 분석에 좋은 영향을 미치는 한, 전이를 깨닫지 못하고 개의할 필요도 없다. 그다음 감정전이가 저항으로 전환되면, 그때야말로 이에 주목하지 않으면 안 된다. 그리고 다음의 두 가지 상반된 상황 아래서는 감정전이가 치료에 대해 맺고 있는 관계가 변질됨을 깨닫게 된다. 첫 번째는 감정전이가 강한 애정의 경향을 띨 뿐 아니라 그것이 성욕에서 나오고 있다는 표시를 뚜렷이 나타냈기 때문에 환자의 내적 반발을 불러일으키고 만 경우이다. 두 번째는 감정전이가 사랑의 충동(zärtliche Regungen)이 아닌 적의의 충동(feindselige Regungen)에서 나오고 있을 경우이다.

이때 적대적 감정은 대개 애정의 감정보다 늦게, 애정 뒤에 숨어서 나타난다. 적의와 애정이 동시에 존재하는 것은 그야말로 양가감정을 보여주는 것인데, 이는 타인과 친밀한 관계를 맺을 때의 지배적인 감정이다. 적대감은 애정과 마찬가지로 감정적 결합(Gefühlsbindung)의 의미를 내포하고 있다. 비록 정반대의 표현을 갖고 있지만 반항이 복종과 마찬가지로 의존을 의미하는 것과 같다. 의사에 대한 적대적 감정에도 〈감정전이〉라는 이름을 붙여야 한다는 것을 나는 의심치 않는다. 분명 치료 상황이 이 감

정을 발생시키는 원인이 되지는 않았기 때문이다. 음성 감정전이가 필연
적으로 나타난다는 점을 인정할 때 우리는 양성 감정전이(die positive
Übertragung), 즉 애정의 감정전이에 대한 우리의 판단이 틀리지 않았음
을 확신하게 된다.

감정전이가 어디에서 오며 우리에게 어떤 곤란을 안겨주는지, 이 감정
전이를 우리는 어떤 방법으로 극복하는지, 그리고 마지막으로 감정전이에
서 우리는 어떤 이익을 얻고 있는지에 대해서는 분석의 기법을 안내할 때
상세히 다루기로 하고 여기서는 대략적으로 이야기하는 데 그치겠다. 감
정전이의 결과 생기는 환자의 요구에 우리가 양보한다는 것은 있을 수 없
는 일이다. 그렇다고 그런 요구에 대해 때로는 무뚝뚝하게, 때로는 화를 내
며 거절한다면 그것 또한 어리석은 일일 것이다. 우리는 그런 경우 환자에
게 "당신의 감정은 현재의 상황에서 생긴 것도 아니고 의사 개인에 관계된
것도 아닙니다. 다시 말해 당신의 마음속에 예전에 한 번 나타났던 감정을
반복하고 있는 것입니다."라고 알려줌으로써 감정전이를 극복하게 한다.
우리는 같은 방식으로 그 감정의 반복을 회상으로 전환시키기도 한다. 그
러면 애정적인 형태든 적대적인 형태든 어떤 경우에나 치료를 가장 강하
게 위협하는 것으로 보이던 감정전이가 결과적으로 치료의 가장 훌륭한
도구가 된다. 그리고 우리는 이 도구의 도움을 받아 정신생활의 닫혀 있던
문을 열 수 있게 되는 것이다.

여러분이 이와 같은 뜻밖의 현상에 직면하여 당황하지 않도록 조금 덧
붙여둔다. 우리가 분석하는 환자의 질병은 완성된 것이나 굳어버린 것이
아니라 마치 생명체처럼 계속 성장하고 계속 발달해가는 것임을 잊어서
는 안 된다. 치료를 시작했다고 해서 병의 진전을 막을 수 있는 것은 아니

다. 치료가 환자를 옴짝달싹하지 못하게 하면 질병의 새로운 산물들은 모두 하나의 장소, 즉 의사와의 관계에 집중된다. 따라서 감정전이란 나무의 목질(木質)과 피질(皮質) 사이에 있는 형성층과 같은 것이다. 형성층은 조직이 새로 태어나고 나무 둥치가 자라나도록 만든다. 감정전이가 이러한 의미를 가져야만 환자의 회상이라는 작업은 뒤로 물러갈 수 있다. 이때 우리는 환자의 지난날의 병을 다루는 것이 아니라, 지난날의 병에 대치되어 새롭게 형태를 바꿔 생성된 노이로제를 다루고 있는 것이라 해도 틀린 말이 아니다.

　의사는 지난 질병의 이 새로운 형태를 그 발단에서부터 쫓아왔으며, 그 병이 발생하여 성장해가는 모습을 목격했다. 또 의사 자신이 그 질병의 중심 인물이 되어 있으므로 그에 대해 특히 더 잘 알고 있는 셈이다. 환자가 나타내는 모든 증상들은 본래의 의미를 버리고 감정전이와 관계가 있는 새로운 의미를 갖게 된다. 혹은 그와 같이 내용을 수정하는 데 성공한 증상만이 남게 된다. 인위적으로 새롭게 만들어진 이 노이로제를 정복한다는 것은 바로 치료 전에 존재하고 있던 병을 고치는 일과 일치하며, 우리의 치료라는 과제를 완수하는 것과도 일치한다. 의사와 정상적인 관계를 맺고, 또 억압된 욕망 충동의 작용에서 해방된 사람은 의사와의 관계가 사라졌을 때도 스스로 정상적인 생활을 유지할 수 있다.

　히스테리, 불안, 강박 노이로제에서의 감정전이는 치료 과정에서 중심적이고 중요한 의의를 지니기 때문에 그와 같은 질병들을 〈감정전이 노이로제〉라고 총칭하는 것은 타당하다. 분석 연구의 과정에서 감정전이라는 사실에 깊은 인상을 받은 사람은 이러한 노이로제 증상 속에 나타나 있는 억압된 충동이 어떤 종류의 것인지 이제 의심할 수 없을 것이다. 그것이 리비도적인 성질의 것이라는 데 대해 더 확실한 증명을 요구하지도 않을 것이다. 증상이란 리비도의 대상적 만족으로서의 의의를 지니고 있다는 우리의 확신은, 감정전이라는 현상을 한 계열로 분류해냄으로써 비로소 공고해졌던 것이다.

　이제 우리는 치유 과정에 대한 과거의 역동적 견해를 보완하여 지금 새로이 발견한 사실과 조화시킬 수 있다. 분석 중에 환자가 우리가 발견한 그 저항으로 정상적인 갈등과 싸워야만 할 때 우리가 원하는 방향, 즉 회복을 가져다주는 방향으로 갈등을 해결하도록 도와줄 강력한 추동력이 필요하다. 그렇지 않다면 환자는 예전의 결과를 반복하려고 마음먹고 모처럼 의식에 떠오른 것을 다시 억압해버릴 수도 있다. 이 투쟁의 결과를 결정짓는 것은 환자의 지적 분별이 아니라—지적 분별이라는 것은 이와 같은 작업을 할 만큼 강하지도 않고 자유롭지도 않다—환자가 의사에 대해 지니는 관계뿐이다. 환자의 감정전이가 양성으로 나타날 경우, 그것은 의사에게 권위의 옷을 입히고 의사의 말이나 견해에 대한 믿음으로 전환된다. 그런 감정전이가 없거나 혹은 음성일 경우, 환자는 의사나 의사의 논증에 전혀 관심을 갖지 않는다. 이때의 믿음은 본래 믿음이라는 것이 생성되는 역사를 고스란히 반복하고 있다. 믿음은 사랑에서 나오는 것이며 처음에는 증명을 필요로 하지 않는다. 나중에 가서야 비로소 논증을 인정하고, 그 논증이 사랑하는 사람에게서 나온 것일 때에 한해 비판적으로 검토하게 된다. 이처럼 지지해주는 힘이 없을 경우에 증명은 아무런 효력이 없다. 대개의 사람들에게 그런 증명은 인생에서 한 번도 영향력을 행사하지 못한다. 즉 대체적으로 사람은 리비도적 대상 배비를 할 수 있는 경우에만 지적인 측면으로 영향을 받는 것이다. 그렇기 때문에 우리는 최선의 분석적 기법을 이용하더라도 환자의 나르시시즘의 정도에 따라 그 효과에 한계가 있다는 것을 깨닫게 되며, 또 그런 염려를 할 수밖에 없다.

타인에게 리비도적 대상 배비를 하는 능력은 모든 정상적인 인간에게 주어져 있는 것이 분명하다. 노이로제 환자들의 감정전이 경향은 이 일반적인 특징이 비정상적으로 높아진 것에 지나지 않는다. 그런데 이와 같이 많은 사람들이 가지고 있는 인간의 중대한 특징을 지금까지 깨닫지 못하고 한 번도 이용하지 않았다면 매우 이상한 일일 것이다. 그런데 실은 이미 깨닫고 이용하고 있었던 것이다. 베르넴은 그 무엇에도 현혹되지 않는 날카로운 통찰력으로, 모든 인간은 어떤 방식으로든 암시에 걸리기 쉽다, 즉 〈피암시성(被暗示性)이 있다(suggestibel)〉라는 명제를 토대로 하여 최면 현상에 대한 이론을 구축했다. 베르넴이 말하는 피암시성이란 바로 감정전이 경향이다. 그러나 이는 협의(俠義)의 감정전이로서, 음성 감정전이는 이 피암시성 속에 포함되지 않았다. 그런데 베르넴은 암시의 본질이 무엇인지, 또 암시라는 것은 어떻게 생기는 것인지에 대해 설명하지 못했다. 그에게 암시는 하나의 근본적인 사실로 받아들여져, 그 유래에 대해서는 전혀 증명하지 못했던 것이다. 그는 〈피암시성(suggestibilité)〉이 성욕과 리비도의 활동에 의존하고 있다는 것을 믿지 않았다. 우리가 최면술을 버리고 우리의 기법으로 바꿈으로써 암시를 감정전이라는 형태로 재발견했음을 인정하지 않으면 안 된다.

그런데 여기서 멈추고 여러분의 주장을 들어보기로 하자. 여러분의 마음속에는 반발의 목소리가 가득 차올라 여러분에게 발언을 허락하지 않는다면 내 말이 아무것도 귀에 들어오지 않으리라는 것을 깨달았기 때문이다.

"결국 선생님은 최면술사와 마찬가지로 암시의 도움을 빌려 분석을 하는 거라고 실토하신 셈이군요. 우리는 벌써부터 그럴 줄 알고 있었습니다. 그러나 암시만이 유일하게 효과적인 것이라면 과거의 체험을 회상하기 위해서 길을 빙 돌아온 것이라든가, 무의식을 발견한 것, 왜곡을 해결하고 번역한 것 등은 대체 어떻게 되는 것입니까? 어째서 우리는 그렇게 막대한 노력과 시간과 돈을 들인 것입니까? 선생님은 왜 그 정직한 최면술사처럼 증상에 직접 암시를 이용하지 않으십니까? 만약 선생님께서 걸어오신 우회로의 길목에서 직접 암시로는 발견할 수 없었던 심리학상의 무수한 중요 사실들을 발견했다고 변명하려 하신다면, 그렇게 발견한 것이 사실임을 대체 누가 보장해줍니까? 그런 발견들도 암시의 산물, 즉 선생님이 의도하지 않았던 암시의 산물 아닙니까? 선생님은 자신이 바라는 것, 선생님의 눈에 옳다고 보이는 것을 이 부분에서도 환자에게 강요한 것 아닙니까?"

여러분이 내게 제기하는 비판은 매우 흥미로운 것들이고, 나는 여러분에게 답을 해야 한다. 그러나 오늘은 답변할 시간이 없으니 다음 차례에 이야기할 수밖에 없겠다. 하지만 이 언급을 통해 여러분은 내가 충분히 답을 마련해놓고 있다는 것을 알 수 있을 것이다. 오늘은 이미 손댄 과제를 끝맺어야 한다. 나는 감정전이라는 사실에 근거하여, 우리의 치료 노력이 왜 나르시시즘적 노이로제에는 효과가 없는지 그 이유를 여러분에게 설명하기로 약속했다.

이에 대해서는 몇 마디 말로도 충분하다. 그리고 여러분은 이 수수께끼가 얼마나 간단히 풀리는지, 모든 것들이 얼마나 잘 들어맞는지 보게 될 것이다. 관찰을 통해 우리는 나르시시즘적 노이로제 환자의 경우 감정전이 능력을 전혀 갖고 있지 않거나 혹은 그 능력이 아주 조금밖에 남아 있지 않음을 알게 된다. 그들은 적대감 때문이 아니라 오히려 무감각 때문에 의사를 접근시키지 않는다. 이런 환자들은 따라서 의사의 영향도 받지 않는다. 그들은 의사가 하는 말에 냉담하고, 그 어떤 인상도 받지 않는다. 그렇기 때문에 우리가 다른 노이로제에서 성공한 치유의 메커니즘, 즉 병인적 갈등의 재생, 억압에서 오는 저항의 극복이 환자에게 일어나도록 할 수 없다. 환자는 여전히 전과 같다. 그들은 이미 몇 번이나 혼자 힘으로 회복하려는 시도를 했지만 결국 병리적인 결과로 끝나버렸다. 우리 또한 이 결과를 조금도 바꿀 수 없는 것이다.

이런 환자로부터 얻은 임상상의 인상을 기반으로 하여, 우리는 이들이 대상에 대한 배비를 포기하고 대상 리비도가 자아 리비도로 대체되어 있다고 주장했다. 이 특징으로 인해 우리는 이러한 노이로제를 노이로제의 첫 번째 부류(히스테리, 불안 노이로제, 강박 노이로제)와 구별한 것이다. 치료를 실시해보면 그들의 증상이 우리의 예상을 뒷받침해준다. 그들은 전혀 감정전이를 보이지 않는다. 따라서 우리의 노력은 아무런 도움이 되지 않으며, 그들은 우리가 치료할 수 없다.

정신분석 요법

여러분은 오늘 내가 어떤 이야기를 할지 이미 알고 있을 것이다. 정신분석 요법은 결국 감정전이, 즉 암시에 기반하고 있다고 내가 인정했을 때, 여러분은 우리가 어째서 직접 암시를 사용하지 않는지 물었다. 또 암시라는 것이 그토록 중시된다면 우리의 심리학상의 발견이 객관적임을 확신할 수 있느냐는 의문을 덧붙였다. 나는 여러분의 그런 질문에 자세히 답하겠다고 약속했다.

직접 암시라는 것은 증상의 발현에 대해서 하는 암시이며, 여러분의 권위와 병을 일으키는 동기 사이에 벌어지는 투쟁에 대한 암시이다. 이 경우에 여러분은 병을 일으키는 동기에 대해서는 고려하지 않은 채 다만 환자에게 증상이라는 형태로 나타나 있는 것을 억누르라고 요구하고 있는 것일 뿐이다. 그렇다면 여러분이 환자를 최면 상태에 두든 그렇지 않든 차이는 없다. 베르넴은 그 특유의 날카로운 통찰로, 암시는 최면술이라는 현상의 본질이기도 하지만 최면 그 자체가 암시의 결과, 즉 암시된 상태라고 반복해서 주장했다. 또한 베르넴은 각성 상태에서도 곧잘 암시를 걸었는데, 그 결과는 최면 상태에서 건 암시와 똑같았다.

자, 여러분은 경험담과 이론적인 고찰 중 어느 쪽을 먼저 듣고 싶은가?

경험담으로부터 시작하기로 하자. 나는 1889년에 낭시에 있는 베르넴을 찾아가 그의 제자가 되었고, 베르넴이 쓴 암시에 관한 책을 독일어로 번역했다. 나는 몇 해 동안 최면 요법을 사용했다. 처음에는 금지 암시[153]를 결부시킨 방법이었으며, 나중에는 브로이어의 탐문 조사법을 결부시켜 이용했다. 따라서 최면 요법 혹은 암시 요법의 효과에 대해서 나 자신의 풍부한 경험부터 이야기해도 좋을 것이다. 오래전부터 의사들이 말하기를 이상적인 치료법이란 수고가 덜 들고, 믿을 수 있으며, 환자에게 불쾌감을 주지 않는 것이라 했다. 베르넴의 방법은 이 중 두 가지 조건을 갖추고 있음은 분명하다. 그의 방법은 분석 요법과는 비교가 안 될 만큼 매우 빨리 수행할 수 있다. 그리고 환자를 고생시키거나 불쾌감을 주지도 않는다. 의사에게 이 방법은 결국 단조로운 작업이 된다. 어떤 환자에게나 같은 방법과 같은 형식을 사용하여 갖가지 증상이 존재하지 못하도록 하면 되는 것이다. 물론 증상의 의미나 의의는 포착할 필요 없다. 따라서 그것은 기계적인 작업 같은 것이며 결코 과학적인 작업이라고는 할 수 없었다. 그것은 마술, 주문, 요술 등과 다를 바 없는 것이다. 무엇보다도 이 치료법은 환자의 기분을 상하게 하지 않았다. 하지만 베르넴의 방법은 하나의 조건이 결여되어 있었다.

이 방법은 여러 면에서 믿을 만하지가 않았다. 한 환자에게는 적용되었

---

[153] 이제 이런 증상은 일어나지 않는다는 암시.

지만 다른 환자에게는 적용되지 않았고, 한 환자에게서는 큰 성과를 거두었지만 다른 환자에게서는 거의 성공하지 못했다. 그리고 그 이유가 무엇인지 도무지 알 수 없었다.

그런 변덕스러움 이상으로, 이 암시 요법의 효과가 지속적이지 않다는 점이 아주 불편했다. 얼마 후 환자에게 물어보면 그전의 고통이 재발해 있거나 전의 고통이 새로운 고통으로 바뀌어 있어서 의사는 다시 최면을 걸지 않으면 안 되었다. 이 치료에 경험이 많은 의사들은 최면을 되풀이함으로써 환자의 자주성을 빼앗거나, 마치 마약처럼 이 치료법에 습관성이 붙어서는 안 된다고 경고한다. 물론 예상대로 성공하는 경우도 많다. 조금만 고생하면 지속적인 완벽한 효과를 거둘 수 있었다. 그러나 그와 같은 좋은 결과가 어떤 조건 아래서 이루어졌는지는 끝내 알 수 없었다.

한 번은 이런 경험을 한 적이 있다. 단기간의 최면 요법으로 한 여성 환자의 심각한 병을 깨끗이 고쳐주었다. 그런데 그 환자가 이렇다 할 까닭도 없이 내게 원한을 품은 뒤에는 그 병이 고스란히 재발되는 것이었다. 그러다가 내가 환자와 화해를 하자 병은 다시 완전히 사라졌다. 그리고 또다시 환자가 내게 반감을 품자 병도 재발했다.

이런 경험을 한 적도 있다. 내가 거듭하여 최면술로 노이로제 상태를 해소해주었던 어떤 환자는 특히 견고했던 어떤 발작을 치료하던 중에 갑자기 내 목에 매달렸다. 이상과 같은 사실을 보면 사람들이 원하건 원치 않건 암시적 권위의 본질이 과연 무엇인지, 또 그것은 무엇에서 유래하는지에 생각이 미치지 않을 수 없다.

경험담은 이것으로 충분하다. 지금까지의 이야기들은 우리가 직접 암시를 포기하더라도 아주 소중한 것을 포기하는 것은 아님을 보여준다. 그렇다면 이제 직접 암시에 대해서 몇 가지 사항을 찬찬히 살펴보자. 최면 요법은 의사에게나 환자에게나 그리 힘들지 않다. 이 치료법은 지금도 여전히 많은 의사들이 인정하고 있는 노이로제에 대한 견해를 그대로 반영하고 있다. 의사는 노이로제 환자에게 "나쁜 데는 없어요. 단순한 신경성입니다. 그러니 당신의 괴로움은 내 말 몇 마디면 오륙 분 안에 날려버릴 수 있어요."라고 말한다. 이는 무거운 짐을 나를 때 필요한 장치의 힘을 빌리지 않은 채 직접 손으로 아주 작은 힘만 가지고 그 짐을 움직일 수 있다는 말과 같다. 물론 이것은 에너지에 대한 우리의 견해와 어긋난다. 우리는 경험을 통해서도 노이로제의 경우 그와 같은 잔재주는 성공하지 못한다는 것을 배우게 된다. 그러나 나는 이 논법이 공격을 피할 수 없는 약점을 지니고 있다는 것을 알고 있다. 〈환기(喚起)〉 최면 암시에 의해 격렬한 감정이나 행동이 일어나는 현상이 존재하기 때문이다.

정신분석에서 얻은 지식으로 보았을 때, 최면술의 암시와 정신분석의 암시 사이의 차이점을 다음과 같이 설명할 수 있다. 정신생활에 속하는 어떤 것에 대해 최면 요법은 숨기고 장식하려 한다면, 분석 요법은 그것을 들추어내고 제거하려 한다. 전자는 미용술과 같은 일을 하고, 후자는 외과 치료와 같은 일을 한다. 최면 요법은 증상을 금지하기 위해서 암시를 사용하고, 억압을 강화하며, 증상 형성을 가져온 모든 과정을 내버려 두는 반면 분석 요법은 더 깊숙이 병의 근원을 향하여 증상을 일으킨 갈등을 공격하고, 이 갈등의 결과를 바꾸기 위해서 암시를 이용한다.

최면 요법은 환자를 무활동(無活動), 무변화(無變化)에 멈추도록 만든다. 따라서 환자는 전과 마찬가지로, 질병을 일으키는 어떤 새로운 유인(誘因)에 대해 저항력이 없다. 분석 요법은 환자와 의사 양쪽의 많은 노력을 필요로 한다. 그리고 그 노력은 내부 저항을 제거하는 데 소비된다. 내부 저항을 제거함으로써 환자의 정신생활은 영구적인 변화를 일으키고, 더 높은 발달 단계에 올라서며, 새로운 발병 가능성으로부터 스스로를 보호하게 된다. 이것이 분석적 치료의 본질이다. 환자는 이 작업을 반드시 완수해야 하며, 의사도 마치 교육과 같은 작용을 하는 암시의 도움을 받아 환자가 그 작업을 완수하도록 해주어야 한다. 그런 점에서 정신분석 요법은 일종의 재교육이라 해도 무방하다.

나는 암시를 치료에 사용하는 정신분석의 방법과 단순한 최면 요법이 어떻게 다른지 여러분에게 분명하게 밝혔다고 생각한다. 여러분은 암시를 감정전이로 전환시킴으로써, 최면 요법 시 이상하게 변덕스러운 결과가 나타나는 이유와 분석 요법의 경우 일정한 한계 내에서 믿을 수 있는 결과를 가져오는 이유를 이해할 수 있다. 최면 상태를 이용할 때 우리의 치료는 환자의 전이 능력에 좌우되지만 그 전이 능력에 어떤 영향을 미치지는 못한다. 최면술에 걸린 환자의 감정전이는 음성이거나, 혹은 대개 그렇듯이 양가감정이다. 환자는 어떤 특별한 태도를 가짐으로써 자신의 감정전이를 방지할 수 있는지도 모르지만, 우리는 이에 대해서는 아직 알지 못한다. 그런데 정신분석에서는 감정전이 자체에 의해 작업을 하고, 감정전이에 맞서는 것을 해소시킨다. 그리고 우리는 영향력을 발휘할 수 있는 도구들을 준비한다. 이처럼 암시라는 힘을 다른 방식으로 사용하는 것이다. 우리는 암시를 뜻대로 이용할 수 있다. 즉 환자가 자기 마음대로 스스로에게 암시를 거는 것이 아니라 환자의 암시를 조종하는 것이다.

그런데 여러분은 이렇게 말할 것이다.

"우리가 정신분석의 원동력을 〈감정전이〉라 부르든 〈암시〉라 부르든 그것은 아무래도 좋다. 그러나 그래서는 우리가 발견한 것의 객관적인 확실성이 의심스러워질 위험이 있다."

치료에 도움이 되는 것이 연구에는 해로운 것이 되어버린다. 이것은 정신분석에 대해 가장 많이 제기되는 반론이다. 그리고 여러분은 그 반론이 비록 적절치 못한 것이라 할지라도 전혀 이해가 가지 않는 것은 아니라고 고백할 것이다. 그런데 만일 그 반론이 정당한 것이라면 정신분석이라는 것은 교묘하게 위장한, 특별한 작용을 지닌 암시 요법의 일종에 지나지 않을 것이다. 그리고 정신분석의 주장이 우리 삶에 미치는 영향이나 정신분석에서 주장한 심리적 역학, 무의식 등은 모두 무시해도 좋은 것이 될 것이다. 정신분석을 반대하는 이들도 그처럼 생각하고 있다. 특히 성 체험의 의의에 관해서는—설령 성 체험 자체를 권고하지는 않았더라도—우리 자신의 타락한 상상 속에서 짜 맞추어 환자에게 〈믿게 만든〉 것이라 생각한다.

이러한 비난을 반박하는 데는 이론보다 경험이 도움이 된다. 직접 정신분석을 시행하는 사람은 환자에게 그와 같이 암시하는 것이 불가능하다는 사실을 거듭 확인하곤 한다. 환자를 어떤 이론의 신봉자로 만들어서 의사의 그릇된 생각에 찬동하게 하는 것은 물론 어렵지 않다. 이와 같은 경우에 환자는 환자가 아닌, 이를테면 학생과 같은 태도를 취한다. 하지만 이때 의사는 환자의 지성에는 영향을 줄 수 있어도 환자의 병에는 영향을 줄 수 없다.

환자의 갈등을 해결하고 그의 저항을 극복하는 데 성공하는 경우는 그의 마음에 현재 존재하는 것과 일치하는 예상 관념이 주어졌을 때뿐이다.

의사가 추측하는 것들 가운데 들어맞지 않는 것들은 분석을 진행하는 과정에서 소실되며, 의사는 그것을 철회하고 올바른 것으로 대체해야 한다. 의사는 기법을 신중하게 적용함으로써 암시의 일시적 효과가 나타나지 않도록 해야 한다. 그러나 설사 그런 상황이 벌어졌다 해도 크게 걱정할 필요는 없다. 왜냐하면 우리는 첫 결과로 만족하지 않기 때문이다. 증상에서 모호한 부분이 아직 밝혀지지 않았고, 기억의 결손이 메꿔지지 않았으며, 억압의 동기가 발견되지 않았다면 우리는 분석이 끝난 것으로 보지 않는다. 너무 빨리 결과가 나타나면 우리는 분석 작업이 진척되었다기보다는 오히려 분석 작업에 장해가 생긴 것으로 여긴다. 그리고 그 결과를 만든 전이를 거듭하여 해체함으로써 그러한 성과를 허물어버린다. 결국 이러한 특징 때문에 분석 요법은 순수 암시 요법과 구별되고, 분석의 결과가 혹 암시에 의한 성과가 아닐까 하는 의심에서 벗어날 수 있는 것이다. 다른 모든 암시 요법에서는 감정전이가 조심스럽게 보호를 받고 전혀 건드려지지 않는다. 그런데 분석 요법에서는 전이 자체가 치료의 대상이 되고, 전이는 여러 가지 형식으로 분해되며, 분석 요법이 끝날 때는 전이가 소멸되어 있어야 한다. 그리고 그때 좋은 결과가 나타나 그 상태가 지속된다면, 그것은 암시에 의해서가 아니라 암시의 도움으로 내부 저항을 극복하는 데 성공했기 때문이다. 즉 환자의 마음속에서 달성된 내적인 변화에 의한 것이다.

우리는 치료 중에 음성적인 것으로 전환될 수 있는 감정전이와 싸워야 하기 때문에, 개개의 암시가 일어나는 것은 방해를 받는다. 대개 분석의 많은 결과가 암시의 산물로 의심을 받곤 하는데, 전혀 논란의 여지가 없는 다른 방법으로 이 부분을 증명할 수 있다. 그 증인들은 바로 조발성 치매와 편집증 환자들이다. 이들은 물론 암시의 영향을 받은 것이 아닐까 의심할 필요가 없다. 이들 환자가 우리에게 자신의 의식에 떠오른 상징의 번역이나 공상에 대해 이야기하는 것을 들어보면 이는 감정전이 노이로제 환자의 무의식에 대한 우리의 연구 결과와 일치하고, 종종 의심을 받는 우리의 해석이 객관적으로 옳다는 것을 뒷받침해준다. 그러므로 여러분은 이점에 대해서 분석을 신뢰해도 좋을 것이다.

이제 치유의 메커니즘에 대한 우리의 서술을 리비도 이론의 공식을 이용해 완성 짓고 싶다. 노이로제 환자들은 즐거움을 누리는 능력도, 일을 할 능력도 상실한다. 즐거움을 누리는 능력이 결여되어 있는 것은 그의 리비도가 현실의 대상을 향하고 있지 않기 때문이다. 일할 능력이 없는 것은 계속하여 리비도를 억압하고 리비도가 솟아오르는 것을 막기 위해 그의 다른 에너지들을 대량으로 사용해야 하기 때문이다. 만일 자아와 리비도 사이의 갈등이 끝나고, 그의 자아가 다시 리비도를 뜻대로 할 수 있게 되면 환자는 건강해진다. 그러므로 치료의 과제는 자아에서 멀어져 있는 리비도를 그렇게 자아와 분리시킨 현재의 속박으로부터 해방시키고 다시 자아에 종속시키는 데 있다.

그러면 노이로제 환자의 리비도는 어디에 있는 것일까? 그것은 쉽게 찾아낼 수 있다. 리비도는 증상—이것은 우선 가능한 단 하나의 대상 만족을 리비도에게 주고 있다—에 묶여 있다. 그러므로 증상을 극복하고 그것을 해소시켜야 한다. 이는 환자가 우리에게 요구하는 것과 똑같은 일이다. 증상을 없애기 위해서는 반드시 증상의 발생에까지 거슬러 올라가 증상을 만드는 갈등을 소생시키고, 그 당시에는 뜻대로 되지 않았던 욕동의 도움을 빌려 이 갈등을 다른 해결로 이끌어주어야 한다. 억압 과정에 대한 이러한 수정은 억압되어 버린 과정에 대한 기억 흔적(Erinnerungsspur)을 따라감으로써 일부 이루어진다. 그러나 결정적으로는 의사에 대한 관계, 즉 〈감정전이〉에 의해 옛 갈등의 새로운 형태를 만듦으로써 가능해지는 것이다. 이 옛 갈등에 대해서 환자는 지난날 그가 했던 것과 똑같이 행동하고 싶어하지만, 의사는 환자 자신의 의지대로 되는 모든 정신적인 힘을 동원하여 환자가 이 갈등을 다르게 해결하도록 요구한다.

따라서 감정전이는 서로 싸우는 모든 힘들이 부딪치는 싸움터라 할 수 있다.

모든 리비도와 리비도에 대한 모든 반항이 의사와의 한 관계에 집중된다. 그 결과 당연히 증상에서는 리비도가 사라지고, 환자의 본래 질환 대신 감정전이라는 인공적으로 만들어진 병, 즉 감정전이성 질환이 나타난다. 갖가지 비현실적인 리비도의 대상 대신 마찬가지로 공상적인 의사라는 대상이 등장한다. 그러나 이 대상을 둘러싸고 벌어지는 새로운 싸움은 의사의 암시에 힘입어 최고의 심리적 단계까지 올려져 정상적인 심적 갈등으로서 진행된다. 이렇게 새로운 억압을 모면함으로써 자아와 리비도 사이의 불안은 사라지고, 인격체의 심리적 통일이 다시 구축된다. 의사라는 일시적인 대상에서 리비도가 다시 분리되었을 때, 리비도는 지난날의 대상으로 되돌아가지 못하고 자아의 명령에 따르게 된다. 이 치료의 작업 중에 극복되는 힘은, 한편으로는 리비도가 어떤 방향으로 나아가려고 하는 데 대한 자아의 혐오이고(이것이 억압 경향으로 나타났던 것이다), 또 한편으로는 일단 배비된 대상에서 떠나기 싫어하는 리비도의 집착하는 성질, 즉 점착성이다(이것이 리비도가 전에 배비된 대상에서 떨어지지 않게 만들었던 것이다).

그러므로 치료라는 작업은 두 단계로 나누어진다. 1단계는 모든 리비도를 증상에서 감정전이로 밀어줌으로써 감정전이에 집중시키는 일이다. 2단계는 이 새로운 대상에 대한 싸움이 시작되도록 하여 리비도를 이 대상에서 풀려나도록 만드는 일이다. 이 새로운 갈등에서 억압이 일어나지 않으면 좋은 결과를 얻을 수 있다. 그러면 리비도가 무의식으로 달아남으로써 자아의 영향권에서 다시 멀어지는 위험을 방지할 수 있다. 억압이 일어나지 않도록 하는 것은 의사의 암시를 받고 달성된 자아의 변화에 의해 가능해진다. 무의식을 의식으로 바꾸는 해석 작업을 거치면서 무의식의 희생으로 자아는 점점 확대되어 간다. 교육에 의해서 자아는 리비도와 화해하고 어느 정도의 만족을 양보하려 하는 태도를 취하게 된다. 자아는 승화를 통해 리비도의 일부를 방출할 수 있기 때문에 이제 리비도의 요구에 전처럼 두려워하지 않는다.

치료 과정이 이러한 이상적인 서술과 일치될수록 정신분석 요법은 효과를 거둔다. 대상에서 떨어지지 않으려고 저항하는 리비도의 운동성 결여는 치료를 방해할 수 있다. 또 대상에의 전이가 어느 한계 이상으로 증대되는 것을 허용치 않는 나르시시즘의 완고함도 치료를 방해한다. 다음과 같이 설명하면 치유 과정의 역학이 보다 분명하게 드러날 것이다. 우리는 감정전이를 통해 리비도의 일부를 우리 자신에게 끌어당김으로써 자아의 지배를 벗어난 모든 리비도를 포착할 수 있게 되는 것이다.

여기서 분명히 경고해두어야 할 것이 있다. 치료 도중의, 그리고 치료로 회복된 리비도의 분포로부터 병에 걸려 있었을 때의 리비도 분배 방식을 직접적으로 추측해서는 안 된다는 것이다. 어떤 환자가 아버지에 대한 감정을 의사에게 옮기는 강한 부친 감정전이를 만들었고, 이것을 제거함으로써 다행히도 병이 성공적으로 나았다고 하자. 이 경우 환자가 전에도 무의식적으로 아버지에게 리비도가 결부됨으로써 병이 난 것이라고 추론하는 것은 잘못이다. 이때의 부친 감정전이는 우리가 리비도를 포착하려 하고 있는 싸움터일 뿐이다. 환자의 리비도는 다른 위치에서 이곳으로 이동해 온 것이다. 전쟁터가 언제나 적의 중요한 요새와 일치하는 것은 아니다. 적군의 수도 방위가 반드시 수도의 성문 앞에서 이루어질 필요는 없다. 전이를 다시 한 번 해소시켜야만 비로소 우리는 병을 앓는 동안 존재하고 있었던 리비도의 분포를 관념적으로 재구성할 수 있다.

리비도 이론의 관점에서 다시 한 번 꿈에 대해 최후의 단안을 내리고 싶다. 노이로제 환자의 꿈은 그의 실수 행위나 자유연상과 마찬가지로 증상의 의미를 추측하거나 리비도의 처리 방법을 발견하는 데 도움이 된다. 꿈은 어떤 소망 충동이 억압을 받았으며, 자아에서 물러난 리비도가 어떤 대상에 정착해 있는지를 소망 충족의 형태로 우리에게 제시해준다. 따라서 꿈의 해석은 정신분석 요법에서 중대한 역할을 한다. 많은 증상 사례에서 꿈은 장기간에 걸쳐 분석 작업의 가장 중요한 수단이 된다. 수면 상태에서는 억압이 어느 정도 완화된다는 것을 우리는 알고 있다. 억압에 가해지는 압력이 얼마쯤 줄기 때문에, 꿈에서는 억압된 충동이 낮 동안 증상 속에 나타나는 것보다 더 뚜렷하게 표현된다. 그렇기에 꿈에 대한 연구는 자아에서 물러난 리비도가 속해 있는 억압된 무의식을 알기 위한 가장 편리한 수단이 되는 것이다.

그러나 노이로제 환자의 꿈은 본질적으로 정상인의 꿈과 다르지 않다.

아니, 대개는 아마도 양자를 구별할 수 없을 것이다. 정상인의 꿈에 통용되지 않는 방법으로 노이로제 환자의 꿈을 설명한다는 것은 터무니없는 일이다. 즉 우리는 노이로제와 건강한 상태의 차이는 낮에만 해당될 뿐, 꿈에는 해당되지 않는다고 말할 수 있다. 노이로제 환자의 꿈과 증상 사이에는 관련이 있기 때문에 그것으로 많은 가설들이 분명해졌으며, 우리는 이것을 건강한 사람들에게도 적용하지 않을 수 없었다. 우리는 건강한 사람도 그들의 정신생활 속에 꿈 혹은 꿈과 증상을 함께 일으킬 수 있는 소지(素地)를 갖고 있음을 부정할 수 없다. 또 우리는 건강한 사람도 억압을 하고 그 억압을 유지하기 위해 어느 정도 에너지를 소비할 수밖에 없다는 것, 그의 무의식 체계 속에 억압되고 에너지가 배비된 욕동을 감추고 있다는 것, 또한 그의 리비도의 일부는 자아의 의지대로 되지 않는다는 결론에 이르지 않을 수 없다. 따라서 건강한 사람은 잠재적인 노이로제 환자이다. 하지만 겉으로 보기에 건강한 사람이 만들 수 있는 증상은 오로지 꿈 하나밖에는 없는 것처럼 여겨진다. 그런데 만일 여러분이 각성 생활을 날카로운 눈으로 관찰해본다면, 이러한 외견과는 모순되는 점을 발견할 수 있을 것이다. 즉 겉보기에는 건강하다고 할 수 있는 그 생활 속에 실은 사소하며 실제적인 중요성은 없는 무수한 증상들이 형성되어 있다.

그러므로 약간의 신경증적인 건강함과 노이로제의 차이는 단지 실용적인 점에서의 차이일 뿐이며, 그 사람이 충분한 정도로 인생의 즐거움을 느끼고 정상적인 생활을 할 수 있는 힘이 남아 있는지의 여부에 따라 결정되는 것이다. 그 차이는 자유로운 에너지 양과 억압에 의해 속박된 에너지 양의 상대성이라 할 수 있다. 즉 질적인 차이가 아니라 양적인 차이이다. 이 견해는 노이로제가 체질적인 소인에 기인하기는 하나 원칙적으로 치유될 수 있다는 우리의 확신에 이론적인 근거를 제공해주는 것임을 여러분에게 새삼스럽게 상기시킬 필요도 없을 것이다.

건강한 사람의 꿈과 노이로제 환자의 꿈이 같다는 사실에서 우리는 건강의 성격에 대해 여러 가지를 추측해볼 수 있지만, 무엇보다 꿈에 대해서 다음과 같은, 아니, 그 이상의 결론을 끌어낼 수 있다. 즉 꿈은 노이로제 증상과의 관련성을 떠나서 이해되어서는 안 되며, 꿈의 본질이 사상을 태곳적 표현 형식으로 번역한다는 공식으로 모두 설명된다고 믿어서도 안 되며, 꿈이라는 것은 현존하는 리비도의 처리 방식과 대상 배비를 나타내고 있음을 가정하지 않으면 안 된다는 것이다.

드디어 우리의 이야기는 막바지에 이르렀다. 내가 정신분석 요법의 장에서 이론적인 것만 설명할 뿐 치료가 실시되는 조건 및 치료가 거두는 효과에 대해서는 언급하지 않은 데 대해 여러분이 실망했을 줄로 안다. 그러나 이 두 가지는 이야기하지 않을 생각이다. 전자를 언급하지 않는 것은 애초부터 나는 여러분에게 정신분석을 실시하는 실제적 사항들에 대해 지도할 생각이 없었기 때문이다. 후자를 언급하지 않는 것은 여러 가지 동기들이 나를 만류하기 때문이다. 강의 초반에 나는 유리한 조건 아래서 실시했을 경우 정신분석 요법은 가장 훌륭한 결과를 내는 어떠한 내과적 치료법에도 뒤지지 않는 치료 효과를 거둔다고 역설했다. 그리고 나는 다른 어떤 방법으로도 동일한 효과를 낼 수는 없다고 덧붙일 수 있다. 그러나 여기서 더 말을 보탠다면 나는 과장된 선전을 통해 세간의 떠들썩한 경멸의 소리를 지우려 한다는 의심을 받게 될 것이다.

의학 교수들은 분석이 실패한 사례와 분석이 해악을 끼친 사례들을 끌어

모아 분석 요법의 무가치함을 공표하여 고통받는 대중의 눈을 뜨게 해주어야 한다면서 종종 회합 자리에서까지 정신분석가를 협박하는 말들을 털어놓는다. 그러나 그와 같은 사례를 모으는 것은, 그 방법이 다분히 악의적인 밀고의 성격을 띠고 있다는 점을 제쳐두고라도, 분석의 치료 효과에 대해 정당한 판단을 내리는 것이라 생각되지 않는다. 여러분도 알다시피 분석 요법은 아직 시작 단계이다. 우리가 그 기법을 확립할 때까지 실로 오랜 시간이 걸렸다. 그리고 연구 과정에서 쌓인 경험에 의해 완성된 것이다. 정신분석의 기법은 가르치는 것 자체가 어렵기 때문에 신참 의사들이 기술을 연마하기 위해서는 다른 분야의 전문가들에 비해 더욱 자기 자신의 능력에 의지할 수밖에 없다. 따라서 그가 처음 몇 해에 거둔 효과는 결코 분석 요법의 효과라고 판단할 수 없다. 정신분석의 초기에는 치료 시도가 실패로 끝난 경우가 많았다. 그것은 일반적으로 이 방법이 적당치 않은 증상들을 상대로 정신분석을 시도했기 때문이다. 지금은 이들을 적응증(適應症)에서 제외하고 있지만, 그것은 분석을 시도해보고 나서야 알게 된 것이다. 뚜렷한 형태를 가진 편집증이나 조발성 치매에는 분석이 효과가 없다는 것을 처음에는 알지 못했다. 그러나 여러 가지 질환에 분석적 방법을 시도해본다는 것은 역시 옳은 일이다. 그리고 초반의 실패들 대부분은 의사의 잘못이나 적절치 못한 대상을 선택했기 때문이 아니었다. 그보다는 외적인 조건이 실패의 원인이 된 경우가 많았다.

우리는 지금까지 반드시 나타나는, 그리고 극복할 수 있는 환자의 내부 저항에 대해서만 이야기했다. 분석 중에 환자의 처지나 환경으로 인해 일어나는 외부 저항은 이론적으로는 별로 흥미롭지 않은 것이지만 실제적으로는 가장 중요하다. 정신분석 요법은 외과 수술에 비교할 수 있다. 즉 외과 수술처럼 성공하기 위한 가장 좋은 조건 아래서 실시할 필요가 있다. 수술을 할 때 보통 외과 의사가 어떤 준비를 하는지 여러분은 알고 있을 것이다. 적당한 수술실, 훌륭한 조명, 조수, 가족을 멀리하는 조치 등이다. 만약 외과 의사가 환자 가족이 다 입회한 자리에서 수술을 해야 하고, 더욱이 그들이 수술대를 둘러싸고 들여다보면서 메스를 댈 때마다 소리를 지른다면 과연 수술을 성공할 수 있을지, 여러분은 한번 생각해보기 바란다. 정신분석 요법에서 가족이 자리를 함께하는 것은 매우 위험하며, 더욱이 그것은 우리가 대처할 수 없는 커다란 위험이다.

우리는 환자의 내부 저항을 각오하고 있다. 내부 저항은 부득이한 것이라고 생각한다. 그러나 외부 저항에는 어떻게 대처해야 할 것인가? 아무리 설명을 해주어도 환자의 가족은 우리 뜻대로 되지 않으며, 환자와 관련된 모든 문제들에 거리를 두도록 설득할 수 없다. 또 우리는 환자의 가족과 협력 관계를 맺으려 해서도 안 된다. 왜냐하면 자기가 믿는 사람이 자기 편이 되어줄 것을 바라는—그것은 당연한 일이지만—환자의 신뢰를 잃을 우려가 있기 때문이다.

분석가로서 어떤 불화에 의해 가정이 파괴되었는지 알고 있는 사람은 환자의 가족들이 흔히 환자가 건강해지는 것보다 그대로 병들어 있는 쪽에 관심을 나타낸다는 사실을 알게 되어도 놀라지 않는다. 노이로제가 가족들과의 갈등과 관계되어 있는 경우는 매우 흔한데, 이때 건강한 사람은 자신의 이익과 환자의 회복 가운데서 즉각 자신의 이익을 택한다. 남편이 자기의 옛 잘못들이 드러날 것으로 예상되는 치료를 좋아하지 않는 것은 놀라운 일도 아니다. 우리도 이런 사례를 새삼스럽게 여기지 않으며, 남편의 저항에 병든 아내의 저항까지 더해져 우리의 노력이 수포로 돌아가거나 시작부터 꺾여버려도 우리는 자신을 탓할 수 없다. 우리는 주어진 상황에서 도저히 수행할 수 없는 일을 착수했던 것이다.

이에 대해 많은 사례를 소개하지는 않겠다. 다만 의사로서 지켜야 하는 양심 때문에 매우 난처한 입장에 처했던 하나의 사례를 들어보겠다.

몇 해 전에 나는 불안으로 인해 한길을 걷거나 집에 혼자 있지 못하게 된 지가 꽤 된 젊은 처녀에게 분석 요법을 실시했다. 그녀는 차차 고백하기를, 자신의 어머니와 어느 부유한 남자의 정사를 우연히 목격한 것으로부터 지금과 같은 공상이 생겨났다고 했다. 그런데 그녀는 경솔하게도—아니, 교묘하게—분석 동안에 주고받은 내용을 어머니에게 암시했다. 즉 딸은 어머니에 대한 태도를 바꾸어, 혼자 집에 있을 때의 불안감에서 자신을 지켜줄 수 있는 사람은 어머니뿐이라고 고집하기 시작한 것이다. 그리고는 어머니가 외출하려고 하면 불안해하면서 방문을 막아섰다. 그녀의 어머니도 전에 노이로제에 걸린 적이 있었는데, 몇 해 전 물리치료를 실시하는 어느 병원에 다니고부터 치료가 되었다. 아니, 그 병원에 다니고 있을 때 한 남자와 알게 되어 모든 점에서 자기를 만족시켜 주는 관계를 그와 함께 맺을 수 있었다고 추측해도 좋을 것이다. 어머니는 딸의 격렬한 요구에 놀란 나머지 문득 딸의 불안이 무엇을 의미하는지 깨닫게 되었다. 딸은 어머니를 집에 붙잡아 둠으로써 어머니가 애인과 교제하는 데 필요한 행동의 자유를 빼앗기 위해 병이 났던 것이다. 어머니는 즉각 딸이 앞으로 그런 해로운 치료를 받지 못하도록 해야겠다고 결심했다. 그녀는 어느 병원의 신경과로 보내졌고, 그 병원에서 오랫동안 〈정신분석의 가엾은 희생자〉라는 실물교시의 대상이 되었다.

내 요법이 뜻밖의 결과를 가져오면서 내 귀에도 줄곧 나에 대한 악평이

들려왔다. 그러나 나는 침묵을 지켰다. 의사로서 비밀을 지킬 의무가 있다고 믿었기 때문이다. 그런데 몇 해 뒤에 나는 그 병원을 방문하여 이 광장 공포증 처녀를 접한 동료로부터 다음의 이야기를 전해 들었다. 처녀의 어머니와 부유한 남자의 관계는 이제 온 동네에 소문이 났으며, 두 사람은 부부나 마찬가지로 지낸다는 것이었다. 결국 그 〈비밀〉을 지키기 위해 분석 치료가 희생되었던 것이다.

전쟁이 일어나기 전 몇 해 동안 외국에서 많은 환자들이 나를 찾아왔기 때문에 나는 내가 사는 빈 사람들의 평판에 대해서 그다지 신경 쓰지 않을 수 있게 되었다. 그때 나는 하나의 원칙을 세웠다. 자신의 기본적인 생활과 관련하여 타인에게 의존적인 환자, 즉 독립해 있지 않은 환자는 결코 치료하지 않는다는 규칙이었다. 그러나 모든 정신분석가들이 이 규칙을 지킬 수는 없다. 아마도 여러분은 환자 가족에 대한 이러한 경고를 듣고 난 후 다음과 같은 결론을 내릴지도 모른다. 정신분석은 가족과 함께 사는 집에서 통원하는 환자에게는 실시할 수 없다, 즉 이 요법은 병원 신경과에 입원한 환자에게만 한정해야 한다는 것이다. 그러나 나는 여러분의 말에 찬성하지 않는다. 환자는—아주 쇠약한 단계에 있지 않는 한—치료를 받을 때 실생활에서 주어지는 과제들과 씨름해야 하는 상황 속에 있는 편이 훨씬 유리하다. 다만 환자 가족들의 행동이 이러한 이점을 상쇄시켜서는 안 되며 의사의 노력에 적의를 갖고 반대하도록 해서는 안 된다. 그러나 여러분은 우리의 손이 미치지 않는 이 인자(가족들)를 어떻게 그러한 방면으로 움직일 수 있겠는가 하는 생각이 들 것이다. 당연히 치료의 가능성은 사회적인 환경이나 그 가정의 문화에 의해 크게 좌우된다는 점을 여러분은 추측할 수 있을 것이다.

　방해적인 이 외부 인자를 이렇게 평가하면 우리가 겪은 실패의 대부분이 설명된다. 그런데 이를 근거로 하여 치료법으로서의 정신분석은 미래가 불투명하다고 말한다면 그것은 옳지 않다. 정신분석에 호의를 가진 이들은 우리에게 분석의 성공률과 실패율의 통계를 내보라고 충고해주었다. 그러나 나는 이 충고를 듣지 않았다. 왜냐하면 나는 통계라는 것은 비교·대조한 단위가 같은 종류의 것이 아니면, 또 치료를 실시한 노이로제 질환의 증상 사례가 여러 가지 점에서 같지 않으면 가치가 없다고 생각했기 때문이다. 또 우리는 치료의 효과가 언제까지 지속되는지를 판단하기에는 아직 관찰할 수 있는 시일이 너무 짧았고, 일반적으로 많은 증상 사례들은 보고를 할 수 조차 없었다. 왜냐하면 그런 사례들은 환자가 자신의 병은 물론 치료를 받는다는 사실조차 숨기고, 자신이 나은 것 역시 비밀로 했기 때문이다. 그러나 통계를 만들라는 충고를 물리친 가장 큰 이유는, 사람들이 분석 요법이라는 문제에 관련해서는 극도로 비합리적인 태도를 취하기 때문에 합리적인 수단으로 이것을 어떻게 할 가망이 없다고 생각했기 때문이다. 새로운 치료법이란 코흐Koch가 처음으로 결핵에 대한 투베르쿨린의 효과를 발표했을 때처럼 열광적으로 환영받고 연기처럼 사라져버리거나, 혹은 제너E. J. Jenner의 종두(種痘)처럼—오늘날에도 여전히 완고하게 반대하는 사람들이 있기는 하지만—그 당시에는 아무도 거들떠보지 않았지만 실제로는 축복을 가져다주거나, 둘 중의 하나이다. 정신분석에 대해서는 분명 편견이 존재한다. 우리가 어려운 증상 사례에 대해서 치료에 성공하면 사람들은 "그건 증명할 수가 없다. 환자는 치료를 받을 무렵에 자연히 나아 있었을 수도 있다."라고 말한다. 그리고 우울증과 조병의 네 주기를 거친 환자가 우울증 뒤의 휴지기에 내 치료를 받고 3주 후에 다시 조병이 재발하면 가족들은 모두, 아니, 입회 초청을 받은 의학계의 대가들까지도 이 새로운 발작을 환자에게 실시한 정신분석의 결과라고 확신한다. 이런 편견은 어쩔 수가 없다. 여러분은 전쟁 중에 한 민족이 다른 민족에 대해서 나타내곤 하는 갖가지 편견들을 또다시 목격하고 있는 것이다. 이에 대처하는 가장 이상적인 방법은 시간이 흐르며 편견이 자연히 사라지기를 기다리는 것이다. 언젠가는 같은 사람이 같은 일에 대해 종래와는 전혀 다른 생각을 할 수 있을 것이다. 왜 그 사람이 예전에는 그와 같이 생각하지 못했는지는 지금 시점에서는 역시 수수께끼일 뿐이다.

정신분석에 대한 편견은 이제 차츰차츰 그림자를 감추기 시작하고 있다. 많은 나라에 정신분석의 지식이 보급되고 정신분석 요법을 실시하는 의사의 수가 늘어났다는 사실이 이를 잘 말해준다. 마치 오늘날 정신분석에 〈냉정한 사람들〉이 정신분석에 반대하고 있는 것처럼, 내가 젊었을 때는 최면술의 암시 요법에 대한 의사들의 요란한 비난의 소리가 들려오곤 했다. 그러나 최면술은 처음에 기대된 치료 효과를 발휘하지는 못했다. 우리들 정신분석가는 이 최면술파의 정통 후계자라고 자칭해도 좋다. 또 우리가 최면술에서 얼마나 많은 자극과 이론적인 계몽을 받았는가를 결코 잊어서는 안 될 것이다.

정신분석에 대해서 사람들이 이러쿵저러쿵하는 해로운 결과들은 대체적으로 분석을 잘못 수행했기 때문이거나, 도중에 분석을 그만두었을 때 갈등이 증대함으로써 일어나는 일시적인 현상이다.

여러분은 우리가 환자에게 조치하는 내용에 대해서 설명을 들었다. 그러므로 우리의 노력이 과연 환자에게 지속적인 피해를 입히는 것인지 그렇지 않은지, 여러분 스스로 판단을 내릴 수 있을 것이다.

물론 정신분석의 남용이 여러 측면에서 일어날 수 있다.

특히 전이는 비양심적인 의사의 수중에 놓였을 때 위험한 도구가 된다. 하지만 의약에서나 의사의 치료법에서나 남용을 막을 방법은 없다. 메스는 그것을 들지 않는 한 치료에 아무런 도움이 되지 않는 것이다.

여러분, 강의는 이것으로 끝났다. 내 강의의 많은 허점들을 돌이켜보면 부끄럽기 짝이 없다. 이것은 결코 형식적인 인사가 아니다. 간단히 언급한 주제를 다른 대목에서 다시 다루겠다고 몇 번이나 약속해놓고 그 약속을 지킬 수 있는 대목에 이르러 그렇게 하지 못했던 것을 특히 유감스럽게 생각하고 있다.

나는 여러분에게 발전 중인 미완성의 문제를 보고하려 했기 때문에, 내가 짧게 요약한 서술은 그 자체가 불완전한 것이었다. 많은 대목에서 결론을 끌어낼 수 있는 재료들을 마련했지만, 그때 나 자신이 결론을 내리지 않았던 곳도 있었다.

나는 여러분을 전문가로 만들 생각은 전혀 없었다. 나는 다만 여러분의 흥미를 돋우려고 했을 뿐이다.

해제

1. 프로이트의 생애

성장과 연구의 시작

지그문트 프로이트Sigmund Freud는 유대계 오스트리아인으로, 1856년 5월 6일, 당시 오스트리아의 속령이었던 체코 동부 메렌 지방의 프라이베르크에서 태어났다. 그는 아홉 살에 보통 아이들보다 1년 빨리 김나지움(그리스어와 라틴어 교육을 주로 하는 문과 고등학교)에 들어갔다. 그리고 한때 법률학과 다윈 이론에 열중했던 김나지움 시절의 그는 졸업 직전에 들은 카를 브륄로 교수의 교양 강의 〈자연에 대하여〉에 깊은 감명을 받아 결국 의사가 되기로 결심했다.

이렇게 대학 생활을 시작한 프로이트는 필수 과목보다는 인접 분야인 아리스토텔레스나 클라우스 교수의 동물학 강의 또는 물리학 강의에만 열중했다. 그 결과 클라우스 교수의 추천으로 1876년 3월, 트리에스트(당시 오스트리아, 현재 유고슬라비아)의 빈 대학 부속 트리에스트 임해실험소(臨海實驗所)에 파견되어 아리스토텔레스 시대부터 수수께끼로 남아 있던 뱀장어 성선(性腺)에 대한 연구를 맡게 되었다. 그러나 연구 결과에 불만을 품은 그는 다시 에른스트 브뤼케의 생리학 연구실을 찾았다. 브뤼케 밑에서 프로이트는 칠성장어에서 볼 수 있는 큰 세포와 척수의 관계를 연구했고 이어서 1879년에 가재의 신경세포에 관한 연구에 몰두했다.

그는 졸업 후에도 계속 브뤼케의 생리학 연구실에 다녔으나 졸업 다음 해인 1882년에는 경제적인 곤란 때문에 빈 종합병원에 들어갔다. 이때 그는 마이네르트 교수의 정신과에 근무하며 에스키롤이나 모렐 같은 프랑스의 위대한 정신과의(精神科醫)의 책을 열심히 읽었다. 1884년 1월, 쇼르츠 교수의 신경과에 들어간 그는 연수(延髓)의 전도로(傳道路)나 청신경의 기시(棄市) 문제 같은 조직학적 연구에 전념했다.

그러나 의학사상 획기적인 발견이라 할 수 있는 코카인 마취의 발견자로서 프로이트의 이야기를 듣고 연구 발표한 그의 친구 콜라가 지목되면서 그는 영예를 놓치게 되었다. 그리고 1885년 9월, 사강사(私講師)가 되었다.

신경학에서 신경증으로

1885년 10월, 그는 당시 정신의학 연구의 메카였던 파리 살페트리에르 병원에 있는 샤르코를 찾아갔다. 그가 샤르코에게서 큰 감명을 받았던 것은, 세기의 가장 위대한 정신과 의사이자 병리학자인 그가 당시 고작해야 꾀병이나 자궁병(子宮病)으로 간주되었던 히스테리에 크나큰 정열을 바쳐 그것을 최면술로 치료하고 있다는 사실 때문이었다. 샤르코의 강의를 듣고 나서부터 그의 관심은 현미경 아래의 세계에서 정신병리학으로 서서히 옮겨 가기 시작했다.

1886년 10월, 그는 빈 의학회에서 외국 유학 생활을 보고할 겸 〈남성의 히스테리에 관하여〉라는 주제로 강연을 했다. 그러나 반응은 냉담했다. 그는 파리로 돌아가 왕립 소아병원 신경병과 과장으로 머물렀다. 그곳에서 그는 소아의 뇌성마비에 대한 연구를 하여 그 분야에서는 굴지의 대가가 되었다. 그러나 그를 찾아오는 환자는 이런 기질적인 신경병 환자보다는 거의가 신경증(노이로제) 환자였다.

그 당시 노이로제 치료로서는 하이델베르크 대학 교수 엘프가 제창한 전기 요법이나 빈 대학 교수 와인타니츠가 제창한 냉수 치료법이 사용되고 있었으나, 여기서 아무 효과를 보지 못한 프로이트는 1887년 12월부터 최면술에 의한 암시를 치료법으로 사용하여 '기적을 행하는 사람'이라는 평판을 얻었다.

이 무렵 그는 프랑스 낭시에서 리에보와 베르넴이 최면술에 의한 암시와 일반적인 암시로 큰 효과를 거두고 있다는 말을 들었다. 그래서 그는 베르넴의《암시 및 치료에의 응용에 대해서》를 독일어로 번역하고, 또 최면술을 숙달하기 위해서 이듬해 여름 낭시의 리에보를 찾아가 그곳에서 몇 주일을 묵었다. 그는 리에보가 노동자 계급의 가난한 부녀자들 틈에서 일하는 모습에 감동했다(리에보는 최면술 치료를 해준 환자에게서 돈을 받지 않았다). 베르넴을 찾아간 그는 그 병원 환자의 치료법을 견학하면서 깊은 감명을 받았다. 그러나 최면술에 대한 경험이 쌓임에 따라 그는 어느 환자에게나 다 최면술이 걸리는 것이 아님을 알게 되었다.

정신분석의 탄생

프로이트가 아직 학생이었을 무렵, 그는 브뤼케의 연구실에서 브로이어를 알게 되었다. 브로이어는 당시 빈의 유명한 내과 개업의였는데, 청년 시절 헤링 밑에서 호흡 작용의 생리학과 삼반규관(三半規官)의 연구로 생리학자로도 이름이 알려진 빈 대학의 생리학 강사였다. 브로이어는 첫눈에 젊은 프로이트를 유망하게 보아 그 후 오랜 세월 동안 프로이트에게 연구비를 지원해주었다.

1880년, 프로이트는 브로이어가 당시 스물한 살의 히스테리 여성 환자를 최면에 의한 회상 치료법으로 고쳤다는 말을 듣고 매우 흥미를 느꼈다. 그러나 프로이트가 이 치료법을 실제로 사용하기 시작한 것은 최면에 의한 암시 요법에서 별 효과를 얻을 수 없음을 깨닫기 시작한 1889년 5월경부터였다.

그는 브로이어의 협력을 얻어 이 새로운 방법을 연구하여, 1893년 〈히스테리 현상의 심적 메커니즘〉이라는 논문을 연명(連命)으로 발표하고 그 결론에서 이렇게 말했다.

"우리는 다음과 같은 사실을 처음 발견했을 때 매우 놀랐다. 즉 유인이 된 사건을 똑똑히 회상시키는 데 성공하고 더불어 그 사건에 부수된 감정까지도 일깨우게 된다면, 그리하여 환자가 되도록 상세하게 이야기하고 감정을 말로써 나타내게만 되면, 히스테리 증상은 즉각 소실되고 두 번 다시 나타나지 않았다. 감정이 수반되지 않는 상기는 거의 언제나 효과를 볼 수 없었다. 즉 최초로 일어난 심리 과정은 되도록 생생하게 재현되어야 하며 또 모든 것이 빠짐없이 이야기되어야 한다."

브로이어와 프로이트는 아리스토텔레스가 비극의 작용을 설명하기 위

해 제

해 사용한 카타르시스라는 말을 빌려 이 치료법을 카타르시스법(정화법淨化法, 통리법通利法)이라고 불렀다. 최면 상태 하에서 마음속의 잔재를 정화시킨다, 혹은 마음속 깊이 쌓여 있는 것을 시원하게 나오게 한다는 의미이다.

그러나 곧 프로이트는 이 방법에 결함이 있음을 깨닫기 시작했다. 하나의 증상을 제거하면 다른 증상이 발생했다. 여기서 그는 카타르시스법은 대증(對症) 요법이며 원인 요법이 아니라고 확신하게 되었다. 그래서 그는 최면술을 버리고 자유연상을 채택하기로 했다.

프로이트는 1895년 브로이어와의 공저《히스테리의 연구》에서 이렇게 말하고 있다.

"그렇게(자유연상) 함으로써 어떤 점에서 최면 상태와 유사한 상태를 만들 수 있었다. 그 결과 최면술에 의하지 않더라도 우리의 문제에 관계가 있다고 여겨지는 더 심층에 있는 새로운 회상을 일으키게 할 수 있다는 경험을 얻었다. 나는 그러한 경험을 통해 확실히 존재한다고 생각되는 원인적인 관념의 계열을 단순한 강요로써 상기시키는 것이 실제로 가능하리란 확신을 얻었다. 그리고 이 강요는 끈기 있는 노력이 요구되는 것이며 또한 거기서 일어나는 모든 저항을 극복해야 한다는 결론에 도달했으므로, 나는 다음과 같은 이론으로 공식화했다. 즉 나 자신의 심적 작업을 통해서 병원적 관념의 의식화에 반항하는 환자의 정신적인 힘을 극복하지 않으면 안 되며, 이것이야말로 히스테리 증상의 발생에 가담하고 또 병원적 관념의 의식화를 저지한 것과 동일한 정신적인 힘이라는 생각이 떠오른 것이다. 그때 돌연히 새로운 이해가 내 앞에 열린 듯이 느껴졌다(초판본 234페이지,《전집》제1권 268페이지).

이와 같이 그가 최면술을 버리고 자유연상을 채택함으로써 히스테리의 치료법은 저항 분석으로 바뀌었다. 여기서는 환자에게 최면술을 건다는 소극적인 면이 아닌 환자와 맞서 싸운다는 적극적인 면이 강조되어 있다. 그리고 프로이트는 이 치료법을 1896년 3월, 〈정신분석〉이라고 명명했다.

프로이트가 자유연상의 채택을 착상하게 된 것은 일종의 영감이 작용했던 것으로 생각되지만, 프로이트의 제자로 만년에 뛰어난 《프로이트 전》을 쓴 어네스트 존스에 의하면, 프로이트가 자유연상을 착상했을 때 그가 좋아한 작가 베르네에게서 영향을 받은 것은 확실한 듯하다.

그의 《히스테리의 연구》는 그리 인기는 없었으나, 아무튼 그는 노이로제를 정신분석의 힘을 빌려 치료해나가는 동안에 그 원인이 성적인 문제와 관련되어 있음을 차츰 확인하게 되었다. 1896년 5월, 그는 빈의 정신신경학회에서 이것을 〈히스테리의 원인에 대하여〉라는 제목으로 발표했다. 그러나 의장인 크라프트 에빙 교수도, 브로이어도 그의 주장에는 반대했다. 이때 그의 앞에 나타난 것이 플리스였다.

심층 심리학의 확립

플리스는 베를린의 이비인후과 의사였는데, 코의 점막과 성기의 활동에는 긴밀한 관계가 있다는 것, 생명 현상에는 주기성이 있으며 남성은 23일, 여성은 28일의 주기를 갖고 있다는 주장을 내세우고 있었다(당시에 플리스의 주기설은 억지라고 간주되었지만 오늘날에는 이것을 인정하는 생리학자가 많다). 플리스와 프로이트가 브로이어의 소개로 1881년 빈 대학에서 만났을 때 그들은 자신의 생각과 주장에 일맥상통하는 점을 발견, 빈과 베를린에서 다시 만나게 된다.

《히스테리의 연구》가 발간되기 한 달 전인 1895년 5월 25일, 그는 플리스에게 이렇게 쓰고 있다.

"……나 같은 인간은 목마(木馬) 없이는, 불같이 타는 정열 없이는—살 수가 없소. 나는 폭군을 발견했소. 이 폭군을 섬기고 있을 때만은 나를 억제할 수 있을 거요. 나의 폭군은 심리학이오. 그것은 언제나 멀리서 부르는 나의 적이었소. 지금 나는 노이로제를 쏘았으니 표적에 어느 정도 접근한 셈이오."

같은 해 9월부터 10월에 걸쳐 그는 플리스에게 계속하여 자신이 구상하는 심리학에 대한 메모를 부쳤다(이 메모를 프로이트는《초안(草案)》이라고 불렀다). 거기에서 설명된 심리학은 신경 생리학에 입각하고 있기는 해도 그 대부분은 프로이트 후기의 저작 속에 포함되었다. 따라서 심리학으로서의 정신분석은 이《초안》으로부터 시작되었다고 해도 과언이 아니다.

1897년 1월 3일 그는, "다시 10년을 더 내게 주시오. 그러면 나는 노이로제와 새로운 심리학을 완성할 수 있을 것이오."라고 썼다.

플리스와의 교우 기간 동안 정신분석의 주요한 개념들인 대치, 퇴행, 고착, 투사, 방위, 타협, 충당, 구순성욕, 성감대 등의 개념이 형성되었다. 이러한 것들은 프로이트가 만든 말이지만 플리스의 시사(示唆)도 있었던 듯하다. 승화와 잠재기의 개념은 그에게서 나온 것이다.

1900년, 프로이트의 주요 저작인《꿈의 해석》이 간행되었으나 그의 기대와는 달리 학계로부터는 완전히 무시당했다. 1901년《일상생활의 정신병리》를 간행했는데, 이에 대해서 〈노이에 프라이하이트 자이퉁〉지는 착상이 재미있다고 평했다. 몇 년 후《성 이론에 관한 세 가지 논문》이 나왔다. 이것은 프로이트의 저작 중에서도 매우 중요한 것이었으나 당시에는 추잡스러운 것으로 간주되고 프로이트는 외설스러운 마음의 소유자라고 인식되었다. 같은 해 《농담과 무의식의 관계》가 간행되었다. 빈의 신문 〈시대〉에서는 장문(長文)의 호의적인 서평을 실었으나 학계에서는 완전히 무시당했다.

고립에서 벗어나다

1897년 2월, 내과 교수 노트나겔이 프로이트를 객원교수로 추천했지만, 그는 5년 동안이나 인가를 받지 못했다. 객원교수란 독일과 오스트리아 대학들의 특수 명예교수 직위로서, 그의 명성에도 불구하고 인가받지 못한 것은 정부의 강한 반(反) 유대 감정과 성 이론에 대한 악평이 작용한 때문으로 보인다.

그러나 프로이트의 환자 중에서 한 외교관 부인이 그를 위해 열심히 힘써준 결과 1902년에 그는 객원교수의 직위를 받게 되었다. 그해 3월 11일, 플리스에게 보낸 편지에서 프로이트는 이렇게 말하고 있다.

"이것을 〈빈 신문〉은 보도하지 않았소. 그러나 이 소식은 장관을 통해 금방 퍼졌소. 대중이 열광하는 모습은 대단하오. 그것은 마치 폐하가 성(性)의 역할을 공인하고, 내각 회의가 꿈 해석의 중요성을 인정하며, 히스테리에 대한 정신분석 요법의 필요성이 과반수로 의회를 통과한 것처럼 보이오."

《꿈의 해석》은 일반적으로 평이 좋지 않았지만 깊은 감명을 받은 사람이 점차 늘어가기 시작했다. 그중에서 라이틀러, 슈테켈, 아들러 등은 1902년 심리학 수요회를 조직했고, 후에 이 모임을 빈 정신분석 협회로 개

칭했다.

1904년, 블로일러의 수석 조수 융은 연상 실험을 고안하여 프로이트가 말하는 억압 현상을 실험적으로 증명하고 그것을 콤플렉스라 명명했다. 그리고 이 결과를 1906년《연상의 진단적 연구》라는 책에 종합했고, 마침내 이듬해에는 정신병리학에 한 획을 그었다고 일컬어지는《조발성 치매의 심리학》을 간행하여《꿈의 해석》의 방법이 정신병 증상의 이해에도 도움이 된다는 것을 보여주었다.

분파와 탈퇴

1910년 3월, 융의 제창으로 제1회 국제 정신분석 학회가 독일 뉘른베르크에서 열렸으며 10월에는《국제 정신분석학 잡지》가 아들러와 슈테켈을 편자로 하여 간행되었다. 그러나 1911년, 블로일러와 아들러가 탈퇴했고, 특히 아들러의 탈퇴는 프로이트에게 큰 충격을 주었다.

이듬해인 1912년 10월, 슈테켈이 탈퇴했으며 프로이트와 융 사이에도 견해 차이가 눈에 띄기 시작했다. 융은 1911년 〈연보〉에 실은 논문 〈리비도의 전환과 상징〉 속에서 리비도의 개념을 성적인 것으로 보지 않고 널리 일반적인 긴장으로 풀이하였으며 끝내 학회를 탈퇴해버렸다.

이와 같은 폭풍 속에서 비(非) 유대계 정신과 의사들은 정신분석에서 떨어져 나갔다. 이를 견뎌내고 남은 비 유대계 의사는 존스와 빈스방거 이외에 두세 명밖에 없었다. 빈스방거는 훗날 〈현존재(現存在) 분석〉을 확립하여 현대 정신의학에 커다란 영향을 준 정신과 의사이다.

그러나 제1차세계대전이 일어나자 이 전쟁 중에 발생한 전쟁 노이로제 환자들은 질병 이득과 질병에로의 도피라는 프로이트의 개념이 옳았음을 실증해주었고, 이로써 다시 정신분석에 대한 관심은 국제적으로 높아졌다.

만년

프로이트의 명성은 점점 높아갔다. 1902년에 빈 대학의 정교수가 되었고, 1924년에 빈 시의회로부터 시민권을 받았으며, 1930년 8월에는 괴테상을 받게 되었다. 1926년 70회 생일에는 세계 각국에서 축하 편지가 쏟아져 들어왔다. 그중에서도 아인슈타인, 로맹 롤랑 등의 편지는 그를 더욱 기쁘게 했다.

1923년 4월, 프로이트는 오른쪽 턱과 입천장에 암이 발생, 죽을 때까지 33회의 수술과 라듐 조사(照射)를 받았으나 결국 언어 능력과 청력을 잃고 체력은 약화되었다. 그러나 그는 병상이 소강을 유지하는 동안에 집필 활동을 계속했다. 만년에 남긴 프로이트의 중요한 저서 《억압, 증상, 불안》(1926), 《자서전》(1925), 《환상의 미래》(1927), 《문명 속의 불만》(1930), 《속 정신분석 입문》(1932) 등은 암과 투병하는 동안에 쓰인 것이다.

1932년 11월, 독일에서 나치스의 진술로 그는 결국 런던으로 망명했고, 1939년 암 증상이 악화되어 9월 23일 세상을 떠났다. 향년 83세였다.

2.《정신분석 입문》에 대하여

《정신분석 입문》의 특성

이 책을 읽는 독자들의 이해를 돕기 위해 그의 정신 사상과 관련시켜 몇 가지를 짚어본다.

첫째, 정신분석은 역동적 심리학 혹은 역동적 정신의학이라 불린다. 역동적 심리학 또는 정신의학이라는 것은 정신 상태의 기록을 주요 과제로 삼는 기술적 심리학이나 기술적 정신의학과 달리, 먼저 그 현상의 원인을 문제 삼는 학문을 의미한다. 여기서는 행동이나 증상의 원인이 그 대상이 된다.

그런데 그 발생 원인을 문제 삼을 때 우선적으로 에너지를 염두에 둔다. 프로이트는 그 에너지의 근원을 성(性)에 귀착시켰다. 그의 용어에 의하면 〈리비도〉이다. 노이로제나 불안, 예술, 종교 등이 모두 성 에너지의 변형이라고 하는 그의 주장에서 우리는 1847년 헬름홀츠가 확립한 에너지 보존의 법칙, 즉 열·빛·전기 등은 동일 에너지의 특수한 양태라는 법칙을 연상하게 된다. 사실 이 법칙을 그의 머리에 넣어준 사람은 그가 가장 존경하는 선생 브뤼케였다.

1845년 헬름홀츠, 뒤 부아 레몽, 브뤼케 등이 중심이 되어 베를린 물리학회가 결성되었을 때 생체(生體)에는 물리적·화학적인 힘 이외의 어떤 힘도 작용하고 있지 않다는 것을 입증하였다. 이 베를린 물리학회 회원인 브뤼케는 카멜레온의 색이 변하는 것도, 미모사의 잎이 움직이는 것도 생명력의 작용이 아니라 물리·화학적인 과정이라는 것을 입증했다. 또 그의 생리학 교과서에서 생체는 물리적·화학적인 힘으로 움직여지며 그 힘은 전환되고 그 힘의 총계는 일정하다고 주장했다.

이러한 브뤼케의 영향을 가장 많이 받은 프로이트는 자연 현상을 그런 각도에서 보게 된 것이 틀림없다. 성을 에너지로 하는 편이 아들러처럼 〈권력에의 의지〉를 에너지로 하는 것보다 화학적이다. 이리하여 프로이트는 기계적인 작업이 열로 전환하듯이, 성 에너지는 모든 것으로 전환한다고 본 것이다. 즉 브뤼케가 생리학에 이입한 것을 그의 제자 프로이트는 심리학에 도입하여 범성욕설(汎性慾說)인 정신분석을 완성하였다.

그리고 이 책에서도 그가 열심히 주장하고 있는 설—하찮은 것도 원인에 의해서 규정된다는 심적 결정론, 즉 무에서 유는 생기지 않는다는 것—은 에너지 보존 법칙의 단순한 한 형태라고 생각되고 있다.

둘째로 중요한 것은 정신분석은 진화론적이라는 것이다. 지금 현재 일어나고 있는 것은 유아기에 있었던 사건의 발전이나 반복이라는 것, 구순기와 항문기는 유아 성욕의 발전 단계라는 것, 또《토템과 터부》의 첫머리에 "미개인 및 반미개인의 정신생활 속에는 우리들 자신의 발달의 전(前) 단계가 잘 보존되어 있다."라고 말하고 있는 것, 개체 발생을 되풀이한다는 주장, 즉 헤켈의 발생 반복 법칙을 강조하고 있는 것 등이 그것이다.

셋째 중심 사상은 유아기의 중시이다. 19세기 후반, 유전설은 압도적인 승리를 거두었다. 프로이트가 유아기를 중시한 것은 이 유전설에 대한 반동이기도 하지만 일부는 그의 임상상의 경험에서 온 것일 것이다. 왜냐하면 그가 환자에게 실시한 자유연상은 자꾸 과거로 거슬러 올라가 결국 유아기에 도달했기 때문이다.

독일의 철학자 막스 셸러는 반 프로이트적인 입장에 있었던 사람인데, 이 유아기의 중시에 대해서는 높이 평가하고 이렇게 말했다.

　"프로이트는 유아기의 에로틱한 인상이라는 개념을 가지고 경험설(환경설)과 선천설(유전설) 사이에 영원히 계속되는 대립을 타협시킬 수 있는 사고에 도달했다. 경험설은 여태까지 어떤 경험이 정신 발달의 어느 시기에 일어나도 그 영향은 변하지 않는다고 가정해왔다. 그러나 이 가정은 옳지 않다. ……유아기 경험의 결과는, 유사한 객관적인 자극이 같은 사람에게 인생의 후년에 가해졌을 때 일어나는 결과나 그 결과로 생긴 경험 내용과는 다르다. 유아기의 경험은 위험하지만 다른 시기의 경험은 무해하다. 한쪽은 온 생애에 영향을 주고, 나머지 한쪽은 일시적 또는 단기간밖에 의의를 갖지 않거나 혹은 개체는 그것을 생각조차 하지 않는다."(《공감의 본질과 형식》, 1922년.)

　그리고 그는 그때까지 전혀 어쩔 도리가 없는 질환이라고 생각되어 온 성적 도착에 치료의 길을 열어준 프로이트의 공적을 찬양했다.

　그러나 프로이트는 유아기의 경험을 너무 높이 평가했기 때문에 환경, 즉 사회는 무시되거나 혹은 개체의 욕망 충족을 방해하는 적의가 있는 것으로 간주되었다. 이와 같은 생각은 그의 임상상의 경험에서 온 것이기도 하지만 훌륭한 재능을 가졌으면서도 다만 유태인으로 태어났기 때문에 소외된 그의 인생 체험에서 영향을 받은 점도 부정할 수 없을 것이다.

　넷째로 중요한 것은 정신의학상의 심리학주의다. 18세기 후반의 독일에서는 정신병의 원인을 보는 두 주장이 날카롭게 대립하고 있었다. 심리주의자적 입장과 육체주의자적 입장이 그것이다. 이 당시 빈 대학 교수 마이네르트는 정신병은 뇌의 질병이라 하여 정신병 환자의 증상을 뇌의 일정한 부위의 변화에 대응시키려 했다. 이를테면 망상이나 환각은 뇌 피질 밑이 자극을 받았기 때문에 일어나고 우울증이나 조병은 피질의 혈관이나 세포에 병변(病變)이 있기 때문에 일어난다고 생각했다. 즉 프로이트가 학생이었을 무렵은 정신병의 원인을 뇌에서 찾고 뇌의 병변으로 그 병상을 설명하던 시대였다.

독일의 정신과 의사 그루레는 이 시대를 〈뇌 신화의 시대〉라고 불렀는데, 프로이트가 해부학과 병리학을 버리고 심리학 위에 노이로제론을 확립한 것은 그 역시 뇌 신화에 속았기 때문이었다. 아무튼 그가 육체와 정신의 대립 같은 철학적 문제에 그리 신경을 쓰지 않고 뇌에서(그는 뇌성마비의 연구에 있어서는 당시 제일가는 학자였다) 정신으로 전향한 것은 역시 철저한 물리학주의자 브뤼케의 영향을 받았기 때문일 것이다. 19세기 후반에 태어나 가장 아카데믹한 교육을 받은 프로이트가 진화론에 강한 영향을 받은 것은 결코 이상한 일이 아니다. 그러나 그런 영향을 받은 의사들 중 오로지 프로이트만이 정신분석을 정립했다는 것은 역시 그의 꾸준한 임상 관찰과 노력의 결과였고 또한 그의 천재성을 재인정케 하는 점이라 하겠다.

정신분석은 요해(了解) 심리학이라 할 수 있다. 요해라는 것은 관찰, 실험, 다수 사례의 수집으로 인과관계를 발견하여 보편타당한 법칙을 세우는 설명적 방법과는 달리 감정이입으로, 즉 자기의 기분으로 다른 사람의 기분을 짐작하여 인과관계를 발견하는 방법이다. 이를테면 어떤 젊은 여성이 어떤 남성 앞에서 얼굴을 붉힐 때 통계나 실험에 의지하지 않고 '내가 젊은 남성 앞에서 얼굴을 붉힌 것은 부끄러웠기 때문이니 그녀가 얼굴을 붉힌 것도 부끄러웠기 때문일 것이다.'라고 결론을 내리는 방법이다. 즉 어떤 현상에는 어떤 의미가 내포돼 있다는 단정 하에 그것을 분석하지 않고 전체로서 파악하는 방법이다.

프로이트의 요해적 방법이 일반적인 요해적 방법과 다른 점은 우리가 무의미하다고 생각하는 실수 행위, 꿈, 노이로제까지도 의미를 내포하고 있다고 본 것과 요해라는 것은 본래 무한정한 것인데도 이를 끝까지 밀고 나갔다는 점이다. 여기서 무의식의 개념이 필요해진다. 독일의 철학자이자 정신과 의사인 야스퍼스는 "정신분석가는 폭로하고 가면을 벗기는, 말하자면 증인 심문술이나 경관의 취조술 같은 것을 해야 한다. 가면을 벗기고 부정한다는 기조가 정신분석가의 요해를 지배하고 있다."라고 말했다.

독일의 심리학자 코프카는 일찍이 《세슈타르트 심리학의 원리》에서 "요해라는 분야를 없애버리면 심리학의 가장 중요한 문제는 달아나버린다. 그렇다고 요해로써만 나아가면 심리학에는 과학적인 설명의 원리가 없어져버리니 심리학의 딜레마라 하겠다."라고 말했다.

확실히 심리학에는 요해가 필요하다. 의식적인 행위는 쉽게 요해할 수 있고 그 해석에 대해서 그다지 이의도 일어나지 않을 것이다. 따라서 의식적으로는 의미가 없는 행위를 무의식이라고 가정하여 요해한다는 점이 문제가 된다. 이 의문에 대해서는 의식하고 있지 않은 일이라 검증할 방법이 없으므로 거짓말이라고도 참말이라고도 못한다는 대답밖에 할 수 없다.

정신분석은 심층 심리학과 범성욕설로 나눌 수 있다. 노이로제 환자가 증가하고 노이로제의 중요성이 인식됨에 따라 프로이트가 제안한 심층 심리학적인 개념, 이를테면 욕구불만, 억압, 퇴행, 고착 등은 정신의학과 심리학 속에 흘러 들어가 공동의 재산이 되었다. 이것은 20년 전까지는 좀처럼 생각할 수 없었던 현상이다. 그런데 범성욕설은 심리학도 의학도 받아들이려 하지 않았다.

1927년 영국의 인류학자 말리노프스키는 모계 부족사회인 트로브리안드 섬(뉴기니아 동쪽에 있는 산호섬)에서는 프로이트가 말하는 오이디푸스 콤플렉스를 볼 수 없었다고 주장하여 프로이트의 범성욕설에 큰 충격을 주었다. 모계 부족사회에서 권위를 가진 것은 보통 외숙이다. 말리노프스키는 다음과 같이 말했다.

"오이디푸스 콤플렉스에서는 아버지를 죽이고 어머니와 결혼하려는 억압된 욕구가 있다. 그런데 트로브리안드 부족에게는 여자 형제와 결혼하여 외숙을 죽이려는 욕구가 있었다."(《미개 사회에서의 성과 억압》, 1927년.)

프로이트에 의하면 오이디푸스 콤플렉스는 전 인류에게서 볼 수 있는 것, 따라서 생물학적으로 규정된 것이다. 그런데 말리노프스키의 이 발견에 의하면 사회에 의해서 규정된 것이 된다. 이 한 가지로도 프로이트 성이론의 기본 개념, 이를테면 구순기나 잠재기도 프로이트가 말하는 것처럼 생물학적인 것이 아니라 사회에 의해서 규정된 것이 아닐까 하는 의문을 갖게 했다.

그 당시 젊은 분석가들 중에는 마르크스주의에도 공명하고 있어 〈붉은 분석가〉라는 말을 듣는 무리가 있었는데, 그중에서 가장 중요한 인물은 라이히였다. 그는 말리노프스키의 논문에도 영향을 받아 프로이트에게는 없는 것과 다름없었던 사회라는 인자를 끌어들였다.

이를테면 그는 이렇게 말했다.

"우리는 일정한 사회 질서는 일정한 인간 구조를 수반한다는 것, 즉 어떤 사회 질서는 언제나 그 유지에 필요한 성격 형태를 낳는다는 사실을 연구해야 한다. 계급 사회에서 지배 계급은 교육과 가족 제도의 도움을 빌어 그 이데올로기를 그 사회 구성원 전체에 통하는 지배적인 이데올로기로 만들어 자신의 지위를 굳힌다. 그러나 지배 계급은 이데올로기나 태도나 사고방식을 사회 구성원에 강제할 뿐 아니라……사회의 모든 계층이 현존하는 사회 질서에 적응된 정신 구조를 형성하도록 하기도 한다."(《성격 분석》, 1933년.)

이런 생각은 호르나이와 프롬에게 큰 영향을 주었다. 그리고 그들은 범성욕설을 물리치고 사회 혹은 문화의 관점에서 프로이트 이론을 수정했다. 그들은 프로이트가 제1차세계대전 전후의 빈 중산 계급의 심리에서 그의 심리학을 세웠다고 보았다. 이 일파를 신(新) 프로이트 학파라고 부른다.

《정신분석 입문》의 집필과 평가

프로이트는 사강사 시절부터 빈 대학에서 강의를 하고 있었다. 처음 그의 강의는 신경학에 관한 것이었는데, 1900년에는 꿈에 대한 강의를 했고, 그 후에는 일주일에 두 번씩 〈정신분석 입문〉을 강의했다. 1900년경, 청강자는 세 사람밖에 없었다. 그러나 그가 유명해지자 많은 학생들이 몰려들었다. 1915년 10월에는 70명이었으나 다음 달에는 백 명을 돌파했다.

그는 그때까지 미리 강의를 준비하지 않았고 노트도 만들지 않았으므로 그때 그때의 영감에 따라 강의를 했다. 한 번은 어네스트 존스가 프로이트와 함께 교실로 가면서 "오늘 저녁에는 무슨 이야기를 하실 작정입니까?" 하고 물었다. 이에 대해서 프로이트는 "그걸 알면 오죽이나 좋겠나! 나는 그것을 무의식에 맡기지 않으면 안 되네."라고 대답했다.

그러나 청강자가 많아지니 프로이트도 생각이 달라졌다. 미리 준비를 하게 되었으며 마침내 책으로 만들어 출판하려는 결심을 하기에 이르렀다. 이것이 바로《정신분석 입문》이다.

이 책은 처음에 3부로 나뉘어서 간행되었다. 제1부 〈실수 행위〉는 1916년에, 제2부 〈꿈〉은 1917년에, 그리고 제3부 〈노이로제 총론〉은 1917년 5월에 간행되었다. 〈실수 행위〉와 〈꿈〉은《꿈의 해석》과《일상생활의 정신병리》에 입각하고 있지만, 그보다 알기 쉽고 그보다 박력 있게 쓰였다. 그러나 이 책의 절반을 차지하는 노이로제 부분을 프로이트는 일반인들에게 알기 쉽고 흥미 있게 설명하려고 꽤나 노력한 것 같다.

이 책보다 약간 뒤에 나온 메다르 보스의《심신의학 입문》은 프로이트의 이론에 입각했으며 기본적인 생각은 다르지 않다. 단 이 책과 맞추기 위해서 초자아를 이상자아(理想自我)로, 자아를 〈전의식과 의식〉으로, 이드를 〈무의식〉으로 바꾸었다.

〈노이로제 총론〉에서 중요한 것은 〈불안〉이라는 개념을 볼 수 있다는 것이다. 오늘날에는 불안이라는 개념이 일반적인 것이 되어 있지만 프로이트가 살아 있던 시대에는 그 개념이 알려져 있지 않았다. 〈불안〉을 제일 먼저 논한 것은 키에르케고르라는 것이 정설이 되어 있지만 그의《불안의 개념》이 독일어로 번역된 것은 1923년에 이르러서였다. 따라서 덴마크를 제외한 나라에서 불안을 제일 먼저 다룬 것은 프로이트였다 해도 무방하다. 그러므로 이 책의 불안에 관한 장은 매우 중요하다. 이 책에는 불안과 중절 성교의 관계가 설명되어 있는데, 당시 중절 성교는 가장 많이 사용된 피임법이었다.

오랫동안 아무도 거들떠보지 않았던 〈노이로제〉가 독립된 항목이 되어 독일 의학 교과서에 실리고, 더욱이 그것이 프로이트의 입장에서 기술된 것은 1930년대 초 독일 내과학의 집대성이며 내과학 교과서의 모범이라고 일컬어진 베르크만의 《내과학 교과서》(1931)가 처음이었다. 이 항의 담당자 지베크의 말은 노이로제론의 의의를 잘 전하고 있으므로 여기에 소개해둔다.

"노이로제론은 금세기 초부터 지난 10년 동안 현대 심리 요법이 확립되면서 두드러진 발전을 이룩했다. 현재의 개념과 관념은 실제로 이 시기에 처음 완성된 것이다. 거기서 처음으로 보인 것과 발견한 것은 그 인접 영역, 즉 내과학이나 정신의학뿐만 아니라 의학의 다른 부문과 더 넓은 문화적 영역의 지대한 관심을 끌었다. 그리고 이것이 의학에 준 충격과 자극은 현대의 가장 값진 성과 중 하나라는 것을 우리는 솔직히 인정해야 한다. 중요한 것은 개개의 지식이나 여러 가지 발견 그리고 인정되기 힘든 학설 등이 아니라 새로운 영역을 개척했다는 점과 거기서 획득할 수 있는 입장과 견해이다. 여기서 실제로 시대적 산물로서의 의학, 현존하는 사회 구조적 산물로서의 의학이 나타났다. 만일 사람들이 현재의 저술이나 소설을 문화 상태의 거울이라고 생각한다면 우리는 노이로제 시대에 살고 있다는 인상을 받을 것이다. 우리는 노이로제라는 것을 전혀 몰랐던 그 시대에 이 문제에 접근, 해명한 프로이트의 공적을 솔직히 인정하지 않으면 안 된다."

프로이트 연보

1856년 5월 6일 | 지그문트 프로이트가 체코슬로바키아(당시는 오스트리아 령)의 작은 마을 프라이베르크에서 태어나다. 아버지 야코프 프로이트는 주로 모직물을 취급한 상인이었고, 어머니는 아말리에 나탄존으로, 양친 모두가 유대계 사람이다. 형제는 배다른 형이 둘, 같은 어머니의 동생이 둘, 여동생이 다섯이었다.

1859년(3세) | 라이프치히로 이사하다. 이사하는 도중에 기차 안에서 가스등의 불빛을 보고 사람의 영혼을 연상하여 포비아를 생각게 하는 노이로제가 시작되다. 이 노이로제는 자신이 직접 자기 분석을 통하여 치료할 때까지 계속되다.

1860년(4세) | 빈으로 이사하다. 그 후 일생을 거의 이 도시에서 보내다.

1866년(10세) | 빈의 김나지움에 입학하여 대부분 수석으로 전 과정을 거치다.

1873년(17세) | 최우등이라는 영예로 김나지움을 졸업하다. 오래전부터 다윈의 진화론에 심취했으나 졸업 직전 괴테의 논문 〈자연에 대하여〉에 관한 카를 브륄로의 강연을 듣고 깊이 감명받아 의학을 전공하기로 결심, 빈 대학 의학부로 진학하다. 대학에서는 의학생을 위한 동물학과 동물학자 클라우스의 강의, 생물학자 브뤼케, 철학자 브렌타노의 강의를 열심히 들었으나 반유대주의로 인해 고통을 겪기도 했다.

1876년(20세) | 브뤼케 교수의 생리학 연구실 연구생이 되다. 여기에서 그는 안정감과 학문적인 충족감을 맛보았으며 브로이어와 알게 되고 지그문트 에크스너, 에른스트 폰 프라이슈르 마르코프와 친해졌다.

1877년(21세) | 뱀장어의 생식선 형태와 구조에 관한 논문을 발표하다.

1878년(22세) | 칠성장어(뱀장어의 한 가지)의 척추 신경마디 세포에 대한 발견을 학회에 발표하다. 또 가재의 신경세포에 관하여 오늘의 뉴런설에 가까운 구상을 발표하다.

1880년(24세) | J. S. 밀과 플라톤의 저서를 독일어로 훌륭하게 번역하다. 12월, 브로이어와 함께 저술한《히스테리의 연구》에 안나 O.의 사례로서 소개된 환자의 치료를 시작하다.

1881년(25세) | 3년 늦게 본 의학부의 최종 시험에서 우수한 성적으로 합격하여 학위를 받다.

1882년(26세) | 4월, 유대인의 딸 마르타 베르나이스와 만나 6월에 약혼하다(그들이 결혼하기까지 4년 3개월 동안 그는 900통 이상의 편지를 약혼자에게 보냈다). 7월, 경제적인 이유로 연구 생활을 그만두고 빈 종합병원에 들어가다. 처음에는 외과였으나 다음에는 내과로 옮겼다. 10월, 연구생으로 채용되어 첫 월급을 타다. 이 해에 〈가재의 신경섬유 및 신경세포의 구조에 대하여〉, 〈신경계의 제요소의 구조〉를 발표하다.

1883년(27세) | 5월, 마이네르트의 정신과에 근무하여 2급 의사가 되다. 10월, 피부과로 옮기다. 이어 이비인후과의 특별 코스에 출석하다.

1884년(28세) | 1월, 신경과로 옮기고 7월엔 수석 의사가 되다. 이 해에 코카인의 마취 작용에 대한 논문 〈코카인에 대하여〉를 발표, 코카인의 우수한 작용을 보고하다.

1885년(29세) | 3월엔 안과로, 그리고 6월엔 피부과로 옮기다. 9월, 빈 대학 의학부 신경병리학 사강사가 되다. 그 해 가을, 브뤼케 교수의 추천으로 파리에 유학, 당시 신경병리학자의 성지라고 일컬었던 정신병원 살페트리에르에 들어가 샤르코로부터 사사받고 그의 히스테리 연구에 크게 감명을 받다. 6월에서 이듬해 9월에 걸쳐, 청 신경근에 관한 세 가지 논문을 발표하다.

1886년(30세) | 2월, 파리에서 돌아오는 길에 베를린에 들러 버긴스키에에게서 소아과를 전공하다. 4월, 빈에서 병원을 차리고 개업하다. 9월 13일, 결혼계를 제출하고 이 해 여름부터 이듬해 연말까지 군의관으로 복무하다. 샤르코의 논문 〈신경계 질환 특히 히

스테리에 대한 새로운 강의〉를 독일어로 번역하다.

1887년(31세) | 장녀 마틸데 태어나다. 베를린의 내과 · 이비인후과 의사인 빌헬름 플리스와의 교제가 시작되어 몇 년 새 '가장 친한 친구'가 되다.

1889년(33세) | 치료법으로서의 최면술을 완성시키기 위해 낭시로 가서 몇 주간 머물며 베르넴과 리에보가 하는 작업에 강한 인상을 받다. 도라라는 소녀를 분석 치료하는 중에 꿈을 분석하는 것이 심적 비밀을 푸는 열쇠가 됨을 깨닫다. 12월, 장남 마르틴 태어나다.

1891년(35세) | 2월, 차남 올리버 태어나다. 이 해에 최초의 저술《실어증의 이해를 위하여》를 출판하다.

1893년(37세) | 14세 연장자인 공동 연구자 브로이어와 더불어 논문 〈히스테리 현상의 심적 메커니즘〉을 발표하다. 또 〈소아 야뇨증에 때로 발병되는 한 징후에 대하여〉를 발표하여 팔의 과도한 긴장 현상에 대하여 언급하다.

1894년(38세) | 여름, 브로이어와의 공동 연구가 끝나고 2년 후 사이가 벌어지다.《방위에 의한 노이로제와 정신이상》을 저술하여 노이로제와 정신병에 관하여 고찰하다. 심장병으로 고민하다.

1895년(39세) | 브로이어와의 공저《히스테리의 연구》를 발표하고 〈불안 노이로제에 관한 논문〉을 발표하다. 7월, 최초로 꿈의 완전한 분석을 행하다.

1896년(40세) | '정신분석'이란 말을 처음으로 사용하기 시작하다. 빈에서 〈히스테리의 원인에 대하여〉라는 제목으로 강연하였으나 반응은 냉담했다.

1897년(41세) | 〈뇌성소아마비〉라는 포괄적인 논문을 발표하여 대가의 손에 의한 '철저한 연구'라는 평을 듣다. 이 해에 자신의 정신분석에 착수하다.

1898년(42세) | 유아의 성욕에 대하여 최초로 발언하다. 〈노이로제 원인에 관한 성(性)〉을 발표하다.

1900년(44세) | 《꿈의 해석》을 출판하였으나(600부) 그의 기대와는 달리 학계로부터 완전히 묵살되었으며, 〈꿈에 대하여〉라는 제목으로 대학에서 강의를 시작하였으나 청강자는 겨우 세 명뿐이었다.

1901년(45세) | 《일상생활의 정신병리》를 발표하여 우발적 행위의 의미를 명백히하다.

1905년(49세) | 《성 이론에 관한 세 가지 논문》과 《농담과 무의식의 관계》를 집필하다.

1906년(50세) | 융과의 정기적인 서신 교환을 시작하다.

1907년(51세) | 융과 만나다. 카를 아브라함과의 교제가 시작되다.

1908년(52세) | 부활제를 맞이하여 브로이어, 융과 같은 유럽의 정신분석 학자들이 프로이트를 중심으로 하여 잘츠부르크에 모여 '국제 정신분석 학회'를 열고 기관지 《정신병리학, 정신분석학 연구 연보》 발간을 결정하다. 4월, 심리학 수요회를 빈 정신분석 협회로 개명하였으며 후에 전기 작가가 된 어네스트 존스와 천여 통 이상의 편지를 교환한 페렌치와의 교제가 시작되다.

1909년(53세) | 빈 대학 의학부 신경생리학 조교수가 되다. 9월, 미국 심리학자 스탠리 홀의 초청을 받고 융과 더불어 미국으로 건너가 홀 총장의 클라크 대학에서 〈정신분석에 대한 다섯 번의 강의〉를 연속 강연하다. 미국 체류 중에 윌리엄 제임스, 피스터 목사와 알게 되어 일생 동안 친분을 유지하다. 〈노이로제 환자의 가족 이야기〉, 〈히스테리 발작 개론〉, 〈다섯 살짜리 사내아이 포비아의 분석〉, 〈강박 노이로제의 한 증상에 대한 메모〉 등을 발표하다.

1910년(54세) | 3월, 뉘른베르크에서 제2회 대회가 열리며 국제 정신분석 학회가 정식으로 발족하여 융이 초대 회장이 되었으며, 월간지 《국제 정신분석학 잡지》를 창간하다. 프로이트가 이 대회석상에서 〈정신분석 요법에 대한 앞으로의 가능성〉이란 제목으로 강연하다.

1912년(56세) | 융과 견해 차이가 생기기 시작, 서로 서먹해지다. 정신분석을 다른 정신과학에 응용할 것을 지향하기 위해 《이마고》를 창간하여 프로이트가 〈토템과 터부〉를 연재하다.

1913년(57세) | 뮌헨에서 대회가 열렸으며 융과 최종적으로 결별하다. 잇따른 이탈자가 속출하자 정신분석의 장래를 위해 페렌치, 아브라함, 존스, 작스, 랑크 등을 멤버로 하여 프로이트를 지키고자 하는 위원회가 발족되다. 《토템과 터부》를 출판하다.

1914년(58세) | 제1차대전으로 드레스덴의 대회가 중지되고 융이 협회를 탈퇴하다. 〈정신분석 운동의 역사〉를 집필하고 그 속에서 융에 대하여 신랄하게 공격하다. 《미켈란젤로의 모세》를 발표하다.

1915년(59세) | R. M. 릴케의 방문을 받았으며 빈 대학에서 〈정신분석 입문〉 강의를 시작하다.

1917년(61세) | 《정신분석 입문》을 출판하고, 〈정신분석의 한 난점〉을 발표하다.

1918년(62세) | 부다페스트에서 제5회 대회가 열리고 페렌치가 회장이 되다. 〈처녀성과 터부〉를 발표하다.

1923년(67세) | 4월, 구개암 수술을 받다(이후 사망할 때까지 서른세 번의 수술과 라듐 조사를 받다). 베를린 대회가 열리고 딸 안나가 회원으로 추천되다. 10월과 11월에 잇따른 구개 수술로 발음이 불완전해지고 청각을 잃었으며 체력이 약화되다. 〈꿈과 텔레파시〉 외 여러 논문을 발표하다. 로맹 롤랑과 서신 교환을 시작하다. 《자아와 이드》를 저술하여 이드와 자아 이상의 개념을 제창하다.

1924년(68세) | 잘츠부르크에서 대회를 개최하였으며, 이 해에 로맹 롤랑이 슈테판 츠바이크와 함께 방문해 오다. 빈 판 《프로이트 전집》이 발간되다.

1925년(69세) | 구강 내 수술을 여러 차례 받다. 혼부르크에서 대회가 열려 딸 안나가 참석하여 아버지의 원고를 대독하다. 자서전을 발표하다.

1926년(70세) | 70회 생일을 맞아 브란데스, 아인슈타인, 로맹 롤랑 등으로부터 축전을 받았으며 본인은 실제적인 운동에서 은퇴한다는 성명을 발표하다.

1929년(73세) | 옥스퍼드에서 대회를 열었으며 토마스 만이 《근대 정신사에 있어서의 프로이트의 지위》에서 프로이트 학설의 정신사적 의의를 높이 평가하다.

1930년(74세) | 괴테 상을 수상하다.《문명 속의 불만》을 발표하다.

1932년(76세) | 토마스 만이 방문해 오다.《속 정신분석 입문》을 발표하다.

1933년(77세) | 히틀러 정권이 수립됨과 동시에 정신분석에 관한 서적이 금서 처분을 받다.

1936년(80세) | 게슈타포가 국제 정신분석 출판소의 전 재산을 압수하다. 80회 생일에 토마스 만, 로맹 롤랑, 웰스, 츠바이크, 버지니아 울프 등 191명의 작가와 예술가들의 서명이 든 인사장을 토마스 만으로부터 받다. 9월 13일, 금혼식을 거행하다.

1938년(82세) | 3월, 나치 군이 오스트리아에 침입하여 국제 정신분석 출판소를 몰수하다. 6월, 나치의 유태인 학살을 피해 런던으로 망명하다. 츠바이크, 말리노프스키와 만나다.

1939년(83세) | 2월, 암이 재발하여 수술 불능 진단이 내려지다. 9월 12일, 안락사를 원하였으나 뜻을 이루지 못하고, 9월 23일, 런던 메이어즈필드 가든스 20번지에서 사망하다.《정신분석 개론》을 집필 중이었으나 완성하지 못한 채 눈을 감다.

정신분석 입문

초판 발행 2015년 06월 05일
개정 발행 2022년 11월 14일
개정 2쇄 발행 2024년 07월 01일

지은이 지그문트 프로이트
옮긴이 우리글발전소
펴낸곳 ㈜페이퍼존

책임편집 김정연
표지디자인 송원철
본문디자인 서진원
마케팅 박철우

주소 경기 고양시 일산서구 덕산로 107번길 68-42
전화 070-7729-8941 팩스 031-932-8948
이메일 tobooks@naver.com
블로그 blog.naver.com/tobooks

등록번호 제10-1293호(1996년 5월 25일)

ISBN 978-89-7718-387-2 03840